KB046431

카프카
클래식
Kafka
Klassik

어느 개의 연구

Forschungen eines Hundes

어느 개의 연구

프란츠 카프카 지음 · 이주동 옮김

카프카
단편집
2

솔

일러두기

1. 이 책은 카프카 생전 잡지와 신문에 발표한 10편의 작품과 유고집에 수록된 작품 34편을 묶었다.

2. 잡지와 신문에 발표한 작품과 유고집에 수록된 작품의 색인을 본문 뒤에 수록하였다.

3. 외국어 우리말 표기는 국립국어원 지침에 따랐으며, 특별한 경우 예외를 두었다.

4. 책명(단행본)·장편소설·정기간행물·총서에는 겹낫표(『 』)를, 논문·시·단편 작품·연극·희곡에는 낫표(「 」)를, 오페라·오페레타·노래·그림·영화·특정 강조에는 홑화살괄호(〈 〉)를 표시하였다.

차례

여성의 애독서

Ein Damenbrevier

우리가 숨을 내쉬면서 세상 밖으로 나가게 될 때, 마치 높은 수영 다이빙대에서 강물로 뛰어들듯이, 곧바로 그리고 또 여러 번 맞부딪쳐오는 충격 때문에 어린아이처럼 당황하게 되지만, 항상 양옆으로 멋지게 물결을 일으키며 멀리 보이는 대기 속으로 떠오르게 된다. 그러면 그때 우리는 아마 이 책 속에서처럼 비밀스러운 목표를 가지고 정처 없이 물 위로 눈길을 보낼지 모른다. 그 물은 누군가를 데려가기도 하고, 또 사람들이 그 물을 마실 수도 있으며, 또한 수면 위에서 쉬고 있는 사람에게는 경계가 없는 무한한 것이 되어 있을 것이다.

그러나 우리가 이 첫인상에서 떠나지 않는다면, 저자가 여기서 결코 멈추지 않는 에너지를 가지고 작업했으며, 그러한 그의 에너지는 그의 부단한 정신의 활동들을—그것은 너무 빨라서 연관점을 예측할 수 없을 정도다—놀라움의 극단으로 내몰고 있다는 것을 확실하게 인식하게 될 것이다.

이 책이 주는 놀라움은 소재에 있다. 신속하게 발전되는 소재는, 보이지 않는 사막의 동물들의 외침에 이끌린 은둔자들을 한때 신선하게 해주었던 유혹들을 연상시킨다. 그렇지만 저자에게 이러한 유혹은 멀리 있는 무대 위의 보조 무용수들 몇 명처럼 그의 앞에서 부유하는 것이 아니라, 그와 아주 가까이 있으면서 그를 강하게 압박하여 결국은 그 유혹에 얽혀들게 한다. 그리고 그것을 숙녀에게서 들어 알기도 전에, 그는 벌써 다음과 같은 글을 써 내려간다. "하지만 사람은 우아하게 헌신할 수 있도록 사랑을 해야 합니다." 하고 아름다운 금발의 스웨덴 여성인 아니 D는 말했다, 라고.

만약 저자가, 마치 옛날 바로크 시대에 폭풍 속에서 서로 얼싸안고 있는 성자들의 그룹들이 일으키는 저 돌로 된 구름처럼, 어떤 천성에 이끌려, 이 일에 흠뻑 빠진 채 우리 앞에 나타난다면, 그것은 과연 어떤 모습일까? 천상을 가로지르며 옛 지역을 구해내기 위해서 그 책이 중간과 끝쯤에서 뛰어들어야 하는 천상이란 확고한 것이며 나아가 투명하기까지 하다.

그 저자는 숙녀들을 위해 책을 썼지만, 실제로 그녀들이 그것을 보고 있다고 주장하는 사람은 아무도 없다. 만약 그녀들이 첫 단락부터 이미 강요를 받아—그럴 수밖에 없겠지만—, 그녀들의 손에 고해서가, 진정에서 우러나온 고해서가 들려 있다고 느끼게 된다면, 그것으로 물론 충분하거나 그 이상이 아닐까. 왜냐하면 사람들이 고해라고 칭하고 있는 것은, 기이하게 생긴 장 속에서, 미래와 과거를 포함한 온 주위와 위아래의 모든 것을 단지 반만 진실한 것으로 만드는, 희미한 불빛 속의 낯선 공간의 바닥에서 행해지는 일이어서, 모든 '그렇다'와 '아니다', 질문받은 사람들과 대답을 들은 사람들 모두 반은 거짓일 수밖에 없기 때문이다. 특히 그들이 전적으로 정직한 사람들일 경우에 말이다. 그러나 어떻게 세세한 여러 가지 중요한 것들을 우리가 잊을 수 있겠는가, 여기 침대 가까이에서 조용히(날씨가 더우니까, 조용히) 대화를 나누는 동안 한밤중의 친숙한 불빛 속에서 말이다!

기도자와의 대화

Gespräch mit dem Beter

그 무렵 나는 매일같이 어떤 성당에 다니고 있었다. 내가 사랑했던 한 소녀가 저녁이면 반 시간가량 그곳에서 무릎을 꿇은 채 기도를 올렸는데, 그 시각에 나는 그녀를 조용히 바라볼 수 있었기 때문이었다.

언젠가 그 소녀가 오지 않아 언짢은 기분으로 기도하는 사람들을 바라보고 있었는데, 한 젊은이가 특히 눈에 들어왔다. 그는 깡마른 온몸을 바닥 위에 던져놓은 채였다. 이따금씩 그는 온 힘을 머리에 모으고는 한숨을 쉬면서 돌바닥 위에 놓인 자신의 손바닥 위에 머리를 조아리곤 했다.

성당 안엔 단지 몇 사람의 나이 든 여인들만이 있었는데, 그들은 그 기도하는 젊은이 쪽을 바라보기 위해서 가끔 천으로 감싼 작은 머리를 비스듬히 돌리곤 했다. 이런 관심에 그는 행복했던지 경건한 기도를 올리기 전에 반드시 바라보는 사람들이 많은지 어떤지를 살펴보곤 했다. 그것을 철면피 같다고 생각한 나는 그가 성당을 나설 때 말을 걸어 왜 그런 식으로 기도를 하는지 물어보기로 작정했다. 그렇다. 나는 나의 소녀가 오지 않아 화가 나 있었던 것이다.

그러나 한 시간 후에야 비로소 일어난 그는 조심스럽게 성호를 긋고 갑자기 성수대가 놓여 있는 쪽으로 갔다. 나는 그 성수대와 문 사이의 길목에 서 있었기에, 어떤 해명 없이는 그를 통과시키지 않을 거라는 것을 잘 알고 있었다. 단호하게 말할 때면 늘 버릇처럼 그러하듯이, 나는 입을 찌그러뜨렸다. 나는 태연하게 왼쪽 다리를 발돋움한 채로 오른쪽 다리를 앞으로 내디디고 거기에 몸을 실었다. 그런 자세가 나에게 확고함을 주었다.

이 남자가 성수를 얼굴에 뿌렸을 때, 이미 그는 나를 욕하고 있었을 수도 있다. 아마도 그는 나를 벌써부터 눈치채고 걱정했을지 모른다. 왜냐하면 그가 이제 예상치 않게 문 쪽으로 달려갔던 것이다.

유리문이 탁 하고 닫혔다. 내가 그 직후 즉시 문을 빠져나갔을 때 그는 더 이상 보이지 않았다. 거기엔 좁은 골목길이 여러 갈래나 있었고 교통이 복잡했기 때문이다.

그 이후로 그는 오지 않았으나 나의 소녀는 왔다. 그녀는 양 어깨 위에 투명한 레이스가 달린 검은 옷을 입고 있었고—레이스 밑으로 반달 모양으로 파진 내의의 가장자리가 보였다—레이스의 아래쪽 가장자리로부터 잘 재단된 비단 칼라가 내려와 있었다. 소녀가 나타난 관계로 나는 그 젊은이를 잊어버렸고, 그가 후에 다시 규칙적으로 와서 자기 방식대로 기도를 드렸을 때에도 나는 그에게 별 관심을 두지 않았다. 그러나 그는 언제나 내 곁을 급히 서둘러 지나갔다. 얼굴을 돌린 채로. 아마도 그것은 내가 언제나 움직이고 있는 그만을 염두에 두고 있었기 때문일 텐데, 그래서 그는 서 있을 때조차 살금살금 빠져나가고 있다는 생각이 들 정도였다.

언젠가 나는 내 방에서 꾸물거리는 바람에 늦었지만, 그래도 성당에 갔다. 이미 소녀가 가고 없었기 때문에, 나는 집으로 돌아오려고 했다. 바로 거기에 또다시 그 젊은이가 와 있었다. 옛날 사건이 다시금 떠올라 나의 호기심을 자극했다.

발돋움을 하고서 나는 문이 있는 통로로 미끄러지듯 달려가서, 거기 앉아 있던 눈먼 거지에게 동전 한 닢을 건네주고는 그의 옆에 앉아 열린 문짝 뒤에 몸을 바짝 붙였다. 거기에 나는 한 시간 동안 앉아 있으면서 아마도 교활한 표정을 짓고 있었을 것이다. 그곳은 편안했고, 종종 거기로 와야겠다고 나는 생각했다. 두 시간째에 나는 그 기도하는 자 때문에 여기에 앉아 있는 것은 정신 나간 짓이라고 생각했다. 그럼에도 불구하고 세 시간째에는 화가 잔뜩 나서 거미들이 옷 위로 기어오르게 내버려 두고 있었는데, 그러는 동안 마지막 사람들이 심호흡을 하면서 성당의 어둠 속을 빠져나오고 있었다.

바로 그때 그도 역시 나왔다. 그는 조심스럽게 걷고 있었는데, 다리를 내딛기 전에 우선 땅바닥을 더듬거려보았다.

나는 일어서서 크고 똑바른 걸음으로 걸어가서 그 젊은이를 붙잡았다. "안녕하시오."라고 나는 말하고는 그의 옷깃을 붙잡고서 계단 밑으로 끌고 내려가 밝은 곳으로 데려갔다.

우리가 아래로 내려갔을 때, 그는 완전히 불확실한 목소리로 말했다. "안녕하세요, 친애하는, 친애하는 선생님, 저에게 화내지 마세요. 당신의 가장 충실한 종이올시다."

"그럼요."라고 나는 말했다. "나는 당신에게 몇 가지 물어보고 싶소, 선생. 지난번에 당신은 내게서 빠져나갔소만, 오늘은 절대로 그렇게 되지 않을 거요."

"자비를 베푸세요, 선생님. 저를 집에 가게 해주세요. 저는 불쌍한 놈입니다. 그건 정말이에요."

"아니오."라고 나는 달려 지나가는 전차의 소음 속에서 소리쳤다. "나는 당신을 놓아주지 않겠소. 바로 그런 이야기가 내 마음에 드니까. 당신은 행운아요. 나는 기쁘오."

그러자 그는 말했다. "아 맙소사, 당신은 강심장과 목석같은 머리를 가지고 계시군요. 절 보고 행운아라고 하시다니, 당신은 틀림없이 굉장히 행복한 분이시겠군요! 저의 불행은 흔들리는 불행, 가느다란 꼭대기 위에서 흔들거리는 불행이거든요. 그리고 그걸 건드리게 되면, 그것은 질문한 사람에게 떨어진답니다. 안녕히 가세요, 선생님."

"좋아요."라고 나는 말하면서 그의 오른쪽 손을 꽉 붙잡았다. "만약 당신이 내 말에 대답하지 않는다면, 나는 여기 길거리에서 소리 지르기 시작하겠소. 그러면 지금 상점에서 나온 모든 여점원들과 그녀들을 만나게 되어 기뻐하는 모든 애인들이 함께 달려올 거요. 그들은 역마차 말이 넘어졌거나 또는 그와 비슷한 일이 생겼을 거라고 생각할 테니까 말이오. 그러면 나는 당신을 그 사람들에게 보여주겠소."

그러자 그는 울면서 내 양손에 번갈아가며 입을 맞추었다. "당신이 알고 싶은 것을 당신께 말씀드리겠어요. 그러나 제발 저 건너편 골목길로 갔으면 좋겠군요." 나는 고개를 끄덕였고, 우리는 그쪽으로 건너갔다.

그러나 그는 드문드문 노란 가로등이 있는 골목길의 어둠이 싫었는지 나를 어떤 낡은 집의 낮은 복도 안 전등 밑으로 데리고 갔는데, 그 전등은 목제 계단 앞에 떨어질 듯이 매달려 있었다.

거기에서 그는 점잔을 빼며 손수건을 꺼내어 계단 위에 펼쳐 놓으면서 말했다. "어서 앉으세요, 친애하는 선생님. 거기서 더 잘 물어보실 수 있을 겁니다. 저는 서 있겠어요. 그러면 대답을 더 잘

할 수 있습니다. 그러나 저를 괴롭히지는 말아주십시오."

나는 앉아서 눈을 가늘게 뜨고 그를 응시하면서 물었다. "당신은 기발한 정신병자요. 그게 당신이란 말이오. 성당에서 당신이 어떻게 행동하고 있는지! 그게 얼마나 화를 돋우는지 그게 보는 이들을 얼마나 불쾌하게 하는지! 당신을 쳐다보면서 어떻게 기도에 몰두할 수 있겠소."

그는 몸을 벽에 꼭 눌러대고 있었는데, 단지 머리만을 공중에서 자유롭게 움직였다. "화내지 마세요—선생님은 왜 자신에게 속하지 않은 일로 화를 내셔야 합니까. 제가 자연스럽지 못하게 행동할 때면, 제 자신도 화가 납니다. 그러나 다른 사람이 잘못된 행동을 하면, 저는 기쁩니다. 그러니까 사람들에게 보여지는 것이 저의 인생 목적이라고 말씀드리더라도 화내지는 마십시오."

"무슨 말을 하고 있는 거요." 하고 나는 그 낮은 통로에서는 너무나 큰 소리로 외쳤다. 그러나 나는 곧 목소리가 약해질까 봐 걱정이 되었다. "정말이지, 무슨 말을 하는 거요. 그래, 이미 알겠소. 당신이 어떤 상태에 있는지, 당신을 처음 보았을 때부터 알고 있었소. 나도 경험이 있거든. 그게 단단한 땅 위에서 느끼는 뱃멀미 같은 거라고 내가 말한다면, 농담으로 하는 말이 아니오. 그건 당신이 사물들의 진정한 이름들을 잊어버려서 이제 급히 우연한 이름들을 그것들에게 마구 쏟아붓고 있는 상태요. 오로지 빨리, 오로지 빨리! 그러나 당신이 그것들로부터 도망치자마자, 당신은 다시 그것들의 이름을 잊어버리지요. 당신이 '바벨탑'이라고 명명했던 포플러나무는—왜냐하면 당신은 그것이 포플러나무인 줄 몰랐거나 알고 싶지 않았기 때문인데—다시 무명無名으로 흔들거리지요. 그러면 당신은 그것을 '술 취했을 때의 노아'라고 명명하게 될 거요."

그가 "저는 당신이 한 말을 이해하지 못해서 기쁩니다."라고 말했으므로 나는 약간 당황했다.

흥분해서 나는 급히 말했다. "당신이 그것을 기뻐함으로 해서 당신 자신이 그것을 이해했다는 것을 보여주고 있는 거요."

"물론 저는 그것을 보여드렸습니다, 인자하신 선생님. 하지만 선생님 역시 이상하게 말씀하셨지요."

나는 양손을 위쪽 계단 위에 올리고 뒤로 기댔다. 그리고 레슬러의 최후의 방어 방법인 상대의 공격을 거의 받지 않는 자세로 물었다. "당신은 자신의 상태를 다른 사람들에게서 추측함으로써 자신을 구제하려는 재미있는 기질을 가지고 있군요."

그러자 그는 용감해졌다. 그는 자신의 신체를 하나로 통일시키려는 듯이 팔짱을 끼고서, 가볍게 반대의 뜻을 표했다. "아닙니다. 저는 모든 사람들을 상대로 그렇게 하지는 않습니다. 예를 들면 당신을 상대로 그렇게 하지는 않습니다. 왜냐하면 저는 그럴 줄 모르니까요. 그렇지만 제가 그렇게 할 수 있다면, 저는 기쁠 거예요. 그렇게 되면 저는 성당 안 사람들의 주의가 더 이상 필요치 않게 될 테니까요. 제가 그걸 왜 필요로 하는지 아십니까?"

이 질문은 나를 당황하게 만들었다. 두말할 나위도 없이 나는 그것을 몰랐고, 알고 싶지도 않다고 생각했다. 나는 정말이지 여기에 오고 싶지 않았어, 하고 그때 나는 혼잣말을 했다. 그러나 그 사람은 자기 말을 귀 기울여 듣도록 강요했다. 그래서 나는 이제 내가 그 이유를 몰랐다는 걸 그에게 알리기 위해, 오직 머리를 흔들기만 하면 되었다. 그러나 나는 조금도 머리를 움직일 수가 없었다.

내 맞은편에 서 있었던 그 사람은 미소를 지었다. 그러더니 그는 무릎을 굽히고 앉아 졸린 듯이 얼굴을 찡그리며 이야기했다. "제가 스스로 인생을 납득했던 때는 결코 없었습니다. 그러니까 저는 제 주위의 사물들을 오직 너무나 나약한 생각 속에서 이해하기 때문에, 언제나 그 사물들이 한때는 살아 있었지만 이제는 퇴락하고 있는 거라고 믿고 있습니다. 친애하는 선생님, 저는 언제나 사물들이 저에게 모습을 드러내기 전에 없어져버릴지도 모른다는 심정으로 그것들을 바라보고 싶은 충동을 갖는답니다. 그때 그것들은 아마 아름답고 조용할 겁니다. 틀림없이 그럴 거예요. 저는 종종 사람들이 사물들에 대해 그런 식으로 이야기하는 것을 듣고 있으니까요."

나는 침묵을 지켰는데, 다만 본의 아니게 얼굴을 씰룩거려서 내가 불쾌하다는 것을 나타냈기 때문에, 그가 물었다. "사람들이 그렇게 말한다는 것을 믿지 않으십니까?"

나는 시인해야 한다고 생각했지만, 그렇게 할 수 없었다.

"정말로 그걸 믿지 않으시나요? 아아, 한번 들어보세요. 제가 어린아이였을 때 낮잠을 잠깐 자고 나서 눈을 떴지요. 그때 저는 아직 잠에 완전히 취한 상태로 어머니가 발코니에서 자연스러운 목소리로 아래를 향해 이렇게 물어보는 소리를 들었습니다. '이봐요, 뭘 하세요? 날씨가 이렇게 더운데.' 하구요. 어떤 부인이 정원에서 '풀밭에서 간식을 들고 있어요.'라고 대답했습니다. 그들은 전혀 생각지도 않고, 또 각자가 그것을 예상하고 있었던 듯이 별로 확실치 않게 그런 말을 했어요."

나는 내가 질문을 받은 거라고 생각했다. 그래서 나는 바지 뒷주머니에 손을 집어넣고 거기서 무엇을 찾는 체했다. 그러나 나는 아무것도 찾지 못하고, 대화에 관심을 표시하기 위해 단지 나의 시선을 바꾸려고 했을 뿐이었다. 그러면서 나는 그런 일은 정말 이상스럽고, 나는 그것을 전혀 이해하지 못한다고 말했다. 나는 그것이 진실이라고 믿지 않으며, 그것은 내가 지금 알아챌 수 없는 어떤 특별한 목적 때문에 지어낸 이야기임이 틀림없을 거라고 덧붙였다. 그러고 나서 나는 눈을 감았다. 눈이 아팠기 때문이었다. "오, 선생님께서 저와 같은 의견이시라니, 그거 정말 잘됐군요. 그리고 그것을 저에게 말씀하시려고 저를 불러 세우신 건 이기심 때문만은 아니었군요. 제가 똑바로 걷지 못하고 힘들게 걸어가고, 지팡이로 돌이 깔린 보도를 두드리지 않으며, 시끄럽게 떠들며 지나가는 사람들의 옷을 스치지 않는 것을 제가 왜 부끄러워해야 됩니까 — 혹은 우리가 왜 부끄러워해야 합니까 — 그렇지 않습니까. 각이 진 어깨를 한 저의 그림자가, 가끔은 진열장 유리 속으로 사라지기는 하지만, 집들을 따라 껑충껑충 뛰어가고 있다는 것을 오히려 당연히 대담하게 호소해도 되는 것은 아니라 할지라도 말입니다.

제가 지내온 세월이 어떤 나날들이었는지 아세요! 어째서 모든 것이 그렇게 잘못 지어져서, 겉으로는 그 이유를 발견할 수 없는데도 이따금씩 고층 건물들이 무너져 내리는지요. 그러면 저는 폐허 더미 위로 기어올라 가서 만나는 사람마다 이렇게 물어봅니다. '어떻게 이런 일이 일어날 수 있는지! 우리 도시에서 — 새집이 말입니다 — 그것도 오늘 벌써 다섯 번째입니다 — 생각 좀 해보세요.' 하지만 그때 아무도 나에게 대답해주지 못했습니다.

가끔 사람들은 골목에서 넘어져 죽은 채로 발견됩니다. 그러면 상인들은 물건들이 매달려 있는 문을 열고 경쾌하게 다가와서는 그 죽은 자를 어떤 집 안으로 옮겨놓고는 입과 눈 주위에 미소를 짓고 나오면서 말합니다. '안녕하세요? — 하늘이 흐리군요 — 저는 두건을 많이 팔고 있어요 — 그렇습니다. 전쟁이지요.' 저는 집 안으로 껑충껑충 뛰어 들어갑니다. 그리고 굽은 손가락이 달린 손을 비겁하게 여러 번 들어올린 후에, 마침내 건물 관리인 집의 작은 창문을 두드립니다. '친애하는 분이여.' 하고 저는 다정하게 말합니다. '죽은 사람이 댁으로 옮겨져 왔지요. 그를 저에게 보여주십시오. 부탁드립니다.' 그가 마치 결심이나 한 듯이 고개를 흔들면, 저는 분명하게 말하지요. '친애하는 분이여, 저는 비밀경찰입니다. 어서 그 죽은 자를 저에게 보여주십시오.' '죽은 사람이라고요?'라고 이제 그는 묻고는 매우 불쾌해합니다. '아니오. 여기는 죽은 사람이 없습니다. 이곳은 품위 있는 집안입니다.' 저는 인사를 하고 나옵니다.

그렇지만 큰 광장을 가로질러 가고 나면, 저는 모든 것을 잊어버립니다. 이런 일로 생긴 어려움이 저를 당황시킵니다. 그래서 저는 가끔 혼자 생각해봅니다. '만약 사람들이 오직 오만에서 그렇게 큰 광장들을 짓는 것이라면, 그 광장을 가로질러 통하는 돌난간은 왜 세우지 않는 것일까. 오늘은 남서풍이 분다. 광장의 대기는 격앙되어 있다. 시청 탑 꼭대기의 풍향계는 작은 원을 그리고 있다. 왜 사람들은 궁지에 빠졌는데도 조용히 있지 않는 걸까? 모든 유리창이 소리를 내고, 가로등의 기둥들이 대나무처럼 휘어진다. 기둥 위의 성스러운 마리아의 겉옷이 휘감기고, 사나운 바람이 그 옷을 할퀴어댄다. 도대체 아무도 이것을 보지 않는단 말인가? 돌로 된 보도 위를 걸어가야 할 신사 숙녀들이 부유한다. 바람이 잠깐 사라지고 나면, 그들은 멈춰 서서 서로 몇 마디 말을 주고받으며 머리를 숙여 인사를 한다. 그러나 바람이 다시 반격해오면, 그들은 버티지 못하고 모두 동시에 걸음을 옮긴다. 그들은 모자를 꼭 거머쥐고 있지만, 그들의 눈은 온화한 날씨인 양 즐거이 바라본다. 오직 나만이 두려워한다.'"

앞서처럼 나는 기분이 뒤틀려서 이렇게 말했다. "당신이 앞서 정원에서 있었던 당신 어머니와 그 부인에 대해서 들려주었던 이야기를 나는 전혀 이상하다고 생각지 않소. 나는 그런 식의 이야기를 많이 듣고 경험했을 뿐만 아니라, 많은 경우 함께 참여하기까지 했소. 그런 일은 정말 아주 자연스러운 것이오. 내가 발코니 위에 있었더라면 그와 똑같이 말하지 않았으리라고 생각하시오? 또 정원에서도 그와 똑같이 응답하지 않았으리라고 말이오? 그건 아주 간단한 사건이에요."

내가 그렇게 말하자, 그는 매우 행복한 듯 보였다. 그는 내가 맵시 있게 옷을 입고 있으며 내 넥타이가 그의 마음에 든다고 했다. 그리고 내가 어쩌면 그렇게 고운 피부를 지녔는지도. 고백이란 그것을 취소할 때에 가장 솔직한 것인지도 모른다.

술 취한 자와의 대화

Gespräch mit dem Betrunkenen

내가 총총걸음으로 집 문을 나섰을 때, 하늘에서는 달과 별 그리고 거대한 창공이, 그리고 원형 광장에서는 시청과 마리아 입상과 성당이 나를 갑자기 덮쳐왔다.

나는 조용히 그늘진 곳으로부터 달빛으로 나와, 오버코트의 단추를 끄르고는 몸을 따뜻하게 했다. 그러고는 양손을 들어 밤의 아우성 소리를 잠재우고 곰곰이 생각하기 시작했다.

'너희들이 마치 실제로 존재하는 체하다니, 어떻게 된 거지. 너희들은 창백한 보도 위에 우스꽝스레 서 있는 내가 비현실적인 존재라고 믿게 하려는 생각이었는가? 하지만 그대 하늘이여, 네가 실제로 존재했던 것은 이미 오래전 일이란다. 그리고 너 원형 광장 역시 한 번도 존재한 적이 없었단다.'

'그건 물론 사실이야, 너희들은 여전히 나보다 우월하지. 그렇지만 내가 너희들을 가만히 놓아둔 때뿐이란다.'

"달아, 다행히도 너는 더 이상 달이 아니구나. 하지만 달이라고 명명된 너를 여전히 달이라고 부르는 것은 내가 무관심한 탓인지도 모른다. 내가 널 '이상한 빛깔의 잊혀버린 종이 초롱'이라고 부르면, 너는 어째서 더 이상 거만을 떨지 못하는지. 그리고 내가 널 '마리아 입상'이라 부르면, 너는 어째서 거의 움츠러들다시피 하는 건지. 마리아 입상아, 내가 널 '노란빛을 던지는 달'이라고 부르면, 너의 위협적인 모습을 더는 볼 수가 없구나."

'너희들에 대해 곰곰이 생각하는 것은 너희들에게 이롭지 못하다는 것이 사실인 모양이구나. 용기도 건강도 쇠퇴하는 것을 보니 말이야.'

'세상에, 곰곰이 생각하는 사람이 술주정꾼에게서 배운다면, 틀림없이 굉장히 유익할 텐데!'

'왜 모든 게 조용해진 거지. 바람이 더 이상 불지 않는 것 같군. 그리고 가끔 작은 바퀴를 달고 있는 듯 광장 위를 굴러다니는 작은 집들도 아주 단단히 붙어 있는데 ― 조용 ― 조용 ― 보통 때는 땅과 구별이 되는 가늘고 검은 선이 전혀 보이지 않는군.'

그래서 나는 달리기 시작했다. 나는 아무 방해를 받지 않고 그 큰 광장 주위를 빙 둘러 세 번 뛰었다. 그리고 술주정꾼을 만나지 못했으므로, 나는 속도를 줄이지 않고 또 힘들다고 느끼지도 않으면서 카알 거리를 향해 뛰었다. 내 그림자는 마치 벽과 길바닥 사이의 오목하게 파인 길을 갈 때 그렇듯 내 옆에서 나보다 작은 모습으로 벽에 붙어서 달려왔다.

내가 소방서를 지나가고 있었을 때 작은 원형 광장에서 소음이 들려왔다. 그리고 그곳으로 접어들자 분수의 격자 울타리에 기대어 서 있는 술주정꾼이 보였다. 팔을 수평으로 들고 나무 슬리퍼에 꿰여 있는 두 발을 동동 구르면서.

나는 우선 호흡을 진정시키느라고 멈추어 서 있었다. 그러고 나서 그에게로 다가가 실크 모자를 벗고 나를 소개했다.

"안녕하십니까, 상냥한 귀인 나리. 저는 스물세 살이지만 아직 이름이 없습니다. 그렇지만 당신은 분명히 이 대도시 파리 태생으로 놀랄 만한, 정말 노래처럼 리드미컬한 이름을 가지고 있겠지요. 매끄러운 프랑스 궁정의 아주 부자연스러운 냄새가 당신을 둘러싸고 있습니다그려."

"분명 당신은, 높고 밝은 테라스에서 꽉 끼는 코르셋을 입고 빈 정대듯이 뒤돌아보면서 서 있는 저 위대하신 숙녀님들을 묘한 눈으로 보셨겠지요. 계단 위에 펼쳐진 그녀들의 아름다운 긴 옷자락 끝이 아직 정원 모래 위에 놓여 있고요―여기저기 늘어선 긴 장대 위로 대담하게 재단한 잿빛 평상복과 하얀 바지를 입은 하인들이 기어오르고 있는데, 다리로 장대를 끼고, 하지만 상체는 가끔 뒤와 옆으로 구부린 채였지요. 그들은 밧줄에 매어진 거대한 잿빛 아마포 천들을 땅으로부터 끌어올려 공중에 팽팽하게 펴야 하는데, 그 이유는 위대하신 숙녀님들께서 안개 긴 아침을 원했기 때문이었지요."

그가 트림을 했기 때문에 나는 몹시 놀라서 이렇게 말했다. "신사 양반, 정말 당신께서 우리의 파리, 저 폭풍우 치는 파리에서 왔다는 것이 사실인가요? 아니, 이 미친듯이 우박이 때리는 날씨를 뚫고 말입니까?" 그가 다시 트림을 했기 때문에 나는 당황해서 이렇게 말했다. "그것이 저에게 대단한 영광을 가져온 걸 알고 있지요."

그리고 나는 손가락을 빨리 놀려 코트의 단추를 채우고 나서 성급하게, 그리고 부끄러워하며 말했다. "당신이 내게 대답할 가치가 없다고 생각한다는 걸 알고 있어요. 하지만 제가 오늘 당신에게 질문하지 않는다면, 저는 울며 인생을 보내야 할 겁니다."

"바라건대 멋쟁이 신사 양반, 사람들이 나에게 해주었던 얘기가 사실인지요? 파리엔 오직 멋지게 치장된 옷으로 만들어진 사람들만이 있나요? 거기엔 단지 현관만 있는 집들이 있나요? 그리고 여름날 하늘은 물 흐르듯 푸르고, 단지 뭉쳐진 하얀 작은 구

름들로 아름답게 장식되어 있으며, 그 구름들이 모두 하트 모양
이라는 게 사실인가요? 그리고 거기엔 늘 대성황을 이루는 진귀
품 전시실이 있다고요. 그곳에는 가장 유명한 영웅들, 범죄자들
과 연인들의 이름표들이 매달려 있는 나무들만이 덩그러니 서
있다면서요."

"그리고 또 이런 소식도 있지요! 이 틀림없는 허위 소식 말입
니다!"

"파리의 거리들은 갑자기 둘로 갈라진다는데 사실인가요? 거
리들이 불안하다는데 사실인가요? 언제나 모든 게 제대로이지
않다는데, 어찌 그럴 수가 있을까요! 사고가 한번 나면, 사람들은
길바닥을 거의 건드리지 않는 대도시 특유의 큰 걸음걸이로 옆
길에서 모여든다지요. 모두가 호기심에 차 있긴 하지만, 실망할
까 봐 겁을 낸다지요. 그들은 숨을 헐떡대면서 머리를 앞으로 내
민다지요. 그러나 서로 몸이 닿게 되면, 깊이 머리를 숙여 이렇게
용서를 구한다면서요. '정말 미안합니다 — 고의가 아니었습니
다. 사람들이 너무 많이 모였어요. 용서하세요 — 죄송스럽게도
제가 아주 서툴렀군요 — 그 점을 시인합니다. 제 이름은 — 제 이
름은 제롬 파로쉬입니다. 전 카보탱 거리의 잡화상입니다 — 허
락하신다면, 제가 내일 점심에 당신을 초대해도 될까요 — 저의
집사람도 매우 기뻐할 겁니다.' 그들은 그렇게 말한다지요. 그러
나 그러는 동안에 거리는 마비되고, 집들 사이로 굴뚝의 연기가
내려앉는다지요. 바로 이렇다지요. 어느 상류층 지역의 번화한
환상 도로에서 두 대의 자동차가 섰다고 가정합시다. 하인들이
정중하게 문을 엽니다. 여덟 마리의 시베리아산 족보 있는 사냥
개들이 그 뒤를 춤추듯 따라 내려와서 짖어대며 차도 위로 뛰어

오릅니다. 그러면 바로 그들이 파리의 분장한 젊은 멋쟁이들이라
고 사람들은 말한다지요."

그는 두 눈을 꼭 감고 있었다. 내가 말이 없자, 그는 양손을 입
에 넣고 아래턱을 잡아당겼다. 그의 옷은 완전히 더러워져 있었
다. 아마 누군가 그를 술집에서 밖으로 내던져버린 모양인데, 그
는 아직도 그것을 확실하게 알지 못하고 있었다.

낮과 밤 사이에는 아마도 짧고 아주 조용한 휴식 시간이 있었
을 것이다. 우리가 기대하지 않는데도 머리가 우리를 목에 매달
아놓고, 우리가 알아차리지 못하는데도 모든 것이 — 우리가 바
라보고 있지 않기 때문에 — 조용해지고는 다시 사라져버리는 그
런 시간이. 그동안에 우리는 굽어진 육신으로 혼자 남아 있다가
다시 주위를 둘러보지만, 더 이상 아무것도 보지 못하며, 거슬러
불어오는 바람도 느끼지 못한다. 그러나 우리는 마음속으로, 지
붕과 다행히도 각진 굴뚝이 있는 집들이 우리와 어느 정도 떨어
져 서 있다는 생각에 매달린다. 어둠은 그 굴뚝을 통해 집 안으로
흘러들고, 다락방을 통해 여러 방 안으로 흘러드는 것이다. 그리
고 내일이면 — 믿어지지 않지만 — 모든 것을 다시 볼 수 있는 낮
이 오리라는 것은 하나의 행운인 것이다.

그때 술주정꾼은 눈썹을 높이 치켜세워서 눈과 눈썹 사이에 어
떤 빛이 생긴 것 같았는데, 띄엄띄엄 이런 얘기를 들려주었다. "그
건 그러니까 — 나는 그러니까 졸려요. 그러니 나는 자러 갈 거
요 — 벤첼스 광장에 내 동서가 하나 살지요 — 나는 그곳으로 가
요. 나는 거기서 사니까, 거기 내 침대가 있으니까 — 이제 갑니다
— 다만 그의 이름이 무언지 그리고 어디 사는지 그걸 모른다는
것뿐이지 — 그걸 잊어버린 것 같아요 — 그렇지만 괜찮아요. 나는

나에게 동서가 정말 있는지조차 전혀 모르겠거든—이제 정말 갑니다—내가 그 사람을 찾을 거라고 생각하시오?"

그 말에 나는 무심코 이렇게 말했다. "물론입니다. 그렇지만 당신은 외국에서 왔어요. 그리고 당신의 하인들이 우연히도 지금 당신 곁에 없는 거예요. 허락하신다면, 제가 당신을 모시고 가지요."

그는 대답하지 않았다. 그래서 나는 그가 팔짱을 끼도록 내 팔을 그에게 내어주었다.

브레스치아의 비행기

Die Aeroplane in Brescia

우리는 도착했다. 공항 앞에는 아직도 이상한 목조 주택들이 있는 큰 광장이 있다. 우리는 그런 집들 대신에 차고와 국제적인 큰 식당 등과 같은 표지판을 기대했을지도 모른다. 작은 마차에 탄 엄청나게 크고 살이 찐 걸인들이 팔을 내밀어 우리의 가는 길을 막았다. 사람들은 서둘러 그들을 건너 뛰어가려고 했다. 우리는 많은 사람들을 추월하기도 하고 많은 사람들에게 추월당하기도 한다. 우리는 이곳에 속한 하늘을 바라본다. 다행히도 아직 어떤 비행기도 날지 않는구나! 우리는 우회해서 가지 않을 것이며 그렇다고 신호를 무시하고 통과하지도 않을 것이다. 수많은 우마차들 사이와 뒤에서 그리고 그것들의 맞은편에서 이탈리아 기병대가 껑충껑충 뛰고 있다. 질서와 불행한 사건들은 한결같이 불가능한 것처럼 보인다.

한번은 브레스치아에서 저녁 늦게 어떤 정해진 거리로 급히 가려고 마음을 먹었다. 우리는 그 거리가 꽤 멀리 떨어져 있다고 생각했다. 어느 마부 한 사람이 삼 리라를 요구하지만 우리는 이 리라를 준다. 그 마부는 운행을 거부한 채, 아주 먼 거리라고 친절하게 설명해주었다. 우리는 우리가 제안했던 금액에 대해 부끄럽게 생각하기 시작했다. 좋아요, 삼 리라요. 우리가 타자, 마차는 짧은 거리를 통과해서 세 번 돌더니 우리가 가려는 목적지에 도착한다. 우리 두 사람보다 더 활기가 넘쳐 있는 오토는 일 분밖에 걸리지 않은 운임으로 삼 리라를 지불한다는 것은 정말이지 가당치도 않은 일이라고 설명한다. 일 리라도 많으니 일 리라면 족하다는 것이다. 벌써 밤이었다. 작은 거리는 텅 비어 있었다. 마부는 막무가내였다. 그는 마치 한 시간 이상 입씨름을 한 듯 열을 냈다. "뭐라구요? —그건 사기예요—도대체 무슨 속셈입니까—삼 리라로 합의를 보지 않았습니까. 삼 리라를 내셔야 합니다. 삼 리라를 주겠습니까, 아니면 놀랄 일을 당할 겁니까?" 오토가 "정가대로 하겠습니까 아니면 파출소로 가겠습니까?"라고 말했다. 정가라고. 그건 정가도 아니다. 그따위 정가가 어디 있담! —그건 야간 운행에 대한 합의 사항이었다. 그러나 우리가 그에게 이 리라를 줄 경우 가게 할지도 모른다. 오토가 불안해져서 "정가를 지불하겠습니까 아니면 파출소로 가시겠습니까!" 하고 몇 번인가 소리를 지르며 노력한 후에야 정가표가 나왔다. 정가표로는 아무것도 볼 수 없었고 더러운 것만이 묻어 있었다. 그래서 우리는 일 리라 오십으로 합의를 보았고, 그러고 나서야 마부는 계속 좁은 거리를 달렸다. 그 거리에서는 돌아설 수가 없어 그는 화를 낼 뿐만 아니라, 내게 보이려는 듯이 애처로운 모습을 했다. 유감스러운 일이지만 우리의 태도는 올바른 것이 아니었다. 이탈리아에서는 그렇게 행동해서는 안 되는 것이다. 다른 곳에서는 합당한 일일지 모르겠지만 이곳에서는 그럴 일이 아니었다. 급한데 어떻게 그런 생각이나 했겠는가! 한탄할 것은 없다. 일주일간의 짧은 비행 대회 기간에 이탈리아인이 될 수야 없지 않은가.

그렇지만 후회가 활주로에서의 기쁨을 삭이게 할 수는 없지 않은가. 하지만 또다시 새로운 후회가 들지 모르는 일, 그래서 우리는 오히려 공항 안으로 뛰어 들어간다. 이렇게 햇빛이 비치는

곳에서 우리 한 사람 한 사람을 갑작스레 그것도 수없이 사로잡
는 온갖 환희에 젖어 걸어다닐 수야 없지 않은가.

우리는 유랑하는 코미디언들의 닫힌 무대에서처럼 주름 잡힌
커튼들이 쳐 있는 격납고를 지나갔다. 그 박공의 삼각 벽면 위에
는 항공 기사들의 이름들이 적혀 있었다. 그 벽면들로 그들 비행
기들이 은폐되어 있었고, 그 너머에는 그들 고향의 삼색기가 그
려져 있었다. 코비안치, 카뇨, 칼데라라, 루지어, 커티스, 몽세르
(그는 트리엔트인인데, 이탈리아인 혈색을 지녔고 우리보다는
그들에 더 익숙해 있었다), 안차니, 로마 항공 기사 클럽 이름들이
보였다. "그런데 블레리오트는 어디에 있지?" 하고 우리는 묻는
다. 우리가 언제나 생각했던 블레리오트, 블레리오트는 어디에 있
는 걸까?

그 격납고 앞, 울타리가 쳐진 광장에는 묘한 코의 작은 남자 루
지어가 셔츠 바람으로 이리저리 뛰고 있었다. 그는 정말이지 알
수 없는 일을 하고 있는 중이었다. 그는 힘차게 양손을 움직이면
서 양팔을 흔들어댔고, 걸어가면서 이곳저곳을 만졌고, 일꾼들을
격납고의 커튼 뒤로 보내기도 했으며, 그들을 다시 불러 자기 앞
으로 모이게 한 후에 자신이 몸소 그 안으로 들어가기도 했다. 그
러는 동안 옆쪽에서는 꼭 끼는 하얀색 옷을 입은 그의 부인이 작
은 검은색 모자를 머리에 꾹 눌러쓴 채, 짧은 스커트를 입은 다리
를 부드럽게 벌리고는 텅 빈 열기 속을 바라보고 있었다. 사업가
인 그녀의 작은 머릿속은 온통 사업 걱정으로 가득 차 있었다.

이웃해 있는 격납고 앞에는 커티스가 혼자 앉아 있었다. 약간
들려진 커튼 사이로 그의 비행기가 보였다. 그는 사람들이 말하
는 것보다도 더 커 보였다. 우리가 옆을 지나칠 때 커티스는 『뉴

욕 헤럴드』를 쳐들고는 페이지 윗부분을 읽고 있었다. 반 시간 후 우리가 다시 그 옆을 지나가게 되었을 때도 그는 그 페이지의 중간 부분을 들고 있었다. 다시 반 시간쯤 지났을 때 그는 그 페이지를 끝내고는 새로운 페이지를 읽기 시작했다. 추측컨대 그는 오늘 비행할 생각이 없는 모양이다.

우리는 몸을 돌려 넓은 들판을 바라보았다. 그것은 매우 광활해서 그 위에 있는 모든 것들이 다 떠나가 버린 듯했다. 목표 지점을 표시하는 막대기가 우리 가까이에 서 있었고, 멀리 신호 기둥이 있었으며, 오른쪽 어딘가엔 비행기 사출기射出機가 있었다. 그리고 바람으로 팽팽해진 노란 국기를 단 위원용 자동차 한 대가 활주로 위에서 원을 그렸고, 그 때문에 생긴 먼지를 뒤집어쓴 채 섰다가 다시 달려갔다.

하나의 인위적인 황량함이 거의 열대성 기후에 가까운 이 지역에 마련되어 있었고, 이태리의 높은 귀족, 파리에서 온 화려하게 차려입은 숙녀들, 그리고 수천의 사람들이 여러 시간 동안 눈을 가늘게 뜬 채 이 태양 속에 드러난 황량함을 보기 위해서 여기에 함께 자리하고 있다. 이 광장에는 평상시 경기장들에서 볼 수 있는 그런 다양함이라곤 하나도 없다. 말 경주에 필요한 아름다운 장애물들도, 테니스 코트장의 하얀 표시들도, 축구장으로 사용되는 신선한 잔디밭도, 돌이 많아 들쭉날쭉한 자동차와 자전거 경주로도 없다. 오후에는 그저 다채로운 색깔의 복장을 한 기병대 행렬이 두서너 번 평지 위를 가로질러 달렸을 뿐이다. 말의 다리들은 먼지 때문에 보이지 않았고, 태양 빛은 오후 다섯 시가 될 때까지도 한결같았다. 이 평지를 바라볼 때 아무런 방해도 받지 않도록 하려는 듯 음악 소리도 들리지 않았다. 싸구려 좌석에 앉은 군중들의 휘파람 소리만이 우리들의 귀와 조급함을 달래주려는 듯했다. 우리 뒤편에 있는 비싼 관람석에서 보면 물론 군중들은 저 텅 빈 평지와 아무런 구분 없이 하나로 합류되어 흐를 것이다.

나무로 된 난간에는 많은 사람들이 잇대어 서 있었다. "정말 작은데." 하고 한 떼의 프랑스 사람들이 한꺼번에 한숨을 쉬듯 소리쳤다. 무슨 일일까? 우리는 사람들 사이를 뚫고 나아갔다. 아주 가까운 활주로에는 이륙할 차비를 한 노란 빛깔의 비행기가 있었다. 이제 우리는 블레리오트의 격납고도 그리고 그의 곁에 서 있는 그의 제자인 르블랑도 볼 수 있었다. 그들은 활주로에서조차 조직적이었다. 그것을 금방 알아볼 수 있었는데, 블레리오트는 비행기의 한쪽 날개에 기대어 서서 목을 꼿꼿이 세운 채 모터를 다루는 기계공들의 손가락을 바라보고 있었다.

한 일꾼이 프로펠러를 돌리기 위해서 한쪽 날개를 잡고 힘껏 돌려대자 비행기가 움찔했다. 마치 강건한 사람이 잠잘 때 내는 숨소리 같은 게 들렸다. 그러나 프로펠러는 더 이상 움직이지 않았다. 다시 한 번 시도해보고, 또 열 번이나 시도해보았지만 곧바로 서버리거나, 그저 몇 번 돌아갈 뿐이었다. 모터가 문제였다. 새로운 작업이 시작되자, 가까이에서 일하는 사람들보다 구경꾼들이 오히려 더 피곤해졌다. 모터에는 온통 기름이 쳐졌고, 보이지 않는 나사들은 풀렸다 죄어졌다 했다. 한 남자가 격납고 안으로 달려가더니 부속품을 가져왔다. 하지만 그것도 맞지 않았다. 그는 되돌아 달려가서는 격납고 바닥에 쭈그리고 앉아 양다리 사이에 해머를 끼고 다루고 있었다. 블레리오트는 한 기계공과 자리를 바꾸었는데, 그 기계공은 또 르블랑과 자리를 바꾸었다. 한

번은 이 사람이 또 한 번은 저 사람이 프로펠러를 잡아챘다. 그러나 모터는 언제나 도움이 필요한 어린 학생처럼 막무가내였다. 전 그룹이 조언을 해보았지만 어쩔 수가 없었다. 언제나 또다시 요지부동이었다. 여전히 똑같은 자리에 선 채 거부하고 있었다. 잠시 동안 블레리오트는 아주 조용히 자기 자리에 앉아 있었다. 그의 여섯 명의 협력자들도 역시 미동도 하지 않고 그 주위에 빙 둘러 서 있었다. 마치 모두가 꿈을 꾸는 듯했다.

구경꾼들은 다시 한 번 숨을 내쉬더니 주위를 둘러보았다. 어머니처럼 보이는 젊은 블레리오트 부인이 두 아이들을 데리고 잠시 들렀다. 그녀의 남편이 비행할 수 없게 된다면 그녀는 기분이 좋지 않을 것이고, 또한 그가 비행 중이면 불안할 것이다. 그런데 그녀의 아름다운 의상은 이 기온에는 좀 무거워 보였다.

다시금 프로펠러가 돌려진다. 아마 앞서보다 나은 모양이었다. 그렇지 않을지도 모른다. 그러나 그것이 다른 모터인 양 소음을 내며 돌아갔다. 네 명의 남자가 뒤쪽에서 비행기를 잡고 있었다. 주위의 바람이 멈춘 상태인데도 진동 중인 프로펠러에서 나오는 바람 때문에 남자들의 작업복이 휘날렸다. 말소리라곤 한마디도 들리지 않고, 프로펠러에서 나는 소음만이 호령을 해대는 듯했다. 오랫동안 흙덩이 위를 굴러가던 비행기에서 여덟 개의 손이 떨어졌다. 마치 재판석에 앉아 있던 미숙한 자가 자리를 뜨듯이 말이다.

그런 시도가 여러 차례 행해졌다. 그리고 모든 시도들은 우연찮게 끝이 났다. 매번 시도할 때마다 관중들은 높은 곳으로 올라갔고, 짚으로 만든 의자 위에 올라서서 양팔을 활짝 벌려 균형을 잡았다. 그렇게 함으로써 사람들은 희망과 불안과 기쁨을 한꺼번에 보여줄 수 있다. 그러나 휴식 시간에는 이탈리아 귀족들 단체가 연단을 따라 이동했다. 서로 인사를 나누기도 하고, 허리를 굽히기도 하고, 서로를 다시 알아보기도 하고, 포옹도 하며, 연단으로 난 계단을 오르락내리락했다. 사람들은 서로 레티치아 사보이아 보나파르트 공주, 얼굴색이 짙은 노란 포도 빛깔인 한 나이 든 숙녀인 보르게세 공주 그리고 마로시니 백작부인을 가리킨다. 마르첼로 보르게세는 언제나 이들 숙녀들 곁에만 있었다. 멀리서 보면 그는 괜찮은 얼굴인 것 같으나 가까이에서 보면 뺨이 입 언저리 위에서 끝나 있어 아주 이상스럽게 보인다. 키가 작고 허약한 가브리엘 다눈치오는 위원회의 가장 저명한 인사들 중 한 사람인 올도프레디 백작 앞에서 수줍게 춤을 추는 듯 보였다. 연단 난간 위로는 주정뱅이 코라고 부를 만한 코를 지닌 푸치니의 강렬한 모습이 보였다.

그러나 이들은 애써 찾지 않으면 알아볼 수 없었다. 이 이외에 도처엔 최신 유행을 한 비대한 숙녀들이 모든 것을 깔보는 듯한 모습을 하고 있었다. 그녀들은 앉는 것보다 걷는 것을 더 좋아하는 듯했다. 앉아 있는 것이 그녀들이 입고 있는 의상에 좋지 않기 때문이었다. 아시아식 베일을 한 모든 얼굴들이 이제 막 어두워지고 있는 석양 속에서 움직이고 있었다. 상체에 걸친 느슨한 의상 때문에 뒤쪽에서 보면 온 모습이 겁먹은 듯 보였다. 이런 숙녀들이 겁먹은 듯이 보인다면 착잡하고 불안한 생각이 들지 않겠는가. 코르셋을 깊이 착용했는지 거의 표시가 나지 않을 정도였다. 전체가 좁아 보이는 걸 보니 허리는 보통보다 넓은 듯했다. 아마도 이 여인들은 더 폭 안겨 있기를 바라는 모양이었다.

지금까지 보인 것은 오로지 르블랑의 비행기뿐이었다. 그러나 이제 블레리오트가 탄 비행기가 운하 위를 날아왔다. 말을 하는 사람은 아무도 없었다. 모두가 다 알고 있었던 것이다. 장시간 휴식을 취하고 난 후에 블레리오트는 비행 중이었다. 날개 위로 그의 곧은 상체가 보였다. 그의 양다리는 비행기 장치의 일부처럼 깊이 놓여 있었다. 해가 기울었다. 연단 천막 아래쪽에서 그 움직이는 날개에 조명을 비췄다. 모두가 날개 쪽을 멍하니 올려다보고 있었다. 다른 장소엔 신경을 쓸 겨를이 없었다. 그는 작은 원을 그리며 비행하더니 거의 수직으로 우리 머리 위로 비행했다. 단엽 비행기가 어떻게 나는지, 블레리오트에 의해 어떻게 조정되는지 그리고 어떻게 상승하는지를 모두가 목을 늘이고 보고 있었다. 도대체 무슨 일이 일어나고 있는 것일까? 여기 지상 이십 미터 위에서 한 인간이 나무로 된 버팀목 안에 갇혀 자진해서 받아들인, 알 수 없는 위험에 대항하고 있다니. 그런데 우리는 저 아래 뒤쪽에 몰려 멍청히 서서 이 사람을 바라보고 있는 것이다.

모든 일이 순조롭게 진행되었다. 신호 막대는 보다 순풍으로 변했다는 것을, 그리고 동시에 커티스가 브레스치아의 대상을 타기 위해 비행하게 되리라는 것을 알려주고 있다. 그런데 어떤가. 이 사실을 알아차리자마자 벌써 커티스의 비행기 모터는 소리를 내기 시작했다. 그쪽을 바라보니 이미 그는 우리 곁을 떠났고, 그 앞에 펼쳐지는 평지 위를 지나 먼 숲 쪽으로 날아갔다. 이제야 숲의 지면이 높아지는 모양이었다. 오랫동안 숲 위를 날더니 그는 사라져버렸다. 숲만이 보일 뿐 그는 보이지 않았다. 그는 쥐도 새도 모르게 집 뒤에서 앞서와 같은 높이로 나타나는가 싶더니 우리를 향하여 돌진해왔다. 그가 상승하면 쌍엽 비행기의 아랫부분 평면이 어둡게 기우는 것이 보였고, 그가 하강하면 윗부분의 평면이 햇빛 속에서 반짝거렸다. 그는 신호 막대 주위를 돌더니 환호하는 소리에는 아랑곳하지 않고 그가 왔던 곳으로 똑바로 방향을 바꾸었다. 다시금 순식간에 작아졌고 그리고 혼자가 되어버렸다. 그는 이렇듯 다섯 번을 순회했는데, 사십구 분 이십사 초 안에 오십 킬로미터를 비행했고, 그럼으로써 브레스치아의 대상을 탔다. 상금은 삼만 리라였다. 그것은 완전한 성과였다. 그러나 완전한 성과란 평가되어질 수 없는 것이다. 모든 사람은 스스로 완전한 성과를 낼 수 있다고 생각한다. 완전한 업적을 쌓는 데는 어떤 용기도 필요치 않은 것 같다. 그리고 커티스가 홀로 저쪽 숲 위를 날고 있는 동안, 모든 사람들이 잘 알고 있는 그의 부인은 그를 걱정하고 있는 반면 군중들은 그를 거의 잊고 있다. 사방에서는 칼데라라의 비행기가 부서져 날 수 없으리라는 사실에 대해, 루지어가 벌써 이틀간이나 자신의 '보이신' 비행기에 매달려 그것을 떠나지 못하고 있다는 사실에 대해, 이탈리아 비행기구 초디악이 아직도 도착하지 않고 있다는 사실에 대해서 애석해했다. 칼데라라의 불운에 대해서는 매우 영광스러운 소문이 돌았는데, 그에 대한 국민의 사랑이 그의 라이트 비행기보다 더 안전하게 그를 상공으로 날아오르게 했다는 것이다.

커티스는 아직도 비행을 마치지 않은 상태였다. 벌써 희열에 들떠 있는 듯, 세 개의 격납고 안에서는 모터 작업이 시작되었다. 바람과 먼지가 반대 방향으로부터 덮쳐왔다. 두 눈만으로는 충분하지 않았다. 사람들은 의자에 앉아 빙빙 돌기도 하고, 흔들기도 하고, 누군가에게 꼭 매달리기도 하고, 실례를 청하거나, 흔들고 있는 자를 데리고 가면 감사를 받기도 한다. 이탈리아의 가을은 저녁이 빨리 시작된다. 경기장에 있는 것들이 더 이상 분명하게 보이지 않았다.

  승리의 비행을 마친 후 커티스가 이쪽은 보지도 않고 미소를 지으면서 모자를 살짝 치켜들고는 막 지나쳐 가자, 모든 사람들에게 익숙해 있는 작은 원을 그리며 블레리오트가 비행하기 시작했다. 환호하고 있는 상대가 커티스인지, 아니면 블레리오트인지, 혹은 루지어인지 알 수가 없었다. 루지어의 묵직한 큰 비행기가 이제 하늘로 급히 날아올랐다. 루지어는 마치 책상 앞에 앉아 있는 신사처럼 레버 앞에 앉아 있었다. 작은 사다리를 타고 올라간다면 그의 등 뒤로 갈 수가 있다. 그는 작게 회전하며 날아오르더니 블레리오트를 따라잡아 그가 보는 앞에서 멈추지 않고 위로 날아올랐다.

  만약 우리가 아직도 마차를 얻어 타려는 의향이 있다면 지금이 떠나야 할 절호의 시간이다. 많은 사람들이 우리 곁을 지나 몰려 나갔다. 물론 사람들은 이 비행이 단지 하나의 실험에 불과하다는 사실을 잘 알고 있다. 벌써 일곱 시였기 때문에 그 비행은 공식적으로는 등록되어 있지 않았다. 비행장 앞뜰에서는 운전사들과 봉사자들이 의자 위에 앉아 루지어를 가리키고 있었다. 비행장 앞에 여기저기 흩어져 있는 마차 위에서는 마부들이 서서 루지어를 가리키고 있다. 마지막 완충장치에까지 가득 찬 세 대의 열차가 루지어 때문에 미동도 하지 않고 있다. 다행히 우리는 마차 한 대를 얻어 탈 수 있었다. 마부가 우리 앞에 쭈그리고 앉았다 (마부석이 없었던 것이다). 마침내 우리는 우리끼리만 출발했다. 막스는 이곳과 유사한 행사를 프라하에서도 개최할 수 있고, 또 당연히 해야 한다는 아주 옳은 의견을 피력했다. 물론 비행 경연 대회까지야 어렵겠지만 항공 기사 하나 초대하는 것쯤은 해볼 만한 가치가 있으리라는 의견이었다. 그것은 분명 손쉬운 일일 것이며, 그 참가자가 누가 됐든 간에 결코 후회하지 않으리라는 것이었다. 사실 그 일은 아주 간단할지도 모른다. 지금은 라이트가 베를린에서 비행하고 있고, 곧 블레리오트가 비엔나에서 비행할 것이고, 라탐은 베를린에서 비행할 것이다. 그러므로 그 사람들에게 가는 길에 잠깐 우회해서 가도록 설득할 수도 있으리라는 것이다. 우리 다른 두 사람은 거기에 대해 아무런 대답도 하지 않았는데, 그 이유는 첫째 우리는 피곤했으며, 둘째 더 이상 아무것도 이의를 제기할 필요가 없었기 때문일 것이다. 길을 돌자 루지어가 나는 것이 보였다. 그는 매우 높이 날고 있어서, 이미 어두워진 하늘에 곧 나타나게 될 별들이나 비행 상태를 알게 해줄 거라는 생각이 들 정도였다. 우리는 계속해서 머리를 돌려댔다. 루지어가 아직도 막 상승 중에 있을 때 이윽고 우리는 평원 깊숙이 들어서고 있었다.

어느 청춘 소설

Ein Roman der Jugend

펠릭스 슈테른하임: 『젊은 오스발트의 이야기』. 히페리온 출판사, 한스 폰 베버, 뮌헨 1910년

원하든 원치 않든 간에 이 책은 젊은이들을 행복하게 해주는 책이다.

아마 독자는 서간체 형식으로 된 이런 소설을 읽기 시작하면 필시 다소 단순해질 것이다. 왜냐하면 한 가지 감정의 변하지 않는 흐름을 첫 순간부터 머리 숙여 바라보게 된다면 어떤 독자건 간에 성장할 수 없기 때문이다. 하기야 독자가 이렇게 단순해질 수 있어야 책을 읽는 순간부터 작가의 약점이 아침 경치처럼 선명하게 드러나게 될지 모른다. 예컨대 이 작가의 약점은 용어가 제한되어 나타나는 것인데, 거기에는 항상 베르테르의 그림자가 둘러져 있다는 것이다. 항상 방금은 '달콤한'이라고 했다가 또다시 '귀여운'이란 용어를 사용하기 때문에 듣는 사람의 귀에 거슬리게 되는 것이다. 또 하나 결점은 항시 되풀이되어 나타나는 감격이다. 그것을 충족시키려는 데만 급급한 나머지 그 감격은 종종 바로 자구에만 매달리게 되어 완전히 종이 위의 죽어버린 감격이 되고 만다.

그러나 독자가 그것에 익숙해지면 익숙해질수록 그는 하나의 안전한 장소를 얻게 되는데, 그 장소의 지반은 이미 그 이야기의 지반과 공통으로 진동하게 된다. 이 단계에 이르게 되면 이 소설

의 서간체 형식은 작가가 필요로 했던 것 이상으로 더 그 형식을 필요로 하고 있다는 사실을 쉽사리 깨달을 수 있다. 서간체 형식은 그 신속한 변화가 지니는 기세를 잃지 않고서도 어떤 지속적인 상태로부터 생기는 하나의 급격한 변화를 묘사할 수 있고, 그것은 또한 크게 외침으로써 어떤 지속적인 상태의 존재를 알려줄 수 있으며, 그것과 나란히 지속이 존속한다. 서간체 형식은 아무런 지장도 받지 않고서 줄거리가 진전하는 것을 가로막을 수가 있다. 그 이유는 무리 없는 열기로 우리를 흥분케 해주는 작중 인물이 자신의 편지를 쓰고 있는 동안에는 모든 힘들이 그를 보호해주기 때문이다. 커튼을 치고 온몸을 평안하게 한 상태에서 편지지 위로 그의 손은 술술 순조롭게 미끄러져 간다. 밤이면 반쯤 졸면서 그는 편지를 쓴다. 이때 눈을 더 크게 뜨면 뜰수록 더욱더 일찍 감겨지기 때문이다. 연달아 두 개의 편지를 각각 다른 수신자들에게 쓰다 보면, 두 번째 편지를 쓸 때에도 오로지 앞서의 수신자만을 머릿속에 떠올리게 된다. 편지는 저녁에 쓰는 것도 있고, 밤에 쓰는 것도 있으며, 아침에 쓰는 것도 있다. 그러므로 아침의 얼굴은 이미 알아볼 수 없게 되어버린 어젯밤의 얼굴을 무시해버리지만, 다가오는 저녁의 얼굴을 맞이해서는 여전히 이해력을 갖게 된다. '사랑하고, 사랑하는 그레트헨이여!'라는 문구가 두 개의 긴 문장 사이에 슬쩍 나타나서는 이에 깜짝 놀란 전후 두 문장을 뒤로 밀치고는 한껏 자유를 누린다.

그리하여 독자인 우리들은 명성, 문학, 음악 등 모든 것을 포기하고 현재의 우리 자신도 잃어버린 채 그대로 저 뜨거운 여름 나라로 휩쓸려 가고 만다. 그곳의 들과 초원에는 "네덜란드와 흡사하게, 좁고 어두운 지류들이 흐르고 있다." 그곳에서 오스발트는

다 큰 처녀들, 작은 어린아이들 그리고 한 영리한 여인에게 둘러싸여 있다. 오스발트는 그레트헨과 몇 마디 말을 주고받다가 그만 그녀와 사랑에 빠져버린다. 이 그레트헨이라는 처녀는 이 소설의 가장 깊은 곳에 살고 있다. 어느 페이지에서든 우리는 이 그레트헨에게 또다시 빠져들게 된다. 우리는 주인공인 오스발트는 놓쳐버리기 일쑤지만 그녀를 놓치는 일은 결코 없다. 그녀와 어울린 몇 사람들이 큰 소리로 웃는 경우에도 우리는 덤불 속을 들여다보듯 그녀를 찾아낼 수가 있다. 그렇지만 우리가 그녀를, 그녀의 소박한 모습을 보는가 싶으면 벌써 우리는 그녀 곁에 와 있다. 그러나 너무 가까이에 있어 오히려 그녀를 잘 보지 못하는 것이다. 또한 우리가 그녀 가까이 있다는 것을 느낄 때쯤이면 벌써 우리는 그녀에게서 멀리 벗어나 있고, 그녀의 모습은 멀리 조그맣게 보일 뿐이다. "그녀가 작은 머리를 자작나무 난간에 기대고 있으면 달은 그녀의 한쪽 얼굴을 비추고 있다."

이런 여름 정경에 대해 독자들은 마음속으로 경이감을 보낸다—그 여름 이후로 이 책은 주인공과 사랑과 신의와 그 밖의 모든 좋은 일들과 더불어 모조리 멸망의 길을 걷게 되고, 오직 주인공의 시문학만이 남아 승리를 노래할 뿐이다. 이것은 오로지 시문학의 냉정함만이 정당화할 수 있는 일이다. 이렇게 되리라고 누가 감히 말할 수 있었겠는가? 아니 누가 감히 그런 것을 쉽사리 증명할 수 있었겠는가? 그러므로 독자는 작품이 종국에 이르면 이를수록 더욱더 최초의 여름 장면으로 되돌아가기를 바라게 되고, 그리고 결국엔 주인공이 자살을 기도하게 되는 바위 위까지 따라가는 것이 싫어, 행복하게 저 여름 장면으로 되돌아가 영원히 그곳에 머물고 싶어 하는 것이다.

영면하게 된 어느 잡지

Eine entschlafene Zeitschrift

문예지 『히페리온』은 반은 부득이한 사정으로 반은 자발적으로 폐간되었다. 그래서 석판 모양으로 생긴 크고 하얀 이 잡지는 일단 열두 권으로 완결된다. 이 잡지에 대해 직접 언급하고 있는 것이라곤 겨우 1910년과 1911년도판 『히페리온 연감』뿐인데, 독서 대중들이 이에 마음을 빼앗기고 있는 것은, 마치 뜻하지 않게 죽은 사람이 뒤에 남긴 재미있는 유품에 사람들이 마음을 빼앗기는 경우와 흡사할 것이다. 원래 이 잡지의 주된 편집자는 프란츠 블라이였는데, 이 대단한 인물은 열성 때문에, 아니 그보다는 여러 방면에 걸친 다양한 재능 때문에 문학에 깊숙이 빠져들었다가 진퇴양난에 빠지게 되자 오히려 잡지를 창간하는 일로 자신의 변화된 활로를 찾았다. 또한 출판을 맡은 사람은 한스 폰 베버로서 그의 회사는 처음에는 오직 『히페리온』 잡지 일에만 전념하였으나, 오늘날에 와서는 문학이란 외길에만 박혀 있지 않고, 그렇다고 일반적인 프로그램을 너절하게 펼쳐 보이는 것도 아니며, 지금은 가장 목적의식이 뚜렷한 큰 독일 출판사 중 하나가 되었다.

이 『히페리온』 잡지의 창시자들의 의도는 이 잡지로써 문예지계 내에 생길 수 있는 틈새를 메울 생각이었다. 처음에는 『판』 잡지가 이 틈새에 눈을 돌린 바 있었고, 그것에 이어서 『인젤』 잡지가 그 틈새를 메우려고 노력한 적이 있었다. 그러나 그 이후에도 틈새는 여전히 벌어져 있는 듯했다. 바로 여기서 『히페리온』지의 오류가 시작된다. 그러나 분명한 것은 일찍이 그 어떤 잡지도 이렇듯 고상한 오류를 범한 예가 없었다는 것이다. 『판』 잡지는 본질적이면서 시대에 걸맞은, 그러나 아직까지 세상에 알려지지 않았던 주요 인물들을 모으고 그들을 한데 모아 힘을 강화시킴으로써 그 시대에 독일 전역에 걸쳐 유익한 놀라움을 가져다주었다. 『인젤』의 출판사는 자신에게 꼭 필요한 것이 결여되어 있다고 생각될 경우에는, 비록 조금 저속하기는 하지만 다른 필요한 것을 그럴듯하게 포장해서 보완했다. 그러나 『히페리온』 잡지는 필요한 점이라곤 하나도 없었다. 그러니 당연히 문학의 주변에 살고 있는 사람들에게 위대하고 생생한 대표성을 부여해주게 되었다. 그러나 그것은 그들에게 어울리지도 않았으며, 그들은 본래 그런 것을 바라지도 않았다. 타고나면서부터 공동체로부터 떨어져서 사는 사람들이란 잡지에 정규적으로 등장하게 되면 반드시 손해를 입게 되는 법이다. 즉 그들은 다른 작품들 사이에 놓이게 됨으로써 일종의 화려한 조명을 받고 있다는 느낌을 가지게 되는 것은 틀림없으나, 실제의 그들보다 더 낯설게 보이는 것이다. 또한 그들은 어떤 방어도 필요로 하지 않는다. 왜냐하면 그들에게는 몰이해라는 것이 해당되지 않기 때문이다. 그러므로 애정만 가지고 있으면 어디서든 그들을 발견할 수 있다. 또한 그들에게는 힘을 북돋아주는 일도 필요치 않다. 왜냐하면 그들이 계속해서 진실하게 남아 있기 위해서는 오직 자기 자신만을 양식糧食으로 삼아야 하기 때문이다. 그러므로 앞서 그들에게 해를 가하지 않고서는 그들을 도울 수 없는 것이다. 그러나 대표성을 부여하고, 소개하고, 방어하고, 힘을 북돋아주고 하는, 다른 잡지들이 할 수 있는 가능성들도 이『히페리온』지에서는 허용되지 않기 때문에 극도의 불이익을 피할 길이 없었던 것이다. 요컨대 이런 식으로『히페리온』지에 모이게 되는 문학작품에는 아무리 막으려 해도 방어할 능력이 없기 때문에 가짜가 섞이기 마련이다. 그와는 반대로 가장 우수하고 보편적인 문학과 예술 작품이『히페리온』지에 실리게 되는 경우라 할지라도 언제나 완벽한 조화를 이루었던것은 아니며, 다른 데서는 얻을 수 없는 어떤 특별한 이점도 전혀 없었다. 그러나 이러한 의구심이 지난 이 년간 독자가『히페리온』지를 즐기는 데 방해가 될 수는 없었다. 왜냐하면 그 기획이 갖고 있는 매력 자체가 모든 것을 잊도록 만들었기 때문이다. 물론 이러한 의구심은『히페리온』자체에서는 사활이 걸린 중요한 일이었을 것이다. 다음 세대들에게서는 이 잡지와 유사한 사업을 할 의지, 힘, 희생정신 그리고 무모한 정열을 지닌 그런 사람은 분명 나타나지 않을 터이지만, 그렇다고 해서 이 잡지에 대한 추억이 사라지지는 않을 것이다. 이런 이유 때문에 이 잊혀지지 않을『히페리온』지는 경쟁 대상으로부터 벌써 멀어지기 시작했으며, 십 년이나 혹은 이십 년 후에는 단순히 서지학상의 한 귀중한 보고로 남게 될 것이다.

막스 브로트와 프란츠 카프카의
『리하르트와 자무엘』의 제1장

Erstes Kapitel des Buches "Richard und Samuel" on Max Brod und Franz Kafka

'리하르트와 자무엘 — 중부 유럽 여러 지역의 작은 여행'이란 표제가 달린 이 소책자는 성격이 서로 다른 두 친구가 평행으로 써내려간 여행 일지를 담은 것이다.

자무엘은 빈틈이 없는 젊은이로서 삶과 예술의 모든 대상에 대해 폭넓은 지식과 올바른 판단력을 키우려고 아주 진지하게 노력하고 있다. 그렇다고 무미건조하다거나 현학적이 되거나 하는 일은 결코 없다. 리하르트는 특정한 관심 영역이 없어 수수께 끼와 같은 감정에 의해, 아니 그보다는 자신의 나약함에 의해 더 이끌려가기는 하지만, 그러나 자신의 협소하고 우연적인 행동 영역 안에서는 많은 집중력과 소박한 자주성을 보여주고 있기 때문에 결코 변덕스러운 희극으로 변질되는 일은 결코 없다. 직업을 보면 자무엘은 어느 예술 협회의 서기이고 리하르트는 은행원이다. 리하르트에게는 재산도 있다. 하지만 그가 일을 하는 이유는, 하는 일도 없이 하루하루를 보낸다는 것은 참을 수 없는 노릇이라 생각하기 때문이다. 그러나 자무엘은 자신의 (실적도 있고 매우 높이 평가받고 있는) 일을 하며 살아가야만 한다.

이 두 사람은 학교 동창이기는 하지만, 이렇게 둘이서만 줄곧 함께 여행하는 것은 이번이 처음이다. 그들은 서로 이해하지 못 하는 것처럼 보이지만, 서로 상대방을 높이 평가한다. 그들은 여러 가지로 서로에게 매력과 반발을 느끼고 있다. 이러한 두 사람의 관계가 처음에는 지나칠 정도로 과열된 친밀감을 불러일으켰지만, 이내 위험 속에 직면하게 된 밀라노와 파리에서 일어난 여러 가지 돌발 사건들을 겪은 후에는 남자다운 이해심으로 진정되고 완전히 견고해져가게 되는데, 이 과정을 여기에 기록할 것이다. 이 여행은 이 두 친구들이 하나의 새로운 독특한 예술 작업을 위해 자신들의 능력을 결집시키는 것으로 끝이 난다.

두 남자들 사이의 우정 관계가 엮어낼 수 있는 여러 가지 미묘함을 묘사하고, 동시에 매우 모순적인 이중적 조명을 통해 여행한 나라들을 신선하고 의미 있게 보여줌으로써, 그 나라들이 흔히 이국적인 지역들로만 간주되고 있는 것이 얼마나 부당한가를 보여주려는 것이 바로 이 책이 갖는 의도이다.

첫 번째 긴 기차 여행(프라하—취리히)

자무엘: 1911년 8월 26일 낮 1시 2분 출발.

리하르트: 그 예의 아주 작은 포켓용 달력에 무언가 짧은 글을 써넣고 있는 자무엘을 보면서 나는 다시금 예전에 계획했던 그 유쾌한 생각을 하게 되었다. 즉 우리들 각자가 이번 여행에서 일기를 써나가자는 것이다. 내가 그에게 그것을 말하자 그는 처음엔 거절했지만, 나중엔 찬성했다. 그는 두 가지 이유를 들었는데, 나는 양쪽 다 그저 피상적으로만 이해할 뿐이다. 그러나 우리가 일기를 써나가게만 된다면, 그런 것은 아무래도 상관없는 일이다—이제 그는 또다시 내 노트를 보고 웃고 있다. 하여간 이것은 검은 광택 나는 아마로 장정된, 매우 큰 정사각형의 새 노트로 학

교용 노트와 비슷하다고 할 수 있다. 이 노트를 여행 중 내내 가방에 넣고 다닌다는 것은 무거울 뿐더러 분명 귀찮을 거라는 것을 나는 이미 알고 있다. 하지만 내가 취리히에 도착하게 되면 그가 가지고 있는 것과 같은 실용적인 것을 하나 살 수 있을 것이다. 그는 만년필도 가지고 있다. 나는 가끔 그것을 빌려 쓰게 될 것이다.

자무엘: 어느 역에선가 우리가 앉아 있는 창문 맞은편에 시골 여인네들이 탄 차량이 서 있었다. 소리를 내어 웃고 있는 한 여인의 무릎을 베고 또 한 여인이 자고 있었다. 잠에서 깨어난 그녀는 잠이 덜 깨어 단정치 못한 태도로 "이리 오세요!" 하고 손짓을 했다. 그녀는 우리가 그쪽으로 건너갈 수 없음을 알고 우리를 놀리고 있는 모양이다. 그 옆 찻간에는 얼굴이 검고 담대해 보이는 여인네가 꼼짝도 하지 않고 앉아 있다. 머리를 뒤로 깊숙이 기댄 채 그녀는 창문을 따라 밖을 내다보고 있다. 델피의 무녀인 시빌레 같은 모습이다.

리하르트: 그러나 내 마음에 들지 않는 것은 그 시골 여인네들에게 대하는 그의 붙임성 있는, 거짓으로 신뢰감을 꾸며대는, 거의 아첨하는 듯한 인사 태도다. 이제 기차가 막 움직이기 시작하자, 자무엘은 지나치게 과장된 미소를 띠고서 모자를 흔들면서 혼자 남겨진다. —내가 너무 과장해서 쓰고 있는 것은 아닐까? —자무엘이 나에게 자신의 첫 번째 메모를 읽어준다. 그것은 매우 인상적이었다. 나는 그 시골 여인네들에게 좀 더 주의를 기울였어야 했다—그때 차장이 마치 이미 이 길을 자주 여행했던 사람들만을 대하듯이, 아주 불분명하게, 필젠에서 마실 커피를 주문할 사람이 있느냐고 물었다. 주문을 하면, 그는 주문 숫자에 따라서 찻간 창문에 녹색의 가느다란 전표를 붙였다. 그것은 마

치 옛날 잔교棧橋가 전혀 없었을 무렵 미스드로이에서처럼 멀리 떠 있는 증기선이 상륙하는 데 필요한 보트의 숫자를 신호용 깃발로 알려주었던 것과 비슷했다. 자무엘은 미스드로이를 전혀 모른다. 그와 그곳에 함께 가지 않았던 것이 아쉽다. 그때는 정말 근사했다. 이번에도 역시 멋진 여행이 될 것이다. 기차가 너무 빨리 달린다. 모든 게 눈 깜짝할 사이에 지나가버린다. 나는 지금 폭넓은 여행에 대한 욕망에 사로잡혀 있다! —위에서 말한 것은 너무나 해묵은 비교가 아닌가. 미스드로이에는 벌써 오 년 전에 잔교가 놓이지 않았던가—필젠 역의 플랫폼에서 커피를 마신다. 커피는 전표 없이도 마실 수 있다.

자무엘: 플랫폼에서 보니 우리 기차간 안에서 한 낯선 처녀가 밖을 내다보고 있었다. 나중에 안 일이지만 도라 리페르트 양이었다. 그녀는 귀여웠고, 코가 도톰했고, 목둘레가 조금 파인 레이스 달린 흰색 블라우스를 입고 있었다. 여행을 계속하면서 생긴 첫 번째 일은 우리를 서로 알게 해준 사건이었는데, 그것은 종이 포장지에 싸인 그녀의 큰 모자가 그물 선반으로부터 내 머리 위로 가볍게 떨어졌던 일이다—우리는 그녀가 인스부르크로 전근 간 한 장교의 딸이며 오랫동안 보지 못했던 부모에게로 가는 중이라는 것을 알게 되었다. 그녀는 필젠 시에 있는 어느 기술 사무실에서 일하고 있으며, 하루 종일 할 일이 많단다. 그러나 일은 즐거우며, 그녀는 자신의 생활에 매우 만족하고 있다는 것이다. "사무실에서는 저를 '우리의 응석받이', '우리의 작은 제비'라고 불러요. 저의 사무실에는 모두 남자들뿐인데, 그중에서 제가 제일 어려요. 아, 사무실은 재미있어요! 옷 보관소에서는 모자가 바뀌기도 하고, 열 시에 먹는 뿔 모양의 롤빵을 못으로 박아놓기도 하

고, 고무 아라비쿰으로 다른 사람의 펜대를 종이 집게에다 붙여 놓기도 해요." 우리도 이런 '나무랄 데 없는' 장난에 참여할 수 있는 기회를 가졌다. 다름 아니라 그녀가 그녀의 사무실 동료에게 카드를 쓰고 있었는데, 거기에 "예언했던 것이 보기 좋게 적중해 버렸습니다. 저는 열차를 잘못 타서 지금 취리히에 있어요. 안녕." 하고 쓴 것이다. 우리가 이 카드를 취리히 우체국에서 부치기로 되어 있었다. 그녀는 우리가 '신사'답게 그 안에 아무것도 덧붙여 쓰지 않기를 바랐다. 그렇게 되면 사무실에서는 물론 모두 걱정할 것이고, 전보를 치기도 할 것이다. 또 무슨 일이 있을지는 신만이 알 것이다—그녀는 바그너의 숭배자로 그의 오페라 공연에는 결코 빠지는 법이 없다고 했다. "이 쿠르츠 양이 최근에는 이 졸데를 연출했어요."라고 그녀는 말했다. 지금 바그너와 베젠동크의 서신 교환을 담은 책을 지금 읽고 있는 중이며 그것을 인스부르크로 가지고 간다고 했다. 어떤 신사분이—틀림없이 그녀에게 피아노 발췌곡을 연주해준 사람일 것이다—그녀에게 이 책을 빌려주었다는 것이다. 그녀 자신에게는 안된 일이지만 그녀는 피아노 연주에는 별로 재능이 없다. 그녀가 우리에게 몇 가지 주도 동기들을 흥얼거렸을 때부터 이미 그것을 알고 있었다—그녀는 초콜릿 종이를 모으는데, 그것으로 커다란 박 모양의 은박지 공을 만들고 있으며, 그것 역시 지금 수중에 가지고 있다. 이 공은 여자 친구에게 주기로 되어 있는데, 좀 더 자세한 목적은 알 수 없다. 그리고 그녀는 여송연의 포장지도 모으고 있는데, 이것은 분명히 쟁반에다 붙이기 위해서일 것이다—그때 처음에 말했던 바이에른 출신의 차장이 나타나 장교의 딸인 그녀를 부추기자, 그녀는 오스트리아 군대와 군대 일반에 관한 모든 일에 대하여 조리에도 맞지 않은 애매한 의견을 간략하고 단호하게 표명하기 시작했다. 그러니까 그녀는 오스트리아 군대뿐만 아니라, 독일 군대든 어느 나라 군대든 간에 모두가 다 해이해져 있다고 생각하는 것이다. 하지만 그녀는 사무실에 있을 때 군악대가 지나가면 창문으로 뛰어가지 않을까? 물론 그렇지 않다. 그 이유는 그것은 군대가 아니기 때문이다. 그러나 그녀의 여동생은 다르다. 여동생은 인스브루크의 장교 클럽에서 열심히 춤을 춘다. 그러니까 군복 유니폼에 대해 그 여동생은 전혀 경외감을 가지고 있지 않으며, 그 여동생에게 장교들은 바람과 같은 존재나 다름없다. 도라 양이 이런 의견을 말하게 된 데에는 부분적으로 그녀에게 피아노 발췌곡을 들려준 예의 그 사나이 탓이기는 하지만, 다른 한편으로는 우리가 퓌르트 역 플랫폼을 이리저리 산책한 탓이기도 하다. 왜냐하면 기차를 계속 타고 난 후에 이렇게 걷게 되면 그녀는 기분이 매우 상쾌해져서 양쪽 손바닥으로 자신의 엉덩이를 문지르기 때문이다. 리하르트는 군대를 옹호하는데, 물론 그것은 진심에서 우러나오는 것이다. 그녀가 가장 잘 쓰는 표현들은 '나무랄 데 없는', '0.5의 가속도로', '발사하다', '민첩한', '해이해져 있는' 등이다.

리하르트: 도라 L양은 노란 솜털이 많이 난 둥근 볼을 가지고 있다. 그러나 그녀의 볼은 너무나 핏기가 없어서, 손으로 아주 오랫동안 누르고 있어야만 겨우 홍조를 띨 것 같다. 그리고 그녀의 코르셋은 좋지 않다. 가슴 위로 올라온 코르셋의 가장자리 부분에서 블라우스가 구겨져 있기 때문이다. 이쯤에서는 눈을 돌리지 않을 수 없다.

나는 그녀의 옆자리가 아닌 맞은편에 앉게 되어 기쁘다. 그러니까 나는 내 옆에 앉아 있는 사람과는 이야기를 할 수가 없다. 그러나 이를테면 자무엘은 특별히 좋아서 내 옆에 앉는다. 그는 도라 옆에도 기꺼이 앉아 있다. 그와 반대로 나는, 누군가 내 옆에 앉아 있으면, 어쩐지 내 비밀이라도 들킨 기분이 든다. 실제로 옆에 앉아 있는 사람에 대해서는 처음부터 시선을 준비해둘 필요가 없는데도, 먼저 그쪽으로 눈길을 돌리지 않을 수 없는 것이다. 나는 그들과 마주 보고 앉아 있었기 때문에, 특히 열차가 달리고 있을 때는 도라와 자무엘 간에 주고받는 말을 종종 들을 수가 없었다. 그러나 모든 일을 다 자신에게만 유리하게 할 수는 없지 않은가. 하지만 그들을 바라보고 있노라니까, 비록 순간이긴 하지만 그들이 말없이 나란히 앉아 있는 게 보였다. 물론 이것은 내 탓이 아니다.

그녀는 놀랍다. 그녀가 음악을 매우 사랑하고 있기 때문이다. 그녀가 조용히 무슨 노래인지를 부르자 자무엘은 빈정대듯 미소를 띠는 듯했다. 아마 음정이 전혀 맞지 않았던 것 같다. 그렇지만 어쨌거나 대도시에서 홀로 사는 처녀가 음악에 대해 이토록 흥미를 갖고 있다는 사실은 크게 경탄할 만한 일이 아닌가. 뿐만 아니라 그녀는 비록 세 든 방이긴 하지만 그 방에 임대한 피아노를 들여놓고 있지 않은가. 피아노(그것도 포르테피아노를)를 운반하는 일처럼 힘든 일이 또 어디 있겠는가. 그것은 생각해보면 알 수 있는 일이다. 온 가족이 달라붙어도 어려운 일을 그것도 연약한 처녀의 몸으로 해내다니! 그런 일을 하자면 얼마나 많은 독립적인 정신과 결단성이 필요한가!

나는 그녀의 집안 생활에 대해서 물었다. 그녀는 두 명의 여자 친구와 함께 살고 있으며, 저녁이면 그들 중 한 사람이 식품점으로 저녁 찬거리를 사러 간다는 것이다. 그들은 매우 많은 이야기를 나누고 잘 웃는다고 한다. 그 모든 일이 석유램프 불이 켜진 상태에서 이루어진다는 사실을 들었을 때 나는 묘한 생각이 들었다. 그러나 나는 그녀에게 굳이 그것을 말할 생각은 없었다. 분명 그녀에게는 조명이 좋지 않은 석유램프 역시 전혀 문제가 되지 않을 것이다. 그녀는 활달해서 하숙집 여주인에게서 좀 더 좋은 램프를 가져올 수도 있을 테지만 그럴 마음이 없는 것이다.

이야기가 진행되면서 그녀는 자신의 호주머니 속에 들어 있는 것들을 모조리 꺼내 보여주었는데, 그중에서 무언가 불길해 보이는 노란 물건이 든 약병도 볼 수 있었다. 그래서 비로소 알게 되었는데, 그녀는 아주 건강한 편은 못 되며, 오랫동안 병상에 누운 적도 있었다는 것이다. 그 이후에도 계속해서 몸이 허약했다고 한다. 그 당시에 지배인이 직접(모든 분들이 그녀에게 매우 친절했다고 한다) 반나절만 사무실에 나와 있으라고 권유했다고 한다. 지금은 상당히 좋아졌지만, 이 철분이 든 약을 먹어야 한다는 것이다. 그래서 나는 그런 약 같은 것은 창밖으로 집어 던져버리는 것이 나을 거라고 충고해주었다. 그녀가 가볍게 받아들이긴 했지만(왜냐하면 그 약은 맛이 고약했기 때문이다), 나는 몸을 굽혀 지금까지보다 더 가까이 그녀에게 다가가서, 인간의 몸이란 자연에 맞는 치료법을 쓰지 않으면 안 된다는 나의 명확한 의견을 피력하려고 했다. 더군다나 나는 그녀를 도와주어야겠다는, 아니 적어도 조언자가 없는 이 처녀를 해로운 일로부터 보호해주어야겠다는 성실한 의도를 가지고 있었고, 일순간이긴 하지만 적어도 나와 만난 것이 이 처녀로서는 요행이라고 생각했지만, 그녀는 이를 진지하게 받아들이려 하지 않았다.─그녀가 언제까지나 웃음을 그치지 않았으므로, 나는 입을 다물고 말았다. 게다가 내가 이야기하고 있는 동안 자무엘이 머리를 흔들었기 때문에 나는 기분이 상해 있었다. 물론 나는 그를 잘 알고 있다. 그는 의사들을 믿고 있으며, 자연요법 같은 것은 우습게 생각하고 있다. 참으로 그다운 일이다. 왜냐하면 그 자신이 한 번도 의사를 필요로 해본 적이 없었기 때문에 그는 자진해서 이런 일에 대해 단 한 번도 진지하게 생각해본 적이 없었다. 예를 들자면 이 구역질나는 철분이 든 약제를 자기 자신과 관련시켜 생각한다는 것은 있을 수 없는 일이니까 말이다—내가 만약 이 처녀와 단둘이만 있었더라면 벌써 설득하고도 남았을 것이다. 왜냐하면 이런 일에서조차 내 의견이 옳지 않다고 한다면, 다른 일에 있어서는 어찌 내 생각이 옳게 받아들여질 수 있겠느냔 말이다!

어째서 그녀가 빈혈이 생겼는지 그 원인을 나는 처음부터 확실히 알고 있었다. 사무실 일 때문이었다. 무슨 일이나 다 그렇지만 사무실 생활이라는 것도 마음만 먹으면 유쾌하게 느낄 수 있다(이 처녀는 진심으로 그렇게 느끼고 있으나, 그것은 완전한 착각이다).—그러나 불행한 결과에도 정말 그럴 수 있을까!? 나는 지금 내가 무엇을 문제 삼고 있는지 잘 알고 있다. 이제 어떤 처녀가 사무실에 앉아 있다고 하자. 여자의 스커트라는 것은 계속해서 몇 시간 동안을 딱딱한 나무 의자 위에서 이리저리 밀고 다니기에는 너무 꼭 끼는 것이어서 사무실용으로는 전혀 알맞지 않다. 그 둥근 엉덩짝이 짓눌리고, 동시에 책상 모서리에 가슴도 짓눌리게 된다.—내가 너무 과장한 것일까?—사무실에 앉아 있는 처녀의 모습이란 내게 있어서는 언제나 슬픈 광경이다.

자무엘은 이미 상당히 그녀와 친해져 있었다. 나로서는 원래 생각할 수도 없는 일이지만, 그는 그녀를 우리와 함께 식당차 칸에까지 데리고 갔다. 식당차 칸의 낯선 승객들과 어울리게 되자, 결국 우리 세 사람은 믿을 수 없을 정도로 곧바로 소속감에 빠져들었다. 우정의 도를 강화하기 위해서는 새로운 분위기를 찾아야 한다는 것을 알아야 한다. 이번에 나는 그녀 곁에 앉아 함께 포도주를 마시고, 서로 팔을 비비기도 했다. 우리 세 사람이 함께 보내고 있는 휴가의 기쁨이 우리를 한 가족처럼 만들어버린다.

비가 억수같이 퍼부었기 때문에 그것을 핑계 삼아, 그녀가 완강하게 버티는데도 자무엘은 그녀를 설득해서 삼십 분간의 뮌헨 정차 시간에 드라이브를 하기로 했다. 그가 자동차를 부르러 간 사이에 정거장 아케이드에서 그녀가 내 팔을 붙잡으며 이렇게 말했다. "부탁이에요, 드라이브하는 것을 중지시켜주세요. 저는 함께 갈 수 없어요. 당치도 않은 일이에요. 제가 이렇게 말씀드리는 것은 당신을 믿기 때문이에요. 당신 친구 분과는 이야기가 안 돼요. 그분은 정말 미쳤어요!" ─ 우리는 차에 올랐다. 이 모든 것이 나로서는 견딜 수 없는 노릇이었다. 그것은 꼭 〈백인 여자 노예〉라는 영화를 연상케 하는 것으로써, 순진한 여주인공이 정거장 출구의 어두움 속에서 낯선 사나이들에 의해 자동차 속으로 떠밀려져 납치당하는 영화다. 그런데도 자무엘은 기분이 좋다. 자동차의 커다란 보호막이 시야를 가리고 있었기 때문에 겨우 건물들의 이 층까지밖에 보이지 않았다. 밤이었다. 지하실 방에서 보는 전망과도 같다. 그런데도 자무엘은 그런 광경으로부터 높은 성이며 교회의 모습에 대한 환상을 불러일으킨다. 도라가 어두운 뒷좌석에 앉아 여전히 침묵을 지키고 있다. 언제 그녀가 폭발할지 모르겠다고 내가 두려워했을 때에야 자무엘은 마침내 당황해서 그녀에게 이렇게 물었다. "그런데 도라 양, 설마 저에게 화가 나 있는 것은 아니겠지요? 제가 무슨 기분 상할 짓이라도 했나요, 아니면 다른 이유라도?" 내 생각에는 그 질문이 너무 고루하지 않나 싶었다. 그녀가 대답했다. "제가 이미 탄 이상은 당신의 즐거운 기분을 방해할 생각은 없어요. 하지만 저에게 억지로 강요하진 말았어야 했어요. 제가 '안 된다'고 말씀드린 것은 아무 이유 없이 그런 것은 아니에요. 이런 식으로 드라이브해서는 안 되는 거예요." "어째서 그렇지요?" 하고 그가 묻는다. "그건 말씀드릴 수 없어요. 하지만 밤에 남자들과 드라이브한다는 게 처녀로서는 그리 바람직한 일이 아니라는 것을 스스로 아셔야 해요. 그것 말고도 다른 이유가 있어요. 이를테면 제가 약혼한 몸이라는 것을 상상해보세요……." 우리 두 사람은 말없이 경의를 표하면서 '아하, 아무래도 바로 저 바그너의 그 신사와 관계가 있는 모양이구나.' 하고 짐작을 했다. 그러니 나로서는 스스로를 비난할 일은 없었지만 이렇게 된 이상은 그녀의 기분을 풀어주기 위해서 노력하지 않을 수 없었다. 지금까지 그녀를 다소 깔보고 있었던 자무엘도 후회하는 눈치였다. 그저 드라이브에 관해서만 더 많은 말을 할 뿐이었다. 운전사는 우리가 요구한 대로 눈에 보이지도 않는 구경할 장소의 이름을 일일이 가르쳐주었다. 젖은 아스팔트 위를 달리는 타이어 소리가 영사기에서 나는 소리와 흡사했다. 다시금 〈백인 여자 노예〉 생각이 났다. 이 텅 빈, 긴, 빗물로 씻긴 캄캄한 작은 거리들. 가장 뚜렷하게 눈에 띤 것은, '사계절'이라는 레스토랑의 커튼이 걸려 있지 않은 커다란 창문이었다. 이 레스토랑 '사계절'은 가장 품위 있는 레스토랑으로서 우리도 이미 이름만은 알고 있는 터였다. 제복을 입은 한 보이가 탁자 손님들에게 머리를 숙여 인사하고 있다. 어떤 기념비 앞에서 그녀가 관심을 보였는데, 그것은 기발한 착상으로, 이것이 바로 그 유명한 바그너 기념비라고 우리 두 사람이 설명했기 때문이다. 빗속에서 분수가 쏴쏴 물소리를 내고 있는 자유의 기념비에서만 잠시간의 정차가 허락되었을 뿐이다. '이 아래가 이자르강이겠지.' 하고 그저 어렴풋이 느끼면서 나는 다리를 건넜다. '영국 공원'을 따라 서 있는 아름답고 당당한 저택들. 루드비히 거리, 테아티너 성당, 장군 기념관, 프쇼르 맥주 공장. 어째서인지는 알 수 없지만, 나는 이미 여러 차례 뮌헨에 왔었는데도 아무것도 알아볼 수가 없다. 젠들링 문, 기차역. 나는 기차 시간에 늦을까 봐(특히 도라 때문에) 걱정이 되었다. 자동차 미터기를 보니 거기에 맞춰 산출해낸 스프링 장치처럼 정확히 이십 분 동안 우리는 그 도시를 부릉부릉 달려온 셈이었다.

우리는 마치 뮌헨에 사는 그녀의 친척이라도 되는 듯이 인스부르크 직행 열차의 찻간으로 도라 양을 들여보냈다. 그곳에는 검은 옷을 입은 여인이 타고 있었는데, 그녀는 우리보다 더 두려운 감을 줄 수 있는 그런 여자였다. 우리는 그녀에게 밤 여행 동안 도라 양의 보호를 부탁했다. 이제야 비로소 나는 사람들이 우리 두 사람에게 안심하고 처녀를 맡길 수 있으리라는 생각을 했다.

자무엘: 도라와의 일은 근본적으로 실패였다. 관계가 진척될수록 더 악화된 것이다. 나는 여행을 중단하고 뮌헨에 머무를 생각이었다. 레겐스부르크 역쯤이었을까? 저녁 식사 때까지는 잘될 거라고 나는 확신했다. 종이쪽지에 몇 자 적어서 리하르트의 의사를 타진하고자 했다. 그런데 그는 그 종이쪽지를 감추는 데에만 신경을 쓸 뿐 전혀 읽지 않은 모양이었다. 어쨌든 상관은 없다. 그런 바보 같은 여자에겐 호감이란 없었으니까. 단지 리하르

트 그 친구만이 그 여자를 융숭하게 대접하고 호의를 보이며 야단법석을 떨었을 뿐이다. 그 때문에 그녀는 어리석게도 콧대만 높아졌고, 결국엔 자동차 속에서처럼 참을 수 없는 일이 벌어졌던 것이다. 작별할 때 그녀는 시종일관 감상적인 독일인 그레트헨처럼 되어버렸다. 물론 그녀의 트렁크를 들고 있던 리하르트는 그녀 덕분으로 분에 넘치는 행복감을 맛보게 되었다는 듯한 태도였으나 나는 난처한 감정뿐이었다. 그것을 간략하게 표현하자면 이렇다. 즉, 혼자서 여행을 하고자 하는 여자들이나 혹은 그 밖에 독립하고 있다는 것을 보이고 싶어 하는 여자들은 오늘날에 있어서는 이미 낡아버린 상투적인 교태 같은 것에 다시는 빠져서는 안 된다. 즉 마음을 끌어보기도 하고 퉁겨보기도 하면서 그로 인해 생긴 혼란스러운 와중에서 그 어떤 이익을 챙기려고 해서는 안 된다. 왜냐하면 그것은 금방 간파되기 때문에, 남자들이 여자들에게 거절당할 경우에 진정 여자들이 원했던 것보다 더 심하게 거절당한다 해도 만족해할 것이기 때문이다.

이렇듯 여행 중에 석연치 않은 사귐이 있은 후, 역에서 특히 손과 얼굴을 씻을 수 있도록 설치된 시설물을 찾는 일은 하나의 특별한 즐거움이었다. 칸막이가 있는 공간이 우리에게 열린다. 물론 더 제대로 씻을 수 있는 기회를 생각할 수도 있을 것이다. 두 개의 세면대 사이의 협소한 곳에서 몸을 이리저리 돌리면서 옷을 갈아입을 시간밖에는 없다. 그렇지만 이런 독일 제국의 시설 속에 문화가 자리하고 있다는 것에는 우리의 생각이 일치한다. 프라하에서는 그런 시설을 발견하려면 아마 여러 역을 장시간 헤매야 할 것이다.

우리는 짐을 남겨둔 찻간에 올라탔다. 리하르트는 그 짐 때문에 걱정이 되어 가슴을 졸이고 있었던 것이다. 리하르트는 여행용 담요를 베개로 삼고, 걸어놓았던 소매 없는 외투를 머리 주위에 덮개 대신 치고는 늘 그렇듯 잠잘 준비를 했다. 나는 이 친구가 적어도 잠에 관한 한은 무엇이든 서슴지 않고 행하는 그런 점이 마음에 든다. 이를테면 그는 내가 기차 안에서는 잠들지 못한다는 것을 잘 알면서도 물어보는 법도 없이 램프 불을 어둡게 줄여버린다. 그러고는 의자 위에 길게 드러눕는다. 마치 같은 찻간에 있는 다른 사람들보다 어떤 특권이라도 있다는 듯한 태도다. 그러고는 곧 한가롭게 잠이 들어버린다. 그러면서도 이 친구는 늘 잠이 안 온다고 투덜거리는 것이다.

찻간에는 아직도 두 명의 젊은 프랑스인들이 앉아 있다(제네바 인문계 고등학생들이었다). 머리털이 검은 한 학생은 계속 소리 내어 웃고 있다. 그는 리하르트 때문에 거의 앉을 수가 없다고 (그가 그렇게 길게 누워 있기 때문이다) 말하고는 웃고, 리하르트가 몸을 일으켜 담배를 너무 많이 피우지 말아 달라고 부탁하는 순간을 이용해 리하르트의 잠자리 일부라도 점령한 것이 즐거워서 웃는다. 이런 사소한 싸움이 서로 말이 통하지 않는 일행 사이에서 입을 다문 채로 벌어졌는데, 이렇게 입을 다물고 있었기 때문에 그 싸움은 사과나 비난도 없이 아주 간단히 해결되었다.— 이 프랑스인들은 과자가 든 깡통을 서로 간에 이리저리 돌리거나 담배를 말거나 수없이 복도로 나가 서로 불러대거나 다시 찻간으로 들어오는 일로 밤 시간을 때우고 있었다. 린다우(그들은 랑도라고 발음했다)에서 이들은 오스트리아 차장 모습을 보고 마음껏 웃었는데, 그것은 한밤중에 때아닌 밝은 웃음소리였다. 다른 나라의 차장들을 보게 되면 웃음이 절로 나오는 법인데, 우리도 퓌르트에서 큼직한 빨간 가방을 멘 바이에른 차장을 보았을 때 그랬다. 가방이 그의 양다리 아래 깊숙이 덜렁거리고 있었던 것이다. 기차의 불빛이 비쳐 매끄럽게 보이는 보덴 호수 위의 전경이 장시간 계속되었고, 저편 언덕의 먼 불빛 너머에까지 호수는 어둡고 안개가 자욱하다. 옛날 교과서에 실렸던 시, 「보덴 호수를 건너는 기사」가 문득 떠올랐다. 그 시를 기억 속에 다시 떠올리면서 잠시 즐거운 시간을 보냈다. — 세 사람의 스위스인이 들어온다. 한 사람은 담배를 피우고 있다. 다른 두 사람이 내린 후에도 한 사람은 남아 있었는데 처음에는 형편없는 친구 같더니 아침쯤에 그 진가가 드러났다. 그는 리하르트와 머리털이 검은 프랑스인과의 싸움을 끝장낸 것이다. 그는 똑같이 두 사람에게 벌을 준 셈인데, 등산용 지팡이를 양쪽 다리 사이에 낀 채 나머지 밤 동안을 두 사람 가운데서 꼼짝하지 않고 앉아 있었던 것이다. 그 때문에 리하르트 역시 앉아서 잘 수 있다는 것을 보여준 셈이다.

스위스란 나라에 대해서는 놀라지 않을 수 없다. 철도 연변 전역에 위치해 있는 모든 작은 도시와 시골 마을에서는 집들이 외따로 서 있어 가옥의 외관이 의연하고 독립적인 모습을 띠고 있기 때문이다. 성 갈렌 시에는 길이 잘 형성되어 있지 않았다. 아마그 때문에 개개의 가옥에까지 다분히 독일적인 연방분립주의가 잘 드러나 있는 듯하다 — 지형상의 어려움도 일조하는 것 같다. 어느 집이나 짙은 녹색의 덧문이 있고 골조 구조와 난간은 훨씬 짙은 녹색인데 빌라 모양의 특색을 지니고 있었다. 각 집마다 단지 하나의 상호만을 달고 있었는데, 가정과 점포가 서로 분리되어 있지 않은 듯했다. 각자의 집에서 점포를 경영하는 이런 식의 시설이 나로 하여금 로베르트 발저의 소설 「판매 보조원」을 연상케 했다.

8월 27일 일요일 아침 다섯 시다. 모든 차창은 아직 닫힌 채로 있다. 모든 게 잠들어 있다. 이 열차에 갇힌 채 우리 모두는 항상 어쩔 수 없이 나쁜 공기를 마시고 있다는 생각을 한다. 저 바깥 전원 풍경은 야간열차 안에서는 계속 타고 있는 램프 불 아래서나 제대로 관찰할 수 있는데, 그것이 이제 차츰 자연스럽게 베일을 벗고 있었다. 처음에는 어두운 산들로부터 무엇인가 밀려오는가 싶더니, 산과 우리 열차 사이로 좁은 계곡이 드러났다. 그러고는 마치 천창天窓을 통해서 오듯이 그 계곡이 아침 안개를 통해서 하얗게 밝아왔다. 목장이 차츰 상쾌한 모습을 드러냈다. 마치 처녀지와 같은 모습이다. 싱싱한 녹색 풀을 보니 비가 없었던 올해에 어떻게 저렇게 싱싱하게 자랄 수 있을까 놀라울 뿐이다. 마침내 떠오르는 태양 속에 초원은 점차 푸른색으로 변하기 시작했다. —침엽수 나무들은 무겁고 커다란 가지를 달고 있었는데, 그것들은 물결치듯 전체 줄기에서 밑동까지 늘어져 있다.

그런 형태들은 스위스 화가들의 그림에서나 종종 볼 수 있는 것들인데, 지금까지 나는 모양을 양식화해서 그린 것이라고만 생각했었다.

어머니인 듯한 한 여인이 어린아이들을 데리고 깨끗한 길 위로 일요 산책을 막 나서고 있다. 그 모습이 홀어머니 손에 키워진 고트 프리트 켈러를 연상케 했다.

목초지 도처에는 매우 정성 들여 만든 울타리들이 서 있었다. 대개가 연필처럼 끝이 뾰족한 회색빛 통나무로 만들어졌는데, 이따금씩 이런 통나무를 반으로 쪼개 만든 것들도 보였다. 어린 시절 우리들은 흑연 심을 꺼내기 위해 이런 식으로 연필을 쪼갰었다. 그와 같이 생긴 울타리를 나는 전에 본 적이 없다. 이처럼 어느 지방이든 일상적인 것 속에서 새로운 것을 볼 수 있는 것이다. 그러나 그와 같은 여러 가지 인상들에 취해 즐거워하다가 진기한 것을 놓치지 않도록 주의해야만 한다.

리하르트: 새벽녘의 몇 시간 동안 스위스는 홀로 방치되어 있었다. 자무엘이 나를 깨웠다. 볼 만한 다리가 있다는 것이다. 그러나 내가 눈을 뜨고 올려다보기도 전에 이미 그 다리는 지나가버렸다. 자무엘은 아마 이런 식으로 스위스에 대한 자신의 첫 인상을 강하게 심어두려는 것 같았다. 나는 처음으로 아주 오랫동안 안쪽에서 바깥쪽으로 점차 밝아오는 스위스의 여명을 바라보고 있었다.

어젯밤에 나는 전에 없이 잘 잤다. 기차를 타면 거의 언제나 그렇다. 기차 속에서 잔다는 것은 나에게는 정말 하나의 면밀한 일과도 같은 것이다. 몸을 눕히고, 맨 나중에 머리를 눕힌다. 미리 시험적으로 간단하게 여러 가지 자세를 취해본다. 그리고 사방에서 나를 주시하더라도 외투나 여행용 모자로 내 얼굴을 덮어버림으로써 차 안의 모든 사람들로부터 나를 분리시킨다. 그러면 새로 자세를 고쳤을 때의 처음의 기분 좋은 상태에서 잠 속으로 빠져드는 것이다. 처음에는 어두운 것이 물론 도움이 되지만, 일단 잠이 들어버린 후에는 그것도 필요치 않다. 사람들이 앞서와 마찬가지로 대화를 계속해도 지장이 없다. 그러나 정말 자고 싶어 하는 사람이 만들어내는 경고라는 것은, 역시 거리를 두고 앉아 떠들고 있는 사람들에게도 견딜 수 없기는 마찬가지이다. 왜냐하면 삶을 영위해가는 데 그처럼 가장 큰 모순들이 그렇게 가까이, 직접적으로 그리고 놀라울 정도로 나란히 자리할 수 있는 장소는 기차간 이외에는 거의 없거니와 또한 가장 짧은 시간 안에 지속적으로 상대방을 관찰할 수 있으므로 이 모순들이 당장 서로에게 작용할 수 있기 때문이다. 그러므로 잠자는 사람이 다른 사람을 금방 잠들게 할 수는 없지만, 다른 사람들을 더욱 조용하게 만든다든가 아니면 잠이 든 사람의 의도와는 전혀 반대로 그들로 하여금 깊이 사고하도록 하여 결국 담배를 피우게 만드는 것이다. 유감스럽게도 이 여행 중에도 그렇게 되어버려, 나는 조심스레 꿈을 꾸면서 상쾌한 공기를 마시는 가운데 돌연 구름 같은 담배 연기를 마시게 되었다.

내가 기차 안에서 잘 잘 수 있는 이유는 이렇게 설명될 수 있을 것이다. 평소 나는 과로로 신경과민이었는데, 이것이 내 마음속에 일으키는 소음 때문에 잠을 이룰 수가 없다. 더군다나 밤이 되면 큰 건물이나 거리에서 들려오는 온갖 잡음, 이를테면 멀리에서 다가오는 자동차 굴러가는 소리, 주정뱅이들의 싸우는 소리, 계단 위의 발자국 소리 등에 자극을 받아 나는 화가 나서 이들 외부의 소음에다 모든 죄를 전가시키게 된다―그러나 기차 속에서는 그것이, 차량이 내는 스프링 장치건, 바퀴들의 마찰음, 레일의 충돌음, 모든 목재 건축물·유리 건축물·철제 건축물이 내는 진동음이건 간에, 기차가 달리며 내는 모든 잡음과 균형을 이루어 완전한 평온 상태가 형성되기 때문에 나는 그 위에서 건강한 사람처럼 잠을 청할 수 있다. 이러한 착각은 이를테면 기관차가 전진을 알리는 기적을 울린다든가 속도가 바뀌거나 할 경우에는 갑자기 사라져버린다. 또는 정거장에서 강렬한 인상을 받았을 때에도 분명히 그러한데, 이 인상이라는 것은 줄곧 열차가 달리는 경우와 마찬가지로 내가 줄곧 잠자는 동안에도 그리고 깨어날 때까지도 지속되는 것이다. 그러고는 내가 지나가게 되리라고는 예상치도 못했던 정거장 이름을 외치는 소리를 듣게 되어도 나는 놀라지 않는다. 이번에도 린다우 역, 콘스탄츠 역 그리고 로만스호른 역도 지나간 것 같다. 더군다나 그런 곳에서는 꿈에서 본 것만큼도 얻은 것이 없었으며, 오히려 수면을 방해받았을 뿐이었다. 열차가 달리는 도중에 깨어나게 되면, 그 깨어남의 느낌은 더욱 강렬하다. 왜냐하면 그것은 기차에서의 수면이라는 본성에 위배되기 때문이다. 나는 눈을 뜨고 잠시 동안 창 쪽으로 얼굴을 돌린다. 그러나 많은 것을 볼 수 있는 것은 아니다. 내 눈에 보이는 것은 꿈을 꾸고 있는 사람의 분명하지 않은 기억으로 포착된 것이다. 하지만 맹세하건대 나는 뷔르템베르크 지방인 것을 분명하게 알아보았다고 생각하는데, 이 지방 어디에선가 밤 두 시에 산장의 베란다에서 난간 쪽으로 몸을 구부리고 있는 한 남자를 보았다. 그 남자의 등 뒤에는 불 켜진 서재의 문이 열려 있었다. 잠자기 전에 머리를 식히려고 나와 있는 듯했다……. 린다우 역 안에서였다. 또한 열차가 역 안으로 들어갈 때와 나갈 때에도 많은 노랫소리가 밤공기를 울리고 있었다. 이와 같이 토요일에서 일요일에 걸친 야간열차를 타고 있으면, 잠 속에서 혼미해진 채, 장거리 여행에서 보게 되는 수많은 야간 생활과 뒤섞여져 버리기 때문에, 특별히 깊은 잠을 잔 것 같기도 하고 차 밖의 소음이 특별히 큰 것처럼 생각되기도 한다. 열차의 승무원들이 뿌연 유리창 곁을 지나 달려가는 모습이 가끔 보였지만, 그들은 특별히 누구를 깨우려는 것은 아니고 단지 자신들의 임무를 수행하고자 할 뿐이다. 그들은 텅 빈 정거장 공터에서 역 이름의 철자 하나하나를 아주 큰 소리로 기차 안에 있는 우리를 향해 외쳤다. 그러면 기차

안에 있던 사람들은 그 소리에 이끌려 철자들을 짜맞추거나 아니면 일어나서 계속 닦아낸 유리창을 통해 역 이름을 읽어보기도 한다. 그렇지만 나의 머리는 이미 나무 의자 위로 젖혀져 있다.

그러나 나처럼 열차가 달리는 중에 한차례 깊은 잠을 잘 수 있는 사람이라면 —자무엘 말을 들어보면 그는 온밤을 뜬눈으로 앉아 있었다고 한다— 기차가 도착했을 때에 비로소 깨어나도 좋을 것이다. 그렇게 되면 여행 도중에 깊은 잠에서 깨어 기름기가 도는 얼굴, 눅눅한 몸, 이리저리 짓눌린 머리카락, 스물네 시간 동안 솔질도 못하고 바람도 쐬지 않고, 열차 먼지를 뒤집어쓴 내의와 의복을 입은 채로 기차간 한쪽 구석에 웅크리고 있는 자신의 모습을 발견하지 않아도 될 것이고, 그런 상태로 계속 여행하지 않아도 될 것이기 때문이다. 그러나 그는 지금 그럴 힘만 있다면, 잠을 저주할 것이다. 그는, 자무엘처럼 그저 잠깐씩 눈을 붙이지만 그 대신 자신에 대해 보다 더 신경을 쓸 수 있었고, 깨어 있는 채로 거의 온 기차 여행을 했으며, 게다가 잠을 자려고 했으면 잘 수도 있었지만 잠을 억제함으로써 계속 맑은 정신으로 깨어 있었던 사람들을 말없이 부러워할 것이다. 나는 아침에 자무엘 수중에 들어갔던 것이다.

우리 두 사람은 나란히 창가에 서 있었다. 나는 오직 자무엘을 위해 그렇게 하고 있었을 뿐이다. 그는 나에게 스위스에 관해 보아야 할 것을 가리켜 보이기도 하고 내가 자느라 보지 못한 것에 대해서 이야기를 해주었는데, 그러는 동안에 나는 그저 머리를 끄덕거리거나 그가 바라는 대로 경탄해 보이기도 했다. 그는 나의 이러한 상황을 눈치채지 못했든지, 아니면 그것을 제대로 판단하지 못하고 있었다. 그러나 이것은 그래도 행운이었다. 왜냐

하면 그는 바로 그럴 때에 한해서 ─내게 더 잘 대해주어야 할 때
보다도 ─더 친절하게 굴었기 때문이었다. 그러나 당시 나는 진
지하게 오직 리페르트 양만을 생각하고 있었다. 짧은 기간 동안
의 새로운 만남, 특히 여성과의 그러한 만남을 제대로 평가한다
는 것은 나로서는 여간 어려운 일이 아니다. 말하자면 교제가 진
행되는 시간에도 나는 해야 할 일이 많기 때문에 오히려 내 자신
에게 더 신경을 쓰는 수가 있다. 그러므로 눈 깜짝할 사이에 곧 사
라져버리긴 했지만 그녀에 대해서도 내가 예감했던 것 중 단지
우스꽝스러운 부분만을 나는 인지했을 뿐이다. 이러한 만남은 추
억 속에서 또다시 숭배할 가치가 있는 위대한 형태로 변한다. 왜
냐하면 그 만남은 추억 속에 말없이 있으면서 오직 자기 고유의
일만을 좇을 뿐, 우리라는 사람에 대해서는 완전히 망각함으로
써 우리들의 만남을 무시하고 있음을 보여주기 때문이다. 그렇지
만 내가 나의 추억 속에 남아 있는 최근의 처녀인 도라 양을 이토
록 그리워하는 데는 또 다른 이유가 있었다. 오늘 아침에는 자무
엘만으로는 부족했기 때문이다. 그는 내 친구로서 나와 함께 여
행하기를 원했지만 그것은 대수로운 일은 아니었다. 그것은 단
지 여행하는 동안 매일 옷을 입은 한 사나이가 내 곁에 있다는 사
실만을 의미할 뿐이었다. 목욕탕에서만 그의 벗은 육체를 볼 수
있지만 그런 것은 조금도 보고 싶지 않다. 내가 울고 싶은 심정이
되어 그의 가슴에 내 얼굴을 묻게 되면 자무엘은 아마 참아주기
는 할 것이다. 그렇지만 그의 남자다운 얼굴을, 가까이 바람에 나
부끼고 있는 염소수염을, 꼭 다문 그 친구의 입을 바라보는 순간
에 ─이쯤에서 그만두어야겠다 ─그와 마주한 나의 두 눈에 과
연 구원의 눈물이 솟아날 수 있을 것인가?

큰 소음

Großer Lärm

나는 집 안 전체의 소음이 한데 모이는 곳에 있는 내 방에 앉아 있다. 나는 모든 문들이 부딪치는 소리를 듣는다. 문들이 닫히는 소리 때문에 그 문들 사이를 지나가는 발자국 소리는 들리지 않는다. 나는 부엌 안에 있는 난로 문이 찰칵 닫히는 소리까지도 듣는다. 아버지는 내 방의 문들을 마구 열어젖히고 질질 끌리는 침실용 가운을 입은 채 내 방을 가로질러 간다. 옆방에서는 난로의 재를 긁어내고 있다. 발리는 앞방을 통해서 아버지의 모자를 닦아놓았느냐고 한 단어씩 소리치면서 묻는다. 나에게 친근해지려는 쉭쉭 소리가 대답하는 목소리의 외침보다 더 높아진다. 집 안 문들의 손잡이가 돌려지고, 기관지염이 있는 목에서 나오는 듯한 시끄러운 소리가 들려온다. 그러고 나서 문은 계속적으로 어떤 여인의 노래하는 목소리와 더불어 열렸다가 드디어는 남자의 홱 밀치는 둔탁한 소리와 더불어 닫히는데, 그것이 가장 난폭하게 들려온다. 아버지는 가버린다. 이제 더욱 부드럽고, 더욱 분산된, 더욱 희망 없는 소음이 두 마리의 카나리아 소리와 함께 들려오기 시작한다. 이미 예전에 나는 그런 생각을 했었는데, 카나리아 덕택에 그 생각이 새롭게 떠오른 것이다. 그러니까 내가 문들을 작은 틈새가 생길 만큼만 열고 뱀처럼 옆방으로 기어가서 방바닥에 엎드린 채 나의 누이들과 그들의 여가정교사에게 조용히 해달라고 부탁해야만 하지 않을까 하는 생각이.

마틀라르하차로부터

Aus Matlárháza

마틀라르하차에서는 현재 안톤 홀루프의 '타트라―그림'에 대한 작은 전시회를 볼 수 있다. 그 전시회는 열띤 주목을 받고 있는 중이다. 그 수채화들 중에서도 음울한 진지함과 더불어 저녁 분위기를 담은 그림들이 우리에게는 훌륭해 보인다. 반면에 태양이 비치는 낮의 풍경화들은 그 색감들이 아주 정교함에도 불구하고 지상 생활의 어떤 특정한 무게를 아직 극복하지 못하는 것처럼 보인다. 그러나 무엇보다도 펜화 스케치들이 마음에 든다. 그것들은 부드러운 선, 원근법적인 매력, 신중하면서도 한편으로는 목판화적이며, 다른 한편으로는 더욱 부식 동판화에 가까운 구상을 갖추고 있어 놀랍게도 주목할 만한 성과물이라 하겠다. 바로 그렇듯 충실하면서 동시에 개성이 강조된 그림들은 다른 어떤 것보다도 더 산들의 아름다움에 대한 안목을 열어줄 수 있다. 이 작품들을 계기로 속히 좀 더 규모가 큰 그리고 좀 더 많은 일반 관람객들이 접근할 수 있는 전시회가 열리게 된다면 기쁠 것이다.

양동이를 탄 사나이

Der Kübelreiter

석탄은 모조리 써버렸다. 양동이는 비었다. 부삽은 의미가 없다. 난로는 냉기를 뿜는다. 방은 온통 서리의 입김으로 가득하다. 창문 앞에 있는 나무들은 서리 속에 굳어 있다. 하늘은 그에게서 도움을 바라고 있는 사람을 막고 있는 은빛 방패. 나는 석탄을 가져야 한다. 나는 물론 얼어 죽어서는 안 되지 않는가. 내 뒤에는 무정한 난로가, 내 앞에는 그와 마찬가지인 하늘이, 그러므로 나는 그 사이를 뚫고 날쌔게 말을 달려, 석탄 가게 한가운데서 도움을 구해야만 한다. 그러나 그는 나의 일상적인 부탁에 대해서는 이미 무신경해졌다. 그래서 나는 그에게, 내가 이제는 단 한 줌의 석탄가루도 가지고 있지 않으며, 그러니까 그가 나에겐 바로 창공에 떠 있는 태양을 의미한다는 것을 아주 상세하게 증명해야만 한다. 나는 거지처럼 가야 한다. 배고픔으로 목을 꼴깍거리면서 문지방에서 죽어 넘어질 거지, 그래서 주인집 요리사가 마지막 커피의 찌꺼기를 그에게 흘려 넣어주기로 결심하게 되는 그런 거지처럼. 그와 똑같이 그 석탄 장수는 나에게 화를 내면서, 그러나 "사람을 죽이지 말라."는 신의 계명의 빛 아래 한 삽 가득히 석탄을 양동이 속에 던져줄 것이다.

내가 날아갈 것은 확실하다. 그래서 나는 양동이를 타고 달려간다. 양동이를 타는 사나이로서, 손은 가장 간단한 말머리 장식인 위쪽 손잡이를 잡고, 나는 힘들여 계단을 돌아 아래로 내려간다. 그러나 밑에서 나의 양동이는 위로 올라간다. 당당하게, 당당하게, 바닥에 낮게 엎드려 있다가 지휘자의 막대기 아래서 몸을 털면서 일어나는 낙타들도 이보다 더 멋지게 몸을 일으키지는 못할 것이다. 그것은 똑같은 속도의 총총걸음으로 꽁꽁 얼어붙은 길을 가로질러 간다. 나는 자주 이 층 건물의 꼭대기까지 몸이 솟구친다. 나는 결코 대문 아래까지 가라앉는 법이 없다. 그리고 이상스럽게도 나는 석탄 장수의 지하실의 둥근 천장 앞에서 높이 떠다니고 있다. 저 아래 깊숙한 곳에서는 그가 작은 책상에 웅크리고 앉아서 무엇인가를 쓰고 있다. 지나친 열기를 내보내기 위해서 그는 문을 열어놓고 있다.

"석탄 장수!" 하고 나는 추위로 다 타버려 선명치 않은 목소리로, 구름을 이룬 입김에 쌓인 채 소리친다. "제발, 석탄 장수, 나에게 석탄을 조금만 주게. 나의 양동이는 벌써 텅 비어서, 내가 그 위에 탈 수 있을 정도일세. 선의를 베풀게. 가능한 한 빨리 값을 치르겠네." 석탄 장수는 귀에다 손을 갖다 댄다. "내가 제대로 듣는 건가?" 하고 그는 어깨 너머로, 난롯가 긴 의자에서 뜨개질을 하고 있는 그의 아내에게 물었다. "내가 제대로 듣는 거야? 손님인가." "난 아무 소리도 안 들리는데요." 하고 아내가 말했다. 등은 기분 좋게 따뜻해지고, 뜨개질 바늘 위로 편안하게 숨을 내쉬었다 들이마셨다 하면서. "오, 그렇다네." 하고 나는 외친다. "날세, 오랜 단골손님이지. 변함없이 충실한, 다만 지금 잠시 빈궁하다네." "여보," 하고 석탄 장수가 말했다. "있어, 누군가가 있어. 내가 그렇게 심하게 착각할 수가 있나. 어떤 오랜, 아주 오랜 단골손님이 틀림없어. 이렇게 나의 가슴에다 이야기할 줄 아니 말이야." "어떻게 된 거예요, 여보?" 하고 아내가 말하고 잠시 쉬면서 뜨개

질거리를 가슴에 꼭 눌러댄다. "아무도 아니에요. 거리는 비어 있어요. 우리 손님들에게는 모두 가져다드렸어요. 그러니 우리는 며칠 동안 가게를 닫고 쉴 수 있어요." "그렇지만 나는 여기 양동이 위에 앉아 있지 않은가." 하고 나는 소리친다. 추위 때문에 무감각한 눈물이 나의 눈을 흐리게 덮는다. "제발 이 위를 좀 보게나. 자네들은 곧 나를 발견할 걸세. 한 삽 가득히만 부탁하네. 자네가 두 부삽을 준다면, 나는 몹시 기쁠 걸세. 다른 모든 손님들에게는 벌써 가져다주지 않았나. 아, 양동이 속에서 덜거덕거리는 소리를 들을 수 있다면!"

"갑니다." 하고 석탄 장수는 말한다. 그는 짧은 다리로 벌써 지하실 계단을 올라가려 한다. 그러나 어느새 아내가 그의 곁에 와서, 그의 팔을 단단히 붙잡고 말한다. "당신은 그냥 계세요. 당신이 고집을 못 버린다면 내가 올라가보겠어요. 어젯밤에 있었던 당신의 심한 기침을 기억해보세요. 하지만 당신은 일이라면 그것이 그저 상상한 것뿐인데도 아내와 아이도 잊고 당신의 폐를 희생시키지요. 내가 갈게요." "그럼 그에게 우리가 창고에 가지고 있는 모든 종류를 말해줘. 가격은 내가 당신에게 불러줄게." "좋아요." 하고 아내가 말하고는 거리로 올라간다. 물론 그녀는 곧 나를 보게 된다. "석탄 장수 사모님" 하고 나는 부른다. "삼가 인사드립니다. 석탄 한 삽만 부탁드립니다. 곧장 여기 이 양동이에. 제가 그것을 직접 집으로 가져가겠어요. 가장 질 나쁜 것으로 한 삽이면 돼요. 물론 값은 충분히 치르겠어요. 그러나 금방은 안 되고요, 금방은 안 됩니다." '금방은 안 된다.'는 두 마디 말은 어찌나 종소리같이 들리는지, 그리고 그것은 지금 막 가까운 교회 탑에서 들려오는 저녁 종소리와 뒤섞여 어찌나 마음을 어지럽히는지! "그래 그가 어떤 것을 원하고 있소?" 하고 석탄 장수가 소리친다. "아무것도 아니에요." 하고 아내가 다시 소리친다. "정말 아무것도 아니에요. 아무것도 안 보여요. 아무 소리도 안 들려요. 여섯 시 종소리만 울리고 있어요. 그러니 문을 닫읍시다. 추위가 굉장해요. 내일은 아마 일이 더 많을 거예요."

그녀는 아무것도 보이지 않고, 아무 소리도 들리지 않는다. 그러나 그런데도 그녀는 앞치마 끈을 풀어서, 앞치마로 나를 앞으로 쓸어버리려고 애쓴다. 불행히도 그것은 성공한다. 나의 양동이는 탈 수 있는 좋은 동물의 모든 장점을 가지고 있다. 그러나 그것은 저항력이 없다. 그것은 너무 가볍다. 부인용 앞치마 한 장이 그것의 다리를 땅바닥에서 몰아냈다.

"나쁜 것," 하고 나는 되받아 소리쳐준다. 그러는 동안 그녀는 가게로 몸을 돌리면서 반은 경멸적으로 그리고 반은 만족해서 손으로 공중을 친다. "나쁜 것, 나는 가장 질 나쁜 석탄 한 삽을 부탁했는데, 너는 그것을 나에게 주지 않았어." 그러고는 그 말과 함께 나는 빙산 지역으로 올라가서 다시는 보이지 않도록 사라져버린다.

어느 투쟁의 기록

Beschreibung eines Kampfes

그리고 사람들은 옷을 입고
흔들리면서 자갈밭으로 산책하러 간다,
저 멀리 언덕으로부터
머나먼 언덕까지 펼쳐져 있는
이 거대한 하늘 아래서.

I

열두 시쯤이면 어떤 사람들은 벌써 일어나서 몸을 굽히고 양 손을 나란히 뻗치면서 아주 편안했었다고 말하고는 옷을 입으려고 큰 문틀을 통해서 옆방으로 간다. 안주인은 방 안 한가운데 서서 경쾌한 동작으로 절을 하는데, 그럴 때면 그녀의 드레스에는 장식 주름이 잡혔다.

나는 작은 탁자에 ─그것은 탄탄하고 가느다란 세 개의 다리를 갖고 있었다─앉아서 막 세 번째 잔의 베네딕트주酒를 홀짝홀짝 마시고 있었고, 마시면서 동시에 나의 작은 저장품인 구운 과자를 훑어보고 있었다. 그 과자는 맛이 고급스러워서 내가 직접 골라서 쌓아두었다.

그때 새로 알게 된 어떤 이가 나를 찾아왔다. 약간 방심한 채 내

소일거리를 보며 미소 지으면서 그는 떨리는 목소리로 이렇게 말했다. "당신께 찾아와서 죄송합니다. 그러나 저는 여태까지 제 여자 친구와 단둘이 대기실에 앉아 있었어요. 열 시 반부터요. 아직 그리 오랜 시간이 지난 건 아닙니다. 그걸 당신께 말씀드려서 죄송해요. 우리는 서로 잘 모르는데 말이에요. 그렇지 않습니까. 우리는 계단에서 만났고 서로 몇 마디 공손한 말을 주고받았는데, 제가 당신께 벌써 제 여자 친구에 대해서 이야기를 하고 있습니다. 그러나 당신은 저를—부탁드릴게요—용서해주셔야 해요. 행운은 저에게 오래 붙어 있질 않아요. 저는 어찌해야 할지 모르겠어요. 게다가 여기에는 제가 신뢰할 수 있는 아는 사람은 달리 없거든요."

그렇게 그는 말했다. 그러나 나는 그를 슬프게 바라보면서—왜냐하면 내 입에 들어 있던 과일 케이크가 맛이 없었기 때문이었다—그의 귀엽게 홍조 띤 얼굴에 대고 말했다. "내가 당신에게 신뢰할 만한 사람으로 보였다니 기쁩니다. 그러나 당신이 그걸 나에게 말해준 것은 슬픈 일입니다. 게다가 당신은—그렇게 당황하고 있는 게 아니라면—혼자 앉아서 독주를 마시는 사람에게 사랑하는 소녀에 대해 이야기한다는 것이 어울리지 않는 일이라는 걸 스스로 느낄 수 있을 텐데요."

내가 그 말을 하자, 그는 단번에 주저앉아서 뒤로 기대어 양팔을 늘어뜨렸다. 그러고 나서 그는 뾰족한 팔꿈치로 뒤를 눌러댔고 꽤나 큰 목소리로 말하기 시작했다. "우리는 거기 방 안에 단둘이 있었어요—앉아서—안네를과 함께 말예요. 그리고 저는 그녀에게 입을 맞추었어요—입을 맞추었다구요—제가요—그녀에게—그녀의 입, 그녀의 귀, 그녀의 어깨—에다가요."

가까이 서 있었기에 생기발랄한 대화라고 추측한 몇몇 신사들이 하품을 하면서 우리에게 다가왔다. 그래서 나는 일어서서 큰 소리로 말했다. "좋아요. 당신이 원한다면 가지요. 그러나 지금 라우렌치산에 올라가는 것은 바보짓이에요. 왜냐하면 날씨가 아직 싸늘한데다 그곳에는 눈이 약간 내려서 길이 마치 스케이트장 트랙 같을 테니까요. 하지만 당신이 원한다면 함께 가겠어요."

처음에 그는 놀라서 나를 쳐다보았다. 그러고는 붉고 촉촉한 긴 입술이 달린 입을 열었다. 그러나 그는 이미 아주 가까이에 와 있는 그 신사들을 보자 웃었고, 일어서서 말했다. "오 그렇군요. 냉기는 좋을 거예요. 우리 옷은 열기와 연기로 가득하잖아요. 저는 많이 마시지도 않았지만, 아마 조금쯤 술에 취한 것도 같아요. 그래요. 우리는 작별을 고하고 갑시다."

그래서 우리는 안주인에게 갔다. 그가 그녀의 손에 입을 맞추었을 때, 그녀가 말했다. "오늘 당신 얼굴이 그렇게 행복해 보이니 나는 정말 기뻐요. 다른 때는 언제나 심각하고 지루해 보였는데." 자비로운 이 말이 그를 감동시켰다. 그래서인지 그는 다시 한 번 그녀의 손에 입 맞추었다. 그러자 그녀는 미소 지었다.

대기실에는 심부름하는 소녀가 서 있었다. 우리는 지금 처음으로 그녀를 보았다. 그녀는 우리가 코트 입는 것을 도와주었고, 그런 다음 작은 휴대용 램프를 들고 우리를 위해 계단 위를 비춰주었다. 정말이지 그 소녀는 아름다웠다. 그녀의 목은 드러나 있었는데, 다만 턱 밑에 검은 우단 리본을 매고 있었다. 그리고 그녀가 램프를 아래로 들고 우리 앞에서 계단을 내려갔을 때, 헐렁한 옷을 입은 그녀의 몸은 아름답게 숙여졌다. 그녀는 포도주를 마셨기 때문에, 뺨이 붉게 물들어 있었고 입술은 반쯤 벌어져 있었다.

아래쪽 계단 옆에서 그녀는 램프를 계단에 내려놓고, 약간 비틀거리면서 내 친구 쪽으로 한 걸음 다가가서 그를 끌어안고는 그에게 입을 맞추더니 포옹한 채로 있었다. 내가 그녀의 손에 동전을 하나 놓아주자 비로소 그녀는 꾸물거리며 그에게서 손을 풀었고, 천천히 작은 대문을 열고 우리를 밤 속으로 내보내주었다.

골고루 불이 밝혀진 텅 빈 길 위에는, 가볍게 구름이 덮여 있다가 점점 넓게 열리어가는 하늘에 큰 달이 하나 떠 있었다. 땅 위에는 부드러운 눈이 덮여 있었다. 걸어갈 때 발이 미끄러졌고, 그래서 종종걸음으로 가야 했다.

우리가 옥외로 나오자마자 나는 확실히 아주 명랑한 기분에 빠졌다. 나는 들떠서 다리를 들어 올리고, 재미있게 뚝뚝 뼈마디 소리를 냈다. 마치 길모퉁이에서 한 친구가 나로부터 달아나기라도 하는 듯이, 나는 어떤 이름을 골목 위로 외쳐댔다. 나는 뛰어오르며 모자를 높이 던져 올리고 뽐내면서 그것을 잡았다.

그러나 나의 친구는 내 옆에서 무관심하게 걸어갔다. 그는 머리를 숙이고 있었다. 그는 얘기도 하지 않았다.

나는 그것을 이상하게 여겼다. 나는 그의 주위에 더 이상 사람들이 없다면 그가 기분이 아주 좋아질 거라고 기대했었기 때문이다. 나는 점점 조용해졌다. 내가 기분을 돌려주려고 막 그의 등을 한 대 쳤을 때 나는 수치감에 사로잡혔고, 그래서 나는 어색하게 손을 움츠렸다. 손이 불필요했으므로, 나는 상의 주머니에 손을 찔러 넣었다.

그러고는 우리는 말없이 걸어갔다. 나는 우리 발자국이 어떻게 울리는지 주의를 기울였고, 내 친구와 같은 걸음을 유지할 수 없는 게 이해가 되지 않았다. 그것은 나를 약간 자극했다. 달이 밝아서 분명하게 볼 수 있었다. 이따금씩 누군가 창가에 기대어 우리를 눈여겨보고 있었다.

우리가 페르디난트 거리에 들어섰을 때, 나는 내 친구가 어떤 멜로디를 허밍하기 시작했다는 걸 깨달았다. 그 소리는 아주 작았지만 나는 그것을 들었다. 그것은 내게 불쾌하게 느껴졌다. 그는 왜 나와 이야기하지 않는가? 그러나 그가 나를 필요로 하지 않는다면, 그는 왜 나를 그냥 내버려 두지 않았는지. 나는 내가 그 사람 때문에 내 작은 탁자 위에 놓아두고 온 그 맛있고 달콤한 것을 화를 내며 떠올렸다. 나는 베네딕트주도 떠올렸는데, 기분이 약간 즐거워졌다. 거의 우쭐댄다고 할 수 있을 정도로. 나는 양손으로 허리를 받치고, 혼자서 산책을 가는 거라고 상상했다. 나는 사람들 속에 있었고, 한 은혜를 모르는 젊은이를 수치스러움으로부터 구해냈다. 그리고 이제는 달빛 속에서 산책을 했다. 낮 동안은 내 내 관청에, 저녁때는 사람들 틈에, 밤에는 거리에, 어느 것도 도가 지나치지 않게. 단순성에 있어서 무한한 생활 방식이 아닌가!

물론 나의 친구는 아직 내 뒤에서 걷고 있었다. 그는 자신이 뒤처졌다는 것을 알았을 때 정말 걸음걸이를 서두르기까지 했고, 그것이 당연한 것인 양 행동했다. 그러나 내게 꼭 함께 산책할 의무는 없었으므로, 옆 골목으로 접어드는 것은 어쩌면 적합치 않은지도 모른다고 나는 생각했다. 나는 혼자서 집에 갈 수 있었고 아무도 나를 방해할 수는 없었다. 내 방에서 나는 탁자 위 철제 버팀대에 달려 있는 스탠드 램프를 켤 것이고, 찢어진 동양 카펫 위에 놓여 있는 안락의자에 앉을 것이다—내가 거기까지 생각했을 때, 어떤 위압감이 나를 엄습했다. 내가 다시 내 방으로 들어가 다시 색칠된 벽 사이에서 그리고 방바닥 위에서—뒷벽에 걸려 있는 금빛 테두리의 거울 속에서는 방바닥이 비스듬히 떨어져 내리는 것처럼 보인다―홀로 시간을 보내야 한다는 생각을 하기만 하면, 언제나 그 위압감이 나를 덮쳐온다. 나는 다리가 피로해져서, 어쨌든 집으로 가서 침대에 누워야겠다고 결심했다. 그러자 지금 떠나면서 내 친구에게 인사를 해야 할지 어떨지 망설임이 생겼다. 그러나 나는 너무 겁이 많아서 인사도 없이 떠나가진 못한다. 또한 너무 마음이 약해서 큰 소리로 소리치며 인사하지도 못한다. 그래서 나는 다시 멈추어 섰고, 달빛이 비치는 집 담장에 기대어 서서 기다렸다.

나의 친구는 즐거운 발걸음으로 왔는데, 아마도 약간은 걱정이 되었을 것이다. 그는 굉장한 채비를 하고 왔다. 눈꺼풀을 껌벅거리면서 팔을 공중에 수평으로 내뻗었으며, 딱딱한 검정색 모자를 쓰고 있는 머리를 내 쪽을 향해 위로 뻗었는데, 그는 그 모든 것으로써 내가 그를 유쾌하게 해주려고 여기서 보여주는 익살을 매우 잘 인정해줄 줄 안다는 걸 보여주고 싶어 하는 것 같았다. 나는 방법이 없었다. 그래서 "오늘 저녁은 재미있군요."라고 작은 소리로 말했다. 그때 나는 억지웃음을 만들어냈다. 그는 대답했다. "그래요. 그리고 당신은 그 심부름하는 소녀가 나에게 입 맞추는 것을 보셨지요?" 나는 아무 말도 할 수 없었다. 왜냐하면 내 목에는 눈물이 가득 고여 있었으니까. 그래서 나는 그냥 잠자코 있지 않으려고 우편 마차의 나팔을 불듯이 소리를 내려고 애썼다. 그는 처음에는 귀를 기울이고 있더니 나중에는 친절하게 고마워하면서 내 오른쪽 손을 잡고 흔들었다. 그것은 차게 느껴졌을 게다. 왜냐하면 그는 곧 그것을 놓아버리고 이렇게 말했으니까. "당신의 손은 매우 차군요. 심부름하는 소녀의 입술은 한결 따스했어요. 오 정말이에요." 나는 이해한다고 고개를 끄덕였다. 그러나 내가 사랑하는 하느님께 나에게 단호한 마음을 달라고 빌고 있는 동안, 나는 이렇게 말했다. "그래요. 당신이 옳아요. 집으로 갑시다. 시간이 늦었어요. 그리고 내일 아침 나는 관청에서 일해야 해요. 생각해보세요. 그곳에서는 물론 잠을 잘 수도 있어요. 하지만 그것은 옳은 일이 아니지요. 당신이 옳아요. 우리는 집으로 갈 거예요." 그러면서 나는 그에게 손을 내밀었다. 마치 그 일이 완전히 처리되었다는 듯이. 그러나 그는 미소 지으면서 내 말투를 받아서 말했다. "그래요. 당신이 옳아요. 이런 밤은 침대에서 잠이나 자며 놓쳐버리고 싶지는 않아요. 생각 좀 해보세요. 만약 홀로 침대에서 잔다면, 얼마나 많은 행복한 생각들을 침대 시트로 질식시켜버릴는지 그리고 얼마나 많은 불행한 꿈들을 그것으로 따뜻하게 만들는지 말예요." 그리고 이런 생각이 떠오른 것이 몹시 기뻐서 그는 내 상의 앞가슴을—그는 그보다 더 높이 닿지는 못했다—힘차게 움켜쥐었다. 그리고 들뜬 기분으로 나를 흔들어댔다. 그런 다음 그는 눈을 가늘게 뜨고 허물없이 말했다. "당신이 어떻게 보이는지 아세요? 당신은 우스꽝스러워요." 그러면서 그는 다시 걷기 시작했고 나는 그를 따라갔는데, 나는 내가 따라가고 있다는 것도 깨닫지 못했다. 왜냐하면 나는 그가 했던 말을 되새기고 있었기 때문이다.

처음에 그 말은 나를 기쁘게 했다. 무언가 나의 내면에 대해 그가 짐작하고 있는 것처럼 보였기 때문이었다. 그것은 비록 내가 가지고 있는 면은 아니었지만, 그가 그것을 짐작함으로써 나는 그의 주시를 받게 되었던 것이다. 그런 관계는 나를 행복하게 했다. 나는 집에 가지 않았던 것을 만족스럽게 생각했고, 나의 친구가 나에게 매우 귀중하게 느껴졌는데, 그는 내가 먼저 구하지 않아도 사람들 앞에서 나에게 가치를 부여해주는 그런 사람이었다. 나는 사랑이 가득 담긴 눈으로 나의 친구를 쳐다보았다. 나는 머릿속으로 그를 위험으로부터, 특히 경쟁자와 질투하는 남자들로부터 지켜주었다. 그의 삶이 나에게는 나 자신의 삶보다 귀하게 느껴졌다. 나는 그의 얼굴이 아름답다고 생각했고, 여자들에 대한 그의 행운을 자랑스러워했고, 그리고 그가 이날 밤 두 소녀에게서 받았던 입맞춤을 함께 나누었다. 오, 이날 밤은 유쾌했다! 내일 내 친구는 안나 양과 이야기할 것이다. 처음에는 당연히 일상적인 것에 대해서, 그러나 그 다음에 그는 갑자기 이렇게 말할 것이다. "어젯밤 나는, 사랑스런 안네를이여, 당신이 분명 아직 본적이 없을 어떤 사람과 함께 지냈어. 그의 모습은—어떻게 묘사해야 할까—마치 흔들흔들 휘젓고 있는 막대기 같은데, 누런 피부에 검은 털이 난 머리를 그 위에 약간 서투르게 꽂아놓은 것 같아. 그의 몸은 여러 개의, 좀 작은 현란한 노란색 계통의 천 조각들로 치장되어 있었는데, 그것들은 어제 그를 완전히 덮어씌우고 있었어. 어젯밤 바람이 자서 그것들은 몸에 평평하게 매달려 있었으니까. 그는 수줍어하며 내 옆에서 걸어갔지. 내 사랑 안네를, 그렇게 멋지게 입맞춤할 줄 아는 당신은 약간 웃었을 테고 약간 두려워했을 거라는 걸 나는 알아. 그러나 당신에 대한 사랑 때문에 영혼이 완전히 흩어져 날아가버린 나는 그가 있다는 게 기뻤어. 그는 어쩌면 불행한 사람이어서 조용히 침묵을 지키고 있었는지도 몰라. 하지만 그의 곁에 있으면 끊이지 않는 행복한 불안감에 빠지게 되지. 나는 어제 내 자신의 행복에 잠겨서, 당신을 거의 잊어버렸어. 나에게는 별이 반짝이는 무감각한 아치형의 하늘이 그의 평평한 가슴의 숨결로 높이 떠오르는 것처럼 보였어.
지평선은 무너졌고, 불타오르는 구름들 아래로 풍광은 끝이 없어
보였어. 그것이 우리를 끝없이 행복하게 해준 것처럼 — 세상에,
내가 안네를 당신을 얼마나 사랑하는데, 그리고 나에게 당신의
입맞춤은 어떤 풍광보다 더 좋아. 우리 더 이상 그 사람에 대해 이
야기하지 말자. 그리고 서로 사랑해."

　우리가 느린 걸음으로 부두를 걸어가고 있었을 때, 나는 입맞춤
에 대해 내 친구가 부러웠지만, 그가 아마도 나에게 느꼈을 마음
속의 수치심 — 내가 그에게 그렇게 보였듯이 — 또한 즐겁게 감지
했다.

　그렇게 나는 생각했다. 그러나 나의 생각은 당시에는 혼란스러
웠는데, 몰다우강과 다른 쪽 강기슭에 면한 도시 구간이 어둠 속
에 잠겨 있었기 때문이었다. 단지 몇몇 개의 등불만이 타오르고
있었고 바라보는 눈과 장난을 하고 있었다.

　우리는 난간에 서 있었다. 강에서 찬 바람이 불어왔기 때문에,
나는 장갑을 끼고 있었다. 그리고 밤에 강가에서 아마 그렇게 하
듯이, 나는 공연히 길게 탄식을 했다. 그리고 계속해서 가려고 했
다. 그러나 내 친구는 강물을 들여다보면서 전혀 미동도 하지 않
았다. 그러더니 그는 난간에 점점 더 가까이 다가가서 철책에 팔
꿈치를 대고는 양손으로 이마를 감쌌다. 그 모습은 내게 바보스
럽게 보였다. 나는 추워서 상의 깃을 높이 세웠다. 내 친구는 몸을
쭉 뻗고, 팽팽하게 긴장된 그의 양팔에 실려 있는 상체를 난간 위
에 올려놓았다. 나는 하품을 억누르기 위해 창피해하면서 서둘러
말했다. "하필이면 밤이 우리를 추억 속에 완전히 침잠케 할 수
있다는 것은 정말 이상스럽군요. 그렇지요. 예컨대 지금 나는 이

런 생각이 떠올라요. 언젠가 저녁때 나는 어떤 강기슭의 벤치에 이상한 자세로 앉아 있었어요. 나는 벤치의 목제 등받이 위에 팔을 올려놓고 그 팔에 머리를 얹고는 다른 쪽 강기슭의 구름 덮인 산을 바라보면서, 누군가 강변 호텔에서 켜고 있는 부드러운 바이올린 소리를 듣고 있었지요. 양편 강기슭에서 이따금씩 뻔쩍거리는 아지랑이가 밀려왔어요." — 그렇게 나는 말했고, 그 말 뒤에서 이상스런 상황에 처해 있는 연애 이야기를 꾸며내느라고 대단히 애쓰고 있었다. 약간의 야비함이나 구체적인 폭행도 없어서는 안 되었다.

그러나 나는 첫마디 말도 꺼내지 못하고 있었다. 그때 내 친구가 무관심하게, 다만 아직도 내가 여기 있다는 사실에 놀라면서 — 나에게는 그렇게 보였다 — 내 쪽으로 몸을 돌리고 이렇게 말했다. "보세요. 언제나 이렇게 시작되었지요. 오늘 내가 모임에 가기 전에 저녁 산책을 하려고 층계를 내려왔을 때, 불그레한 내 두 손이 흰색 소맷부리 속에서 이리저리 흔들리고 있는 모습과 그것들이 별스럽게 명랑하게 그런 짓을 하는 게 이상하게 느껴졌어요. 그때 나는 모험을 기대했어요. 언제나 그렇게 시작됩니다." 그는 벌써 걸어가면서 단지 임시로 하나의 작은 관찰로서 이런 이야기를 했다.

그러나 그 이야기는 나를 몹시 감동시켰고, 아마도 나의 키 큰 모습이 — 그 옆에서는 그가 너무 작게 보일 텐데 — 그에게 불쾌할 수도 있을 거라는 게 내 마음을 아프게 했다. 그리고 지금은 밤인데다가 우리는 거의 아무도 만나지 않는데도, 나는 걸어가면서 내 양손이 무릎에 닿을 정도로 등을 구부렸다. 그만큼 이 상황은 나를 괴롭게 했다. 그러나 친구가 내 의도를 눈치채지 못하게 하기 위해서, 나는 매우 조심하면서 아주 천천히 자세를 바꾸었고, 슈첸인젤의 나무들과 강물에 비친 다리의 등불에 대해 말함으로써 그의 주의를 딴 데로 돌리려고 애를 썼다. 그러나 그는 갑작스럽게 방향을 바꾸어서 얼굴을 나에게로 돌리고 온화하게 말했다. "도대체 왜 그렇게 걷고 있나요? 당신은 지금 몹시 구부리고 있어서 거의 나처럼 작아졌군요!"

그가 친절하게 그 말을 했기 때문에 나는 이렇게 대답했다. "그렇겠군요. 그러나 나에게는 이런 자세가 편해요. 나는 꽤 허약한 편이랍니다. 그래서 내 몸을 똑바로 지탱하기가 무척 힘들어요. 그건 쉬운 일이 아니에요. 나는 매우 키가 크니까요—"

그는 약간 의심하듯 말했다. "그건 단지 기분이 그런 것뿐이에요. 당신은 전에는 완전히 똑바로 걸었던 걸로 생각되는데요. 그리고 모임에서도 당신은 그런대로 잘 견뎌냈잖아요. 당신은 춤까지 추었잖아요. 아니던가? 아닌가요? 그러나 당신은 확실히 똑바로 걸었었고, 지금도 그렇게 할 수 있을 거예요."

나는 손으로 방어하면서 고집스럽게 대답했다. "그래요 그래, 똑바로 걸었었지요. 그러나 당신은 나를 과소평가하고 있어요. 나는 좋은 태도가 어떤 건지 압니다. 그래서 구부리고 걷는 거예요."

그러나 그것이 그에게는 쉽게 이해되지 않았다. 오히려 자신의 행운에 어리둥절해져서 그는 내 이야기의 맥락을 이해하지 못한 채 단지 "그렇다면, 당신이 원하시는 대로."라고만 말했고, 제분소 탑의 시계를 올려다보았다. 그것은 벌써 한 시를 가리키고 있었다.

그러나 나는 혼잣말로 말했다. "이 사람은 얼마나 무정한가! 나의 겸손한 말에 대한 그의 무관심은 얼마나 독특하고 분명한가!

그는 물론 행복하다. 그리고 그것은 자신의 주변에서 일어나는 모든 것을 자연스럽다고 느끼는 행복한 자들의 기질이다. 그들의 행복은 하나의 빛나는 연관 관계를 만들어낸다. 그리고 내가 지금 강물 속으로 뛰어든다거나 또는 이 아치 밑에서 여기 포도 위, 그의 앞에서 발작으로 찢겨진다 해도, 나는 언제나 얌전하게 그의 행복에 순응할 것이다. 그렇다. 그는 기분이 내킨다면 — 행복한 자는 그럴 위험이 있다. 그것은 의심할 여지가 없다 — 거리의 살인자처럼 나를 때려죽일 수도 있을 것이다. 그것은 분명하다. 그리고 나는 비겁하기 때문에, 놀라서 소리 지를 엄두조차 내지 못할 것이다 — 큰일 났네! — ” 나는 두려움 속에서 주위를 둘러보았다. 멀리 떨어져 있는, 정사각형 유리창이 달린 다방 앞에서 한 경찰관이 포도 위를 미끄러져 가고 있었다. 그의 검이 그를 약간 방해했기 때문에, 그는 그것을 손에 쥐었고, 이제는 훨씬 잘되었다. 그리고 내가 적당히 떨어져 있는 곳에서도 그가 여전히 조그맣게 환호하는 소리를 들었을 때, 만약 내 친구가 나를 때려죽이려 한다 해도 그가 나를 구하지 못하리라는 것을 확신했다.

그러나 이제 나는 내가 무엇을 해야 하는지도 알았다. 왜냐하면 섬뜩한 사건들을 눈앞에 두고서야 비로소 나는 큰 결심에 사로잡혔기 때문이다. 나는 도망쳐야만 했다. 그것은 아주 쉬웠다. 이제 왼쪽의 카알 다리로 접어들 때 나는 오른쪽의 카알 거리로 뛰어갈 수 있었다. 그 길은 모퉁이가 많았다. 그곳에는 어두운 대문들이 있었고 아직 열려 있는 술집이 있었다. 나는 실망할 필요가 없었다.

우리가 부두 끝 아치 밑에 나타났을 때, 나는 팔을 높이 쳐들고 골목으로 뛰어 들어갔다. 그러나 막 성당의 작은 문 쪽으로 갔을 때 나는 넘어졌다. 그곳에는 내가 미처 보지 못했던 층계가 하나 있었기 때문이었다. 꽝 소리가 났다. 다음 가로등은 멀리 떨어져 있어서 나는 어둠 속에 누워 있었다. 어떤 술집에서 뚱뚱한 한 여자가 그을린 작은 등잔 하나를 가지고 나와서, 길거리에 무슨 일이 생겼는지 살펴보았다. 피아노 소리가 멈추고 한 남자가 반쯤 열린 문을 활짝 열었다. 그는 어떤 층계 위에다 굉장하게 침을 뱉었다. 그리고 여자의 양쪽 가슴 사이를 간질이면서, 무슨 일이 생기든 간에, 어쨌든 그것은 아무런 의미가 없는 거라고 말했다. 그러자 그들은 몸을 돌렸고, 문은 다시 닫혔다.

나는 일어서려고 애를 썼으나 다시 넘어졌다. "빙판이구나." 하고 말하면서 나는 무릎에 통증을 느꼈다. 그러나 술집에서 나온 사람들이 나를 보지 못한 것이 기뻤고, 그래서 날이 샐 무렵까지 거기 누워 있는 것이 나에게는 가장 편할 것처럼 생각되었다.

내 친구는 아마도 나의 작별을 눈치채지 못한 채 혼자서 다리까지 갔을 것이다. 왜냐하면 그는 얼마 후에 내게로 왔으니까. 그가 불쌍히 여기며 나에게 몸을 숙이고 부드러운 손으로 나를 쓰다듬어주었을 때, 나는 그가 놀라워하는 것은 보지 못했다. 그는 나의 광대뼈를 위아래로 쓰다듬고 나서, 두 개의 굵은 손가락을 나의 낮은 이마 위에 올려놓았다. "아프셨죠? 여기는 빙판이니 조심해야 돼요 — 머리가 아프세요? 아닌가요? 아, 무릎이군요. 그렇군요." 그는 마치 이야기를 들려주는 것처럼, 더구나 아주 오래전에 있었던 한쪽 무릎의 통증에 대한 아주 유쾌한 이야기를 해주는 것처럼 노래하는 음조로 말했다. 그는 자신의 팔을 움직이기는 했지만, 나를 일으키려는 생각은 하지 않았다. 나는 오른손으로 머리를 받치고서 — 팔꿈치는 포석 위에 놓여 있었다—할 말을 잊어버릴까 봐 재빨리 말했다. "사실 난 내가 왜 오른쪽으로 뛰어왔는지 모르겠어요. 이 성당의 나뭇잎들 아래로—이 성당 이름은 모르겠군요. 오, 제발, 용서하세요—고양이 한 마리가 가는 게 보였어요. 작은 고양이였는데, 그것은 밝은색 털을 가지고 있었어요. 그래서 내가 그걸 알아봤던 거지요—오 아니에요, 그게 아니었어요. 용서하세요. 그러나 하루 종일 자신을 억제하는 것은 충분히 힘든 일입니다. 그래서 사람들은 이 노고를 위해 원기를 얻으려고 잠을 자는 거지요. 그러나 잠을 자지 않는다면, 가끔 우리들에게 무용한 일들이 생깁니다. 그러나 그것에 대해 공공연하게 놀라다니, 우리 동반자들은 예의가 없습니다."

나의 친구는 양손을 주머니에 넣고서 텅 빈 다리 너머를 바라보았다. 크로이츠헤렌 성당을, 그러고는 맑은 하늘을 바라보았다. 그는 내 말에 귀 기울이지 않았으므로, 불안해하며 이렇게 말했다. "친애하는 분이여, 그런데 당신은 왜 아무 말도 하지 않나요. 몸이 좋지 않은가요—그래요. 당신은 도대체 왜 일어나지 않나요—여기는 정말 추운데요. 당신은 감기에 걸릴 거예요. 게다가 우리는 라우렌치산에 가려고 했잖아요."

"물론이에요. 용서하세요."라고 말하면서 나는 혼자서 일어났다. 그러나 통증이 심했다. 나는 비틀거렸고, 내 입장에 대해 확신을 갖기 위해 카알 4세의 입상을 뚫어져라 쳐다보아야만 했다. 그러나 달빛은 확실치가 않아서, 카알 4세의 입상도 동요하게 했다. 나는 깜짝 놀랐고, 내 다리는 두려움으로 훨씬 강해졌다. 내가 안정된 자세를 취하지 않는다면, 카알 4세 입상이 떨어져 내릴지도 모른다. 나중에는 나의 노력이 소용없는 짓처럼 생각되었다. 카알 4세가 정말 떨어져버렸으니까. 그것은 내가 아름다운 하얀 드레스를 입은 어떤 소녀에게 사랑을 받을 거라는 생각이 막 떠올랐던 바로 그때였다.

나는 쓸데없는 짓을 하며 많은 것을 놓쳐버린다. 그런 생각이 떠올랐다는 것은 얼마나 행복한 일이었는가. 그 소녀에 관한 것 말이다! —그리고 달이 나에게도 비치다니, 저기 저 달은 정말로 사랑스러웠다. 나는 겸손해져서 다리 망루의 아치 아래 서 있고자 했다. 그러나 그때 나는 달이 모든 것을 비추는 것은 매우 자연적인 일이라는 것을 깨달았다. 그래서 나는 기쁨에 차서 달을 온전히 즐기기 위해 팔을 활짝 폈다—그때 이런 시구가 떠올랐다.

나는 골목길을 따라 뛰듯이 달렸다
달려가는 취객처럼
발로 공중을 구르면서

그러자 나는 무기력한 팔로 수영 동작을 하면서 통증 없이 그리고 힘들이지 않고 수월하게 앞으로 나갈 수 있게 되었다. 내 머리는 차가운 공기 속에서 좋아졌고 하얀 옷을 입은 소녀의 사랑이 나를 슬픈 황홀감 속으로 몰아넣었다. 왜냐하면 나는 마치 사랑하는 사람과 그녀의 영역인 구름 덮인 산으로부터 멀리 헤엄쳐 나오는 것처럼 느껴졌기 때문이다—그리고 나는 아마 지금도 아직 내 옆에서 가고 있을 행복한 친구를 한때 미워했었다는 것을 기억해냈고, 나의 기억력이 이렇게 사소한 것들을 간직할 만큼 좋다는 것이 기뻤다. 왜냐하면 기억이란 많은 것을 간직해야 하니까. 그래서 나는 그 모든 수많은 별들의 이름을 한 번도 배운 적이 없었음에도 돌연 알고 있었다. 물론 그건 이상한 이름들이어서 염두에 두기가 어려웠지만, 나는 그것들을 모두 그리고 아주 정확하게 알고 있었다. 나는 집게손가락으로 하늘을 가리키며 각각의 이름을 크게 말했다―그러나 나는 별들의 이름을 더이상 말할 수 없었다. 왜냐하면 나는 계속 헤엄을 쳐야 했기 때문인데, 밑으로 가라앉고 싶지 않았으니까. 나중에 나에게 포도 위에서는 누구나 헤엄칠 수 있으니 그건 얘기할 가치도 없다는 말을 하지 못하게 하기 위해서, 나는 속도를 내서 다리 난간 위로 날아올랐고, 내가 만난 모든 성인들의 입상 주위를 헤엄치면서 돌았다―다섯 번째 입상에서 내가 막 유연한 날갯짓으로 포도 위에서 머물고 있었을 때, 내 친구가 내 손을 잡았다. 그러자 나는 다시 포도 위에 서 있었고 무릎에 통증을 느꼈다. 나는 별들의 이름을 잊어버렸고, 그 사랑스러운 소녀에 대해서도 그녀가 하얀 드레스를 입었었다는 것만을 알고 있었다. 나는 그 소녀의 사랑을 믿을 만한 어떤 근거를 가지고 있었는지조차 더 이상 기억할 수 없었다. 그런 연유로 내 마음속에는 나의 기억력에 대한 큰 분노와 그 소녀를 잃을 수도 있다는 두려움이 솟아올랐다. 그래서 나는 긴장해서 그리고 끊임없이 "하얀 드레스, 하얀 드레스" 하고 되풀이했고, 그것은 적어도 이런 하나의 표시를 통해 소녀를 내 마음속에 간직해두려는 심산이었다. 그러나 아무 소용이 없었다. 내 친구는 이야기하면서 점점 가까이 내 쪽으로 파고들었고, 내가 그의 말을 이해하기 시작한 그 순간에 아슴푸레한 하얀빛은 다리 난간을 따라 우아하게 뛰어올랐고 다리 망루를 지나가더니 어두운 골목길 안으로 뛰어 들어가 버렸다.

"언제나 나는" 하고 내 친구는 성 루드밀라의 입상을 가리키면서 말했다. "왼쪽, 이 천사의 손을 사랑했어요. 그 손의 부드러움은 끝이 없고, 쭉 펴고 있는 손가락들은 떨고 있어요. 그렇지만 오늘 밤부터 이 손들은 내게 아무 상관이 없어요. 난 그렇게 말할 수 있어요. 나는 손에 입 맞추었으니까." ─ 그러면서 그는 나를 껴안고 내 옷에 입을 맞추었고, 내 몸에 머리를 부딪쳤다.

나는 말했다. "알았어요, 알았어. 그걸 믿겠어요. 의심하지 않을게요."라고. 그러면서 나는 손가락으로 그를 꼬집었다. 그러나 그는 그것을 느끼지 못했다. 나는 내 자신에게 말했다. "너는 왜 이 사람과 함께 가는가? 너는 그를 사랑하지도 않고 미워하지도 않는다. 그의 행복은 단지 한 소녀로 인한 것이고, 그녀가 하얀 드레스를 입고 있는지는 결코 확실치 않다. 그러니 이 사람은 너에게 아무런 상관이 없다 ─ 되풀이하면 ─ 상관이 없다. 그러나 그는 이미 증명되었듯이 위험한 사람은 아니다. 그러니 계속해서 그와 함께 라우렌치산에 가라. 왜냐하면 너는 벌써 아름다운 밤에 길을 가고 있는 중이니까. 그러나 그가 이야기하게 내버려 두어라. 그리고 너는 네 방식대로 즐겨라. 그렇게 해서 ─ 조용히 말하건대 ─ 너는 네 자신을 가장 잘 지킬 수 있을 테니까."

II
오락 또는 산다는 것은 불가능하다는 것에 대한 증명

1. 목말 타기

이미 나는 별스런 재주로 내 친구의 양어깨 위로 뛰어 올라갔고, 내 양 주먹으로 그의 등을 찔러댐으로써 그를 가볍게 걸어가게 만들었다. 그러나 그가 약간 불쾌하게 발을 구르거나 가끔 멈추어 서버리면, 그를 좀 더 명랑하게 해주기 위해 나는 그의 배를 부츠로 여러 번 차주었다. 그건 성공적이어서 우리는 꽤 빠른 속도로 거대하지만 아직 완성되지는 않은 어떤 지역의 내부로 자꾸만 들어갔다. 그곳은 밤이었다.

내가 목말을 타고 가는 국도는 돌이 많고 꽤나 오르막길이었다. 그러나 바로 그게 내 마음에 들어서, 나는 길을 좀 더 돌이 많고 좀 더 오르막길이 되게 했다. 내 친구가 돌부리에 걸려 넘어졌을 때, 나는 그의 머리카락을 위로 잡아 뜯었고, 그가 탄식하자, 나는 그의 머리를 권투하듯 때렸다. 그러면서 나는 저녁때 기분 좋게 목말 타기란 건강에 아주 좋다고 느꼈다. 그를 좀 더 격하게 만들기 위해서, 나는 강한 역풍이 우리에게 길게 몰아치게 했다. 이제 나는 내 친구의 넓은 어깨 위에서 튀어 오르는 말타기 동작을 과장했고, 양손으로 그의 목을 꽉 잡고 있는 동안 머리를 뒤로 활짝 젖히고 여러 모양의 구름들을 바라보았다. 그것은 나보다 더 약해서 바람에 느릿느릿 흘러가고 있었다. 나는 웃으면서 지나친 기세로 몸을 떨었다. 내 상의는 넓게 벌어지면서 나에게 힘을 주었다. 그때 나는 내 양손을 맞잡고 꽉 눌렀는데, 그렇게 해서 내가 내 친구의 목을 조르고 있다는 것을 모르는 것처럼 행동했다.

그러나 내가 길가에 자라나게 했던 나무들의 구부러진 가지 때문에 나에게는 보이지 않았던 하늘을 향해서 나는 말타기의 열띤 동작을 계속하면서 이렇게 소리쳤다. "언제나 마음을 빼앗기는 이야기를 듣기보다 나는 다른 일을 해야 해요. 왜 그는 내게 왔습니까, 이 사랑에 빠진 수다쟁이는요? 그들은 모두 행복하고, 특히 다른 사람이 그것을 알면, 행복해집니다. 그들은 행복한 하룻밤을 지낼 수 있다고 믿고 있고, 그렇기 때문에 그들은 벌써 미래의 삶에 대해 기뻐합니다."

그때 내 친구가 넘어졌다. 그래서 그를 살펴보니, 그가 무릎에 심한 상처를 입었다는 걸 알았다. 그는 더 이상 내게 유용하지 못했으므로, 나는 그를 돌 위에 올려두고 그를 감시하기 위해 공중에서 몇 마리의 독수리를 불러 내렸다. 그것들은 순종하며 심상치 않은 주둥이로 그 위에 내려앉았다.

2. 산책

나는 무관심하게 계속해서 갔다. 그러나 행인이 된 나는 산길을 걷는 노고를 겁내고 있었으므로, 길을 점점 더 평평하게 만들었고, 결국 길은 먼 곳에서 계곡으로 가라앉게 되었다.

내 의지에 의해 돌들은 사라졌고, 바람은 조용해졌다가 밤에는 아주 없어져버렸다. 나는 씩씩하게 행진하면서 갔다. 그리고 산을 내려가고 있었으므로, 나는 머리를 쳐들고 몸을 똑바로 세우고 양팔은 머리 뒤로 깍지 끼고 있었다. 나는 전나무숲을 좋아하므로, 전나무숲을 지나갔다. 또 별이 빛나는 하늘을 말없이 바라보기를 좋아하므로, 광활하게 펼쳐진 하늘에서는 별들이 천천히 그리고 조용히 내 위로 떠올랐다. 물론 별들은 늘 그런 식이긴 하지만. 나는 단지 몇 조각의 펼쳐진 구름을 보았을 뿐이었는데, 구름 높이에서만 불고 있는 바람이 그 구름들을 대기를 통해 끌어당기고 있었다.

길 건너편—아마도 강이 나와의 사이를 갈라놓고 있을 것이다—꽤 먼 곳에 나는 높은 산을 우뚝 세웠는데, 그 산의 꼭대기는 잡목숲으로 덮인 채 하늘과 맞닿아 있었다. 가장 높은 나뭇가지들의 작은 움직임과 그것들의 잔가지들까지도 선명하게 보였다. 그 광경은 아주 평범하기는 했지만 나를 기쁘게 해서, 나는 한 마리 작은 새가 되어 그 멀리 떨어져 있는 텁수룩한 관목들의 가는 나뭇가지에 매달려 그네를 타면서 달을 떠오르게 하는 것을 잊고 있었다. 달은 벌써 산 뒤에 와 있었는데, 아마도 늦어지게 되어 화를 내고 있었을 것이다.

그러나 달이 떠오르면서 생겨나는 차가운 빛이 산 위에 널리 퍼지자, 돌연 달은 불안스런 관목들 중 어느 하나 뒤로 불쑥 튀어 올랐다. 그러나 나는 그 사이 다른 방향을 보고 있었는데, 이제 내 앞쪽을 쳐다보고는 달이 거의 완전히 둥근 모습으로 빛나고 있다는 걸 알았을 때, 나는 눈이 침침해져서 멈추어 서 있었다. 왜냐하면 나의 급경사진 길이 바로 이 놀라운 달 속으로 뻗어 있는 것처럼 보였기 때문이었다.

그러나 잠시 후 나는 그것에 익숙해졌고, 월출이 달에게 얼마나 어려웠을까 하고 생각하면서 그것을 유심히 바라보았다. 그러자 드디어 나와 그것이 서로에게 성큼 다가서게 된 후, 나는 기꺼운 졸음을 느꼈다. 그 졸음은 낮 동안의 노고 때문에 나에게 밀려왔다고 생각되었으나, 물론 그 노고에 대해서 나는 더 이상 기억할 수가 없었다. 나는 잠시 동안 눈을 감고 걸어가면서, 양손을 큰 소리로 그리고 규칙적으로 마주침으로써만 내 자신을 깨울 수 있었다.

그러나 길이 나에게 내 발밑에서 미끄러져 떨어지겠다고 위협하고 모든 것이 나처럼 피로해져서 사라져가기 시작했을 때, 나는 흥분된 동작으로 서둘러 길 오른편의 비탈로 기어 올라갔다.

그것은 높고 어지러운 전나무숲으로 제때에 들어가기 위해서였는데, 나는 그 숲속에서 밤을 보내려고 했다. 서두를 필요가 있었다. 별들은 이미 어두워졌고, 달은 마치 움직이는 물속에서처럼 하늘 속으로 힘없이 가라앉았다. 산은 이미 밤의 일부가 되었고, 국도는 내가 비탈로 접어들었던 바로 그곳에서 불안하게 끝나 있었다. 그리고 숲속으로부터 나무줄기들이 무너져 내리는 소리가 점점 가까이 들려왔다. 나는 곧장 이끼 위에 몸을 던지고 잠을 잘 수 있었겠지만, 그러나 개미를 무서워했으므로, 나무 기둥 둘레에 다리를 감고는 나무 위로—바람은 없는데 이 나무도 벌써 흔들거리고 있었다—기어 올라가서 가지 위에 몸을 눕혔고, 머리를 기둥에 두고 서둘러 잠들어버렸다. 근사한 꼬리를 가진 다람쥐 한 마리가 떨고 있는 가지 끝에 앉아서 나처럼 변덕스럽게 몸을 흔들고 있었지만.

나는 꿈 없이 가라앉는 듯 잠을 잤다. 월몰도 일출도 나를 깨우지 못했다. 그리고 내가 이미 깨어났을 때조차도, 나는 다시 마음을 가라앉히고, "너는 어제 낮 동안 굉장히 수고했으니까, 너의 잠을 그대로 놓아둬."라고 말하면서 계속해서 잠 속으로 빠져들었다.

그러나 꿈은 꾸지 않았어도, 나의 잠이 계속적으로 작은 방해조차 받지 않았던 것은 아니었다. 밤 동안 내내 나는 누군가가 내 곁에서 이야기하는 소리를 들었다. "강기슭의 벤치", "구름 덮인 산", "빛나는 연기를 동반한 기차들"과 같은 개별적인 말들을 제외하고 말 자체는 전혀 들리지 않았고, 다만 그 말투의 억양만이 들렸다. 그리고 나는 잠을 자는 동안에 양손을 비벼댔다는 것을 기억하고 있다. 그것은 내가 개별적인 말들을 알아듣지 않아도 된다는 것에 대한 기쁨 때문이었는데, 나는 물론 잠을 자고 있었으니까 말이다.

한밤중이 되기 전 그 목소리는 아주 유쾌해졌고, 귀에 거슬렸다. 나는 벌벌 떨기 시작했다. 왜냐하면 누군가 내 나무를 — 그것은 전부터 이미 흔들거렸었다 — 밑에서 톱질하고 있다는 생각이 들었기 때문이었다 — 한밤중이 지나자 그 목소리는 한결 진지해지더니 쑥 들어갔고 문장 사이사이에서 중단됐기 때문에, 마치 내가 묻지 않은 질문에 대해 대답을 하고 있는 것처럼 보였다. 나는 한결 기분 좋게 느껴져서 과감히 몸을 쭉 폈다 — 아침쯤에 그 목소리는 점점 더 친절해졌다. 말하는 사람의 잠자리는 결코 내 것보다 더 안전한 것은 아닌 것 같았다. 왜냐하면 나는 이제 그가 옆에 있는 가지에서 말하고 있다는 것을 알아챘기 때문이다. 그러자 나는 대담해져서 그에게 등을 돌리고 누웠다. 그것은 확실히 그를 슬프게 만들었다. 왜냐하면 그는 말하는 것을 중단하고, 그의 나지막한 탄식 소리가 — 나는 이런 소리를 내는 습관을 이미 완전히 버렸기 때문에 — 오전에 나를 깨울 때까지 침묵을 지켰기 때문이다.

나는 구름 덮인 하늘을 들여다보았다. 하늘은 내 머리 위에만 있는 것이 아니라 내 주위를 감싸고 있었다. 구름은 아주 무거워서, 이끼 위에 낮게 깔리면서 나무들에 부딪히고 가지에 찢겨졌다. 많은 구름들은 좀 더 센 바람이 불어와서 그것들을 앞으로 밀고 나갈 때까지, 얼마 동안 땅 위로 떨어져 내리거나 나무들 때문에 꼼짝 못하고 있었다. 대부분의 구름들이 솔방울, 잘린 나뭇가지, 굴뚝, 죽은 야수, 깃발 조각, 풍신기 그리고 어딘가 먼 곳에서 흔들리면서 묻혀서 왔던, 무엇인지 거의 알아볼 수 없는 다른 것들을 끌고 다녔다.

나는 나뭇가지 위에 몸을 조그맣게 쭈그리고 앉아서, 나를 위협하는 구름들이 넓어지면, 그것들을 날려 보내거나 또는 그것들을 피할 궁리를 해야만 했다. 그러나 그것은 아직 반은 잠든 상태인데다가 탄식 소리로 마음이 불안해진 나로서는 힘든 일이었는데, 그 탄식 소리는 여전히 가끔 들려오는 것 같았다. 게다가 내 생명이 안전해지면 안전해질수록, 하늘 역시 점점 더 높고 넓게 펼쳐져서, 마침내 나의 마지막 하품 후에는 밤 속에 묻힌 그 지역이 이제는 비구름 밑에 놓여 있다는 걸 알 수 있게 되었고, 나는 놀라움에 가득 차서 그 모습을 바라보았다.

　이렇게 순식간에 넓어진 나의 시야 때문에 나는 놀랐다. 나는 길을 알지도 못하는 이 땅으로 내가 왜 왔는지 곰곰이 생각해보았다. 나는 꿈속에서 길을 잃었는데 내가 처한 상황에 대한 놀라움을 깨어나서야 비로소 느끼고 있는 것같이 생각되었다. 다행히도 그때 숲속에서 새 한 마리가 지저귀는 소리가 들려왔고, 내가 즐거움을 위해 이곳으로 왔을 거라는 생각이 나를 스치면서 마음이 가라앉았다.

　"너의 인생은 단조로웠지." 나는 그것을 확인하기 위해 큰 소리로 말했다. "너를 어딘가 다른 곳으로 데려가는 일이 정말로 필요했어. 너는 만족할 수 있을 거야. 여기는 즐거운 곳이야. 해가 빛나고 있잖아."

　해가 비치고 있어서 비구름은 하얘졌고 푸른 하늘 위에서 가벼워지고 작아졌다. 그것은 빛나면서 둥글게 뭉쳐졌다. 나는 계곡에서 강을 보았다.

　"그래, 그건 단조로웠어. 너는 이런 즐거움을 얻을 만해." 나는 계속해서, 무리하게 말했다. "그러나 그건 위태롭지는 않았어."

그때 나는 누군가 놀랍도록 가까이에서 탄식하는 소리를 들었다.

나는 빨리 기어 내려가려고 했지만, 나뭇가지가 내 손처럼 마구 떨렸기 때문에 놀라서 공중에서 떨어졌다. 나는 떨어지면서 전혀 부딪치지 않았고 통증도 없었지만, 기운이 없고 불행하게 느껴져서, 숲의 땅바닥 속에 얼굴을 묻었다. 내 주위에 있는 사물들을 보아야 하는 노력을 견뎌낼 수 없었기 때문이었다. 모든 행동이나 모든 생각은 강요된 것이며, 그러므로 그러한 것들로부터 자신을 지켜야 한다고 나는 확신하고 있었다. 그와 반대로 팔을 몸에 붙이고 얼굴을 숨긴 채 여기 잔디에 누워 있는 것은 가장 자연스러운 일일 거라고. 그리고 나는 내가 이미 이러한 분명한 상황에 있다는 것이 사실 기쁘다는 것을 내 자신에게 말해주었다. 왜냐하면 그렇지 않다면 나는 그러한 상황에 도달하기 위해서 걸음걸이나 말과 같이 훨씬 힘이 드는 정신적 긴장들을 필요로 했을 테니까.

그러나 별로 오래 누워 있지도 않았을 때, 누군가 우는 소리가 들려왔다. 그 소리는 내 곁 가까이에서 났고, 나를 화나게 했다. 그것은 나로 하여금 우는 자가 누구일까를 생각해보게 할 만큼 화를 돋우었다. 그렇지만 그런 생각을 시작하자마자 나는 분노에 찬 공포감 속에서 몹시 난폭하게 뒹굴었으므로, 전나무의 바늘잎으로 완전히 덮인 채 산비탈을 굴러 길의 먼지 속으로 떨어졌다. 그리고 먼지 낀 뿌연 눈으로 이 모든 것이 다만 상상일 뿐이라고 생각하며 바라보았음에도 불구하고, 나는 드디어 그 모든 유령과 같은 사람들로부터 떠나기 위해 곧장 그 길을 계속해서 달려갔다.

나는 뛰어가면서 헐떡거렸고 당황해서 자제력을 잃었다. 나는 내 양다리가 무릎 슬개골을 넓쩍하게 돌출시키면서 활발하게 움직이는 모습을 보았다. 그러나 나는 더 이상 지속할 수가 없었다. 왜냐하면 내 팔은 앞뒤로 흔들거렸고, 마치 매우 즐거운 외출 때처럼 내 머리 역시 동요했기 때문이다. 그럼에도 불구하고 나는 구조를 청하기 위해 냉정하게 그리고 필사적으로 노력했다. 그때 틀림없이 가까운 곳에 있을 강이 생각났고, 곧 나는 좁다란 길 하나를 보고는 몹시 기뻤다. 그 길은 옆으로 굽어져 있었는데 풀밭 사이를 몇 번 뛰고 나니 나는 강기슭에 와 있었다.

강은 넓었고, 온통 자그마한 물결이 빛나고 있었다. 다른 편 기슭도 역시 풀밭에 접해 있었는데, 그 풀밭은 관목숲으로 바뀌었고, 그 뒤로 시야가 넓고 멀리 펼쳐지면서 연둣빛 언덕으로 나 있는 밝은 과일나무 길이 보였다.

이런 광경에 기뻐하면서 나는 몸을 눕혔고, 두려움에 찬 울음소리에 맞서 귀를 막고 있는 동안, 여기서는 만족하게 될 수 있을 거라고 생각했다. 왜냐하면 이곳은 고적하고 아름답기 때문이다. 이곳에 사는 일은 그다지 많은 노력을 요구하지 않는다. 이곳에서도 어떤 다른 곳에서와 마찬가지로 분명히 자신을 괴롭히게될 수도 있겠지만, 그러면서 아름답게 행동하지 않아도 될 것이다. 그럴 필요가 없을 것이다. 왜냐하면 여기는 오직 산들과 큰 강이 있을 뿐이고, 아직 나는 그것들이 살아 있지 않다고 여길 만큼 충분히 영리하기 때문이다. 그렇다. 내가 밤에 혼자서 오르막의 풀밭 길에서 넘어진다고 해도, 나는 산보다 더 고독해지지는 않을 것이다. 물론 내가 그것을 느낀다는 것만을 제외한다면. 그러나 그 느낌 역시 곧 사라져버릴 거라고 생각된다.

그렇게 나는 나의 미래의 삶과 유희를 즐겼고 잊기 위해 끈기있게 노력했다. 그때 나는 실눈을 뜨고 예사롭지 않게 상서로운 빛깔에 물들어 있는 저 하늘을 바라보았다. 나는 오랫동안 하늘을 그렇게 바라보지 못했었다. 나는 감동을 받았고, 하늘을 그렇게 바라볼 수 있다고 믿었던 그 어떤 날들을 떠올렸다. 나는 귀에서 양손을 떼어 팔을 넓게 벌렸고 그것들을 풀밭 속으로 떨어지게 했다.

나는 누군가 계속해서 소리 죽여 흐느끼는 소리를 들었다. 바람이 불어왔고, 예전에는 본 적이 없는 아주 많은 마른나무 잎새들이 솨솨 소리를 내면서 날아올랐다. 과실나무에서는 덜 익은 열매들이 미친 듯이 땅바닥을 두들겨댔다. 어떤 산 뒤쪽으로부터 불쾌한 구름이 다가왔다. 강 물결은 소리치기 시작했고 바람 앞에서 뒤로 물러났다.

나는 빨리 일어났다. 가슴이 아팠다. 왜냐하면 이제 내가 고통으로부터 빠져나온다는 것은 불가능한 것처럼 보였기 때문이다. 나는 이미 이 지역을 떠나서 예전의 삶의 방식으로 돌아가기 위해 방향을 바꾸고자 했다. 그때 나에게 '아직 우리 시대에도 고귀한 사람들을 이런 어려운 방법으로 강 너머로 쫓아 보내고 있다니 정말 이상하구나. 거기에 관해서 그것이 오래된 관습이라는 것 이외에는 다른 아무런 해명이 없구나.' 하는 생각이 들었다. 나는 머리를 흔들었다. 괴이쩍다는 생각이 들었기 때문이었다.

3. 뚱보

1) 풍경에게 말을 걸다

다른 편 강기슭의 관목숲으로부터 네 명의 벌거벗은 남자들이 거창하게 걸어 나왔다. 그들은 어깨 위에 나무로 된 가마를 메고 있었다. 이 가마 위에는 어마어마하게 뚱뚱한 한 남자가 동양인의 자세로 앉아 있었다. 그는 관목숲을 뚫고 길이 닦이지 않은 곳으로 실려가고 있었음에도, 가시 돋친 가지들을 양쪽으로 헤치지 않고, 그의 움직여지지 않는 몸뚱이를 그 가지에 그대로 부딪치며 지나갔다. 그의 주름진 살덩어리들은 매우 세심하게 펼쳐져 놓여 있어서, 그것은 가마 전체를 뒤덮고 있을 뿐 아니라 노란빛이 도는 양탄자의 가장자리 장식처럼 옆면으로 흘러내려 매달려 있었는데, 그럼에도 그에게 전혀 방해가 되지 않았다. 그의 머리털 없는 두개골은 작고 노랗게 빛났다. 그의 얼굴은 생각에 잠겨 있으며 또한 그것을 숨기려고 애쓰지도 않는 사람의 우직한 표정을 담고 있었다. 잠시 동안 그는 눈을 감았다. 다시 눈을 떴을 때, 그의 턱이 뒤틀려졌다.

"풍경이 내 생각을 방해한다."고 그는 작은 소리로 말했다. "그것은 마치 격노한 물살이 흘러내릴 때의 출렁다리처럼 내 생각들을 흔들어놓는다. 풍경은 아름답고, 그렇기 때문에 바라봐주기를 원하지."

"나는 눈을 감고 말한다. 너, 물을 향해 돌을 굴리는 강변의 푸른 산아, 너는 아름답구나."

"그러나 그 산은 만족하지 않는다. 그것은 나의 눈이 자기를 향해 열리기를 원한다."

"그러나 내가 눈을 감고 이렇게 말하면, 산이여, 나는 너를 사랑하지 않는다. 왜냐하면 너는 나에게 구름과 노을과 높아지는 하늘을 생각나게 하기 때문이며, 그것들은 나를 거의 울게 만드는데, 우리가 작은 가마를 타고서는 도저히 그것들에 도달할 수 없는 까닭이다. 그러나 음침한 산이여, 너는 나에게 이것을 보여주는 반면, 또한 나의 원경을 가려버린다. 원경은 아름다운 전망 속에서 도달할 수 있는 것을 보여주어 내 마음을 기쁘게 해주는데도 말이다. 그렇기 때문에 나는 너를 사랑하지 않는다. 물가의 산이여, 그렇다. 나는 너를 사랑하지 않는다."

"그러나 이런 말은 그것에게는 내가 예전에 했던 말이나 마찬가지일 것이다. 내가 열린 눈을 가지고 말하지 않는다면 말이다. 그렇지 않고는 그것은 만족하지 않는다."

"그러니 우리 두뇌 속의 골에 대해 변덕스런 편애를 가지고 있는 그것, 그것을 다만 똑바로 지키기 위해서 우리가 그것을 우리와 친밀한 것으로 유지해야만 한다 하더라도, 그것은 자신의 톱니 모양의 그림자를 내 위로 내리깔 터이고 말없이 끔찍스럽도록 황량한 벽들을 내 앞으로 내밀 터이고 나의 가마꾼들은 길을 가다가 작은 돌에 걸려 넘어질 것이다."

"그렇다. 산이여 너는 아름답다. 그리고 너의 서쪽 허리의 숲들은 나를 기쁘게 한다 — 꽃이여, 너에게도 역시 나는 만족한다. 그리고 너의 분홍빛은 나의 영혼을 즐겁게 한다 — 너 풀밭의 잔디는 벌써 높이 자라 강해졌고 시원스럽다 — 그리고 너 진기한 덤불은 그렇게도 갑작스레 찔러대서, 우리의 사고가 비약할 정도이다. 그러나 너 강을 나는 너무도 좋아하여, 나는 너의 굽이치는 물을 지나 나를 실어 가도록 할 것이다."

그는 그의 체구 중 그래도 겸손해 보이는 잔등 밑으로 이런 칭찬을 큰 소리로 열 번 외친 후에, 자신의 머리를 떨구었고 눈을 감고 이렇게 말했다.

"그러나 이제 — 나는 너희들에게 부탁한다 — 산, 꽃, 풀, 덤불, 그리고 강이여, 나에게 숨을 쉴 수 있는 약간의 공간을 다오."

그때 주변의 산들이 신속하게 움직이기 시작하더니 짙은 안개 뒤에서 충돌했다. 가로수 길들은 흔들리지 않고 길의 폭을 유지하고 있었지만, 때가 되자 사라졌다. 왜냐하면 하늘의 태양 앞에는 가장자리에서 은은한 빛이 새어 나오는 습기 찬 구름 한 조각이 있었는데, 땅은 그 그림자 속으로 깊숙이 가라앉았고, 그러는 동안 모든 사물들은 자신들의 아름다운 경계선을 잃어버렸기 때문이었다.

가마꾼들의 걸음걸이는 내가 있는 기슭에까지 들려왔지만, 나는 그들의 어두운 사각형 꼴의 얼굴에서 아무것도 자세하게 구별할 수 없었다. 나는 단지 그들이 머리를 옆으로 비스듬히 기울이고 있다는 것과 싣고 가는 짐이 보통이 아니었으므로 등을 구부리고 있다는 것만을 알 수 있었다. 나는 그들이 걱정되었는데, 그들이 피로하다는 것을 알아챌 수 있었기 때문이다. 그래서 나는 긴장하여 바라보았다. 그들은 기슭의 풀밭으로 들어서서, 여전히 한결같은 걸음걸이로 젖은 모래밭을 걸어갔고, 마침내 진흙의 갈대밭 속으로 가라앉았다. 그때 뒤편의 두 가마꾼은 가마를 수평의 상태로 유지하기 위해 몸을 더욱 깊숙이 숙였다. 나는 두 손을 맞잡고 꽉 눌렀다. 이제 그들은 걸음을 옮길 때마다 발을 높이 들어 올려야만 했기 때문에, 그들의 몸뚱이는 이 변하기 쉬운 오후의 서늘한 공기 속에서 땀으로 번들거리고 있었다.

뚱보는 양손을 넓적다리 위에 올려놓은 채 조용히 앉아 있었는데, 갈대의 긴 끝이 앞의 가마꾼들 뒤로 튕겨 올라와서는 그를 가볍게 스쳤다.

가마꾼들의 움직임은 물에 가까워질수록 더욱 불규칙하게 되었다. 때때로 가마는 마치 벌써 파도 위에 놓여 있는 것처럼 흔들렸다. 갈대밭 속의 작은 웅덩이들은 건너뛰어야 하거나, 아마도 웅덩이가 깊기 때문인 것 같은데, 돌아가야 하기도 했다. 한 번은 야생 오리들이 소리를 지르며 날아올라 비스듬히 비구름 속으로 올라갔다. 그때 나는 짧은 흥분 속에서 뚱보의 얼굴을 보았다. 그의 얼굴은 매우 불안해 보였다. 나는 일어서서, 물로부터 나를 분리시키고 있는 돌로 된 산 중턱을 서둘러 거침없이 뛰어넘었다. 나는 그짓이 위험하다는 것에는 주의하지도 않고, 단지 뚱보의 하인들이 그를 더 이상 메고 갈 수 없다면 그를 도와야 한다는 생각밖에는 하지 않았다. 나는 생각 없이 달렸기 때문에, 저 아래 물가에서 멈추어 서지 못하고 물을 튕기며 물속으로 얼마큼 뛰어들어가야만 했고, 물이 무릎까지 닿는 곳에서야 비로소 멈추어 섰다.

그러나 저편에서는 하인들이 몸을 심하게 돌리면서 가마를 물속으로 가져갔고, 그들은 거친 물 위에서 한 손으로는 몸을 가누고 있는 반면 끈기 있는 네 개의 팔로는 가마를 높이 받치고 있어서, 이상하게 솟아오른 근육을 볼 수 있었다.

물은 처음에는 턱을 쳤고, 그러고 나서는 입까지 차올라서, 가마꾼들의 머리는 뒤로 젖혀졌고 가마대는 어깨까지 떨어졌다. 그들이 아직 강의 중간에조차 이르지 못했음에도 불구하고 물은 이미 콧마루 주위에서 출렁거렸지만, 그들은 여전히 노력을 중단하지 않았다. 그때 낮은 파도가 앞선 이들의 머리 위로 덮쳤고, 네 명의 남자는 침묵한 채로 물에 빠졌다. 그러면서 그들은 거친 손으로 가마를 자신들과 더불어 아래로 끌어당겼다. 물은 단숨에 잇달아 돌진해왔다.

그때 거대한 구름의 가장자리에서 저녁 햇살이 비스듬히 새어

나와 지평선에 경계한 언덕과 산들을 아름답게 물들였는가 하면, 강과 구름 아래 지역은 희미한 빛 속에 잠겨 있었다.

뚱보는 밀려오는 물 쪽을 향해 천천히 몸을 돌렸고, 강 아래쪽으로 실려 내려갔다. 마치 불필요해져서 강 속으로 내던져 버려진 밝은 빛을 띤 목제 신상神像처럼. 그는 비구름이 반사되고 있는 물 위로 떠내려갔다. 기다란 구름이 그를 잡아당겼고, 구부러진 작은 구름은 그를 밀어서 대단한 혼란이 일 정도였고, 그 혼란은 찰랑대는 물에서, 나의 무릎에서 그리고 언덕의 돌에서 알아차릴 수 있을 정도였다.

나는 가는 길에 그 뚱보를 동반하기 위해서 급히 경사진 곳으로 다시금 기어올랐다. 왜냐하면 진정으로 그를 사랑했기 때문이다. 그리고 아마 나는 겉으로 보기에는 안전한 시골의 위험성에 대한 무언가를 경험할 수 있었을 것이다. 그래서 나는 모래 지대 위로 갔다. 그 협소한 모래 지대에 우선 익숙해져야만 했다. 양손을 호주머니에 찌르고 얼굴을 강을 향해 직각으로 돌리고 있었기에 턱은 거의 어깨 위에 놓여 있었다.

언덕의 돌 위에는 온화한 제비들이 앉아 있었다.

뚱보가 말했다. "언덕의 신사 양반, 저를 구할 생각은 마세요. 그것은 물과 바람의 복수랍니다. 이제 나는 끝장입니다. 그래요, 복수이지요. 그 이유는 언제나 그래왔듯이 우리가 이 사물들을 공격해왔기 때문입니다. 나와 내 친구인 기도하는 자, 우리의 종들이 울릴 때, 심벌즈가 뻔쩍거리는 가운데, 트럼펫이 매우 화려하게 빛나는 가운데, 팀파니가 도약하듯 비치는 가운데 말입니다."

날개를 활짝 편 한 마리의 작은 갈매기가 그의 배를 관통해 날아갔는데, 속도는 줄어들지 않았다.

뚱보는 계속해서 이야기했다.

2) 기도자와 대화를 시작하다

그 무렵 나는 매일같이 어떤 성당에 다니고 있었다. 내가 사랑했던 한 소녀가 저녁이면 반 시간가량 그곳에서 무릎을 꿇은 채 기도를 올렸는데, 그럴 때면 나는 그녀를 조용히 바라볼 수 있었기 때문이었다.

언젠가 그 소녀가 오지 않아 언짢은 기분으로 기도하는 사람들을 바라보고 있었는데, 한 젊은이가 특히 눈에 들어왔다. 그는 깡마른 온몸을 바닥 위에 던져놓은 채로였다. 이따금씩 그는 온 힘을 머리에 모으고 한숨을 쉬면서 돌바닥 위에 놓인 자신의 손바닥 위에 머리를 조아리곤 했다.

성당 안엔 단지 몇 사람의 나이 든 여인들만이 있었는데, 그들은 그 기도하는 젊은이 쪽을 바라보기 위해서 가끔 천으로 감싼 작은 머리를 비스듬히 돌리곤 했다. 이런 관심에 그는 행복했던지 경건한 기도를 올리기 전에 반드시 바라보는 사람들이 많은지 어떤지를 살펴보곤 했다. 그것을 철면피 같다고 생각한 나는 그가 성당을 나설 때 말을 걸어 왜 그런 식으로 기도를 하는지 물어보기로 작정했다. 그렇다. 나는 나의 소녀가 오지 않아 화가 나 있었던 것이다.

그러나 한 시간 후에야 비로소 일어난 그가 바지를 오랫동안 문질러댔기 때문에 나는 이렇게 소리치고 싶었다. "됐네, 됐어. 당신이 바지를 입고 있다는 것을 우린 다 알고 있어." 그는 조심스럽게 성호를 긋고는 뱃사람처럼 힘들어하며 성수대 쪽으로 갔다. 나는 성수대와 문 사이의 길목에 서 있었기에, 어떤 해명 없이는 그를 통과시키지 않을 거라는 것을 잘 알고 있었다. 단호하게 말을 할 때 언제나 사전 준비로서 늘상 그러듯이 나는 입을 찌그러 뜨렸다. 나는 쭉 뻗은 오른쪽 다리로 몸을 지탱하고, 반면에 왼쪽 다리를 발돋움했다. 왜냐하면 내가 종종 경험해봤듯이, 그것이 나에게 확고함을 주었기 때문이다.

이 남자가 성수를 얼굴에 뿌렸을 때, 이미 그는 나를 욕하고 있었을 수도 있다. 아마도 그는 나를 벌써부터 눈치채고 걱정했을지 모른다. 왜냐하면 그가 이제 예상치 않게 문 쪽으로 달려가서 나가버렸기 때문이다. 나는 그를 붙잡기 위해서 무의식적으로 몸을 날렸다. 유리문이 탁 하고 닫혔다. 내가 그 즉시 문을 빠져 나갔을 때 그는 더 이상 보이지 않았다. 거기엔 좁은 골목길이 여러 갈래 나 있었고 교통이 복잡했기 때문이었다.

그 이후로 그는 오지 않았으나 나의 소녀는 와서 예배당 측면 한구석에서 다시금 기도를 했다. 그녀는 검은 옷을 입었는데, 그것의 어깨와 목 위에는 투명한 레이스가 달려 있었다—레이스 밑으로 반달 모양으로 파진 내의의 가장자리가 보였다—레이스의 아래쪽 가장자리로부터 잘 재단된 비단 칼라가 내려와 있었다. 소녀가 나타난 관계로 나는 그 젊은이를 잊어버렸고, 그가 후에 다시 규칙적으로 와서 자기 방식대로 기도를 드렸을 때에도 나는 그에게 별 관심을 두지 않았다.

그러나 언제나 그는 내 곁을 급히 서둘러 지나갔다. 얼굴을 돌린 채로. 그런 반면 그는 기도를 하면서 수없이 나를 눈여겨보았다. 마치 그는 내가 그때 그에게 말을 걸지 않았기 때문에 나에게 화가 난 듯이 보였다. 그리고 내가 그에게 말을 걸려는 시도를 통해서 결국 실제로도 그렇게 해야 할 의무를 받아들였어야 했다고 여기는 듯했다. 나는 기도 후 늘 그녀를 쫓아가다가 어둠 속에서 그와 부딪칠 때면 그가 미소 짓고 있다는 생각이 들었다.

그에게 말을 걸어야 할 그런 의무는 물론 없었다. 그리고 나에게는 더 이상 그에게 말을 걸고 싶은 욕구도 없었다. 언젠가 내가 허겁지겁 성당 광장에 도착했을 때 시계는 벌써 일곱 시를 알렸다. 그래 그 소녀는 이미 오래전부터 성당에 없었고, 그 사람만이 제단 난간 앞에서 일을 끝마쳤을 때에도 나는 아직 꾸물대고 있었다.

마침내 나는 발뒤꿈치를 들고 문이 있는 통로로 미끄러지듯 달려가서, 거기에 앉아 있던 눈먼 거지에게 동전 한 닢을 건네주고는 그의 옆에 앉아 열린 문짝 뒤에 몸을 바짝 붙였다. 거기에서 나는 그 기도하는 사람을 위해 마련한 놀라운 일을 생각하며 대략 반 시간 동안 즐거워했다. 그러나 그것은 오래가지 않았다. 곧 나는 매우 불쾌했지만 내 옷 위로 기어오르는 거미들을 그냥 내버려 두었다. 그리고 누군가가 커다랗게 숨을 쉬면서 성당의 어둠으로부터 나올 때마다, 매번 몸을 수그려야만 한다는 것은 괴로운 일이었다.

바로 그때 그도 역시 왔다. 잠시 전에 시작된 커다란 종소리가 그의 마음에 들지 않는다는 것을 나는 알아차렸다. 그는 나서기도 전에 발뒤꿈치를 든 채로 우선 가볍게 땅바닥을 더듬어보아야 했다.

나는 일어서서 큰 걸음으로 다가가 그를 잡았다. "안녕하시오." 라고 나는 말하고는 그의 옷깃을 붙잡고 그를 계단 밑 밝은 곳으로 밀어붙였다.

우리가 아래로 내려오자, 그가 내 쪽으로 몸을 돌렸는데, 나는 그때까지도 그를 뒤에서 붙잡고 있었기 때문에 이제 가슴과 가슴을 맞대고 서 있게 되었다.

"붙잡고 있는 뒤를 좀 놓아주었으면 좋겠군요!" 그가 말했다. "당신이 저에 대해서 어떤 의심을 품고 있는지는 모르겠지만, 난 의심받을 만한 일을 한 게 아무것도 없습니다." 그러고는 다시 한 번 이렇게 말하는 것이었다. "당신이 저에게 어떤 의심을 갖고 있는지 정말 알 수 없어요."

"물론 이 문제가 의혹이니 무죄니 하고 떠들어댈 성질의 것은 아닙니다. 제발 그런 말은 말아주시기 바랍니다. 우리는 서로 간에 낯선 사이입니다. 우리가 알게 된 시간은 성당의 계단보다도 높지 않습니다. 우리의 무죄에 대해 이야기하기 시작한다면, 우리의 얘기는 어디로 흘러가게 될지 모를 겁니다."

"제 생각도 그렇습니다." 그가 말했다. "거기다가 당신은 '우리의 무죄'에 대해 이야기하시는데, 제가 저의 무죄를 입증이라도 한다면, 당신도 똑같이 당신의 무죄를 입증하지 않으면 안 될 것 같다는 말인가요? 그런 뜻인가요?"

"그것이든 혹은 다른 것이든 간에 나는 당신에게 무엇인가 물어볼 양으로 말을 건 겁니다. 알겠어요!" 내가 말했다.

"전 집에 가고 싶은데요." 그는 말하고는 몸을 약간 돌렸다.

"그러실 겁니다. 다른 일로 내가 뭐 당신께 말을 걸었겠어요? 당신의 눈이 아름다워서 말을 건 것은 전혀 아닙니다."

"당신은 진정인지 어떤지 모르겠군요. 어떤 건가요?"

"여기서 그런 일이 문제시되지 않는다는 것을 다시 한 번 당신께 이야기해야만 되나요? 여기서 솔직함이니 비솔직함이니 그것이 무슨 소용이 있겠어요. 내가 물으면 당신은 대답만 하고 작별 인사를 하면 되는 겁니다. 제발 그래주신다면 당신도 역시 집에 갈 수 있습니다. 그것도 원하시는 대로 빨리 말입니다."

"우리 다음번에 만나는 게 더 낫지 않을까요? 적당한 시기에 어때요? 커피숍은 어떨까요? 그런데 당신의 신부께서 몇 분 전에 막 떠났는데, 아직 충분히 따라잡을 수 있어요. 그녀가 꽤나 오래 기다렸는데요."

"아닙니다." 나는 지나가는 전차의 소음 때문에 소리를 질렀다. "당신은 나에게서 빠져나가지 못해요. 점점 내 마음에 드는데요. 당신은 굴러온 복이에요. 저는 기쁩답니다."

그러자 그가 말했다. "아니 이럴 수가, 당신은 소문대로 강심장에다 목석같은 머리를 지녔군요. 절 굴러온 복이라 부르다니, 정말 행복하시겠군요! 저의 불행은 흔들리는 불행이어서 그걸 건드리기만 하면, 그것은 심문자에게 떨어지지요. 그러니 안녕히 계세요."

"좋습니다." 나는 말하고는 갑자기 그에게 달려들어 그의 오른손을 붙잡았다.

"당신이 자발적으로 대답하지 않는다면, 강제로 하게 만들겠소. 왼쪽이든 오른쪽이든 당신이 가는 곳이라면 어디든지 따라갈 거요. 당신 방으로 연결된 계단도 따라 올라갈 것이며 그리고 당신 방에서도 앉을 자리를 마련할 것입니다. 아주 분명해요. 나를 좀 보세요. 벌써 그렇게 하고 있잖아요. 하지만 당신은 —" 나는 그에게 가까이 다가갔다. 그는 나보다 머리 하나가 더 컸으므로 나는 그의 목에다 대고 이야기했다. "당신은 내가 그런 짓을 못하도록 어떻게 용기를 내겠습니까?"

그러자 그는 뒤로 물러나면서 나의 양손에 번갈아가며 키스를 하고 양손을 눈물로 적셨다.

"당신에게는 아무것도 거절하기가 힘들겠군요. 제가 집으로 가고 싶다는 것을 당신이 알고 있었듯이, 당신에게는 아무것도 거절할 수 없다는 것을 아까부터 이미 저도 알고 있었어요. 단지 부탁하고 싶은 것은 저 건너편 옆 골목으로 가는 편이 낫겠다는 겁니다." 나는 머리를 끄덕이고 우리는 그리로 갔다. 마차 하나가 우리를 갈라놓아 내가 뒤로 처지게 되자 그가 나에게 서두르라고 손짓을 했다.

그러나 그는 드문드문 노란 가로등이 있는 골목길의 어둠이 불만이었는지 나를 어떤 낡은 집의 낮은 복도 안 전등 밑으로 데리고 갔는데, 그 전등은 목제 계단 앞에 떨어질 듯이 대롱대롱 매달려 있었다.

거기에서 그는 점잔을 빼며 손수건을 꺼내어 계단 위에 펼쳐 놓으면서 말했다. "어서 앉으세요, 친애하는 선생님. 거기서 더 잘 물어보실 수 있을 겁니다. 저는 서 있겠어요. 그러면 대답을 더 잘할 수 있습니다. 그러나 저를 괴롭히지는 말아주십시오."

그래서 나는 앉아서 눈을 가늘게 뜨고 그를 응시하면서 이렇게 말했다. "당신은 희한한 정신병자요. 그게 당신이란 말이오. 성당에서 당신이 어떻게 행동하는지 알아요! 그게 얼마나 가소로운지 그리고 보는 이들을 얼마나 불쾌하게 하는지! 사람들이 당신을 주목해야 한다면 어떻게 기도에 몰두할 수 있겠소."

그는 몸을 담벼락에 꼭 붙이고 있었는데, 단지 머리만을 공중에서 자유롭게 움직였다. "화내지 마세요—선생님은 왜 자신에게 속하지 않은 일로 화를 내셔야 합니까. 제가 자연스럽지 못하게 행동할 때면, 제 자신도 화가 납니다. 그러나 다른 사람이 잘못

된 행동을 하면, 저는 기쁩니다. 그러니까 다른 사람들에게 보여지는 것이 저의 기도의 목적이라고 말씀드리더라도 화를 내지는 마십시오."

"무슨 말을 하고 있는 거요." 하고 나는 그 낮은 통로에서는 너무나 크게 소리쳤다. 그러나 나는 곧 목소리가 약해질까 봐 걱정이 되었다. "정말이지, 무슨 말을 하는 거요. 그래, 이미 알겠소. 당신이 어떤 상태에 있는지, 당신을 처음 봤을 때부터 알고 있었소. 나도 경험이 있거든. 그게 단단한 땅 위에서 느끼는 뱃멀미 같은 거라고 내가 말한다면, 농담으로 하는 말이 아니오. 그건 당신이 사물들의 이름을 잊어버려서 이제 급히 우연한 이름들을 그것들에게 마구 쏟아붓고 있는 상태요. 오로지 빨리, 오로지 빨리! 그러나 당신이 그것들로부터 도망치자마자, 당신은 다시 그것들의 이름을 잊어버리지요. 당신이 '바벨탑'이라고 명명했던 포플러나무는―왜냐하면 당신은 그것이 포플러나무인 줄 몰랐거나 알고 싶지 않았기 때문인데―다시 무명無名으로 흔들거리지요. 그러면 당신은 그것을 '술 취했을 때의 노아'라고 명명하게 될 거요."

그가 '저는 당신이 한 말을 이해하지 못해서 기쁩니다.'라고 말했으므로 나는 약간 당황했다.

나는 흥분해서 급히 말했다. "당신은 그것을 기뻐함으로 해서 당신 자신이 그것을 이해했다는 것을 보여주고 있는 거요."

"물론 저는 그것을 보여드렸습니다, 인자하신 선생님. 하지만 선생님 역시 이상하게 말씀하셨지요."

나는 양손을 위쪽 계단 위에 올리고는 뒤로 기대어 섰다. 그리고 레슬러의 최후의 방어 방법인 거의 비공격적인 자세로 물었다.

"당신은 자신의 상태를 다른 사람들에게서 추측함으로써 자신을 구제하려는 재미있는 기질을 가지고 있군요."

그러자 그는 용감해졌다. 그는 자신의 신체에 통일감을 주기 위해 팔짱을 끼고서, 가볍게 반대의 뜻을 표했다.

"아닙니다. 저는 모든 사람들을 상대로 그렇게 하지는 않습니다. 예를 들어 당신을 상대로 그렇게 하지는 않습니다. 왜냐하면 저는 그럴 줄 모르니까요. 그렇지만 제가 그렇게 할 수 있다면, 저는 기쁠 거예요. 그렇게 되면 저는 성당 안 사람들의 주목이 더 이상 필요치 않게 될 테니까요. 제가 왜 그걸 필요로 하는지 아십니까?"

이 질문은 나를 당황하게 만들었다. 두말할 나위도 없이 나는 그것을 몰랐고, 알고 싶지도 않다고 생각했다. 나는 정말이지 여기에 오고 싶지 않았어, 하고 그때 나는 혼잣말을 했다. 그러나 그 사람은 자기 말을 귀 기울여 듣도록 강요했다. 그래서 나는 이제 내가 그 이유를 몰랐다는 걸 그에게 알리기 위해, 오직 머리를 흔들기만 하면 되었다. 그러나 나는 조금도 머리를 움직일 수가 없었다.

내 맞은편에 서 있었던 그 사람은 미소를 지었다. 그러더니 그는 무릎을 굽히고 앉아 졸린 듯이 얼굴을 찡그리며 이야기했다.

"제가 스스로 인생을 납득했던 때는 결코 없었습니다. 그러니까 저는 제 주위의 사물들을 오직 너무나 나약한 생각 속에서 이해하기 때문에, 언제나 그 사물들이 한때는 살아 있었지만 이제는 퇴락하고 있는 거라고 믿고 있습니다. 친애하는 선생님, 저는 언제나 사물들이 저에게 모습을 드러내기 전에 없어져버릴지도 모른다는 심정으로 그것들을 바라보고 싶은 고통스러운 충동을 갖는답니다. 그때 그것들은 아마 아름답고 조용할 겁니다. 틀림없이 그럴 거예요. 저는 종종 사람들이 사물들에 대해 그런 식으로 이야기하는 것을 듣고 있으니까요."

그때 나는 침묵을 지켰는데, 다만 본의 아니게 얼굴을 씰룩거려서 내가 불쾌하다는 것을 나타냈기 때문에, 그가 물었다.

"사람들이 그렇게 말한다는 것을 믿지 않으십니까?"

나는 고개를 끄덕거려야 한다고 생각했지만, 그렇게 할 수 없었다.

"정말로 그것을 믿지 않으시나요? 아아, 한번 들어보세요. 제가 어린아이였을 때 낮잠을 잠깐 자고 나서 눈을 떴지요. 그때 저는 아직 잠에 완전히 취한 상태로 어머니가 발코니에서 자연스러운 목소리로 아래를 향해 이렇게 물어보는 소리를 들었습니다. '이봐요, 뭘 하세요? 날씨가 이렇게 더운데.' 하구요. 어떤 부인이 정원에서 '풀밭에서 간식을 들고 있어요.'라고 대답했습니다. 그들은 전혀 생각지도 않고, 또 각자가 그것을 예상하고 있었던 듯이 별로 확실치 않게 그런 말을 했어요."

나는 내가 질문을 받은 거라고 생각했다. 그래서 나는 바지 뒷주머니에 손을 집어넣고 거기서 무엇을 찾는 체했다. 그러나 나는 아무것도 찾지 못하고 대화에 관심을 표시하기 위해 단지 나의 시선을 바꾸려고 했을 뿐이었다. 그러면서 나는 그런 일은 정말 이상스럽고, 나는 그것을 전혀 이해하지 못한다고 말했다. 나는 그것이 진실이라고 믿지 않으며, 그것은 내가 지금 알아챌 수 없는 어떤 특별한 목적 때문에 지어낸 이야기임이 틀림없을 거라고 덧붙였다. 그러고 나서 나는 눈을 감았다. 눈이 아팠기 때문이었다.

"오, 선생님께서 저와 같은 의견이시라니, 그거 정말 잘됐군요. 그리고 그것을 저에게 말씀하시려고 저를 불러 세우신 건 이기심 때문만은 아니었군요.

제가 똑바로 걷지 못해서 걷는 게 힘이 들고, 지팡이로 돌이 깔린 보도를 두드리지 않으며, 시끄럽게 떠들며 지나가는 사람들의 옷을 스치지 않는 것을 제가 왜 부끄러워해야 됩니까―혹은 우리가 왜 부끄러워해야 합니까―그렇지 않습니까. 각이 진 어깨를 지닌 저의 그림자가, 가끔은 진열장 유리 속으로 사라지기는 하지만, 집들을 따라 껑충껑충 뛰어가고 있다는 것을 오히려 당연히 대담하게 호소해야 되는 것은 아닙니까.

제가 지내온 세월은 어떤 나날들이었던가요! 어째서 모든 것이 그렇게 잘못 지어져서, 겉으로는 그 이유를 발견할 수 없는데도 이따금씩 고층 건물들이 내려앉는지요. 그러면 저는 폐허 더미 위로 기어 올라가서 만나는 사람마다 이렇게 물어봅니다. '어떻게 이런 일이 일어날 수 있는지요! 우리 도시에서―새 집이 말입니다―그것도 오늘 벌써 다섯 번째입니다―생각 좀 해보세요.' 그때 아무도 나에게 대답해주지 못했습니다.

가끔 사람들이 골목에서 쓰러져 죽은 채로 누워 있습니다. 그러면 상인들은 물건들로 가려져 있는 문을 열고 경쾌하게 다가와서는 그 죽은 자를 어떤 집 안으로 옮겨놓고는 입과 눈 주위에 미소를 짓고 나오면서 말을 합니다. '안녕하세요?―하늘이 흐리군요―저는 두건을 많이 팔고 있답니다―그렇습니다. 전쟁이지요.' 저는 집 안으로 껑충껑충 뛰어 들어갑니다. 그리고 굽은 손가락이 달린 손을 두려운 듯 여러 번 들어 올린 후에, 마침내 건물 관리인 집의 작은 창문을 두드립니다. '친애하는 분이여' 하고 저는 다정하게 말합니다. '죽은 사람이 댁으로 옮겨져 왔지요. 그를 저에게 보여주십시오. 부탁드립니다.' 그가 마치 결심이나 한 듯이 고개를 흔들면, 저는 분명하게 말합니다. '친애하는 분이여, 저는 비밀경찰입니다. 어서 그 죽은 자를 저에게 보여주십시오.' '죽은 사람이라고요?'라고 이제 그는 묻고는 매우 불쾌해합니다. '아니오, 여기는 죽은 사람이 없습니다. 이곳은 품위 있는 집안입니다.' 저는 인사를 하고 나옵니다.

그렇지만 큰 광장을 가로질러 가야 한다면, 저는 모든 것을 잊어버립니다. 이런 일을 해야 하는 어려움이 저를 당황하게 합니다. 그래서 저는 가끔 혼자 생각해봅니다. '만약 사람들이 오직 오만에서 그렇게 큰 광장들을 짓는 것이라면, 그 광장을 가로지르는 돌난간은 왜 세우지 않는 것일까. 오늘은 남서풍이 분다. 광장의 공기는 들떠 있다. 시청 탑 꼭대기의 풍량계는 작은 원을 그리고 있다. 왜 사람들은 궁지에 빠져 있을 때 조용히 있지 못할까? 이게 도대체 웬 소음이란 말인가! 모든 유리창이 소리를 내고, 가로등의 기둥들이 대나무처럼 휘어진다. 기둥 위의 성모마리아의 겉옷이 휘감기고, 사나운 바람이 그 옷을 할퀴어댄다. 도대체 아무도 이것을 보지 않는단 말인가? 돌로 된 보도 위를 걸어가야 할 신사 숙녀들이 부유한다. 바람이 한숨 돌리면, 그들은 멈추어 서서 서로 몇 마디 말을 주고받으며 머리를 숙여 인사를 한다. 그러나 바람이 다시 몰아치면, 그들은 버틸 수가 없어 모두가 동시에 발을 들어올린다. 그들은 모자를 꼭 거머쥐고 있지만, 그들의 눈은 온화한 날씨인 양 즐거이 바라본다. 오직 나만이 두려워한다.'"

앞서처럼 나는 기분이 뒤틀려서 이렇게 말했다. "당신이 앞서 정원에서 있었던 당신 어머니와 부인에 대해서 들려주었던 이야기를 나는 전혀 이상하다고 생각지 않소. 나는 그런 식의 이야기를 많이 듣고 경험했을 뿐만 아니라, 많은 경우 함께 참여하기까지 했소. 그런 일은 정말 아주 자연스러운 것이오. 내가 발코니 위에 있었더라면 그와 똑같이 말하지 않았으리라고 생각하시오? 또 정원에서도 그와 똑같이 응답하지 않았으리라고 말이오? 그건 아주 간단한 사건이에요."

내가 그렇게 말하자, 그는 매우 행복한 듯 보였다. 그는 내가 맵시 있게 옷을 입고 있으며 내 넥타이가 마음에 든다고 말했다. 그리고 내가 얼마나 고운 피부를 지녔는지도. 고백이란 그것을 취소할 때에 가장 솔직한 것인지도 모른다.

3) 기도자의 이야기

그러자 그는 내 곁에 앉았다. 나는 부끄러워졌기 때문에, 머리를 옆으로 숙인 채 그에게 자리를 내주었다. 그럼에도 불구하고 나는, 그 역시 분명히 당황해하며 앉아 있었고 언제나 나로부터 어느 정도 거리를 유지하려 애썼으며 그리고 억지로 이렇게 말하는 것을 놓치지 않았다.

"이런 날을 보내게 되다니!"

어제 저녁에 나는 한 사교 모임에 참석했다. 가스 불빛 속에서 나는 막 한 소녀에게 인사를 하면서 이렇게 말했다.

"겨울이 벌써 문턱에 와 있다니 정말 기쁘군요." 내가 막 이런 말을 하면서 몸을 굽혔을 때 오른쪽 위 넓적다리의 관절이 겹질려서 몸의 상태가 좋지 않음을 느꼈다. 무릎뼈 역시 약간 늘어났다.

그래서 나는 자리에 앉아 나의 주장에 대한 안목을 계속 고수하려고 했기 때문에 이렇게 말했다.

"겨울은 힘이 훨씬 덜 들기 때문에, 사람들은 보다 가볍게 행동할 수 있고, 자신의 말에 그렇게 신경을 쓸 필요가 없지요. 그렇지 않아요, 아가씨? 이 일을 내가 제대로 이해하고 있길 바라요."

그러면서 나는 오른쪽 발 때문에 몹시 화가 났다. 왜냐하면 처음에 그것은 완전히 와해되는 것 같은 느낌이었다가, 점차 비로소 나는 다리를 오므리고 적당히 위치를 바꿈으로써 정상으로 돌아올 수 있었기 때문이었다.

그때 나는 동감하는 뜻으로 자리에 앉았던 그 소녀가 조용히 말하는 소리를 들었다.

"아니에요, 당신은 전혀 제 마음에 들지 않아요. 왜냐하면……."

"잠깐만요," 나는 만족하고도 기대에 가득 차 이렇게 말했다. "아가씨, 당신은 저와 이야기하는 데 단 오 분도 걸리지 않을 겁니다. 말하는 사이에 드세요. 부탁입니다."

그때 나는 팔을 뻗어 청동으로 만든, 날개 달린 소년에 의하여 떠받쳐진 그릇에서 촘촘히 달린 포도송이를 집어서 그것을 약간 공중에 들고 있다가 푸른 테를 두른 작은 접시 위에 놓고는 그 소녀에게 맵시 있게 내밀었다.

"당신은 제 마음에 전혀 들지 않아요. 당신이 말씀하시는 모든 것이 권태롭고 이해할 수가 없어요. 그래서 아직은 진실되지 못해요. 말하자면 신사 양반—어째서 당신은 저를 항상 아가씨라고 부르는지 모르겠어요—제 생각에 당신은 진실이 너무 부담스럽기 때문에, 단지 그 이유만으로 진실을 멀리하려는 거예요."

저런, 그때 난 얼마나 유쾌했는지 모른다! "그래요, 아가씨, 아가씨," 나는 거의 이렇게 외쳤다. "당신이 옳아요! 사랑스런 아가씨, 이해하시겠어요. 그것을 겨냥한 것도 아닌데 그렇게 이해하다니, 그거야말로 신나는 거지요."

"진실은 당신에게는 정말 너무나 힘든 거지요. 신사 양반, 당신

모습에서 그렇게 보이기 때문이지요! 당신은 당신의 전체 길이에 맞춰 비단 종이로 오려낸 거예요. 노란 비단 종이로, 그래 실루엣처럼 말입니다. 그래서 당신이 걸어가면 틀림없이 와삭거리는 소리를 들을 거예요. 그러므로 당신의 태도나 혹은 의견에 대해 분격해하는 것도 역시 옳지 않습니다. 왜냐하면 당신은 바로 방 안에 있는 기류에 따라 몸을 굽혀야 하기 때문입니다."

"이해하지 못하겠군요. 여기 방 안 주위에는 물론 몇 사람이 있습니다. 그들은 의자 등받이 주위에 팔을 휘감거나, 피아노에 기대거나, 머뭇거리며 잔을 입에 가져가거나, 두려운 듯 옆방으로 가거나 그러고는 어둠 속에서 상자에 어깨를 부딪쳐 상처를 입은 후에는 숨을 몰아쉬며 열린 창가에서 기대어 이런 생각에 잠기지요. '저게 저녁별 금성이구나. 그러나 나는 이 사교 모임에 있다. 그것이 서로 어떤 관계를 갖고 있다 해도 나는 그것을 이해할 수가 없다. 하지만 어떤 관계가 있는지조차도 난 전혀 알 길이 없다.' ─ 여보세요, 사랑스런 아가씨, 사교 모임 자체가 애매모호해서 그렇게 결단을 내리지 못하고, 정말 우스꽝스럽게 태도를 취하고 있는 이 모든 사람들 중에서 오로지 나만이 나에 관해 아주 분명한 것을 들을 만한 가치가 있는 것 같군요. 사교 모임이 또한 유쾌함으로 가득 차 있도록 당신은 기지가 넘치는 말을 함으로써, 내부가 완전히 타버린 집에도 중요한 부분인 담벽만은 남게 되듯이, 무엇인가 뚜렷이 남도록 해주고 있습니다. 이제 시야는 거의 방해를 받지 않고, 낮에는 커다란 창구멍을 통해 하늘에 떠 있는 구름을, 밤에는 별들을 볼 수 있습니다. 그러나 아직도 구름들은 이따금씩 잿빛 바위들에 의해 갈라지고, 별들은 이상스러운 형상들을 만들어내고 있지요 ─ 살고자 하는 사람들은 모두가 ─

당신이 말했듯이 — 노란 비단 종이의 실루엣 모양으로 재단되어 있는 나처럼 언젠가는 그렇게 보일 것이라는 것에 대해 감사를 토로하면 어떨까요? 그들이 걸어가면, 주름들이 부딪쳐 나는 소리가 들릴 거예요. 그들은 지금과 다르지 않을 거예요. 그러나 그들은 그렇게 보일 거예요. 당신까지도, 사랑스런 아가씨……."

그때 나는 그 소녀가 더 이상 내 곁에 앉아 있지 않다는 것을 알아차렸다. 그녀는 마지막 말을 하고 곧 떠나가 버린 모양이었다. 왜냐하면 그녀는 이제 나에게서 멀리 떨어져 창가에 서 있었는데, 높고 하얀 칼라를 한, 큰 소리로 웃으며 말하고 있는 젊은 남자들에게 둘러싸여 있었다.

그런 다음 나는 즐겁게 한 잔의 포도주를 마시고는, 아주 외톨이가 되어 머리를 끄덕이며 슬픈 작품을 치고 있던 피아노 연주자에게로 갔다. 그가 놀라지 않도록 나는 그의 귀 가까이 몸을 굽혀 그 작품의 멜로디를 나직이 말했다.

"존경하는 신사 양반, 제가 피아노를 좀 쳐도 되겠습니까? 지금 막 행복해지려는 참이니까요."

그가 내 말에 귀를 기울이지 않았기 때문에, 나는 잠시 동안 당황해 서 있다가, 부끄러움을 무릅쓰고 이 손님 저 손님에게로 가서는 말이 난 김에 이렇게 말했다.

"오늘 제가 피아노를 쳐보겠습니다. 괜찮겠죠."

모든 사람들이 내가 피아노를 칠 줄 모른다는 것을 알고 있는 듯했다. 그들은 대화가 중단된 것을 유쾌하게 생각해서인지 친절하게 큰 소리로 웃었다. 그러나 나는 아주 큰 소리로 피아노 연주자에게 말했다. "존경하는 신사 양반, 제가 피아노를 좀 쳐도 되겠습니까. 실은 지금 막 행복해지려는 참이거든요. 승리에 대한 문제거든요."

피아노 연주자는 중단은 했으나 자신의 갈색 의자를 떠나지 않은 채 나를 이해할 수 없다는 표정을 지었다. 그는 한숨을 내쉬고 긴 손가락으로 얼굴을 가렸다.

이미 나는 어느 정도 연민을 느껴, 여주인이 한 무리의 사람들을 데리고 왔을 때 다시금 연주하도록 그를 북돋아주려고 했다.

"그건 재미있는 착상이군요." 마치 내가 이상스러운 짓을 시도나 하는 듯이, 그들은 큰 소리로 웃으며 말했다.

그 소녀도 역시 거기에 합류해서 나를 업신여기듯이 쳐다보고는 이렇게 말했다.

"사모님, 제발 그에게 피아노를 좀 치게 해주세요. 어쨌든 그는 사람들을 즐겁게 해주고 싶은가 봐요. 그건 칭찬할 만한 일이지요. 제발, 사모님."

모두들 크게 기뻐했다. 왜냐하면 분명 그들 역시 나와 똑같이 그것이 아이러니컬한 말이라고 생각하고 있었기 때문이었다. 단지 피아노 연주자만이 말이 없었다. 그는 머리를 수그리고 왼손 집게손가락으로 의자의 나무를 쓰다듬었다. 마치 모래에 그림을 그리듯이 말이다. 나는 몸을 부르르 떨면서 그것을 감추기 위해서 양손을 바지 주머니에 찔러넣었다. 나는 역시 더 이상 분명하게 말할 수 없었다. 왜냐하면 온통 울음이 터져 나오려고 했기 때문이었다. 그래서 나는 울고 싶다는 내 생각이 청중들에게 우스꽝스럽게 들리도록 말들을 선택하지 않으면 안 될 정도였다.

"사모님 지금 전 피아노를 치지 않으면 안 되겠어요. 왜냐하면……" 하고 내가 말했다. 나는 그 이유를 잊어버렸기 때문에 생각지도 않게 피아노에 앉았다. 그때 나는 다시금 나의 상태를 이해했다. 피아노 연주자가 일어서더니 상냥하게 의자 위로 올라섰다. 왜냐하면 내가 그의 길을 막고 있었기 때문이었다. "불을 좀 꺼주십시오. 전 어둠 속에서만 칠 수 있습니다." 나는 일어섰다.

그때 두 신사가 의자를 잡고는 나를 피아노로부터 멀리 식탁으로 옮겼다. 휘파람으로 노래를 부르며, 나를 약간씩 흔들며.

모두가 환호하는 듯이 보였고 그 소녀가 이렇게 말했다. "보세요, 사모님, 그가 아주 맵시 있게 피아노를 치지 않았나요? 전 알고 있었어요. 그런데도 당신께서는 염려하셨지요."

나는 이해했고 머리를 숙여 감사했는데, 멋지게 해냈다.

누군가 내게 레몬주스를 부어주었고 붉은 입술을 한 한 처녀가 내가 마시는 잔을 잡았다. 여주인은 나에게 은 접시에 거품 모양의 구운 과자를 주었고, 새하얗게 옷을 입은 한 소녀는 그 과자를 내 입안에 넣어주었다. 숱이 많은 금발 머리를 한 풍만한 한 처녀는 내 머리 위로 포도송이를 들고 있어서 나는 뜯어 먹기만 하면 되었다. 그러는 동안에 그녀는 피하는 내 눈을 빤히 들여다보고 있었다.

모두가 나를 그렇게 좋게 대했으므로, 내가 다시 피아노가 있는 곳으로 가려 하자 그들이 하나같이 나를 저지하는 데 대해 나는 사뭇 놀랐다.

"이젠 됐어요." 내가 지금까지 알아차리지 못했던 주인 남자가 말했다. 그는 밖으로 나갔다가 곧 거대한 실린더 모자와 꽃으로 장식된 적갈색 오버코트를 가지고 돌아와서는 "당신 것입니다."라고 말했다.

내 물건들은 아니었으나, 그에게 다시 한 번 확인하는 수고를 끼칠 마음은 없었다. 주인 남자가 직접 나에게 오버코트를 입혀

주었는데 내 가느다란 몸에 착 달라붙듯 아주 잘 맞았다. 선한 얼굴을 한 한 숙녀가 점차 몸을 굽히며 코트의 길이를 따라 단추를 잠그며 내려갔다.

"그럼 잘 가세요. 그리고 곧 다시 들르세요. 당신은 언제나 환영이에요. 당신도 아시죠." 하고 여주인이 말했다. 그러자 꼭 그럴 필요가 있다는 듯이, 모든 사람들이 인사를 했다. 나도 역시 인사를 하려 했으나 코트가 너무 꽉 조였다. 그래서 모자를 들고는 서툰 모양으로 문을 나섰다.

내가 총총걸음으로 집 문을 나섰을 때, 하늘에서는 달과 별 그리고 거대한 창공이, 그리고 원형 광장에서는 시청과 마리아 입상과 성당이 나를 갑자기 덮쳐왔다.

나는 조용히 그늘진 곳으로부터 달빛으로 나와, 오버코트의 단추를 끄르고는 몸을 따뜻하게 했다. 그러고는 양손을 들어 밤의 아우성 소리를 잠재우고 곰곰이 생각하기 시작했다.

'너희들이 마치 실제로 존재하는 체하다니, 어떻게 된 거지. 너희들은 창백한 보도 위에 우스꽝스레 서 있는 내가 비현실적인 존재라고 믿게 하려는 생각이었는가? 하지만 그대 하늘이여, 네가 실제로 존재했던 것은 이미 오래전 일이란다. 그리고 너 원형 광장 역시 한 번도 존재한 적이 없었단다.'

'그건 물론 사실이야, 너희들은 여전히 나보다 우월하지. 그렇지만 내가 너희들을 가만히 놓아둔 때뿐이란다.'

"달아, 다행히도 너는 더 이상 달이 아니구나. 하지만 달이라고 명명된 너를 여전히 달이라고 부르는 것은 내가 무관심한 탓인지도 모른다. 내가 널 '이상한 빛깔의 잊혀버린 종이 초롱'이라고 부르면, 너는 어째서 더 이상 거만을 떨지 못하지. 그리고 내가 널

'마리아 입상'이라 부르면, 너는 어째서 거의 움츠러들다시피 하는 거지. 마리아 입상아, 내가 널 '노란빛을 던지는 달'이라고 부르면, 너의 위협적인 모습을 더는 볼 수가 없구나."

'너희들에 대해 곰곰이 생각하는 것은 너희들에게 이롭지 못하다는 것이 사실인 모양이구나. 용기도 건강도 쇠퇴하는 것을 보니 말이야.'

'세상에, 곰곰이 생각하는 사람이 술주정꾼에게서 배운다면, 틀림없이 굉장히 유익할 텐데!'

'왜 모든 게 조용해진 거지. 바람이 더 이상 불지 않는 것 같군. 그리고 가끔 작은 바퀴를 달고 있는 듯 광장 위를 굴러다니는 작은 집들도 아주 단단히 붙어 있는데 ─조용─조용─ 보통 때는 땅과 구별이 되는 가늘고 검은 선이 전혀 보이지 않는군.'

그래서 나는 달리기 시작했다. 나는 아무 방해를 받지 않고 그 큰 광장 주위를 빙 둘러 세 번 뛰었다. 그리고 술주정꾼을 만나지 못했으므로, 나는 속도를 줄이지 않고 또 힘들다고 느끼지도 않으면서 카알 거리를 향해 뛰었다. 내 그림자는 내 옆에서 마치 벽과 길바닥 사이의 오목하게 파인 길을 가듯이 나보다 작은 모습으로 벽에 붙어서 달려왔다.

내가 소방서를 지나가고 있었을 때 작은 원형 광장에서 소음이 들려왔다. 그리고 그곳으로 접어들자 분수의 격자 울타리에 기대어 서 있는 술주정꾼이 보였다. 팔을 수평으로 들고 나무 슬리퍼에 꿰어 있는 두 발을 동동 구르면서.

나는 우선 호흡을 진정시키느라고 멈추어 서 있었다. 그러고 나서 그에게로 다가가 실크 모자를 벗고 나를 소개했다.

"안녕하십니까, 상냥한 귀인 나리. 저는 스물세 살이지만 아직 이름이 없습니다. 그렇지만 당신은 분명히 이 대도시 파리 태생으로 놀랄 만한, 정말 노래처럼 리드미컬한 이름을 가지고 있겠지요. 매끄러운 프랑스 궁정의 아주 부자연스러운 냄새가 당신을 둘러싸고 있습니다그려."

"분명 당신은, 높고 밝은 테라스에서 꽉 끼는 코르셋을 입고 빈정대듯이 뒤돌아보면서 서 있는 저 위대하신 숙녀님들을 묘한 눈으로 보셨겠지요. 계단 위에 펼쳐진 그녀들의 아름다운 긴 옷자락 끝이 아직 정원 모래 위에 놓여 있고요—여기저기 늘어선 긴 장대 위로 대담하게 재단한 잿빛 평상복과 하얀 바지를 입은 하인들이 기어오르고 있는데, 다리로 장대를 끼고, 하지만 상체는 가끔 뒤와 옆으로 구부린 채였지요. 그들은 밧줄에 매어진 거대한 잿빛 아마포 천들을 땅으로부터 끌어 올려 공중에 팽팽하게 펴야 하는데, 그 이유는 위대하신 숙녀님들께서 안개 낀 아침을 원했기 때문이었지요."

그가 트림을 했기 때문에 나는 몹시 놀라서 이렇게 말했다. "신사 양반, 정말 당신께서 우리의 파리, 저 폭풍우 치는 파리에서 왔다는 것이 사실인가요? 아니, 이 미친 듯이 우박이 때리는 날씨를 뚫고 말입니까?" 그가 다시 트림을 했기 때문에 나는 당황해서 이렇게 말했다. "그것이 저에게 대단한 영광을 가져온 걸 알고 있지요."

그리고 나는 손가락을 빨리 놀려 코트의 단추를 채우고 나서 성급하게, 그리고 부끄러워하며 말했다. "당신이 내게 대답할 가치가 없다고 생각한다는 걸 알고 있어요. 하지만 제가 오늘 당신에게 질문하지 않는다면, 저는 울며 인생을 보내야 할 겁니다."

"바라건대 멋쟁이 신사 양반, 사람들이 나에게 해주었던 얘기가 사실인지요? 파리엔 오직 멋지게 치장된 옷으로 만들어진 사람들만이 있나요? 거기엔 단지 현관만 있는 집들이 있나요? 그리고 여름날 하늘은 물 흐르듯 푸르고, 단지 뭉쳐진 하얀 작은 구름들로 아름답게 장식되어 있으며, 그 구름들이 모두 하트 모양이라는 게 사실인가요? 그리고 거기엔 늘 대성황을 이루는 진기품 전시실이 있다고요. 그곳에는 가장 유명한 영웅들, 범죄자들과 연인들의 이름표들이 매달려 있는 나무들만이 덩그러니 서 있다면서요."

"그리고 또 이런 소식도 있지요! 이 틀림없는 허위 소식 말입니다!"

"파리의 거리들은 갑자기 둘로 갈라진다는데 사실인가요? 거리들이 불안하다는데 사실인가요? 언제나 모든 게 제대로이지 않다는데, 어찌 그럴 수가 있을까요! 사고가 한번 나면, 사람들은 길바닥을 거의 건드리지 않는 대도시 특유의 큰 걸음걸이로 옆길에서 모여든다지요. 모두가 호기심에 차 있긴 하지만, 실망할까 봐 겁을 낸다지요. 그들은 숨을 헐떡대면서 머리를 앞으로 내민다지요. 그러나 서로 몸이 닿게 되면, 깊이 머리를 숙여 이렇게 용서를 구한다면서요. '정말 미안합니다—고의가 아니었습니다. 사람들이 너무 많이 모였어요. 용서하세요—죄송스럽게도 제가 아주 서툴렀군요—그 점을 시인합니다. 제 이름은—제 이름은 제롬 파로쉬입니다. 전 카보탱 거리의 잡화상입니다—허락하신다면, 제가 내일 점심에 당신을 초대해도 될까요—저의 집사람도 매우 기뻐할 겁니다.' 그들은 그렇게 말한다지요. 그러나 그러는 동안에 거리는 마비되고, 집들 사이로 굴뚝의 연기가 내려앉는다지요. 바로 이렇다지요. 어느 상류층 지역의 번화한 환상 도로에서 두 대의 자동차가 섰다고 가정합시다. 하인들이 정중하게 문을 엽니다. 여덟 마리의 시베리아산 족보 있는 사냥 개들이 그 뒤를 춤추듯 따라 내려와서 짖어대며 차도 위로 뛰어 오릅니다. 그러면 바로 그들이 파리의 분장한 젊은 멋쟁이들이라 고 사람들은 말한다지요."

그는 두 눈을 꼭 감고 있었다. 내가 말이 없자, 그는 양손을 입 에 넣고 아래턱을 잡아당겼다. 그의 옷은 완전히 더러워져 있었 다. 아마 누군가 그를 술집에서 밖으로 내던져버린 모양인데, 그 는 아직도 그것을 확실하게 알지 못하고 있었다.

낮과 밤 사이에는 아마도 짧고 아주 조용한 휴식 시간이 있었 을 것이다. 우리가 기대하지 않는데도 머리가 우리를 목에 매달 아놓고, 우리가 알아차리지 못하는데도 모든 것이 — 우리가 바 라보고 있지 않기 때문에 — 조용해지고는 다시 사라져버리는 그 런 시간이. 그동안에 우리는 굽어진 육신으로 혼자 남아 있다가 다시 주위를 둘러보지만, 더 이상 아무것도 보지 못하며, 거슬러 불어오는 바람도 느끼지 못한다. 그러나 우리는 마음속으로, 지 붕과 다행히도 각진 굴뚝이 있는 집들이 우리와 어느 정도 떨어 져 서 있다는 생각에 매달린다. 어둠은 그 굴뚝을 통해 집 안으로 흘러들고, 다락방을 통해 여러 방 안으로 흘러드는 것이다. 그리 고 내일이면 — 믿어지지 않지만 — 모든 것을 다시 볼 수 있는 낮 이 오리라는 것은 하나의 행운인 것이다.

그때 술주정꾼은 눈썹을 높이 치켜세워서 눈과 눈썹 사이에 어 떤 빛이 생긴 것 같았는데, 띄엄띄엄 이런 얘기를 들려주었다. "그 건 그러니까 — 나는 그러니까 졸려요. 그러니 나는 자러 갈 거 요 — 벤첼스 광장에 내 동서가 하나 살지요 — 나는 그곳으로 가요. 나는 거기서 사니까, 거기 내 침대가 있으니까 — 이제 갑니다 — 다

만 그의 이름이 무언지 그리고 어디 사는지 그걸 모른다는 것뿐
이지—그걸 잊어버린 것 같아요—그렇지만 괜찮아요. 나는 나
에게 동서가 정말 있는지조차 전혀 모르겠거든—이제 정말 갑
니다—내가 그 사람을 찾을 거라고 생각하시오?"

그 말에 나는 무심코 이렇게 말했다. "물론입니다. 그렇지만 당
신은 외국에서 왔어요. 그리고 당신의 하인들이 우연히도 지금 당
신 곁에 없는 거예요. 허락하신다면, 제가 당신을 모시고 가지요."

그는 대답하지 않았다. 그래서 나는 그가 팔짱을 끼도록 내 팔
을 그에게 내어주었다.

4) 뚱보와 기도자와의 계속되는 대화

나는 그러나 얼마간이라도 명랑해지려고 했다. 머리를 비비면
서 나는 혼잣말로 중얼거렸다.

"네가 말할 때가 되었어. 넌 벌써 매우 당황해하는구나. 궁지에
몰린 기분을 느끼는 모양이지? 좀 기다려봐! 넌 이런 상황이 어
떤 건지 알고 있을 거야. 성급히 생각하지 마! 주위 사람들도 기
다리겠지."

"지난주 모임에서와 같군그래. 누군가 베낀 것을 낭독하는구
먼. 그가 요청한 대로 내가 한 페이지를 베꼈지. 나는 그가 쓴 몇
쪽짜리 글을 읽고는 놀랐지. 그건 주견이 별로 없어. 사람들은 책
상 위에 놓인 세 쪽짜리 문건 너머로 몸을 구부리지. 나는 그게 내
문건이 아니라고 눈물로 맹세하지."

"그러나 그것이 어째서 오늘과 비슷하다는 건가. 거리감을 주는
대화는 전적으로 너의 책임이야. 모든 것이 평화롭다네. 여보게,
좀 노력해보게나!—그렇지만 넌 이의를 갖게 될 거야—넌 이렇

게 말할 수 있을 거야. '나는 졸려요. 머리가 아파요. 안녕.' 그래 서두르게, 재빨리. 남의 눈에 띄도록 해보게나! —이게 뭐야? 또다시 어려운 일이 생겼나? 무얼 회상하고 있지? —나는 지상의 방패인 거대한 하늘을 향해 솟아 있는 고원지대를 회상하고 있다네. 난 그 고원지대를 산에서 바라보고 그 고원을 편력할 준비를 했다네. 나는 노래하기 시작했지."

내 입술은 말라서 이렇게 말하려 했을 때 말을 잘 듣지 않았다.
"사람은 달리 살 수는 없는가요!"

"그럴 수 없어요." 그는 미소를 지으면서 물어보듯 말했다.

"그러나 어째서 그들은 저녁에 성당에서 기도를 할까요." 내가 그때까지 말없이 지지했던 모든 것이 나와 그 사이에서 허물어지자, 나는 그렇게 물었다.

"아니에요, 어째서 우리가 그것에 대해 말해야 하는 건가요. 혼자 사는 사람들은 저녁에는 아무런 책임을 지지 않지요. 사람들은 많은 것을 두려워하지요. 구체적인 것이 혹시 사라지지나 않을까, 인간이란 황혼 속에서 보여지는 모습이 실제 모습이 아닐까, 사람들은 지팡이 없이는 걷지 못하지 않을까, 다른 사람들에게 보이기 위해서 그리고 육신을 얻기 위해서 성당에 가고 소리를 지르며 기도를 올리는 것은 좋은 일이 아닐까 하고 말입니다."

그가 그렇게 말하고 나서 침묵했기 때문에 나는 호주머니에서 붉은 손수건을 꺼내어 몸을 굽히고 울었다.

그는 일어나 나에게 키스하고는 이렇게 말했다.

"어째서 당신은 우시나요? 당신이 키가 큰 것이 좋아요. 당신의 손은 길고, 마음먹은 대로 움직일 수 있어요. 어째서 당신은 그점을 즐거워하지 않나요. 충고하건대 항상 소매 끝이 검은 색깔의 옷을 입으세요—아니에요—나는 당신에게 아첨하는 거예요. 그런데도 우시겠어요? 당신은 삶의 괴로움을 아주 이상적으로 견디어내는군요."

"우리는 본래 필요 없는 전쟁 무기, 탑, 담벼락, 비단으로 된 커튼을 만들고, 그러고는 우리가 그들에 대해 생각할 시간을 갖게 되면 그것들에 대해 대단히 놀라워하지요. 우리들은 계속해서 부유하면서 서로 떨어지지 않고, 비록 박쥐들보다 더 추하긴 하지만 날개를 퍼덕거립니다. 그리고 어느 누구도 '아아, 오늘은 얼마나 좋은 날인가' 하고 아름다운 날에 대해 이야기하는 것을 방해할 수는 없을 거예요. 왜냐하면 우리는 이미 지상 위에 내놓여 있고, 합의를 근거로 살고 있기 때문이지요."

"말하자면 우리는 눈 속의 나뭇등걸과도 같아요. 겉보기에 그저 미끄러지듯이 놓여 있어 조금만 밀쳐도 밀어내버릴 수 있을 것 같지요. 그렇지만 아니에요. 정작 그럴 수는 없지요. 그것들은 땅바닥과 단단하게 결합되어 있으니까요. 하지만 봐요, 그것마저 단지 그렇게 보일 뿐이에요."

"밤이다. 그러므로 그 어느 누구도 내가 지금 말할 수 있는 것을 내일 비난하려 하지는 않을 것이다. 왜냐하면 그것은 잠든 사이에 말해질 수도 있기 때문이다." 곰곰이 생각하자 나는 울지 않게 되었다.

그러고 나서 나는 이렇게 말했다. "네, 그렇습니다. 하지만 우리는 대체 무엇에 대해 이야기하고 있는 건가요. 우리는 어떤 집 현관의 어둠 속에 서 있기 때문에, 하늘이 보내는 빛에 대해서는 전혀 말할 수가 없지요. 그렇습니다—그래도 우리는 그것에 관하여 이야기할 수도 있을지 모릅니다. 우리가 대화 속에서 전혀 독립적이지 못하기 때문인가요? 우리는 목표나 진리에 도달할 의사도 없고, 단지 농담과 환담만을 하려는 때문이지요. 그렇다 하더라도 당신께서는 저에게 정원에 있었던 저 여인에 대한 이야기를 한 번 더 해주실 수 없겠습니까. 그 여인은 얼마나 훌륭하고 영리한지 모릅니다! 우리는 그녀를 모범으로 해서 처신해야만 합니다. 난 그녀를 몹시 좋아해요. 그리고 내가 당신을 만난 것과 당신을 붙잡을 수 있었던 것은 좋은 일이었습니다. 당신과 이야기할 수 있었다는 것은 나에게는 커다란 영광이었습니다. 지금까지 내가 아마도 의도적으로 모르고 있었던 몇 가지 사실을 듣게 된 것이 나는 기쁩니다."

그는 만족스러운 듯이 보였다. 인간의 육체와의 접촉을 언제나 꺼려왔음에도 나는 그를 끌어안지 않을 수 없었다.

그러고 나서 우리는 통로를 나와 하늘 아래로 나아갔다. 서로 부딪쳐 뭉개진 작은 구름들을 나의 친구가 후 불어서 쫓아버리자, 이제 끝없는 별들의 평원이 우리에게 보였다. 나의 친구는 힘겹게 걸어갔다.

4. 뚱보의 몰락

그때 모든 것이 신속하게 저 멀리로 떨어져 내렸다. 강물이 낭떠러지에 이끌려 내려가자 멈춰 서려고 부서진 가장자리에서 아직도 흔들리고 있었지만, 역시 산산이 부서져 김을 내뿜으며 떨어져 내렸다.

뚱보는 더 이상 말을 할 수가 없어 몸을 돌린 채로, 큰 소리를 내며 급히 떨어져 내리는 폭포 속으로 사라졌다.

많은 즐거움을 겪었던 나는 언덕에 서서 그 광경을 바라보았다. "우리의 허파는 무엇을 해야 하는가." 나는 외치고 또 외쳤다. "그것은 빠르게 숨을 쉬면, 스스로 질식해버린다. 마음속에 든 독으로 질식해버리는 것이다. 그러나 천천히 숨을 쉬면, 숨쉬기 어려운 공기로 인해 질식해버린다. 분개한 사물들로 인해 질색해버리는 것이다. 하지만 그것이 자신의 속도를 찾으려 하면, 이미 찾다가 끝날 것이다."

그때 강의 언덕이 한없이 넓어졌는데, 그래서 나는 손바닥으로 멀리에 있는 아주 작은 도로 표지판의 쇠를 만져보았다. 나는 그 일을 전혀 이해할 수 없었다. 나는 아주 작았는데, 보통보다도 더 작았다. 그래서 아주 빠르게 한들거리고 있는 들장미로 덮인 덤불마저도 나의 키를 넘었다. 나는 덤불을 보았다. 조금 전에 그것이 바로 내 곁에 와 있었기 때문이었다.

그럼에도 나는 잘못 생각했었다. 왜냐하면 내 양팔은 장마 구름처럼 컸기 때문이었다. 다만 그것들이 더 성급할 뿐이었다. 나는 왜 그것들이 나의 불쌍한 머리를 으깨려는지 알 수가 없었다.

그 머리도 개미 알처럼 그렇게나 작다. 그것은 약간의 상처를 입고 있었다. 그래서 이제 완전히 둥글지는 않았다. 나는 머리를 돌려 그에게 청하였다. 그 이유는 나의 눈이 너무 작아 눈짓으로는 무엇을 표현하고 있는지 알아볼 수 없기 때문이었다.

그렇지만 나의 양다리, 나의 불가능한 양다리는 숲이 우거진 산 위에 놓여 있어서 마을 계곡에 그림자를 드리우고 있었다. 다리는 점점 자라났다! 그것은 아무런 풍경도 없는 공간 속으로 솟아올랐고, 이미 오래전에 나의 시야에서 사라졌다.

아니다, 그렇지 않다 ─ 나는 작지만, 일시적으로 작을 뿐이다 ─

나는 굴러간다—나는 굴러간다—나는 산속의 눈사태 같은 것이란 말이다! 제발, 통행인들이여, 내가 얼마나 큰지 말해준다면 좋겠구려, 내 이 팔과 다리를 재어주구려.

III

"그래 어쩌신가요." 나와 함께 사교 모임에서 나와 조용히 내 곁에서 라우렌치산으로 가고 있던 친구가 말했다. "내가 그것에 대해 이해할 수 있도록 잠깐만 걸음을 멈춰주세요—아시다시피 끝내야 할 일이 있어요. 그것은 매우 힘이 들지요—이렇게 기분 좋게 차갑고 그리고 역시 밝은 밤에, 하지만 심통스러운 바람은 이따금씩 아카시아나무들의 위치를 바꾸는 것 같군요."

달이 비추는, 정원사의 집 그림자는 약간 굽은 길 위에 걸려 있었고, 잔설로 장식되어 있었다. 나는 문 곁에 서 있는 긴 의자를 바라보고는 손을 높이 들어 그것을 가리켰다. 나는 용기도 없었고 비난을 예상했기 때문에, 왼손을 가슴에 얹었다.

그는 넌더리를 내며 앉았다. 자신의 아름다운 옷에는 개의치 않고 팔꿈치로 허리를 누른 채 이마를 휘어진 손가락 끝에 갖다 놓자, 나는 깜짝 놀랐다.

"그래요, 이제 나는 말하겠어요. 당신이 알다시피 난 규칙적인 사람이지요. 어느 것도 중단되어서는 안 되지요. 필연적이며 널리 알려져 있는 모든 것은 일어나는 법입니다. 내가 다니고 있는 모임에서 늘 겪었던 불행은, 주위 분위기와 내가 만족스럽게 생각했던 것을 가만히 놔둔 적이 없었다는 겁니다. 그리하여 이러한 보편적인 행복감 역시 억제되지 않았고 그리고 나 자신조차 역시 작은 테두리 내에서 행복에 대해 말해도 되었습니다. 좋아요, 나는 아직까지 실제로 사랑을 해본 적이 없었어요. 종종 그 점을 유감스럽게 생각했지만, 그러나 내가 필요할 때는 그런 사랑의 어법을 사용하였습니다. 이제 나는 이야기하지 않을 수 없군요. 나는 사랑에 빠졌고 그리고 아마도 사랑으로 흥분해 있었나 봅니다. 나는 정열적인 애인이지요. 소녀들이 그것을 바라듯이 말입니다. 그러나 바로 이런 예전의 결함이 나의 애정 관계에는 예외적이며, 즐거운, 특히 즐거운 전환을 준다는 사실을 염두에 두어서는 안 되었을까요?"

"제발 조용히 해요, 조용히." 나는 냉담하게 그리고 나만을 생각하면서 말했다. "당신의 애인은 소문대로 아름답군요."

"그래요, 그녀는 아름답습니다. 내가 그녀 곁에 앉아 있을 때면, 언제나 이렇게 생각할 뿐입니다. '이러한 대단한 모험 — 난 그렇게 대담하구요 — 그래서 나는 항해를 시도합니다 — 장식 끈이 달린 포도주를 마시구요.' 그러나 그녀가 웃을 때면, 기대했던 치아는 보이지 않고, 오직 어둡고 좁고 굽은 뻥 뚫린 입만이 보일 뿐입니다. 그녀가 웃으면서 머리를 뒤로 젖힐 때면, 교활하고 늙어 보이지요."

"나는 그 점을 부인할 수 없어요." 나는 한숨을 쉬면서 말했다. "아마 나도 역시 그것을 본 적이 있을 겁니다. 왜냐하면 그것은 틀림없이 눈에 띌 테니까요. 그러나 그것만이 아닙니다. 그게 소녀의 아름다움이지요! 아름다운 몸매에다 아름답게 걸쳐 있는 여러 가지 주름과 주름 장식들, 술이 달린 옷가지를 볼 때면, 나는 이따금씩 이런 생각을 합니다. 그 옷들은 그런 상태로 오래 유지

되지 않고, 더 이상 펼 수 없는 주름이 생겨, 장식 속에 제거할 수 없는 두꺼운 먼지가 생길 것이라고. 그리고 그 어느 누구도 스스로를 매일 똑같은 값비싼 옷을 아침에 걸쳤다가 저녁에 벗어버리는 그렇게 비참하고도 우스꽝스러운 사람으로 만들고 싶지 않을 것이라고 말입니다. 그럼에도 나는 소녀들을 바라보지요. 그들은 매우 아름답고, 다양하고 매력적인 근육과 작은 손가락 마디들과 팽팽한 피부와 숱이 많은 가는 머리털을 보여주고 있고, 매일매일 자연스러운 가장무도회 복장을 하고 나타나며, 항상 똑같은 얼굴을 똑같은 손바닥에 묻고는 거울로 자신을 비쳐 보이지요. 그들이 늦게 축제에서 돌아오는 밤이면, 거울 속에 비치는 그들의 모습은 종종 초죽음이 된 듯이, 얼굴은 붓고, 먼지투성이가 되어 있으며, 이미 모든 사람들에게 보여져 이제 더 이상 몸을 가눌 수 없는 듯이 보입니다."

"하지만 나는 길을 가면서 이따금씩 당신이 그녀를 아름답다고 생각하고 있는지 어떤지를 물어왔지요. 그러나 당신은 나에게 대답은 주지 않고 언제나 다른 쪽으로 몸을 돌리곤 했죠. 당신은 무언가 나쁜 일을 계획하고 있지요? 어째서 당신은 나를 위로해 주지 않는가요?"

나는 양발을 그늘진 곳으로 들이밀었다. 그러고는 조심스럽게 이렇게 말했다. "당신은 위로받을 필요가 없습니다. 당신은 사랑을 받고 있지 않습니까." 그때 나는 감기에 걸리지 않도록, 푸른 포도송이 문양이 담긴 손수건을 입으로 가져갔다.

이제 그는 나에게 몸을 돌리고 긴 의자의 나지막한 등받이에 두툼한 얼굴을 기댔다.

"당신이 아시다시피, 대체로 나는 아직 시간이 있어요. 나는 아직 이렇게 시작되는 사랑을 추한 행동이나 불의나 머나먼 나라로 여행을 떠남으로써 곧바로 끝장낼 수 있습니다. 실지로 나는 내가 흥분에 빠져들지 않을까 의심하고 있기 때문이지요. 확실한 것이라곤 아무것도 없어요. 어느 누구도 방향과 지속되는 기간을 정할 수는 없는 법입니다. 내가 포도주를 마실 생각으로 어느 선술집에 들르게 되면, 그날 밤에는 내가 취하리라는 것을 알고 있지요. 그러나 그것은 내 경우일 뿐입니다! 두 주일 동안 마음속에 심한 갈등만 없으면, 일주일 안에 우리는 가까이 지내고 있는 가족들과 소풍을 갈 생각입니다. 그날 밤의 키스는 나를 몽롱하게 만들어서, 마음대로 꿈을 꿀 수 있는 공간을 얻게 할 겁니다. 나는 그 기분을 이겨내고자 밤 산책을 나갈 것입니다. 동요된 마음은 그칠 줄 모르고, 얼굴은 맞바람을 맞고 난 후처럼 차고도 후끈거리겠지요. 나는 호주머니 속에 든 장밋빛 리본을 만지면서, 나에 대한 최고의 의구심을 가지게 되는데, 그러나 그 의구심에 전념할 수는 없습니다. 여보세요, 신사 양반, 더욱이 당신은, 내가 분명히 당신과 오랫동안 대화를 나누지 못할 경우라도, 참고 견뎌보시라구요."

나는 몹시 추웠다. 이미 하늘은 약간 하얀 색깔을 띠고 있었다. "어떤 추한 행위도, 어떤 불의도 혹은 먼 나라로 여행을 떠나는 것도 아무런 도움이 되지 않을 것입니다. 당신은 틀림없이 자살하게 될 것입니다."라고 나는 말했다. 그러고는 웃었다. 우리 맞은편 가로수 길의 다른 쪽 가장자리엔 두 개의 덤불이 있고, 그 뒤 아래쪽으로 도시가 있었다. 도시에는 아직까지 약간의 빛이 남아 있었다.

"좋아요." 그는 소리를 치고는 작지만 꼭 �권 주먹으로 의자를 두드리고는 곧바로 내려놓았다. 그리고 계속해서 말했다. "하지만 당신은 살아 있습니다. 당신은 자살하지 않습니다. 어느 누구도 당신을 사랑하지 않습니다. 당신은 아무것도 얻지 못합니다. 그다음 순간을 당신은 이겨내지 못합니다. 그렇게 말하다니, 당신은 야비한 사람이에요. 당신은 사랑할 수가 없습니다. 불안감만이 당신의 마음을 움직일 수 있습니다. 제 마음을 한번 읽어보세요."

그때 그는 갑자기 자신의 윗저고리와 조끼 그리고 속옷을 열었다. 그의 가슴은 정말 넓고 아름다웠다.

나는 이야기하기 시작했다. "그래요, 그러한 반항적인 상태들이 가끔 우리에게 찾아오지요. 그래서 나는 이번 여름 동안 어느 마을에 있었습니다. 그 마을은 강변에 있었어요. 나는 아주 자세히 기억하고 있습니다. 자주 나는 몸을 비틀며 언덕의 긴 의자 위에 앉아 있었습니다. 거기엔 해변 호텔도 있었습니다. 그때 바이올린 소리가 들렸습니다. 힘이 넘치는 젊은이들이 정원에서 맥주를 앞에 두고 테이블에 앉아 사냥과 모험에 대해서 담소하고 있었습니다. 다른 편 언덕에는 구름 낀 산들이 서 있었습니다."

그때 나는 쓴웃음을 지으면서 힘없이 일어나서 긴 의자 뒤에 있는 잔디밭으로 들어갔다. 몇 개의 눈 덮인 작은 나뭇가지들을 부러뜨리고는 내 친구에게 귓속말로 이야기했다.

"고백하건대, 전 약혼을 했어요."

친구는 내가 일어난 것에 놀란 것이 아니었다. "당신이 약혼했다구요?" 그는 정말 힘없이 앉아 등받이에 몸을 의지하고 있었다. 그러고는 그는 모자를 벗었고, 나는 그의 머리카락을 바라보았다. 그의 머리카락은 좋은 냄새가 났고 멋지게 빗질되어 있었으며, 둥그런 머리는 이 겨울에 유행이었듯이 목덜미 위에서 뚜렷한 둥근 선을 만들며 깎여 있었다.

나는 내가 그에게 그렇게 영리하게 대답했던 것을 기쁘게 생각했다. "그렇군," 나는 혼자 중얼거렸다. "그가 유연한 목과 자유로운 팔로 사교 모임에서 이리저리 돌아다니는 모습이라니. 그는 어느 한 숙녀를 즐거운 대화로써 중앙 홀로 이끌 줄 알았다. 그리고 집 앞에 비가 떨어지든, 혹은 그곳에 어느 수줍어하는 자가 서 있든, 혹은 특별히 슬픈 일이 일어나든 간에 전혀 개의치 않았다. 아니다, 그는 숙녀들에게 똑같은 식으로 절을 했다. 그러나 그는 이제 자리에 앉아 있다."

나의 친구는 고급 삼베 손수건으로 이마를 닦았다. "당신 손을 제 이마 위에 잠시 얹어주시겠습니까, 부탁입니다." 그가 말했다. 내가 곧바로 그렇게 하지 않자, 그는 양손을 모았다.

마치 우리의 근심이 만사를 어둡게 만드는 양, 우리는 산 위에 앉아 있었지만 마치 작은 방 안에 앉아 있는 것 같은 느낌이 들었다. 벌써 아침 여명과 바람을 느끼긴 했지만. 우리는 서로 좋아하는 사이는 아니었지만 가까이 앉아 있었다. 우리가 서로 멀리 떨어져 앉을 수 없었던 이유는, 벽들이 완전히 죄었기 때문이었다. 우리는 우스꽝스럽게 그리고 인간적인 품위도 잊은 채 행동할 수 있었는데, 그 이유는 맞은편에 서 있는 나무들과 그리고 우리 머리 위에 있는 나뭇가지들에 대해 부끄러움을 느낄 필요가 없었기 때문이었다.

그때 친구는 호주머니에서 아무 거리낌 없이 칼을 꺼내, 그것을 조심스럽게 펴더니 장난할 때처럼 자신의 왼쪽 위팔을 찌르고는 빼지 않은 채로 내버려 두었다. 그러자 곧바로 피가 흘렀다.

그의 둥그스름한 양 뺨은 창백해졌다. 나는 칼을 뽑고는 겨울 상의와 연미복 소매를 잘라내고 속옷 소매를 잡아 찢었다. 그러고는 나를 도와줄 수 있는 사람이 없을까 해서 짧은 거리의 길을 아래위로 오르내리며 달렸다. 모든 나뭇가지들은 눈부실 정도로 보였고, 움직이지 않았다. 그러고 난 후에 나는 그 깊은 상처를 약간 닦아주었다. 그때 나는 그 작은 정원사의 집을 떠올렸다. 나는 계단 위로 뛰어 올라갔는데, 그 계단은 그 집 왼편에 있는 높은 잔디밭으로 통했다. 나는 급히 창문과 문들을 조사했고, 그 집에 사람이 살고 있지 않다는 것을 곧바로 알았음에도 화난 듯이 초인종을 누르고 다리를 꽝꽝 굴렀다. 그런 후에 나는 상처를 보았는데, 엷게 팬 곳에서 피가 흐르고 있었다. 나는 그의 손수건을 눈에 적신 후에 그것으로 엉성하지만 그의 팔을 동여맸다.

"여보세요, 여보세요," 나는 이렇게 말했다. "저 때문에 당신 마음이 상했군요. 하지만 친절한 사람들에게 둘러싸여 있는 당신 형편은 매우 좋은 편이지요. 세심하게 차려입은 많은 사람들이 테이블 사이로 멀리 가까이 혹은 언덕길 위에 나타나는 밝은 대낮에도 당신은 산책을 할 수 있습니다. 좀 생각해보세요. 봄철에 우리는 수목원으로 차를 타고 가게 되겠지요. 아닙니다. 우리가 가는 게 아니라, 당신이 당신 약혼녀인 안네를과 함께 즐겁게 그리고 총총걸음으로 가게 되겠지요. 유감스럽긴 하지만 그것은 사실이 되겠지요. 오, 그래요, 저를 믿어주세요, 제발. 그렇게 되면 태양은 당신을 모든 이들에게 가장 아름다운 모습으로 보여줄 것입니다. 오, 음악 소리가 들리는군요. 멀리서 말발굽 소리가 나는군요. 걱정하실 필요는 없어요. 거리에서 외치는 소리와 손풍금 켜는 소리가 들리는군요."

"아, 이럴 수가,"라고 그는 말했고 일어나서 나에게 기대면서 우리는 걸어갔다. "정말 어떤 도움도 없군요. 기쁜 마음이 될 수가 없군요. 용서하세요. 벌써 시간이 오래되었나요? 아마 내일 일찍 무언가 해야 할 일이 있을지 몰라요, 아, 맙소사."

담벼락 위로 등불 하나가 타오르고 있었는데, 그것은 길과 하얀 눈 위에 나뭇등걸의 그림자를 던지고 있었고, 한편으론 휘어지고 꺾어진 수많은 나뭇가지 전체가 던지고 있는 그림자가 산허리에 걸려 있었다.

시골의 결혼 준비

Hochzeitsvorbereitungen auf dem Lande

I

에두아르트 라반이 복도를 지나 열린 문을 나섰을 때, 비가 내리고 있었다. 많이 오는 비는 아니었다.

바로 그의 앞 보도엔 많은 사람들이 여러 모습으로 걷고 있었다. 때로는 한 사람이 앞으로 나서서는 차도를 가로질러 갔다. 한 작은 소녀가 양손을 앞으로 뻗친 채 피곤해 보이는 강아지 한 마리를 잡고 있었다. 두 신사가 서로 이야기를 주고받고 있었다. 그중 한 사람이 양 손바닥을 위로 치켜들고 짐이나 들고 있는 양 일정하게 올렸다 내렸다 했다. 그때 한 숙녀가 보였는데, 그녀의 모자는 리본과 핀과 꽃으로 장식되어 있었다. 그리고 한 젊은이가 가느다란 지팡이를 들고 급히 지나갔는데 왼쪽 손이 마비라도 된 양 그것을 가슴에 대고 누르고 있었다. 이따금씩 남자들이 지나갔고, 그들은 담배를 피웠는데 똑바로 곧추선 작고 기다란 연기를 내뿜으며 지나갔다. 세 신사가 — 두 사람은 구부린 팔에 가벼워 보이는 외투를 걸치고 있었다 — 이따금씩 집 담벼락에서 보도로 나와서는 거기에서 일어나고 있는 광경을 바라보고는, 서로 말을 건네면서 다시 뒤로 물러갔다.

지나가는 사람들의 틈 사이로 차도의 석판이 일정한 간격으로 이어져 있는 것이 보였다. 그때 말들이 목을 앞으로 길게 내밀고 부드럽고 높은 바퀴가 달린 마차들을 끌고 지나가고 있었다. 사람들은 쿠션이 달린 좌석에 기댄 채, 거리를 오가는 행인들과 상점, 발코니와 하늘을 말없이 바라보고 있었다. 다른 마차를 앞지르려고 하는 한 마차의 말들이 서로 몸을 바짝 밀착시키자 마구가 흔들렸다. 그 말들이 채를 잡아당기자 마차가 갑자기 흔들리면서 굴러갔다. 그때 마침내 앞선 마차 주변에 아치형이 이루어졌고 말들은 서로 다시 떨어졌으나 길쭉한 머리만은 여전히 서로 맞대고 있었다.

몇몇 사람들이 급히 대문 쪽으로 다가와 모자이크 모양이 새겨진 마른 돌바닥 위에 서서 천천히 몸을 돌려 이 좁은 골목길로 휘몰아쳐 어지럽게 내리고 있는 비를 바라보고 있었다.

라반은 피곤함을 느꼈다. 그의 입술은 아주 바래버린 자기 넥타이의 붉은 빛깔처럼 창백했다. 그의 넥타이는 얼룩무늬 모양이었다. 꽉 끼는 스커트 아래로 완전히 드러나 보이는 자신의 구두를 지금까지 내려다보며 건너편 문의 돌바닥 곁에 서 있던 숙녀가 이제 그를 바라보았다. 그녀의 그런 시선은 무관심해 보였는데, 그렇지 않다면 아마 라반 앞에 떨어지는 빗발이나 아니면 그의 머리 위 문 위에 걸려 있는 조그마한 회사 간판들을 쳐다보는지도 몰랐다. 라반은 그녀가 놀라서 쳐다본다고 생각했다. '그러니까 내가 그녀에게 그 사실을 이야기해도 그녀는 전혀 놀라지 않을 테지. 직장에서는 과도하게 일하느라 너무 피곤해서 휴가를 즐길 수가 없을 정도다. 하지만 일을 아무리 해도 어느 누구도 정답게 대해주리라고 기대할 수는 없다. 오히려 고독하고 생소하며 단지 호기심의 대상일 뿐이다. 네가 '나'라고 말하지 않고 '세인世人'이라고 말하는 한 너는 아무런 쓸모도 없는 인간이며, 그리고 네 자신이 바로 그런 인간이라고 고백하는 날이면 사람들은 곧바로 그런 이야기를 일러바칠 것이다. 그렇게 되면 네 속셈이 빤히 드러날 것이고 파면당하게 될 것이다.'

그는 격자무늬의 천으로 꿰맨 손가방을 내려놓고 무릎을 굽혔다. 어느새 빗물은 차도의 가장자리에서 깊게 파인 하수구로 팽팽하게 이랑을 이루어 흘러내리고 있었다.

'내 자신이 '세인'과 '나' 사이를 구분한다고 해서 어찌 다른 사람들에게 불평불만을 늘어놓을 수 있겠는가. 그들은 아마 부당하지 않을지도 모른다. 하지만 모든 일을 일일이 파악하기에는 나는 너무나 피로하다. 더구나 짧은 거리에 있는 기차역으로 가기에도 너무 지쳐 있다. 그렇다면 무엇 때문에 이 얼마 안 되는 휴가를 도시에서 보내지 않으려는 것일까? 정말 어리석은 짓이야— 이 여행이 병이 되리라는 사실을 난 잘 알고 있지. 내 방이라야 그다지 안락하지도 않을 것이고 시골이라고 다를 게 없지. 유월 초순이래도 시골 공기란 아직 매우 차갑기 일쑤지. 옷을 두둑하게 입었지만 저녁 늦게 산책을 나가는 사람들 틈에 끼어야만 될 테고. 그곳엔 연못들이 있으니 그것을 따라 산책하게 되겠지. 그렇게 되면 분명 감기가 들 거야. 그걸 미연에 방지하려면 대화 시간에는 모습을 드러내지 말아야겠군. 그 연못을 먼 데 있는 다른 연못하고는 비교할 수 없을 거야. 한 번도 여행을 해본 적이 없으니까 말이야. 달 이야기나 하고 행복감에 젖어보고 공상에 잠겨 짚더미 위에 오르기에는 너무 늙어서 남들의 웃음거리가 되겠지.'

사람들은 다소곳이 머리를 수그리고 걷고 있었다. 머리 위로 검은 우산들을 느슨하게 받쳐 들고 있었다. 화물을 실은 마차 한대가 달려갔다. 짚으로 가득 찬 마부석 위엔 몹시 게으름을 피우는 듯한 한 남자가 양다리를 쭉 뻗고 있어서 한쪽 다리는 거의 땅에 닿을 정도였고, 다른 쪽 다리만이 짚과 넝마 조각 위에 제대로 걸쳐 있었다. 그것은 흡사 화창한 날씨에 들판에 나가 앉아 있는 듯한 모습이었다. 그래도 조심스레 고삐를 잡고 있어서, 쇠기둥 위에 닿아 털썩거리면서도 마차는 잘도 인파를 헤치고 나아가고 있었다. 축축하게 젖은 대지 위로 쇠기둥에 반사된 빛이 줄줄이 늘어선 돌 위를 지나 선회하면서 천천히 미끄러져 나가는 것이 보였다. 건너편 숙녀 곁에 서 있는 작은 소년은 늙은 포도 재배사와 똑같은 옷차림을 하고 있었다. 그의 구겨진 옷은 아랫부분이 커다란 원을 그렸고 어깻죽지 밑으로는 하나의 가죽 벨트만으로 싸여 있었다. 차양이 없는 반원 모양의 모자는 눈썹 끝까지 와닿았고, 술 하나는 꼭대기에서 왼쪽 귀밑까지 늘어져 있었다. 그는 비가 좋은 모양이었다. 소년은 대문 밖으로 달려 나왔고 더 많은 빗물을 움켜잡으려고 눈을 부릅뜨고 하늘을 쳐다보고 있었다. 그가 이따금씩 껑충대며 뜀박질을 했기 때문에 물방울이 잔뜩 튕겨 나갔고 행인들은 소년을 몹시 꾸짖어댔다. 그러자 숙녀는 소년을 향해 소리를 지르며 달려가 손으로 계속 움켜잡고 있었지만 소년은 울지 않았다.

라반은 그때 소스라치게 놀랐다. 벌써 시간이 이렇게 되다니. 외투와 상의 단추가 열려 있었기 때문에 그는 재빨리 시계를 움켜잡았다. 시계는 가지 않았다. 약간 복도 안쪽에 서 있는 옆 사람에게 짜증이 난 듯이 시간을 물었다. 너털웃음을 지으며 이야기하고 있던 그는 "아, 네 시가 지났군요."라고 말하고는 몸을 돌렸다.

라반은 급히 우산을 펴 들고 가방을 손에 들었다. 그런데 그가 막 거리로 나서려고 했을 때, 급히 지나가고 있던 여인들로 길이 막혔다. 그래서 그들이 지나가기를 기다렸다. 라반은 그 자리에 서서 그 작은 소년의 모자를 내려다보았다. 주홍빛 밀짚으로 엮어 만든 그 모자의 물결진 가장자리에는 초록색 작은 꽃송이 하나가 달려 있었다.

거리에 나섰을 때도 그는 여전히 회상에 잠겨 있었다. 그 거리는 그가 가려는 방향으로 위로 약간 경사져 있었다. 그는 그런 사실도 잊고 있었는데, 그 작은 가방도 휴대하기에 가볍지 않았고 맞바람이 불어와 상의 깃이 날렸기 때문에 우산대를 앞으로 미느라 약간 힘든 상태였던 것이다.

그는 심호흡을 해야 했다. 골목 안 가까운 광장에 있는 시계가 네 시 십오 분을 가리키고 있었다. 그는 우산 밑으로 마주 걸어오는 사람들의 경쾌하고 빠른 걸음들을 보았고 브레이크를 거는 마차의 삐걱거리는 바퀴 소리를 들었다. 말들은 서서히 몸을 돌리면서 마치 산속에 사는 산양처럼 가느다란 앞다리를 쭉 펴고 있었다.

그때 라반은 앞으로 장장 보름간의 불쾌한 시간도 견디어내게 되리라는 생각이 들었다. 그것은 보름에 불과했고 단지 제한된 시간이었기 때문이다. 비록 울화가 더 치밀게 된다 하더라도 자신이 견디어내야 할 시간은 줄어들 테니까 말이다. 그러니까 용기가 샘솟는 것은 틀림없다. 나를 괴롭히려 들던, 그리고 이제 와서 내 주변의 공간을 다 차지해버린 그 모든 사람들도 하루하루가 잘 흘러감에 따라서 내가 그들을 조금도 건드릴 필요도 없이 점차 물러서게 될 것이다. 그리고 분명한 것은, 나는 약하고 조용하지만 모든 것을 내 자신이 해나가게 될 것이고, 더구나 시간이 흐르게 되면 만사가 잘 풀릴 것이라는 것이다.

　그런데 어렸을 때는 위태로운 일도 곧잘 했는데 이제 와서는 도대체 왜 이런 일을 할 수 없는 것일까? 내 자신이 직접 시골로 갈 필요는 없을 텐데. 그럴 필요야 없지. 내가 보내는 것은 옷을 걸친 이 몸뿐이지. 그 몸뚱어리가 나의 방문을 향해 밖으로 나오려고 발버둥 친다면, 그것은 두려움 때문이 아니라 바로 자신의 무용성을 보여주는 것이지. 층계 위로 비틀거리며 오르거나, 흐느끼면서 시골로 가, 거기에서 울면서 저녁 식사를 든다 하더라도 그것은 흥분 때문만은 아니다. 왜냐하면 그럭저럭 잠자리에 들어 조금 열어놓은 방문으로 새어드는 공기를 쐬면서 황갈색 이불을 꼭 덮고 누워 있을 테니까 말이다. 골목길의 마차와 사람들은 번들거리는 땅바닥 위에서 가다가는 머뭇거리고 있는데, 도대체 난 여태 꿈을 꾸고 있는 것일까? 마부들과 산책하는 이들은 겁을 먹고 있는지 나를 보자 앞으로 나서려다 말고 발걸음을 양보한다. 내가 방해하고 있지 않다는 것을 일깨워주어야겠다.

　침대에 누워 있는 내 모습이 한 마리의 커다란 딱정벌레나 하늘가재 아니면 쌍무늬바구미 같다는 생각이 든다.

　비에 젖은 유리창 뒤편 작은 지팡이 위에 중절모들이 걸려 있는 한 진열장 앞에서 그는 입술을 쫑긋이 내밀고 그 안을 들여다보았다. '흠 이번 휴가에는 지금 쓰고 있는 이 모자로도 족할 테지' 그는 이렇게 생각하고 다시 걷기 시작했다. '이 모자 때문에 아무도 날 좋아하지 않는다면, 그만큼 더 이상 좋을 때가 있을라고.

　딱정벌레의 커다란 모습. 그렇다. 나는 동면이라도 하는 듯이 불룩한 몸뚱어리에 다리를 갖다 댔다. 그리곤 몇 마디를 소곤거린다. 그건 내 곁에 바짝 붙어 굽혀져 있는 슬픈 나의 몸뚱어리에 대한 지시 사항이다. 육신은 지시를 다 듣고 나서 절을 하고 얼른 걸어갔다. 내가 쉬고 있는 동안에도 육신은 모든 일을 잘해 나갈 것이다.'

그는 비탈진 골목길 언덕에서 조그마한 광장에 이르는 외따로 서 있는 성문에 이르렀다. 그 광장은 벌써 조명이 잘 비추고 있는 많은 상점들로 둘러싸여 있었다. 불빛으로 주변이 약간 어두워진 그 광장 한가운데에는 사색에 잠긴 채 앉아 있는 한 사나이의 기념비가 서 있었다. 사람들은 흡사 좁은 블라인드 조각처럼 불빛 앞에서 움직이고 있었다. 빗물이 고인 웅덩이들에 모든 불빛들이 멀리 사방으로 반사되어 광장의 모습이 자주 변화되고 있었다.

광장 안으로 상당히 들어선 라반은 달려오는 마차를 얼른 피해 군데군데 놓여 있는 마른 돌 위로 껑충 뛰어 올라갔다. 주위의 모든 광경을 보기 위해서 우산을 편 손을 높이 쳐들었다. 마침내 그는 작은 사각의 보도블록 위에 세워진 ─ 전차 정류장의 ─ 가로등 전신주 곁에 멈춰 섰다.

'시골에선 나를 기다리고 있겠지. 벌써 걱정이나 하고 있는 건 아닌지? 하지만 그녀가 시골에 간 후로 일주일 동안이나 편지 한 통 없다가 오늘 아침에서야 겨우 썼으니. 결국 나의 모습을 달리 상상하겠지. 아마 내가 누군가가 마음에 들면 달려올 거라고 생각할 거야. 허나 그건 내 습성이 아니지. 아니, 도착하면 포옹하리라고 생각할지 모르지만 그런 일도 없을 거야. 그 여자를 달래려다가 화만 나게 하겠지. 아 그녀를 달래려다 화만 돋워놓게 되면 정말 어쩌지.'

그때 덮개 없는 마차가 천천히 지나갔다. 활활 타오르는 두 개의 등불 뒤로 숙녀 둘이 검은 가죽 소파에 앉아 있는 것이 보였다.

한쪽 여인은 등을 기댄 채 베일과 모자 그림자로 얼굴을 가리고 있었다. 또 한쪽 여인은 상체를 꽂꽂이 세우고 있었다. 모자는 볼품없이 작았으며 가느다란 깃털이 모자의 테두리를 두르고 있었다. 누구든지 그녀의 모습을 볼 수 있었다. 그녀의 아랫입술은 약간 일그러져 있었다.

마차가 라반 곁을 막 지나쳤을 때, 전신주 하나가 이 마차의 오른쪽 말의 시야를 방해했다. 그러자 꽤 높직한 마부석에 앉아 있던 마부의 — 그는 커다란 실크 모자를 쓰고 있었다 — 몸이 여인들 앞으로 쑥 밀려갔다 — 마차는 벌써 멀리 가 있었다 — 이제 그 모습이 뚜렷해진 한 작은 집 모퉁이를 돌아서 마차는 시야에서 사라졌다.

라반은 고개를 꺄우뚱한 채 그 마차의 뒷모습을 바라보았다. 더 잘 보기 위해서 어깨에 우산대를 받쳤다. 오른손 엄지손가락을 입에 물고는 거기에 치아들을 문질러댔다. 그의 가방은 땅에 옆으로 눕혀 있었다.

마차들은 골목과 골목을 지나 광장으로 달려갔고, 말의 몸뚱어리는 수평을 이루어 미끄러지듯이 훨훨 날고 있었다. 그러나 말머리와 목은 끄덕거리며 껑충거렸고 힘겹게 움직이는 모습이 보였다.

거기에서 세 갈래 길이 한곳으로 모이는 길모퉁이 주변에는 하릴없이 빈둥대는 사람들이 빙 둘러서 있었다. 이들은 작은 지팡이를 들어 인도를 두드리고 있었다. 그들 패거리 사이로 보이는 작은 탑 안에서는 아가씨들이 레몬수를 팔고 있었다. 가느다란 받침대 위에는 육중한 노상 벽시계가 걸려 있었고, 다채로운 활자로 무엇인가 오락거리를 알리고 있는 커다란 광고판을 짚어진 사내들과 하인들······ [2쪽 탈락] ······ 소수의 모임. 두 대의 호사스러운 마차가 이 모임에 참석할 몇 명의 신사들을 내려놓고 광장을 가로질러 내리막 골목길로 사라졌다. 첫 번째 마차가 지나간 후에 그랬던 것처럼 두 번째 마차가 지나간 후에 이들은 다른 그룹과 한패를 이루어 긴 열을 지어 인도로 들어선 다음, 입구 위에 달린 전구 불빛을 받으면서 한 커피숍 문으로 밀려 들어갔다. 전차들이 우람하게 가까이 지나갔고, 또 어떤 전차는 거리에서 멀리 떨어져 희미하게 조용히 서 있었다. '허리가 굽었군' 라반이 막 사진을 들여다보면서 생각했다. '원래 한 번도 그녀는 곧은 적이 없었지. 아마 등이 굽은 모양이지. 좀 정신차려 봐야 되겠군. 입은 크고 이쪽 아랫입술은 영락없이 쑥 삐쳐 나왔고. 그래, 지금 생각나는군. 그런데 또 이 옷은 뭐람! 물론 나야 옷에 대해 잘 모르지만 이 팽팽하게 바느질이 된 소매야말로 정말 꼴불견이군. 무슨 붕대처럼 보이는군. 그리고 이 모자는 어떻고. 가장자리마다 빙 둘러 얼굴 위로 치솟아 있군. 하지만 그녀의 눈은 아름답지. 잘은 모르지만 갈색일 거야. 모두들 그녀의 눈이 아름답다고 그러더군.'

한 대의 전차가 라반 앞에 서자, 주위에 모여 있던 많은 사람들이 전차 승강구의 계단으로 와 하고 몰려들었다. 모두들 어깨에 손이 바짝 닿을 정도였으나, 우산을 펴서 똑바로 받쳐 들고 있었다. 팔 밑에 가방을 낀 라반은 인도에서 뒤로 뒷걸음치다가 보이지 않는 물구덩이를 세차게 밟아버렸다. 전차 좌석 위에 한 소년이 무릎을 웅크리고 앉아서 손가락 끝으로 입술을 누르고 있었다. 흡사 떠나가는 사람과 작별 인사라도 하는 듯이 말이다. 일부 승객들은 차에서 내려 혼잡을 피하기 위해 전찻길을 따라서 걸어가기 시작했다. 한 숙녀가 먼저 첫 계단을 밟고 올라섰다. 양손으로 움켜쥔 긴 옷자락은 그녀의 무릎 밑으로 바싹 치켜져 있었다. 웬 신사 하나가 구리로 된 기둥에 매달려 있다가 그 숙녀에게 무어라고 몇 마디 말을 건넸다. 전차에 오르려던 승객들은 저마다 마음이 초조했다. 차장이 소리를 질렀다.

서성대며 전차를 기다리던 사람들 곁에 서 있던 라반은 몸을 돌렸다. 누군가 그의 이름을 불렀기 때문이었다.

"아, 레멘트로구먼." 라반은 천천히 이렇게 말하면서 다가오는 청년에게 우산을 든 손의 새끼손가락을 내밀었다.

"그러니까 이 양반이 신부를 찾아가는 신랑이군그래. 정말 무섭게 사랑에 빠진 사람 같구먼." 레멘트는 이렇게 말하고는 입을 다물고 웃었다.

"그래 용서하게나 오늘에야 떠난다네." 라반이 말했다. "오늘 오후에 자네에게 편지를 띄웠네. 물론 난 자네와 내일 떠났으면 했는데, 내일은 토요일이 아닌가. 모두가 만원일 거야. 먼 길이기도 하고 해서."

"괜찮네. 자네는 나한테 약속을 하지 않았나. 하지만 사람이 사랑에 빠지면 말씀이야―어차피 혼자 가야 할 게 아닌가."

레멘트는 인도에 한쪽 발을 올려놓고 다른 한쪽 발은 차도를 밟고 있었다. 그리고 상체를 이리저리 굴리고 있었다―"자네 지금 전차에 오르려는 참이었군. 곧 떠날 텐데. 자, 우리 걸어가세나. 내가 동행해주겠네. 아직 시간은 충분하니까."

"늦지 않았을까. 몇 시지?"

"불안해하는 것도 당연하지. 아직 시간은 충분하다네. 난 별로 걱정이 안 되는걸. 그러니까 나 역시 지금 길레만과 약속을 어겼

네만."

"길레만이라고? 그 친구 저 교외에서 사는 건가?"

"그렇지, 자기 마누라와 함께 산다네. 다음 주에 떠난다지? 그래 길레만과 약속을 했지. 사무실에서 퇴근하고 한번 만나자고 말이야. 그들이 살 집에 대해 알려주기로 돼 있네. 그래서, 그와 만나기로 했지. 그런데 어찌하다 보니 조금 늦었다네. 내게 볼일이 좀 생겼단 말야. 그 친구네 집으로 갈까 말까 생각 중인데 자네를 만나게 된 거라네. 그 친구를 찾아가기에는 이미 너무 늦었네 그려. 길레만에게 가는 게 꽤나 힘들구먼."

"그렇구먼. 아무튼 나도 교외에 친구들이 생길 모양이군. 난 길레만 부인을 전혀 본 일이 없다네."

"아, 굉장한 미인이지. 금발 머리에. 그런데 병을 앓고 나서는 얼굴이 핼쑥해졌지. 눈이 제일 예쁘다네. 내가 본 중에서 말이네."

"그 아름다운 눈은 어떤 모양이지? 눈초리가 아름답다는 건가? 난 지금까지는 눈이 아름답다고 생각해본 적이 없네."

"좋아. 내가 아마 조금 과장을 했나 보네만, 어여쁜 여자임에는 틀림없네."

단층으로 된 커피숍의 창문 틈으로, 사람들이 창가에 놓인 삼면으로 된 테이블에 비집고 앉아 신문을 보거나 식사를 하는 모습이 보였다. 어떤 사람은 테이블 위에 신문을 내려놓고 커피잔을 집어 들고 옆눈으로 골목길을 바라보고 있었다. 그 창문 안쪽에 자리 잡은 테이블 뒤 넓은 홀 안의 가구와 집기들은 작은 원을 그리며 서로 나란히 앉아 있는 손님들 때문에 보이지 않았다. [2쪽 탈락]

"하지만 불쾌한 것은 아니구먼그래. 이 정도의 부담은 많은 사람들이 달게 받으리라 생각하네."

그들은 상당히 어두운 광장으로 발길을 옮겼다. 맞은편 골목길이 크게 튀어나와 있어서 그들이 걸어가는 길은 일찍 어두워지기 시작했다. 그들이 따라 걷고 있는 광장 쪽에는 끊임없이 줄을 이어 집들이 늘어서 있었다. 그 골목에서부터 서로 멀리 떨어져 두 갈래로 난 집들이 저 멀리까지 뻗쳐 있었으며, 멀리에서 다시 합쳐진 듯이 보였다.

인도는 대부분 조그마한 가옥들 옆으로 비좁게 나 있었고, 상점이라곤 하나도 보이지 않았으며, 마차도 다니지 않았다. 그들이 빠져나온 골목길 모서리 가까이에 보이는 철제 기둥에는 몇 개의 램프가 달려 있었다. 그 램프들은 수평으로 나란히 걸린 두 개의 고리에 고정되어 있었다. 사다리 모양을 한 불꽃이 서로 끼워 맞춘 유리판 사이로 탑 모양의 어둠 속에서 흡사 작은 방 안에서처럼 활활 타고 있었는데, 그 불빛으로 몇 발자국 떨어진 곳에 어둠이 생겼다.

"분명히 너무 늦었어. 자네가 날 속이고 있었네만, 난 기차를 놓치게 될 걸세. 왜지?" [4쪽 탈락]

"그래, 고작 피르커스 호퍼라는 자야. 그 자는 말일세."

"내 생각에는 그 이름을 베티의 편지에서 본 것 같애. 그는 철도국 지망생이지. 안 그래?"

"그래 맞았어. 철도국 지망생인데다 기분 나쁜 녀석이지. 자네가 그 녀석의 두툼하고 작은 코를 보았더라면 내 말에 수긍이 갈 걸세. 그자와 들판 같은 곳을 지루하게 같이 가노라면…… 헌데, 그가 벌써 전근이 되어 간다는 거야. 다음 주엔 그곳을 떠나게 될 거라네."

"가만있게. 자네 앞서 뭐라고 했지? 오늘 밤도 여기에 머물라고 했지. 곰곰이 생각해보았네만 그건 잘하는 일이 아닐 것 같네. 편지를 했거든. 오늘 저녁에 도착할 거라고 말일세. 그들이 나를 기다릴 거야."

"하지만 그건 간단하지. 전보를 치게나."

"아암, 그럴 수도 있지. 하지만 그것은 잘하는 일이 아닐 걸세. 내가 가지 않으면 말이야. 피곤하긴 하지만, 그래도 가야 할 거야─전보를 받으면 더욱 놀랄 거야─그럴 게 뭔가. 가야지. 그래 어딜 간단 말인가?"

"그렇다면 가는 게 좋겠군. 다만 내 생각에는…… 난 오늘 자네와 함께 갈 수 없을 걸세. 잠을 설쳤거든. 그 얘길 잊었군. 이제 그만 헤어지세. 길레만 집에 들릴까 하네. 비 내리는 공원을 자네와 더 이상 거닐고 싶지 않으이. 다섯 시 사십오 분인걸. 좋은 친구 사이니까 아직은 찾아갈 수도 있을 걸세. 잘 가게나. 여행 잘하고 모두에게 내 안부나 전해주게!"

레멘트는 오른쪽으로 돌아서 오른쪽 손을 작별의 표시로 내밀었다. 그래서 라반은 그의 내민 팔을 향하여 잠시 걸음을 옮겼다.

"잘 가게." 라반이 말했다.

잠시 떨어진 거리에서 레멘트가 다시 소리를 쳤다. "자네 에두아르트, 내 말 들리나. 우산을 접게. 비가 언제 그쳤는데 그래. 이 이야기를 미처 못했네그려."

라반은 대꾸도 하지 않고 우산을 접었다. 그의 머리 위를 희미한 어둠이 덮고 있었다.

'최소한 내가,' 라반은 생각했다. '기차를 잘못 타게라도 된다면 좋겠는걸. 그렇게 되면 하려던 계획이 벌써 시작된 거라는 생각이 들지도 몰라. 잘못 탔다는 것을 알고 다시 이 역으로 되돌아오게 되면 한결 기분이 나아질 텐데. 하지만 그 고장이 레멘트 말대로 지루하다고 해서 해로울 것은 없지. 오히려 방 안에들 처박혀 다른 모든 사람들이 어디 있는지 분명 모를 테니까. 주변에 폐허라도 있다면 아마 사람들은 이 폐허가 있는 곳으로 함께 산책을 하게 되겠지. 얼마 전에 이미 약속한 대로 말이야. 그렇다면 즐거울 테고. 그러니까 한시라도 지체해서는 안 되겠는걸. 하지만 그와 같은 구경거리가 없다면 미리 이야기가 없었을 테지. 관례와는 달리 갑자기 멀리 여행하자면, 모두가 쉽사리 모이게 되리라는 것을 예견할 수 있을 테니까 말이야. 그 경우 하녀를 남의 집으로 보내기만 하면 될 테니까 말이야. 편지나 책을 읽고 있던 사람들이 이 소식을 들으면 반가워하겠지. 이러한 초대를 막는 일이란 어려운 일이 아니지. 그렇지만 그렇게 할 수 있을지는 알 수 없단 말이야. 내 생각에 그건 쉽지 않은 일이야. 나 혼자서 모든 것을 할 수 있고, 원하면 돌아올 수도 있겠지. 찾아가고 싶을 때 찾아갈 사람도 없고 번거로운 여행을 함께 가줄 만한 사람도 없군. 그곳 농사 형편이나 채석장을 보여줄 사람도 없고, 그렇다고 옛날 친지들을 불러들일 수도 없는 노릇이지. 레멘트만 해도 오늘은 나에게 무뚝뚝했지. 하지만 몇 가지 사실을 알려준 셈이지. 사정이 어떠할 것인지를 미리 세세하게 설명해준 셈이야. 무슨 이야기를 내게서 들으려 하지도 않고 다른 용건이 있었는데도 말을 걸어와서는 동행해주었단 말이야. 하지만 이제 갑자기 가버렸단 말이야. 그래 그 녀석 비위를 상하게 할 만한 말을 전혀 할 수가 없었어. 나는 이 도시에서 저녁을 함께 보내자는 제의를 거절했지. 그것은 물론 당연한 일이었지. 그렇다고 그것이 그에게

모욕적인 것은 아니었을 거야. 그는 지각이 있는 사람이니까.'

정거장 시계가 다섯 시 사십오 분을 가리키고 있었다. 라반은 멈춰 섰다. 가슴이 두근거렸기 때문이었다. 공원 호수를 따라 다시 급히 걸어서 흐릿한 불빛이 비치는 관목 사이로 난 좁은 길로 접어들었다가 작은 나무들 곁에 빈 벤치들이 기대선 광장으로 갔다가 거리로 향하는 울타리 문짝을 밀치고 천천히 달려갔다. 거리를 가로질러 정거장 입구로 발걸음을 재촉했다. 잠시 후 매표소를 발견하고 철판대를 몇 번 두드렸다. 그러자 철도원이 밖을 내다보고는 '시간을 용케 맞추어 오시는군요.'라고 말하면서 지폐를 집어 들고 소리가 나도록 라반이 달라는 차표와 거스름 돈을 판매대 위에 던졌다. 이제 라반은 거스름돈을 헤아려볼 생각이었다. 더 많은 돈을 받았을 거라는 생각이 들었기 때문이다. 그런데 옆으로 가던 잡부 한 사람이 유리문을 통해서 그를 플랫폼으로 밀어냈다. 라반은 연거푸 "고맙소, 고마워!"를 연발하면서 사방을 둘러보았다. 차장이 보이지 않아 옆에 있는 찻간 계단 위로 올라섰다. 윗 계단 위에 가방을 먼저 올려놓고 한 손으로 우산을 받쳐들고 다른 손으로는 가방 손잡이를 잡고서는 그 뒤를 따라 올라갔다. 그가 막 들어선 찻간은 앞서 서 있던 역 홀에서 비치는 수많은 불빛으로 환했다. 위까지 꼭 닫혀진 많은 창틀 앞에는 눈에 띌 정도로 바람에 흔들리는 아치형 등불이 하나 달려 있었고 창유리에 들이치는 수많은 흰색 빗방울들이 가끔 한 방울씩 쪼르르 흘러내렸다. 라반은 찻간의 문을 닫고 회갈색의 마지막 텅 빈 좌석에 앉았다. 그래도 여전히 플랫폼에서 떠드는 소리가 들려왔다. 그는 승객들의 그 많은 등과 뒷머리를 보았고 그 사이로 건너편 의자 위에 몸을 기대고 앉은 얼굴들도 보았다. 몇 군데에서는 파이프와 여송연 담배에서 뿜어내는 연기가 맴돌다가 한 소녀의 얼굴을 맥없이 스쳐 지나갔다. 승객들은 이따금씩 자리를 바꾸기도 하고, 또 바꾸자고 서로 이야기하기도 했다. 그런가 하면 의자 위에 걸린 좁다란 푸른 그물 안에 놓여 있던 짐을 다른 그물로 옮기기도 했다. 지팡이나 가방의 편자가 박힌 모서리가 불거져 나와 있을 경우에는 주인에게 주의를 환기시켰다. 그러면 그 임자는 그쪽으로 가서 다시금 정리를 했다. 라반도 무슨 궁리를 하다가 가방을 좌석 밑으로 밀어 넣었다.

창가에 붙은 왼쪽 편 좌석에 두 신사가 마주 앉아서 서로 물가 이야기를 나누고 있었다. '사업 관계로 여행하는 사람들이군' 하고 라반은 생각했다. 그러고는 규칙적으로 심호흡을 하면서 그들을 쳐다보았다. '거래인이 그들을 시골로 출장 보내는 모양이군. 따르는 수밖에. 기차를 타고 가서는 마을마다 내려 이것저것 거래를 하겠지. 때로는 마차로 마을을 누비게 되겠지. 어딜 가나 오래 머무를 수가 없지. 만사가 신속하게 처리되어야 하니까 말이야. 노상 하는 이야기란 고작 물건에 관한 것뿐일 테고. 저렇게 즐거운 직업이라면 얼마나 신나게 힘들여 일할 수 있을까!'

더 젊은 쪽 신사가 뒤편 바지 호주머니에서 수첩을 꺼내더니 집게손가락에 연방 침을 묻혀가면서 재빨리 페이지를 넘겼다. 그러는 동안에 손톱으로 훑어내리며 한 페이지를 읽어 내려가다가 무심코 고개를 들었을 때 쳐다보는 라반과 시선이 마주쳤다. 그는 면사 가격에 대해 이야기하면서도 라반에게서 시선을 떼지 않았다. 흡사 하려던 말을 조금도 잃어버리지 않기 위해서 어디든지 시선을 고정시킨 듯이 보였다. 그는 눈썹을 아래로 내리눌렀다. 그는 반쯤 닫혀진 수첩을 손에 들고 방금 읽은 페이지에 엄지손가락을 끼우고 있었다. 필요할 때 쉽사리 찾아보기 위해 그 것도 왼손에 들고 있었다. 그때 수첩을 든 손이 아무 데도 의지하고 있지 않아서, 달리는 기차가 해머처럼 철로 위에서 방아질을 하고 있었기 때문에 수첩이 떨렸다.

상대방 여행객은 등을 기댄 채 귀를 기울이며 일정한 간격을 두고 머리를 끄덕거렸다. 그는 절대로 매사에 맞장구를 치는 법이 없고 뒤늦게야 자기 의견을 밝히는 그런 사람인 것 같았다.

라반은 움푹 들어간 손바닥을 무릎 위에 올려놓고 허리를 구부려 여행객들의 머리 틈새로 창문을 보고 있었는데, 그 창문을 통해 지나가는 불빛과 멀리 뒤로 날아가버리는 다른 불빛을 바라보고 있었다. 여행객들이 하는 말을 그는 한마디도 알아들을 수가 없었다. 상대방의 대답도 이해하지 못할지도 모른다. 여기 사람들은 어린 시절부터 상품을 거래해온 사람들이기 때문에 상당한 사전 준비가 필요할지 모른다. 그러나 그렇게 자주 면사 꾸러미를 손에 들고 고객에게 넘겨준 적이 있다면 가격을 모를 리 없을 것이고 가격에 대해 흥정할 수도 있을 것이다. 그 사이에 마을들이 다가왔다가 다시 재빨리 사라져갔고, 그러고는 낮은 지대로 접어들면서 마을들은 우리들의 시야에서 사라졌다. 그러나 그 마을에도 사람은 살 것이고 아마 그곳에서도 여행객들은 이것저것을 거래할 것이다.

다른 쪽 끝 객차 모서리 앞에 키가 큰 한 남자가 일어섰다. 손안에 놀이 카드를 들고는 이렇게 소리쳤다.

"마리, 당신 세모사 내의도 함께 꾸려 넣었소?"

"그럼요." 라반 맞은편에 앉아 있던 부인이 말했다. 그녀는 잠시 잠이 들었던 탓인지, 그 물음으로 잠이 깨자 마치 라반에게 말을 건네듯이 앞을 향해 대답을 했다.

"당신은 융분츠라우 장터로 가시지요. 그렇지 않은가요?" 하고 쾌활한 출장 점원이 그녀에게 물어보았다.

"그래요. 융분츠라우로 가는 거예요."

"이번에는 큰 장이 서겠지요. 안 그렇소?"

"그렇죠. 큰 장이지요." 그녀는 졸음이 와서 왼쪽 팔꿈치를 하늘색 보따리 위에 괴었다. 손이 무거운 머리를 떠받치고 있었다. 그녀의 그 손은 볼에 붙은 살 속의 광대뼈까지 짓누르고 있었다.

"참 젊으시군요." 그 점원이 말했다.

라반은 매표원에게서 받은 돈을 조끼 주머니에서 꺼내 세어보았다. 엄지손가락과 새끼손가락 사이에 오랫동안 동전을 하나씩 고정시키고는 엄지손가락 안쪽에서 집게손가락 끝으로 이리저리 돌려보다가, 동전에 새겨진 황제의 초상을 한참 동안 들여다보았다. 그러자 황제 머리에 놓인 월계관이 눈길을 끌었다. 뒷머리에 꽉 고정시킨 리본의 매듭과 나비 모양의 장식이 달린 그 월계관이 그랬다. 결국 액수가 맞다는 것을 확인하고 그는 커다란 검은색 돈주머니에 다시 그 돈을 집어넣었다.

'부부로 보이지 않아요?' 라반이 이렇게 그 점원에게 말하려고 했을 때 기차가 섰다. 기차의 소음이 멎었고 차장은 그 고장의 이름을 외쳐댔다. 라반은 아무 말도 하지 않았다.

바퀴가 돌아가는 모양을 상상할 수 있을 만큼 천천히 기차가 떠나갔다. 그러자 곧 기차는 내리막길로 접어들었다. 뜻밖에도 창 앞에 바라보이는 다리의 긴 난간 기둥들이 마치 찢기고 서로 밀리는 것 같았다.

라반은 기차가 그렇게 빨리 달리는 것이 마음에 들었다. 지나쳐온 고장에선 머무르고픈 생각이 없어서 그랬던 것 같다.

'그곳이 어둡고 아무도 알지 못하는 낯선 곳이고, 집으로부터 아주 멀리 떨어진 곳이라면, 낮이라도 무서울 게 틀림없을 것이다. 다음 정거장과 이미 지나온 정거장들 혹은 나중에 나타날 정거장들과 혹은 내가 향하고 있는 마을은 그렇지 않을까?'

별안간 점원의 말소리가 크게 들렸다.

'그래 아직 멀었지.' 라반은 이렇게 생각했다.

"물론 선생님께서도 잘 알고 계실 터이지만, 이 제조업자들은 벽지에까지 직원들을 보내지요. 정말 불쾌하기 짝이 없는 소매상에게까지 파고들거든요. 제조업자들이 소매상들에게 우리 큰 도매상인들에게 매기는 가격과는 다른 값을 매긴다고 생각하세요? 말이 나왔으니 말이지 똑같은 가격으로 넘기지요. 어제야 비로소 그 사실을 분명하게 알게 되었지요. 철면피한 일이지요. 우리를 쥐어짜는 거지요. 오늘날과 같은 상황에서는 요컨대 장사를 한다는 것이 간단히 말해서 불가능하다고 생각합니다. 우리를 쥐어짜는 거지요."

그는 다시금 라반을 바라보았다. 그는 눈에 눈물이 고이는 것에 개의치 않았다. 자신의 입술이 떨렸으므로 그는 왼손의 손가락 마디로 입술을 지그시 눌렀다. 라반은 등을 기대고는 왼손으로 가만히 자기 수염을 잡아당겼다.

마주하고 있던 여자 소매상인이 눈을 떴고 미소를 지으면서 양손으로 이마를 문질렀다. 그 점원은 조용조용히 말했다. 그녀는 다시 한 번 잠을 청해보려는 듯이 자세를 고쳐 뒤로 물러나 앉으면서 거의 누운 자세로 보따리에 몸을 기대고는 한숨을 내쉬었다. 오른쪽 허리 위로 스커트가 팽팽해졌다.

그녀의 뒤편 좌석에는 머리에 중절모를 쓴 한 신사가 앉아 큰 신문을 읽고 있었다. 그의 맞은편에는 언뜻 그의 친척같이 보이는 소녀가ㅡ오른쪽 어깨 쪽으로 머리를 수그리고서ㅡ너무나 더우니까 문을 열어달라고 그에게 부탁하고 있었다. 그는 그 소녀를 쳐다보지도 않고 지금 막 그럴 생각이었지만 그보다 먼저 신문의 한 단락을 끝까지 읽어야겠노라고 말하고, 그 소녀에게 어느 기사를 두고 하는 말인지를 짚어 보였다.

그 여자 소매상인은 아무래도 잠을 이룰 수가 없었던 모양이다. 그녀는 상체를 일으키고 앉아서 창밖을 내다보았다. 그러고는 객차 천장에 노랗게 타고 있는 석유등의 불길을 오랫동안 주시하고 있었다. 라반은 잠시 눈을 감았다.

그가 눈을 치켜떴을 때 그 여자 소매상인은 갈색 마멀레이드로 겉을 입힌 과자 하나를 씹고 있었다. 그녀 곁에 놓인 보따리가 열려 있었다. 점원은 말없이 여송연을 피웠고, 마치 마지막 재를 다 털어버리려는 듯 계속해서 털고 있었다. 또 한 사람의 여행객은 귀에 들릴 만큼 주머니칼 끝으로 회중시계의 태엽 감는 톱니바퀴 장치를 이리저리 휘감고 있었다.

라반은 거의 감긴 눈으로 희미하게나마 중절모를 쓴 신사가 창문 벨트를 잡아당기는 것을 보았다. 쌀쌀한 공기가 안으로 몰아쳐서 못에 걸려 있던 밀짚모자가 떨어졌다. 라반은 자신이 깨어 있기 때문에 양 볼이 시원하다는 생각이, 아니면 누가 문을 열어놓고 방 안으로 그를 끌어넣은 것 같다는 생각이, 또는 이것은 어쩌면 착각일 거라는 생각이 들었다. 그러다가 그는 깊은 숨을 내쉬면서 깜박 잠이 들어버렸다.

라반이 기차에서 내릴 때에도 찻간의 층계는 조금씩 떨고 있었다. 그가 열차 밖으로 나가자 얼굴에 빗방울이 부딪혔다. 그래서 그는 눈을 감았다—정거장 건물 앞의 철판 지붕 위로 비가 요란스럽게 내리고 있었다. 그러나 비는 먼 지역으로만 떨어지고 있어서 규칙적으로 불고 있는 바람 소리가 아닌가 하고 생각될 정도였다. 한 소년이 맨발로 이쪽으로 달려왔다—어디에서 뛰어왔는지 미처 보지는 못했지만—소년은 숨을 헐떡거리며 비가 내리니 라반의 가방을 들고 가게 해달라고 부탁했다. 그러나 라반은 대답했다.

"비가 오니 마차를 타고 가야겠다. 그러니 필요 없어."

이 말에 소년은 얼굴을 찡그렸다. 마차를 타고 가느니 가방을 자기에게 들려, 빗속을 걸어가는 편이 한결 멋있다고 생각하는 모양이었다. 소년은 얼른 몸을 돌려 뛰어갔다. 라반은 소년을 부르려 했으나 이미 때는 너무 늦었다.

두 개의 등불이 타고 있었고 한 철도원이 정거장 문밖으로 나왔다. 그는 거침없이 빗속을 뚫고 기관차가 있는 곳으로 걸어가더니, 팔짱을 끼고 말없이 멈춰 서서 기관사가 난간에 허리를 굽히고 그에게 말을 걸어올 때까지 기다리고 있었다. 잡부 한 사람이 부름을 받고 왔다가 다시 돌아갔다. 기차의 수많은 창가엔 승객들이 서 있었다. 그들은 언제나 보게 되는 정거장 건물을 보아야만 했기 때문에 아마 그들의 시선은 침울해 있을지 모른다. 기차를 타고 있을 때처럼 눈썹들을 서로 마주 가까이 대고 있었다. 꽃무늬로 된 양산을 쓰고 시골길로부터 급히 플랫폼으로 달려온

한 아가씨가 접지도 않은 그 양산을 바닥에 세워놓고 앉아 스커트가 더 잘 마르도록 양다리를 쭉 폈다. 그러고는 손가락 끝으로 팽팽한 스커트 위를 훑고 있었다. 타고 있는 것은 두 개의 등불뿐이어서 그녀의 얼굴이 잘 보이지 않았다. 옆을 지나가던 잡부가 양산 아래 물이 고인다고 투덜거리면서 이 고인 물의 크기를 보여주기 위해서 두 팔을 앞으로 내밀어 원을 그려 보였다. 그리고 이 우산이 통행에 방해가 된다는 것을 분명하게 보여주기 위해서 깊은 물 속으로 가라앉는 물고기처럼 양손을 공중에다 대고 앞뒤로 뻗쳐 보였다.

기차가 떠났다. 기다란 미닫이문처럼 사라져갔다. 기찻길 저편에 서 있는 포플러나무들 뒤편으로 숨이 막힐 정도로 수많은 풍경이 보였다. 전망이 흐려서 그런지, 아니면 숲인지, 연못인지, 아니면 사람들이 잠든 집인지, 교회 탑인지, 아니면 언덕 사이로 난 골짜기인지. 아마 그 어느 누구도 그곳에 갈 엄두를 내지 못할 것이다. 그러나 누가 물러설 수 있겠는가?

라반은 관리를 보자—그는 벌써 사무실 계단 앞에 서 있었다—그 앞으로 뛰어가서 그를 가로막아 섰다.

"대단히 죄송합니다. 마을은 먼가요. 그러니까 그곳으로 가려는 참입니다."

"멀기는요. 십오 분이면 됩니다. 하지만 합승 마차를 타세요. 비가 오니까요. 오 분이면 갈 수 있습니다."

"비가 오는데요. 봄철인데도 좋지 않군요." 라반이 그렇게 말했다.

그 관리는 오른손을 허리에 대고 있었다. 라반은 팔과 몸 사이에 생긴 세모꼴 틈으로 비 맞은 양산을 이미 접어 든 채 벤치에 앉아 있는 그 아가씨를 보고 있었다.

"지금 피서지에 가 그곳에 머물러야 한다면, 분명 뉘우칠 거예요. 그런데 누군가가 마중 나올 것이라고 생각했어요." 그는 자기 말에 신빙성을 주려는 듯 주위를 살폈다.

"선생께서 합승 마차를 놓칠까 두렵군요. 마차는 그리 오래 기다리지 않아요. 감사하실 필요 없어요. 저기 울타리 사이로 길이 나 있어요."

정거장 앞 거리엔 전등불이 없었다. 단지 단층짜리 건물의 창문 세 군데에서 안개 어린 불빛이 새어나올 뿐이었다. 그러나 그 불빛도 먼 곳까지는 미치지 못했다. 라반은 발끝으로 오물을 딛고 걸으며 "마부!" "이봐요!" "합승 마차!" "여기예요!"라고 거듭 소리쳤다. 그는 한길에 파인 커다란 웅덩이에 빠져버렸다. 그러자 그는 구두창으로 저벅저벅 걸어갔다. 그때 갑자기 축축한 말주둥이가 그의 이마에 와닿았다.

마차였다. 급히 그는 비어 있는 칸막이 안으로 올라탔다. 마부석 뒤쪽의 유리창 옆에 자리를 잡고 앉아서 모서리에 등을 비스듬히 굽혔다. 이제 그가 필요로 하는 것을 다 마친 셈이었다. 도대체 마부는 잠자고 있는 걸까. 그렇다면 아침에는 깨어나겠지. 죽었다면 다른 마부가 오거나 여관집 주인이라도 오겠지. 그렇지 않다면 새벽 차로 승객들이 올 테지. 갈 길이 급한 사람들이 소란을 피면서 몰려들 테지. 어쨌든 편안히 앉아 있기로 하자. 창문 앞 커튼이나 내리고 이 마차가 덜거덩하고 떠나갈 때만을 기다려보는 게 좋겠군.

'그래. 내가 이미 계획했던 일도 다 끝낸 뒤니 내일이면 베티와 그녀의 어머니에게 가게 되리라는 것은 분명한 사실이다. 그걸 훼방 놓을 사람은 하나도 없을 거야. 내 편지가 내일에야 비로소 도착하리라는 것은 정한 이치이고 또한 그렇게 되리라고 예측할 수도 있었지. 그 도시에서 묵었더라면 좋았을걸 그랬어. 거기서라면 엘비와 같이 하룻밤을 유쾌하게 보낼 수 있었을 텐데. 흥을 망치게 하는 다음 날 근무를 걱정할 필요도 없이 말이야. 이런 발이 흠뻑 젖었군.'

그는 조끼 주머니에서 타다 남은 양초 조각을 끄집어내어 불을 붙여서 맞은편 의자 위에 세워놓았다. 밝기는 그것으로 충분했다. 밖은 어두웠기 때문에 창유리 없이 새까맣게 칠한 합승 마차의 벽들이 보였다. 바닥 밑에 바퀴가 달려 있고 앞쪽에는 고삐에 매달린 말이 있다는 사실을 지금 당장 생각할 필요는 없었다.

라반은 두 발을 의자에 억세게 비벼댄 후에 산뜻한 양말을 다시 신고 똑바로 앉아 있었다. 그때 누군가가 정거장 쪽에서 부르는 소리가 들렸다.

"헤이!" 하고 합승 마차에 손님이 있다면 알리라는 소리였다.

"암 있구말구요. 어서 갔으면 하는데요."

라반은 열려 있는 창문 밖으로 몸을 수그리면서 대답했다. 오른손으로는 기둥을 꽉 잡고, 벌려진 왼손은 입 언저리에 놓여 있었다.

그의 양복 칼라와 목덜미 사이로 빗물이 마구 흘러들었다.

아마포로 된 찢어진 두 개의 자루를 감고서 마부가 이쪽으로 건너왔다. 마구간의 등불이 반사돼서 그는 발아래 물구덩이를 건너뛸 수가 있었다. 그는 짜증스레 변명을 늘어놓기 시작했다.

"이봐요. 나는 레베다하고 카드놀이를 하고 있었는데 기차가 도착했어요. 한창 열을 올리고 있었을 때였지요. 그래서 잘 살펴볼 겨를이 없었어요. 말뜻을 알아듣지 못하는 사람을 난 욕할 생

각은 없소. 어쨌든 이곳은 무척 불결한 곳이지요. 그래 신사 양반
이 이런 곳에서 무슨 일을 하시리라고는 미처 생각할 수 없었어
요. 그렇지만 이만큼이라도 일찍 왔으니 불평일랑은 말아주십시
오. 그때 바로 피르커스 호퍼가―내 조수 말씀이오―와서 키가
작은 금발 신사가 마차를 타고자 한다고 말하는 거예요. 그런데
그가 곧바로 물어보았나요, 아니면 묻지 않던가요?"

등불이 끌채 끝에 고정되어 있었다. 둔탁한 목소리로 내리는
명령에 따라 말은 마차를 끌기 시작했다. 그때 합승 마차 지붕 위
에 출렁이는 물이 틈바구니를 통해 서서히 마차 안으로 방울져
떨어졌다.

길은 가파른 듯했다. 수레바퀴 안으로 오물이 튕겨 들어가는
것이 분명했다. 웅덩이에 괸 물이 돌아가는 바큇살 뒤쪽으로 소
리를 내며 튕겨 올랐다. 마부는 느슨하게 고삐를 잡고 비에 흠뻑
젖은 말을 몰고 있었다―이 모든 것을 라반에 대한 질책으로 볼
수는 없을까? 수레의 끌채에 매달려서 떨고 있는 등불 때문에 많
은 웅덩이들이 예기치 않게 환히 보였는데 바퀴 아래에서 물결
을 이루면서 갈라졌다. 그것은 라반이 아름다운 노처녀인 베티를
찾아가는 길이기 때문에 일어나는 일이었다. 이에 대한 이야기를
하려고 들면, 누가 라반의 공로를 인정하여줄까? 물론 어느 누구
도 드러내놓고 말하지 않는 비판을 감수하는 것이 이득이 될는
지도 모른다. 물론 그는 기꺼이 그것을 했다. 베티는 그의 약혼녀
였으며, 그는 그녀를 사랑했다. 그녀가 그 사실에 대해 그에게 감
사한다면, 그것은 정말이지 구역질 나는 일일 것이다. 아무튼 그
는 그녀를 좋아한다.

라반은 자신도 모르게 기대앉은 벽에다 대고 머리를 부딪치고

나서 잠시 천장을 올려다보았다. 갑자기 그의 오른손이 의지했던 허벅지로부터 미끄러져 내려갔다. 하지만 양쪽 팔꿈치는 배와 다리를 잇는 모서리에 놓여 있었다.

어느새 합승 마차는 가옥과 가옥 사이를 누비며 달리고 있었다. 방 안에 켜져 있는 불빛이 이따금씩 마차 안을 비추곤 했다. 층계 하나가─그 첫 계단을 보기 위해서 라반은 몸을 일으켜야만 했다─교회당을 향해 세워져 있었는데 공원 문 앞에는 커다란 불꽃으로 등불이 타오르고 있었다. 그러나 성자의 입상 하나는 오직 상점의 불빛만으로 희끄무레하게 보였다. 이제 라반은 다 타버린 촛불을 바라보았다. 초가 녹아서 생긴 촛농이 요동도 하지 않고 의자 밑에 흘러 매달려 있었다.

마차가 여관 앞에 멈춰 섰다. 억세게 쏟아지는 빗소리와─창문이 열린 탓인지─손님들의 목소리도 들려왔다. 라반은 마차에서 얼른 내리는 것과 주인이 올 때까지 기다리는 것 중에서 어느쪽이 더 나을까 하고 따져보았다. 이 작은 도시의 풍습이 어떤지를 그는 알지 못했지만 분명 베티가 이미 자신의 신랑감에 대해 말했을 것이다. 그녀가 화려한 옷차림을 하고 나타날 것이냐, 아니면 허술한 모습으로 나타날 것이냐에 따라서 그녀가 이곳에서 차지하고 있는 명망이 어떻다는 것을 대충 알 수 있을 것이며, 따라서 라반 자신의 명성이 높아질 수도 있고 낮아질 수도 있을 것이다. 그녀의 명망이 어느 정도인지, 그리고 자기에 대하여 어떤 이야기를 퍼뜨렸는지, 그로서는 알 길이 없었기 때문에 더욱 불안하고 언짢았다. 아, 아름다운 도시와 아름다운 고향길! 그곳에선 비가 오면 전차를 타고 축축한 돌바닥을 지나 집으로 가면 되는데, 이곳에서는 삐걱거리며 진창을 뚫고 여관으로 가야 하다니.

'고향 도시는 이곳에서 멀리 떨어져 있다. 내가 지금 향수병으로 죽어갈 정도라 할지라도 오늘 나를 고향집에 데려다줄 사람은 아무도 없을 것이다. 설마 향수병으로 죽기야 하려고. 고향집에서는 오늘 저녁을 위해 예정된 식사가 제공되겠지. 접시 뒤 오른쪽에는 신문이 놓이고, 왼쪽에는 전등이 놓일 테지. 여기서는 상당히 기름진 음식이 제공되겠지. 내 위장이 약하다는 것을 모를 테니까. 설사 안다고 하더라도—낯선 신문과 내가 이미 듣고 알고 있는 많은 사람들이 참석할 것이고 그들 모두를 위해 등불이 타오르겠지. 등불은 얼마나 밝을까? 카드놀이 하기에는 족하겠지만 신문을 읽기에는 어떨까?

여관집 주인은 오지 않았다. 손님들이 그에게는 소중하지 않단 말인가? 그는 아마 불친절한 사람인 모양이다. 아니면 내가 베티의 신랑이라는 것을 알고 있을까? 그것이 나에게 오지 못할 이유라도 되는 것일까? 마부가 정거장에서 나를 오랫동안 기다리게 한 것도 그 때문일는지도 모른다. 음탕한 사람들 때문에 베티가 얼마나 많은 시달림을 받았으며, 그들의 성화를 어떻게 물리쳤는가를 자주 들려주었었지. 모르긴 몰라도 여기에서도 그런 짓이……' [탈락]

[두 번째 원고]

에두아르트 라반이 복도를 지나 열린 문을 나섰을 때 비가 내리는 것을 볼 수 있었다. 많이 오는 비는 아니었다. 그의 바로 앞 높지도 깊지도 않은 보도에는 비가 내리는데도 많은 행인들이 있었다. 때로 한 사람이 앞으로 나서서는 차도를 가로질러 갔다.

한 작은 소녀가 양손을 앞으로 뻗은 채 회색 털 강아지 한 마리를 잡고 있었다. 신사 두 사람이 어떤 문제에 대해서 서로 이야기를 주고받고 있었다. 그들은 이따금씩 얼굴을 마주 바라보다가 천천히 다시 돌리곤 했다. 그것은 바람에 열린 문을 연상케 했다. 그중 한 사람이 양 손바닥을 위로 치켜들고 무게라도 달아보기 위해서 짐이라도 들고 있는 양 일정하게 올렸다 내렸다 했다. 그때 날씬한 숙녀의 모습이 눈에 들어왔다. 얼굴이 별빛처럼 파르르 떨렸다. 그녀가 쓴 납작한 모자에는 무엇인지 알 수 없는 물건들이 가장자리까지 높다랗게 달려 있었다. 그녀는 지나가는 행인들에게 낯선 사람처럼 보였다. 그것은 물론 그녀의 본의가 아니었다. 마치 어떤 법칙에 의해서 그런 것 같았다. 젊은이 하나가 가슴 위에 왼손을 마비된 것처럼 수평으로 얹고, 가느다란 지팡이에 의지하여 얼른 일어났다. 거래처를 갖고 있는 사람들이 많았다. 그는 빨리 걸어갔지만 다른 사람들보다도 더 많은 광경을 볼 수 있었다. 그들은 때로는 인도 위를, 또 때로는 차도 위를 걸어갔다. 그들은 윗도리가 몸에 잘 어울리지 않았다. 그러나 그들에게는 매무새가 문제되지 않았다. 그들은 지나가는 행인들과 서로 밀기도 하고 밀리기도 하였다. 세 사람의 신사가—두 사람은 구부린 팔에 가벼워 보이는 외투를 걸치고 있었다—담벼락에서 인도로 걸어 나와 차도와 맞은편 인도에서 일어나는 일들을 바라보고 있었다.

지나가는 행인들 틈바구니로 차도의 석판이 일정한 간격으로 이어져 있는 것이 보였다. 때로는 천박하게 보이고 때로는 편리하게 생각되었다. 그 위를 마차들이 바퀴 위에서 흔들리며 목을 쭉 내민 말에 의하여 재빨리 끌려갔다. 쿠션이 놓인 마차의 좌석에 기대 앉은 채 사람들이 거리를 오가는 행인들과 상점, 발코니와 하늘을 말없이 바라보고 있었다. 마차 하나가 다른 마차를 앞질러 가려 하면 그 말들이 서로 몸을 밀착시켜 마구가 흔들렸다. 그 말들이 채를 잡아당기자 마차가 갑자기 흔들리면서 굴러갔다. 그때 마침내 앞선 마차 주변에 아치형이 이루어졌고, 말들은 서로 다시 떨어졌으나 길쭉한 머리만은 여전히 서로 맞대고 있었다.

어떤 늙은 신사가 얼른 현관문 앞으로 나와 마른 모자이크형 돌바닥 위에 서서 몸을 돌려 이 좁은 골목길로 휘몰아쳐 어지럽게 내리고 있는 비를 바라보고 있었다.

라반은 검은 천으로 꿰맨 손가방을 내려놓고 동시에 오른쪽 무릎을 약간 굽혔다. 어느새 빗물은 차도의 가장자리에서 깊게 파인 하수구로 팽팽하게 이랑을 지어 흘러내리고 있었다. 그 늙은 신사는 라반 곁에서 손에는 아무것도 들지 않고 서 있었다. 라반은 나무로 된 문짝에 몸을 기대고 있었다. 늙은 신사는 가끔 목을 크게 돌려 라반을 바라보았다. 그의 이러한 행동은 자연스러운 욕구—할 일이 별로 없으니 주위에 있는 모든 광경이라도 정확하게 관찰하겠다는 욕구에서 비롯된 것이었다. 그는 이처럼 아무 목적도 없이 여기저기 쳐다보느라고 많은 구경거리를 놓칠 수밖에 없었다. 그리하여 라반의 입술이 창백하고, 전에는 눈에 잘 띄던 그의 벽 무늬 넥타이가 퇴색해 있는 것을 알아차리지 못했다. 그가 만일 그런 모습을 보았더라면 분명히 마음속으로 비명을 질렀을 것이다. 그러나 그것도 옳지 못한 일이었을 것이다. 라반은 근래에 몇 가지 일로 해서 특히나 피로해 보였을 테지만 보통 때도 창백한 편이었기 때문이다.

"원 무슨 놈의 날씨가 이렇담." 하고 늙은 신사는 나직한 목소리로 말하고 나서, 의식적이긴 하지만 약간 노인 티를 내면서 머리를 흔들었다.

"글쎄올시다. 이런 궂은 날씨에 여행을 해야만 하다니."라고 라반이 말했다. 그러고는 재빨리 똑바로 섰다.

"좀처럼 개일 것 같지가 않군요." 노인은 마지막으로 모든 것을 재검하려는 듯이 몸을 굽혀 골목 아래위를 훑어보고 나서 하늘을 쳐다보며 말했다. "며칠, 아니 몇 주일 동안 계속해서 꾸물거릴 것 같군요. 일기예보에 의하면 유월과 칠월 초에도 개일 전망이 없다는 거예요. 이건 누구에게나 유쾌한 소식이 못 되지요. 예컨대 나는 건강에 매우 요긴한 산책을 포기하는 수밖에 없거든요."

그는 하품을 했다. 그는 대화 자체에도 별로 흥미를 느끼지 못하고 맥이 풀리는 것 같았다. 그것은 라반에게 매우 인상적이었다. 그쪽에서 먼저 말을 건네오지 않았던가. 그래서 라반은 은연중 자랑스럽게 말을 건네려고 했다.

"옳으신 말씀입니다. 도시에서는 건강에 이롭지 못한 일을 얼른 포기할 수 있지요. 포기하지 않는 데서 오는 언짢은 결과는 자기 탓일 테니까요. 그때 가서 후회하게 되겠지요. 하긴 그럼으로써 다음에는 어떻게 처신해야 할지 분명하게 알게 될 테지만요. 그것이 개인의 경우라 하더라도……" [2쪽 탈락]

"다른 뜻에서 하는 이야기는 아니에요. 정말입니다." 하고 라반은 급히 말했다. 그는 조금 더 자랑하고 싶었으므로 되도록 자기 자신의 방심 상태를 용납해주려고 했다. 그는 말을 이었다.

"모든 것이 최근에 저녁마다 읽은, 이미 앞에서 언급한 책에 나온 이야기입니다. 저는 거의 혼자서 살아왔지요. 가정 사정 때문이었어요. 아무튼 나는 좋은 책이라면 저녁 식사 다음으로 좋아합니다. 오래전부터 그랬습니다. 요사이 어떤 선전 책자에 실린 어느 작가의 말을 인용한 글을 읽은 적이 있어요. '좋은 책은 가장 훌륭한 친구다.' 정말 그렇습니다. 좋은 책은 가장 훌륭한 친구지요."

"젊었을 때는 그렇기도 하지요." 하고 노신사가 말했다. 이것은 별다른 뜻에서 한 이야기가 아니었다. 그는 다만 비가 다시 내리기 시작하여 좀처럼 그칠 것 같지 않다고 말하고 싶었을 뿐이다. 그러나 라반에게는 그 말이 상대편 노신사가 육십 세인 자기 자신을 아직도 싱싱하고 젊다고 생각하는 반면, 삼십 세인 라반은 아무것도 아니라고 간주하는 것처럼 들렸다. 그리고 자기가 삼십대에는 라반보다 더 현명했었다고 내세우려는 듯이 보였다.

라반은 얼마 전부터 자기의 능력이나 견해에 대하여 다른 사람들이 내리는 평가에는 전혀 흥미가 없었으며, 그들의 견해에 동조하던 시기는 지났다고 생각했다. 그러므로 다른 사람들이 자기 일에 반대하든 찬성하든 간에 그것은 마치 허공을 향해 떠드는 것이라고 생각했다. 그래서 그는 이렇게 말했다.

"제가 말씀드리고 싶은 이야기를 다 들어주지 않았기 때문에 이렇게 여러 가지 이야기를 하고 있는 겁니다."

"어서 말씀하세요."라고 그 신사가 말했다.

"아니 별로 중요한 이야기는 아니에요." 하고 라반이 말을 이었다.

"책이란 모든 점에서 유용하지요. 사람들이 예기치 않은 데에서 특히나 정말 이롭지요. 가령 모험을 하려면, 모험과는 전혀 동떨어진 책들이 가장 유익한 거예요. 모험을 하려 들면, 따라서 흥분한(그런 흥분에 이르게 할 수 있는 책의 영향은 형식적인 것에 불과하지만) 독자들은 그 책을 통하여 그의 모험과 관련이 있는 생각을 하도록 자극을 받게 될 테지요. 이 경우에 책의 내용이 무엇이건 간에 그건 상관이 없으므로, 독자는 그런 생각을 버리지 않고 책을 읽어나갈 수 있겠지요. 옛날에 유대인들이 홍해를 건너듯이 말입니다."

이제 라반에게는 그 노인의 인품이 불쾌한 인상을 주었다. 그는 노인과 한결 가까워진 것 같은 생각이 들었지만, 그것은 대수롭지 않은 일일 뿐이었다…… [2쪽 탈락]

"신문도 역시 그래요—하지만 제가 말씀드리고 싶은 것은 제가 시골로 가고 있다는 겁니다. 이 주일간 휴가를 얻었거든요. 오랜만에 얻은 거예요. 아무튼 필요한 일이에요. 앞에서도 말씀드린 대로 제가 요사이 읽은 책은 여행에 대하여 당신이 상상할 수 있는 것 이상으로 많은 것을 가르쳐주었어요."

"듣고 있습니다." 하고 노신사가 대답했다.

라반은 말없이 똑바로 서서 약간 높이 달린 윗도리 주머니 속에 두 손을 집어넣었다. 잠시 후에야 비로소 그 노신사는 말했다.

"이 여행이 당신에게는 특히나 소중한 모양이군요."

"그런데 말입니다."

라반은 말하면서 다시 대문에 몸을 기대었다. 이제야 현관이 만원이라는 것을 알게 되었다. 계단 앞에 서 있는 사람들도 보였다. 라반이 살고 있는 여자 집에 함께 세를 들어 살고 있는 한 관리가 계단을 내려오면서 서 있는 사람들에게 자리를 비켜달라고 부탁했다. 그는 머리 너머로 손으로 비를 가리키고 있는 라반에게 "행복한 여행이 되세요."라고 말을 건네고 다음 일요일에 꼭 라반을 찾아오겠다는 약속을 상기시켰다. 그러자 사람들이 저마다 라반 쪽으로 몸을 돌렸다.

[2쪽 탈락] 그는 만족해하고 있고 오래전부터 고대해왔던 마음에 드는 부서에 있다. 그는 끈기 있고 명랑한 성품이라 환담하는 데 다른 사람을 관여시킬 필요성을 느끼지 않았다. 오히려 모든 사람들이 그를 필요로 했다. 언제나 그는 건강했다.

"아, 말하지 마세요."

"언쟁하고 싶은 생각이 없어요."

"언쟁하려는 것은 아니지만, 잘못을 인정할 생각은 없어요. 무엇 때문에 고집을 부리는 겁니까. 당신이 지금 아직도 그렇게 뚜렷하게 기억하고 있지만, 그와 이야기를 나누게 되면 분명 당신은 모든 것을 잊어버리게 될 거예요. 당신 말씀을 좀 더 분명하게 반박하지 않았다고 해서 나를 비난할 테지요. 그가 단지 책에 대해서만 이야기한다면 말이오. 그는 아름다운 모든 것에 금방 감격해버리지요."……

마을 선생

Der Dorfschullehrer

나도 그런 사람의 하나이지만, 자그마한 보통 두더지만 보아도 꺼림칙하게 생각하는 사람들은 몇 년 전에 가까운 작은 마을에서 관찰된 그 거대한 두더지를 보았더라면 아마 그 혐오감으로 죽을 지경이었을 것이다. 그 마을은 일시적이긴 하지만 그 두더지로 제법 명성을 얻게 되었다. 물론 그 마을은 이미 오래전에 잊혀져버렸고, 그 모든 일이 제대로 규명되지 않은 채 남겨지게 돼버렸다는 것은 명예스럽지 못한 일이다. 사람들은 그 일을 규명하려고 전혀 노력해보지도 않았으며, 그 일에 당연히 관심을 보였어야 할 지역 사람들이 실지로는 훨씬 더 사소한 일들에 관심을 갖는, 납득하기 어려운 태만함 때문에 더 자세한 연구는 해보지도 못하고 그 모든 일이 사라져버린 것이다. 그 마을이 철도로부터 멀리 떨어져 있다는 사실만으로 그것에 대한 어떤 변명이 될 수는 없을 것이다. 수많은 사람들이 호기심 때문에 멀리서들 왔는데, 거기에는 외지 손님들도 있었다. 호기심 이상의 관심을 보일 것이라고 여겨지던 사람들만은 오지 않았다. 그렇다. 개별적으로 아주 단순한 사람들, 즉 평범한 하루 일로 인해 거의 숨 쉴 여유도 없는 그런 사람들은 고상하게 그런 일에 신경 쓸 수가 없었을 것이다. 그 사건에 관한 소문은 가장 가까운 주변까지도 미치지 못한 것 같다. 끝날 줄 모르는 소문이라 할지라도 이번 경우는 아주 더디었다는 것이 인정되어야 할 것이다. 사람들을 놀라게 하지 않았던들 아마 널리 퍼지지도 않았을지 모른다. 그러나 그것 역시 분명 그 일에 매달리지 않은 이유가 될 수는 없을 것이다. 그와 정반대이다. 이 문제 역시 앞으로 진단되어야 할 것이다. 그 대신 그 사건에 관한 유일한 문건이 나이 많은 마을 선생에게 남겨졌다. 그는 직업상으로는 훌륭한 선생이었으나, 능력과 소양이 부족해서 널리 이용할 만한 철저한 기록을 제공할 수 없었으며, 나아가 그 어떤 해명도 제공할 수가 없었다. 그 작은 문건은 인쇄되어 당시 마을을 방문한 사람들에게 많이 팔렸었다. 그 문건은 몇 가지 칭찬할 만한 가치를 지니고는 있으나, 그 선생은 분별력이 뛰어나서 어느 누구에게서도 도움을 받지 못한 그의 개인적인 수고들이란 게 근본적으로는 아무런 가치가 없다는 것을 잘 알고 있었다. 그럼에도 그가 수고를 늦추지 않고, 그 일의 성격상 세월이 흐르면서 더욱 절망적으로 나타났음에도 불구하고 그 일을 자기 인생의 과제로 삼았다고 한다면, 그것은 한편으로 이 사건이 행사할 수 있었던 효과가 얼마나 컸었나를 말해주고 있는 것이며, 다른 한편으로는 나이 들고 둔한시되던 마을 선생에게서 인내심과 신념에 대한 충실감이 얼마나 존재할 수 있는가를 보여주고 있는 것이다. 그러나 그가 권위 있는 인사들의 거부적인 태도 때문에 심한 고통을 받고 있음을 자신의 문건에 뒤이어 만든 작은 보충 문건이 잘 나타내주고 있다. 물론 그 추가된 문건은 뒤에야 비로소, 무슨 일이 여기에서 일어났었는지 더 이상 어느 누구도 거의 기억해낼 수 없었던 바로 그런 시기에 나온 것이다. 이 보충 문건에서 그는—아마도 숙달을 통해서가 아니고 성실성으로 납득할 만하지만—그가 만난, 적어도 당연히 기대할 수 있으리라 생각했던 사람들에게서 얻게 된 그들의 몰이해성에 대해 비탄해하고 있다. 이런 사람들에 대해서 그는 적절하게 언급하고 있다.

"옛날 마을 선생님들처럼 이야기한 것은 내가 아닌 그들이다." 그는 오로지 그 일로 내달려 갔었던 어느 학자의 진술을 특별히 인용하고 있다. 그 학자의 이름은 거론되지 않았으나 여러 가지 부수적인 상황으로 보아 그가 누구였는지는 추측할 수가 있었다. 마을 선생은 자신이 수 주일 전에 미리 고지했던 학자에게서 어렵사리 허락을 얻어낸 뒤에, 인사할 때에 벌써 그 학자가 자기 자신의 일과 연관해서 어쩔 수 없는 편견에 사로잡혀 있다는 사실을 알았다. 얼마나 멍한 상태에서 그 학자가 마을 선생이 자신의 문건에 도움이 되도록 행한 보충적인 긴 보고를 듣고 있었는지는 그가 얼마간 생각을 가다듬은 후에 행한 언급 속에 잘 나타나 있다.

"하지만 당신 지역의 땅은 특히나 검고 비옥하군요. 그러니 그것은 두더지들에게도 특별히 풍부한 영양을 주게 되어 그것들이 희한할 정도로 크게 되겠지요."

"그렇다고 그렇게 큰 것은 아니잖습니까?"라고 마을 선생은 외치고는 자신이 들떠 있음을 약간 과장하면서 벽에다 이 미터 가량의 치수를 재어 보였다. "아, 크고말고요." 모든 게 정말 아주 우습다는 듯이 학자는 대답했다. 이러한 확답을 가지고 마을 선생은 집으로 돌아갔다. 그가 말하기를, 눈이 내리는 밤거리에서 자기 부인과 여섯 아이들이 기다릴 것이고 그리고 그들에게 자기 희망이 결국 실패로 돌아갔음을 고백해야 된다고 했다.

내가 마을 선생에 대하여 그 학자가 취한 태도에 관한 기사를 읽었을 때 나는 아직 그 마을 선생의 문건을 알지 못했다. 그러나 나는 곧바로 그 사건에 관하여 알아낼 수 있는 모든 것을 모아 정리하리라고 마음을 먹었다. 내가 그 학자의 면전에 대고 주먹질을 할 수야 없는 노릇이기에 적어도 나의 문건은 그 마을 선생의 입장을 옹호해야만 했거나, 아니면 더 좋게 표현하자면 성실하고 영향력 없는 한 남자의 선한 의도를 옹호하자는 것이었다. 고백하건대 후에 나는 이런 결정을 내렸던 것을 후회했다. 왜냐하면 그의 일 처리가 나를 특이한 상황으로 몰고 가리라는 것을 곧바로 느꼈던 때문이었다. 한편으로 그 학자의 마음을 돌리거나 혹은 마을 선생 쪽으로 유리하게 여론을 돌리기에 나의 영향력은 역시 전혀 역부족이었다. 그러나 다른 한편으로 마을 선생은 나에게 있어서는 자신의 고결함을 옹호하는 것보다 그 커다란 두더지가 나타났다는 사실을 증명하려는 자신의 주요 의도가 별로 중요치 않다는 사실을 알아차렸을 것이다. 자신의 고결함은 자명한 것이고 어떤 옹호도 필요치 않은 듯했다. 그러므로 알아두어야 할 것은 선생과 연관을 맺으려 했던 나는 그에게서 어떤 이해도 구하지 못했고, 실지로 도움을 받기는커녕 나에게는 새로운 조력자가 필요하리라는 것이었다. 그러나 그런 조력자가 나타난다는 것은 정말이지 있을 수 없는 일이었다. 이외에도 나에게는 내 결심으로 인해 큰일이 부과되었다. 내가 증명하기 위해서는, 결코 증명할 능력이 없었던 그 마을 선생을 증인으로 끌어들여서는 안 되었다. 그의 문건이 주는 지식이 나를 혼란스럽게 만들지도 모르기 때문에 나는 내 본래의 작업을 마치기 전까지는 그 문건을 읽는 것은 피했다. 그렇다. 나는 선생과 결코 연관을 맺지 않았다. 물론 그는 중간에 있는 사람을 통해서 나의 연구에 대하여 알고 있었다. 그렇지만 내가 그의 생각대로 일을 하고 있는지,

그에 반해서 일을 하고 있는지는 알지 못했다. 그렇다. 그는 후에 그것을 부인했지만 아마도 후자일 거라고 추측한 듯했다. 왜냐하면 나는 그가 나에게 여러 가지 방해 공작을 해왔었다는 증거를 갖고 있기 때문이다. 그 일을 그는 아주 용이하게 수행할 수 있었을 것이다. 왜냐하면 나는 정말이지 그가 이미 실행했던 모든 연구들을 다시 한 번 시도해야만 했고, 그러므로 그는 언제나 나를 앞지를 수가 있었기 때문이었다. 그것은 내 방식에서 보면 당연히 비난받아 마땅할 유일한 것이었다. 어쨌거나 피할 수 없는 그런 비난은 그러나 신중을 기함으로써, 그래서 내가 내린 결론들을 자제함으로써 아주 무기력해졌다. 그러나 그렇지 않았더라면 나의 문건은 마을 선생의 모든 영향권에서 벗어날 수 있었을 것이다. 아마 이런 점에서 나는 정말 너무나 커다란 고통을 실제로 보여준 셈이며, 마치 지금까지 어느 누구도 그런 경우를 연구한 적이 없는 것 같기도 하고, 마치 내가 목격자들과 청취자들을 심문한 첫 번째 사람인 것 같기도 하고, 진술들을 서로 매듭지어 놓은 첫 번째 사람인 것 같기도 하고, 결론을 내린 첫 번째 사람인 것 같기도 한데, 사실 그랬다. 내가 후에 그 선생의 문건을 읽었을 때 ─ 그것은 '어느 누구도 그렇게 큰 것을 본 적이 없는 두더지'라는 상세한 제목을 지니고 있었다 ─ 발견한 것은, 비록 우리가 우리 두 사람 모두에게 주요 사항인 그 두더지의 실존을 증명해 보였다고 믿고 있다 하더라도 본질적인 점에서는 서로 일치하고 있지 않다는 것이었다. 언제나 저 개별적인 의견 차이들은 내가 원래 기대했던 선생과의 우의 두터운 관계 조성을 방해해왔다. 그쪽에서는 거의 확고한 적대 행위로 발전되어갔다. 비록 그는 나에게 언제나 얌전하고 겸손했지만, 그러나 더욱 뚜렷하게 그의 실질적인 분위기를 알 수 있었다. 즉, 그는 내가 그와 그리고 그 일에 대해 철저하게 해를 끼쳤다고 생각하고 있고, 내가 그를 이용했거나 혹은 이용할 수 있으리라는 나의 믿음이란 것이 기껏해야 천진난만하다 못해 불손하거나 혹은 술책이라고 믿고 있다. 특히 그는 이따금씩 지금까지 그의 모든 적들은 적대감을 결코 보인 적이 없거나, 혹은 비밀리에, 혹은 적어도 단지 구두로 내비쳐 왔음을 암시했는데, 반면에 나는 내가 쓴 모든 것들을 곧바로 인쇄하도록 하는 것이 필요하다고 생각할 것이라고 했다. 그 이외에 표면적이기는 하지만, 그 일에 실지로 관여했던 몇몇의 적대자들은 그들 스스로 의견을 개진하기 전에 여기서는 결정적인 의견이 되는, 마을 선생의 의견을 경청했을 것이다. 그러나 나는 체계적이지 못하게 모은 그리고 부분적으로는 잘못 오해된 진술들로부터 결론을 끄집어내었을 것이라는 것이고, 그것이 비록 중요 사항에서는 옳을지 모르지만, 그러나 믿을 수 없을 정도로 효과를 줄 것인데, 그것도 군중들과 역시 교양 있는 사람에게도 영향을 미칠 것이다. 믿을 만한 가치가 없다는 가장 약한 징조만 보여도 그것은 여기에서 일어날 수 있는 최악의 경우일지도 모른다.

비록 은폐된 채로 제시된 것이기는 하지만 이런 그의 비난에 대해 나는 쉽사리 응답할 수 있을 것이다―예를 들어 그의 문건은 바로 아마 믿을 수 없는 것의 정점을 드러내고 있을 것이다. 그러나 보다 쉽지 않은 것은 그가 품고 있는 그 일 이외의 의심과 싸우는 것이다. 바로 이 점이 내가 전체적으로 그에 대하여 매우 자제했던 이유였다. 즉, 그는 두더지의 최초의 공식적인 대변자이고자 한 그의 명예를 내가 빼앗으려고 했다고 암암리에 믿고 있었다. 물론 그 개인에게는 어떤 명예도 존재하지 않고, 보다 작은 영역으로 제한되어 있기는 하지만 단지 가소로움만이 존재한다. 물론 나는 그런 가소로움을 결코 얻고자 하지 않는다. 그러나 그 이외에도 나는 나의 문건의 서문에서 마을 선생은 영원히 그 두더지의 발견자로 적용되어야 한다고 분명하게 설명한 바 있다—그러나 그는 결코 발견자는 아니다—그리고 마을 선생의 운명에 참여하게 됨으로써 그 문건을 작성하고픈 충동을 느꼈었다고 설명한 바 있다. "이 문건의 목적은 바로 그 공로를 전파하기 위해서 마을 선생의 문건을 거들어주는 것이다. 이 일이 일단락되면, 일시적이며 형식상으로 이러한 일에 말려든 나의 이름은 당연히 그 일로부터 삭제되어야 할 것이다."라고 내가 너무나 격정적으로 종결을 짓고는 있으나 그것은 당시 내 흥분 상태를 잘 반영하고 있다. 그러므로 나는 그 일에 보다 깊숙이 관여하기를 꺼렸다. 그것은 마치 내가 어쨌거나 그 선생의 황당무계한 비난을 미리 예감한 것 같은 꼴이었던 것이다. 그럼에도 불구하고 그는 바로 이 부분에서 나에 대해 단호한 태도를 취했다. 그가 자신의 문건에서, 나에 대한 비난에서 보다 여러 가지로 더 명민함을 보였던 점이 나타났듯이, 그가 말했거나 혹은 오히려 암시했던 것에 그럴 만한 정당한 이유의 흔적이 포함되어 있었다는 사실은 부인하지 않는다. 그가 주장하는 것은, 말하자면 나의 서문이 앞뒤가 맞지 않는다는 것이다. 그의 문건을 널리 알리는 것이 나에게 정말 중요한 일이라 한다면, 어째서 나는 오로지 그와 그리고 그의 문건에만 관여하지 않았던 걸까. 어째서 나는 그 문건의 우수성을, 즉 그 문건의 완벽함을 보여주지 않았던가. 어째서 나는 그 발견의 의미를 찬양하고 파악하는 일에만 제한을 두지 않았던가. 어째서 나는 오히려 문건을 완전히 무시한 채 발견하는 데만 몰입했었을까. 그 일은 이미 어느 정도 이루어지지 않았던가? 이런 점에서 무엇인가 아직까지 해야 할 일이 남아 있는 것은 아니었을까? 그러나 내가 정말 다시 한 번 발견해야 한다고 생각했더라면, 어째서 나는 그때 서문에서 발견하는 일을 엄숙하게 포기한 것일까? 그것은 위선적인 겸손일 수도 있었지만, 그러나 어느 정도 언짢은 일이었다. 나는 발견의 의미를 무가치한 것으로 여겼으며, 그것에 주의를 한 이유는 단지 그것을 무가치화할 목적에서였을 뿐이다. 나는 그것을 연구한 후에 그것을 옆으로 치워버렸다. 아마 이 일에 관한 문제들이 약간 잠잠해졌던 모양이었다. 나는 이제 다시 문제를 일으켰는데, 그것은 동시에 마을 선생의 입장을 예전의 상태보다 더 어렵게 만들었다. 명예로움을 방어하는 일이란 것이 그 마을 선생에게는 도대체 어떤 의미가 있는 것일까! 그 일, 오직 그 일만이 그에게는 중요했다. 그러나 나는 그 일에 배신적인 행동을 했다. 왜냐하면 나는 그 일을 이해하지 못했고, 올바로 평가하지도 못했으며, 그 일에 대한 어떤 분별력도 없었기 때문이다. 그 일은 나의 오성을 훨씬 능가하는 것이었다. 그는 내 앞에 앉아, 늙고, 주름진 얼굴로 나를 빤히 쳐다보았다. 그러므로 오직 그 얼굴만이 정녕 그의 생각이었던 것이다. 물론 그에게 오직 그 일만이 중요하다는 것은 옳지 않다. 그 이외에도 그는 매우 공명심이 컸고 돈벌이도 역시 원했다. 그것은 그의 수많은 가족들을 고려해볼 때 충분히 이해할 만한 일이었다. 그럼에도 불구하고 그는 거짓말을 보태지 않고, 스스로를 완전히 고매한 사람으로 자칭해도 된다고 믿을 정도여서, 그에게는 그 일에 대한 나의 관심이란 게 대수롭지 않은 것같이 보였다. 그 남자가 비난받는 여러 가지 이유는 사실상 그가 양손으로 자신의 두더지를 어느 정도 꽉 쥐고 있을 때, 누군가 손가락으로라도 그것에 가까이 가려는 사람이 있으면 누구든지 배신자라고 불렀다는 데 연유한다. 그런데 내가 이것을 그런 식으로 심사숙고해볼 때면 정말이지 내 마음은 조금도 흡족하지 않았다. 그렇지 않은 것이, 그의 행동은 욕망만으로, 적어도 욕망 하나만으로는 설명될 수 없고, 오히려 그의 커다란 힘든 노력과 그 노력의 완전한 수포를 불러오게 한 격분으로 설명될 수 있을 것이다. 그러나 그 격분 역시 그 모든 것을 설명해줄 수는 없었다. 아마도 그 일에 대한 나의 관심은 실지로 아주 적었는지 모른다. 마을 선생에게 낯선 것들에 대한 무관심은 이미 통상적인 것이었다. 대개 그는 낯선 것들 아래 있는 것을 싫어했지만, 개별적으로는 그렇지 않았다. 그러나 여기에서 그 일을 특별히 몸소 떠맡은 사람이 마침내 발견되었다. 그런데 그 사람 자신은 그 일을 파악하지 못했다. 언젠가 한번 이 방향으로 몰입해본 적이 있음을 나는 전혀 부인하고 싶지 않다. 나는 동물학자는 아니다. 내가 그 두더지를 발견했더라면 마음속 깊이 이 사건에 열중했을 것이다. 그러나 나는 그것을 발견하지 못했지 않은가. 그렇게 큰 두더지란 정말 진기한 것이다. 그러나 그것에 대한 전 세계의 지속적인 관심을 요구해서는 안 된다. 특히 그 두더지의 실존이 완벽하게 확인되어 있지 않고 그리고 그것을 어쨌거나 끌어내 보일 수 없다면 말이다. 내가 역시 고백할 수 있는 것은, 내가 설령 발견자였더라 하더라도 그 선생을 위해 기꺼이 그리고 자발적으로 일했던 것처럼 아마 그렇게 두더지를 위해 결코 진력하지는 않았을 것이라는 것이다.

나의 문건이 성공을 거둘 수 있었더라면, 아마도 나와 선생 사이의 의견상의 충돌은 해소되었을 것이다. 그러나 공교롭게도 이러한 성공은 이루어지지 않았다. 아마도 그 문건은 좋게 씌어지지 않은 모양이었고, 설득력이 충분치 못했던 것 같다. 나는 상인이다. 그런 문건을 작성하기에는 이것이 선생의 경우에서보다 나에게 주어진 영역을 더욱더 넘어서는 모양이다. 비록 내가 거기에 필요한 모든 지식에 있어서 선생을 훨씬 능가하였음에도 말이다. 실패의 원인은 또 달리 해석될 수 있는데, 그 문건이 나타난 시점이 아마도 적절치 못했던 것 같다. 간파할 수 없었던 두더지의 발견이 한편으로는 그것을 잊어버릴 정도로 그리고 내 문건으로 인해 어느 정도 뜻밖일 정도로 그렇게 오래 경과되지도 않았고, 다른 한편으로는 원래 있었던 대수롭지 않던 관심이 완전히 소진해버릴 정도로 시간이 충분히 흐른 것도 아니었다. 내 문건 전반에 걸쳐 오랫동안 깊이 생각했던 사람들은 일종의 절망감에 싸여 서로 이야기했는데, 이러한 절망감은 이미 수년 전부터 이렇듯 황량한 일을 위해 또다시 무용한 노력을 시작해야 하는가라는 논쟁을 지배해왔다. 그리고 많은 사람들은 그 이외에도 나의 문건을 선생의 문건과 혼동했다. 어느 한 주도적인 농업 잡지에 다음과 같은 소견이 실려 있었는데, 다행히 결론 부분에 자그마하게 인쇄되어 있었다. "거대한 두더지에 관한 문건이 우리에게 또다시 송부되었다. 수년 전에 한 번 우리는 그것을 몹시 비웃은 적이 있었음을 기억하고 있다. 그 이래 그것은 더 영리해진 적도 없고, 우리 또한 더 어리석어진 적도 없다. 두 번씩이나 싱겁게 웃을 수는 없는 노릇 아닌가. 그와 반대로 우리는 마을 선생 같은 사람이 거대한 두더지를 쫓아다니는 것 이외에 더 유용한 일거리를 찾을 수 있을는지 교사 연합 단체에 문의해보겠다."라고.

용납할 수 없는 혼동이 아닌가! 사람들은 첫 번째 문건도 두 번째 문건도 읽지 않았다. 그 결과 갑작스레 열리게 된 '거대한 두더지'와 '마을 선생'이란 두 개의 가여운 말은 스스로를 널리 알려진 관심의 대표자로서 무대 위에 올려놓음으로써 그 신사들을 만족시켰다. 그와 반대로 분명 여러 가지가 성공리에 시도될 수 있었을지 모른다. 그러나 선생과는 이해관계가 달라 나는 그것을 할 수 없었다. 나는 오히려 가능한 한 그에게 그 잡지를 비밀로 해두려고 했었다. 그러나 그는 그것을 곧바로 발견했고, 나는 그것을 그가 한 편지에 언급한 내용에서 알게 되었는데, 그 편지에서 그는 크리스마스 축제 날에 나를 방문하겠노라고 했다. 그는 거기에 이렇게 쓰고 있었다. "세상은 좋지 않다. 사람들은 세상을 날림으로 만들고 있다." 그것으로 그가 밝히고자 한 것은 내가 그런 좋지 않은 세계에 속한다는 것이고, 그런데도 나는 내 마음속에 자리 잡고 있는 악의에 만족하지 않고, 세상마저 날림으로 만들고 있다는 것이다. 말하자면, 나는 일반적인 악의를 꾀어내어 그 악의가 승리하도록 돕는 일을 하고 있다는 것이다. 자, 나는 이미 필요한 결심을 내렸고, 그를 조용히 기다릴 수 있었고, 바라볼 수 있었다. 그가 어떤 모습으로 도착하고, 어떻게 전보다 더 버릇없이 인사하는가를, 그가 말없이 내 건너편에 마주 앉는가를. 그는 원래 솜을 댄 자신의 상의 주머니로부터 조심스럽게 그 잡지를 끄집어내어 그것을 펼친 채로 내 앞으로 밀었다. "난 그것을 알고 있습니다."라고 내가 말했다. 그러고는 잡지를 읽지 않은 채 되돌려 밀었다. "당신은 알고 있단 말이지요." 한숨을 내쉬며 그가 말했다. 그는 낯선 대답을 반복하는 교사들의 오래된 습성을 지니고 있었다. "난 정말이지 그것을 받아들이기 힘들 겁니다." 그는 계속해 말하고는 흥분해서 손가락으로 그 잡지를 톡톡 때리면서, 마치 내가 반대나 하는 양 동시에 나를 매섭게 노려보았다. 그는 내가 말하고자 하는 바를 아마 어느 정도 예감했을지 모른다. 그 외에도 역시 나는 그가 이따금씩 내가 의도하는 바를 올바르게 느낀다는 사실을, 그러나 그 감정에 빠지지 않고 다른 쪽으로 돌릴 수 있다는 사실을, 자신의 언어와 마찬가지로 그 이외의 기호로서도 진술하지 못한다는 사실을 믿어왔다. 나는 당시 내가 그에게 했던 말 하나하나를 충실하게 재현할 수 있다. 왜냐하면 나는 설득한 후에 곧바로 그것을 메모해두었기 때문이다.

"당신이 원하는 대로 하십시오. 우리가 갈 길은 오늘부터 서로 다릅니다."라고 나는 말을 이었다. "그것은 당신에게 돌연하지도 거북하지도 않으리라고 믿어요. 여기 잡지에 실린 주해가 내가 결심하게 된 원인은 아닙니다. 그 주해는 오로지 결심을 궁극적으로 견고히 했을 뿐입니다. 본래의 원인은 내가 등장함으로써 당신에게 도움이 될 수 있으리라고 처음부터 믿었던 데 있습니다. 반면에 나는 이제 내가 당신에게 여러 면에서 해를 끼쳐왔다는 것을 알아야만 되겠군요. 왜 그것이 그렇게 변화되었는지 나는 모릅니다. 성공과 실패의 이유들은 언제나 다양하며, 나에 반대하는 해석들을 모두 찾아내도록 해보십시오. 당신 자신을 생각해보세요. 전체를 파악하고 있다면, 당신이 역시 최상의 의도를 가졌다 하더라도 실패했을 것입니다. 농담으로 그러는 것은 아닙니다. 나와의 관계가 유감스럽게도 당신의 실패에 해당한다고 말한다면, 그것은 나 자신에 역행하는 것입니다. 내가 이제 그 일로부터 손을 뗀다면 그것은 비겁 때문도 아니요, 배반하는 것도 아닙니다. 더욱이 자기 극복 없이는 일어나지 않을 겁니다. 얼마나 내가 당신의 신상에 주의를 하고 있는지는 이미 나의 문건에 나타나 있어요. 당신은 나에게 분명히 스승이 되어버렸습니다. 나아가 나는 두더지가 사랑스러워졌어요. 그럼에도 나는 옆으로 피합니다. 당신은 발견자이고, 내가 그것을 야기시키려고 했듯이, 나는 항상 당신이 명성을 얻을 수 있는 것을 방해하고, 반면에 실패를 끌어당겨 당신에게 옮기고 있습니다. 적어도 이것이 당신의 의견이지요. 그것으로 족합니다. 내가 감수할 수 있는 유일한 속죄는 당신에게 용서를 비는 것입니다. 그리고 당신이 바란다면, 내가 여기에서 당신에게 한 고백을 역시 공개적으로, 예를 들어 이 잡지에 다시 반복해서 실을 수 있습니다."

이것이 바로 당시에 내가 한 말이었다. 그 말들이란 게 아주 성실한 것은 아니었으나, 성실한 점을 쉽사리 찾아볼 수 있었다. 나의 해명은 대략 내가 기대했던 것만큼 그렇게 그에게 효과가 있었다. 대부분 나이 많은 사람들은 젊은 사람들에 비해 무언가 믿을 수 없는 것을, 그들 존재 속에 무언가 허위의 것을 갖고 있다. 사람들은 조용히 그들 곁에서 살아가며, 안정된 관계를 믿고 있으며, 유력한 의견을 알고 있고, 지속적으로 평화의 확증을 얻으며, 모든 것을 자명하고도 갑작스러운 것으로 생각한다. 무엇인가 결정적인 일이 일어나고 그리고 아주 오래전부터 마련된 안정이 작용되어야 한다고 생각되면, 이 나이 든 사람들은 낯선 사람들처럼 일어나, 보다 깊고 강력한 의견을 내세우며, 이제야 비로소 본격적으로 그들의 깃발을 펼치게 되는데, 놀랍게도 그 깃발 위에서 새로운 격언을 읽게 된다. 특히나 이러한 놀라움이 생기는 이유는 이제 나이 든 사람들이 말하는 바가 실지로 훨씬 정당하고, 의미가 깊으며 ─ 마치 분명한 일이 상승 작용을 일으키듯이 —더욱 분명하기 때문이다. 그러나 거기에 나타나는 탁월할 정도로 거짓된 점은 그들이 지금 이야기하고 있는 것을 근본적으로 항상 이야기해왔다는 사실이며 그리고 더욱이 그것은 대개 결코 예측할 수가 없었다는 사실이다. 나는 이 마을 선생을 깊이 파고들어야 했었으므로 그는 이제 나를 보고도 전혀 놀라워하지 않았다. "여보시오, 도대체 당신은 어떻게 이 일에 관여할 생각을 하게 된 겁니까? —처음 그것을 들었을 때 곧장 나는 내 집사람과 그 점에 대해 이야기하였소."라고 말하고는 내 손 위에 자기 손을 얹고는 상냥하게 쓰다듬었다. 그는 책상을 밀치고 양팔을 활짝 벌리고는, 마치 거기 아래에 아주 작디작게 서 있는 부인과 이야기나 하는 듯이 땅을 내려다보았다.

"그렇게 수많은 세월 동안 우리 둘이서만 싸워왔는데 그러나 이제 이 도시에 우리를 위해 고귀하신 후견인이 나타난 것 같소. 성함이 조운트조*라는 도시 상인이오. 이제 정말 기뻐해야 할 일이오, 그렇지 않소? 도시의 상인이라면 상당히 대단한 것이오. 만약 초라한 농부가 우리를 생각해서 그런 말을 한다고 생각해보오. 그건 우리에게 아무런 도움도 될 수 없을 거요. 왜냐하면 농부 같은 사람들이 하는 일이란 게 언제나 무례하기 짝이 없거든. 이제 그가 '그 늙은 마을 선생이 옳아요.'라고 말하든 혹은 무엇인가 적절치 못한 것을 내뱉든 간에, 그 둘 다 효과 면에서는 서로 같지요. 그런데 그 한 사람 대신에 수만 명의 농부들이 일어선다고 한다면 아마 그 효과는 더욱 나쁠 거요. 그렇지만 도시 상인인 경우에는 좀 다르지. 그런 사람은 많은 관계를 맺고 있지요. 그가 별도

* 독일어의 조운트조Soundso는 '이러저러한' 뜻으로, 여기서는 모씨某氏라는 뜻이다. (옮긴이)

로 하는 말도 널리 퍼지지요. 새로운 후견인들은 그 일을 인정하고 있어요. 예를 들어 어떤 이는 이렇게 말하지요. '마을 선생들로부터도 역시 배울 수 있다. 그럼에도 다음 날이 되면 벌써 많은 사람들은 그것을 서로 수군대며, 그들의 진술에 따라 판단하는 것을 결코 받아들이지 않을 것이다. 이제 그 일에 필요한 자금이 마련되고, 한 사람은 돈을 모으고, 그리고 다른 사람들은 그의 손에 돈을 지불하고, 사람들은 마을 선생을 마을에서 끌어내야 한다는 생각을 하고 있다. 사람들은 와서, 그의 외모에는 별로 관심이 없고, 그를 가운데로 맞이한다. 그러고는 부인과 어린아이들이 그에게 매달리기 때문에, 그들도 역시 함께 맞아들인다. 당신은 앞서 도시 출신 사람들을 관찰해본 적이 있는가? 그들은 쉴 새 없이 주절댄다. 그들이 함께 늘어서 있으면, 오른쪽에서 왼쪽으로 그다음엔 다시 되돌아서 그러고는 이리저리 주절댄다. 그러므로 그들은 주절대면서 우리를 마차 위로 들어 올리며, 모두에게 고개 숙여 인사할 시간도 거의 없다. 마부석 위에 앉은 신사가 코안경을 정위치에 쓰고는 채찍을 휘두르자 우리는 떠나간다. 모든 사람들이 작별하기 위해서 마을 쪽으로 눈길을 보낸다. 마치 우리가 아직 그곳에 있는 것처럼 그리고 그들 한가운데에 앉아 있지 않은 것처럼. 도시에서 특히 참을성 없는 사람들을 태우고 두서너 개의 마차들이 우리 쪽을 향하여 오고 있었다. 우리가 가까이 갔을 때 그들은 자리에서 일어나 우리를 보기 위해 몸을 폈다. 돈을 거두어들였던 사람은 모든 것을 정리하면서 조용히 할 것을 타일렀다. 우리가 도시로 마차를 몰아갔을 때는 벌써 많은 마차가 대열을 이루고 있었다. 인사는 이미 끝났다고 생각했으나 이제 음식점에서 비로소 인사가 시작되었다. 도시에서는 한 번의 호출로 즉시 많은 사람들이 모여든다. 한 사람이 무엇에 신경을 쓰면 곧 다른 사람도 역시 신경을 쓴다. 그들은 서로 목청을 돋우어 다른 사람들의 의견을 낚아채서는 제 것으로 만든다. 이 모든 사람들이 마차로 갈 수는 없고, 그들은 음식점 앞에서 기다린다. 다른 사람들은 타고 갈 수 있을지 모르지만, 그들은 자의식 때문에 타지 않는다. 이들도 역시 기다린다. 돈을 거두어들인 사람이 어떻게 모든 것에 대한 안목을 가지고 있는지 알 수가 없다.'"

나는 그의 말을 조용히 경청했다. 그렇다. 나는 그가 말하고 있는 동안 점점 더 조용해졌다. 나는 탁자 위에 내가 소유할 수 있는 한의 모든 문건의 예문들을 쌓아놓았다. 최근에 나는 회문回文을 통해서 모든 사람들에게 발송했던 문건들을 반환해줄 것을 요구했으며 역시 대부분의 문건들을 받아냈는데, 단지 극소수의 문건들만이 없었다. 여러 방향에서 나는 매우 정중한 글들을 받았었는데, 그런 글을 받은 적이 있는지 전혀 기억할 수도 없고, 그런 글이 왔다 하더라도 유감스럽게도 잃어버린 것이 틀림없다. 내가 근본적으로는 전혀 다른 것을 원치 않았다는 것도 역시 옳은 말이다. 단지 한 사람만이 그 문건을 소장품으로 간직해둘 것을 청했었다. 그리고 회문이라는 점에서 앞으로 이십 년간 어느 누구에게도 보여주지 않기로 약속했다. 이 회문을 마을 선생은 아직까지 본 적이 없다. 그 회문의 말들이란 게 그에게 보여주기에 용이한 것들이어서 나는 기뻤다. 그 외에도 내가 회문을 거리낌없이 보여줄 수 있었던 이유는 내가 앞서 그것을 작성할 때 매우 조심스럽게 착수했었고 마을 선생과 그 일에 대한 관심을 결코 고려하지 않은 적이 없기 때문이다. 그 글의 주된 내용은 이렇다. "내가 그 문건을 되돌려 달라고 청하는 이유는 그 문건 속에 개진되고 있는 의견을 바꾸었다거나 혹은 개별적인 부분에서 그것이 잘못되었거나 혹은 역시 증명하기 어려운 것으로 여기기 때문은 아닙니다. 나의 요청은 단지 개인적인, 물론 매우 어쩔 수 없는 이유들을 갖고 있습니다. 그 일에 대한 나의 입장을 말한다면 나의 요청은 눈곱만큼의 귀납적 추론도 허락지 않습니다. 특히 이 점에 유의하시길 바라며, 좋으시다면 역시 널리 유포해주셨으면 합니다."

일시적으로 나는 이 회문을 양손으로 덮은 채로 있다가 이렇게 말했다. "그렇게 진척되지 않았기 때문에 당신은 나를 질책하려 하지요? 어째서 그럴 생각이었나요? 견해가 어긋난다고 해서 화를 내지는 맙시다. 그리고 결론적으로 비록 당신이 하나의 발견을 하였지만, 그러나 그 발견이란 게 다른 모든 것을 능가하는 것은 아니라는 것, 그리고 따라서 당신에게 일어난 부당함 역시 다른 모든 것을 능가하는 부당함이 아니라는 사실을 통찰하도록 해보십시오. 나는 학술 단체의 규약은 잘 모르지만, 당신이 당신의 가엾은 부인께 편지로 썼던 것처럼, 대체로 모든 사람에게 해당하는 환대가 당신에게는 가장 친절한 호의로서 마련되었다고는 생각하지 않습니다. 내 자신이 그 문건의 효과를 어느 정도 기대했다면, 내 생각에는 아마 어느 교수가 우리의 일에 대해 관심을 보였을지 모르며, 그는 어느 대학생이건 간에 그 일을 탐색해보도록 위임했을 것이고, 이 대학생은 당신에게 가 거기에서 당신과 나의 연구를 다시 한 번 자기 나름대로 재검해볼 것이고, 그리고 그 결과가 언급할 만한 가치가 있다고 생각되면 결국 그는—여기에서 확신할 수 있는 것은 모든 대학생들이 의심에 가득 차 있다는 것입니다—자기 자신의 문건을 편집해서 당신이 썼던 것에 대해 학문적으로 기초를 세웠을지 모릅니다. 설령 이러한 바람이 이루어졌을 경우라 할지라도 아직 충분한 것은 아니었을 것입니다. 그런 특별한 경우를 옹호했을지 모르는 대학생의 문건은 모르긴 몰라도 가소롭게 만들어졌을 것이니까요. 당신은 여기 이 농업 잡지의 예에서 그것이 얼마나 경솔하게 일어날 수 있는가를 알았을 것입니다. 결과적으로 학술지란 게 훨씬 더 신중치 못하다는 것입니다. 교수들이 자기 자신에 대해, 학문에 대해, 후세에 대해 많은 책임감을 지니고 있다는 것은 자명한 일입니다. 그들이 모든 새로운 발견에 대해 똑같이 몰두할 수는 없는 것입니다. 우리와 같은 사람들은 그들과는 반대로 그 점에서는 이점이 있습니다. 그러나 나는 그것과는 상관없이 이제 눈을 돌려 대학생의 문건이 확고한 지위를 차지했을 거라고 인정하고 싶습니다. 그렇게 되면 어떤 일이 벌어질 수 있을 것인가? 당신의 이름이 여러 번 명예롭게 거명될 것이고, 그것은 모르긴 몰라도 당신 지위에도 역시 이득이 될 것이며, 사람들은 이렇게 말할 것입니다. '우리들의 마을 선생은 열린 눈을 가지고 있다'고. 그리고 여기 잡지들이 생각과 양심을 가지고 있다면, 당신에게 정식으로 사과할 것이 틀림없을 것이고, 그땐 당신에게 학술 보조금을 얻어줄 만큼 호감을 보이는 교수도 있을지 모를 것이고, 당신을 도시로 데려가 당신에게 도시 초등학교에 자리를 마련해주고 도시가 제공하는 학술 보조 자료들을 당신의 계속적인 교육을 위해 사용할 수 있는 기회를 주려는 시도도 가능할지 모릅니다. 그러나 솔직히 말하건대, 사람들이 그것을 단지 시도만 했을 뿐이라는 것입니다. 사람들이 당신을 이리로 불러서 당신도 역시 이리로 왔을 것이고, 그것도 수백의 사람들과 마찬가지로 화려한 환대도 없이 평범한 청원자로서 왔을 것입니다. 사람들은 당신과 이야기를 했을 것이고, 당신의 존경스러운 노력을 인정했을 것이고, 그러나 동시에 당신이 나이가 많다는 것, 이런 나이로 학술 연구를 시작한다는 것은 전망이 없을 거라는 것, 그리고 특히 당신의 발견은 계획적이라기보다는 훨씬 더 우연적이었으리라는 것, 그리고 이 개별적인 경우 이외의 또 다른 작업을 결코 꾀하고 있지 않다는 사실을 알게 되었을 것입니다. 그러므로 이런 이유로 당신을 아마 시골에 남겨두었는지 모릅니다. 당신의 발견은 물론 계속 진척되었을지도 모릅니다. 왜냐하면 그 발견이란 게 한번 인정받고는 언젠가 잊어버릴 수 있는 그런 사소한 발견이 아니기 때문이지요. 그러나 당신은 그것에 대해 더 이상 많은 것을 알게 되지 못할 것이고, 그리고 당신이 알게 된 것이라도 거의 이해하지는 못할 것입니다. 모든 발견은 학문 전체로 이끌리게 되며, 그것으로 분명히 발견이기를 중지합니다. 발견은 전체로 떠오르다가 사라지며, 그 발견을 후에 인식하려면 학문적으로 습득한 시각을 가져야만 하지요. 그 발견은 우리가 그것의 현존에 대해 전혀 들어본 적이 없는 주된 명제와 연결됩니다. 그리고 학문적인 논쟁에서 발견이란 이러한 주된 명제에서 저 구름에까지 미칩니다. 우리는 어떻게 그것을 파악하려는 걸까? 우리가 학술적인 토론에 귀를 기울일 경우, 예를 들어 우리는 발견이 문제시된다고 믿다가도 완전히 다른 것을 문제시하게 됩니다. 그리고 다음번에는 발견이 아닌 다른 것이 문제시된다고 믿는데, 그러나 이제는 바로 발견이 문제가 됩니다.

당신은 그것을 이해하겠습니까? 당신은 마을에 남아, 받은 돈으로 가족을 약간 낮게 부양하고 옷을 입혀도 될 것입니다. 그러나 당신의 발견은 당신에게서 벗어나 있을지 모르며, 그렇게 되면 당신은 그것에 대해 어떤 권능으로서도 방어할 수 없을 것입니다. 왜냐하면 도시에서야 비로소 발견이 그 효력을 보기 때문입니다. 그렇게 되면 사람들은 당신에 대해 감사하지 않을 수 없을 것입니다. 사람들은 그 발견이 이루어진 장소 어디엔가에 작은 박물관을 세우게 할 것이고, 그것은 마을의 구경거리가 될 것입니다. 당신은 열쇠 보관자가 될 것이고, 그리고 외적인 영예 표시가 결여되지 않도록 학술 연구소의 봉사자들이 늘 달고 다니듯이, 가슴에 달고 다닐 수 있는 작은 메달을 수여받을지도 모릅니다. 그 모든 것이 가능할지도 모릅니다. 그것이 당신이 바랐던 것 아닙니까?" 대답을 하는 대신에 그는 아주 정당하게 반박했다. "그렇다면 당신은 나를 위해서 그것을 추구하려 노력하였소?"

"나는 당시엔 아마 지금 당신에게 분명하게 응답할 수 있을 정도로 그렇게 깊은 생각에서 행동한 것은 아니었습니다. 나는 당신을 돕고 싶었어요. 하지만 실패했지요. 그것은 내가 행했던 가장 큰 실패작이었습니다. 그러므로 나는 이제 그 일에서 뒤로 물러나 나의 힘이 미치는 한에서 일어나지 않았던 일로 치고 싶습니다."라고 내가 말했다.

"그렇다면 좋소." 마을 선생은 말하고는 자기 파이프를 꺼내어 자신이 모든 주머니 속에 풀어놓은 채로 지니고 다니는 담배로 그것을 채우기 시작했다. "당신은 자발적으로 그 보람도 없는 일을 용인했고 이제는 역시 자발적으로 물러서고 있군요. 모든 것이 정말 옳아요!" "전 완고하지 않습니다. 당신은 나의 제안에서 비난하는 어떤 것을 발견하셨나요?" 내가 물었다.

"아닙니다. 전혀 그렇지 않습니다." 마을 선생은 그렇게 말하고는 벌써 담배 연기를 뿜어댔다. 나는 담배 냄새를 참지 못해서 몸을 일으켜 방 안을 빙빙 돌았다. 예전의 협의에서 이미 마을 선생이 나에게 침묵을 지켰고, 그가 한 번 오는 날이면 나의 방에서 떠나려 하지 않는다는 사실에 나는 익숙해 있었다. 그 점이 나를 종종 매우 불쾌하게 만들었다. 그럴 때면 늘 그가 아직도 나에게서 무언가를 원하고 있다고 생각해 그에게 돈을 주었는데, 그는 그 돈을 또한 규칙적으로 받아 챙겼다. 그러나 그는 마음이 내켜서야 비로소 자리를 떴다. 그럴 때면 언제나 그는 파이프 담배를 피워 연기를 풍기며, 단정하고 공손하게 책상 곁으로 밀어놓은 안락의자 주위를 맴돌고는, 구석에 있던 마디 달린 지팡이를 집어 들고는 급히 나에게 악수를 청하고는 떠나갔다. 그러나 오늘도 그가 말없이 앉아 있는 것이 나에게는 정말 부담스러웠다. 내가 그랬던 것처럼, 사람들이 누군가에게 최후의 작별을 고할 경우, 이것이 다른 사람에 의해 아주 적절하게 보인다면, 사람들은 아직 공동으로 마쳐야 할 몇 가지 일을 빨리 끝내고 다른 사람에게 의도적으로 자신의 말 없는 태도를 보인다. 사람들이 나의 책상 곁에 앉아 있는 이 작고 완고한 노인의 모습을 뒤에서 바라보게 된다면, 그를 방에서 서둘러 내보내려는 것이 전혀 틀린 생각이 아니라는 것을 믿을 것이다.

나이 든 독신주의자, 블룸펠트

Blumfeld, ein älterer Junggeselle

나이 든 독신주의자인 블룸펠트는 어느 날 저녁 그가 사는 집으로 올라갔다. 그것은 힘든 일이었다. 왜냐하면 그는 칠 층에 살고 있었기 때문이었다.

올라가는 동안에 그는 근래에 자주 그랬듯이 다음과 같은 것들을 생각했다. 완전히 고독한 이 생활이 정말 힘겹다는 것, 그가 이제 이 칠 층짜리 건물을 정말 아무도 모르게 올라가야만 한다는 것, 위층의 그의 빈방에 도착해서는 아무도 모르게 침실 가운을 입고, 파이프에 불을 붙이고, 몇 년 전부터 구독하고 있는 프랑스 신문을 조금 읽고, 거기다가 자기가 만든 버찌 브랜디를 맛보고, 결국 반 시간 후에는 자러 가리라는 것, 그러나 그 전에 이부자리의 위치를 완전히 바꾸지 않으면 안 되는데, 어떠한 충고도 통하지 않는 하녀가 언제나 그녀 자신의 기분에 따라 이부자리를 내던져놓기 때문이라는 것 등을.

어떠한 동반자이건, 이러한 행위를 바라볼 수 있는 그 어떤 구경꾼이건 간에 블룸펠트에게는 매우 환영받았을 것이다. 그는 이미 작은 개 한 마리를 사야 하지 않을까 하고 생각해보았다. 그런 동물은 재미있고, 무엇보다도 감사할 줄 알며 충성스럽다. 블룸펠트의 한 동료가 그런 개를 한 마리 가지고 있는데, 그 개는 자기 주인 이외에는 아무도 따르지 않는다. 그리고 그 개는 자기 주인을 잠시라도 보지 못하면, 곧장 크게 짖으면서 주인을 맞이한다.

그것으로써 자신의 주인인 이 특별한 은인을 다시 찾게 되었다는 데 대한 자신의 기쁨을 표시하는 것 같다.

그러나 개도 역시 단점은 가지고 있다. 개는 아무리 깨끗이 기른다 해도 방을 더럽힌다. 그것은 결코 피할 수 없는 일이다. 개를 방 안으로 들여놓기 전에 매번 뜨거운 물로 목욕을 시킬 수는 없으며, 그것 역시 개의 건강이 견디어내지 못할 것이다. 그러나 방이 더러워지는 것은 다시금 블룸펠트가 견디지 못한다. 방이 깨끗해야 한다는 것은 그에게는 절대적으로 필요한 것이다.

일주일에 몇 번씩 그는 불행하게도 이 점에서 그다지 꼼꼼하지 않은 하녀와 다투곤 한다. 그녀는 귀가 어둡기 때문에, 그는 청결 문제로 항의하기 위해서 보통 그녀의 팔을 당겨 그녀를 방 안의 어떤 장소로 데리고 간다. 그는 이렇게 엄격하게 함으로써 방안의 정돈 상태가 자신의 욕구에 대충이나마 일치하도록 했다.

그러나 그는 물론 개를 들여옴으로써 바로 여태까지 그렇게 세심하게 막아낼 수 있었던 더러움을 그의 방 안으로 끌어들이게 될 것이다. 개의 지속적인 동반자인 벼룩도 모습을 드러낼 것이다. 그러나 벼룩이 한번 생겼다 하면, 블룸펠트가 그의 쾌적한 방을 개에게 내어주고 다른 방을 구해야 될 그 순간도 그다지 멀지 않을 것이다. 그러나 불결함은 개가 가지고 있는 단점 중의 하나일 뿐이다. 개 역시 병이 들고, 또 개의 병은 사실 아무도 모른다. 그러면 이 동물은 한 모퉁이에 쭈그리고 앉아 있거나, 쩔룩거리며 돌아다니고, 낑낑거리고, 잔기침을 하고, 통증을 억지로 삼키기도 한다. 사람들은 담요로 그를 감싸주고, 그에게 휘파람을 불어주고, 그에게 우유를 밀어주고, 간단히 말해서 그것이 일시적인 통증이기를 바라면서 그를 보살펴준다. 그것은 그럴 수도 있기는 하지만, 또한 심각하고 불쾌한 전염병일 수도 있다.

그리고 개가 건강하게 산다 하더라도 언젠가 나중에는 늙을 것이고, 사람들은 그 충성스러운 개를 적당한 시기에 처분하는 결정을 내릴 수가 없을 것이다. 그러면 눈물이 흐르는 개의 눈에서 자기 자신의 나이를 보게 되는 시기가 온다. 그러면 사람들은 눈이 거의 보이지 않는, 폐가 약한, 지방질 때문에 거의 움직일 수 없는 그 동물 때문에 괴로워해야 한다. 그렇게 해서 그 개가 이전에 주었던 기쁨에 대한 비싼 대가를 치러야 한다.

그리하여 블룸펠트는 지금은 기꺼이 개를 한 마리 가졌으면 해도, 후에 늙은 개로 인해서 부담스러워지는 것보다는 차라리 앞으로 삼십 년 동안 혼자서 층계를 올라가기를 원한다. 그 늙은 개는 그 자신보다도 더 크게 헐떡거리면서, 몸을 질질 끌며 그의 곁에서 한 계단 한 계단씩 올라갈 것이다.

그래서 블룸펠트는 계속 혼자 살 것이다. 그는 말 잘 듣는 살아 있는 존재를 곁에 두고 싶어 하는 노처녀의 이상한 욕망 같은 것은 가지고 있지 않다. 그것은 그녀를 보호해주고, 그녀는 그것을 귀여워해주고, 또 계속해서 보살펴주기를 원하는데, 그러한 목적을 위해서는 고양이 한 마리나 카나리아 한 마리, 또는 금붕어로도 족할 것이다. 그리고 그것이 아니라면, 그녀는 창 앞의 꽃으로도 만족할 것이다.

그와는 반대로 블룸펠트는 단지 한 동반자를 갖고 싶은 것이다. 그가 그다지 신경을 많이 쓰지 않아도 되는 동물, 가끔 발로 밟아도 지장이 없고, 비상시에는 골목길에서도 밤을 지낼 수 있고, 그러나 블룸펠트가 원하기만 하면, 곧장 짖으면서 뛰어오르는, 손을 핥으면서 달려오는 그런 동물을. 블룸펠트는 그러한 유

의 것을 원하고는 있지만, 그가 잘 알고 있듯이 굉장히 큰 불편을
감수하지 않고서는 그것을 가질 수 없기 때문에 단념하고 있다.
그러면서도 그는 자신의 철저한 천성에 걸맞게 때때로, 예를 들
면 오늘 저녁 같은 때에 또다시 똑같은 생각으로 되돌아간다.

그가 위층 자신의 방문 앞에서 열쇠를 호주머니에서 꺼낼 때,
방에서 무슨 소리가 들리는 듯했다. 달그락거리는 어떤 독특한
소리인데, 매우 생기 있고 매우 규칙적인 것이었다. 블룸펠트는
곧바로 개를 생각했기 때문에 그것은 개가 발을 교대로 바꾸어
가면서 바닥을 걸어갈 때 내는 그런 소리를 연상시켰다. 그러나
발은 달그락거리지는 않는다. 그것은 발소리가 아니다. 그는 서
둘러 문을 열고 전깃불을 켠다. 그 순간 그는 마음의 준비가 되어
있지 않다. 그것은 분명히 마술이었다. 파란 줄이 쳐진 두 개의 작
고 흰 셀룰로이드 공이 널마루에서 오르락내리락 뛰고 있었다.
하나가 바닥을 치면 다른 하나는 공중으로 솟고, 그것들은 지칠
줄을 모르고 그 놀이를 계속하고 있었다. 블룸펠트는 언젠가 김
나지움에서 유명한 전기 실험을 할 때 작은 공들이 이와 비슷하
게 튀어 오르는 것을 본 적이 있었다. 그러나 이것들은 비교적 큰
공이고, 빈방에서 튀어 오르고 있으며, 어떠한 전기 실험도 설치
되어 있지 않다. 블룸펠트는 허리를 굽혀 그것들을 자세히 살펴
본다. 그것은 의심할 여지도 없이 보통 공이다. 그것들은 아마 내
부에 더 작은 몇 개의 공을 가지고 있을 것이다. 그리고 그것이 달
그락거리는 소리를 낼 것이다. 블룸펠트는 그것들이 어떤 줄에
매달려 있는 것이 아닌가를 확인하기 위해서 공중을 헤집어본다.
아니다. 그것들은 완전히 독자적으로 움직이고 있다. 블룸펠트가
작은 어린애가 아닌 것이 유감스럽다. 두 개의 그런 공은 어린아

이에게는 즐거운 놀라움이 될 텐데. 반면에 그에게는 지금 이 모든 것이 더욱 불쾌한 인상을 주고 있다. 주의를 끌지 못하는 한 독신자가 다만 남모르게 살고 있다는 것이 물론 완전히 무가치한 일은 아닐 것이다. 그런데 지금 누군가가, 누구인지는 아무래도 좋지만, 이 비밀을 들추어내어 그에게 이 두 개의 이상한 공을 들여보낸 것이다. 그는 공 하나를 잡으려 하지만 그것들은 그의 앞에서 뒤로 물러나, 방 안에서 그가 뒤쫓아 오도록 유인한다. 공의 뒤를 쫓아서 뛰어가다니 정말 너무나 바보 같군, 하고 그는 생각한다. 그는 멈추어 서서 눈으로 그것들을 쫓아간다. 이제 뒤쫓는 일이 포기된 듯하기 때문에 그것들 스스로도 제자리에 머물러 있다. 그래도 나는 저것들을 잡아보아야겠어, 하고 그는 다시 생각하고, 그것들 쪽으로 재빨리 가본다. 그것들은 금방 달아난다. 그러나 블룸펠트는 다리를 벌리고 그것들을 방 한구석으로 몰고 간다. 그리고 그곳에 서 있는 가방 앞에서 공 하나를 잡는 데 성공한다. 그것은 차갑고 작은 공인데 그의 손 안에서 돌고 있으며, 빠져나가려고 안간힘을 쓰는 듯하다. 그리고 다른 공 하나는 자신의 동료가 고생하는 것을 보자 아까보다 더 높이 튀어 오르고, 또 튀어 오르는 거리를 블룸펠트의 손이 닿는 곳까지 넓혔다. 그것은 손을 치는데, 점점 빨리 튀어 오르면서 친다. 그것은 공격 지점을 바꾼다. 그러고 나서 그것은 다른 공을 움켜쥐고 있는 손에는 아무 짓도 할 수 없으므로 더더욱 높이 튀어 올라서 아마 블룸펠트의 얼굴에 닿으려는 듯했다. 블룸펠트는 이 공도 잡을 수 있을 것이고, 그 두 개를 어딘가에 가두어놓을 수도 있을 것이다. 그러나 순간적으로 두 개의 공을 그렇게 처리한다는 것은 품위를 손상시키는 일로 여겨졌다. 두 개의 그런 공을 가지고 있는 것도 재미있는 일이고, 그것들 역시 머지않아 충분히 피로해져서 장롱 밑으로 굴러 들어가 조용해질 것이다. 그러나 이렇게 생각하면서도 블룸펠트는 화가 나서 공을 바닥으로 내동댕이친다. 이렇게 해도 그 약하고 거의 투명한 셀룰로이드 껍질이 부서지지 않는 다는 것은 기적이다. 그 두 개의 공은 아무 변화도 없이 그 원래의 낮고 서로 잘 조화된 튀어 오르기를 다시 시작하는 것이다.

블룸펠트는 조용히 옷을 벗고, 옷을 옷장에 정리한다. 그는 언제나 하녀가 모든 것을 잘 정리해두었는지 자세하게 조사하곤 한다. 그는 한두 번 어깨 너머로 공들을 바라본다. 그것들은 추격 당하지 않고 이제는 오히려 그를 추격하는 것처럼 보인다. 그것들은 뒤에서 그를 밀었고, 이제는 그의 바로 뒤에서 튀어 오르고 있다. 블룸펠트는 침실 가운을 입고 반대편의 벽 쪽으로 가서, 그곳의 선반 안에 걸려 있는 파이프들 중의 하나를 가져오려 한다. 그는 몸을 돌리기 전에 한 발을 아무렇게나 뒤쪽을 향해서 뻗는 다. 그러나 공들은 그것을 피할 줄 알고 있어서 거기에 맞지 않는 다. 그가 이제 파이프가 있는 곳으로 가자, 공들은 곧 그의 뒤를 따른다. 그는 실내화를 끌며, 불규칙하게 걸음을 떼어놓는다. 그러나 매 걸음마다 거의 멈추지 않고 공들이 그를 치고 떨어지는 일이 뒤따른다. 그것들은 그의 발걸음을 멈추게 한다. 블룸펠트는 공들이 어떻게 그런 일을 할 수 있는지 보려고 갑작스럽게 몸을 돌린다. 그러나 그가 몸을 돌리자마자 공들은 반원을 그리면서 벌써 그의 뒤로 돌아가 있다. 그리고 그가 몸을 돌릴 때마다 그것은 반복된다. 고분고분한 수행원처럼 그것들은 블룸펠트 앞에 나타나 머물러 있는 것을 애써 피하려는 것처럼 보인다. 지금까지 그것들은 단지 그에게 자신들을 소개하기 위해서 감히 그런 짓을 했던 것으로 보인다. 그러나 지금 그들은 이미 자신들의 임무를 시작했다.

지금까지 블룸펠트는 그의 힘이 미치지 못하는 예외적인 경우에는 언제나 그 상황을 극복하기 위해서 아무것도 알아채지 못한 것처럼 행동하는 그런 임시방편을 택했다. 그것은 종종 도움이 되었고 대부분 적어도 그 상황을 개선했다. 그래서 그는 지금도 그러한 태도를 취하고 있다. 그는 파이프 진열대 앞에 서서 입술을 쑥 내밀고 파이프 한 개를 고른다. 준비되어 있는 담배쌈지를 꺼내 특별히 꼼꼼하게 그 파이프를 채우면서, 자기 뒤에서는 공들이 튀어 오르도록 무관심하게 내버려 둔다. 그는 다만 탁자로 가기를 망설인다. 똑같은 박자로 튀어 오르는 소리와 자기 자신의 발걸음 소리를 듣는 것은 그를 매우 고통스럽게 한다. 그래서 그는 서서 파이프를 불필요하게 오랫동안 채우고 있으며, 자기와 탁자가 떨어져 있는 거리를 가늠해본다. 그러나 드디어 그는 약점을 극복하고 공들의 소리가 들리지 않을 만큼 쿵쿵 발소리를 내며 탁자까지 나아간다. 그가 앉자, 공들은 물론 다시 그의 의자 뒤에서 전처럼 소리를 내고 튀고 있다.

탁자 위 벽에는 손에 잡힐 정도로 가까운 곳에 선반이 설치되어 있고, 그 위에는 버찌 브랜디가 들어 있는 병이 작은 잔들에 둘러싸여 있다. 그 옆에는 프랑스 신문 더미가 놓여 있다. (바로 오늘 새 신문이 왔고 블룸펠트는 그것을 끌어 내린다. 그는 브랜디를 완전히 잊고 있으며, 그 스스로도 오늘은 단지 마음을 달래기 위해 가졌던 습관적인 소일거리로부터 방해받고 싶지 않다는 느낌이 든다. 물론 그가 반드시 읽어야 할 필요성은 없다. 그는 신문을 편다. 한 장 한 장 세심하게 대하는 자신의 보통 때의 버릇과는 달리 마음에 드는 곳을 펼쳐서 커다란 그림을 하나 발견한다. 그는 억지로 그것을 좀 더 자세히 바라본다. 그것은 러시아 황제와 프랑스 대통령의 만남을 보여주고 있다. 그 만남은 어느 배에서 이루어지고 있다. 그 배 주위에는 멀리까지 많은 다른 배들이 보였고, 연통에서 나오는 연기는 맑은 하늘로 흩어지고 있다. 황제와 대통령, 두 사람은 물론 성큼성큼 상대방을 향해서 서둘러 갔고, 서로 손을 마주잡는다. 대통령 뒤와 마찬가지로 황제 뒤에도 각각 두 명의 신사가 서 있다. 황제와 대통령의 기뻐하는 얼굴 맞은편의 수행원들 얼굴이 매우 진지해 보인다. 각각의 수행원 그룹의 시선은 그들 통치자에게 집중되어 있다. 이 일은 배의 가장 높은 갑판에서 진행되고 있는데, 저 멀리 아래에는 그림 가장자리에서 잘려나간 선원들이 거수경례를 하며 길게 늘어서 있다. 블룸펠트는 그 그림을 점점 관심 있게 관찰한다. 그리하여 그것을 약간 멀리 붙잡고는 가늘게 뜬 눈으로 바라본다. 그는 언제나 그런 멋진 장면을 즐기는 취미가 있다. 그 중요 인물들이 그렇게 솔직하고, 진심으로 그리고 경박하게 손을 잡는 것을 그는 매우 진솔하다고 느낀다. 그리고 수행원들이—덧붙이건대 물론 매우 귀한 신사들로서 그들의 이름이 밑에 적혀 있었다—그들의 태도 속에 역사적인 순간의 진지함을 간직하고 있는 것 또한 마찬가지로 합당한 일이다.)

그리고 그가 필요로 하는 모든 것들을 밑으로 내리는 대신에, 블룸펠트는 조용히 앉아 있다. 그리고 아직도 여전히 불을 붙이지 않은 파이프 대롱 안을 들여다본다. 그는 노리고 있다가 완전히 예기치 못하게 긴장을 풀고 그리고 단숨에 의자와 함께 몸을 획 돌린다. 그러나 공들 역시 똑같이 깨어 있거나 아니면 아무 생각 없이 그들이 터득한 법칙을 따르고 있는 것이다. 블룸펠트가 몸을 돌리는 동시에 그들 역시 장소를 변경하고 그의 등 뒤로 숨어버린다. 이제 블룸펠트는 꺼진 파이프를 손에 든 채 탁자에 등을 돌리고 앉아 있다.

공들은 이제 탁자 밑에서 뛰고 있으며, 그곳에는 양탄자가 깔려 있으므로, 소리가 거의 들리지 않는다. 그것은 하나의 큰 이점이다. 아주 약하고 둔탁한 소리가 있을 뿐이다. 청각을 이용해서 그것을 붙잡으려면, 열심히 귀 기울여야만 한다. 블룸펠트는 물론 매우 주의를 기울이고 그 소리를 정확하게 듣는다. 그러나 그것은 지금뿐이다. 잠시 후에는 아마 그것들의 소리를 전혀 들을 수 없을 것이다. 공들이 양탄자 위에서는 남의 시선을 거의 끌 수 없다는 것이 블룸펠트에게는 그것들의 하나의 커다란 약점으로 보인다. 그것들 밑으로 단지 하나나 또는 더 좋게는 두 개의 양탄자를 밀어 넣어야 한다. 그러면 그것들은 거의 힘을 쓰지 못한다. 물론 단지 어떤 정해진 시간이긴 하지만, 그 외에 그것들의 존재는 이미 하나의 분명한 힘을 의미한다.

이제 블룸펠트에게는 개 한 마리가 아주 쓸모가 있을 것이다. 그렇게 괄괄하고 사나운 짐승은 그 공들을 금방 끝장낼 수 있을 것이다. 그는 상상해본다. 개가 발로 그것들을 붙잡으려고 애쓰는 장면을, 그것들을 그들의 자리에서 몰아내는 장면을, 그리고 그것들을 사방팔방으로 방을 가로질러 몰아대고 결국에는 그것들을 이빨 사이에 물게 되는 장면을. 블룸펠트가 빠른 시간 안에 개 한 마리를 사는 것은 아주 손쉬운 일이다.

그러나 당분간은 공들이 단지 블룸펠트만을 두려워해야 한다. 그리고 그는 이제 그것들을 망가뜨릴 마음이 없다. 아마 단지 그에게 결단력이 부족한지 모른다. 그는 저녁이면 지쳐서 일터에서 돌아온다. 그러면 그가 휴식을 필요로 하는 곳에 이 놀라운 일이 준비되어 있다. 그는 이제야 비로소 자신이 얼마나 피로한지를 실제로 느낀다. 그는 물론 공들을 망가뜨릴 것이 분명하다. 그것도 가장 빠른 시간 안에. 그러나 지금 당장은 아니다. 아마 내일이 되면. 만약 이 모든 일을 편견 없이 바라본다면, 공들은 충분히 겸손하게 행동할 것이다. 예를 들어서, 그것들은 가끔 튀어나와서 모습을 보이고는 다시 자신들의 자리로 되돌아갈 수 있을 것이다. 또는 그것들은 더 높이 튀어 올라서 탁자를 두드려서, 양탄자로 인해 이완된 소리를 보상할 수도 있을 것이다. 그러나 그것들은 그런 짓을 하지 않는다. 그것들은 블룸펠트를 불필요하게 자극할 마음이 없다. 그것들은 틀림없이 자신의 일을 꼭 필요한 것으로 제한하고 있는 것이다.

어쨌든 블룸펠트에게 탁자 옆에 머무는 일이 싫어지도록 하기 위해서는 물론 이러한 것으로도 족하다. 그는 이제 겨우 몇 분간 그곳에 앉아 있지만, 벌써 잠자러 갈 것을 생각하고 있다. 그 이유 중의 하나는 그가 이곳에서는 담배를 피울 수가 없다는 것인데, 왜냐하면 성냥을 침실의 탁자 위에 놓아두었기 때문이다. 그러니까 그는 이 성냥을 가져왔어야만 했다. 그러나 그가 침실용 탁자 옆에 가기만 하면, 아마 거기 머물러 몸을 눕히는 편이 더 낳을 것이다. 그는 이때 또 다른 속셈이 있었는데, 즉 공들이 맹목적으로 언제나 그에 뒤에만 머무르려 하기 때문에 침대 위로 튀어 오를 것이고, 그런 다음 그가 누우면, 의도적으로든 그렇지 않든 간에 그것들을 눌러 터뜨리게 되리라고 믿었다. 터진 공의 파편들도 역시 튀어 오를 수 있다는 항변에 대해 그는 거부한다. 범상하지 않은 것도 한계를 갖는 법이다. 공은 보통 그 전체가 튀어 오른다. 지속적이지는 않더라도. 그러나 그와 반대로 공의 파편 조각은 결코 튀는 법이 없다. 그러니까 여기서도 튀지 않을 것이다.

이런 생각으로 마음이 거의 제멋대로 들떠서 그는 "튀어 올라라!" 하고 소리치고 자신의 뒤에 공들을 달고 다시 침대로 쿵쿵거리며 걸어간다. 그의 소망은 그가 의도적으로 아주 침대 가까이에 서자 이루어지는 듯했다. 공 하나가 곧장 침대 위로 튀어 오르는 것이었다. 그러나 예기치 못한 일이 일어났는데, 다른 공이 침대 밑으로 들어간 것이다. 공이 침대 밑에서도 튀어 오를 수 있다는 가능성에 대해 블룸펠트는 전혀 생각하지 못했다. 그것이 부당하다는 것을 느끼면서도 그는 바로 그 공에 대해 분개했다. 왜냐하면 침대 아래에서 튀어 오름으로 해서 그 공은 침대 위의 공보다도 자신의 과제를 더 잘 실현하고 있기 때문이다. 이제 모든 문제는 그 공들이 어느 장소를 정하는가에 달려 있다. 그 공들은 장시간 격리되어서는 작업을 할 수 없다는 것을 블룸펠트가 모르기 때문이다. 그리고 실제로 다음 순간 아래에 있던 공도 역시 침대 위로 튀어 오른 것이다. 블룸펠트는 이제 그들을 잡게 되었다고 생각하자 기쁨에 들떴다. 잠옷을 재빨리 벗어 던지고는 침대로 몸을 던졌다. 그러나 바로 그 순간 앞서의 그 공이 다시금 침대 아래에서 튀고 있지 않은가. 그는 매우 실망해서 맥없이 쓰러졌다. 그 공은 아마 침대 위를 단지 둘러본 모양이었는데 마음에 들지 않은 것 같다. 그리고 이제 다른 공도 그를 따르지 않고 그 공을 따라 물론 아래쪽에 머물러 있었다. 아래가 더 좋기 때문이었다. '이제 온 밤을 이 고수數手들과 지새야 되겠군' 하고 블룸펠트는 생각하면서 입술을 꼭 깨물고는 머리를 떨어뜨렸다.

그는 슬프다. 공들이 밤에 그에게 어떤 해를 입힐 수 있을지도 전혀 모르는 채. 그의 잠은 아주 깊어서 작은 잡음은 쉽게 견디어 낼 것이다. 안전을 기하기 위해서 그는 이미 터득한 경험에 따라 그 공들 밑으로 두 개의 양탄자를 밀어 넣는다. 그것은 흡사 그가 부드러운 잠자리를 마련해주고 싶은 작은 개 한 마리를 가지고 나 있는 듯한 장면이다.

그리고 공들도 피로하고 졸렸는지 튀어 오르는 것이 점차 전보다 낮아지고 느려진다. 블룸펠트는 침대 앞에 무릎을 꿇고 침실용 램프로 아래를 비추면서 그 공들이 양탄자 위에 영원히 놓여 있게 되리라는 생각을 해본다. 그것들은 그렇게 약하게 떨어지고, 그렇게 느리게 조금 멀리 굴러간다. 그러더니 다시 의무적으로 솟아오른다. 그러나 블룸펠트가 일찍 침대 밑을 살펴본다면, 거기에서 두 개의 무해한 어린이용 공을 발견할 수 있을 것이다. 그러나 그것들은 튀어 오르기를 아침까지 지속할 수 없을 것 같다. 왜냐하면 블룸펠트가 침대에 눕자, 벌써 공의 소리가 전혀 들리지 않기 때문이다. 그는 무슨 소리를 들으려고 안간힘을 쓰고 몸을 침대 밖으로 숙여서 귀를 기울인다―소리가 없다. 양탄자가 그렇게까지 강하게 작용하지는 못할 것이다. 유일한 설명은 공들이 더 이상 튀지 않는다는 것뿐이다. 그것들이 부드러운 양탄자 때문에 충분히 부딪치지 못해서 일시적으로 튀어 오르기를 포기했거나 아니면 더욱 그럴듯해 보이는 것은 그것들은 이제 다시는 튀어 오르지 않을 것 같다는 것이다. 블룸펠트는 그것이 어떻게 된 것인지 일어나 볼 수도 있지만, 마침내 고요가 찾아왔다는 만족스러움 때문에 오히려 누워 있고 싶다. 그는 그 조용해진 공들을 시선으로라도 건드리고 싶지 않다. 그는 담배를 피우는 것조차 기꺼이 단념하고, 옆으로 돌아누워서 곧 잠이 든다.

그러나 방해받지 않는 상태가 지속되지는 않는다. 언제나처럼 그의 잠은 이번에도 역시 꿈 없는 잠이다. 그러나 매우 불안하다. 밤중에 그는 누군가가 문을 두드리는 게 아닌가 하는 착각 때문에 깜짝 놀라 수없이 깨어난다. 그는 아무도 문을 두드리지 않는다는 것을 분명하게 알고 있다. 누가 밤에 문을 두드리겠는가. 그것도 고독한 독신자의 하나인 그의 문을. 그러나 그는 분명하게 알고 있으면서도 계속해서 또다시 놀라 일어나서 잠깐 동안 긴장된 채로 문 쪽을 바라본다. 입을 벌리고, 눈을 크게 뜬 채, 그리고 그의 머리 다발은 젖은 이마 위에서 흔들리고 있다. 그는 자신이 얼마나 자주 깨어났는지 세어보려고 한다. 그러나 엄청나게 많이 일어난 그 숫자에 정신을 잃고, 그는 다시금 잠 속으로 떨어진다. 그는 그 두드리는 소리가 어디서 나는지 안다고 믿는다. 그것은 문에서 나는 소리가 아니라 어딘가 완전히 다른 곳에서 난다. 그러나 그는 잠 속에 빠져서 자신의 추측이 어디에서 기인하는지 기억할 수가 없다.

그는 단지 크고 강하게 두드리는 소리가 나기 전에, 수많은 아주 작고 불쾌한 두드리는 소리가 모인다는 사실만을 알고 있다. 그는 그 크게 두드리는 소리를 피할 수만 있다면, 작게 두드리는 소리가 일으키는 모든 불쾌감을 견디어낼 수 있을 것이다. 그러나 어떤 이유에서인지 그것은 너무 늦은 일이다. 그는 지금 손을 댈 수가 없다. 그것을 놓쳐버린 것이다. 그는 말조차 담지 못한다. 단지 말없이 하품을 하느라고 입을 열 뿐이다. 그리고 그것에 화가 치밀어 얼굴을 베개 속으로 처박는다. 그렇게 밤이 지나간다.

아침에 하녀가 문을 두드리는 소리에 그는 깨어난다. 그는 구원의 탄식 소리와 함께 소리가 잘 들리지 않는다고 언제나 불평을 했던 그녀의 조용한 노크 소리에 인사를 보내고, "들어오세요." 하고 벌써 외치려 한다. 그때 그는 또 하나의 활기차고, 약하기는 해도 정말 공격적인 노크 소리를 듣는다. 그것은 침대 밑에서 나는 공 소리이다. 그것들이 깨어난 걸까? 그것들이 그와는 달리 밤사이에 새로운 힘을 모았다는 건가? "곧 갑니다." 하고 블룸펠트는 하녀에게 대답을 하고 침대에서 튀어 일어난다. 그러나 공들이 언제나 등 뒤에 있도록 조심하고, 등을 언제나 그것들에게로 향한 채 바닥에 내려서서 고개를 돌려 그들을 바라본다. 그러고는—거의 저주를 퍼붓고 싶어진다. 마치 밤중에 귀찮은 이불을 밀어내는 아이들처럼 공들도 아마 밤새도록 지속된 작은 움직임으로 침대 밑에서 양탄자를 앞으로 멀리 밀어내서, 또다시 자기 밑에 맨바닥을 갖게 되었고 소음을 만들어낼 수 있게 되었을 것이다. "양탄자 위로 돌아가!" 하고 블룸펠트는 화난 얼굴로 말한다. 그리고 공들이 양탄자 때문에 다시 조용해지자 비로소 그는 하녀를 안으로 불러들인다. 뚱뚱하고 둔하고 언제나 뻣뻣이 똑바로 걸어가는 이 여자가 아침밥을 상 위에 차리고 몇 가지 일을 도와주는 동안에 블룸펠트는 공들을 밑에 묶어두기 위해서 침실 가운을 입은 채로 움직이지도 않고 그의 침대 옆에 서 있다. 그는 하녀가 무엇인가를 눈치채는지 확인하기 위해서 눈으로 그녀를 쫓고 있다. 귀가 어두운 그녀로서는 무엇인가를 눈치챈다는 것은 거의 있을 수 없는 일이다. 그래서 블룸펠트는 하녀가 여기저기에 멈춰 서서 어떤 가구에 몸을 기대고는 눈썹을 치켜 든 채 귀를 기울이는 것을 본다고 생각될 때마다, 그것을 불면으로 인해서 생긴 그의 신경과민 탓으로 돌린다. 그는 하녀로 하여금 그녀의 일을 조금 빨리 서두르도록 할 수 있다면 다행스러울 것이다. 그러나 그녀는 보통 때보다도 느려터졌다. 그녀는 블룸펠트의 옷과 장화를 번잡스레 들고서 그것을 복도로 끌고 갔고, 오랫동안 밖에 머물러 있었다. 그녀가 밖에서 옷들을 손질하느라고 두드리는 소리가 단조롭고 산발적으로 들려온다. 그러는 동안 블룸펠트는 내내 침대 위에서 견뎌내야만 한다. 그가 공들을 자신의 뒤로 끌고 다니기를 원하지 않는다면 움직여서는 안 된다. 그는 될 수 있으면 뜨겁게 마시고 싶은 커피를 식게 내버려두어야 하고, 커튼이 쳐진 창문을 뚫어지게 쳐다보는 것 이외에는 아무것도 할 수가 없다. 커튼 뒤로는 날이 뿌옇게 밝아오고 있다. 마침내 하녀가 일을 끝내고 좋은 아침이 되기를 바란다고 인사말을 하고 가려 한다. 그러나 그녀는 떠나기 전에 문 옆에 잠깐 멈추어 서더니 입술을 조금 움직이며 블룸펠트를 지긋이 바라본다. 블룸펠트는 정말 문을 열어젖히고 그녀 뒤에다 소리치고 싶다. 어떻게 저렇게 멍청하고 늙고 둔한 여자가 있느냐고 말이다. 그러나 그가 그녀에게 사실 무엇 때문에 반론을 제기하려 하는지 생각해보니 그녀가 의심할 여지도 없이 아무것도 눈치채지 못했으면서도 마치 자신이 무엇인가를 눈치챈 듯한 인상을 주려고 했다는 것이 어리석게 생각된 것이다. 그의 생각이 얼마나 어지러운가! 그리고 그것은 단지 밤에 잠을 제대로 자지 못한 탓이다. 잠을 설친 것에 대해서 그는 하나의 사소한 해명을 찾아냈는데, 그가 어제 저녁 자신의 습관에서 벗어나 담배도 피우지 않고 브랜디도 마시지 않았기 때문이라는 것이다.

그는 이제부터 자신의 몸이 좋은 상태를 유지하도록 더욱 주의를 기울일 것이다. 그래서 그는 침실용 탁자 위에 걸려 있는 그의 가정상비약 상자에서 솜을 꺼내 두 개의 작은 공을 만들어 귀 안을 틀어막는 일부터 시작한다. 그리고 나서 그는 일어서서 시험적으로 걸음을 떼어놓는다. 공들이 따라오기는 하지만, 그것들의 소리는 거의 들리지 않는다. 솜을 좀 더 귀 안으로 밀어 넣음으로써 그것들의 소리를 완전히 차단해버린다. 블룸펠트는 몇 걸음 더 걸어간다. 그것은 별 불편 없이 이루어진다. 블룸펠트나 공들이나 모두가 다 각각이다. 그들은 비록 서로 연결되어 있기는 하지만 서로 방해하지 않는다. 다만 블룸펠트가 급히 몸을 돌리고 공 하나의 반동이 충분히 빠르지 못했을 때 블룸펠트의 무릎이 그것과 부딪쳤을 뿐이다. 그것이 유일한 돌발 사건이며 그 외에 블룸펠트는 편안하게 커피를 마신다. 그는 마치 밤에 잠을 못자서가 아니라, 먼 여행을 한 것처럼 배가 고프다. 그는 기분을 굉장히 상쾌하게 해주는 차가운 물로 몸을 씻고 옷을 입는다. 여태까지 그는 커튼을 걷어 올리지 않고 조심하느라고 그냥 어스름한 어둠 속에 있었다. 공에 대해서는 신기할 것이 없었던 것이다. 그러나 이제 나갈 준비가 되자, 그는 공들이 그를 따라 골목길에까지 나오려 감행할 경우를—그는 그것을 믿지는 않지만—대비해서 공들에 대한 조치를 취해야만 한다. 그는 그 점에 대해 묘안을 가지고 있다. 그는 큰 옷장을 열고 등을 그쪽으로 향하여 선다. 공들은 그 의도된 바를 느끼기라도 하듯이 옷장 안으로 들어가지 않으려 조심을 한다. 그것들은 블룸펠트와 옷장 사이에 있는 작은 자리를 모조리 이용하고 어쩔 수가 없을 때는 일순간 옷장 속으로 뛰어들었다가는 곧장 어둠을 피해 다시 도망쳐 나온다. 그것들을 옷장의 문턱을 넘어 더 깊숙이까지는 결코 들여놓을 수가 없다. 그것들은 차라리 자신들의 의무를 어기고, 거의 블룸펠트

옆자리를 지키고 있다. 그러나 그것들의 작은 꾀도 도움이 될 수 없다. 왜냐하면 블룸펠트가 직접 옷장 속으로 뒷걸음을 쳐 올라갔고 그것들도 이제는 어쨌든 따라가야만 하기 때문이다. 그러나 그것으로써 공들에 대한 결정이 내려졌다. 왜냐하면 옷장 바닥에는 구두, 상자들, 작은 가방 같은 잡다한 물건들이 놓여 있었는데, 그것들은 모두 정리가 잘 되어 있기는 하지만—블룸펠트는 지금 그것을 유감스럽게 생각한다—공들에게는 물론 몹시 방해가 되기 때문이다. 그리고 그 사이에 옷장 문을 끌어당겨 거의 닫고 있었던 블룸펠트가 한 걸음 크게 뛰어—그는 몇 년 전 이래로 그런 일을 해본 적이 없었다—옷장을 나와 문을 눌러 닫고 열쇠를 돌리자, 공들은 안에 갇히게 되었다. '이제 성공이군' 하고 생각하며 블룸펠트는 얼굴에서 땀을 닦는다. 공들이 옷장 안에서 어찌나 시끄러운 소리를 내는지! 그것은 공들이 절망하고 있는 것 같은 인상을 준다. 그와 반대로 블룸펠트는 매우 만족스럽다. 그는 방을 나왔고, 썰렁한 복도조차도 그에게 유쾌한 기분을 준다. 그가 귓속의 솜을 꺼내자, 깨어나고 있는 건물의 수많은 소음이 그를 매료시킨다. 사람들은 거의 보이지 않는다. 아직 이른 아침이다.

아래쪽 현관, 하녀의 지하 방으로 들어가는 낮은 문 앞에는 그녀의 열 살짜리 아들이 서 있다. 자기 어머니를 꼭 닮은 아이. 그 아이의 얼굴에도 어머니의 추한 모습이 그대로 있었다. 그 아이는 휘어진 다리로 손을 바지 주머니에 찌른 채 거기에 서서 푸푸거리고 있었는데, 갑상선종을 가지고 있어서 힘들게 숨을 쉬기 때문이었다. 블룸펠트는 보통 때 그 소년을 길에서 만나면 가능한 한 이 연극을 생략하기 위해서 좀 더 빠른 걸음으로 걸어가는 반면에, 오늘은 그의 곁에 서 있으려 한다. 소년이 그 여자에 의해서 세상에 나왔고 자신의 출처의 모든 특징을 가지고 있다고 하더라도, 그는 당분간은 한 아이로 있을 테고, 그 못생긴 머릿속에는 물론 아이의 생각이 들어 있을 텐데, 사람들이 그에게 현명하게 말을 걸고 무엇인가를 물어본다면, 그 아이는 십중팔구 밝은 목소리로, 순진하게 그리고 공손하게 대답할 것이다. 그리고 사람들은 약간 자제하고 나서 그 아이의 뺨을 어루만져줄 수도 있을 것이다. 블룸펠트는 그렇게 생각했지만, 그냥 지나친다. 자신이 방 안에서 생각했던 것보다는 골목길의 날씨가 한결 온화하다는 것을 느낀다. 아침 안개가 갈라지고 거센 바람이 스치고 지나가는 하늘엔 파란 자리가 생겨난다. 블룸펠트는 보통 때보다 훨씬 일찍 자기 방을 나올 수 있었던 것에 대해서 공들에게 감사한다. 그는 신문도 읽지 않은 채 탁자 위에 두고 잊고 왔지만, 어쨌든 그 때문에 시간을 많이 벌게 되어 이제 천천히 갈 수 있는 것이다. 그가 공들을 자신에게서 떼어놓은 이후로, 그것들이 그에게 거의 걱정거리가 되지 않는다는 것은 이상스러운 일이다. 그것들이 그의 뒤에 가까이 있는 동안은, 그것들은 그에게 달려 있는 어떤 것으로, 그라는 사람을 판단할 때 어떻든 함께 관련되는 것으로 생각될 것이다. 그러나 지금 그것들은 다만 집의 옷장 안에 있는 장난감에 불과하다. 그리고 이때 공들의 피해를 제거할 수 있는 방법은 그가 그것들을 그 원래의 용도로 이끄는 것뿐이라는 생각이 그에게 떠오른다. 거기 현관에는 아직 소년이 서 있다. 블룸펠트는 그에게 공들을 선물할 것이다. 대충 몰래가 아니라, 명확하게 선물하는 것이다. 그것은 분명히 그것들을 없애라는 명령과 같은 것을 의미한다. 그리고 그것들이 부서지지 않은 채 남아 있게 된다 하더라도, 그것들은 옷장 안에 있을 때보다 소년의 손 안에 있을 때에는 그다지 대수로운 것이 아니다. 집 전체가 소년이 공들을 가지고 노는 것을 볼 것이다. 다른 아이들도 한 패가 될 것이다. 여기에서 문제가 되는 것은 놀이공이지 블룸펠트의 생의 동반자가 아니라는 일반적인 견해는 충격적이지도 그리고 반감을 주는 것도 아니다. 블룸펠트는 뛰어서 집으로 되돌아간다. 소년은 막 지하 계단을 내려가 밑에서 문을 열려고 한다. 그러니까 블룸펠트는 그 소년을 불러야 한다. 그리고 소년과 연관되는 모든 것처럼 우스꽝스러운 이름을 말해야 한다. "알프레드, 알프레드." 하고 그가 부른다. 소년은 오랫동안 망설인다. "자, 이리 와봐!" 하고 블룸펠트는 부른다. "내가 너에게 무엇을 줄게." 건물 관리인의 작은 두 딸이 맞은편 문에서 나와서 호기심을 가지고 블룸펠트의 오른쪽과 왼쪽에 선다. 그들은 소년보다 훨씬 빠르게 알아듣고, 그가 왜 금방 오지 않는지 이해하지 못한다. 그들은 그에게 손짓하고 그러면서 블룸펠트에게서 눈을 떼지 않는다. 그렇지만 어떤 선물이 알프레드를 기다리고 있는지 알아낼 수 없다. 호기심이 그들을 안달나게 해서 그들은 발을 번갈아가며 팔짝팔짝 뛴다. 블룸펠트는 그들뿐만 아니라 소년도 비웃는다. 그 아이는 드디어 모든 것을 제대로 해석한 것처럼 보인다. 그는 어설프게 느릿느릿 계단을 올라온다. 그는 걸어오면서 아래 지하문 안에 나타난 그의 어머니를 결코 모른 척하지 못한다. 블룸펠트는 매우 크게 소리친다. 하녀도 그를 이해하게 하고 필요하다면 그의 명령의 이행을 감독하게 하기 위해서다. "나는 저 위 내 방에 예쁜 공을 두 개 가지고 있단다. 너 그것을 가지고 싶니?" 하고 블룸펠트는 말한다. 소년은 단지 입을 삐죽거리고는 어떻게 해야 할지 몰라 한다. 그는 몸을 돌려서 물어보는 듯이 어머니를 내려다본다. 그러나 소녀들은 곧 블룸펠트 주위를 돌며 공을 달라고 조른다. "너희들도 그것을 가지고 놀아도 된단다." 하고 블룸펠트는 그들에게 말하지만 소년의 대답을 기다린다. 그는 곧 공을 소녀들에게 선물할 수도 있을 것이다. 그러나 그들은 너무 경박스러워 보인다. 그는 지금 소년에게 더 많은 신뢰감을 갖고 있다. 그 아이는 그 사이에 아무 말도 주고받지 않았지만 그의 어머니에게서 조언을 구했고 블룸펠트의 새로운 질문에 고개를 끄덕여 동의를 한다.

"그럼, 조심해라!" 하고 블룸펠트는 말한다. 그는 그의 선물에 대해서 아무런 감사를 받지 못하리라는 것을 기꺼이 묵인한다. "내 방 열쇠는 너의 어머니가 가지고 있어. 너는 어머니에게서 그것을 빌려야 해. 여기 너에게 나의 옷장 열쇠를 주마. 그리고 그 옷장 안에 공이 들어 있단다. 옷장과 방을 다시 주의해서 닫아라. 그렇지만 공들은 네 마음대로 해도 좋아. 다시 되돌려줄 필요는 없어. 내 말을 알아들었니?" 그러나 불행하게도 소년은 이해하지 못했다. 블룸펠트는 이 끝없이 우둔한 존재에게 모든 것을 자꾸만 반복하고, 열쇠와 방과 옷장을 자꾸만 헷갈려서 말했다. 그래서 그 결과 소년은 그를 은인이 아니라 유혹자처럼 노려본다. 소녀들은 물론 곧 모든 것을 알아듣고, 블룸펠트에게 달려들면서 열쇠를 향해 손을 뻗는다. "기다리란 말이야." 하고 블룸펠트는 말하며, 이미 모든 것에 대해서 화가 난다. 시간도 지나가고 있다. 그는 이제 더 이상 오래 지체할 수 없다. 하녀라도 자기가 그의 말을 이해했고 소년을 위해서 모든 것을 제대로 처리하겠다고 말해준다면. 그러나 그녀는 그러는 대신에 여전히 저 아래 문가에 서 있다. 귀가 어두워 창피한 것처럼 꾸며대며 미소를 짓고는. 아마 블룸펠트가 위에서 아들에게 갑자기 마음을 빼앗겨서 그에게 구구단을 물어보고 있는 것쯤으로 생각한다. 그러나 물론 블룸펠트 역시 지하 계단을 내려가서, 하녀에게 제발 하나님의 자비로 그녀의 아들이 그를 공들로부터 해방시킬 수 있게 해달라는 부탁을 그녀의 귀에다 대고 소리칠 수는 없다. 그가 자신의 옷장 열쇠를 하루 종일 이 가족에게 맡기려 한다면, 그는 이미 충분하리만큼 참아온 것이다. 그가 직접 소년을 위로 데리고 가서 그곳에서 그에게 공들을 넘겨주는 대신, 그에게 열쇠를 건네주는 것은 자신의 수고를 아끼기 위해서가 아니다. 그는 물론 위에서부터 공들을 줘버릴 수는 없다. 그러면 그것들은 예견되는 바대로, 그가 그것들을 뒤에 오는 시종처럼 뒤로 끌어당기게 됨으로써 그것들을 소년으로부터 곧 다시 받게 되는 것이다. 블룸펠트는 새롭게 설명을 시도했지만, 그것이 소년의 텅 빈 시선 밑에서 금방 다시 깨어지고 나자, "너는 아직도 나를 이해 못 하니?" 하고 몹시 슬프게 묻는다. 그런 텅 빈 시선은 사람을 무방비 상태로 만든다. 그 시선은 사람으로 하여금 단지 이 공허를 이성으로 메우기 위해서 하고 싶은 말보다 더 많은 말을 하도록 유인한다.

"우리가 그에게 공을 가져다줄게요."라고 소녀들이 외친다. 그들은 영리하다. 그들은 공을 여하튼 오직 소년의 중재를 통해서만 얻을 수 있다는 것, 그러나 이러한 중재도 자기들 스스로가 실행해야 한다는 것을 알아차렸다.

건물 관리인의 방에서 시계가 울리고 있고, 그것은 블룸펠트에게 서두르라고 경고한다. "그럼 열쇠를 받아라!" 하고 블룸펠트는 말한다. 그러나 열쇠는 그가 그것을 준다기보다는 그의 손에서 잡아채어졌다. 그가 소년에게 열쇠를 주었다면 비교할 수 없을 만큼 훨씬 더 안심할 수 있었을 것이다. "방 열쇠는 밑의 부인에게서 얻어 오너라!" 블룸펠트는 다시 말한다. "그리고 너희들이 공을 가지고 돌아와서는, 양쪽 열쇠를 부인에게 돌려드려야 한다." "네, 네." 하고 소녀들은 소리치고, 계단 밑으로 뛰어 내려간다. 그들은 모든 것을 안다. 모든 것을 철저하게. 블룸펠트는 소년의 우둔함에 전염되기라도 한 듯이 어떻게 그렇게 빨리 소녀들이 자신의 설명을 모두 끌어낼 수 있었는지, 이제는 스스로가 이해되지 않는다.

이제 그들은 벌써 하녀의 치마를 잡아당기고 있었다. 그러나 블룸펠트는 그들이 의무를 수행하는 모습을 더 이상 오랫동안 바라볼 수가 없다. 그것이 무슨 유혹적인 일이기라도 하듯이. 그것은 너무 시간이 늦어서일 뿐만 아니라 만약 공들이 바깥으로 나온다면 맞부딪치고 싶지 않아서이기도 하다. 그는 소녀들이 위층 자기 방문을 열 때에는 이미 길 몇 개를 지나 멀리 떨어져 있기를 바란다. 그는 물론 그가 공에 대해서 아직도 무엇을 기대할 수 있을지 전혀 모른다. 그렇게 그는 이 아침에 두 번째로 바깥으로 나간다. 그는 하녀가 소녀들에게 정말 대항하고 있고, 소년이 휘어진 다리를 움직여서 어머니를 도우러 가는 모습을 보았다. 블룸펠트는 어째서 하녀와 같은 그러한 사람들이 이 세상에서 성공하고 번성하는지 이해가 가지 않는다.

블룸펠트가 일하고 있는 내복 제조 공장으로 가는 동안, 점차 일에 대한 생각이 다른 모든 것을 정복해버린다. 그것은 그의 걸음걸이를 빠르게 한다. 그리고 소년 때문에 지체했음에도 불구하고 그는 제일 먼저 사무실에 도착한다.

이 사무실은 유리로 칸을 막은 공간으로, 블룸펠트를 위한 책상 한 개와 견습생들을 위한 서서 일하는 높은 책상이 두 개 있다. 이 서서 일하는 책상은 마치 초등학교 아이들을 위한 것처럼 작고 좁았지만, 사무실 안이 매우 비좁아서 견습생들은 앉을 수가 없다. 왜냐하면 그렇게 되면 블룸펠트의 의자를 놓을 자리가 없어지기 때문이다. 그래서 그들은 하루 종일 그들의 책상을 눌러대면서 서 있다. 그들이 매우 불편한 것은 분명한 일이다. 그리고 그 때문에 블룸펠트 역시 그들을 보기가 괴로운 것이다. 가끔 그들은 열심히 책상에 매달려 있다. 그러나 일을 하기 위해서가 아니라, 서로 귓속말을 하거나 또는 꾸벅꾸벅 졸기 위해서이다. 블룸펠트는 그들에게 매우 화가 나 있다. 그들은 그에게 부과된 엄청난 양의 일을 하는 데 있어서 그를 충분히 도와주고 있지 않다. 그의 일은 공장이 어떤 특정한 고급 제품의 생산을 위해서 맡긴 가내 수공업자들과의 전체 물건 거래를 주선하는 일이다. 이 일의 규모를 판단하기 위해서는 전체 상황을 좀 더 자세히 들여다보아야 한다. 그러나 블룸펠트의 직속상관이 몇 년 전에 죽고 난 이후로 아무도 더 이상 이러한 통찰력을 가지고 있지 못하며, 그 때문에 블룸펠트 역시 그의 일에 대해서 판단할 수 있는 자격을 아무에게도 양도할 수가 없다. 예를 들어, 공장장인 오토마 씨는 블룸펠트의 일을 공공연하게 과소평가한다. 그는 물론 블룸펠트가 지난 이십 년 동안 공장에 기여한 업적을 인정한다. 그러나 그것을 인정하는 것은, 그가 그렇게 해야 되기도 하겠지만, 그외에도 블룸펠트를 충실하고 믿을 만한 사람으로 생각하고 있기 때문이다―그럼에도 그는 그의 일을 과소평가하고 있다. 말하자면 그는 그 일을 블룸펠트가 하는 것보다 한결 간단하게 처리할 수 있기 때문에 모든 면에서 더욱 유리하게 처리할 수 있을 것으로 믿고 있다. 그래서 사람들은 오토마가 블룸펠트의 부서에 거의 모습을 나타내지 않는 이유는 블룸펠트의 작업 방식을 보면 일어나는 분노를 삭이기 위해서라고 말하고 있으며, 그것은 아마도 믿을 수 없는 일은 아닐 것이다. 그렇게 진가를 인정받지 못하는 것은 블룸펠트로서도 분명 슬픈 일이다. 그러나 아무런 대책이 없다. 왜냐하면 그는 오토마에게 약 한 달간 블룸펠트의 부서에 계속해서 머물러, 여기에서 해결되는 다양한 종류의 일을 익히고, 오토마 자신이 더 낫다고 생각하는 방법을 적용해서 그것의 분명한 결과가 될 이 부서의 파산을 통해 블룸펠트가 옳다는 것을 확인하라고 강요할 수는 없기 때문이다. 그래서 블룸펠트는 자신의 일을 예전과 다름없이 단호하게 맡아서 하고 있으며, 오토마가 오래간만에 나타나게 되면 약간 놀라서, 부하 직원의 의무감으로 이런저런 시설을 설명하는 무기력함을 보인다. 거기에 대해 오토마는 그저 말없이 고개를 끄덕이면서 눈을 아래로 향하고 가린다. 블룸펠트가 언젠가 자리에서 물러나야 한다면, 그것의 즉각적인 결과는 아무도 해결할 수 없는 커다란 혼동일 텐데, 왜냐하면 오토마는 공장에서 블룸펠트를 대신하여 그의 자리를 양도받아 수개월에 걸쳐 닥칠 경영의 가장 힘든 정지 상태를 모면해줄 수 있는 사람을 알지 못하기 때문이다. 그래서 오토마는 이러한 생각을 할 때보다는 차라리 그의 가치를 인정하지 않을 때가 덜 고통스럽다. 사장이 누군가를 과소평가한다면, 직원들은 물론 될 수만 있으면 그를 능가하려고 애쓴다. 그렇기 때문에 모든 사람들이 블룸펠트의 일을 과소평가하고, 아무도 자신의 교육을 위해서 얼마 동안 블룸펠트의 부서에서 후임자로 일하려고 하지 않는다. 여태까지 단지 한 명의 도움으로 부서의 모

든 일을 완전히 혼자서 해야 했던 블룸펠트가 견습생 한 명을 보
조해줄 것을 요구했을 때가 가장 힘든 투쟁의 주일이었다. 거의
매일 블룸펠트는 오토마의 사무실에 나타나서 그에게 왜 이 부
서에 견습생이 필요한지를 조용히 그리고 자세히 설명했다. 견습
생을 필요로 하는 이유는 블룸펠트가 자신의 수고를 아끼려 하
기 때문이 아니라는 것을 설명했으며, 자신은 수고를 아끼려 하
지도 않으며 엄청난 부분의 일을 할 것이고 그것을 중지하지 않
도록 마음에 새겨두겠노라고 했다. 그러나 오토마는 단지 시간이
지남에 따라 사업이 어떻게 진척되었는가만을 생각하는 것 같다.
모든 부서들은 그에 따라 적당히 확장되었는데 단지 블룸펠트의
부서만이 언제나 방치되어 있다. 그러나 바로 그곳의 일이 얼마
나 비대해졌는지! 블룸펠트가 들어왔을 때, 그때를 오토마 씨는
분명히 더 이상 기억하지 못할 텐데, 그곳에는 약 열 명의 재봉사
들이 일하고 있었는데, 오늘날에는 그 숫자가 오십부터 육십까지
왔다 갔다 한다. 그런 일은 힘을 요구한다. 블룸펠트는 자신이 일
을 위해 완전히 힘을 쏟을 수 있음을 보증할 수도 있다. 그러나 그
는 이제부터는 자신이 일을 완전히 압도하게 될지에 대해서 더
이상 보증할 수가 없다. 사실 오토마 씨는 한 번도 블룸펠트의 청
원을 직접적으로 거절하지는 않았다. 그는 한 나이 든 직원에 대
해서 그렇게 할 수는 없었다. 그러나 그가 전혀 귀를 기울여 듣지
않고, 부탁하고 있는 블룸펠트를 무시하고 다른 사람들과 이야기
하면서 반승낙을 했다가는 며칠 후에는 다시 모든 일을 잊어버
리는 식은―이런 식은 정말 모욕적이었다. 사실 블룸펠트에게
있어서―블룸펠트는 몽상가가 아니다―명예와 자신의 가치에
대한 인정이 그렇게 아름다운 것은 아니다―블룸펠트는 그것들

없이도 지낼 수 있다. 그는 이 모든 것에도 불구하고 어떻게든 되어가는 동안에는 그의 자리에서 참고 견딜 것이다. 어쨌든 그는 정당하다. 그리고 정의는 그것이 가끔 오래 걸리기는 해도 결국은 인정을 받게 되는 것이다. 그래서 블룸펠트는 정말 두 명씩이나 되는 견습생을 드디어 얻게 되었지만, 물론 그 견습생들이란 어떤고 하니, 오토마가 견습생을 거절하는 것보다 오히려 이러한 견습생들을 허락함으로써 이 부서에 대한 자신의 경멸을 나타낼 수 있으리라고 사람들은 믿었을지 모른다. 나아가 오토마가 그렇게 오랫동안 블룸펠트를 못살게 굴었던 이유는 그가 그런 견습생 두 명을 찾으려 했지만, 그렇게 오랫동안 발견할 수 없었기 때문이라는—이해될 수 있는 일이지만—것이 가능하다. 그리고 이제는 블룸펠트도 불평할 수 없었다. 대답은 물론 뻔한 것이었다. 그는 두 명의 견습생을 얻었던 것이다. 그가 단지 한 명만을 원했는데도 말이다. 모든 것이 오토마에 의해서 그렇게 교묘하게 이끌어졌다. 물론 블룸펠트는 불평을 하지만 단지 긴급 상황이 정말 그를 그렇게 몰아대기 때문이지, 그가 지금도 여전히 대책을 바라고 있기 때문은 아니었다. 그는 강력하게 불평하는 것이 아니라 적당한 기회가 생겼을 때, 그 기회에 말하는 것뿐이었다. 그럼에도 불구하고 악의를 품은 동료들 사이에는 금방 이런 소문이 퍼졌다. 누군가가 오토마에게 이제 특별한 도움을 받은 블룸펠트가 여전히 불평을 할 수 있는지를 물었다. 거기에 대해 오토마는, 그것은 옳은 일이라고 대답했다는 것이다. 블룸펠트는 여전히 불평을 하지만 그러나 옳다. 오토마는 마침내 그것을 알게 되었으며, 그래서 그는 점차로 블룸펠트에게 각 재봉사에 한 명의 견습생, 그러니까 모두 대략 육십 명을 배속시킬 작정이다. 그러나 이것도 충분하지 않다면 그는 더 많이 내보낼 것이고, 이미 수년 전부터 블룸펠트의 부서에서 추천하고 있는 정신병원이 완성되기 전에는 그 일을 그만두지 않을 것이다. 물론 이 발언에는 오토마의 어투가 잘 모방돼 있지만, 그러나 그 자신은 블룸펠트에 대해서 그와 비슷하게라도 자신의 의견을 표명하는 일을 멀리하고 있었다 ─ 거기에 대해 블룸펠트는 의심하지 않았다. 이 모든 것은 일 층의 여러 사무실에 있는 게으름뱅이들의 조작이었다. 블룸펠트는 그것을 무시했다. 그가 견습생들의 존재에 대해서도 그렇게 아무렇지도 않게 무시할 수만 있었다면. 그러나 그들은 거기에 서서 더 이상 움직이려 들지 않았다. 창백하고 허약한 아이들. 서류에 의하면 그들은 이미 학교를 끝낸 나이가 되었겠지만, 실제로는 그것을 전혀 믿을 수가 없었다. 그렇다. 사람들은 그들을 선생에게 맡기려 하지도 않았을 것이다. 그럴 정도로 그들은 아직 어머니 손에 속해 있는 것이 분명했다. 그들은 아직 똑똑하게 움직이지 못했다. 오랫동안 서 있는 일은 특히 처음에는 그들을 몹시 지치게 했다. 그들을 감시하지 않고 놓아두면, 그들은 허약함 때문에 금방 꾸벅꾸벅 졸았고, 한구석에 비스듬히 몸을 구부리고 서 있었다. 블룸펠트는 그들에게, 그들이 언제나 그렇게 편안함을 찾는다면 평생 동안 불구자로 지내게 되리라는 것을 이해시키려고 애썼다. 견습생들에게 조금 움직이도록 허락을 해보았다. 한 사람이 그저 두 발자국을 떼어놓으면 되었는데, 그는 너무 성급하게 뛰쳐나가서 무릎을 책상에 부딪쳐 상처를 입었다. 그 방은 여자 재봉사들로 가득 찼었다. 책상은 물건들로 가득했다. 그러나 블룸펠트는 모든 것을 내버려 두고, 울고 있는 견습생을 사무실로 데리고 가서 그에게 작은 붕대를 감아주어야만 했다. 그러나 견습생들의 이러한 노력도 단지 외면적일 뿐이었다. 마치 진짜 아이들이 종종 뛰어나게 그런 면을 보이는 것과 같았다. 그러나 그보다 더욱 자주 혹은 오히려 거의 언제나 그들은 단지 상관의 주의력을 혼돈시키고 속이려고만 했다. 제일 큰 일이 들어왔을 때 블룸펠트는 땀에 흠뻑 젖은 채 그들 곁으로 뛰어간 적이 있었는데, 그들이 고리짝 사이에 숨어서 돈을 바꾸고 있다는 것을 알았다. 그는 두 주먹으로 그들의 머리를 내려치고 싶었다. 그런 태도에는 그것이 유일하게 가능한 벌칙일 것이었다. 그러나 그들은 아이들이었다. 블룸펠트는 아이들을 때려눕힐 수는 없었다. 그리고 그런 식으로 그는 그들 때문에 계속해서 고통을 받고 있었다. 원래 그는 견습생들이 직접적인 조력을 통해서 자신을 뒷받침해주리라고 생각했었다. 물건 분배 시에는 많은 노력과 주의를 기울여야 하므로 그런 조력이 요구되었다. 그는 견습생들이 그의 명령에 따라 여기저기 뛰어다니고 모든 것을 분배할 동안, 자신은 대개 책상 뒤 한가운데 서서 언제나 모든 것에 대해 통찰을 유지하고 기입하는 일을 하게 되리라 생각했었다. 그는 자신의 감시가 매우 날카로운 것이기는 하지만, 그런 혼잡스러운 상황에는 충분하지 않았기 때문에 견습생의 주의력을 통해서 보완되리라고 생각했으며, 이 견습생들은 점차 경험을 쌓아서 모든 일에서 일일이 자신의 명령에 따르기만 하는 것이 아니라 결국은 스스로가 상품 수용과 신용도에 관한 한 재봉사들을 구별할 줄 알게 되리라고 생각했었다. 이 견습생들을 가늠해볼 때, 그것은 완전히 가망 없는 일이었다. 블룸펠트는 곧 그들이 재봉사들과 이야기하게 해서는 결코 안 된다는 것을 알게 되었다. 그들은 많은 재봉사들에게는 처음부터 가지도 않았다. 왜냐하면 견습생들은 재봉사들에 대해서 혐오감이나 두려움을 가지고 있었기 때문이었다. 반면에 자신들이 좋아하는 다른 이들에게는 자주 문까지 뛰어갔다. 이들에게 견습생들은 자신들이 원하는 것만을 가져와서 재봉사들이 당연히 접대를 받아야 했을 때에도 그것을 비밀스럽게 이들의 손에 쥐어주었다. 견습생들은 빈 선반 위에 이렇게 마음에 드는 여러 가지 천 조각, 쓸모 없는 찌꺼기, 그러나 아직도 유용한 사소한 물건들도 함께 모았고, 벌써 블룸펠트의 등 뒤 멀리서부터 이들을 향해 기쁨에 넘쳐 그것들을 흔들어댔고, 그 대신 그들은 사탕을 얻어 입에 넣었다. 블룸펠트는 물론 이러한 행패를 곧 끝장나게 했고, 재봉사들이 오면, 그들을 칸막이 안으로 몰아넣었다. 그러나 그들은 오랫동안 그것을 굉장히 부당한 것으로 여기고, 반항하고, 펜을 마음대로 부수고, 가끔은 물론 고개를 들 엄두는 내지 못하면서, 유리창을 크게 두드렸다. 그것은 그들이 그들 생각으로는 블룸펠트에 의해 당해야만 하는 부당한 대우에 대해서 재봉사들의 주의를 끌기 위해서였다.

그들 자신이 행한 잘못, 그것을 그들은 깨닫지 못한다. 그래서 그들은, 예를 들어 거의 언제나 사무실에 너무 늦게 온다. 그들의 상관인 블룸펠트는 아주 이른 젊은 시절부터 적어도 사무실이 시작되기 삼십 분 전에 나타나는 것을 당연하다고 여겨왔다—야심이 아니라, 과장된 책임 의식이 아니라, 다만 예의범절이 그로 하여금 그렇게 하게 만들었던 것이다. 블룸펠트는 대부분 한시간 이상 그의 견습생들을 기다려야만 했다. 그는 보통 아침 식사로 젬멜*을 씹으면서 넓은 방의 책상 뒤에 서서 재봉사들의 작은 책자에 써 있는 결산을 완결짓는다. 곧 그는 일에 빠져들어서

---

* 고운 밀가루로 만든 작고 둥근 빵.(옮긴이)

다른 것은 아무것도 생각지 않는다. 그때 갑자기 그는 손에 잡고 있는 펜이 잠시 동안 떨릴 정도로 놀란다. 한 견습생이 마치 넘어질 것처럼 뛰어 들어와서 한 손으로 어딘가를 꽉 잡고 다른 한 손으로는 가쁘게 숨 쉬는 가슴을 누른다. 그러나 이 모든 것은 거의 그가 지각에 대해 사과를 하려는 것 이외에는 아무것도 아니다. 그 사과라는 것은 우스꽝스러워서, 블룸펠트는 일부러 못 듣는 체한다. 왜냐하면 그렇게 하지 않으면 그는 그 소년을 마땅히 때리게 될 것이기 때문이다. 그래서 그는 소년을 잠시 동안만 쳐다보고, 손을 뻗쳐서 칸막이 방을 가리키고는 다시 그의 일로 돌아간다. 이제 견습생이 상관의 호의를 알아차리고 자신의 자리로 서둘러 갈 것을 기대할 수 있을 것이다. 그러나 그렇지 않다. 그는 서두르지 않는다. 그는 사뿐사뿐 걸어간다. 그는 발돋움을 하고 한 발짝씩 앞으로 걸어간다. 그는 상관을 비웃으려고 하는가? 그것도 아니다. 그것은 다만 두려움과 자기 만족감이 뒤섞인 것뿐이다. 거기에 대해서는 어찌할 도리가 없다. 그렇지 않고는 어떻게 설명할 수 있겠는가. 블룸펠트 자신이 평소와는 달리 늦게 사무실에 온 오늘도 장시간 기다린 지금에서야―그는 작은 책자들을 조사해볼 마음이 나지 않는다―어리석은 하인이 그 앞에서 빗자루를 가지고 하늘 높이 피워 올리고 있는 먼지 구름 사이로, 길거리에서 두 견습생이 편안한 마음으로 다가오는 것을 본다면 어떻겠느냐 말이다. 그들은 엉켜서 서로를 꽉 잡고서, 서로 중요한 것을 이야기하는 것처럼 보인다. 그러나 그것은 분명히 사무와는 아무런 관계가 없는 금지된 이야기일 것이다. 그들은 유리문에 가까이 오면 올수록, 걸음을 더욱 느리게 한다. 드디어 한 사람이 손잡이를 잡고 있지만, 그것을 누르지 않는다. 여전히 그들은 서로 이야기하고 듣고 하며 웃는다. "우리의 신사분들을 위해서 문을 열어드리게나." 하고 블룸펠트는 손을 높이 쳐들고 하인에게 소리친다. 그러나 견습생들이 들어오자 블룸펠트는 더 이상 다투지 않고, 그들의 인사에도 응하지 않고 그의 책상으로 간다. 그는 계산하기 시작한다. 그러나 가끔 견습생들이 무엇을 하는지 보기 위해서 눈을 든다. 한 사람은 몹시 피로한 듯이 보이며, 눈을 비벼댄다. 그는 외투를 못에 걸 때 그 기회를 이용해서 잠시 벽에 몸을 기대고 있다. 길거리에서는 기운이 팔팔하지만 일 가까이에서는 피로해진다. 다른 견습생은 그와 반대로 일하고 싶은 마음이 있기는 하지만 다만 몇 가지일 뿐이다. 오래전부터 비질하는 일이 그의 소원이다. 그러나 그것은 그에게 부과된 일이 아니다. 비질은 다만 하인에게 해당되는 일이다. 블룸펠트 자신은 견습생이 비질하는 것에 반대하지 않을 것이다. 견습생이 비질을 한들 하인보다 못할 수는 없을 것이다. 그러나 견습생이 비질하기를 원한다면, 그는 물론 하인이 비질을 시작하는 것보다도 더 일찍 와야 하고, 또 그가 사무실 일을 할 의무가 있을 때는 그것에 시간을 소비해서는 안 된다. 그러나 그 작은 소년이 모든 분별 있는 생각에 미치지 못한다면, 그렇다면 적어도 하인이—사장은 눈이 반쯤 먼 이 노인을 분명히 블룸펠트의 부서 이외에는 어느 곳에서도 견뎌내지 못할 것이고, 그 노인은 단지 신과 사장의 은혜로 살고 있는 터였다—그렇다면 적어도 이러한 하인이 양보를 해서 잠깐 동안 소년에게 빗자루를 넘겨줄 수도 있을 것이다. 그 소년은 물론 서툴러서 곧 비질에 대한 흥미를 잃어버릴 것이고, 다시 하인에게 비질을 하도록 하기 위해서 빗자루를 들고 그에게 뛰어갈 것이다. 그러나 하인은 바로 자신이 비질에 대해서 특별히 책임을 지고 있다고 느끼는 것처럼 보인다. 소년이 그에게 가까이 가자마자 그가 떨리는 손으로 빗자루를 잘 잡으려고 애쓰는 모습이 보인다. 그는 차라리 조용히 서서 빗자루를 가지고 있다는 것에 모두의 주의력을 돌릴 수 있기 위해서 비질을 멈춘다. 견습생은 말로 부탁하지 않는다. 왜냐하면 그는 계산하고 있는 듯이 보이는 블룸펠트를 두려워하기 때문이다. 또한 일반적인 말은 소용이 없다. 왜냐하면 하인은 단지 아주 강력한 외침으로만 통할 수 있기 때문이다. 그래서 견습생은 우선 하인의 소매를 잡아당긴다. 하인은 물론 그것이 무엇 때문인지를 모른다. 그는 견습생을 언짢게 쳐다보고, 머리를 흔들며 빗자루를 가슴 가까이까지 끌어당긴다. 이제 견습생은 두 손을 벌리고 애원을 한다. 그는 물론 애원을 통해서 무언가를 얻을 수 있으리라는 희망을 가지고 있지는 않다. 애원하는 일이 그를 즐겁게 만들 뿐이다. 그래서 그는 애원한다. 다른 견습생은 가볍게 웃으면서 그 일의 진행에 동참한다. 그리고 이해할 수 없기는 하지만 분명히 블룸펠트가 그의 소리를 듣지 않으리라고 믿는다. 애원은 하인에게 최소한의 어떤 인상도 주지 않는다. 그는 몸을 돌려서 이제는 빗자루를 안전하게 다시 사용할 수 있으리라고 믿는다. 그러나 견습생은 발끝으로 팔짝 뛰고는 두 손을 애걸하듯이 비벼대면서 그를 뒤쫓아 가 이쪽에서 애원을 한다. 하인의 이런 방향 전환과 견습생의 뜀박질은 여러 번 반복된다. 결국 하인은 사방에서 갇힌 듯한 느낌을 갖게 되며, 자신이 견습생보다 훨씬 빨리 지친다는 것을 깨닫는다. 그것은 아무 악의 없이 장난처럼 생각한 일이었지만 처음부터 곧바로 깨달았어야 했다. 그 결과 그는 다른 사람의 도움을 구한다. 그는 손가락으로 견습생들을 위협하면서 블룸펠트를 가리킨다. 견습생이 그만두지 않으면 그는 블룸펠트에게 불평을 호소할 것이다. 견습생은 자신이 빗자루를 정말 얻고 싶다면 몹시 서둘러야만 한다는 것을 알아차리고, 버릇없이 빗자루를 향해서 손을 뻗친다. 다른 견습생의 무의식적인 외침 소리만이 다가오는 결정을 암시한다. 하인은 뒤로 한 걸음 물러나면서 빗자루를 끌어당김으로써, 이번에는 겨우 그것을 보호한다. 그러나 견습생은 더 이상 양보하지 않는다. 그는 입을 벌리고 눈을 번뜩이면서 앞으로 덤벼든다. 하인은 도망치려 한다. 그의 늙은 다리는 뛰는 대신 비틀거린다. 견습생은 빗자루를 잡아챈다. 그리고 그가 그것을 잡지 못한다 하더라도, 빗자루가 떨어져서 하인이 그것을 놓쳐버리게 하는 데 성공한다. 물론 견습생들도 잃은 것은 마찬가지인 것으로 보인다. 왜냐하면 빗자루가 떨어지면서 다음 순간 견습생들과 하인, 세 사람 모두 뻣뻣하게 굳어졌기 때문인데, 이제 블룸펠트에게 모든 것이 알려졌을 것이 분명하기 때문이다. 실제로 블룸펠트는 그의 창구에서 쳐다보고 있다. 마치 그가 이제야 비로소 알아챈 듯이, 그는 엄하게 그리고 조사하는 듯이 한 사람 한 사람을 똑똑히 쳐다본다. 바닥에 있는 빗자루 역시 그로부터 벗어나지 못한다. 침묵이 너무 오래 지속되는지 잘못을 저지른 견습생이 비질에 대한 욕망을 억제할 수 없는지, 어쨌든 그는 몸을 숙여서 빗자루가 아니라 어떤 동물을 잡으려고 손을 뻗치는 것처럼 매우 조심스럽게 빗자루를 집어서 그것으로 바닥을 쓴다. 그러나 블룸펠트가 벌떡 일어나서 칸막이 방으로 나오자 그는 깜짝 놀라서 그것을 곧바로 내동댕이친다. "두 사람은 일하러 가게. 그리고 더 이상 쫑알대지 말게나." 하고 블룸펠트는 소리치며 손을 뻗어서 두 견습생들에게 그들의 책상으로 가는 길을 가리킨다. 그들은 곧장 따른다. 그러나 머리를 숙이며 부끄러워하는 것이 아니라, 오히려 몸을 꼿꼿하게 돌리고 블룸펠트 곁을 지나가며 그의 눈을 뚫어져라 쳐다본다. 그들은 그렇게 함으로써 블룸펠트가 자신들을 때리는 것을 제지하려는 듯 보였다. 그렇지만 그들은 블룸펠트가 결코 때리지 않는다는 사실을 경험을 통해서 충분히 배울 수도 있었을 것이다. 그러나 그들은 지나치게 불안해하고 있으며, 언제나 그리고 전혀 분별없이 그들의 실제적인 또는 표면상의 권리를 지키려고 애쓴다.

다리

Die Brücke

나는 딱딱하고 차가웠다. 나는 하나의 다리였다. 나는 어떤 절벽 위에 놓여 있었다. 이편에는 발끝을, 저편에는 두 손을 붙여놓고 있었고, 잘게 부수어진 점토 속에서 나는 죽을 지경이었다. 내상의 옷자락이 옆구리에서 나부끼고 있었다. 절벽 아래 깊은 곳에는 숭어들이 살고 있는 시내가 얼음으로 덮인 채, 큰 소리를 내고 있었다. 관광객은 통행하기 힘든 이 꼭대기에서는 절대로 길을 잃지 않았다. 지도에는 다리가 아직 표시되어 있지 않았지만—그렇게 나는 놓여 있었고 기다렸다. 나는 기다려야만 했다. 한번 설치되어 있는 다리는 부서지지 않고는 다리임을 그만둘 수 없다.

언젠가 저녁때쯤이었다—그것이 첫 번째였는지, 수천 번째였는지 나는 모른다—나의 생각은 언제나 혼돈 속에서 맴돌고 있다. 여름의 저녁나절, 시냇물은 더욱 어두운 소리를 내고 있었다. 그때 나는 어떤 남자의 발걸음 소리를 들었던 것이다! 내게로, 내게로 다가오는—몸을 뻗쳐라, 다리야. 몸을 잘 갖추어라, 난간 없는 다리야. 너에게 맡겨진 그를 꼭 잡아라. 그의 걸음걸이의 불안정감은 어느새 균형을 잡는다. 그러나 그가 비틀거리면, 그땐 네가 있음을 알려라. 그리고 산신령처럼 그를 땅으로 내던져버려라.

그가 왔다. 그는 지팡이의 뾰족한 철제로 된 끝부분으로 나를 두드렸다. 그러더니 그것으로 나의 상의 자락을 들추어보고 지팡이 끝을 내 위에 잘 정돈해놓았다. 나의 부스스한 머리를 지팡이 끝부분으로 만져보았고, 분명히 거친 눈으로 주위를 둘러보면서 지팡이 끝을 오랫동안 내 머리카락 안에 놓아두었다. 그러나 그런 다음—바로 그때 나는 그를 쫓아서 산과 골짜기를 꿈꾸었다—그는 두 발로 내 몸뚱이 한가운데로 뛰어올랐다. 나는 전혀 알지 못한 채 우악스러운 통증으로 몸을 떨었다. 그것은 누구였을까? 한 아이였을까? 꿈이었던가? 길을 내는 사람이었던가? 자살자였나? 유혹자였나? 파괴자였나? 그래서 나는 그를 보려고 몸을 돌렸다—다리가 몸을 돌리다니! 나는 아직 한 번도 몸을 돌린 적이 없었다. 그때 나는 무너져 내렸다. 나는 무너져 내렸고, 기어코 산산조각이 났다. 돌돌 구르는 시냇물 속에서 언제나 그렇게도 평화스럽게 나를 바라보던 자갈돌들이 날카롭게 나를 찔렀다.

사냥꾼 그라쿠스

Der Jäger Gracchus

두 소년이 방파제 위에 앉아 주사위 놀이를 하고 있었다. 한 남자가 동상의 층계 위에서 군도를 휘두르고 있는 영웅의 그늘 속에 앉아 신문을 읽고 있었다. 우물가의 한 소녀가 동이에 물을 채우고 있었다. 과일 장수는 자기 물건들 곁에 드러누워 호수를 바라보고 있었다. 어느 선술집 안쪽에 텅 빈 문과 봉창을 통하여 두 남자가 술을 마시고 있는 모습이 보였다. 주인은 앞쪽 탁자에 앉아 졸고 있었다. 거룻배 한 척이 소리 없이, 마치 물 위로 들려서 오듯, 흔들리며 작은 항구로 들어왔다. 푸른 작업복을 입은 한 남자가 상륙하여 밧줄을 고리에 걸어 당겼다. 은 단추가 달린 검정 저고리 차림의 다른 두 남자들이 사공 뒤에서 들것을 들고 들어오는데, 그 위에는 꽃무늬에 술이 달린 큰 비단보에 덮여 분명히 한 사람이 누워 있었다.

부두에서는 아무도 도착한 사람들에게 신경을 쓰지 않았다. 거기서 여태 밧줄을 다루고 있는 사공을 기다리느라 들것을 내려놓을 때까지도 아무도 다가오지 않았으며, 말 한마디 묻는 자도 없었고, 누구도 그들을 거들떠보지 않았다.

지금 갑판에서 모습을 보이고 있는, 머리를 푼 채 어린아이를 가슴에 안고 있는 여자 때문에 앞쪽에서 들것을 든 남자가 약간 멈칫거렸다. 그러고는 사공이 다가와 물가 가까운 왼편에 똑바로 솟아 있는 푸르스름한 삼층집을 가리키자, 들것을 든 사람들이 짐을 들어올려, 낮지만 날렵한 기둥들로 된 대문을 지나 그것을 옮겼다. 한 작은 소년이 창문을 열다가 사람들이 집 안으로 사라지는 것을 보고는 얼른 다시 창문을 닫았다. 이제 대문도 역시 닫혔다. 그 대문은 검정 떡갈나무를 세심하게 붙여 만든 것이었다. 지금껏 종탑 주위를 날던 비둘기 떼가 집 앞에 내려앉았다. 집 안에 그들 먹이가 보관되어 있기라도 한 듯이 비둘기들은 대문 앞에 모여들었다. 한 마리가 이 층까지 날아올라 유리창을 쪼았다. 보살핌을 잘 받아온 생기 있는 밝은 빛깔의 동물들이었다. 거룻배에서 아까 그 여자가 곡식알들을 뿌리자 그것들은 수북이 모여들어 그 여자한테로 날아갔다.

실크 모자에 상장喪章을 단 한 남자가 항구로 이어지는 가파르고 좁은 작은 골목길을 내려오고 있었다. 그는 주위를 세심하게 살폈는데, 모든 게 그를 슬프게 만들었고, 한구석에 쌓인 쓰레기를 보자 얼굴을 찡그렸다. 동상 층계 위에 과일 껍질들이 널려 있었는데, 그는 지나가면서 지팡이로 그것들을 밀쳐 내렸다. 방문을 두드리면서 동시에 검은 장갑을 낀 오른손으로 실크 모자를 벗어 들었다. 곧 문이 열리고 오십 명가량의 어린 소년들이 긴 마루에 도열하여 절을 했다.

사공이 계단을 내려와 그 신사를 반겨 맞이하여 위층으로 인도하였고, 그와 함께 이 층의 날렵하게 지어진 아름다운 발코니로 둘러싸인 뜰을 돈 두 사람은 집 뒤켠에 있는 서늘한 큰 방으로 들어섰는데, 그 사이 소년들은 경의를 표하며 뒤로 물러섰다. 그 집 맞은편에는 더 이상 집은 없고 풀 한 포기 없는 회흑색 암벽만 보였다. 들것을 날라온 사람들이 그 들것의 머리맡에 긴 양초를 몇 개 세워 불을 붙이는 일에 몰두하고 있었다. 그러나 그것으로 빛이 제대로 생길 리 없었고, 단지 앞서 드리워진 그림자만을 쫓아버렸을 뿐, 그 빛은 벽 위로 가물가물거릴 뿐이었다.

들것의 덮개는 뒤로 젖혀져 있었다. 거기엔 머리카락과 수염이 마구 뒤엉키고 살갗이 검게 그을린 사냥꾼 비슷한 남자가 누워 있었다. 그는 미동도 없이, 보기에 숨진 듯 두 눈을 감고 있었다. 주변 분위기만이 그가 죽은 사람일 것이라는 암시를 줄 뿐이었다.

신사가 들것 쪽으로 가더니 거기 누워 있는 이의 이마에 손을 올려놓고 무릎을 꿇고 기도를 하였다. 사공이 들것을 들고 온 사람들에게 방에서 나가라는 신호를 보내자, 그들이 나가 바깥에 모여 있던 소년들을 몰아내고 문을 닫았다. 신사는 그러나 이러한 정적도 충분치 않았던 듯 사공을 건너다보자, 사공이 알아차리고 곁문으로 해서 옆방으로 나갔다. 곧 들것 위의 남자가 눈을 뜨더니 고통스러운 미소를 지으며 얼굴을 신사에게로 돌리면서 말했다.

"당신은 누구시지요?"—신사는 그다지 놀라는 기색이 없이 꿇어앉았던 자세에서 몸을 일으키더니 대답했다. "리바의 시장이오."

들것 위의 남자가 고개를 끄덕이고, 힘없이 뻗친 팔로 안락의자를 가리켰는데, 시장이 그가 권하는 대로 따르자 이렇게 말했다.

"알고 있습니다, 시장님. 하지만 첫 순간에는 노상 모든 걸 잊어버려요. 모든 게 빙빙 돌다가는 좀 나아지거든요. 모든 걸 알고 있으면서도 묻게 되지요. 시장님도 아마 내가 사냥꾼이라는 것을 알고 계실 겁니다."

"알고말고요" 하고 시장이 말했다.

"당신이 온다는 예고를 간밤에 받았습니다. 우리는 한참 자고 있었지요. 그때가 자정쯤이었는데 아내가 '살바토레'―그게 내 이름이오―하고 부르더니 '창가에 있는 비둘기를 좀 보세요!' 하더군요. 그건 분명 비둘기였는데 수탉만큼이나 컸습니다. 그게 내 귓가로 날아와 '내일, 죽은 사냥꾼 그라쿠스가 올 테니, 그를 시의 이름으로 맞으시오.'라고 했습니다."

사냥꾼이 고개를 끄덕이고 혀끝으로 입술을 핥았다.

"그렇습니다. 비둘기들이 나보다 앞서 날아갔지요. 그런데 시장님, 내가 리바에 머물러야 한다고 생각하십니까?"

"그건 아직 말할 수 없어요." 시장이 대답했다.

"당신은 죽었소?"

"예." 사냥꾼이 말했다. "보시다시피. 여러 해 전에. 정말 아주 여러 해 전일 겁니다. 나는 슈바르츠발트에서―그건 독일에 있는데요―알프스 영양 한 마리를 쫓다가 어느 바위에서 떨어졌습니다. 그때부터 저는 죽어 있습니다."

"그렇지만 그러면서 살아 있기도 한 거로군요."

"어느 정도는." 사냥꾼이 말했다. "어느 정도는 살아 있기도 하지요. 내가 타고 있는 죽음의 나룻배가 길을 잘못 들었어요. 키를 잘못 튼 거지요. 사공의 부주의로 아름다운 고향을 영영 떠난 거지요. 그게 무엇이었는지는 나도 모르겠고, 내가 아는 거라곤 오직 내가 지상에 머물고 있다는 것, 그리고 내 나룻배가 그때부터 줄곧 이승의 물 위를 떠다니고 있다는 겁니다. 그렇게 해서 오직 스스로 몸담은 산에서만 살려고 했던 내가 죽은 다음부터는 지상의 온갖 나라들을 두루 돌아다니고 있답니다."

"그렇다면 저승에서의 몫은 없다는 말이겠군요?" 하고 시장이 이마에 주름살을 지으며 물었다.

"나는" 하고 사냥꾼이 말했다. "항시 위로 올라가는 큰 계단 위에 있어요. 이 무한히 넓은 야외 계단 위에서 떠돌고 있는 겁니다. 금방 위에서 금방 아래서, 또 금방 오른쪽에서 금방 왼쪽에서 항시 움직이고 있어요. 사냥꾼이 나비가 된 거지요. 웃지 마세요."

"웃지 않아요." 시장이 항의했다.

"매우 현명하시군요." 사냥꾼이 말했다. "나는 늘 움직이고 있습니다. 그런데 내가 한껏 오르면 어느새 저 높은 곳에 있는 문이 나에게 빛을 발하고, 나는 어느 이승의 물 가운데 황량하게 가 박힌 내 낡은 나룻배에서 눈을 뜬답니다. 그 옛날 내 죽음의 근본적인 실수가 선실 안 사방에서 나를 둘러싸고 이를 드러낸 채 웃고 있습니다. 사공의 아낙인 율리아가 문을 두드리고, 우리가 방금 그 해안을 지나가고 있는 나라의 아침 음료수를 내 들것으로 가져옵니다. 나는 목재로 된 간이침대에 누워 ─ 나 자신을 살피는 건 즐겁지 않아요 ─ 더러운 수의를 걸치고 있고, 잿빛이고 검은 머리카락과 수염은 봉두난발로 한데 뒤엉켜 있으며, 내 다리는 꽃무늬가 있는, 길다란 술이 달린 커다란 여성용 비단 숄로 덮여 있는 겁니다. 머리맡에는 교회당 양초가 켜져 내게 빛을 발하고 있지요. 맞은편 벽에는 작은 그림이 하나 붙어 있는데, 아프리카 원주민임이 분명하고, 그는 무늬가 요란하게 그려진 방패에 한껏 몸을 숨긴 채 창으로 나를 겨누고 있어요. 배를 타보면 멍청한 그림들을 많이 보게 되는 법이지만 그것은 그중에서도 가장 멍청한 그림이지요. 그 밖에 목재로 된 내 조롱은 완전히 텅 비어 있습니다. 측벽에 있는 채광창을 통하여 남국의 따뜻한 공기가 들어오고 물결이 낡은 거룻배의 뱃전에 철썩이는 소리도 들리지요.

나는 내 집 슈바르츠발트에서 알프스 영양을 쫓다가 추락했던 그때부터 여기에 누워 있습니다. 만사가 순서대로 되었어요. 나는 쫓았고, 추락했고, 골짜기에서 피를 흘렸고, 죽었으니, 이 거룻배는 나를 마땅히 저승으로 날라야 했던 겁니다. 아직도 생각납니다. 여기 목제 간이침대 위에서 처음으로 몸을 쭉 뻗었을 때 얼마나 즐거웠었는지. 산들도, 당시 어슴푸레하던 여기 이 네 개의 벽이 들은 것 같은 그런 나의 노래를 들어본 적은 없을 겁니다.

나는 즐겁게 살았었고 또한 즐거운 마음으로 죽었습니다. 내가 이 갑판에 발을 들여놓기 전에 늘 자랑스럽게 차고 다니던 사냥총, 배낭, 상자 따위 넝마들을 홀홀 내던져버리고, 처녀가 혼례복을 입듯이 나는 살그머니 수의 속으로 행복하게 들어갔습니다. 여기에 나는 누워 기다렸습니다. 그런데 그다음 불행한 일이 일어난 겁니다."

"고약한 운명이군요." 시장이 막으려는 듯 손을 들며 말하였다.

"그런데 당신은 그 점에 대해 책임이 전혀 없나요?"

"없어요." 사냥꾼이 말했다. "나는 사냥꾼이었습니다. 그게 혹죄가 되겠어요? 나는 사냥꾼으로 단지 자리가 주워져 있었습니다. 그때만 해도 늑대들이 돌아다니던 슈바르츠발트예요. 나는 숨어 기다렸고, 쏘았고, 맞추었고, 가죽을 벗겼습니다. 그게 죄인가요? 나의 일은 축복받은 일이었습니다. 사람들은 '슈바르츠발트의 가장 위대한 사냥꾼'으로 나를 불렀어요. 그게 죄인가요?"

"그걸 결정하러 내가 불려 온 것은 아닙니다." 시장이 말했다.

"그렇긴 하지만 내가 보기에 그 점이 죄는 아닌 것 같소. 그러면 대체 누구의 책임이지요?"

"사공의 책임입니다." 사냥꾼이 말했다.

"내가 여기에 쓰고 있는 것을 아무도 읽지 못할 겁니다. 나를 도우러 아무도 오지 않을 겁니다. 설사 나를 도우라는 과제가 주어졌다 하더라도, 모든 집의 문들은 언제까지나 잠겨 있을 것이며, 모든 창문들 역시 잠겨 있을 것이며, 모두가 침대에 누워 머리 위까지 이불을 덮고 있을 것이며, 지상은 깜깜한 숙소일 것입니다. 그건 좋은 뜻이지요. 아무도 나에 관해서 모르며, 설사 안다 하더라도 나의 소재를 모를 것이며, 설사 나의 소재를 안다 하더라도, 거기서 나를 붙잡을 길을 모를 터이고, 어떻게 나를 도울지 모를 것이니 말입니다. 나를 돕겠다는 생각은 병이니 침상에서 치료받아야 합니다.

그것을 나는 알고 있고, 그래서 도움을 청하려고 소리치지 않습니다. 비록 어떤 순간에는—지금처럼 자제력을 잃을 경우에는—매우 강렬하게 그런 생각을 합니다만. 그러나 주위를 둘러보고 내가 어디에 있는가를 그리고—이건 내가 주장해도 될 것 같군요—어디에 수백 년 이래로 살고 있는가를 생생하게 그려보면 그런 생각들을 몰아내기에 족한 것 같습니다."

"대단하군요." 시장이 말했다.

"대단하세요. 그런데 우리 리바에 머무를 생각은 없습니까?"

"그럴 생각은 없습니다." 사냥꾼은 미소지으며 말하고는 비웃음을 만회해보려고 손을 시장의 무릎에 올려놓았다.

"나는 여기에 있습니다. 그 이상은 모릅니다. 그 이상은 할 수가 없어요. 내 거룻배는 키가 없습니다. 죽음의 가장 깊은 지역에서 불어오는 바람에 실려가고 있답니다."

만리장성의 축조

Beim Bau der Chinesischen Mauer

만리장성은 그 최북단에서 마무리지어졌다. 남동쪽과 남서쪽에서 지어지기 시작해서 여기서 합쳐진 것이다. 이러한 부분 축조 체제는 두 개의 큰 작업 부대인 동쪽 부대와 서쪽 부대의 내부에서도 소규모로 지켜졌다. 그것은 대개 스무 명의 인부들로 한 그룹이 구성되고, 그 그룹이 약 오백 미터 정도 길이의 성벽의 일부를 쌓아 올리면, 인접 그룹은 같은 길이의 성벽을 맞쌓아 오는 식으로 이루어졌다. 그러나 합쳐진 다음에는 대략 이 합쳐진 천 미터 끝에서 다시 공사를 진척시키는 것이 아니라, 오히려 작업대들을 또다시 다른 지방으로 장성 축조를 위하여 보냈다. 물론 이런 방식으로 하다보니 커다란 틈이 여러 군데 생겨났다. 그것들은 점차 서서히 메워졌는데, 어떤 것들은 심지어 장성 축조가 이미 완성된 것으로 공표된 다음에야 메워지기도 했다. 아니 도무지 막아지지 않은 틈마저 있다고 한다. 물론 이것은 이 축조를 둘러싸고 생긴 수많은 전설에 속할 수 있는 하나의 주장일 뿐이며 개개인으로서야 자기 눈이나 척도로는 그 축조물의 광대함 때문에 조사해볼 수 없는 것이다.

그런데 애초부터 일관성 있게 쌓는 것이, 혹은 적어도 두 주요 부분 안에서만이라도 일관성 있게 쌓는 것이, 어떤 의미로든 보다 유리하지 않았겠느냐고 믿을지도 모른다. 누구나 알고 있듯이 장성은 북방 민족을 막기 위한 것이다. 그러나 일관성 있게 쌓지 않은 장성이 어찌 방어가 되겠는가. 정말이지, 그런 성벽이라면 방어가 되지 못할 뿐더러 축조 자체가 끊임없는 위험에 처해 있게 된다. 황량한 곳에 외따로 서 있는 이런 성벽의 일부란 언제든 쉽사리 유목 민족들에 의해 파괴될 수 있는 것이다. 특히 당시의 유목 민족들은 장성 축조로 불안해하고 있었고 메뚜기처럼 영문도 모르게 재빨리 그 거주 지역을 바꾸었으니 아마 건설자들인 우리들보다도 축조의 진척을 보다 잘 조망하고 있었을 것이다.

그럼에도 불구하고 축조는 아마 실제 이루어진 것과 달리는 수행될 수 없었을 것이다. 그것을 이해하기 위해서는 다음을 생각해보아야만 한다. 장성은 수 세기 동안 방어가 되어야 하니 극히 세심한 축조, 알려진 온갖 시대와 민족들의 건축술의 이용, 쌓는 사람들 개개인의 지속적인 책임감 등이 작업의 절대 필요한 전제 조건이었다. 하찮은 축조 작업에서는 좋은 품삯을 받으려고 나서는 남녀, 아이들 할 것 없이 백성들 가운데서 무지한 날품팔이꾼들을 이용했다. 그러나 네 명의 날품팔이꾼들의 지휘를 위해서는 이미 건축 분야에서 교육을 받은 분별 있는 사람이 필요했다. 즉, 그는 여기에서 중요한 것이 무엇인지를 가슴속 깊이까지 함께 느낄 수 있는 남자여야 했다. 그리고 업적이 크면 클수록 요구도 컸다. 그리고 그런 사람들은 실제로 마음대로 쓸 수 있었다. 비록 이 축조에 필요한 만큼 많은 숫자는 못 된다 하더라도 굉장히 많은 숫자였다.

사람들은 이 일을 경솔하게 시작하지는 않았다. 축조 시작 오십여 년 전 성벽으로 둘러싸이게 될 저 중국 전국에서는 건축술, 특히 미장술이 가장 주요한 학문으로 천명되고 여타의 학문은 그것과 관계되는 한에서만 인정되었다. 나는 아직까지도 매우 잘 기억하고 있다. 우리가 다리를 가까스로 가눌 수 있을 정도의 어린아이였을 때 선생님의 작은 정원에 서서 자갈로 일종의 벽을 쌓아야 했다. 선생님은 윗저고리의 소매를 걷어 올리고 벽을 향해 달려가서는 모든 것을 뒤엎어버렸고, 쌓아놓은 것이 약하다는 이유로 우리를 질책했는데, 그 질책은 너무나 심해서 우리가 엉엉 울면서 사방으로 부모에게로 흩어져 갈 정도였다. 그것은 아주 사소한 일이었지만 시대정신을 잘 반영해주고 있다.

　나는 스무 살에 가장 낮은 단계 학교의 최종 시험을 마치고, 곧바로 벽 쌓는 일을 시작할 수 있는 행운을 얻었다. 나는 행운이라고 말했다. 왜냐하면 많은 사람들이 예전에 그들이 받을 수 있었던 교육의 최고 단계에까지 도달했었지만 수년 동안이나 그들의 지식으로 무엇을 시작해야 할지 몰랐고, 머릿속에는 굉장한 건축 설계도를 가지고 있으면서도 쓸데없이 이곳저곳을 돌아다니며 허랑방탕하게 지냈기 때문이다. 그러나 드디어 토목 현장 감독으로서 —그것이 비록 최하위 직급이라 하더라도— 공사를 하러 온 사람들은 모두 실제로 그럴 만한 가치가 있었다. 이미 축조에 대해서 많이 생각했고, 또 끊임없이 생각하는 미장이들이 있었다. 그들은 자신들이 땅바닥에 놓은 첫 돌과 더불어 스스로를 축조와 한 몸으로 느끼는 미장이들이었다. 그러나 그러한 미장이들을 움직이는 것은 물론 가장 철저하게 일하려는 욕구와 더불어 건물이 드디어 완성된 모습으로 일어서는 것을 보고 싶다는 조급한 마음이었다. 날품팔이꾼은 이러한 조급한 마음을 알 리 없었으며, 단지 보수만이 그들을 움직이게 할 뿐이었다. 상급 감독관, 아니 중간 감독만 해도 공사가 여러 방면으로 진척되어가는 것을 정확히 알아야 하며, 그럼으로써 정신적으로 힘을 가다듬을 수 있다. 그러나 겉으로 보아 사소한 그들의 책무를 정신적으로 훨씬 넘어서 있는 하급직 사람들은 달리 배려되어야 했다. 그런 이름은, 예컨대 고향으로부터 수백 마일 떨어진 산골에서 몇 달, 심지어 몇 년 동안 벽돌을 하나하나 쌓아나가게 할 수 없었다. 부지런한, 그러나 긴 인생에서도 목적에 이르지 못하는 그런 작업의 희망 없음이 그들을 절망시키고 무엇보다 작업에 대하여 쓸모없게 만들 테니까. 그래서 이 부분 축조 체제가 채택되었던 것이다. 오백 미터라면 대략 오 년 안이면 완성될 수 있었고 그때쯤이면 물론 감독들도 보통 탈진하였고, 자신, 건축, 세계에 대한 모든 신뢰를 상실했다. 그래서 그들은 아직 일천 미터의 만남을 축하하는 감격에 잠겨 있는 동안에 멀리멀리 보내어졌고, 여행 중에 여기저기 완성된 장성 부분들이 솟아 있는 것을 보고, 그들에게 훈장을 주는 보다 높은 지휘자들이 있는 진영 곁을 지나갔고, 여러 지방의 오지에서 쏟아져 나온 새로운 작업대의 환호성을 들었으며, 성벽의 발판으로 정해진 숲들이 쓰러져 있는 것을 보았고, 산들이 망치질로 깨어져 벽돌장이 되어가는 모습을 보았으며, 성소들에서는 신앙심 깊은 이들의 노랫소리가 축조의 완성을 기원하는 것을 들었다.

이런 모든 것들이 그들의 조급한 마음을 달래주었다. 한동안 지내게 되는 고향의 조용한 생활은 그들에게 힘을 주었고, 모든 축조하는 사람들의 믿음에 찬 겸손, 소박하고 말없는 시민이 언젠가는 이루어질 장성의 완성에 거는 신뢰, 그 모든 것이 그들의 영혼의 현을 팽팽하게 죄어주었다. 영원히 희망하는 아이들처럼 그들은 고향에 작별을 고했고, 또다시 민족의 숙원 사업을 수행하겠다는 마음을 억제하기 힘들었다. 그들은 필요 이상으로 일찍 고향을 떠났고 태반의 마을 사람들이 먼 거리까지 그들을 배웅했다. 거리마다 사람들과 삼각형의 작은 기들과 깃발들로 가득 찼고, 여태껏 그들의 나라가 이렇듯 크고 부유하고 아름다우며 사랑스러운 모습으로 보인 적이 없었다. 동향인이라면 누구나 그를 위하여 자기가 방벽을 쌓아주는 형제요, 물심양면을 다 바쳐 평생 그것에 감사하는 형제였다. 단합! 단합! 가슴에 가슴을 맞대고, 잇닿은 가슴과 가슴, 민족의 윤무, 피, 이젠 더 이상 육신의 보잘것없는 순환에 갇혀 있지 말고 달콤하게 구르고 다시 돌아오며 무한한 중국을 두루 섭렵하라.

그러므로 이로써 부분 건축의 방식은 이해된다. 그러나 분명히 또 다른 이유들이 있을 것이다. 내가 이 문제에 그렇게 오래 지체하고 있는 것은 이상할 것이 없다. 이것은 전체 장성 축조의 핵심적인 물음이다. 그것이 처음에는 그렇게 중요한 것으로 보이지 않겠지만, 내가 그 당시의 사상과 체험들을 전달하고 이해시키고자 한다면, 바로 이 문제에 대해서 깊이 파헤쳐야 한다.

우선 사람들은 그 당시 업적이 완전히 이루어졌고, 그 업적은 바벨탑 축조에도 뒤떨어지지 않는 것이며, 특히 신의 호의라는 면에서 적어도 인간적인 평가로는 바로 바벨탑의 반대적인 것을 표현해주고 있는 업적이라고 말할 것이 분명하다. 공사가 시작될 무렵에 한 학자가 이것을 아주 상세하게 비교해놓은 책을 썼기 때문에 나는 그것에 대해 언급하고 있는 것이다. 그는 그 책에서 다음과 같은 것을 증명하려 애썼다. 그는 바벨탑의 축조가 널리 알려진 이유들 때문에 목표에 도달하지 못한 것은 결코 아니라는 점, 아니면 적어도 알려진 이유들 가운데 그 시초의 이유들이 있지 않다는 점을 증명하고자 했다. 그의 증명은 기록물과 보고서들로만 이루어진 것이 아니다. 그는 현지 탐사까지도 하고 거기서 탑이 기반의 약함으로 무너졌으며 무너질 수밖에 없었음을 발견하였다. 아무튼 이 점에서 우리 시대는 저 오랜 예전 세대보다 훨씬 우월했다. 교육을 받은 동시대인이라 한다면 거의 누구나 전문 미장이였고 기초 쌓기 문제에서는 틀림이 없었다. 그러나 그 학자는 그 점을 목표로 삼는 것이 아니라, 장성이 인류 역사상 처음으로 새로운 바벨탑을 위한 확실한 기초를 마련하리라고 주장하고 있었다. 그러니까 우선은 장성을 쌓아놓고 그 다음은 탑을 쌓는다는 것이었다. 그 책은 당시 누구의 손에나 다 있었으나 나는 오늘날까지도 그가 어째서 이러한 탑을 생각하고 있었는지 정확하게 이해하지 못했음을 시인한다. 원 하나는커녕 다만 일종의 사분의 일 원이나 혹은 반원을 이루었던 장벽이 탑의 기초가 될 수 있을까? 그것은 다만 정신적인 관점에서만 생각될 수 있었다. 그렇다면 그래도 실제로 엄연히 있는 무엇, 수십만의 노력과 삶의 결과인 장성은 무엇 때문에 필요한가? 그리고 무엇 때문에 그 공사에서는 많은 도면들, 아무려나 안개에 싸인 탑의 도면들이 그려졌으며, 힘찬 새 공사에서는 인력을 어떻게 집중시켜야 하는가가 하나하나 상세하게 제안되어 있단 말인가.

당시에는—이 책은 다만 하나의 예일 뿐—많은 두뇌의 혼란이 있었으니 아마도 바로 그 많은 사람들이 하나의 목적에 정신을 쏟았던 때문일 것이다. 인간 존재란 근본이 경박스럽고 날아다니는 먼지의 천성을 가지고 있어서 어떠한 속박도 견디어내지 못한다. 그가 스스로 묶는다면, 그는 곧 묶은 것을 미친 듯이 흔들어대기 시작할 것이고, 벽, 사슬 그리고 자기 자신까지도 온 사방으로 찢어버리고 말 것이다.

또한 작업 수행에 관한, 심지어는 장성 축조에 상반되는 이러한 고려들을 부분 축조를 확정할 때 내내 고려했다는 것도 가능하다. 우리는—내 자신 여기서 많은 사람의 이름으로 이야기하고 있는 것 같으나—실은 최상급 지휘부의 지시들을 받아 적으면서 비로소 서로 알게 되었다. 그리고 지휘부가 없었더라면 우리가 학교에서 얻은 지식도 우리의 인간 이성도 커다란 전체 안에서 우리가 맡은 작은 직책에마저 미치지 못하리라 느껴졌다. 지휘부의 방 안에서는—그것이 어디에 있으며 누가 거기에 앉아 있는지는 내가 물어본 그 누구도 몰랐다. 이전에도 지금도—그 방 안에서는 아마도 인간의 모든 사고와 소망들이 맴돌았을 것이며, 또한 인간의 모든 목표와 성취가 그 대립원을 그렸을 것이다. 그러나 유리창을 통해 신적인 세계의 반사광이 도면을 그리고 있는 지휘부의 손등에 내려졌다.

그리고 그 때문에 지휘부가 진정으로 하고자 했더라도 일관성 있는 장성 축조를 막는 저 난점들이 극복될 수 없으리라는 것은 청렴한 관찰자라면 도무지 이해가 가지 않는 일이다. 남은 것은 그러니까 지휘부가 일부러 부분 축조를 꾀했다는 추론뿐이다. 남은 것은 지휘부가 무엇인가 합당치 않은 것을 원했었다는 결론인 것이다. 기묘한 결론이다!—확실히, 그래도 그것은 다른 측면에서도 그 자체를 위한 많은 정당화를 가지고 있다. 오늘날이라면 아마도 위험 없이 이 이야기를 할 수 있을 것이다. 당시에는, 너의 모든 힘을 기울여 지휘부의 지시 사항들을 이해하려 애써라, 그러나 다만 일정 한계까지만, 그리고 그 다음에는 골똘히 생각하기를 그쳐라 하는 것이 많은 사람들의, 심지어 가장 훌륭한 사람들의 남모르는 원칙이었다. 매우 현명한 원칙이다. 아무려나 그것은 후일 자주 반복되는 비교를 통해서 여전히 하나의 계속적인 생각을 발견하게 되었던 매우 합리적인 원리였다. 그 계속적인 생각이 너에게 해를 입히리라는 것은 물론 전혀 확실치 않은 일이다. 여기서는 해를 입히느냐 혹은 그렇지 않으냐에 대한 이야기는 결코 할 수가 없다. 그것은 네가 그냥 겪을 것이다. 강이 봄에 그러하듯 강물은 불어 거세어져, 그 긴 양쪽 강둑에 펼쳐진 땅에 보다 힘차게 자양분을 주고, 자신의 본질을 멀리 바다로 지니고 가 바다에 더 필적하게 되고 보다 환영받게 되는 것이다. 거기까지만 지휘부의 지시 사항들을 생각해보라. 그걸 넘어서면 그러나 강물은 그 둑을 넘고 윤곽과 모습을 잃어버리며, 하류로의 진행을 늦추게 되고, 천명에 어긋나게 내륙 안에다 조그만 바다를 이루고, 농토를 손상시키고, 그러면서도 이 확산을 영구히는 지탱하지 못하며 다시 그 강둑 안으로 합쳐 들어가, 심지어는 실로 다음에 오는 뜨거운 계절에 비참하게 말라버리고 말잖은가—거기까지는 지휘부의 지시 사항들을 생각하지 말라.

그런데 이 비교는 장성 축조 동안에는 비상하게 적중했을지도 모르지만 나의 지금의 보고에 대해서는 적어도 다만 한정적으로만 유효하다. 나의 연구는 역사적인 연구의 한 가지일 뿐이다. 이미 오래전에 흘러가버린 천둥 구름에서는 번개가 치지 않는 법이다. 그러니 나는 사람들이 그 당시에 만족스러워했던 것으로 전해지고 있는 부분 축조에 대해서 하나의 설명을 구하고자 해도 될 것이다. 나의 사고 능력이 나에게 지어놓은 한계는 물론 매우 좁고, 그러나 여기서 헤매어야 할 영역은 무한하다.

이 거대한 장성이 누구를 막아준다는 말인가? 북방 오랑캐들이다. 나는 중국의 남동부 출신이다. 거기서는 북방 오랑캐가 우리를 위협할 리 없다. 우리가 옛날 책자들에서 그들에 관하여 읽노라면 그들이 그 본성에 따라 자행하는 잔혹함들이 평화로운 정자에 있는 우리들을 탄식케 한다. 예술가들이 있는 그대로 그린 그림들에서 우리는 그 저주받은 얼굴들을 본다. 찢어진 아가리, 날카로운 이빨들이 삐죽삐죽 솟은 턱, 아가리로 짓찧고 으스러뜨리게 될 약탈물을 벌써 사납게 흘겨보는 듯한 찡그린 눈들을. 어린아이들이 말을 듣지 않을 때면 우리는 이 그림들을 들이대고, 그러면 애들은 금방 울음을 터트리며 날 듯 품 안으로 뛰어든다. 그러나 우리는 그 이상 북방인들에 관하여 아는 게 없다. 그들을 본 적이 없거니와 우리는 우리 마을에만 머물러 있으니 앞으로도 결코 보지 못할 것이다. 그들이 야생마를 타고 똑바로 우리를 향하여 질주해온다 하더라도 이 나라는 너무 넓어서 그들을 우리에게 오게 하지 않는다. 달리고 달리다가 그들은 허공으로 휩쓸려 들 것이다.

그렇다면 사정이 그러한데 왜 우리는 고향을, 강물과 다리들을, 어머니와 아버지를, 눈물 흘리는 아내를, 가르쳐야 할 아이들을 버리고 먼 도시의 학교로 갔으며 우리들의 생각은 왜 아직도 계속 북쪽의 장성 곁에 머물러 있는가? 왜? 지휘부에 물어보라. 지휘부는 우리를 잘 알고 있다. 엄청난 걱정거리들을 샅샅이 조사하고 있는 그들은 우리에 관하여 알고 있으며 우리들의 소소한 생업을 익히 알고 있고 우리들이 모두 낮은 오두막집에 모여 앉아 있는 것을 보며 저녁에 가장이 그 식구들과 둘러앉아 드리는 기도가 그 마음에 들기도 하고 안 들기도 한다. 그리고 지휘부에 대하여 그러한 생각을 감히 품어도 된다면 꼭 말할 것은, 내 생각으로는 지휘부가 이미 예전에 존속했으나 모이지는 않았다는

242

것이다. 대략 청조淸朝의 고관들은 아침에 꾼 아름다운 꿈에 자극받아, 급히 회의를 소집하여 급히 결정한다. 그리고 그 결정된 것을 실행하기 위하여 저녁이면 벌써 북을 울려 백성들을 잠자리에서 깨우게 한다. 그것은 어제 그 양반들에게 호의를 보였던 어떤 신을 기리기 위한 등화 장식을 준비시키려는 것 때문이기도 하고, 또는 아직 그 등화들이 꺼지기도 전인 새벽에 어두운 구석에서 그들을 마구 때리기 위해서이기도 하다. 아니 지휘부는 오래전부터 있었고, 장성 축조 결정 이래로 똑같이 존속하였을 것이다. 그것을 야기했다고 믿었던 죄 없는 북방 오랑캐들. 자기가 그것을 지시했다고 믿은 존경할 만한 순진한 황제. 우리가 장성 축조에 관하여 다르게 알고 있는데도 우리는 침묵하고 있다.

벌써 장성 축조 당시에 그리고 그 후 오늘날까지 거의 전적으로 여러 민족의 역사 비교에 골몰하다 보니―이런 수단으로써만 어느 정도 핵심에 접근할 수 있는 특정한 물음들이 있다―우리 중국인들이 몇몇 국민적, 국가적 기구들은 비할 바 없이 투명하게, 또 다른 몇몇 기구들은 비할 바 없이 불투명하게 소유하고 있음을 발견하였다. 그 이유들, 특히 후자의 현상의 이유를 추적해보는 일이 늘 나의 마음을 매료시켰으며, 또 여전히 매료시키고 있다. 장성 축조 또한 본질적으로는 이 물음들에 연관된다.

그런데 우리들의 가장 불투명한 기구의 하나가 황제의 정치제도이다. 북경에서야 물론, 더군다나 궁정 사회 안에서야, 그 점에 대하여 약간의 투명함이 있다. 그것이 비록 현실적이라기보다는 외관상이라 하여도. 고등교육기관의 국가법 선생들, 역사 선생들만 되면 이런 문제에 대하여 자세한 가르침을 받았으며 이 지식을 학생들에게 전수할 수 있다고 거짓말을 하고 있다. 하급

학교로 내려가면 갈수록 자신의 지식에 대한 의심이 줄어들고 있다는 것은 이해할 만하다. 그리고 얼치기 교육이 수 세기에 걸쳐 주입된 몇 안 되는 명제들을 중심으로 산처럼 높이 넘실거렸다. 그 명제들은 영원한 진실을 잃은 것은 결코 아니었지만, 이렇게 연무와 안개 속에 묻혀 영원히 인정받지 못하고 있는 것이다.

그러나 나의 의견으로는 황제의 정치 제도야말로 백성에게 물어야 마땅할 것 같다. 황제의 정치 제도의 마지막 버팀목은 백성에 있으니 말이다. 여기서 다시 나의 고향 이야기만을 할 수 있겠다. 들의 신들과 일 년 내내 변화무쌍하고 아름답게 이루어지는 그들에 대한 경배를 제외하면 우리들의 생각은 오로지 황제를 향하고 있다. 그러나 지금의 황제를 향하고 있는 것은 아니다. 아니 그보다는 우리가 현재의 황제를 알았거나 또는 그에 대해 확실한 것을 알았더라면, 우리의 생각은 그에게로 향했을 것이다. 우리는 물론 언제나 그런 종류의 무엇인가를 알기 위해서 애쓴다. 그것은 우리를 채워주는 유일한 호기심이다—그런 유의 무엇인가를 알려고 노력했으나, 아주 이상하게 들리겠지만, 어떤 이야기를 듣는 것이 거의 불가능했다. 여러 곳을, 가까운 마을들이나, 먼 마을들이 아니라, 많은 나라들을 두루 돌아다닌 순례자들에게서도 못 들었고, 우리의 작은 강뿐만 아니라 신성한 대하大河들을 항해하는 사공들에게서도 못 들었다. 듣기는 많이 듣는데도 그 많은 것에서 아무것도 끌어낼 것이 없었다.

워낙 우리의 땅은 넓다. 동화도 그 크기에는 미치지 못하고, 하늘도 그걸 다 덮기가 어려우니—북경은 다만 하나의 점일 뿐이고 그리고 황성은 한층 더 작은 점일 뿐이다. 황제 그 자체는 아무튼 다시금 세계의 모든 층을 뚫고 우뚝 솟아 있다. 그러나 살아 있는 황제, 우리와 같은 한 인간은 우리들과 비슷하게, 넉넉하게 마르기는 했으되 아마도 좁고 짧을 뿐일 하나의 휴식용 침상에 누워 있다. 우리처럼 그도 이따금씩 사지를 뻗고, 몹시 피곤하면 예쁘장한 입으로 하품을 한다. 그러나 우리가 그 이야기를 어떻게 듣는다는 말인가—수천 마일 남쪽에서—우리는 거의 티베트 고지에 접경해 있는데, 그 밖에도 무엇이든 새 소식이 설령 우리에게까지 온다 하더라도 늦어도 너무 늦게 올 테고, 이미 오래전에 낡아버렸으리라. 황제 주위에는 번쩍이는 그러나 정체가 불투명한 궁정의 무리들이—시종과 친구의 옷을 입은 악의와 적의가 쇄도하고 있다. 독화살로 황제를 쏘아 그의 저울판에서 떨어뜨리려고 항시 노리고 있는 황정皇政의 반대편 평형추가 그들이다. 황제의 권위는 불멸이다. 그러나 황제 하나하나는 쓰러지고 추락하고, 전체 왕조 자체가 드디어 침몰하여 오로지 그르렁거림으로써 잠깐씩 숨을 돌린다. 이러한 투쟁과 병고들의 이야기를 백성들은 결코 듣지 못한다. 너무 늦게 온 사람들처럼, 도시가 서먹서먹한 사람들처럼, 그들은 빽빽하게 사람들이 들어찬 옆 골목 끝에서 조용히 싸 온 음식을 먹어가며 서 있다. 멀리 저 앞쪽 광장 한가운데서 그들의 주인의 처형이 이루어지는 동안에.

이 관계를 잘 표현한 설화가 하나 있다. '황제가—이런 이야기가 있다—한낱 개인에 불과한 '그대'에게, 그것도 황제의 태양 앞에서는 아주 먼 곳으로 피신한 왜소하고 초라한 신하, 바로 그러한 '당신'에게 임종의 침상에서 칙명을 보냈다. 그 칙사를 황제는 침대 옆에 꿇어앉히고 그의 귀에 칙명을 속삭이듯 말했다. 그 칙명이 황제에게는 매우 중요했으므로, 그는 칙사에게 그 말을 자신의 귀에 되풀이하도록 시켰다. 황제는 머리를 끄덕여 그 말이 맞다고 했다. 그러고는 그의 임종을 지켜보는 모든 사람들 앞에서—장애가 되는 벽들은 모두 허물어지고, 멀리까지 높이 뻗어 있는 옥외 계단 위에는 제국의 위인들이 빙 둘러서 있다—이러한 모든 사람들 앞에서 그는 칙사를 떠나보냈다. 칙사는 곧 길을 떠났다. 그는 지칠 줄 모르는 강인한 남자였다. 그는 양팔을 앞으로 번갈아 내뻗으며 군중 사이를 뚫고 지나갔다. 제지를 받으면 태양 표지가 있는 가슴을 내보인다. 그는 역시 다른 누구보다도 수월하게 앞으로 나아간다. 그러나 사람들의 무리는 너무나 방대했고, 그들의 거주지는 끝이 없었다. 거칠 것 없는 들판이 열린다면 그는 날 듯이 달려갈 것이고, 머지않아 '당신'은 그의 주먹이 당신의 문을 두드리는 굉장한 소리를 들었을 것이다. 그러나 그렇게 하는 대신 그는 속절없이 애만 쓰고 있으니. 그는 여전히 심심 궁궐의 방들을 헤쳐나가고 있다. 그러나 결코 그 방들을 벗어나지 못할 것이고, 그가 설령 궁궐을 벗어나는 데 성공한다 하더라도 아무런 득도 없을 것이다. 계단을 내려가기 위해서 그는 스스로와 싸워야 할 것이고, 설령 그것이 성공한다 하더라도 아무런 득이 없을 것이다. 궁궐의 정원은 통과할 수 있을지 모른다. 그러나 그 정원을 지나면 두 번째로 에워싸는 궁궐, 또다시 계단과 정원, 또다시 궁궐, 그렇게 수천 날이 계속될 것이다. 그래서 마침내 그가 가장 외곽의 문에서 밀치듯 뛰어나오게 되면—그러나 그런 일은 결코, 결코 일어나지는 않을 것이다—비로소 세계의 중심, 침전물들로 높이 쌓인 왕도王都가 그의 눈앞에 펼쳐질 것이다. 어느 누구도 이곳을 뚫고 나가지는 못한다. 비록 죽은 자의 칙명을 지닌 자라 할지라도—그러나 밤이 오면, '당신'은 창가에 앉아 그 칙명이 오기를 꿈꾸고 있다.' 꼭 그렇게, 그렇게 희망 없고 또 그렇게 희망에 차서, 우리 백성은 황제를 바라본다. 어느 황제가 통치하고 있는지는 모른다. 또한 왕조의 이름마저 확실치 않다. 학교에서 그 비슷한 많은 것을 순서대로 배웠지만 이 점에서는 너나없이 워낙 불확실하다 보니 최우수 학생마저 불확실성에 휩쓸리게 된다. 이미 오래전에 죽은 황제들이 우리 마을에서는 왕좌에 앉혀지고, 노래 속에나 살아 있는 이가 방금 포고를 발하여, 그것을 사제가 제단 앞에서 읽어준다. 고대 역사의 싸움이 여기서는 이제야 비로소 벌어지는 것이다. 그래서 이웃 사람이 이글거리는 얼굴로 그 소식을 가지고 당신 집으로 뛰어든다. 비단 금침에 묻혀 호식이 지나친, 황제의 여인들은 교활한 내시들로 인해서 고귀한 법도로부터 멀어졌고, 야심에 가득 차고, 탐욕에 들뜨고, 음탕함으로 널리 알려진 그네들은 아직도 새로이 거듭거듭 비행을 자행하고 있다. 시간이 지나면 지날수록, 모든 빛깔들은 끔찍스럽게 빛을 발한다. 수천 년 전의 어느 황후가 남편의 피를 천천히 들이켰다는 이야기를 언젠가는 큰 비명을 지르며 우리 마을은 듣게 될 것이다.

그러니까 백성들은 과거의 지배자들을 이런 식으로 만나게 되고, 현재의 지배자들을 죽은 사람으로 섞기도 한다. 한 번, 일대—代에 한 번, 지방을 순회하는 황제의 관리가 우연히 마을에 오면, 와서 조세 명부를 검사하고, 학교 수업을 참관하고, 사제에게 우리들의 행적을 물은 다음, 모든 것을, 가마에 오르기 전에 긴 훈계조로 모여든 지역 사람들에게 요약을 하면, 모두가 얼굴에는 웃음을 띠었으며, 어떤 이는 다른 사람들을 힐금힐금 훔쳐보며 관리의 살피는 시선을 피하려고 아이들에게로 몸을 숙인다. 관리가 어떤 죽은 사람 이야기를 하든 산 사람 이야기를 하든 간에 사람들은 생각한다. 이 황제는 벌써 오래전에 죽었고, 왕조는 해체되었으며, 관리 양반은 우리를 놀리고 있다. 그러나 우리가 진지하게 복종할 사람은 오직 현재의 주인뿐일 것이다. 다른 모든 것은 죄를 범하는 일일 테니까. 그리고 서둘러 떠나는 관리의 가마 뒤에서 벌써, 누구든 그 어떤 깨져버린 유골 항아리에서 멋대로 일으켜진 자가 발을 구르면서 마을의 주인으로 떠오른다.

비슷하게 우리 지역 사람들은 보통 국가적 격변이나 동시대 전쟁에 의해서 그다지 타격을 받지 않는다. 나는 젊은 시절의 사건 하나를 기억하고 있다. 어떤 이웃, 그러나 그래도 꽤 멀리 떨어진 고장에서 폭동이 일어났다. 그 이유는 이제는 생각이 나지 않기도 하거니와 여기서는 또한 중요치도 않다. 폭동을 일으킬 이유들이 그곳에서는 아침마다 생기는데, 흥분한 백성인 것이다. 그런데 한 번은 봉기자들의 유인물 한 장을 그 고장을 거쳐온 거지가 아버지 집에 가져왔다. 마침 노는 날이어서 손님들이 우리 집 방들을 채웠고, 그 한가운데 사제가 앉아 그 유인물을 연구하였다. 갑자기 모두가 웃기 시작했고, 그 유인물은 밀치락달치락하는 바람에 찢어져버렸고, 아무러나 벌써 넉넉하게 받을 것을 받았던 거지는 걷어차여 방 밖으로 쫓겨났고, 모든 사람들은 즐거운 날을 맞으러 뿔뿔이 흩어져갔다. 왜 그랬을까? 이웃 지방의 사투리는 우리의 것과는 전혀 다르고, 그것 역시 문서어의 어떤 형태로 표현되었는데, 그것은 우리들에게는 고색창연한 감을 준다. 그런데 사제가 그런 글을 읽었으니 두 쪽도 미처 읽기 전에 사람들은 이미 결단을 내리고 있었던 것이다. 옛날부터 들어온, 옛날에 체념한 케케묵은 소리들이라고, 그리고 —기억하다 보니 내게는 그렇게 보인다—비록 그 거지의 행색에서 그 비참한 생활상이 반박의 여지없이 드러나고 있었기는 하나, 사람들은 웃으면서 고개를 가로젓고 아무 말도 더 들으려 하지 않았다. 그렇게도 우리네 사람들은 현재를 지워버릴 준비가 되어 있다.

그러한 여러 가지 현상으로 미루어 보아 근본적으로 우리는 결코 황제를 가지고 있지 않다는 결론을 내리더라도 진실에서 그리 멀지는 않으리라 생각된다. 거듭거듭 굳이 말하노니 아마 남쪽에 있는 우리들처럼 황제에 충성하는 백성도 없을 것이다. 그러나 그 충성은 황제에게 도움이 되지 않는다는 것이다. 동구 밖 작은 기둥 위에는 상서로운 용이 있어 충성을 표하며 개벽 이래 정확하게 북경 방향으로 불을 뿜고 있기는 하다—그러나 북경 자체는 마을 사람들에게 피안의 삶 이상으로 낯설기만 하다. 집들이 빽빽이 어깨를 마주 대고 서 있고 들판을 뒤덮고 우리 언덕에서 내려다보는 시야보다 더 멀리 뻗어 있으며, 그 집들 사이로 사람들이 밤이나 낮이나 서로 밀치락거리며 서 있는 그런 고을이 정말 있단 말인가? 그런 도시를 상상해보는 것보다는 북경과 황제가 하나라고 믿는 것이 우리들에게는 더 쉽다. 그들은 시간이 흐름에 따라 조용히 태양 아래서 그 모습을 바꾸어가는 구름 같은 것이라고.

그런데 그러한 생각들의 결과는 어느 정도 자유로운, 제어되지 않은 생활이다. 그러나 결코 방탕하지 않다. 나는 여행 중에 내 고향에서와 같은 그러한 품행 방정함을 결코 한 번도 만나본 적이 없었다—그러나 그것은 결코 현존하는 법 아래 서 있는 삶이 아니고, 다만 고대로부터 우리에게 전해져 내려오는 지시와 경고만을 따르는 삶인 것이다. 나는 내 자신이 일반화에 빠지지 않도록 경계한다. 그래서 우리 지방의 만 개나 되는 모든 마을에서 혹은 심지어 중국의 오백 개나 되는 지방 모두에서 사정이 그러하다고 주장하지는 않겠다. 그러나 아마도 이 대상에 대해서 내가 읽었던 많은 글들을 바탕으로 하여, 그리고 내 자신의 관찰을 토대로—특히 장성 축조는 당시 인적 자료에 따르면, 민감한 사람에게는 거의 온갖 지방의 사람들을 두루 경험할 수 있는 기회가 되었다—그 모든 것을 바탕으로 나는 어쩌면 말해도 좋을 것이다. 황제에 관한 지배적인 견해는 언제나 그리고 어디서나 나의 고향에서의 견해와 어느 정도의 공통적인 확실한 특성을 보이고 있다는 것을.

그런데 나는 그 견해를 어디까지나 미덕으로 인정하려는 것이 아니라 그 반대이다. 그것이 주로 지상에서 가장 오래된 제국에서 지금에 이르기까지 황제 제도가 제국의 최극단 변경에서까지 직접적으로 부단한 영향력을 행사할 정도의 투명함을 지니도록 훈련시킬 능력이 없었거나 딴 일로 인하여 이를 소홀히 했던 정부에 의해 초래되었기는 하다. 그렇기는 하나 거기에는 또한 백성들의 상상력이나 신뢰도의 허점도 들어 있다. 백성은 황제를 북경의 멸망으로부터 끌어내어 온갖 생동감과 현존성을 총동원하여 신하들의 가슴으로 이끄는 데 성공하지 못한 것이다. 그러면서도 신하의 가슴은 언젠가 한번 그런 접촉을 느껴보고, 그런 접촉으로 인하여 죽기를 바랄 것이다.

그러니까 이런 견해가 미덕일 수는 없을 것이다. 그러나 그래서 더더욱 눈에 띄는 것은 바로 이러한 약점이야말로 우리 민족을 통합시키는 가장 중요한 수단 중 하나인 것처럼 보인다는 것이다. 감히 그렇게까지 표현해도 된다면 바로 우리가 살고 있는 이 땅도 그러하다. 여기서 흠 하나를 가지고 그 근거를 소상히 밝히는 것은 우리의 양심이 아니라, 훨씬 고약하게도 우리의 다리를 뒤흔들 뿐이라는 것을 의미한다. 그래서 나는 이 문제에 대한 연구를 당분간 계속하지 않을 작정이다.

마당 문 두드리는 소리

Der Schlag ans Hoftor

어느 무더운 여름날이었다. 나는 누이와 집으로 돌아오는 길에 어떤 마당 문 곁을 지나가고 있었다. 나는 누이가 장난삼아 문을 두드렸는지 혹은 부주의해서였는지 아니면 결코 두드린 것이 아니라 다만 주먹으로 위협을 보냈을 뿐인지 알지 못한다. 왼편으로 굽어진 시골길을 따라 백 보쯤 걸어가니 마을이 시작되었다. 우리는 그것을 모르고 있었다. 그러나 첫 번째 집을 지나자, 곧 사람들이 앞으로 나와서 우리에게 손을 흔들었다. 정답게 또는 무엇인가를 경고하는 듯이, 그들은 매우 놀란 것 같았으며, 놀라움 때문에 몸을 구부리고 있었다. 그들은 우리가 지나온 마당을 가리켰고, 우리가 그 문을 두드렸던 것을 상기시켰다. 그 마당 주인은 우리를 고발할 것이고, 곧 심사가 시작될 것이다. 나는 매우 침착했다. 나의 누이도 마음을 진정시키고 있었다. 어쩌면 누이는 전혀 두드리지 않았을지도 모른다. 그리고 설사 누이가 그랬다 하더라도, 이 세상 어디에서도 그 때문에 어떤 증거를 댈 수는 없을 것이다. 나는 주위에 있는 사람들에게도 그것을 이해시키려고 노력했다. 그들은 내 말에 귀를 기울였으나 판결을 유보했다. 후에 그들이 말하기를 나의 누이뿐만 아니라 오빠인 나까지도 고소당할 것이라고 했다. 나는 미소를 띠며 고개를 끄덕거렸다. 우리 모두는 마당으로 되돌아가 사람들이 먼 곳에서 피어오르는 연기구름을 관찰하며 어떻게 불꽃을 기다리는가를 바라다

보았다. 그리고 정말 우리는 곧 기수들이 활짝 열린 마당 문 안으로 말을 타고 달려오는 것을 보았다. 먼지가 일어서 모든 것을 덮었고, 다만 긴 창의 뾰족한 끝만이 번쩍거렸다. 그리고 그 부대가 마당으로 사라지자, 곧장 그들은 말을 돌려서 우리에게 달려오는 길이었다. 나는 급히 누이를 앞으로 밀어젖혔다. 나는 모든 것을 혼자서 해결할 것이다. 누이는 나를 혼자 놓아두는 것을 원치 않았다. 나는, 누이가 좀 더 좋은 옷을 입고 주인 앞에 나설 수 있도록, 적어도 옷을 갈아입어야 한다고 말했다. 결국 누이는 내 말에 따라 집을 향해서 먼 길을 떠났다. 이미 기수들은 내 곁에 와 있었다. 그들은 여전히 말 위에서 나의 누이에 대해 물었다. '누이는 지금 이곳에 없어요. 그러나 나중에 올 겁니다.'라는 불안스러운 대답이 튀어나왔다. 대답은 아무래도 좋은 것으로 받아들여졌다. 그들은 나를 발견했다는 사실이 중요한 듯이 보였다. 그들은 두 명의 남자였는데, 활기찬 젊은이인 한 기수와 아스만이라고 불리는 그의 얌전한 조수였다. 나는 농부의 방 안으로 들어가라는 요구를 받았다. 천천히, 머리를 흔들고, 바지 멜빵을 치키며, 나는 그 남자들이 날카롭게 지켜보는 가운데 걷기 시작했다. 도시인인 나는—명예를 잃지 않고서—이 농부들로부터 해방되려면 한마디 말로 족하리라고 믿고 있었다. 그러나 내가 그 방 문지방을 넘어섰을 때, 미리 말에서 뛰어내려 나를 기다리고 있던 기수 한 사람이 나에게 말했다.

"이 남자 안됐구먼."

그의 말이 나의 현재 상황을 의미하는 것이 아니라 앞으로 나에게 일어날 일을 의미한다는 것은 의심할 여지가 없었다. 그 방은 농부의 방이라기보다는 차라리 감옥과 비슷했다. 커다란 석관, 어둡고 매우 황량한 벽, 그 어딘가에 반지 모양의 철제물 하나가 벽에 달려 있었고, 방 한가운데는 나무 침상 같기도 하고 수술대 같기도 한 무엇이 놓여 있었다.

내가 감옥 속의 공기와는 다른 공기를 여전히 맛볼 수 있을까? 그것이 큰 문제이다. 아니면 오히려 내가 아직 석방될 전망이 있는 것인지, 그것이 큰 문제일지 모른다.

이웃

Der Nachbar

　나의 사업은 완전히 나의 어깨에 걸려 있다. 대기실에는 두 명의 여사무원이 타자기와 영업 장부를 가지고 있다. 나의 방에는 책상, 계산대, 상담용 탁자, 안락의자 그리고 전화기가 있으며, 그것이 사무 집기의 전부이다. 그래서 보기에도 매우 간단하고, 사용하기에도 매우 편리하다. 나는 아주 젊고, 사업은 내 앞으로 굴러오고 있다. 나는 불평하지 않는다. 불평하지 않는다.

　새해부터 한 젊은 남자가 비어 있던 작은 옆방에 새로이 세를 들었다. 나는 어리석게도 아주 오랫동안 그 방을 세주기를 꺼렸다. 그것은 대기실이 딸린 방 하나와 그 이외에 부엌이 하나 있었다. 방과 대기실은 어쩌면 나에게 필요할 수도 있었지만—나의 두 여사무원은 이미 가끔 과로한다고 느끼고 있었으니까—부엌이 나에게 무슨 소용이 있겠는가? 이 좁은 생각이 내가 그 방을 내어주게 된 원인이었다. 이제 그곳에는 젊은 남자가 앉아 있다. 그의 이름은 하라스이다. 그가 거기서 무엇을 하는지 사실 나는 모른다. 그러나 문에는 '하라스, 사무실'이라고 씌어 있다. 내가 조사한 바로는, 사람들이 나에게 알려주기를 그 사무실이 나의 상점과 비슷하다는 것이다. 사람들은 곧바로 신용 대출을 경계하라고 할 수는 없었을 것이다. 왜냐하면 그것은 성공하고자 애쓰는 한 젊은 남자에 관한 일이고, 그의 일은 어쩌면 장래성이 있을 수도 있기 때문이다. 그래서 물론 신용에 대해서 직선적으로 충고할 수도 없었을 것이다. 왜냐하면 현재로서 짐작건대 아무 재산도 없기 때문이다. 이것은 아무것도 모를 때 사람들이 주는 일반적인 정보이다.

가끔 나는 층계에서 하라스를 만난다. 그는 언제나 특별나게 바빴던 모양이었다. 그는 내 곁을 말 그대로 휙 스쳐 지나갔다. 나는 아직도 그를 자세히 본 적이 없다. 그는 이미 손에 열쇠 꾸러미를 준비해서 들고 있었다. 그는 즉시 문을 열었다. 쥐꼬리처럼 그는 안으로 미끄러져 들어갔고, 나는 다시 '하라스, 사무실'이라는 팻말 앞에 서 있다. 나는 이미 그 팻말이 세워졌을 때부터 자주 그것을 읽었다.

형편없이 얇은 벽은 정말 많은 일을 하는 남자일 경우는 드러내주지만, 불성실한 사람일 경우에는 숨겨준다. 나의 전화기는 옆방 이웃과 나를 갈라놓고 있는 벽에 설치되어 있다. 물론 나는 이것을 단순히 우스꽝스러운 사실로 지적할 뿐이다. 그것이 설령 반대편 벽에 걸려 있다 하더라도, 옆방에서는 역시 모든 것을 듣게 될 것이다. 나는 전화를 걸 때, 고객의 이름을 부르는 습관을 없애버렸다. 그러나 이야기의 특징상 어쩔 수 없는 어법을 사용할 때 이름을 밝히는 것은 그다지 영리한 편이 아니다. 가끔 나는 수화기를 귀에 대고, 가시에 찔리듯 불안감에 흠칫 놀라며, 전화기 주위를 발끝으로 춤추며 맴돈다. 비밀들이 희생되는 것을 보호할 수가 없다.

당연히 그로 인해서 나의 사업적인 결정은 불확실해지고, 나의 목소리는 떨리게 된다. 내가 전화를 거는 동안에 하라스는 무엇을 할까? 굉장히 과장해본다면 ─ 그러나 우리는 명확성을 얻기 위해서는 가끔 그렇게 해보아야만 한다 ─ 나는 이렇게 말할 수 있겠다. 하라스는 전화기가 필요하지 않다. 그는 나의 것을 사용하니까. 그는 긴 안락의자를 끌어다 벽에 붙여놓고 엿듣는다. 그와 반대로 나는 전화벨이 울리면 전화로 뛰어가서 고객들의 희망 사항들을 받고, 힘든 결정을 내리고, 많은 설득을 해야만 한다—그러나 무엇보다도 이 모든 일이 일어나는 동안에 하라스에게 방벽을 통해서 보고를 해주는 셈이다.

아마 그는 이야기가 끝나기를 기다리지도 않고, 그에게 이 일에 대해서 충분히 주지시켜준 통화 장소를 향하여 일어설지도 모르는 일이다. 그는 자신의 습관대로 도시를 가로질러 휙 지나갈 것이고, 내가 수화기를 놓기도 전에 벌써 나에 대하여 반대 행동을 취하기 시작할 것이다.

튀기

Eine Kreuzung

나는 반은 고양이 새끼이고, 반은 새끼 양인 별난 짐승 한 마리를 가지고 있다. 그것은 아버지의 소유였다가 상속받은 것이다. 그러나 그것은 내가 데리고 있는 동안에야 비로소 이런 모습이 되기 시작했다. 전에는 고양이 새끼보다 새끼 양에 훨씬 가까웠다. 그러나 지금은 거의 양쪽 면을 똑같이 지니고 있다. 고양이로부터는 머리와 발톱을, 양으로부터는 크기와 모양을, 그리고 양쪽 다에게서는 깜빡거리는 사나운 눈과 부드럽고 빽빽하게 나 있는 털과 폴짝폴짝 뛰면서도 살금살금 기기도 하는 몸놀림을 물려받았다. 창턱 위에 비치는 햇빛 속에서 몸을 동그랗게 오그리고 가르랑거리고, 풀밭에서는 얼마나 잘 뛰어다니는지 통 잡을 수가 없다. 고양이 앞에서는 달아나고, 양 앞에서는 공격하려 들질 않는다. 달 밝은 밤이면 처마는 제일 좋아하는 길이다. 야옹 소리도 못 내고 쥐는 싫어한다. 닭장 옆에서 몇 시간이고 매복할 수는 있지만 아직 잡아 죽일 기회를 이용한 적은 없다.

나는 그것에게 달콤한 우유를 먹이는데, 우유가 제일 잘 받기 때문이다. 그것은 맹수 같은 이빨로 우유를 길게 꿀꺽꿀꺽 들이마신다. 물론 그것은 어린아이들에게 하나의 커다란 구경거리이다. 일요일 오전은 방문 시간이다. 나는 그 작은 짐승을 무릎 위에 올려놓고, 모든 이웃집 아이들은 내 주위에 빙 둘러선다.

그러면 인간으로서는 대답할 수 없는 정말 멋진 질문들이 나온다. 왜 그런 짐승밖에 없는지, 왜 하필이면 내가 그것을 가지고 있는지, 그것이 있기 이전에도 그와 같은 동물이 있었는지, 그리고 그것이 죽으면 어떻게 될 것인지, 그것이 외로워하는지, 그것은 왜 새끼들이 없는지, 그것의 이름은 무엇인지 등등.

나는 대답하려 애쓰지 않는다. 나는 별달리 생각하지 않고도 내가 가지고 있는 것을 보여줌으로써 만족한다. 가끔 아이들은 고양이를 가져오기도 하고, 언젠가는 양을 두 마리 가져오기까지 했다. 그러나 그들의 기대와는 달리 서로 알아보는 장면은 연출되지 않는다. 동물들은 동물의 눈으로 조용히 서로를 바라보았고, 분명히 서로의 존재를 신의 섭리로 받아들이고 있었다.

내 무릎 위에서 그 동물은 두려움도, 추격하고 싶은 욕망도 보이지 않는다. 그것은 나에게 몸을 비벼댈 때 최고로 기분이 좋다. 그것은 자신을 키워준 가족의 편을 든다. 그것은 이상한 충성심이 아니라, 이 지구상에 수많은 친족을 가지고는 있지만, 피를 나눈 단 하나의 혈족도 가지고 있지 못한 동물의 정확한 본능일 것이다. 그렇기 때문에 그것에게는 우리에게서 찾은 피난처가 신성한 것이다.

이따금씩 그것이 코로 킁킁거리며 내 주위의 냄새를 맡고, 다리 사이로 비비적거리고, 조금도 내게서 떨어지지 않을 때면 나는 웃을 수밖에 없다. 그것은 양이면서 고양이라는 것으로도 충분치 않아 개이고 싶어 한다 — 한 번은 내가, 누구에게나 그런 일이 있을 수 있듯이, 사무 및 그것과 연관된 모든 것에 빠져 헤어날 길을 찾지 못하고 만사를 될 대로 되라고 내버려 두고 싶기만 한 그런 기분으로 집에 와서 그 동물을 무릎에 올려놓은 채 흔들의자에 누워 있었는데, 그때 우연히 내려다보았더니 그의 수북한 수염 털에서 눈물이 뚝뚝 떨어지고 있었다—그게 나의 눈물이었을까, 그의 눈물이었을까?—양의 영혼을 지닌 이 고양이는 인간의 공명심마저도 가졌던 것일까? 나는 아버지로부터 그리 많은 것을 물려받지는 않았다. 그러나 이 유산은 자랑할 만한 것이다.

이것은 두 가지 불안감, 즉 고양이의 불안과 양의 불안을 내면에 지니고 있다. 퍽이나 종류가 다른데도 말이다. 그래서 그에게는 자기 살갗이 너무도 비좁다—이따금씩 그것은 내 곁 안락의자로 뛰어올라 앞발을 내 어깨에 대고 버티며 그 주둥이를 내 귀에다 갖다 대곤 한다. 그건 마치 나에게 무언가 말하기라도 하는 것 같고, 또 실제로 그런 다음에는 몸을 앞으로 숙이고 내 얼굴을 들여다본다. 자기가 한 말이 나에게 준 인상을 살피기 위하여. 그의 마음에 들도록 나는 무언가 알아들었다는 듯이 고개를 끄덕인다—그러면 그것은 땅바닥으로 뛰어 내려가 춤추듯 깡충깡충 뛰어 돌아다닌다.

어쩌면 이 동물에게는 푸줏간 주인의 칼이 구원일지 모른다. 하지만 그 구원을 유품으로 받은 그것에게 줄 수는 없다. 그러므로 그것은 숨이 저절로 다할 때까지 기다려야 한다. 제아무리 이따금씩 분별 있는 인간의 눈으로 나를 바라보는 듯하더라도 말이다.

일상의 혼란
Eine alltägliche Verwirrung

일상적인 사건 하나: 그것을 견디어내는 일이 일상적인 혼란을 초래하다. A는 H 출신 B와 중요한 사업 하나를 매듭지어야 한다. 그는 사전 협의를 위해 H로 간다. 왕복하는 데 각각 십 분이 채 걸리지 않았고 집에 와서는 이렇게 대단히 빠른 것을 으스댄다. 다음 날 그는 다시 H로 간다. 이번에는 최종적인 사업 체결을 위해서이다. 이 일이 몇 시간은 걸리리라고 예상하여 A는 새벽같이 떠난다. 그러나 모든 부수적인 정황들이, 적어도 A의 생각으로는, 전날과 조금도 다름없는데도 이번에는 H로 가는 데 열 시간이 걸린다. 그가 파김치가 되어 저녁에 그곳에 도착하자 사람들이 그에게 말하기를 B는 A가 오지 않는 데 화가 나서 반 시간 전에 A를 만나러 그 마을로 갔으니 실은 그들이 도중에서 만났어야 하리라는 것이다. 사람들은 A에게 기다리라고 충고했다. 그러나 A는 사업 걱정으로 즉시 떠나 서둘러 집으로 간다. 이번에는 그는 시간에 대해서는 그다지 신경을 쓰지 않고서도 곧바로 한순간에 그 길을 돌아온다. 집에 와서 그가 들은 이야기는 B는 A가 떠나자 곧바로 왔는데, B가 대문에서 A를 만나 사업을 상기시켰으나 A는 시간이 없노라고, 지금 서둘러 가야 된다고 했다는 것이다.

그러한 A의 이해할 수 없는 태도에도 불구하고 B는 그래도 여기서 A를 기다리려고 머물러 있다는 것이다. A가 그새 되돌아오지 않았느냐고 벌써 여러 차례 묻기는 했으나 아직 위층 A의 방에 있다는 것이 기뻐 A는 계단을 달려 올라간다. 그는 위층에 거의 다 올라가는 참에 발이 걸려 비틀거리다 그만 뒤꿈치 근육에 열상을 입고 고통으로 까무러칠 지경이 되어 비명조차 못 지르고 어둠 속에서 다만 끙끙대고 있는데, B가—아주 멀리에서인지 바로 곁에서인지는 분명치 않으나—화가 나서 계단을 쿵쿵 디디며 내려가 아주 사라지는 소리가 그에게 들린다.

산초 판자에 관한 진실
Die Wahrheit über Sancho Pansa

그렇다고 하여도 그것을 자랑한 적이 없는 산초 판자는 세월이 지나가면서, 저녁이나 밤 시간에 많은 기사 소설과 도둑 소설들을 곁에 두고 읽음으로써, 그가 후에 돈키호테라는 이름을 붙여주었던 악마로 하여금 절제 없이 가장 미친 짓들을 행하게 함으로써 그 악마를 자신으로부터 떼어놓는 데 성공하였다. 그러나 그 미친 짓들은 미리 정해진 대상이 없었으므로─물론 산초 판자가 그런 대상이 되었어야 했겠지만─아무에게도 해를 끼치지는 않았다. 자유인인 산초 판자는 무관심하게, 아마 어쩌면 얼마만큼은 책임감에서 원정을 나서는 돈키호테를 따라나섰으며 그가 생을 마칠 때까지 거기서 유익하고도 큰 즐거움을 맛보았다.

세이렌의 침묵

Das Schweigen der Sirenen

미흡한, 아니 유치하기까지 한 수단들도 구원에 도움이 될 수 있다는 것에 대한 증명.

세이렌으로부터 자신을 지키기 위하여 오디세우스는 귀에 밀랍을 틀어막고 자신을 돛대에 단단히 묶게 했다. 물론 예전부터 여행객이라면 누구나 그와 비슷한 것을 행할 수 있었을 것이다. 이미 멀리서부터 세이렌에게 유혹당했던 사람들을 제외하고는. 그러나 이런 것이 아무런 도움이 될 수 없었다는 것은 온 세상이 다 아는 일이다. 세이렌의 노래는 무엇이든 다 뚫고 들어가니 유혹당한 자들의 격정은 사슬이나 돛대보다 더한 것이라도 깨뜨렸을 것이다. 그러나 오디세우스는 그런 이야기를 들었을 텐데도 그 점을 생각하지 않았다. 그는 한 줌의 밀랍과 한 다발의 사슬을 완벽하게 믿었고, 작은 도구에 대한 순진한 기쁨에 차서 세이렌을 마주 향하여 나아갔던 것이다.

그런데 세이렌은 노래보다 더욱 무서운 무기를 가지고 있었다. 그것은 침묵이다. 그런 일이 사실 없었기는 하나, 누군가가 혹 그녀들의 노래로부터 구조되었으리라는 것은 생각해볼 수 있는 일이지만, 그녀들의 침묵으로부터는 분명 그렇지 못하다. 자신의 힘으로 그녀들을 이겼다는 느낌, 거기에서 오는, 모든 것을 쓸어낼 수 있다는 자부심에는 이 지상의 그 무엇도 맞설 수 없을 것이다.

그리고 실제로 오디세우스가 왔을 때 그 강력한 가희들은 노래를 부르지 않았다. 그들이 이 적에게는 오직 침묵만이 해를 가할 수 있을 것이라고 믿었기 때문인지, 밀랍과 사슬 이외에는 아무것도 생각하지 않는 오디세우스의 기쁨에 넘치는 얼굴이 그녀들로 하여금 모든 노래를 잊게 했던 것인지는 알 수 없다.

그러나 오디세우스는, 표현을 해보자면, 그들의 침묵을 듣지 않고, 그들이 노래를 부르고는 있지만 그가 단지 그것을 듣는 것으로부터 보호받고 있는 거라고 믿었다. 얼핏 그는 우선 그들의 고개 돌림, 깊은 호흡, 눈물이 가득 찬 눈, 반쯤 열린 입을 보았는데, 그것이 들리지 않게 자기 주위를 감돌며 사라지는 아리아의 일부라고 믿었다. 그러나 곧 그 모든 것은 그의 먼 곳을 향한 시선에서 미끄러져 사라져버렸다. 세이렌들은 그야말로 그의 단호함 앞에서 사라져버렸고, 그가 바로 그들 가까이에 갔을 때는 그녀들에 대해서 더 이상 아무것도 아는 바가 없었다.

그러나 그녀들은—그 어느 때보다도 더 아름답게—몸을 펴고 돌았으며, 그 섬뜩한 머리카락을 온통 바람결에 나부끼게 했고 바위 위에서 발톱을 한껏 드러내놓고 힘을 주고 있었다. 그들은 더 이상 유혹하려 하지 않았다. 다만 오디세우스의 커다란 두 눈이 뿜는 빛을 될 수 있는 한 오랫동안 놓치지 않으려고 했다.

세이렌들이 의식을 지니고 있었더라면, 그녀들은 그때 파멸되었을지 모른다. 그러나 그녀들은 그렇게 언제까지나 머물러 있었고, 단지 오디세우스만이 그녀들로부터 벗어나게 되었다.

그 이외에도 여기에 대해 한 가지 참고 사항이 전해 내려오고 있다. 오디세우스는 워낙 꾀가 많아 운명의 여신조차 그의 가장 깊은 마음을 꿰뚫을 수 없을 만큼 여우 같은 사람이었다고 한다.

어쩌면 그는, 인간의 오성으로는 알 도리가 없으나, 세이렌들이 침묵했었다는 것을 정말로 알아차렸을 지도 모른다. 그래서 그는 그녀들과 신들에게 위와 같은 외견상의 과정을 다만 어느 정도 방패로서 들이댔을지도 모른다.

프로메테우스

Prometheus

프로메테우스에 관해서 네 가지 전설이 전해진다. 첫 번째 전설에 따르면 그는 신의 비밀을 인간에게 누설하였기 때문에 코카서스 산에 쇠사슬로 단단히 묶였고 신이 독수리를 보내어 자꾸자꾸 자라는 그의 간을 쪼아먹게 하였다고 한다.

두 번째 전설에 의하면, 프로메테우스는 쪼아대는 부리가 주는 고통으로 자신을 점점 바위 속 깊이 밀어 넣어, 마침내는 바위와 하나가 되었다고 한다.

세 번째 전설에 의하면, 수천 년이 지나는 사이에 그의 배반은 잊혔고, 신도 잊었고, 독수리도, 그 자신도 잊었다고 한다.

네 번째 전설에 의하면, 한도 끝도 없이 되어버린 것에 사람들이 지쳤다고 한다. 신이 지치고, 독수리가 지치고, 상처도 지쳐 아물었다고 한다.

남은 것은 수수께끼 같은 바위산이었다 — 전설은 그 수수께끼를 설명하려고 한다. 전설이란 진실의 바탕에서 비롯되는 것이므로 다시금 수수께끼 가운데서 끝나야 한다.

도시의 문장

Das Stadtwappen

    바빌론의 탑을 축조할 초기에는 모든 것이 웬만큼 질서가 있었다. 아니 그 질서가 너무 방대했을지 모른다. 마치 자유로운 작업 가능성의 여러 세기들을 눈앞에 두고 있다는 듯이 이정표, 통역관, 근로자 숙소와 교통 연계로에 대해 너무 많이 고려를 했다. 그 당시 지배적인 의견은, 심지어 아무리 천천히 지어도 전혀 지나칠 리 없다는 데까지 이르렀다. 이 의견을 과장할 필요는 전혀 없다. 정말 기초 놓기도 무서워서 뒤로 물러설 정도였던 것이다. 그래서 사람들은 다음과 같이 논거를 대었다. 하늘까지 이르는 탑을 쌓으려는 생각이 전 기획의 핵심이었다. 이 생각 이외의 다른 모든 것들은 부수적인 것이다. 한번 그 크기에 사로잡힌 생각은 사라질 수가 없는 법이다. 인간이 존재하는 한, 탑을 끝까지 쌓겠다는 그 강한 염원 또한 존재할 것이다. 그러나 이런 관점에서 미래 때문에 걱정할 필요는 없다. 반대로 인류의 지식이 증진되고 건축술이 진보했으며 또한 계속 진보해나갈 것이다. 우리가 지금 일 년이 걸리는 작업이 백 년 후에는 어쩌면 반년이면, 게다가 보다 훌륭하고 보다 견고하게 이루어질 것이다. 그런데 무엇 때문에 오늘 벌써 기력의 한계까지 지치도록 일하겠는가? 그것은 탑을 한 세대의 시간 안에 세우기를 바랄 수 있을 때에만 의미를 갖게 될 것이다. 그러나 그것은 그 어떤 식으로도 기대할 수 없었다. 그보다는 다음 세대가 그들의 완벽해진 지식으로 전 세대가 해놓은 작업을 형편없다고 여기고 쌓아놓은 것을 새로이 시작하기 위하여 헐어버리게 될 것이라는 생각이 들 것이다. 그러한 생각들이 힘을 위축시켰다. 그래서 사람들은 탑을 쌓기보다는 오히려 노동자 도시의 건설에 더욱 마음을 썼다. 어느 동향인들이나 가장 좋은 숙소를 차지하려고 했고, 그로 인해서 분쟁이 일어났고, 피를 뿌리는 싸움으로까지 치달았고, 이러한 싸움들은 결코 그치질 않았다. 지휘자들에게는 그러한 싸움이, 필요한 결집이 안 되기 때문에도 탑은 천천히 아니면 차라리 총평화조약 후에나 지어져야 한다는 데 대한 새로운 논거였다. 그렇지만 싸움만으로 시간을 보냈던 것은 아니고, 쉬는 동안에는 도시를 아름답게 꾸몄다. 그럼으로써 사람들은 또다시 새로운 시샘과 새로운 싸움을 야기시켰다. 그렇게 첫 세대의 시간은 지나갔다. 그러나 그 뒤를 잇는 세대들도 전혀 다를 바가 없었다. 단지 교묘한 기술만이 계속해서 늘어갔고, 그것과 더불어 싸움에 대한 병적인 투쟁욕 또한 늘어갔다. 두 번째 아니면 세 번째 세대는 이미 하늘에 닿는 탑을 건설하는 것이 무의미하다는 것을 인식하게 되었다. 그럼에도 불구하고 사람들은 도시를 떠나기에는 이제 너무나 서로 밀착되어 있었다.

전설과 노래에서 보면 이 도시에서 생겨난 것은 모두 어느 예언된 날을 동경하는 마음으로 가득 차 있다. 그날 도시는 다섯 번 짧게 계속되는 한 거인의 주먹질에 의해 부수어진다는 것이다. 그래서 또한 이 도시는 문장紋章 안에 주먹을 가지고 있다.

포세이돈

Poseidon

포세이돈이 작업 탁자에 앉아서 셈을 하고 있었다. 모든 하천을 관할하는 당국이 그에게 계속해서 수많은 일거리를 주었다. 그가 원하는 대로 조수를 둘 수도 있었을 것이다. 물론 그 역시 매우 많은 조수들이 있었지만, 그는 자신의 직무를 매우 신중하게 받아들이고 있었기 때문에, 만사를 다시 한 번 꼼꼼하게 계산했다. 그래서 조수들은 거의 도움이 되지 못했다. 그 일이 그를 기쁘게 했다고는 말할 수 없다. 그는 단지 그 일이 자신에게 부과되었기 때문에 그것을 이행할 뿐이었다. 물론 그는 이미 가끔, 그의 표현을 빌린다면, 좀 더 즐거운 일을 신청하긴 했지만, 사람들이 그에게 여러 가지 제의를 하면 언제나 지금까지의 일만큼 그에게 적합한 일은 정말 없다는 것이 드러난다. 그를 위해서 무언가 다른 일을 발견한다는 것은 매우 어려웠다. 가령 그에게 특정한 어느 바다 하나를 지정해줄 수는 없었다. 이곳에서는 셈을 하는 일이 단지 아주 귀찮은 일이라는 것을 제외하고, 위대한 포세이돈은 물론 언제나 군림하는 자리만을 얻을 수는 있었다. 그리고 사람들이 그에게 물 바깥에 있는 일자리를 제공하면, 그는 벌써 그생각만으로도 속이 메스꺼웠다. 그의 신적인 호흡은 불규칙해졌고, 그의 단단한 흉곽은 흔들거렸다. 게다가 사람들은 사실 그의 불만을 심각하게 받아들이지 않았다. 만약 강자가 고통을 준다면, 아무리 가망이 없는 경우라 할지라도 겉으로는 그에게 복종하려고 노력하는 척해야만 한다. 아무도 포세이돈이 정말 그의 공직을 떠나리라고는 생각하지 않는다. 태초부터 그는 바다의 신으로 정해져 있었고, 그리고 그것은 유지되어야 한다.

그는 사람들이 그에 대해서 가지고 있는 생각을 알게 되면, 큰 물결들을 삼지창으로 휘몰아가면서 대체로 화를 냈다 — 그리고 이것은 주로 자신의 일에 대한 불만을 초래했다. 그럼에도 불구하고 그는 여기 대양의 심연에 앉아 쉬지 않고 셈을 하고 있는 것이다. 가끔 주피터에게 가는 여행만이 단조로움을 깨뜨리는 유일한 중단이었다. 그러나 그것은 대개 그가 진노해서 돌아오게 되는 여행이었다. 그런 이유로 그는 바다를 전혀 보지 못했다. 다만 올림포스산으로 바삐 올라갈 때 슬쩍 지나칠 뿐, 정말 한 번도 바다를 두루 항해해보지 못했다. 그는 이렇게 말하곤 했다. 자신은 세계가 몰락할 때까지 기다리고 있다고. 그때서야 아마 자신에게 조용한 순간이 생길 것이고, 종말이 오기 바로 직전에 마지막 셈을 죽 훑어보고 나서 재빨리 한번 작은 일주 여행을 할 수 있을 것이라고.

공동체
Gemeinschaft

우리는 다섯 친구들이다. 우리는 언젠가 어떤 집에서 차례로 나오게 되었는데, 우선 하나가 나와 대문 옆에 섰고, 그다음에는 두 번째가 와서, 아니 나왔다기보다는 오히려 수은 방울이 미끄러지듯 가뿐하게 대문을 미끄러져 첫째로부터 멀지 않은 곳에 섰고, 그다음은 셋째, 그다음은 넷째, 그다음은 다섯째가 나왔다. 결국 우리는 모두 한 줄로 서 있었다. 사람들이 우리를 주목하게 되어 우리를 가리키며 이렇게 말했다.

"이 다섯 사람이 방금 이 집에서 나왔습니다."

그때부터 우리는 같이 살고 있다. 만약 여섯째가 자꾸 끼어들지만 않았다면 평화스러운 생활이었을 것이다. 그는 우리들에게 아무 짓도 하지 않는다. 그러나 우리들은 그가 귀찮다. 그러니 그것으로 충분히 무슨 짓인가를 한 셈이다. 아무도 그를 원하지 않는 곳에, 그는 왜 끼어들려고 하는 걸까? 우리들은 그를 모르며 우리들 안으로 받아들이고 싶지도 않다. 우리 다섯 사람도 전에는 서로 잘 몰랐으며, 굳이 말한다면 지금도 서로 잘 모른다. 그러나 우리 다섯 사람에게는 가능하고 참아질 수 있는 것이 저 여섯 번째에게는 가능하지 않으며 참아지지도 않는다. 그 외에도 우리는 다섯이며 여섯이고 싶지 않다. 그리고 이렇게 지속되는 공동생활이 무슨 의미가 있겠는가. 우리들 다섯 명에게도 이것은 아무런 의미가 없다. 그러나 우리는 이미 함께 살고 있으며, 그렇게 계속될 것이다. 그러나 하나의 새로운 합류를 우리들은 원하지 않는다. 물론 우리들의 경험을 토대로 한 것이다. 그러나 어떻게 그 모든 것을 여섯 번째에게 가르친단 말인가. 긴 설명은 이미 그를 우리 그룹에 받아들인다는 것을 의미하는 것이나 다름없을 터이니 우리는 차라리 아무런 설명도 하지 않고 그를 받아들이지도 않는다. 그가 제아무리 입술을 비쭉 내민다 할지라도 우리들은 그를 팔꿈치로 밀쳐내버린다. 그러나 우리가 그를 아무리 밀쳐내도 그는 다시 온다.

밤에
Nachts

밤에 흠뻑 잠겨. 이따금 골똘히 생각하기 위해 고개를 떨구듯, 그렇게 밤에 흠뻑 빠져 있다. 주위 사람들은 모두 잠들어 있다. 그들이 집 안에서, 탄탄한 침대 속에서, 탄탄한 지붕 밑에서, 매트리스 위로 몸을 쭉 뻗치거나 오그린 채, 시트 속에서, 이불을 덮고 잠자고 있다는 것은 하나의 보잘것없는 위선, 하나의 순진한 자기기만이다. 사실 그들은 옛날 그 어느 때인가처럼 그리고 나중에 그런 것처럼 황야에서 함께 있었다. 벌판의 야영지에서, 헤아릴 수 없이 많은 사람들, 한 떼의 무리, 한 종족이 차가운 땅 위 차가운 하늘 아래서, 이전에 서 있던 곳에 내던져져 있다. 이마는 팔에 박고, 얼굴은 땅바닥을 향한 채 조용히 숨 쉬며. 그런데 너는 깨어 있다. 너는 파수꾼 중 하나다. 너는 네 곁 땔나무 더미에서 꺼낸 타는 장작을 흔들어 바로 옆 사람을 찾는다. 너는 왜 깨어 있는가? 한 사람은 깨어 있어야 한다고 한다. 한 사람은 거기에 있어야만 한다.

거절

Die Abweisung

우리의 작은 도시는 국경선에 인접해 있지 않다. 전혀 그렇지가 않다. 국경선까지는 굉장히 멀어서, 이 작은 도시 출신의 어느누구도 아직까지 그곳에 가본 적이 없다. 황량한 고지대를 가로질러가야만 한다. 그러나 광활하고 비옥한 땅 역시 지나가야 한다. 사람들은 그 여정의 일부를 생각만 해도 피로해진다. 그래서한 부분 이상은 전혀 생각해볼 수가 없다. 가는 길에는 큰 도시들도 있다. 우리 도시보다 훨씬 큰 도시들이다. 그 근처에는 우리 도시와 같은 작은 도시 열 개가 나란히 위치해 있고, 고지대로부터역시 열 개의 그러한 도시들이 억지로 다닥다닥 붙어 있기는 해도, 아직까지 그러한 거대하고 조밀한 도시를 형성하고 있지는않다. 그곳으로 가는 도중에 길을 잃어버리지 않는다면, 분명히도시에서 길을 잃게 될 것이다. 그리고 그 도시들을 피해 간다는것은 그 거대한 크기 때문에 불가능하다.

그러나 수도는 국경선보다 훨씬 더 멀다. 그러한 거리를 비교할 수 있다면—그것은 마치 삼백 살 먹은 사람이 이백 살 먹은사람보다 더 늙었다고 말하는 것과 같은 식이다—우리의 작은도시로부터 수도까지는 국경선까지의 거리보다 더더욱 멀다. 우리가 가끔 국경에서 벌어지는 전쟁에 관한 소식을 전해 듣는 동안에도, 수도에서는 거의 아무것도 전해 듣지 못한다. 우리 시민들이 그렇다는 말이다. 왜냐하면 정부 관리들은 물론 수도와 매우 좋은 관계를 맺고 있기 때문이고, 적어도 두세 달이면 거기로부터 소식을 들을 수 있다고 주장하고 있으니까 말이다.

그러니 참으로 이상한 일이다. 어떻게 우리가 이 작은 도시에서 수도로부터 정해진 모든 것을 조용히 따르고 있는지, 나는 그것에 대해 언제나 새로이 놀라게 된다. 수 세기 전부터 우리들에게는 시민들 자신으로부터 시작된 정치적 변동이란 일어나지 않았다. 수도에서는 높은 군주들이 서로 교대하거나 왕조조차도 사라져버리거나 중단되었고, 또다시 새로운 왕조가 시작되었다. 지난 세기 동안에는 수도 자체도 파괴되었고, 그곳으로부터 먼 곳에 새로운 수도가 세워졌다. 나중에는 이것도 파괴되었고, 옛날 수도가 다시 복원되었다. 그것은 우리의 작은 도시에는 아무런 영향을 끼치지 않았다. 우리의 관료들은 그 지위에 따라 언제나 정해져 있었는데, 가장 높은 공무원은 수도에서 왔고, 중류 계급의 공무원들은 적어도 외부에서 왔으며, 가장 낮은 계급의 공무원들은 우리들 사이에서 나왔다. 언제나 그러했고, 또 그것으로 우리들은 충분했다. 가장 높은 공무원은 세무서장인데, 그는 대령급 신분을 가지고 있으며 또한 그렇게 불리고 있다. 오늘날 그는 노인이 되었다. 그러나 나는 그를 이미 수년 전부터 알고 있다. 왜냐하면 그는 나의 어린 시절부터 대령이었기 때문이다. 그는 처음에는 매우 빨리 출세를 했다. 그러나 그 다음에는 출셋길이 막힌 것처럼 보였다. 그러나 그의 지위는 우리의 작은 도시에서는 충분했다. 우리 도시에서는 그보다 높은 지위를 수용할 수 없을 것이다. 내가 그를 상상해보려고 노력하면, 광장에 있는 그의 집 베란다에서 입에 파이프를 물고 뒤로 길게 누워 있는 그의 모습이 보인다. 그의 머리 위 지붕에는 제국의 국기가 나부끼고 있다. 가끔 소규모의 군사 훈련도 벌어질 만큼 넓은 베란다 옆쪽에는 빨래를 말리기 위해 널어놓았다. 예쁜 비단옷을 입은 그의 손자들이 주위를 맴돌며 놀고 있다. 이 아이들은 저 밑 광장으로 나가서는 안 된다. 다른 아이들은 그들에게 어울리지 않는다. 그러나 광장은 그들에게 유혹적이어서 그들은 최소한 난간의 창살 사이로 머리를 내민다. 그리고 다른 아이들이 밑에서 서로 싸우면, 그들은 위에서 함께 싸운다.

이러한 대령이 이 도시를 지배하고 있다. 나는 그가 어느 누구에게도 아직까지 증빙 서류를 제시한 적이 없다고 생각한다. 그 서류야말로 그에게 그럴 자격을 준 것인데, 그는 또한 그런 서류를 하나도 가지고 있지 않을지도 모른다. 그러나 그것이 전부이겠는가? 그것이 그로 하여금 당국의 모든 분야를 지배할 수 있는 권력을 주었는가? 그의 직무는 물론 도시를 위해서 매우 중요하다. 그러나 시민을 위해서 가장 중요한 것은 아니다. 우리 도시에서는 사람들이 거의 이렇게 말하고 있는 것 같은 인상을 받았다. "이제 당신은 우리들에게서 우리가 가졌던 모든 것을 받아 갔다. 거기에 덧붙여 제발 우리들 자신까지도 가지고 가라." 실제로 그는 통치권 자체를 독점하지 않았고, 또한 독재자도 아니었기 때문이다. 옛날부터 세무서장은 일등 공무원으로 정해져 내려왔고, 대령 역시 우리와 다름없이 그 전통을 따르고 있다.

그러나 그가 지위의 지나친 차이 없이 우리들 사이에서 살고 있음에도 불구하고, 그는 일반 시민들과는 무언가 전혀 다르다. 만약 한 대표가 부탁을 가지고 그의 앞에 가면 그는 거기에 마치 세계의 벽처럼 서 있다. 그의 뒤에는 아무것도 없다. 사람들은 그곳에서 두서넛의 목소리들이 속삭이는 소리를 더욱 불안한 마음으로 듣는다. 그러나 그것은 아마 착각일 것이다. 그는 의당 모든 것의 완결을 의미한다. 적어도 우리들에게는 말이다. 사람들은 그와 같은 접견시에나 그를 보았을 것이다. 언젠가 한 번 내가 아이였을 때 나는 거기에 함께 있었던 적이 있다. 한 시민 대표가 정부의 지원을 요청할 때였는데, 가장 가난한 도시 구역이 완전히 불타버렸기 때문이었다. 편자공이었던 나의 아버지는 공동체 내에서 저명인사였다. 그래서 대표의 한 일원이었는데, 나를 데리고 가셨다. 그것은 전혀 이상한 일이 아니었다. 그런 구경거리에는 모두가 몰려드는 법이니까. 사람들은 군중들 속에서 원래의 대표를 알아보지도 못한다. 그런 접견은 대부분 베란다에서 행해졌으므로, 광장으로부터 사다리를 타고 위로 기어 올라와서 난간을 넘어가 사건에 참여하는 사람들도 있다. 그 당시 베란다의 사분의 일은 그를 위해 확보되어 있도록 설치되었고, 나머지 부분은 사람들이 채우고 있었다. 몇 명의 군인들이 이 모든 사람들을 감시했다. 그들은 또한 반원을 그리며 그를 에워싸고 서 있었다. 원래는 이 모든 사람들을 감시하기 위해 한 사람의 군인이면 족했을 것이다. 그 정도로 그들에 대한 우리들의 공포는 컸다. 이 군인들이 어디서 왔는지 자세히 알 수는 없다. 어쨌든 먼 곳으로부터 왔다. 그들은 모두가 매우 닮았다. 그들은 결코 제복이 필요 없을 것 같다. 그들은 작고 강하지는 않지만 민첩한 사람들이다. 그들에게서 가장 눈에 띄는 것은 특히 그들의 입을 가득 채우고 있는 억센 치아와 불안하게 경련을 일으키는 작고 가는 눈들의 번쩍임이다. 이것 때문에 그들은 아이들의 경악의 대상이며, 또한 호기심의 대상이기도 하다. 왜냐하면 아이들은 소스라쳐 도망치면서도 계속해서 이런 치아와 눈들 때문에 놀라고 싶어 하기 때문이다. 어린 시절에 있었던 이러한 놀라움은 아마 어른이 되어서도 사라지지 않을 것이다. 그 영향은 적어도 나중까지 남게 된다. 물론 그것은 다르게 나타나기도 한다. 군인들은 우리들 중 하나에게 전혀 이해할 수 없는 사투리로 말을 한다. 그들은 우리들에게 결코 익숙해질 수가 없다. 그로 인해서 그들에게는 어떤 폐쇄감, 가까이 갈 수 없는 거리감이 생겼다. 그 외에도 그것은 그들의 성격과도 일치한다. 그들은 그렇게 조용하고, 진지하고, 완고하다. 그들은 원래는 전혀 나쁜 짓을 하지 않는다. 그럼에도 그들은 나쁜 의미로는 거의 참을 수 없는 사람들이다. 예를 들어, 한 군인이 어떤 상점에 들어가서 작은 물건을 하나 산다. 그는 계산대에 기대어 서서 이야기 소리에 귀를 기울인다. 그는 아마 그것을 이해하지 못하겠지만 이해하는 체한다. 자신은 한마디도 말하지 않고, 단지 말하는 사람을 뚫어져라 쳐다보고, 다음에는 다시 듣는 사람을 바라본다. 그리고 손을 그의 허리띠에 있는 긴 칼의 손잡이에 올려놓는다. 그것은 끔찍스럽다. 사람들은 이야기할 마음을 잃어버린다. 상점이 텅 빈다. 그리고 상점이 완전히 텅 비게 되면, 비로소 그 군인 역시 가버린다. 그러므로 군인이 나타나는 곳에서는 우리 활기찬 종족 또한 조용해진다. 그때도 역시 그러했다. 모든 성대한 행사 때와 마찬가지로 대령은 똑바로 서서 앞으로 뻗은 양팔로 긴 장대를 잡고 있었다. 그것은 오래된 풍습으로 대략 그는 그렇게 법을 지지하고, 법은 그렇게 그를 지지한다는 것을 뜻한다. 자, 누구나 저 위 베란다에서 기다리고 있는 것이 무엇인지를 알고 있다. 그러면서도 사람들은 언제나 새롭게 놀라곤 한다. 그때도 연설을 하기로 정해진 사람이 시작하기를 원하지 않았다. 그는 대령과 마주 보고 서 있었다. 그러자 그에게서 용기가 사라져버렸고, 그는 여러 가지 핑계를 대면서 서둘러 사람들 틈으로 돌아가버렸다. 그 이외에는 말할 준비가 되어 있는 적당한 사람을 찾을 수 없었다—물론 그 부적합한 사람으로부터 시작해서 몇 명의 사람들이 나서기는 했다—큰 혼란이 일었다. 사람들은 여러 시민들에게 그리고 유명한 연설가에게 사신을 보냈다. 그러는 동안 내내 대령은 움직이지 않고 거기 서 있었다. 다만 숨 쉴 때 가슴이 유난히 내려앉았다. 그것은 그가 힘들게 숨을 쉬어서가 아니었을 것이다. 그는, 예를 들어 마치 개구리가 숨 쉬는 것처럼 겉으로 분명히 드러나게 숨을 쉬었다. 개구리는 언제나 그렇게 숨을 쉬겠지만, 여기서 그것은 특별한 것이었다. 나는 어른들 사이를 빠져나가서, 두 군인 사이의 틈을 통해서 그를 오랫동안 바라보았다. 한 군인이 나를 무릎으로 걷어찰 때까지 그랬다. 그러는 사이 원래 연설하기로 정해졌던 사람이 마음을 가라앉혔고, 두 시민의 부축을 받으며 인사말을 했다. 큰 불행을 묘사하는 이러한 심각한 연설 중에 그가 끝까지 미소를 띠고 있었다는 것은 감동적이었다. 그것은 가장 겸손한 미소였는데, 대령의 얼굴에 가벼운 미소의 반사를 불러일으키려고 헛되이 애쓰고 있었다. 드디어 그는 부탁할 내용을 이야기했다. 내 생각으로는, 그는 다만 일 년 동안의 세금 면제를 부탁했을 뿐이었다. 또한 아마 황제의 숲에서 값싼 건축 목재를 얻을 수 있도록 덧붙여 부탁했을 것이다. 그러고 나서 그는 대령과 군인들과 뒤편의 몇몇 공직자들 이외의 다른 모든 사람들과 마찬가지로, 허리를 깊이 숙여 절을 하고, 허리를 숙인 채로 있었다. 그들이 베란다 가장자리에 달려 있는 사다리 위에서 이 결정적인 순간에 자신을 보이지 않게 하기 위해서 사다리의 디딤판을 두서너 개 내려오고, 또 단지 호기심에서 이따금씩 바로 베란다 바닥 위를 훔쳐보는 모습은 어린아이에게 우스꽝스럽게 보였다. 그런 모습이 얼마 동안 계속되었다. 그러고 나서 공무원인 한 작은 사나이가 대령 앞으로 나서서는 발꿈치를 들고 그에게로 몸을 높이려고 애를 썼다. 그는 여전히 깊이 숨을 쉬면서 움직이지 않은 채로 있는 대령으로부터 무엇인가 귓속말을 들었다. 그는 손바닥을 쳤고 모두가 몸을 일으키자 이렇게 공표했다.

"부탁은 거절되었다. 어서 물러들 가라."

부인할 수 없는 안도의 느낌이 사람들을 스쳐 지나갔다. 모두가 바깥으로 밀려 나가고 있었다. 형식적으로 다시금 우리 모두와 마찬가지의 인간이 된 대령에 대해서는 아무도 특별히 신경을 쓰지 않았다. 나는 그가 실제로 기진맥진해서 장대를 놓아버리고—그것은 쓰러졌다—한 공무원이 끌어온 안락의자에 주저앉아서 서둘러 파이프 담배를 입에 밀어 넣는 모습을 바라보았다.

이런 모든 사건은 종종 일어나는 일은 아니었으나 언제나 대부분 이런 식이었다. 가끔 사소한 부탁이 실현되는 일이 있기는 해도, 그것은 대령이 막강한 개인으로서 독자적인 책임을 지고 행한다는 식이었다. 그래서 그것은—물론 표출된 것은 아니지만 분위기상으로 볼 때—확실히 정부에는 비밀로 부쳐져야 된다는 것이다. 그런데 우리가 판단하는 바로는, 우리 작은 도시에서는 대령의 눈이 정부의 눈이기도 하다. 그럼에도 불구하고 이 경우에는 전혀 파악될 수 없는 어떤 차이가 생긴다.

그러나 중대한 경우 시민들은 언제나 분명하게 거절당했다. 그리고 사람들이 이러한 거절 없이는 어쨌거나 일을 제대로 꾸려

나갈 수 없다는 것은 정말 기이한 일이다. 그리고 그런 경우에 이렇게 가서 거절 소식을 가지고 오는 일은 결코 형식상의 일이 아니다. 사람들은 언제나 새롭게 신선하고 진지한 모습으로 갔다가 다시 그곳에서 온다. 물론 힘차고 행복한 모습으로 오는 것은 아니지만, 그렇다고 지치고 피로한 것도 전혀 아니다. 나는 누구에게도 이런 일들에 관해서 물어볼 필요가 없다. 나는 모든 사람들처럼 내 마음속으로 느낄 뿐이다. 그러나 이런 일들의 관계를 추적 조사하고자 하는 어떤 호기심조차도 가져서는 안 된다.

나의 관찰이 미치는 한에서 만족하지 못하는 어떤 특정한 연령층이 물론 있다. 그것은 대략 열일곱에서 스물 사이의 젊은 사람들이다. 그러니까 가장 무의미한 생각, 더구나 처음의 혁명적인 그 생각이 미치는 영향력을 결코 예감조차 못하는 젊은이들이다. 그래서 바로 그들 사이에 불만감이 슬그머니 스며들고 있는 것이다.

법에 대한 의문

Zur Frage der Gesetze

우리들의 법은 일반적으로 알려져 있지 않다. 그것은 우리들을 지배하고 있는 소수 귀족계급의 비밀이다. 우리는 이 오래된 법이 그대로 지켜지고 있다고 확신하고 있지만, 우리가 알지도 못하는 법에 의해서 지배되고 있다는 것은 매우 고통스러운 일이 분명하다. 만약 민족 전체가 아니라 한 개인만이 법 해석에 참여할 수 있는 것이라면, 나는 여기에서 여러 가지 해석 가능성과 그것이 가져오는 불이익에 대해서는 생각하지 않겠다. 그 불이익은 어쩌면 그다지 크지 않을지도 모른다. 법은 정말 오래된 것이고, 수 세기 동안 법의 해석이 행해져왔다. 이러한 해석까지도 이미 법이 되었다. 법을 해석하는 데에 가능한 자유가 여전히 존재하고 있기는 하지만, 매우 한정되어 있다. 그 이외에도 귀족이 법을 해석하는 데에 자신의 개인적인 관심이 우리에게 불리하게 영향을 미치도록 할 이유는 분명히 없다. 왜냐하면 법이란 처음부터 귀족을 위해서 정해졌기 때문이다. 귀족은 법 밖에 서 있고, 바로 그렇기 때문에 법이 전적으로 귀족의 손에 쥐어진 것처럼 보이는 것이다. 물론 법 안에는 지혜가 들어 있다—누가 옛날 법의 지혜를 의심하겠는가? —그러나 십중팔구 그것에 가까이 갈 수 없다는 것이 우리에게는 고통스럽다.

게다가 이런 가상적인 법은 원래 그저 추측되어질 수 있을 뿐이다. 이런 법이 있다는 것과 귀족에게 비밀로서 맡겨져 있다는 것은 하나의 전통이다. 그러나 그것은 오래된 전통이고 그 연륜으로 보아 믿을 만한 전통이라는 것 그 이상은 아니며, 또 그렇지 않을 수도 있다. 왜냐하면 이 법의 성격이 그것이 존재한다는 것을 비밀로 지켜줄 것을 역시 요구하고 있기 때문이다. 그러나 만약 우리 민족이 고대로부터 귀족들의 행동을 주의 깊게 추적해 오고 그것에 관한 우리 조상들의 기록을 가지고 있어서 그것을 계속해서 양심적으로 써나감으로써, 이런저런 역사적인 규정을 성립시킨 수많은 사실들의 확실한 방향을 인식하고 있다고 믿는다면, 그리고 우리가 우리들의 현재와 미래를 위해서 이렇게 극도로 면밀하게 가려지고 정리된 결론을 어느 정도 적응시켜보려고 노력한다면 ― 이 모든 것은 불확실하며, 아마 단지 이성의 유희에 지나지 않을 것이다. 왜냐하면 우리가 여기서 알아내려고 애쓰고 있는 이 법은 전혀 존재하지 않을지도 모르기 때문이다. 실제로 이러한 의견을 가지고 있고 그것을 증명하려고 애쓰는 작은 정당이 있는데, 그들에 의하면 만약 법이 있다면 그것은 단지 귀족이 행하는 것이 법이다라는 것을 의미할 뿐이라고 한다. 이 정당은 귀족들의 횡포만을 보고, 이 민족의 전통을 비난한다. 그들의 의견에 의하면 이 전통은 다만 극히 적은 우연한 유용성을 가져올 뿐이고 반대로 대부분은 손실을 가져온다. 왜냐하면 그것은 앞으로 다가올 일들을 대면하고 있는 민족에게 하나의 잘못된, 경솔함으로 이끄는 거짓된 확신감을 주기 때문이다. 이러한 손실은 부인할 수 없다. 그러나 어디까지나 우리 민족의 대다수는 그 원인이 다음과 같은 곳에 있다고 본다. 즉, 전통이 아직 충분하지 않고, 그러므로 앞으로 더 많이 연구되어져야 하며, 그 재료 역시 많아 보이지만 아직 너무 적어서 그것이 충분해지려면 수 세기가 지나야 한다는 데 그 원인이 있다는 것이다. 언젠가는 전통과 그것의 연구가 끝나서 어느 정도 마음이 놓이고 모든 것이 분명해져서, 법은 단지 민족에게 속하고, 귀족은 사라져버리는 그런 때가 오리라는 믿음만이 현재를 우울하게 만드는 이러한 전망을 밝게 해준다. 귀족에 대한 미움 때문에 그렇게 말해지는 것은 절대로 아니다. 결코 그렇지가 않으며, 어느 누구도 그렇지가 않다. 우리들은 오히려 우리 자신을 미워한다. 왜냐하면 우리에게는 아직도 법의 진가가 평가되어질 수 없기 때문이다. 그러므로 저들은 사실 어떤 의미로는 미혹스러운 정당인 것이다. 그들은 원래의 법을 믿지 않는다. 그러면서도 그들은 귀족과 그의 존속의 권리를 완전히 인정하고 있기 때문에, 그렇게 소수로 남아 있는 것이다.

사람들은 그것을 단지 일종의 반론으로 표현할 수 있을 것이다. 법에 대한 믿음 이외에 귀족마저 비난하려는 어떤 정당이 있다면, 그것은 곧 전 민족의 지지를 얻을 것이다. 그러나 그런 정당은 생겨날 수 없다. 왜냐하면 감히 귀족을 비난하려는 사람은 아무도 없기 때문이다. 우리는 이렇듯 아슬아슬한 상태에 놓여 있는 것이다. 어느 저술가가 언젠가 그것을 이렇게 간추려놓은 적이 있다. 우리에게 부여된 가시적이며 의심할 여지가 없는 유일한 법은 귀족이다. 그런데 우리가 우리의 유일한 법을 잃어버리길 원할 수가 있을까?

징병

Die Truppenaushebung

징병은 국경에서 전쟁이 전혀 멈추지 않기 때문에 가끔 필요한데, 다음과 같은 방법으로 행해진다.

어느 정해진 날 어느 정해진 도시 구역에서 모든 거주자들은 남자, 여자, 어린아이 할 것 없이 모두 집 안에 머물러 있어야 한다는 지시가 내려진다. 대개 정오쯤이 되어서야 비로소 징병을 지휘할 젊은 귀족이 그 도시 구역의 입구에 나타난다. 거기에는 한 군부대인 보병과 기병들이 이미 여명 무렵부터 기다리고 있다. 그는 젊은 남자로서, 마르고 그리 크지 않으며 약해 보인다. 그는 단정치 못하게 옷을 입고 있으며, 눈은 피로해 보인다. 마치 환자에게 오한이 밀려오듯이, 그에게는 불안감이 계속해서 넘쳐흐르고 있다. 그는 아무도 쳐다보지 않고 그의 전 장비인 채찍 하나로 신호를 보낸다. 몇몇 군인들이 그를 따르고, 그는 첫 번째 집 안으로 들어간다. 이 도시 구역의 모든 거주자들을 개인적으로 알고 있는 한 군인이 그 집 동거인의 명단을 소리 높여 읽는다. 보통은 모두 다 있고 마치 그들이 군인인 것처럼 벌써 방 안에 일렬로 서서, 눈으로 그 귀족에게 매달린다. 그러나 가끔 누군가가—언제나 남자들이었는데—빠지는 일이 생기기도 한다. 그러면 아무도 핑계나 거짓말을 늘어놓을 엄두를 내지 못한다. 사람들은 침묵을 지킨다. 눈을 아래로 떨구고, 이 집안에서 범한 명령의 압력을 결코 견뎌내지 못한다. 그러나 그 귀족이 말없이 있음으로 해서 모두가 제자리에 꼼짝하지 않고 서 있다. 그 귀족은 신호를 보낸다. 그것은 결코 고개를 끄덕이는 정도의 것이 아니다. 그것은 단지 눈에서 읽을 수 있는 것이고, 두 명의 군인들이 그 빠진 자를 찾기 시작한다. 그것은 힘든 일이 아니다. 그는 결코 집 밖에 있는 법이 없다. 그는 한 번도 정말 군 복무로부터 도망치려는 의도를 가진 적은 없다. 하지만 그를 저지시키는 것은 복무에 대한 공포가 아니다. 그것은 자신을 보여야 하는 데 대한 부끄러움 때문인 것이다. 명령은 확실히 너무 벅찬 것이다. 두려움을 불러일으킬 만큼 벅찬 것이다. 그는 자기 혼자의 힘으로 올 수가 없다. 그러나 그것 때문에 도망가지는 않는다. 그는 단지 숨었을 뿐이다. 그리고 그 귀족이 집 안에 있는 소리를 들으면, 그는 아마 은닉처로부터 기어 나올 것이다. 방문을 향하여 기어 나오다가, 나타난 군인들에게 곧장 붙잡힐 것이다. 그는 귀족 앞으로 끌려간다. 귀족은 양손으로 채찍을 쥐고─그는 너무 허약해서, 한 손으로 아무것도 할 수가 없을 정도이다─그 남자를 때린다. 그것은 절대로 큰 아픔을 가져오지 않는다. 그러고 나서 귀족은 반은 지쳐서, 반은 불쾌감 때문에 채찍을 떨어뜨린다. 매를 맞은 사람은 그것을 주워야만 하고, 귀족에게 가져다주어야 한다. 그러고 나서야 비로소 그 남자는 나머지 사람들의 줄에 끼어 설 수가 있다. 덧붙여 말하면, 그 남자가 징병 검사를 받지 않게 되리라는 것은 거의 확실하다. 그런데 또 이런 일도 생긴다. 명단에 기록된 것보다 더 많은 사람이 있을 경우가 더욱 빈번하다. 예를 들면, 거기 낯선 처녀가 있어서 그 귀족을 쳐다본다. 그녀는 외부에서 온 것이다. 아마도 지방에서 온 모양이다. 징병이 그녀를 이곳으로 유인한 것이다. 그러한 이상한 차출의 ─ 집안에서의 차출은 아주 다른 의미를 지니니까— 유혹을 뿌리치지 못하는 여자들이 많다. 그런데 이것은 특이하다. 한 여자가 이러한 유혹에 굴복한다면, 그것은 전혀 욕할 거리가 아니다. 반대로 많은 사람들의 의견에 의하면, 그것은 여자들이 경험해야 하는 그 무엇이라는 것이다. 그것은 여자들이 그들의 종족에게 갚아야 하는 빚이다. 이것은 언제나 이처럼 똑같이 진행된다. 처녀나 혹은 여인은 어디선가 아주 멀리서, 친척이나 친구로부터 징병이 있다는 이야기를 듣는다. 그녀는 가족에게 여행할 수 있게 허락해 달라고 요청한다. 가족은 허락한다. 그것을 거절할 수는 없다. 그녀는 자신이 소유하고 있는 옷 중에서 가장 좋은 옷을 입고, 보통 때보다 한결 즐겁다. 그리고 조용하고 친절하며, 다른 보통 때와 마찬가지로 냉담하다. 그리고 모든 침착함과 친절함 뒤에는 그녀가 고향으로 돌아가서는 더 이상 다른 것을 생각하지 않을, 완전한 이방인과 같은 무엇인가가 있었다. 징병이 거행되는 가족에게서 그녀는 보통 손님과는 전혀 다른 대접을 받게 된다. 모든 사람들은 그녀에게 아양을 떨며 달라붙는다. 그녀는 그 집의 모든 공간을 통과해 가야 하고, 모든 창문 밖으로 몸을 숙여야 한다. 그리고 그녀가 누군가에게 손을 얹으면, 그것은 신부의 축복보다 더한 것이다. 그 가족이 징병의 준비를 끝내면, 그녀는 가장 좋은 자리를 차지한다. 그것은 문 가까이 있는 자리인데, 거기서 그녀는 귀족의 눈에 가장 잘 띄고, 또 그를 잘 보게 된다. 그러나 그녀는 귀족이 들어올 때까지만 그렇게 공손하게 대접받는다. 그 후부터 그녀의 모습은 빛을 잃는다. 귀족은 다른 사람들을 보듯이 그녀를 볼 뿐이다. 그리고 그가 누군가에게 눈길을 돌릴 때에도 이 사람은 누가 자신을 바라보고 있다는 것을 느끼지 못한다. 그녀는 이런 것을 기대하지 않았다. 아니 오히려 그녀는 분명히 그것을 기대했을 것이다. 왜냐하면 그럴 수밖에 없을 테니까. 그러나 상대방 쪽의 기대는 그녀가 좇던 그런 기대가 아니었다. 그것은 단지 지금은 당연히 끝이 날 어떤 것이었을 뿐이다. 그녀는 우리 여자들이 아마 한 번도 느껴보지 못했을 정도의 수치심을 느낄 것이다. 그제야 비로소 그녀는 자신이 타인의 징병에 끼어들어 경쟁했다는 것을 깨닫는다. 그리고 군인이 명단을 읽고 그녀의 이름은 나오지 않는다. 잠시 침묵이 흐르면 그녀는 몸을 굽힌 채 떨면서 문밖으로 도망치게 되는데, 거기다가 등 위로 군인의 주먹을 한 대 얻어맞는다.

남는 사람이 남자일 경우라면, 그는 이 집안에 속하지 않으면서도 함께 차출당하기를 원하는 것이다. 물론 이것 역시 전혀 희망이 없다. 그렇게 남게 된 자가 차출당했던 적은 한 번도 없었고, 앞으로도 결코 일어나지 않을 것이다.

시험
Die Prüfung

나는 하인이다. 그러나 나에게는 일이 없다. 나는 두려워 앞에 나서지 않는다. 그렇다. 나는 다른 사람들과 다투어 어깨를 겨루지 않는다. 그러나 그것은 내가 일할 수 없는 한 가지 이유일 뿐이다. 그것은 내가 할 수 없는 것과 아무런 연관이 없을 수도 있다. 어쨌든 중요한 것은 내가 근무에 불려가지 않는다는 것이다. 다른 하인들은 불려가기 때문에 나처럼 일을 얻으려고 더 이상 애쓰지 않았다. 그들은 아마 불려가기를 바라지 않았을 것이다. 나는 가끔 그것을 몹시 바랐는데도 말이다.

그래서 나는 하인 방 나무 침상에 누워 천장의 대들보를 올려다보고 잠들었다가 깨어났다가 또다시 잠이 든다. 가끔 나는 시큼한 맥주를 팔고 있는 술집으로 건너간다. 나는 때로 불쾌해져서 그것을 쏟아버리지만, 그러고 나서는 다시 그것을 마신다. 나는 닫힌 작은 창문 뒤에 앉아 있기를 좋아한다. 왜냐하면 거기에서는 어느 누구에게도 발견되지 않고, 우리 집 창문들을 건너다볼 수 있기 때문이다. 그곳에서는 건너편 이곳에 있는 것들이 그리 많이 보이지 않을 것이다. 내 생각으로는 복도의 창문들이 고작이고, 그 이외에 주인의 방으로 통하는 저쪽 현관의 창문들은 보이지 않을 것이다. 그렇지만 내가 잘못 생각할 수도 있다. 언젠가 누군가가 그렇게 주장한 적이 있었다. 그에게 물어보지도 않았는데. 그리고 이 집의 정면에 대한 일반적인 인상이 이를 증명하고 있다. 창문이 열리는 경우는 아주 드문 일이다. 그런 일이 생긴다면, 그것은 하인이 하는 짓이고, 그는 아마 잠시 동안 밑을 내려다보기 위해서 창문턱에 기대어 있을 것이다. 그러니까 그것은 그가 들키지 않을 수 있는 복도인 것이다. 덧붙여 말한다면, 나는 이 하인들을 알지 못한다. 지속적으로 위에서 일하고 있는 하인들은 내 방이 아닌 다른 곳에서 잠을 잔다.

언젠가 내가 술집에 들어서니 내가 관망하는 자리에 이미 한 손님이 앉아 있었다. 나는 자세히 쳐다볼 엄두가 나지 않아서 곧 문 쪽으로 몸을 돌려 나가려고 했다. 그러나 그 손님이 나를 불렀다. 그도 역시 하인으로 보였다. 나는 언젠가 어디선가 그를 본 적이 있었지만 여태까지 그와 함께 이야기한 적은 없었다.

"왜 도망치려 하는 거야? 이리 와서 앉게. 그리고 뭐 좀 마시지! 내가 한잔 사겠네!"

그래서 나는 앉았다. 그는 나에게 몇 가지 질문을 했다. 그러나 나는 그것에 대답할 수가 없었다. 정말 나는 그 질문조차 이해하지 못했다. 그래서 나는 이렇게 말했다.

"아마 너는 지금 후회하고 있겠지, 나를 초대한 것을 말야. 그렇다면 나는 가겠네." 그리고 나는 일어서려고 했다. 그러나 그는 탁자 너머로 손을 뻗쳐서 나를 주저앉혔다.

"그냥 있게나."라고 그는 말했다.

"그것은 단지 하나의 시험일 뿐일세. 질문에 대답하지 않는 사람이 시험에 합격한 것이라네."

독수리

Der Geier

독수리가 한 마리 있었는데, 그것이 나의 두 발을 쪼았다. 장화와 양말은 이미 해지고, 이제 어느덧 발까지 쪼아댔다. 자꾸 달려들었다가는 불안하게 몇 번씩 내 주위를 날고는 다시 작업을 계속했다. 어떤 신사가 지나가다 잠시 보더니 왜 독수리에게 당하고 있느냐고 물었다.

"정말 어쩔 도리가 없어요."라고 나는 말했다. "그것이 와서는 쪼아대기 시작했어요. 저는 물론 쫓아버리려고 했고 심지어 저놈의 목을 조르려고 해봤는데, 저런 동물은 워낙 힘이 세고 제 얼굴에마저도 뛰어들려고 했어요. 그래서 차라리 발을 내준 거랍니다. 이제 발이 거의 짓찢어졌습니다."

"당신이 그렇게 고통을 당하다니" 하고 신사가 말했다. "한 방이면 그 독수리는 끝장일 텐데."

"그럴까요?" 하고 내가 물었다. "그렇다면 당신이 그렇게 좀 해주시겠어요?"

"기꺼이 하지요"라고 신사가 말했다. "내가 집에 가서 총을 가져오기만 하면 되겠습니다. 반 시간쯤 기다릴 수 있겠어요?"

"그건 잘 모르겠습니다만," 하고 말하고, 나는 한동안 고통으로 멍청히 서 있었다. 그러고는 이렇게 말했다. "제발 그렇게 해주세요."

"좋아요. 서두르도록 하겠습니다."라고 신사가 말했다.

독수리는 우리가 이야기하는 동안 조용히 귀를 기울여 듣고는 나와 신사에게 번갈아 눈길을 보내고 있었다. 이제 나는 독수리가 모든 것을 알아들었음을 알았고, 그것은 날아올라, 몸을 한껏 뒤로 젖히더니 창을 던지는 사람처럼 그 부리를 곧장 나의 입을 통해서 내 몸 깊숙이 찔러 넣었다. 나는 뒤로 넘어지면서 해방감을 맛보았다. 모든 심연을 채우고 모든 강둑을 넘쳐흐르는 나의 핏속에서 그 독수리가 헤어날 길 없이 빠져 죽어갈 때.

조타수

Der Steuermann

"내가 조타수가 아니던가?" 하고 나는 소리쳤다.

"네가?" 하고 키가 훌쩍 큰 시커먼 남자가 묻고는 마치 어떤 꿈을 쫓아버리려는 듯이 손으로 눈 위를 가볍게 비볐다. 나는 어두운 밤에 키를 잡고 서 있었다. 흐릿하게 비치는 등불이 내 머리 위에 걸려 있었다. 그러자 이 남자가 와서 나를 옆으로 밀어내려고 했다. 그러나 내가 물러나려 하지 않자, 그는 내 가슴에 발을 올려놓고 나를 천천히 짓밟았다. 그러는 동안에 나는 점점 키의 손잡이에 매달렸고, 내가 넘어질 때 그것은 완전히 돌려졌다. 그러나 그때 그 남자가 그것을 잡아 제대로 돌려놓았고, 나를 내던졌다. 물론 나는 재빨리 생각을 했고, 선원들의 방으로 통하는 채광창으로 달려가서 소리쳤다.

"여보게, 친구들, 빨리 좀 와주게! 어떤 낯선 자가 나를 키에서 쫓아버렸어!"

그들은 천천히 왔다. 배의 층계를 올라왔다. 건장한 사람들이었지만 흔들거리는 피로한 모습이었다.

"내가 조타수지?"라고 나는 물었다. 그들은 고개를 끄덕였다. 그러나 그들의 눈길은 낯선 자만을 쳐다보고 있었고, 그들은 반원으로 그를 빙 둘러섰다. 그러나 그가 명령하듯이 "나를 방해하지 말아." 하고 말하자, 그들은 한곳으로 모이더니 나에게 고개를 끄덕이고, 다시 배의 층계 밑으로 사라졌다. 무슨 사람들이 저 모양이람! 그들도 역시 생각이라는 걸 할까? 아니면 무의미하게 발을 질질 끌며 땅 위를 걸을 뿐일까?

팽이

Der Kreisel

한 철학자가 언제나 아이들이 놀고 있는 곳을 뒤쫓아 다니고 있었다. 그러다가 그는 팽이 한 개를 가지고 있는 사내아이를 보았다. 그래서 그는 숨어서 기다렸다. 팽이가 돌기 시작하자마자 철학자는 그것을 잡으려고 쫓아갔다. 아이들이 소리를 지르며 장난감에서 그를 떼어놓으려고 애쓰는 것에도 그는 개의치 않았다. 팽이가 돌고 있는 한 그는 그것을 잡을 수 있었고 행복했다. 그러나 그것도 잠시뿐, 그는 그것을 땅바닥에 내던지고 가버렸다. 그는 보편적인 것에 대한 인식을 위해서는 모든 사소한 것, 예를 들면 돌고 있는 팽이 한 개 따위에 대한 인식으로 충분하다고 믿고 있었다. 그래서 그는 큰 문제들에 몰두하지 않았다. 그것은 그에게는 비경제적으로 보였다. 만약 가장 작은 사소한 것이 인식된다면, 모든 것이 인식될 것이다. 그래서 그는 돌고 있는 팽이에만 몰두했던 것이다. 그러고는 팽이를 돌리기 위한 준비가 끝나면 그는 이것이 성공하겠지 하는 희망을 가졌었다. 그리고 팽이가 돌면, 그것을 쫓아 숨차게 뛰어가면서 희망은 분명한 것이 되었다. 그러나 그가 그 멍청한 나뭇조각을 손에 쥐게 되면 속이 매슥거렸다. 그리고 그가 여태까지 듣지 못했던 아이들의 외침 소리가 갑자기 귓속으로 파고들며 그를 계속 쫓아왔다. 그는 서투른 채찍 아래 있는 팽이처럼 어쩔 줄 몰라 했다.

작은 우화
Kleine Fabel

"아아," 하고 쥐가 말했다. "세상이 날마다 좁아지는구나. 처음 만 해도 세상이 하도 넓어서 겁이 났었는데. 자꾸 달리다 보니 마침내 좌우로 멀리 벽이 보여 행복했었지. 그러나 이 긴 벽들이 어찌나 빨리 마주 달려오는지 어느새 나는 마지막 방에 와 있고, 저기 저 모퉁이엔 내가 달려 들어갈 덫이 놓여 있어."—"넌 오직 달리는 방향만 바꾸면 되는 거야." 하며 고양이가 쥐를 잡아먹었다.

귀향

Heimkehr

나는 돌아왔다. 나는 들을 지나와서 주위를 둘러본다. 아버지의 오래된 정원이 있다. 한가운데 난 작은 웅덩이. 쓸모없는 낡은 기구가 서로 뒤섞여 다락방 계단으로 난 길을 가로막고 있다. 고양이가 난간 위에 도사리고 있다. 언젠가 놀면서 막대기에 감았었던 천 조각이 찢겨 바람결에 날아오른다. 나는 도착했다. 누가 나를 맞아줄 것인가? 누가 부엌문 뒤에서 기다리고 있는가? 굴뚝에서는 연기가 솟아오르고, 저녁 식사를 위해 커피를 끓이고 있는 것이다. 너에게 낯익은 느낌이 드는가? 집에 돌아온 느낌이 드는가? 나는 모르겠다. 나는 확실치 않다. 이것은 나의 아버지의 집이다. 그러나 그것은 따로따로 한 조각씩 차갑게 서 있다. 마치 모든 것이 각각 자신의 용무에만 몰두해 있는 것처럼. 나는 그 용무들 중 어떤 부분은 잊어버렸고, 또 어떤 부분은 전혀 알지 못했다. 내가 그것들에게 무슨 필요가 있을까? 나는 그것들에게 무엇인가. 내가 옛날 농장주인 아버지의 아들이라 한들 말이다. 나는 감히 부엌문을 두드리지 못한다. 단지 멀찌감치서 엿듣고 있을 뿐이다. 엿듣고 있는 나 때문에 놀라는 일이 없도록, 나는 멀리 서서 엿듣고 있을 뿐이다. 멀리서 엿듣고 있기에 나는 아무것도 알아들을 수가 없다. 단지 가벼운 시계 종소리만을 듣는다. 아니, 아마 나는 그것을, 어린 시절로부터 이편으로 건너온 기억 속에서 듣고 있다고 믿는지도 모른다. 그 이외에 부엌에서 일어나고 있는 일은 그곳에 앉아 있는 사람들이 나로부터 보호하고 있는 그들만의 비밀이다. 문 앞에서 오랫동안 망설이면 망설일수록 점점 더 낯설어지는 법이다. 지금 누군가가 문을 열고 나에게 무엇인가를 묻기라도 한다면 어떠할 것인가. 그렇다면 나 역시도 자신의 비밀을 간직하려는 사람과 같지 않을까.

돌연한 출발
Der Aufbruch

나는 말을 마구간에서 끌어내 오도록 명했다. 하인은 나의 말을 이해하지 못했다. 나는 몸소 마구간으로 들어가 안장을 얹고 올라탔다. 멀리서 트럼펫 소리가 들려 나는 하인에게 무슨 일이냐고 물었다. 그는 아무것도 몰랐고 아무것도 듣지 못했다. 대문에서 그가 나를 멈추어 세우고는 물었다.

"주인 나리, 말을 타고 어디로 가시나요?"

"모른다." 하고 나는 말했다. "다만 여기를 떠나는 거야. 다만 여기를 떠나는 거야. 끊임없이 여기에서 떠나는 거야. 그래야 나의 목적지에 도달할 수 있다네."

"그러시다면 나리께서는 목적지를 아신단 말씀인가요?" 그가 물었다.

"그렇다네." 내가 대답했다. "내가 이미 말했잖는가. '여기에서 떠나는 것,' 그것이 나의 목적지일세."

"나리께서는 어떤 예비 양식도 갖고 있지 않으신데요." 그가 말했다.

"나는 그따위 것은 필요 없다네." 내가 말했다. "여행이 워낙 긴 터라 도중에 무얼 얻지 못한다면, 나는 필경 굶어 죽고 말 것이네. 예비 양식도 날 구할 수는 없을 걸세. 실로 다행스러운 것은 이 여행이야말로 정말 엄청난 여행이라는 걸세."

변호사

Fürsprecher

나에게 변호사가 있는지 없는지 매우 불확실했다. 나는 그것에 관하여 아무것도 자세한 것을 알 수 없었다. 모든 얼굴들은 거부하는 듯 보였다. 나를 마중 나오는 대부분의 사람들, 그리고 내가 통로에서 재차 만나게 되는 사람들은 늙고 뚱뚱한 여자들처럼 보였다. 그들은 몸 전체를 덮고 있는, 암청색과 흰색의 줄무늬가 쳐진 큰 앞치마를 하고 있었는데, 배를 쓰다듬으면서 이리저리로 느릿느릿 몸을 돌리고 있었다. 나는 도대체 우리가 법원 건물에 와 있는지조차 알아낼 수가 없었다. 많은 사람들은 그렇다고 말했고, 또 다른 많은 사람들은 아니라고 했다. 모든 갖가지 것들을 떠나서, 나에게 가장 법정을 생각나게 해주었던 것은 먼 곳으로부터 끊임없이 들려오는, 웅웅 울려 퍼지는 소리였다. 그것이 어느 방향에서 오는 것인지는 말할 수 없다. 그것은 모든 공간을 가득 채워서, 사람들은 그것이 모든 방향에서 오거나 혹은 우연히 서 있는 바로 그 장소가 이 소리의 원래의 장소라고 생각할 수 있었다. 후자 편이 맞는 것처럼 보였는데, 그러나 분명히 그것은 착각에 불과했다. 왜냐하면 그 소리는 먼 곳으로부터 오고 있었기 때문이다. 좁은 통로들, 단순한 아치 모양의 천장, 검소하게 치장된 높은 문들이 있고, 완만한 갈림길들로 이어지고 있는 통로들, 그것들은 깊은 침묵을 위해서 만들어진 것처럼 보였다. 그것은 박물관이나 도서관에서 볼 수 있는 복도였다. 그렇지만 그것이 법정이 아니었다면, 왜 나는 이곳에서 변호사를 찾고 있었던가? 왜냐하면 나는 모든 곳에서 변호사를 찾고 있었기 때문이다. 그는 도처에서 필요한 존재다. 그렇다. 사람들은 변호사를 법정에서보다는 다른 곳에서 더욱 필요로 하고 있다. 왜냐하면 법정은 그 판결을 법에 따라 내리기 때문이다. 우리는 그것을 받아들여야만 한다. 만약 사람들이 여기에서 일이 부당하게 또는 가볍게 처리되고 있다고 생각한다면 물론 어떤 생활도 가능하지 못할 것이다. 우리는 법정에 대해서 법정이 법의 존엄성에 대해 자유로운 여유를 줄 것이라는 신뢰감을 가지고 있어야 한다. 왜냐하면 그것이 법정의 유일한 의무이니까 말이다. 그러나 법 자체 안에 있는 모든 것이 고소, 변론 그리고 판결이므로, 한 인간의 독자적인 개입은 여기서는 위반 행위일 것이다. 그러나 판결의 상황은 다르다. 이것은 여기저기의 검증, 즉 친척들과 낯선 사람들, 친구들과 적들, 가족과 공개된 사회, 도시와 시골, 간단히 말해서 모든 곳에서 이루어진 검증에 근거하고 있다. 여기서는 변호사를 갖는 일이 시급히 필요하다. 많은 숫자의 변호사들이, 가장 훌륭한 변호사들이 서로 꼭 붙어 있는 하나의 살아 있는 벽 같은 변호사가 필요하다. 왜냐하면 변호사들은 그들의 성격상 움직이기 힘들기 때문이다. 그렇지만 고소인들은, 이 영악스러운 여우들은, 이 날렵한 족제비들은, 이 보이지 않는 작은 쥐새끼들은 가장 작은 구멍이라도 뚫고 미끄러져 나와, 변호사들의 가랑이 사이로 재빨리 도망쳐버린다. 그러니까 조심해야 한다! 그런 이유에서 내가 여기에 와 있는 것이다. 나는 변호사들을 모으고 있다. 그러나 나는 아직 한 사람도 발견하지 못했다. 단지 이 늙은 여자들만이 왔다 갔다 할 뿐이다. 만약 계속해서 내가 찾는 작업을 하는 중이 아니라면, 그것은 나를 잠들게 했을 것이다. 나는 올바른 장소에 와 있지 않다. 불행히도 나는 내가 올바른 장소에 와 있지 않다는 인상을 지울 수가 없다. 나는 많은 종류의 사람들, 여러 지역 출신의, 모든 지위의, 모든 직업의, 여러 연령층의 사람들이 다 모이는 곳에 가 있어야 했다. 나는 그 많은 사람들 중에서 나에 대한 통찰력을 가진 유용한 자들, 친절한 자들을 주의 깊게 골라낼 수 있는 가능성을 가졌어야 했다. 그런 일을 하기에는 아마 일 년에 한 번 서는 커다란 장터가 가장 적합할 것이다. 그런 곳 대신에 이 늙은 여자들만을 볼 수 있는 이 통로에서, 언제나 똑같은 통로들, 게다가 몇 안 되는 통로들인데, 그 완만함에도 불구하고 나는 붙잡아 세울 수가 없다. 나로부터 미끄러져 달아나고, 마치 비구름처럼 떠다니고 있으며, 알 수 없는 일들로 몹시 붐빈다. 나는 어째서 덮어놓고 그렇게 바삐 이 집으로 들어와, 대문 위에 써 있는 간판을 읽지도 않고서, 곧바로 이 통로들 위에 와 있는 걸까. 내가 언제 집 앞에 있었는지, 언제 층계를 올라왔었는지조차 전혀 기억할 수 없을 만큼 길을 잘못 들어 나는 내 자신을 이곳에 가두고 있다. 그러나 되돌아가서는 안 된다. 이러한 시간의 소비, 이 잘못든 길을 시인한다는 것은 참을 수 없는 일일 것이다. 어떻게 그렇게 할 수 있겠는가? 불안스레 웅웅 울려오는 소리를 들으면서 이 짧고 바쁜 삶 속에서 한 계단을 내려가다니, 그게 될 말이기나 한가? 그것은 불가능하다. 너에게 주어진 시간은 너무 짧아서, 네가 만약 일 초를 잃어버린다면, 너는 벌써 너의 삶 전체를 잃어버리는 것이다. 왜냐하면 삶은 네가 잃어버린 시간만큼 더 긴 것이 아니라, 언제나 바로 그 정도의 길이밖에는 되지 않기 때문이다. 그러므로 네가 만일 어떤 길을 시작했다면, 어떤 일이 있더라도 계속해서 그 길을 가라. 너는 이길 수밖에 없다. 너는 결코 위험에 처하지 않을 것이다. 아마 너는 끝에 가서는 넘어질지도 모른다. 그러나 네가 이미 첫걸음을 떼어놓자마자 뒤돌아서 층계를 내려 갔다면, 너는 처음에 곧장 넘어졌을 것이다. 아마가 아니라 분명 히 말이다. 그러니까 네가 만일 이 통로에서 아무것도 발견할 수 없다면 문을 열어라. 그 문 뒤에서도 아무것도 발견하지 못하면 또 다른 층이 있다. 네가 위에서도 아무것도 발견하지 못한다면 그것 또한 곤란한 것은 아니다. 새로운 계단으로 뛰어올라라. 네 가 올라가는 것을 멈추지 않는 한, 계단 또한 멈춰 있지 않을 것이 다. 그것들은 올라가고 있는 너의 발밑에서 계속해서 앞쪽으로 자라날 것이다.

어느 개의 연구

Forschungen eines Hundes

내 생활이 달라지기는 했지만 그래도 근본에 있어서 달라진 것은 아니지 않는가! 지금 나는, 내가 아직 개라는 족속의 일원으로서 살고 있고 그들이 관심을 보이는 것이라면 무엇이든 관여했었던 그 시절을 되새겨본다. 그리고 좀 더 자세히 관찰해보면, 이 세상에는 예전부터 어딘가 이상한 것, 다시 말해서 일종의 균열 같은 것이 있다는 것을 발견하게 되고, 가장 신성한 종족 모임에서조차 어떤 가벼운 불쾌감이 나를 엄습했다는 것을 알게 된다. 그것도 친한 동료들과 함께 있을 때에도, 그래 이따금씩은 아니었지만, 그래 이따금씩이라기보다는 그런 경우가 자주 있었다고 하는 편이 나을 것이다. 나에게 사랑스런 동료 하나가 나타난 것만으로도, 어쨌거나 새롭게 보이는 단순한 모습만으로라도 나는 당황했고, 놀라워했고, 어찌할 바 몰라 했으며, 나아가 절망적이기까지 했다.

나는 어떻게 하든 흥분을 가라앉히려고 애썼다. 내가 이런 사실을 털어놓았던 친구들은 나를 도와주었다. 그리하여 한동안은 다시 평안할 수가 있었다. 그렇다고 해서 물론 불의의 그 놀라운 사실이 완전히 사라져버린 것은 아니지만, 나는 비교적 무관심하게 그것을 내 생활에 받아들였다. 아마 그것이 나를 슬프고도 피곤하게 만들었는지도 모른다. 그 외에도 나는 냉정하고 겸손하며 조심스럽고 계산적인 개였으나, 전체적으로 볼 때 정상적인 개로서 존속할 수 있었다. 만일 이러한 휴식의 한때가 주어지지 않았더라면, 현재 내가 누리고 있는 나이에 이르지 못했을 것이다. 나아가 젊은 시절의 놀라움을 조용히 돌이켜보고, 노년의 놀라움을 조용히 견디어나갈 수 있는 마음의 평정에 도달할 수도 없었을 것이다. 그리고 굳이 말하자면 나의 불행한, 좀 더 분명히 말하자면 그렇게 불행하다고까지는 말할 수 없는 그런 처지에서 결론을 끌어내어 그것에 따라 살아갈 수도 없었을 것이다. 남들과 관계를 끊고서 가망은 보이지 않지만 내게는 꼭 필요한 작은 연구에 오직 몰두한 채, 나는 살아가고 있다. 그러나 나는 먼발치에서 여전히 내 족속에 대해 조망하는 것을 잊어버린 적이 없었다. 여러 가지 보고들이 나에게 전해지고, 나도 역시 여기저기에서 나에 관한 소식을 듣게 된다. 저마다 나에게 경의를 표하고 있고 나의 생활 방식을 이해하고 있는 것 같지는 않지만, 나에게 악의를 품고 있지는 않다. 나는 먼발치에서 이리저리 뛰어다니는 젊은 개들을 보게 되는데, 나에게 그들의 어린 시절이 겨우 어렴풋이 기억되는 그 젊은 세대들까지도 나에게 아낌없이 경의에 찬 인사를 보내고 있다.

내가 이상한 면을 가지고 있다는 것은 잘 알려져 있으나, 정말이지 결코 타락한 것은 아니라는 사실만은 잊지 말아야 한다. 잘 생각해보면─나에게는 생각할 만한 여유가 있고, 생각할 만한 기분이 들며, 또 생각할 능력도 있다─개란 희한한 족속이다. 우리 개들 이외에도 주위 세상에는 여러 가지 생물들이 살고 있다. 하찮고 비천한 생물이 있는가 하면, 말도 못 하며 극히 한정된 소리만을 내는 생물들도 있다. 우리 개들 중에는 이러한 생물들을 연구하는 자들이 많다. 생물들에게 이름을 붙이고 그들을 도와

육성하고, 그 품위를 높이려고 한다. 나는 이러한 생물들이 어쨌거나 나를 방해하려 하지 않는 한, 아랑곳하지 않는다. 나는 그들을 잘못 혼동하지만, 관대히 보아 넘긴다. 그러나 내가 묵과할 수 없는, 마음에 걸리는 일이 한 가지 있다. 그것은 우리네 개들에 비하여 그들에게는 서로 협조하는 정신이 없다는 것이다. 그리고 그들은 서로가 만나도 언짢은 태도로 입을 다물고, 일종의 적의까지 품고 지나쳐버리기 일쑤이며, 가장 공통된 이해관계만이 그들을 어느 정도 연결시켜줄 수 있는데, 이러한 이해관계에서조차 그들 사이에는 가끔 증오와 시비가 일어난다. 그러나 우리 개들은 그렇지 않다. 우리는 오랜 세월이 흐르는 동안에 수많은 심한 차이 때문에 서로 구분되었으나, 모두들 한 덩어리가 되어 살아가고 있다 해도 과언이 아니다. 모두가 한 덩어리로 말이다! 우리는 서로 밀쳐대며, 그 어느 것도 마음대로 밀쳐대는 우리를 저지할 수는 없다. 우리의 법과 제도들, 우리가 아직도 기억하고 있는 몇 가지, 또는 내가 모조리 잊어버린 수많은 것들은 우리가 누릴 수 있는 가장 위대한 행복, 즉 따뜻한 공동생활에 대한 동경에서 비롯되는 것이다. 그러나 이와는 전혀 반대되는 일도 있기는 하다. 내가 보기에는 그 어떤 생물도 우리들 개처럼 널리 분산되어 살지는 않는다. 그 어떤 생물도 그 계급, 종류, 직무에 있어서 그처럼 현저한 차이를 가지지는 않는다. 하나로 모여 살려는 그런 우리가―어쨌거나 극단적인 순간에도 언제나 잘되어왔지만―실은 서로 떨어져서, 때로는 이웃 개도 모르는 독특한 일들을 하며 살아간다. 그것도 개의 족속에는 속해 있지 않은, 아니 오히려 그들과는 반대되는 규정을 고수하면서. 그런데 어떤 어려운 일이 있는데 그것들은 건드리지 않는 게 오히려 좋겠다. 나는 이와 같은 입장을 잘 이해하고 있다. 내 처지보다도 더 잘 이해하고 있는 것이다. 그런데 내가 완전히 빠져 있는 일들이 있다. 어째서 나는 다른 개들과 같은 태도를 취하지 않는 것일까? 나는 나의 종족들과 조화를 유지하면서 살아간다. 간혹 조화를 깨뜨리는 일이 있어도, 그저 어떤 계산을 하다가 생기는 사소한 잘못 정도로 간과해버린다. 나의 마음은 늘 우리를 서로 뭉치게 하는 것으로 향해 있다. 그러나 우리 종족의 테두리로부터 우리를 잡아 끌어내리려는 것(그것은 언제나 거역할 수 없는 것으로 닥쳐오긴 하지만)에 대해서는 등을 돌린다.

나는 젊은 시절에 일어났던 사건을 회상해본다. 그 무렵 나는, 그 나이에는 누구나 경험하듯이, 행복에 가득 찬, 설명하기 어려운 흥분에 차 있었다. 나는 아직 젊은 개였는데, 모든 게 다 마음에 들었고, 모든 일이 나와 관련되어 있었다. 내 주위에는 커다란 녀석들이 앞장서서 가고, 그들의 리더는 바로 나였다. 또 나는 그들을 대변해주어야 한다고 생각했다. 불쌍하게 땅바닥에 누워 있어야만 했던 녀석들도 있었는데, 그들을 위하여 뛰어다니지는 못했지만 적어도 그들에게 몸을 흔들어 보였었다. 이제 그것은 어린아이들의 공상의 세계로서 시간과 함께 사라질 것이다. 그러나 당시에 그 공상들은 큰 힘을 가지고 있어서 나는 그 손아귀에서 헤어 나오지 못했다. 그리고 또 실제로 그와 같은 무한한 기대에 어울리는 듯한 사건도 일어났던 것이다. 사건 그 자체는 결코 이상한 것이 아니었다. 그 후에도 그런 종류의 더욱 기묘한 사건들을 종종 본 적이 있었는데, 당시로서 나는 그런 일을 생전 처음 맛보는 듯한 지울 수 없는 강한 인상을 받았다. 그리고 그 인상은 그 후에 연이어 일어난 여러 가지 사건들을 판단하는 기준이 되었다. 다름 아니라 내가 한 작은 개의 집단을 만났다는 것이다. 아니 이쪽에서 만났다기보다는 저쪽에서 나를 향하여 왔다는 편이 옳을 것이다. 나는 당시 어떤 큰 사건에 대한 예감을 갖고 ─ 나는 물론 항시 예감을 갖고 있었으므로 쉽사리 환멸을 느끼기는 했지만 ─ 오랫동안 어둠 속을 달리고 있었다. 나는 앞뒤를 헤아리지 않고 그저 맹목적으로 막연한 욕구에 끌려 달려가다가, 불현듯 여기가 바로 그곳이구나 하는 생각이 들어 멈추어 서서 위를 올려다보았다. 날씨는 맑게 개었으나 다소 습기가 차 있었고 모든 것이 뒤범벅이 되어 머리가 어지러울 정도로 냄새가 가득 차 있었다. 내가 혼란스러운 목소리로 아침 인사를 했더니 ─ 마치 주술에라도 걸린 것처럼 ─ 어두운 먼 곳에선가 처음 듣는 요란한 소리를 지르면서 일곱 마리의 개가 나타났다. 비록 그들이 어떻게 그런 소음을 내는지 나로서는 알 길이 없었지만 그들이 개라는 것과 그들 자신이 그런 소음을 가져왔다는 사실을 분명하게 알 수 없었더라면 나는 아마 바로 줄행랑을 놓았을 것이다. 그렇지만 나는 멈춰 선 것이다. 당시 나는 개라는 족속에게만 주어졌던 창조적인 음악성에 대하여 미처 아는 것이 없었다. 내 관찰력은 발달이 늦어 그때까지도 그 음악성을 알아보지 못했었는데, 그것은 당연한 것이었다. 그러나 음악은 젖먹이 시절부터 두말할 나위도 없이 생활의 필수적인 요건으로서 나를 사로잡고 있었으며, 또한 음악을 음악 이외의 내 생활에서 억지로 떼어버릴 수도 없었다. 그것은 어린아이에게도 이해가 되도록 은연중에 제시되었다. 저 일곱 마리의 위대한 음악가들은 나에게는 더욱 놀랍고도 압도적인 것이었다. 그들은 이야기를 하는 것도 아니었고, 노래를 부르는 것도 아니었다. 저마다 일제히 혈기 왕성한 표정을 하고 입을 거의 여는 일이 없이, 텅 빈 공간으로부터 마법적인 힘으로 음악이 솟아나게 하는 것이었다. 모든 것이 다 음악이었다. 발을 올리고 내리거나 고개를 갸웃거리거나, 달리고 멈춰 서고 한 마리가 다른 개의 등 위에 앞발을 얹고 그리고 똑바로 선 앞의 개가 다른 모든 개의 무게를 지탱하고 있거나, 혹은 땅 가까이 몸을 끄는 복잡한 형상을 하고도 한 번도 실수하지 않도록 함으로써, 서로 간에 규칙적인 결합 형태를 취하기도 하고 서로를 받아들이는 자세를 취하기도 한다. 맨 끝의 한 마리는 아직 좀 불안정한 상태여서 재빨리 다른 개들과 연결되지 못하는 경우가 있었고, 멜로디가 울리는 소리에 가끔 비틀거리기도 했지만, 불안정하다는 것은 어디까지나 다른 개들의 대단한 안정감에 비해서 그렇다는 것이지, 비록 불안정한 감이 훨씬 크고 보다 헐렁하더라도 다른 위대한 명인 개들이 조금도 흔들리지 않고 박자를 유지해주었으므로 무너지는 일이란 결코 없었을 것이다.

그러나 그들은 모습을 거의 보이지 않았고 정말 그들 모두는 모습을 보인 적이 거의 없었다. 그들이 나타났을 때 나는 마음속으로 인사를 보냈다. 그들이 일으킨 소란스러운 소리에 몹시 놀라기는 하였으나 그들 역시 나나 너나 조금도 다름없는 개들인 것이다. 나는 길에서 개를 만나면 습관적으로 쳐다본다. 그리고 가까이 가서 인사라도 나누고 싶은 생각이 든다. 그 개들 역시 아주 가까이 있었다. 나보다 훨씬 나이가 들어 보이고, 나처럼 길고 풍성한 털을 가지고 있지는 않았지만 그 크기나 용모는 비슷한 데가 있었다. 그래서 나는 매우 친밀감을 느끼게 되었다. 나는 그러한 혹은 그와 유사한 유의 많은 개들을 알고 있었다. 그런데 이런 생각에 잠겨 있노라면 음악이 차츰 우세해져서, 이런저런 실질적인 작은 개들로부터 나를 완전히 떼어버린다. 그리하여 마치 고통에 던져진 듯 울부짖으면서 온 힘을 다하여 저항해보지만, 완전히 내 마음과는 반대로 나로 하여금 음악 이외의 그 어떤 것에도 마음을 두는 것을 허용하지 않는다. 그 음악은 높고 낮은 모든 방향으로부터 다가와 청중을 그 한가운데로 끌어들여, 매료시키고, 숨 막히게 한다. 여전히 음악과 가까이는 있지만 그것이 실지로는 먼 거리감이 있다는 사실을 부인하는 청중과는 관계없이 아직도 어렴풋이 나팔 소리가 울리고 있는 것이다. 그러고는 다시금 음악에서 해방된다. 음악을 계속 듣기에는 너무 피로해졌고, 너무나 쇠진해졌고, 너무나 약해졌기 때문이다. 음악에서 해방되자, 그 일곱 마리의 작은 개들이 행진을 하고 뛰어오르는 것이 보였다. 그들은 결코 상대방을 매혹시키는 것처럼 보이지는 않았지만, 이쪽에서 말을 걸어 여기서 무엇을 하고 있는지 물어보고 싶은 생각이 들었다. 더군다나 나는 어린애나 마찬가지이므로, 마음 내키는 대로 누구에게나 질문을 던지는 것은 좋은 일이라고 생각했다. 그런데 내가 질문을 할까 말까 하는 사이에 다시 그들의 음악이 들려와 나의 의식을 빼앗아가고 나의 주위를 빙빙 도는 것이었다. 그리하여 나는 마치 이 음악의 동료나 되는 것처럼 보였지만, 실은 음악의 희생자에 지나지 않았다. 그렇게 자비를 청했음에도 나를 이리저리 내동댕이치더니, 드디어 아무렇게나 쌓아올린 목재 속으로 몰아넣음으로써 나를 그들 본래의 폭력으로부터 구해주었다. 근처 주위에는 목재가 쌓여 있었는데 나는 지금까지 그런 줄을 모르고 있었다. 이 목재들은 나를 꼭 안아주었고 나로 하여금 머리를 숙이게 하였다. 저기 밖에서는 여전히 음악이 울리고 있었지만, 나는 잠깐 숨을 돌릴 여유를 갖게 되었다. 일곱 마리 개들의 예술이 — 이것은 나에게 불가사의한 것이며, 나의 능력이 미치지 못하는 영역의 것이기 때문에 나와는 도저히 인연을 맺을 수 없다 — 예술 이상으로 나를 놀라게 한 것은 자신이 만들어낸 것에 완전히 스스로를 내맡기는 그들의 용기였으며, 파멸되지 않고 그것을 조용히 견디어 나가는 그들의 역량이었다. 내가 숨겨진 구멍으로부터 좀 더 자세히 관찰한 바에 의하면, 그들은 그렇게 안정된 것이 아니라 언제나 극도의 긴장감에 사로잡혀 있다는 것을 나는 분명하게 인식했다. 겉으로 보기에는 그렇게 안정되게 움직이는 듯한 발은, 한 발 한 발 내디딜 적마다 끊임없이 경련을 일으켜 비틀거리고, 절망에 빠진 때와 같은 두려운 시선으로 하나하나를 노려본다. 그러면 언제나 긴장됐던 혓바닥은 곧바로 주둥이로부터 다시 축 늘어지는 것이다. 그들을 그렇게 초조하게 만드는 것은 성공 여부에 대한 불안 때문은 아니었다. 그만한 용기를 가지고 그런 일을 실현하여 보인 자가 불안해할 리가 없다. 그렇다면 무엇에 대한 불안일까? 누가 그들로 하여금 그런 짓을 하도록 강요한 것일까? 그들은 열심히 도움을 청하고 있는 듯이 보였으므로 더 이상 잠자코 있을 수가 없었다. 그래서 나는 큰 소리로 소음이 나는 쪽을 향해 질문을 던졌다. 그러나 이상하게도 그들은 전혀 아무런 대답을 하지 않았다. 나 같은 것은 안중에도 없다는 듯한 태도였다. 동료 개의 부름에 대하여 아무런 대답을 하지 않는 것은 우리의 미풍양속에 거슬리는 행위이다. 사정이야 어떻든 위대한 개건 비참한 개건 간에 이러한 행위는 용납될 수 없다. 그렇다면 그들은 개가 아니란 말인가? 그럴 리가 없다. 귀를 기울여 잘 들어보니 조용히 서로 부름으로써 서로를 격려하고 서로 어려움을 가르쳐주며, 실패에 대해 경고해주는 것이었다. 특히 대부분의 부름을 받고 있는 말썽꾸러기인 맨 끝의 작은 개는 가끔 나를 힐끔힐끔 쳐다보며 나에게 무슨 응답을 하였으면 하는 기색이 보였으나 그것은 허용될 수 있는 것이 아니어서 잠자코 참고 있었다. 어째서 응답이 허용되어 있지 않을까? 우리의 법률이 무조건 요구하고 있는 그것이 어째서 이 경우에는 안 되는가? 그때 내 마음속에 분노가 일었고 나는 거의 음악을 잃어버렸다. 여기에 있는 이 개들은 법을 어기고 있는 것이다. 비록 위대한 마법사라 하더라도 법은 지켜야만 하는 것이다. 이것은 어린 나도 잘 알고 있다. 그리하여 나는 그때부터 더 많을 것을 인지하였다. 만약 그들이 자기 죄를 알면서도 입을 다물고 있다면, 거기엔 그럴 만한 이유가 있을 것이다. 그들이 연출하는 모습을 관찰해보는 게 좋을 것이다. 나는 음악에 현혹되어 지금까지 미처 모르고 있었지만, 그들은 모든 수치심을 벗어버렸다. 비참하기 짝이 없는 것들이 오히려 가장 우스꽝스러운 천한 행위를 하고 있는 것이다. 그들은 뒷다리로 똑바로 서서 간다. 어유 저 꼬락서니라니! 그들은 벌거숭이가 되어 그 알몸을 자랑하고 있는 것이다. 그것이 자랑거리인 것이다. 어쩌다 무의식중에 앞발을 내디딜 경우에는 마치 잘못이나 범한 듯이 당황해하면서 얼른 앞발을 다시 들어 올렸다. 그것은 마치 자신이 깊은 죄악에 빠져 있었던 것을 사죄라도 하는 듯이 보였다. 아! 세상이 거꾸로 뒤집혔단 말인가? 나는 어디에 있었나? 도대체 무엇이 어떻게 된 것이냐? 이렇게 되면 내 자신의 존재가 문제시되므로 한시도 참을 수가 없다. 나는 나를 둘러싸고 있는 목재들에게서 빠져 나와 단숨에 개들에게로 뛰어가려고 했다. 나와 같은 빈약한 제자가 교사의 임무를 맡아야 하다니. 그들이 할 일이 무엇인가를 주지시키고 더 이상 죄를 범하지 않도록 해야 한다.

"그렇게 늙은 개가 그토록 늙은 개가!" 하고 나는 중얼거렸다. 그러나 몸이 자유로워져서 개들로부터 두세 걸음 떨어진 거리에 이르렀을 때, 다시 소란스러운 소리가 들려와서 나에게 어떤 영향을 주기 시작했다. 언제나 균형을 유지하면서 아주 먼 곳으로부터 맑고 강하고 규칙적인, 조금도 변조됨이 없이 가까이 들려오는 소리, 그 소리야말로 소음 속에 떠도는 진정한 선율일 테지만, 그 소리가 힘을—두려운 일이지만, 내가 견디지 못할 정도가 아닌—충분히 발휘하여 나를 주춤하게 만들지 않았던들 나는 흥분하여 이미 낯익은 그 소음에 대항했을 것이다. 무슨 놈의 음악이 이렇게 개들을 혼란시킨담. 나는 발이 더 이상 앞으로 움직이지 않았다. 그들이 다시 버티고 서서 범죄를 거듭한다 해도 나는 이미 그들을 타이르려고 하는 의욕을 잃어버렸던 것이다. 나는 아직 강아지에 불과하였다. 어떻게 그런 어려운 일을 나에게 요구할 수 있었던가? 나는 작은 몸을 웅크리고 끙끙 울었다. 만일 그 개들이 나의 의견을 물었다면, 나는 그들이 옳다고 인정했을 것이다. 그러나 오래지 않아 그들은 모습을 나타냈던 어둠 속으로 모든 소음과 빛과 함께 사라져버렸다.

앞에서 말한 바와 같이 여기에는 처음부터 끝까지 새삼스레 문제 삼을 이상한 점이 전혀 없다. 오래 살다 보면, 어린 안목으로 볼 때 이보다 더 기묘한 인상을 주는 일을 얼마든지 볼 수 있을 것이다. 그리고 비단 이 경우뿐만 아니라 극히 적절히 표현한다면, 우리는 언어의 착오를 일으키는 경우가 있을 수 있다. 그렇다면 이 사건은 일곱 마리 음악가가 조용한 아침을 이용하여 음악을 연주하려고 모였는데, 거기에 귀찮은 강아지 한 마리가 길을 잃고 잘못 끼어들어 음악가들은 놀라운 음악, 아니 숭고한 음악으로 그 강아지를 내쫓으려 했으나 되지 않았던 일이라고 할 수 있다. 강아지는 질문으로 그들을 방해했다. 낯선 자의 출연만으로도 곧 방해를 받게 마련인 음악가들이 귀찮은 질문 공세를 상대하여 대답을 함으로써 그 괴로움을 배가시킬 의무가 있는 것일까? '누구에게나 대답해야 한다'는 것을 법률이 명하고 있다 하더라도 보잘것없는 길 잃은 강아지가 과연 그 조항에 해당하는 '누구에게나' 속에 들 수 있을까? 아마도 음악가들은 상대방을 전혀 이해하지 못했을 것이다. 강아지가 멍멍 짖어대며 질문을 했지만 무슨 뜻인지 전혀 알 수가 없었기 때문이다. 그렇지 않으면, 음악가들은 강아지 말을 충분히 이해하고 대답할 테지만 음악에 익숙하지 않은 강아지는 그 대답과 음악을 분간할 수 없었을지도 모른다. 그리고 뒷다리에 관한 일인데, 아마도 그들은 정말 이례적으로 뒷다리로만 걷는다. 그건 죄악이다. 정말이다! 그러나 친구들 가운데 오직 일곱의 친구들만이 신뢰감 속에 자리를 함께하고 있을 뿐이었다. 그러니까 자신들 고유한 네 개의 벽 안에 자리 잡고 있어서, 말하자면 다른 이들과는 전혀 교섭이 없었던 것이다. 왜냐하면 친구들은 결코 공중 사회는 아니기 때문이며, 어떤 공중 사회도 존재하지 않는 곳에서는 호기심 어린, 거리의 작은 개 한 마리가 역시 공중 사회를 만들어내지 못하기 때문이다. 그러나 이런 경우에 전혀 아무 일도 일어나지 않은 것처럼 할 수는 없지 않을까? 완전히 그렇지 않다고는 할 수는 없지만 거의 그에 가깝다고 할 수는 있다. 좌우간 부모 된 자는 어린아이들을 너무 뛰어다니게 해서는 안 된다. 그리고 어린아이들에게 말을 많이 하지 말 것과 노인을 존경할 것을 가르칠 필요가 있다.

이 정도로 그 경우는 일단락 지은 것이 된다. 그러나 이것은 물론 어른들 사이에서 일단락 지은 것이지 아직 어린애가 이해했다고는 할 수 없다. 나는 주변을 뛰어다니면서 이 이야기를 들려주고, 묻고, 호소하여, 진상을 알아내려고 하였다. 누구든지 사건이 일어났던 장소로 데리고 가서, 나와 저 일곱 마리 개는 여기에 있었으며, 그들은 여기에서 이렇게 춤을 추고 음악을 연주했다고 설명해주고 싶었다. 만일 누가 함께 가서 귀찮게 여기거나 비웃지 않고 상대해주었다면, 아마 나는 분명히 모든 수치심을 참고, 모든 일을 분명히 설명하기 위해 감히 뒷다리로 서는 것조차도 꺼리지 않았을 것이다. 그건 그렇다 치더라도, 어린애가 하는 일은 일단 의심을 받지만 나중에는 모든 것이 인정되는 법이다. 그러나 나는 이와 같은 어린 시절의 성질을 버리지 못하고 늙은 개가 되어버린 것이다. 그 시절에 그 사건을―물론 지금에 와서는 그렇게까지 평가하고 있지 않지만―나는 언성을 높여가며 지껄여대고, 사건이 지닌 요소를 분석하며, 내가 속하는 사회는 염두에 두지도 않고 가까이 있는 것을 기준으로 해서 사건 규모를 측정하는 노력을 계속했었다. 나는 번거로운 일들에 대한 연구를 계속해왔으며, 지금도 역시 계속하고 있다. 조용하고 평범하며 행복한 생활이 나중에는 단 한 번만이라도 반드시 올 것이라고 생각해서, 끊임없이 탐구를 계속하고 해결하려고 힘을 기울였다.

그러나 그것은 연주로부터 시작된다. 나는 그것에 대해 비탄해하지 않는다. 여기서 나를 움직이고 있는 것은 타고난 본성이다. 이 본성은 그 연주가 없었더라도 다른 기회에 반드시 싹텄을 것이다. 다만 이 본성이 그처럼 일찍이 싹터, 가끔 내 마음에 쓴맛을 안겨주었을 뿐이었다. 나는 유년 시절의 대부분을 이 본성 때문에 망쳐버렸다. 몇 해를 두고 언제나 맛볼 수 있는 행복에 가득 찬 청춘은 나에겐 불과 몇 달밖엔 되지 않았다. 그러나 그것도 좋다. 세상엔 유년 시절보다도 훨씬 소중한 것이 얼마든지 있다. 그리고 고달픈 생활에 단련되어 노경에 이른 나에게는, 정말 어린애로서는 도저히 감당할 수 없는 어린애 이상으로 어린애다운 행복이 찾아올 것이다. 그리고 나는 그 행복에 견디어낼 힘이 있다고 생각한다.

나는 그 당시에 제일 간단한 문제부터 연구하기 시작하였다. 연구 재료가 부족한 일은 없었다. 오히려 재료가 너무 많아서 주체하지 못할 정도였다. 내가 시작했던 연구는 '개들은 무엇으로 살아가는가'라는 것이었다. 그것은 물론 간단한 문제가 아니다. 옛날부터 우리를 괴롭혀온 문제이다. 그것은 우리들이 고찰한 대부분을 차지하고 있는 대상이다. 이 방면의 관찰과 탐구와 변화는 상당히 많다. 그것은 하나의 학문으로 발전하고 있을 정도이다. 이 학문의 광범위한 영역은 개개 학자의 지식뿐만 아니라 모든 학자의 지식을 총동원해도 모자랄 정도이다. 이 학문의 깊이는 모든 개의 족속까지도—그것 이외의 아무것도 헤아릴 수 없지만—겨우 그 일부만을 헤아리는 데 지나지 않는다. 그리고 이 학문은 옛날부터 우리 것이 되어왔지만 몇 번이나 탈바꿈을 하지 않으면 안 되었다. 지금은 내 연구의 어려운 면과 내 연구를 완성할 수 없는 전제 조건에 대해서 언급하고 싶지 않다. 그 모든 것에 대해 나에게 항의하지는 말기 바란다. 나같이 평균 수준에 이른 개는 그런 모든 것을 알고 있다. 나로서는 학문에 본격적으로 몰두한다는 것은 생각조차 할 수 없는 일이다. 다만 학문에 대하여 경의를 갖고 있을 뿐이다. 나에게는 학문 내용을 충실하게 할 만한 지식도, 열의도, 여가도 그리고 특히 이 수년 동안은 식량도 없다. 나는 물론 식량을 먹고는 있다. 그러나 이 식량을 농업용으로 관찰, 사용하고픈 마음은 전혀 없다. 이 점에서는 모든 학문의 정수라고 할 수 있는 조그마한 규칙, 즉 어머니가 젖 뗀 어린 강아지를 세상에 내보낼 때에 하는 말, "무엇이든지 될 수 있는 대로 적셔야 한다."는 말 하나로 충분한 것이다. 이 말에 거의 모든 것이 포함되어 있지 않을까? 우리의 조상이 시작한 연구에 무엇을 첨가해야 결정적으로 본질적인 것이 될까? 세세한 것들이 있지만 그 모두가 얼마나 불확실한지 모른다. 이와 반대로 이 규칙은 우리가 개로 존재하는 한 존속할 것이다. 그것은 우리의 제일 소중한 영양에 관한 규칙이다. 우리는 분명히 다른 보급원도 갖고 있다. 그러나 비상시나 또는 그다지 흉년이 들지 않은 해에는 이 중요한 영양분을 거두어 생활할 수가 있다. 이 중요한 영양분은 지상 위에 있다. 땅은 우리의 오줌을 필요로 하고, 오줌에서 영향을 취한다. 땅은 우리가 이와 같은 대가를 지불함으로써 우리에게 식량을 제공해준다. 그리고 또 한 가지 잊어서 안 되는 것은, 일정한 주문이나 노래 등을 이용하면 식량의 수확을 추진시킬 수도 있다는 것이다. 그러나 내 생각으로는, 이것으로 다 된다고는 볼 수 없다. 이런 견지에서 본다면 더는 할 말이 없는 것이다. 나는 또 개의 족속들과 의견을 같이하며, 극단적인 이론을 배척하고 싶다. 솔직히 말해서 기교나 독단은 내가 취할 태도가 아니며, 나는 동족들과 의견을 같이하면 그것으로 충분히 행복하다. 지금과 같은 경우가 그 한 예이다. 그러나 나 자신의 시도는 방향이 다르다. 학문이 규정하는 바에 따라 토지에 수분을 주어 경작을 하면 토지는 영양분을 만들어낸다는 것은 검증을 통해 알 수 있다. 학문에 의해 전부 또는 부분적으로 세워진 법칙대로, 일정한 성질과 일정한 분량과 일정한 종류의 것이 일정한 장소와 시간에 산출되는 것이다. 그것은 나도 인정한다. 그래서 나의 질문은 이러하다.

"토지는 영양을 어디서 얻는 것일까?"

"그것은 애매한 질문이다." 모두들 이렇게 말하며 이 질문을 회피해버린다. 또 설사 대답을 한다 하더라도 이런 정도이다.

"먹을 것이 모자랄 경우에는 우리들 것을 나누어 줄 것이다."

이 대답에 주목해주기 바란다. 우리가 얻은 식량을 남에게 나누어 주는 것은 개의 장점으로 보이지 않는다. 그것은 나도 잘 알고 있다. 살기는 어렵고, 땅은 거칠고, 학문은 인식하고 있는 바가 풍부하나 실질적인 결과는 보잘것없다. 식량을 가진 자는 그것을 움켜쥐고 놓지 않는다. 그것은 사사로운 욕심에서가 아니라 개의 법도에 해당한다. 동족들이 만장일치로 결의한 것이다. 그것을 가진 자는 언제나 소수이므로, 사리사욕을 극복하려는 데서 나온 것이다. 그러므로 "먹을 것이 모자라면 우리들의 것을 나누어주겠다." 하는 대답은 일종의 판에 박은 말이거나 농담이 아니면 남을 놀리는 것이다. 나는 그것을 잊지 않고 있다. 그러나 내가 의문을 품고 세상을 돌아다니던 그 무렵에 모두들 나를 올바로 인식하고 비웃지 않은 사실은 나로서는 한층 더 큰 의의가 있었던 것이다. 물론 모두들, 여전히 먹을 것을 남에게 주지는 않았다. 그런데 먹을 것을 쉽사리 얻을 수 있는 곳은 아무 데도 없지 않은가? 그리고 우연히 먹을 것이 생겼을 때에는, 미칠 것 같은 굶주림 때문에 다른 일을 완전히 잊어버리기 일쑤였다. 그러나 먹을 것에 대해서는 모두가 진지하게 생각하고 있기 때문에 그것을 날쌔게 빼앗는 솜씨를 발휘하여 성공한 경우는 더러 있기도 하였다. 모두들 나에게만 이렇게 특별한 태도를 취하고 내 행위를 곧장 눈감아주고 나를 우대하는 것은 무슨 이유일까? 내가 여위고 약한 개로, 잘 먹지 못하고 그리고 먹는 것 따위에 별로 관심이 없는 까닭일까? 하지만 영양부족에 걸린 개는 부근에 얼마든지 있다. 그리고 모두들 입에 문 극히 작은 먹이까지도 빼앗아버리는 것이다. 이것은 탐욕에서가 아니라 대체로 원칙이 명하는 바에 따른 행위이다. 그러므로 문제가 다르다. 모두들 나를 우대하고 있다. 내가 그 사실을 하나하나 들어서 입증할 수 있다는 것은 아니다. 다른 일종의 느낌에서 말하는 것이다. 그렇다면 모두들 나의 질문을 환영하고 현명한 질문이라고 생각하는 것일까? 그렇지는 않다. 좋아하기는커녕 어리석기 짝이 없는 질문이라고 생각하고 있는 것이다. 그러나 모든 자들이 나에게 주목하게 된 것은 바로 그 질문 때문이라는 것도 사실이다. 모두들 내 질문을 듣고 있으니 차라리 당치 않은 일이라도 하고 싶은 모양이다. 즉, 실제로 행동에 옮기지는 않았으나 내 입속에 먹을 것을 가득히 넣어주고 싶다는 눈치이다. 그런데 참을 수 없는 일이라면 나를 내쫓을 수도 있고 내 질문에 관심을 두지 않을 수도 있었다는 것이다. 그러나 모두가 그럴 생각은 없었다. 나의 질문은 듣기 싫었지만 그렇다고 나를 내쫓을 생각은 없었다. 나는 그들의 웃음거리가 되기도 했다. 어리석고 불쌍한 짐승으로 취급되었던 것이다. 그리하여 이리저리 밀려다니기도 하였다. 그러나 그것은 솔직히 말하면 내 명성이 최고조에 달한 시기였다. 그런 시기는 두 번 다시 돌아오지 않았다. 나는 어디든지 자유롭게 출입할 수 있었다. 아무도 나의 이러한 행동을 막은 적이 없었다. 모두들 나에게 친절하게 대하는 체하면서 내 비위를 맞춰주는 것이었다. 그들이 그렇게 나온 것은, 내 질문과 내 성격과 연구에 대한 나의 열의 때문이었다. 그렇게 해서 모두들 나를 가라앉힐 생각이었을까? 폭력을 가함이 없이 마치 애정을 기울이듯이, 잘못된 길로부터 —그러나 폭력을 사용하여도 무방할 만큼 그릇되었다고 말할 수 없는— 나를 멀리하려는 생각에서였을까? 그들이 나에 대한 일종의 존경과 공포심에서 폭력 행위를 삼간 것도 사실이다. 그때는 그것을 막연히 알고 있었지만, 지금은 분명히 알게 되었다. 당사자들보다 훨씬 더 분명히. 모두들 나를 유인하여 내가 가는 길에서 벗어나게 하려고 하는 것은 사실이다. 그러나 그것은 성공을 거두지 못하였다. 오히려 정반대의 결과를 초래하고 말았다. 내 주의력은 더욱 예민해졌을 뿐만 아니라, 다른 놈을 유인하려는 것도 나였으며, 그 유인이 성공적이었다는 것을 나는 분명히 알게 되었다. 나는 우선 개의 족속의 힘을 빌려 자신의 질문을 이해하기 시작하였다. 가령 내가, '땅은 이 영양분을 어디서 얻게 되느냐?' 하고 물었을 때 땅이 내 관심사인 것처럼 보이지만, 과연 그럴까. 땅에 대한 배려가 내 관심사인가? 그렇지 않다. 얼마 지나서 알게 된 일이지만 그런 것은 나와 인연이 먼 것이다. 나의 관심사는 어디까지나 개이며, 그 이외의 아무것도 아니다. 개 이외에 대체 무엇이 존재한단 말인가? 이 광막한 세상은 개 이외에는 아무것도 아니다. 도대체 개 이외에 무엇이 존재한단 말인가? 모든 지식, 모든 질문과 모든 대답들은 다 개들 안에 포함되어 있다. 다만 우리가 이 지식을 활용하고 백일하에 드러낼 수만 있다면, 그리고 또 개들이 고백하고 스스로 인정하는 것보다 실제로 엄청나게 많은 지식을 갖고 있지만 않았더라면, 하고 나는 생각한다. 가장 좋은 식량이 있는 곳이 언제나 존재하긴 하지만 아무리 말하기 좋아하는 개라도 그 장소에 대해서는 입이 무겁다. 모두들 동료 개들의 주위를 살살 건다. 먹고 싶어서 군침을 흘린다. 제 꼬리로 자신의 몸뚱어리를 때린다. 물어보기도 하고, 간청하기도 하고, 짖기도 하고, 물어뜯기도 하여 손에 넣는다. 따로 이렇게까지 힘들이지 않아도 역시 얻을 수 있는 것을 얻게 마련이다. 즉, 정답게 물어보는 것, 친밀하게 만져보고, 정중하게 냄새를 맡아보는 것, 꼭 껴안아보는 것 등이 그것이다. 나와 네가 짖는 소리는 하나가 되어, 모든 목표는 황홀이요, 망각이요, 발견이다. 그렇지만 오직 하나, 우리가 무엇보다도 원하는 지식 교환이 거절당하고 있는 것이다. 이 소원, 즉 입을 다물거나 혹은 소리를 높여 외치는 이 소원에 대한 대답은 설사 최대한으로 유혹의 손길을 뻗쳐보더라도, 겨우 말 한마디 없는 몸짓이나 흘기는 눈, 또는 늘어진 눈꺼풀의 멍한 눈뿐이다. 이것은 강아지인 내가 음악을 하는 개에게 질문을 하자 침묵으로 답변한 그때와 흡사한 태도이다.

　모두들 이렇게 말할 수도 있을 것이다. "너는 네 동료들에 대하여 트집을 잡고 있다. 중요한 이 문제에 대하여 그들이 침묵을 지킨다고 트집을 잡고 있다. 너는 주장한다. '그들은 겉으로 말하고 있는 이상의 지식을 갖고 있으며, 생활에 통용되는 것 이상의 지식을 갖고 있다. 그들이 갖고 있는 비밀에 대해서 침묵을 지키는 것은 생활을 해치는 일이다. 그것이 너의 생활을 견디기 어려운 것으로 만들어버린다면, 너는 생활 태도를 바꾸든지 생활을 포기하든지 해야 한다'라고 말이다. 옳은 말이다. 그러나 너도 한 마리의 개요, 따라서 너도 역시 개의 지식을 갖고 있다. 그것을 물음의 형태로뿐만 아니라 대답으로서도 다 말하여라. 네가 발표할 때 감히 이의를 제의할 자가 있겠는가? 그때는 기다렸다는 듯이 갑자기 개들의 대합창이 시작될 것이다. 그리하여 너는 마음대로 진리를, 명쾌함을, 심정을 털어놓을 수도 있을 것이다. 네가 매도하고 있는 이 저질의 생활의 천장이 뻥 뚫려, 우리는 모두 손을 맞잡고 자유의 세계로 승천할 것이다. 혹시나 이 일이 잘되지 않아서 이전보다 더 처지가 악화되고, 전체의 진리가 절반도 타당하지 못하여 침묵을 지키는 편이 옳은 생활 태도라는 것이 입증되어 우리가 아직도 품고 있는 한 가닥 희망마저 사라져버린다고 하더라도, 네가 너에게 허용한 생활 방식대로 사는 것을 원치 않는 이상, 네 말도 역시 시험해볼 만한 가치가 있다. 그러므로 이제 묻겠는데, 너는 왜 남의 침묵을 비난하면서도 자신은 침묵을 지키고 있는가?" 나는 가벼운 마음으로 대답한다. 그것은 내가 개이기 때문이다. 내가 내 자신 속에 묻혀 있는 것은 본질적으로 다른 개와 전혀 다름이 없고, 나는 스스로 던지는 질문에 저항하며 불안에 몸을 떨고 있다. 분명히 말하지만, 어른이 된 내가 내 자신에게서 대답을 얻기 위해 개들에게 질문을 던지겠는가? 그토록 어리석은 기대를 갖고 있겠는가? 우리 생활의 토대가 어느 정도 깊은지 어렴풋이 짐작하고 그 토대를 건설하는 암담한 일에 종사하는 자를 목격하고 있는 내가, 내 질문에 의해 이 모든 것이 종말을 고하고 파괴되며, 버림을 받으리라는 기대를 여전히 갖고 있겠는가? 천만의 말씀이다. 지금은 이미 그런 기대를 조금도 갖고 있지 않다. 나는 그들을 알고 있다. 그들은 나와 피가 통하는 처지이다. 그들의 불쌍한, 언제까지나 젊고 멎지 않는 피가 통하고 있다. 그러나 우리에게 공통된 것은 피만이 아니다. 아니 지식만이 아니라, 지식에 이르는 실마리도 그렇다. 남의 존재를 무시해서는 지식을 얻을 수 없다. 그들의 도움이 없이 지식을 얻을 수는 없는 것이다. 무쇠 같은 뼈의 매우 귀중한 골수를 갖기 위해서는, 모든 개들이 한꺼번에 이빨로 물어뜯음으로써 이룰 수 있다. 이것은 물론 하나의 비유이며, 여기에는 과장이 들어 있다. 만일 개의 모든 이빨이 준비되면, 이미 물어뜯을 필요가 없다. 뼈는 저절로 열리고 골수는 가장 약한 작은 개라도 빨아먹을 수 있을 것이다. 내가 이러한 비유 안에 머물러 있다면, 나의 의도와 질문과 탐구는 무엇인가 엄청난 것을 목표로 삼고 있는 것이 된다. 나는 모든 개들을 강제로 모이게 하여 그들이 마련한 압력에 의해 그 뼈가 저절로 열리도록 하고 싶다. 그리하여 그들이 사랑하는 생활로 돌아가게 하고 그러고는 완전히 혼자서 그 골수를 빨고 싶다. 이것은 터무니없는 소리다. 마치 내가 개의 골수에서 양분을 구하고 있는 것 같은 인상을 준다. 그러나 이것은 비유에 불과하다. 지금 말한 골수는 식량이 아니다. 그 반대가 되는 독극물이다.

나는 내 질문에 의하여 나 자신을 몰아세우고 있을 따름이다. 나는 내 주위를 혼자서 차지하고, 여전히 나에게 대답을 계속하고 있는 저 침묵의 힘을 빌려 떨쳐 일어나고 싶다. 너는 너의 탐구로 말미암아 끊임없이 의식하게 되어 있는데, 지금 개들이 침묵을 지키고 앞으로도 여전히 그러하리라는 사실에 대하여 너는 언제까지 견뎌내겠는가? 이것이야말로 개개의 질문을 초월한, 정말 생명을 내건 나의 질문이다. 그것은 나를 향해서만 던져진 질문이므로 아무도 괴롭히지 않는다. 그런데 좀 얼빠진 이야기이지만, 나로서는 개개의 질문보다 이 질문이 대답하기가 훨씬 쉽다. 나는 이렇게 대답한다.

"내가 자연사할 때까지 반드시 견디어낼 것이다. 불안에 가득 찬 질문에 대해서는 노년기에 느끼는 마음의 평화가 더욱 좋은 대답이 될 수 있다. 나는 스스로 침묵을 지키고, 또 침묵에 싸이면서, 어쨌든 평화스러운 죽음을 맞이하려고 한다. 나는 확고한 태도로 그때를 기다리고 있다. 놀랍도록 강한 심장, 때가 되지 않고는 절대로 쇠약해지는 법이 없는 폐―이런 것은 어떤 악의에서 개에게 주어진 것이라는 생각도 든다. 우리는 모든 질문에 대하여, 아니 우리 자신의 질문에도 저항감을 느낀다. 침묵의 보루란 바로 우리를 가리키는 것이다."

근래에 와서 나는 나의 생활을 돌이켜보는 경우가 차츰 더 많아졌다. 나는 어쩐지 내가 저지른 것 같은, 따라서 내가 책임을 져야 하는 큰 실패를 찾아보려고 하지만 도무지 발견해낼 수가 없다. 그러나 나는 분명 그런 실패를 저질렀을 것이다. 만일 어느 하나도 실패하지 않고 긴 생애를 통하여 확실히 노력을 기울였는데도 나의 소망이 이루어지지 않았다면, 그것은 처음부터 이루어질 수 없는 성질의 것이었으며, 따라서 이미 절망 상태에 빠져 있었으리라는 것이 입증되기 때문이다. 내 생애에 저지른 일들을 돌이켜보는 것이 어떻겠는가? 우선 땅은 우리에게 제공하는 영양분을 어디서 얻느냐 하는 질문에 따르는 탐구를 놓고 살펴보려고 한다. 강아지였던 나는 물론 마음속으로 생의 욕구에 불타고 있었지만, 어떠한 향락도 포기하고 모든 즐거움을 멀리하였다. 그리하여 어떠한 유혹에 대해서도, 머리를 양다리 사이에 파묻고 일에만 열중하였다. 그것은 나의 학식을 생각해보거나 또 그 방법과 의도를 보더라도 결코 학자의 할 일은 아니었다. 그것은 성공을 거두지는 못하였지만, 결코 치명적인 실패였었다고는 생각되지 않는다. 나는 일찍부터 어머니 곁을 떠나 혼자 사는 데 익숙해져서 자유롭게 살아가고 있었으며, 공부는 별로 하지 않았다. 어려서부터 부모를 떠나 혼자 산다는 것은 분명히 공부에 좋지 않은 영향을 미치는 것이다. 그러나 나는 많이 보고 많이 듣고 여러 가지 일거리를 갖고 있는 개들과 이야기를 나누기도 하여, 내가 생각하기에는 이해력이나 여러 가지 관찰을 정리하는 힘도 별로 뒤떨어지는 편이 아니었다. 이것이 어느 정도 지식의 내용이 되었다. 그와 같은 독립된 생활은 사물에 대하여 배우는 데는 마이너스가 될지 모르지만 자기 연구를 계속하는 데는 플러스가 되는 것이다. 내 경우에 독립된 생활은, 선배의 업적을 이용하고 동시대의 학자와 연락을 취하는 본래의 연구 방법을 취할 수 없었던 만큼 더욱 필요하였던 것이다. 내가 전적으로 의지할 수 있는 것은 나 자신뿐이었다. 나는 엄밀한 의미에서 첫걸음부터 시작하였다. 내가 드디어 찍은 구두점이 결정적인 것임에 틀림이 없다는 젊은이로서의 기쁨에 넘치는 자의식을—그러나 늙으면 극히 무거운 부담이 되는—갖고 나는 시작할 것이다. 그런데 나는 과연 그 당시부터 오늘에 이르기까지, 그렇게 고독한 연구를 계속해온 것일까? 그렇기도 하고 그렇지 않기도 하다. 주위에서 볼 수 있는 개들이 나와 같은 입장에서 본 적도 없고, 또 지금도 그러하리라는 것은 있을 수 없는 일이다. 그렇게까지 내가 궁지에 빠질 까닭은 없는 것이다. 나는 개라는 존재에서 털끝 하나도 벗어나 있지 못하다. 어떤 개이든 간에 나처럼 질문하고픈 충동을 느낄 것이다. 만일 다른 개가 질문하고 싶은 충동을 느끼지 않는다면, 나는 내 질문에 의해 상대방에게 작은 충격도 줄 수 없었을 것이다. 그러나 나는 자주 황홀감에 빠져—그것은 내가 과장

326

해서 지어낸 황홀감이지만—충격을 준 모습을 바라볼 수 있었던 것이다. 만일 내게 질문하려는 충동이 없었다면 별로 큰 성과를 거둘 수 없었을 것이다. 그리고 내가 침묵을 지키고 싶다는 충동을 느낀 데 대해서는 특별한 증명을 필요로 하지 않는다. 그러므로 나는 본질적으로 다른 개들과 큰 차이가 없다. 따라서 의견을 달리하여 반발을 느끼고 있다고 하더라도 모두들 나를 인정해줄 것이며, 나 역시 다른 개들에게 그와 같은 태도를 취할 것이다. 다만 우리를 구성하고 있는 요소의 혼합 상태가 다른 것이다. 그것은 개 한 마리씩을 관찰하면 차이가 크지만, 종족 전체에서 보면 별 차이가 없다. 그렇다면 과거에서 현재에 이르기까지 언제나 존재하는 이 요소의 혼합 상태와 닮은 것으로 나타난 것이 지금까지 한 번이라도 있었던가. 내 혼합 상태를 불행이라고 부르고 싶은 것이라면, 그것도 무방하지만, 지금 말한 것이 훨씬 불행한 것이 아닐까? 이와 같은 사정은 보통 경험으로는 헤아릴 수 없을 것이다. 우리 개들은 정말로 터무니없는 일에 종사하고 있다. 신용할 만한 보고가 없다면 그러한 일이 있다고 믿을 수가 없을 것이다. 여기서 내가 가장 즐겨 생각하는 것은 공중견空中犬이라는 실례이다. 내가 처음으로 그에 관한 이야기를 들었을 때, 나는 큰 소리로 웃었고 그 이야기를 전혀 받아들이려 하지 않았다. 도대체 어떻게 된 일일까? 그것은 아주 작은 종류의 개라고 한다. 내 머리만 한 크기로, 자라서도 키가 크지 않는다고 한다. 이 개는 날 때부터 몸이 약해, 보기에 인위적이고 발육이 모자라고 지나칠 정도로 잔손질이 많이 간 모습이며, 제대로 도약할 능력도 없다. 사람들이 이야기하기로는, 이 개는 주로 공중 높이 떠돌아다닌다고 한다. 특별히 이렇다 할 일을 하는 것도 아니면서 공연스레 왔다 갔다 한다는 것이다. 그럴 리 없다. 그런 말을 곧이듣게 하려는 것은 어린 개의 자유분방한 마음을 건드려보려는 심사일 거라고 믿는다. 그러나 나는 그 후 바로 다른 방면에서 다른 공중견에 관하여 이야기를 듣게 되었다. 모두들 나를 놀리려고 단합한 것일까? 그 후에 나는 음악을 하는 개를 만났으며, 그때부터 나는 세상에 불가능한 일이란 있을 수 없다고 생각했다. 그리고 그 후로 난 어떤 선입견에 의해 이해력이 비좁아지는 일은 없게 되었다. 그리하여 나는 넌센스라고 생각되는 소문을 듣고서도 얼른 쫓아가서 힘닿는 데까지 그 정체를 알아보려고 하였다. 이와 같은 생활에서 가장 무의미하다고 말하는 일이 오히려 의미심장하다는 것 이상으로 더욱 진지하게 보이고, 내 연구에 특별히 유익한 것으로 생각되었다. 이것은 공중견의 경우에도 마찬가지다. 나는 그들에 대하여 여러 가지 지식을 얻게 되었다. 나는 오늘에 이르기까지 그 모습을 보지 못하였지만, 그 존재에 대해서는 진작부터 확신하고 있었다. 그리하여 그들은 내가 그리는 세계에서 중요한 위치를 차지하게 된 것이다. 여기서 나로 하여금 생각에 잠기게 하는 것은 그들의 기교가 아니다. 이들 개에게 공중을 떠돌아다닐 힘이 있다는 것은 놀라운 일이며, 아마도 이를 부정하는 자는 없을 것이다. 나도 다른 개의 족속과 마찬가지로 이와 같은 놀라움을 느끼고 있었다. 그러나 나의 감정상 더욱 놀라운 것은 이들이 실존한다는 것이 허튼소리라는 것이다. 즉, 그들 실존의 허튼소리가 묵인되고 있다는 것이다. 그들의 존재는 일반적으로 말해서 전혀 근거가 없다. 그들은 공중에 떠서 그 상태를 계속한다. 생활은 계속해서 자기 길을 가고, 우리는 그런 기교와 그런 기교를 가진 자를 곳곳에서 화제로 삼을 뿐이다. 그러나 마음이 곧은 개의 족속인 그 개들만이 왜 떠돌아다니는 것일까? 그들의 임무는 무엇일까? 그들의 입을 통하여 한마디의 설명도 들을 수 없는 것은 무슨 까닭일까? 그들은 왜 저 공중을 떠돌아다니며, 다리를 쓰지 않고 놀려두기 때문에 개 족속의 자존심을 상하게 하고, 영양을 제공해주는 땅과는 분리된 채 스스로 씨를 뿌리는 일은 없으면서도 거두어들이는 것은 잊지 않고, 나아가 모든 개 족속의 희생으로 좋은 영양분을 얻고 있다는데, 이는 무슨 이유에서일까? 나는 이 문제에 대한 나의 질문으로 어느 정도 동요를 일으켜왔다고 자부한다. 저마다 자기 주장이 옳다는 것을 입증하기 위해서 연구를 시작한다. 즉, 공동으로 연구하여 일종의 증명을 얻으려고 고심하기 시작한다. 첫걸음은 내딛었으나, 앞으로 이 첫걸음을 넘어서는 일은 없을 것이다. 그러나 그것은 어쨌거나 무엇이긴 하다. 물론 진리가 드러날 리는 없을 것이지만—결코 그 상태엔 이르는 법이 없을 것이다—그러나 허위에서 비롯된 심한 혼란과 같은 것은 명백히 드러나는 법이다. 즉, 우리들의 생활에서 무의미하다고 할 수 있는 현상 모두에는, 특히 가장 무의미하다고 할 수 있는 것에는 정당한 존재 이유가 있다는 것이 입증된다. 물론 나는 그것이 철저하게 입증된다고 말하지는 않는다—철저하게라는 말은 얼마나 엄청나게 들리는가. 그러나 저 견딜 수 없는 질문에서 나를 방어하려면 이것으로 충분하다. 나는 여기서 다시 공중견을 예로 들고자 한다. 그들은 모두 처음에는 매우 거만하다고 생각할지 모르지만 절대로 그렇지 않다. 오히려 동료를 열심히 찾고 있다. 그들의 입장이 되면 그것은 잘 알 수 있는 일이다. 즉, 그들은 떳떳이 터놓고 말하지는 않지만—이것은 침묵을 지킴으로써 의무를 게을리하는 것도 되겠지마는—자기들의 생활 태도에 대하여 양해를 구하려고 하거나, 적어도 그런 생활 태도를 다른 자들이 외면하게 하여 모두에게서 잊히게 만들려고 하는 것이다. 남들의 이야기에 의하면, 그들은 참을 수 없는 요설이라는 수단을 쓴다는 것이다. 그들은 신체를 쓰는 일은 깨끗이 단념하였으므로, 그 대신 언제나 할 수 있는 철학적인 사색의 결과에 대해서나 또는 그들이 높은 곳에서 행하는 관찰에 대하여 이야기를 해주어야 한다. 이와 같은 제멋대로의 생활을 하면 그럴 수밖에 없는 일이지만, 그들의 정신력이 뛰어난 것도 아니요, 그리고 그들의 철학은 관찰과 마찬가지로 서 푼어치의 가치도 없으며, 따라서 어떤 학문도 그것으로부터 거의 아무것도 응용할 수 없으며, 이와 같은 빈약한 보조 수단을 토대로 삼을 수는 없었다. 그럼에도 불구하고 공중견이 무엇을 구하고 있느냐고 묻는다면, 그 대답은 으레 그들은 학문에 상당한 공헌을 하고 있다는 것이다. 그리고 이 대답에 대하여 모두들 말한다. "옳아요. 그러나 그 공헌이란 게 보잘것없고, 오히려 거추장스러운 것이죠." 그러면 상대방은 어깨를 움츠려 보인다. 화제를 돌려버린다. 화를 버럭 낸다. 큰 소리로 껄껄 웃는다. 잠시 후에 다시 물으면, 그들은 여전히 학문에 공헌하고 있다는 것이다. 최후로 거듭 묻는 바람에 어떻게 해야 좋을지 모르게 되어도, 역시 같은 대답이다. 그리고 아마도 너무 고집을 부리지 않고 적응하는 것이 좋을 것이고, 이미 존속하고 있는 공중견의 삶의 권리를 인정하지는 않더라도, 불가능한 것을 참아낸다는 것은 좋은 일일지 모른다. 그러나 이 이상의 요구를 한다면, 그것은 지나친 일이 될 것이다. 그러나 모두 그것을 요구하고 있다. 모두들 자주 나타나는 공중견에 대하여 인내심을 가질 것을 요구한다. 그들이 어디서 나타났는지는 분명히 알 수 없는 일이다. 그들은 번식에 의하여 숫자가 느는 것일까? 대체 그들은 번식력이 있는 걸까? 한 장의 아름다운 모피와 다름없는 그들 아닌가? 이 경우에 대체 무엇이 번식한단 말일까? 만일 일어날 것 같지도 않은 이런 일이 실제로 일어난다면 그 시기는 언제인가? 그러나 그들은 언제나 자기들끼리 공중에서 만족스러운 표정을 짓고 있다. 간혹 자기 몸을 땅 위로 끌어내려 뛰어다니는 일이 있다고 하더라도, 그것은 극히 짧은 동안의 일이다. 그들은 시치미를 떼고 몇 발짝 앞으로 나아간다. 그리고 언제나 다른 것과는 절대로 관계를 맺지 않고, 그들이 아무리 힘써도 결코 아래로 떨어질 수 없는 사색 같은 것에 언제나 골몰하고 있다. 적어도 그들은 그렇게 주장하고 있는 것이다. 그런데 만일 그들이 번식하지 않는다면, 스스로가 이 평탄한 땅 위의 생활을 단념하고 공중견이 되어, 지상의 쾌적한 생활을 버리고, 어느 정도 몸에 익힌 습성도 저버리고, 공중의 요 위에 누워 사는 그 쓸쓸한 생활을 택하는 경우도 있을 법하다고 생각되지 않는가? 그것은 생각할 수 없는 일이다. 번식한다고 생각되지는 않지만, 그렇다고 스스로 택하여 공중견이 되었다고도 생각할 수 없다. 그럼에도 불구하고, 날로 새로운 공중견이 늘어나고 있다는 것은 사실이 입증하고 있다. 그러므로 이렇게 결론 내리게 된다—여러 가지 어려운 사정이 있으므로 우리의 머리로는 잘 해결될 것 같지 않지만 어쨌든 일단 발생한 개의 종류는—그것이 어떠한 변종이라 할지라도—결코 저절로 소멸되는 일이 없다. 적어도 간단히 절멸되지는 않는다. 그것은 어떤 종류이건 교묘히 자기 방위를 하기 때문이다.

공중견과 같은 족속에게는—다른 자와는 관련도 없고 의미

도 없는, 놀랍도록 기묘한 외모를 갖추며, 생활 능력을 갖고 있지
않은 족속에게는—적용되는 일이, 내가 속하는 족속에게도 적
용되어서는 안 되는지? 하긴 나의 외모는 하등 이상한 데라곤 없
다. 이 근처에서 얼마든지 찾아볼 수 있는 보통 개이다. 특별히 뛰
어난 데도 없고 유난히 남의 멸시를 받을 만한 것도 없다. 뿐만 아
니라 젊었을 때와 부분적으로는 성인의 나이에서도 몸에 유의하
여 운동을 게을리하지 않았기 때문에, 자연히 나는 매우 훌륭한
개였다. 특히 정면에서 보면 칭찬할 만한 점도 있다—날씬한 다
리하며, 아름다운 머리매무새, 그리고 회색과 흰색과 끝만 둘둘
말린 내 털을 모두들 굉장히 좋아한다. 이것은 결코 신기한 일이
아니다. 신기한 것은 내 존재뿐이다. 그러나 내 존재도—이것은
나로서는 절대로 잊어서는 안 되는 일이지만—일반적인 개의
존재 속에 충분한 근거를 갖고 있다. 공중견이라 해도 만약 혼자
만 머무르지 않고, 커다란 개들 세계에 여기저기 다시금 모습을
나타내고, 나아가 무無에서 언제나 새로운 후계자를 데려온다면,
나도 역시 무용지물은 아니라는 자신감을 갖고 살 수 있을 것이
다. 물론 나와 같은 종류의 동료들은 그 어떤 특별한 운명을 지니
고 있는 것이 사실이다. 그들의 존재는 나에게 결코 도움을 주지
못할 것이다. 그렇지만 그것은 내가 그들의 존재를 알아보지 못
하기 때문만은 아니다. 우리들은 침묵을 누르고 있는 개들이다.
그래서 이 침묵을 깨뜨려버리려는 것이다. 다른 놈들은 침묵에
안주하고 있는 듯이 보이지만, 그것은 평안하게 음악을 연주하는
것 같으면서도 실은 마음을 심히 흔들어놓는 저 음악을 연주하
는 개의 경우와 마찬가지로, 다만 하나의 허세에 불과하다. 그렇
지만 그 허세는 대단하다. 그 허세를 극복해보려고 시도하나, 그

허세는 이런 모든 간섭에 냉소를 보낸다. 그렇다면 나와 같은 유의 동료들은 어떤 방식으로 서로에게 도움이 되는 걸까? 어떻게 해서든 살아보려는 그들의 시도는 어떤 모양일까? 그것은 여러 가지로 생각해볼 수 있다. 젊었을 때에 나는 내게 던지는 질문을 낙으로 삼아 살려고 했었다. 질문을 많이 해주는 자들에게 나는 기댈 수 있었을지 모르며, 그럼으로 해서 같은 유의 동료를 갖게 되었을 것이다. 나는 한동안 나 자신을 억제하고 이러한 의도를 견지하였다. 나를 억제하고—라고 잘라 말할 수 있는 상대가 문제였던 것이다. 대체로 내가 말문이 막힐 수밖에 없는 질문을 던져 나를 자주 괴롭히는 상대는 나로서는 싫어할 수밖에 없다. 젊었을 때는 누구든지 질문하는 것을 좋아한다. 그런데 그 많은 질문 가운데서 나는 어떻게 하면 올바른 질문을 찾아낼 수 있을까? 어느 질문이나 비슷한 것이다. 하긴 질문의 의도가 문제되지만, 그것은 흔히 숨어 있게끔 마련이다. 그리하여 질문하는 장본인에게까지도 숨어 있는 경우가 적지 않다. 일반적으로 말해서 질문은 개들 족속의 특성의 하나이다. 모두들 혼란스레 질문을 곧잘 한다. 그렇게 해서 올바른 질문을 말살하여버릴 작정인 것처럼 보인다. 그것은 안 된다. 젊은 세대들 가운데 질문을 하는 이 중에는 나와 같은 동료가 없다. 그리고 지금 나도 그 일원인 늙은이—이 침묵하는 축들 중에도 역시 없다. 그런데 질문이 요구하는 것은 무엇이냐? 나는 질문에 말문이 막혀버렸다. 나와 같은 유의 동료는 분명히 나보다 현명한 것이다. 그들은 생활을 견디어내기 위해 나와는 전혀 다른 방법을 쓰고 있다. 그것은 내 입장에서 말하면, 아마도 그들의 위급함을 구제하여 침착하게 하며 진정시키는 작용을 하는 방법인데, 결국은 내 방법과 같이 무력한 것이다.

내가 널리 목격한 방법에 의하면 그와 같은 방법은 전혀 성과를 올리지 못하였던 것이다. 성과가 아니라 성과를 제외한 모든 것으로써, 나는 나와 같은 유의 동료를 인정하려는 게 아닌가 하는 의구심을 갖게 된다. 그런데 그렇다면 내 동류는 어디 있는 것인가? 이것은 분명히 슬픈 호소가 아닐 수 없다. 그렇다. 호소 이외에 아무것도 아니다. 그들은 어디에 있는 것인가? 어디든지 있기는 있다. 그러면서도 어디든지 없기도 하다. 어쩌면 그것은 나와 세 발짝쯤 떨어진 곳에 있는 이웃 개일 것이다. 우리는 서로 자주 불러들인다. 상대편이 나에게 오기도 한다. 그러나 나는 가지 않는다. 이것이 내 동류인가? 나는 모른다. 나는 조금도 그런 느낌을 그에게서 찾아볼 수 없지만, 내 동류일지도 모른다. 동시에 이보다 더 거짓말 같은 이야기도 없다. 그가 먼 데 있으면 나는 장난삼아 모든 상상력을 다 기울여 나로 하여금 향수에 젖게 하지만, 그가 눈앞에 나타난다면 모든 것이 우스워지고 만다. 그는 보통 크기도 못 될지 모를 나보다 얼마간 더 작은 늙은 개다. 갈색의 짧은 털, 더구나 고개를 숙이고 수레라도 끄는 듯한 걸음걸이, 거기다가 왼쪽 뒷다리는 병으로 약간 절룩거린다. 이처럼 가까이 사귄 친구도 나보다는 앞서 있다. 나는 이 친구라면 그럭저럭 참아가면서 상종할 수 있는 것을 무엇보다도 기쁘게 생각하였다. 나는 그가 내 앞에서 떠나면 그의 뒤를 쫓다시피 하면서 친절하게 몇 마디 건넨다. 그것은 우정에서가 아니다. 쫓아가 볼라치면, 다리를 절며 궁둥이 쪽을 낮추고 기어가는 듯한 그 모습이 흉측스럽게 보여 오히려 나 자신에 대하여 냉소를 퍼붓는 것 같은 기분이 들 때가 있다. 그와 이야기를 나누어도 동류다운 점은 전혀 찾아볼 수가 없다. 머리도 좋고 제법 교양도 있어 여러모로 배울 점이 많지만, 나는 머리가 좋고, 교양이 있는 것을 요구하지 않는다. 우리는 토지 문제에 대하여 의견을 나눈 바 있다. 이런 문제에 대해서는 나는 고독하게 살아왔기 때문에 사리를 곧잘 판별할 수 있게 되었지만, 일반 수준에 있는 개가 그다지 나쁘다고는 볼 수 없는 처지에 있으면서도 생활을 유지해나가고 큰 재난에서 몸을 지키자면 상당히 머리를 써야 한다는 것을 알고 나는 놀라지 않을 수 없다. 학문은 규칙을 세운다. 그러나 이 규칙은 단지 그 윤곽만 이해하고자 해도 결코 쉬운 일이 아니다. 더구나 이 규칙을 이해한 연후에야 비로소 이를 토지 문제에 이용할 수 있는 것이다. 이것은 쉬운 일이 아니다. 이때 나를 도와줄 수 있는 자는 거의 없다. 새로운 문제가 시간마다 일어난다. 새 토지는 한 조각마다 각기 특수한 문제를 갖고 있다. 자기는 얼마 동안 조용히 숨어 살 수 있으며 자기 생활은 흐르는 물과 같이 사라진다고 단언할 수 있는 자는 없는 것이다. 여러 가지 욕망이 날이 갈수록 현저히 줄어가는 나의 경우도 그렇다. 이렇듯 끝없는 모든 노력은 무슨 목적을 갖고 있는 걸까? 그것은 오직 내 몸을 더욱더 침묵 속에 묻어두기 위해서이며, 앞으로도 그리고 어느 누구에 의해서도 더 이상 거기에서 끄집어내어질 수 없도록 하기 위해서일 뿐이다.

세월에 따른 개들의 일반적인 진보는 곧 학문의 발달을 의미하는 것으로서, 이것은 흔히 칭찬의 대상이 되어왔다. 학문은 분명히 발달한다. 그리고 그 발달의 속도는 날이 갈수록 빨라진다. 그런데 여기에 무슨 칭찬받을 만한 것이 있단 말인가? 누구나 해가 갈수록 늙어가고, 더욱 빨리 죽음에 가까이 다가가는 것은 당연한 일이다. 그러니까 나는 그 당연한 일을 훌륭하다고 칭찬하려는 것과 다름이 없다. 그것은 당연한 일이며 또 바람직한 과정이 아니므로 칭찬할 만한 것이라곤 아무것도 없다. 나는 거기에서 쇠퇴만을 볼 뿐이다. 그렇다고 옛 세대가 본질적으로 낫다는 뜻은 아니다. 다만 현재보다는 젊었었다고 말할 뿐이다. 이것은 엄청난 감정이다. 그들의 기억에는 오늘날 우리들의 기억처럼 여러 가지 마음의 부담이 되는 것은 없었던 것이다. 그들의 입을 열게 하는 것은 한결 쉬운 일이었다. 설사 그것이 여의치 않는 경우라 할지라도 그 가능성은 훨씬 많은 것이었다. 옛날에 있었던 극히 단순한 이야기를 들었을 때, 우리의 가슴을 뛰게 하는 것은 이 가능성이었다. 우리는 때때로 그것을 암시하는 듯한 말을 듣는다. 만일 우리가 몇 세기에 걸친 부담을 우리 몸에서 벗어버린다면 깡충 뛸 듯한 심정일 것이다. 아니 그렇지는 않다. 나는 우리 시대에 대하여 여러 가지 불평을 하고 있지만, 옛 세대가 새 세대보다 낫지는 않았다. 오히려 어느 의미에서는 훨씬 나쁘고 또 연약한 것이었다. 그 시대에도 기적이 활개를 치며 거리를 쏘다녀, 마음대로 파악할 수 있는 성질의 것은 아니었다. 그러나 개들은 현재만큼 개답지가 못했으며, 개들의 유대는 아직 여유가 있었다. 그때라면 언어가 여러 가지 조화를 부릴 수 있었을 것이다. 그런 말은 사실 당시에 얼마든지 찾아볼 수 있었다. 혀끝에 맴돌고 있었다. 지금도 그것이 있기는 하지만, 창자 속까지 손을 집어넣어 보아도 찾아낼 수 없을 것이다. 우리 세대는 아마도 이제는 절망적인 상태에 놓여 있겠지만 그때보다는 나은 것이다. 나는 우리 세대의 망설임을 이해할 수 있다. 그것은 수천 번이나 저녁마다 꿈을 꾸고도 잊어버린 상태이다. 다른 이유라면 모르지만, 이 수천 번째의 망각 때문에 우리에게 화를 내는 자가 있을까? 우리는 분명히 그렇게 밖에는 행동할 수 없었을 것이다. 나는 차라리 이렇게 말하고 싶다. 죄를 짓지 않으면 안 되었던 것은 우리들이 아니었다. 우리는 남의 손에 의하여 이미 어두운 그늘이 깃들어 있는 세계에서 침묵을 지키면서 죽음을 향하여 서두르는 것이 허용되어 있는 것이다. '우리에게 축복이 있을지어다'라고. 우리 조상들이 길을 잘못 들었을 때, 언제까지나 길을 잃고 헤맬 줄은 미처 생각하지 못했을 것이다. 그들은 글자 그대로 십자로를 눈앞에 보았을 뿐이다. 잠을 자려면 그거야 손쉬운 일이었다. 되돌아설 것을 주저한 것은 좀 더 개의 생활을 즐기고 싶은 미련에서였다. 그것은 아직 진짜 개의 생활과는 비슷하지도 않은 것이었지만, 그것으로 이미 그들의 마음을 빼앗기에 부족함이 없는 아름다운 생활인 것처럼 생각했던 것이다. 나중에야 생활이 참된 아름다움을 지니게 되었을 것이다. 그리하여 그들은 계속해서 방황했다. 역사의 흐름을 살펴보면 짐작할 수 있는 일이지만, 영혼은 생활보다 빨리 변화하는 것이다. 그러니까 그 영혼이 개의 생활을 즐기기 시작하였을 때에 그들은 이미 순수한 옛날 개의 넋을 갖고 있었음에 틀림이 없다. 그들은 모두 개로서의 기쁨에 넘치는 눈이 인정하려고 한 만큼, 혹은 그들 자신이 생각하고 있던 것만큼 늙지는 않았던 것이다. 그들은 미처 그것을 몰랐다. 이제 와서 젊은 시대를 이야기해보았자 무의미한 일이다. 그들은 정말 젊은 개였다. 그러나 그들의 오직 하나의 자부심은 늙은 개가 된다는 데 집중되어 있었다. 이와 같은 목표에 도달하는 일이라면 실패할 까닭이 없다. 그것은 그들을 뒤따르는 모든 세대들이 입증하고 마지막 세대인 우리가 가장 잘 알고 있는 바와 같다.

나는 물론 이러한 모든 일에 대하여 이웃에 살고 있는 개와 이야기하고 있는 것은 아니다. 그러나 이 대표적인 늙은 개와 마주 앉거나, 또는 낡은 털가죽에서 나는 그런 냄새를 풍기기 시작하는 그의 털에 코를 박고 있으면, 나는 이런 일을 생각하지 않을 수 없다. 서로 이야기를 나눈다는 것은 무의미한 일이기도 할 것이다. 그것은 다른 개와도 마찬가지이다. 나는 처음부터 대화의 귀추를 알고 있다. 그는 두서너 번 반대를 하겠지만 결국은 동의할 것이다. 동의처럼 훌륭한 무기는 없다. 그러면 그 일은 묻힐 것이다. 그런데 무엇 때문에 일부러 그것을 무덤에서 파내겠는가? 그렇지만 내 이웃 개와의 사이에는 단순한 말 이상의 조화가 이루어지고 있는 것 같다. 물론 확실한 증거가 있는 것도 아니고, 단지 그는 오랫동안 내가 교제하고 있는 유일한 개로서 나로서도 그에게 기대하지 않을 수 없기 때문에 단순한 착각을 일으킨 것에 지나지 않을지도 모르지만, 그래도 나는 의견을 바꿀 수 없다.

'너는 너대로 내 동류가 아닌가? 모두 다 실패했다고 해서 부끄러워할 필요가 있나? 괜찮다네. 나도 똑같은 일을 당하고 있다네. 나는 혼자만 되면 자꾸 짖어댄다네. 이리 오게. 둘이 있는 게 아무래도 기분이 좋지 않겠나.'

나는 곧잘 이런 생각을 하면서 상대편의 얼굴을 쳐다본다. 그는 시선을 피하지 않는다. 그러나 나는 거기서 아무것도 찾아볼 수 없다. 그는 나를 멍하니 쳐다본다. 그리고 무엇 때문에 내가 침묵을 지키고 대화를 중단해버렸는지 이상하게 생각을 한다. 그러나 아마도 그의 이런 태도가 문제되겠지. 그리고 그가 나를 실망시키듯이 나는 그를 실망시킨다. 이것이 만일 나의 젊을 때의 일이라, 다른 많은 질문이 중요하게 생각되지 않고 또 내 스스로 만족하는 일도 없다면, 나는 목청을 돋우어 그에게 질문했을 것이다. 그리하여 그가 침묵을 지키고 있는 현재보다는 초라한 동의를 더욱 적게 얻었을 것이다. 그러나 저마다 그와 마찬가지로 침묵을 지키고 있는 것은 아니지 않는가. 도대체 무엇이 모두가 내 동류라는 것을 나로 하여금 믿지 못하도록 하는가. 나는 연구하는 동료를—보잘것없는 성과를 올리고 잊혀서, 시대의 어둠, 또는 현대의 혼잡으로 가로막혀, 어떤 방법으로도 더는 접근할 수 없는—곳곳에 지니고 있을 뿐만 아니라 오히려 예전부터 모든 면에 다 동료들을 가지고 있다. 그들은 모두가 자기 나름의 노력을 하고 있다. 비록 가망 없는 연구가 항상 그렇듯이, 나름의 성과가 없고 침묵을 지키기거나 혹은 교활하게 쓸데없는 말을 지껄이고 있기는 하지만 말이다. 그런데 무엇이 나로 하여금 그 사실을 믿지 못하게 하는 걸까. 그랬었더라면 나는 고립될 필요도 없었을 것이다. 다른 동료들에게서 안주할 수 있었을 것이다. 개구쟁이 아이처럼 어른들 대열에 끼어 바깥으로 나갈 필요도 없었을 것이다. 나처럼 바깥으로 나가고 싶어 하면서도, '밖으로 나가는 자는 아무도 없으며, 모든 혼잡스러움이란 어리석은 것이다.'라고 말하는 어른들의 오성이 나에게는 아무래도 납득이 가지 않는다. 이와 같은 생각은 이웃 개의 영향에서 오는 것이다. 그는 나를 망설이게 한다. 나를 우울하게 만든다. 그는 자기 혼자서 충분히 즐거운 것 같다. 적어도 자기 세계에 안주하고 있을 때는 큰소리를 지르고 노래를 부르는 것을 알 수 있다. 이게 나에게는 두통거리다. 이 마지막 교제를 포기하고, 아무리 단단하게 단련한다 하더라도 개의 교우에는 으레 따르게 마련인 그 막연한 몽상에 젖는 일도 그만두고, 남은 시간을 고스란히 내 연구에 바치는 것만이 아마도 바람직한 일이 아닌가 싶다. 나는 그가 다음에 찾아오면 엎드려 자는 체할 것이다. 그리고 오지 않게 될 때까지 그

짓을 되풀이할 것이다.

내 연구에는 또 무질서가 따르게 되었다. 나는 지쳐버린다. 활기에 차서 뛰어다니던 내가 풀이 죽어 비틀거린다. 나는 '땅은 어디에서 우리의 영양분을 얻는 것일까?'라는 문제를 연구하기 시작한 당시를 돌이켜본다. 당시에 나는 동족 가운데서 살고 있었다. 군중이 제일 많이 모인 곳에 파고들었다. 모든 것을 내가 하는 일의 증언으로 삼고 싶었다. 이 증언은 일 자체보다도 귀중하게 생각될 정도였다. 나는 여전히 어떤 감탄하는 소리를 기대하고 있었으므로, 물론 증언에 의해 많은 자극을 받았다. 현재 고독한 나로서는 그러한 것을 바라도 소용없는 일이다. 그러나 그 당시에는 나도 활기에 넘쳐 있었으므로 나는 일을 이루어놓고야 말았다. 그것은 독특한 일이라 당시의 원칙에 어긋나는 증언이었다면, 불쾌감을 느꼈을 것이다. 나는 언제나 끊임없이 전문화되어가는 학문 속에서, 일종의 기묘한 단순화 과정이 있는 것을 발견하였다. 학문은 땅이 우리의 주요 영양분을 만들어낸다는 것을 가르쳐주고 있다. 그리고 여러 가지 식물 중에서 품질이 제일 좋고 또 영양도 많은 것을 제시한다. 땅이 영양분을 만들어낸다는 것은 물론 옳은 말이며, 그것은 의심할 여지가 없다. 그럼에도 불구하고 이에 대하여 더욱 깊이 추구하고 있는 일이 없는 일반적 견해가 보여주는 것처럼 그렇게 간단한 것은 아니다. 시험 삼아 날마다 되풀이되는 가장 원시적인 일들에 대하여 생각해보자. 만일 우리가 게을러서 남의 빈축을 사지 않을 정도로 경작한 후에 웅크리고 잠이나 잔다 해도, 거기서 나는 수확에서 영양분을 찾아볼 수 있기는 할 것이다. 그러나 반드시 그렇다고만은 볼 수 없다. 학문에 별로 구애받지 않는 심정으로 사물을 관찰하는

340

자라면—그러나 학문 내용은 날로 커져가는 경향이 있어서, 학문에 매이지 않는 자는 극히 적은 수이나—지상의 주성분이 위에서 온다는 것쯤은 곧 알 것이다. 우리의 숙련과 갈망의 정도에 따라, 영양분이 땅에 닿기도 전에 새치기해버리는 때도 있는 것이다. 이런 말은 조금도 학문에 배치되지 않는다. 물론 땅이 영양분을 만들어낼 수도 있다. 아무튼 땅은 때로는 영양분을 자기 품속에서 만들어내기도 하고 때로는 위로부터 얻어들이기도 하지만, 본질적으로 차이가 있는 것은 아니다. 어떠한 경우에도 경작이 필요하다고 원칙을 세우고 있는 학문은, 위에서니 가운데서니 하는 것은 거의 개의치 않는다. "입에 가득히 집어넣으면 모든 문제는 우선 해결되는 것이다."라는 말을 인용해두고자 한다. 그런데 학문은 영양분을 만들어내는 두 가지 중요한 방법으로서, 진짜 경작과 주문呪文, 무용, 가요의 형태를 띤 보충적 내지는 미화적인 작업을 인정하고 있으므로, 지금 말한 것과 같은 일을 부분적으로는—노골적인 형태가 아니라, 연구의 대상으로 삼고 있는 것처럼 보인다. 이 두 가지 방법 중에서 나는 완전하지는 못하지만 명백한 분류를 찾아낼 수 있다. 경작은 내 생각으로는 두 가지 영양분을 얻기 위해 필요한 것이지만, 주문이나 무용, 음악 등은 좁은 의미의 경작에는 그다지 관계가 없고 주로 영양분을 위해서 불러들이는 데 필요하다. 풍속과 습관이 나의 이와 같은 해석에 힘이 되어주었다. 우리 종족은 풍속과 습관에 관해 의문시한 일도 없고, 또 학문으로부터 저항을 받는 일도 없이 학문에 올바른 위치를 주고 있는 것처럼 생각된다. 학문이 의도하는 바에 의하면, 영양분을 위로부터 취하는 힘을 땅에 주기 위해서는, 저 갖가지 의식이 한결같이 땅에 바쳐져야 하지만, 의식은 어디까지나 지상에서 행해진다. 그러므로 모든 것이 땅을 향해 속삭이고, 땅을 앞에 두고 춤추지 않으면 안 될 것이다. 내가 알기로는 학문도 바로 이것을 요구하고 있는 것이다. 그런데 여기에 미묘한 일이 있다. 우리 종족은 모든 의식에 의해 높은 곳으로 향하는 것이다. 그렇다고 해서 이것이 학문을 손상하는 행위는 아니다. 학문도 그것을 금하지 않고 농부에게 그런 자유를 부여한다. 학문은 그 가르침에서 언제나 땅을 염두에 둔다. 농부가 땅에 대한 학문의 가르침을 실천에 옮길 때 학문도 그것으로 만족한다. 그러나 나는, 실은 학문이 그 이상의 것을 요구한다고 생각한다. 나는 결코 다른 자에 비해서 학문에 조예가 깊지는 않지만, 종족이 하늘을 우러러 소리 높이 주문을 외고, 옛 민요를 슬픈 가락으로 공중에 띄우며, 땅을 저버리고는 저 높은 곳에 몸을 약동시킬 것을 한결같이 바라고 있는 듯이 무용을 되풀이하는 광경을 목격할 때, 학자들이 어떻게 이것을 묵인할 수 있는지 납득이 가지 않는다. 나는 출발점으로서 영구히 이 모습을 지적하고자 한다. 학문의 가르침에 따라 땅에서 수확할 시기가 되면 나는 철저히 내 몸을 땅에다 얽어매었다. 나는 춤추려고 땅을 긁어대었다. 될 수 있으면 땅과 가까이하려고 머리를 땅에 쑤셔 박아 상처를 입을 정도였다. 나중에 코끝이 들어갈 만큼의 땅에 구멍을 파고, 땅만이 들을 수 있도록—그러니까 내 옆이나 위에 있는 것에는 들리지 않도록 코끝을 틀어막은 채로 노래를 했던 것이다.

　연구의 성과는 보잘것없는 것이었다. 곡식이 손에 들어오지 않는 때도 있는가 하면, 벌써 나의 발견에 대해 환호를 올리고자 했다. 그러나 그러고 나서 다시 곡식이 나타나 보이기도 하였다. 우리 족속은 처음에는 나의 색다른 연기에 어느 정도 놀랐다가 이제 이 연기에서 일어나는 이득이 무엇이라는 것을 알아차리게 되어, 내 외침이나 도약을 너그럽게 봐줘야겠다는 심정이 되었다. 곡식이 전보다도 풍성하게 보이는 일이 자주 있었다. 그런가 하면 곡식은 또다시 꼬리를 감추고 만다. 나는 젊은 개로서는 보기 드문 열의를 가지고 여러 가지 실험을 조용히 검토해보았다. 나는 연구를 더 진행시킬 가망성이 있는 실마리를 분명히 잡았다고 생각한 일도 여러 번 있었지만, 다시 막연한 생각이 드는 것이었다. 학문에 대한 나의 준비가 불충분한 것도 연구의 진전을 가로막는 큰 원인이었다. 가령 곡식이 그림자를 감추어버리는 현상도 내 실험 결과로 일어난 것이 아니라 비학문적인 경작 때문이라는 것을 알게 되어, 내 추론은 모두가 전혀 근거 없는 것으로 되어버렸다. 만일 일정한 조건이 주어진다면, 다시 말해서 경작이라는 것을 완전히 덮어두고서 우선 높은 데를 우러러보고 행하는 의식을 가져 곡식의 하강을 촉진시키는 데 성공한 다음, 땅위의 의식에만 의지해서 곡식이 자라지 않도록 하는 것에 성공한다면, 나로서는 완벽에 가까운 실험이 될 것이다. 나도 이런 종류의 실험해보았는데, 확고한 신념을 가진 것도, 또 완전한 조건을 설정한 것도 아니었다. 즉, 내가 보기에는 적어도 일정한 분량의 경작은 언제나 필요한 것으로 생각된다. 설사 이 사실을 믿지 않는 측의 견해가 옳다고 하더라도 땅을 적시는 행위는 충동적으로 일어나 어느 한계를 넘으면 도저히 피할 수 없는 것이므로, 경작이 필요 없다는 이단자의 주장은 입증되지 못하는 것이다. 나로서는 이와는 또 다른 궤도에서 다소 어긋난 실험이 잘 이루어졌으며, 또 그것은 어느 정도의 주목을 끌게 되었다. 나는 공중에서 영양분을 탈취한다는, 흔히 행해지고 있는 방법과 관련해서 영양분을 하강시키면서도, 그것을 탈취하지 않도록 하려고 작정했다. 이를 위해 나는 영양분이 나타나면 으레 가벼운 도약을 시도해보았지만, 이 도약은 거기까지 미치지 못하도록 미리 손을 써놓았었다. 그러면 대개의 경우, 영양분은 소리 없이 무관심한 표정으로 지면으로 떨어지는 것이었다. 나는 화가 나서 영양분에 덤벼든다. 그것은 굶주림에서 오는 분노이기도 하고 실망에서 오는 분노이기도 하다. 그러나 때로는 다른 일이 생겼다. 그것은 실로 놀라운 일이다. 곡식은 땅에 떨어지지 않고 공중에서 나를 따라오는 것이다. 즉, 영양분이 굶주린 자를 따라오는 것이다. 그것은 먼 거리도 아니고, 분량도 극히 적다. 그리고 나중에는 낙하하든지, 꺼져버리든지, 또는 내 실험을 빨리 중단하도록 입속으로 들어와 버린다. 그러나 이것은 흔히 있는 일이었다. 어쨌든 나는 당시 행복했다. 나의 주위를 일종의 속삭임 같은 것이 지나가는 것이었다. 다른 자들은 저마다 불안에 사로잡혔고 이상하게 신경과민이었다. 내가 아는 자들이 전보다도 내 질문에 호의를 갖는다는 것을 알 수 있었다. 그들의 눈동자 속에 어떤 구제를 바라는 빛이—그것이 설사 나의 시선의 반영에 불과하더라도—보였다. 나는 그 이상 더 바랄 것이 없었다. 나는 만족하고 있었다. 그러나 나중에(처음부터 뻔한 이야기이지만) 나는—그리고 다른 자도 나와 같이 그것을 경험했는데—이 실험이 학문 세계에서는 벌써 옛날에 끝난 것이며 그것도 나의 경우와는 비교도 되지 않을 만큼 대규모로 행해졌는데, 이 실험에 필요한 자제가 어려웠기 때문에 전부터 행할 수 없게 되었고, 또 학문적으로 보아서도 무의미했기 때문에 다시는 되풀이하지 못하도록 하였다는 것을 알게 되었다. 다시 말해서 모두들 이미 알고 있는 사실인즉, 땅은 영양분을 위로부터 수직으로 하강시킬 뿐만 아니라 때로는 비스듬히, 또 때로는 나선형으로까지 하강시킨다는 것만을 단지 증명하고 있을 뿐이라는 것이다. 여기서 나는 멈춰 서게 되었다. 그러나 의욕을 잃은 것은 아니었다. 나는 아직 젊었기에 의욕을 잃기는커녕 이 실패로 말미암아 나는 나의 생애에서 가장 큰 일에 용기를 내게 되었다. 나는 나의 실험이 학문적으로 무가치하다고 믿지 않았다. 그러나 이것은 신념으로 처리될 성질의 것은 아니다. 필요한 것은 증명이다. 이런 견지에서 다소 본궤도에서 벗어난 이 실험을 연구의 중심으로 삼고 싶었다. 내가 영양분을 외면하고 한 걸음 물러섰을 때, 땅이 영양분을 옆으로 끌어당기는 것이 아니라, 내가 영양분을 끌어들여서 내 뒤로 따라오게 한다는 것을 입증하고 싶었다. 그러나 이 실험을 이런 형태로 진행한다는 것은 불가능한 일이었다. 먹을 것을 눈앞에 보면서 그것을 시간적으로 실험 대상으로 삼는 것은 감당할 수 없는 노릇이다. 나는 다른 방법을 써보려고 하였다. 참을 수 있는 데까지 아주 단식을 하고, 또 영양분이 눈에 띌 기회를 피하여, 모든 유혹에서 벗어나려고 했다. 그리하여 나는 밤낮으로 가만히 들어앉아 눈을 감은 채, 영양분을 아래에서 취하거나 공중에서 가로채려고 진력하지도 않고, 달리 아무런 방도도 취하지 않고, 겨우 땅이나 적시는 비합리적인 일을 하거나 주문과 노래를 조용히 읊조림으로써(춤은 몸이 쇠약해지므로 그만두려고 했다) 영양분이 스스로 위로부터 내려와 (땅 같은 것은 염두에도 두지 않고) 내 몸 안으로 들어오기 위해서 나의 이빨을 노크하리라는 기대는 갖지만, 어찌 그것을 감히 주장할 수 있겠는가. 이런 일이 실현되면, 학문은 예외나 특수한 경우를 받아들이는 탄력성을 지니게 됨으로써 반박당하는 일이 없었을 것이지만, 그러나 다행히도 그 정도의 탄력성을 지니고 있지 않은 우리 족속은 이에 대하여 어떤 태도를 취할 것인가? 이것은 역사에 남아 있는 예외적인 일로— 가령 몸이 약하다거나 기분이 우울하기 때문에 곡식을 심고 거두어들이는 것을 누가 거절한다면, 개들은 일치단결하여 주문을 외고, 곡식을 지정한 길에서 비틀거리며 밖으로 끌고 나와, 바로 병자의 입속으로 뛰어들게 하는 이런 예외와는 종류가 전혀 다른 것이다. 나는 매우 건강하여 힘이 세었다. 식욕도 왕성하여 다른데 머리를 쓸 경황이 없을 정도였다. 내가 이런 말을 하면 믿어줄지 어떨지는 남의 판단에 맡기지만, 나는 스스로 단식을 한 것이다. 나에게는 영양분의 하강을 촉진시키는 능력도 있었고, 또 그럴 마음도 갖고 있었지만, 이에 대한 개들의 협조는 필요치 않았을 뿐더러, 그런 협조 따위는 단호하게 받아들이지 않았다.

나는 음식에 대한 얘기도, 군침이 도는 소리도, 뼈를 깨무는 소리도 들리지 않는 어느 깊은 숲속의 알맞은 장소를 찾아내어, 마지막으로 배가 터지도록 먹고서 옆으로 드러누워 버렸다. 그리하여 가능하다면, 눈을 꼭 감고 지내려고 하였다. 영양분이 나타나지 않는 한, 이런 상태가 며칠 또는 몇 주일 계속되건, 그것은 나로서는 밤의 연속이라고 생각했다. 그런데 나는 영양분을 하강시키기 위해 주문을 외어야 했으며, 거기다 영양분이 나타났을 때 잠들지 않도록 긴장하지 않으면 안 되었으므로, 나로서는 매우 무거운 짐이었으며, 잠깐밖에 잠들 수 없었다. 잠들어 있을 때가 눈을 뜨고 있을 때보다 한결 오래 단식할 수 있을 것이라고 생각하였다면, 잠을 자는 것이 바람직한 일이기도 하다. 그래서 나는 세밀하게 시간을 나누어, 많이 자되, 그러나 언제나 아주 짧은 동안만을 자려고 마음먹었다. 나는 잘 때에는 반드시 연약한 나뭇가지에 머리를 기대어, 얼마 후에는 바로 그 가지가 꺾여 눈을 뜰 수 있게 해서, 이 결심을 실천에 옮겼다. 그렇게 누워 자다가 눈을 뜨기도 하고 꿈을 꾸거나 조용히 노래를 부르기도 하였다. 처음에는 아무 일도 일어나지 않았다. 내가 이 숲속에서 사물의 자연스러운 움직임에 대항하여 일어섰다고 해서 아무런 영양분도 아직 전해지지 않았던가 보다. 모든 것은 고요하기만 하였다. 이렇게 싸우고 있는 나를 어느 정도 걱정하게 만든 것은, 개들이 내가 없어진 것을 알아채고 얼마 후에 나를 찾아내고는 무슨 일을 꾸미지는 않을까 하는 불안이었다. 두 번째 걱정은, 땅을 적시는 작업을 좀 했을 뿐, 학문적으로 볼 때 불모지라고 생각되는 땅이 이른바 우연하게도 영양분을 만들어내어, 그 냄새에 유혹이나 당하지 않을까 하는 것이었다. 그러나 한동안은 그런 일이 없어 단식을 계속할 수 있었다. 이런 걱정을 제외하고는, 나는 지금까지 마음의 안정을 유지해왔다. 사실은 학문을 폐기하는 것이 내 목표였지만, 그럼에도 불구하고 나는 만족감을 느끼고 있었으며, 또 학문에 종사하는 자의 격언에도 있는 저 평안에 가까운 기분을 간직하고 있었다. 나는 꾸벅꾸벅 졸면서 학문에 용서를 빌었다. 학문에는 용서를 받아들일 여지도 있었던 것이다. 내 귀에 위로하는 말이 들려왔다 ─ '비록 너의 연구가 빛나는 성과를 거두었다 하더라도, 그때 개로서의 너의 생활은 그 본령을 발휘하게 되는 것이다. 학문은 너에게 호의적인 태도를 보낸다. 학문은 너의 성과의 해설에 귀를 기울일 것이다. 이 약속 자체가 일의 성취를 의미하고 있는 것이다. 지금까지 추방한 자의 의식을 마음속 깊이 간직한 채 종족이 둘러싼 벽 위를 야수처럼 뛰어다니던 너는 큰 영예를 얻어 환영을 받게 될 것이다. 모인 개들의 육체에서 풍기는 저 그리운 따스함이 너를 감싸고 흐를 것이며, 너의 종족은 너를 어깨 위에 목말 태울 것이다. 생전 처음 맛보는 굶주림의 기묘한 작용!' 나의 업적이 굉장한 것처럼 생각되어 감동하고, 내 자신에 대한 사랑스러움과 측은함으로 가슴이 메어, 나는 조용한 숲속에서 훌쩍거리며 울기 시작하였다. 그것은 간단히 이해되는 행위는 아니다. 노력에 상당하는 포상을 기대하는 처지가 되었다는데, 무엇 때문에 훌쩍거리면서 우는가? 까닭은 십중팔구 만족감일 것이다. 만족을 느낀다는 것은 여간해서 있을 수 없는 일인데도, 나는 그때마다 울었던 것이다. 이 기분은 물론 오래지 않아 어디론지 사라져버렸다. 굶주림이 심해짐에 따라 아름다운 여러 가지 영상은 점점 사라지고, 이어서 모든 환상과 감정이 사라졌다. 그러자 나는 내 장 속에서 들끓는 굶주림과 멍청하게 남게 되었다.

"이것이 굶주림이라는 것이다." 나는 몇 번이나 이렇게 나 자신에게 들려주었다. 굶주림과 나는 언제든지 별개의 것이라, 마치 귀찮게 구애하는 자를 뿌리치는 것처럼 굶주림을 뿌리칠 수가 있다. 이것은 물론 관념적으로 한 말이며, 실은 굶주림과 나는 하나로 되어 있는 극도로 고통스러운 존재이다.

"이것이 굶주림이라는 것이다." 이렇게 스스로 말할 때, 진정 지껄이고 있는 것은 굶주림이며, 놈은 나를 이렇게 비웃고 있는 것이다. 정말 기분 나쁜 시절이었다! 그 당시 일을 생각하면 몸에 전율이 온다. 그것은 당시에 실컷 맛본 고통 때문만은 아니다. 당시만 해도 나는 마음의 준비가 되어 있지 않았기 때문이며, 또 굶주림만이 나의 마지막 제일 강한 연구 방법이라고 지금도 생각하고 있으므로, 앞으로 무엇인가 성취하려면 다시 한 번 그 고통을 맛보아야 한다고 생각했기 때문이다. 이것이 중요한 이유이다. 길은 굶주림을 뚫고 지나간다. 최고의 경지에 도달하려면 최고의 행위로만 가능한 것이다. 그리고 최고의 행위란 우리의 경우에 자유 의지에 의해 단식하는 것이다. 그러므로 당시의 일을 곰곰이 생각할 때마다 ─ 당시의 일이라면 나는 평생이 걸려도 기꺼이 더듬어보려고 한다 ─ 나는 마땅히 앞으로 닥쳐올 시대의 일을 여러 가지로 생각해본다. 이런 시도로부터 벗어나는 데는 거의 한평생을 소비해야 할 것 같다. 저 단식 이후로 장년 시대가 그냥 지나가고 있지만, 나는 아직 거기에서 벗어나 있지 못하다. 만일 다음에 단식을 시작한다면 경험도 풍부해지고 이와 같은 시도의 피치 못할 이유도 잘 알고 있으므로 나는 전보다는 결단력을 보이겠지만, 그 후로 내 힘은 눈에 띄게 줄어들어 적어도 낯익은 저 두려움을 기다리고 있는 것만으로도 지쳐 나자빠질 것이다. 그리고 쇠퇴해가는 의욕도 내 편이 되어주지는 않을 것이다. 의욕이 없으므로 단식의 시도는 다시 가치가 줄어들고, 나는 할 수 없이 당시에 필요했던 정도 이상으로 오래 단식을 계속해야 할 것이다. 이런 전제, 또는 그 밖의 전제를 나는 분명히 포착할 수 있었다고 생각한다. 물론 그 후로 나는 오랫동안 예비 연습도 게을리 하지는 않았다. 굶주림 자체에 덤벼드는 경우도 여러 번 있었지만, 나는 아직 철저히 그 힘을 발휘할 수 있을 만큼 강하지는 못하였다. 젊은이의 거센 공격욕은 이미 그 당시 단식할 때 소멸되어버렸다. 여러 가지 생각이 나를 괴롭힌다. 조상이 협박하는 듯한 모습으로 나타난다. 나는 남 앞에서는 말할 용기는 없으나, 그들에게 모든 것의 책임이 있다고 생각한다. 그들은 개의 생활에 대하여 죄를 범한 것이다. 그러므로 나는 그들의 협박에 대하여 거리낌 없이 협박으로 대항할 수 있다. 그러나 나는 그들의 지식 앞에서는 고개를 숙인다. 그 지식은 무언가 알 수 없는 어떤 깊은 원천에서 오는 것이다. 그러므로 내가 그들에게 싸움을 걸고 싶은 충동을 느끼더라도, 그들이 지키고 있는 법칙을 짓밟는 일은 없을 것이다. 법칙의 차이를 일종의 특별한 능력으로 알아내어 나는 그들에게 뛰어 가려는 것이다. 나는 단식에 관한 유명한 대화를 인용하려고 한다. 이 대화에서 우리들의 현자 한 사람은 단식을 금지하고 싶다는 의도를 밝혔다. 이에 대하여 두 번째 현자는 다음과 같이 반문하여 상대방의 주장을 뒤집으려고 한다.

"앞으로 과연 단식하는 자가 있을까?"

첫 번째 현자는 이 말을 곧 납득하고 단식 금지령을 철회한다. 그런데 여기에 한 가지 질문이 있다.

"그러나 단식은 처음부터 금지되어 있지 않은가?" 대다수의 주석자들은 이 물음을 부정한다. 그들은 단식을 자유스러운 행동이라고 주장하고, 두 번째 현자의 견해에 동의하여, 그릇된 주석에서 좋지 않은 결과가 일어나더라도 개의치 않는다. 나는 단식을 시작하기 전에 이런 사정을 잘 알고 있었다. 그런데 굶주린 내가 몸을 움츠리게 되었을 뿐더러, 이제는 머리도 다소 이상해져서 뒷다리에 자꾸 구제를 청하고, 필요 이상으로 뒷다리를 핥기도 하며, 물기도 하고, 빨기도 하다가, 나중에는 엉덩이까지 왔을 때, 나는 일반적으로 널리 유포되고 있는 대화의 해석이 거짓으로 생각되었다. 그리하여 나는 그 해석을 저주하였다. 또한 이 해석 때문에 길을 잘못 든 나 자신을 저주하였다. 대화는 어린애라도 알 일이지만, 그것은 분명 오직 단식만을 금지한다는 것 이상을 내포하고 있다. 첫 번째 현자는 단식을 금지하려고 했다. 현자의 이러한 의도는 이미 실현되어 있다. 단식은 금지된 것이다. 두 번째 현자는 그에 동의할 뿐만 아니라 처음부터 단식을 불가능한 것이라고까지 생각하여, 첫째 금지령에다가 둘째 것인, 즉 개의 본성 자체에 대한 금지령을 얹어놓는다. 첫 번째 현자는 이를 인정하고, 저 명쾌한 금지령을 철회한다. 그는 개들에게 모든 사정을 설명하고 나서 각자가 잘 알아서 자기에 대한 단식을 금지하도록 지시한 것이다. 그러므로 항간에 지켜지고 있는 금지령 대신에 세 개의 금지령이 하나로 묶여 있으며, 나는 이 금지령을 범한 격이 된다. 이렇게 되고 보니, 어쨌든 뒤늦게나마 금지령에 복종하여 단식을 중단할 수도 있었지만, 그 때문에 괴로움을 당하면서도 단식을 더 계속하고 싶은 유혹을 느껴, 알지 못하는 개의 뒤를 밟을 때처럼 욕망에 불타 유혹에 따르기로 하였다. 나는 단식을 중단할 수가 없었던 것이다. 아마도 몸이 극도로 약해져서 일어나 구원을 청할 기력조차 없었던가 보다. 나는 숲속의 마른 잎사귀 위를 대굴대굴 뒹굴었다. 이제는 잘 수도 없었다. 사방에서 시끄러운 소리가 들려왔다. 지금까지 잠들어 있던 세계가 내 단식으로 눈을 뜨는 듯이 생각되었다. 더 이상 아무것도 먹을 수 없다는 생각도 머리에 떠올랐다. 만일 내가 무엇을 먹는다면, 마침 해방되어 소란스러운 세계를 다시 침묵시켜버릴 터이니 말이다. 그것은 나로서는 할 수 없는 일이다. 그러나 가장 큰 소리는 내 배 속에서 들려왔다. 나는 배에 자주 귀를 대어본다. 나는 놀라운 눈초리를 하고 있었음이 틀림없다. 그런 소리가 배 속에서 들려오리라고는 거의 상상할 수도 없었기 때문이다. 잠시 후에 그 소리가 약해지면, 위태로운 상태가 다시 내 본성에도 엄습해오는 것 같다. 내 본성은 헛되이 구출을 기다린다. 나는 음식 냄새를 느끼기 시작한 것이다. 벌써 오랫동안 입에 댄 일이 없는 선택된 음식이다. 어렸을 때에 즐겨 먹던 그때의 기쁨은 더 말할 필요도 없다. 그러고는 어머니 품의 향기를 맡았다. 나는 그 향기에 저항할 엄두를 내지 못했다. 아니 정확하게 말하자면 엄두를 내지 못한 것이 아니다. 저항하려고 마음먹고 나는 여기저기 뛰어다니려고 했다. 그러나 결국 두서너 발자국밖에 떼어놓지 못하였다. 그리고 냄새를 맡았다. 음식으로부터 내 몸을 지키기 위해 음식을 구하는 것에 불과하다. 나는 그런 식으로 냄새를 맡았다. 아무것도 찾아내지 못하였지만, 나는 실망하지 않았다. 곡식은 엄연히 있는 것이다. 다만 언제나 두서너 발자국 앞에 있을 뿐이다. 내 다리는 진작부터 부들부들 떨렸다. 그와 동시에 나는 거기에는 아무것도 없다는 것을 알게 되었다. 이제는 떠날 수가 없는 이 장소에서, 최후의 일격을 얻어맞는 걸 두려워한 나머지, 보잘것없는 움직임을 해보려는 것에 불과하다는 것을 나는 알고 있었다. 마지막 희망은 꺼져버렸다. 그것은 마지막 유혹이기도 하였다. 나는 비참한 모습을 하고 여기에서 멸망해갔다. 나의 연구, 즉 어린애다운 행복에 찼던 이 시대의 어린애다운 시도들은 대체 무슨 의미가 있는 것일까? 지금 그리고 여기에서는 진지함이 있다. 여기에서 그 연구는 그 진가를 발휘할 수 있었을 것이다. 그런데 그 연구는 어디로 가버린 것일까? 여기에서는 어찌할 바 모르며 허공을 물어뜯고 있는 한 마리의 개에 불과한 것이다. 여전히 급하게 경련을 일으키면서 연방 땅을 적셔보지만 자신은 그것을 알지 못한다. 그러나 자신의 기억 속에 남아 있는 혼란스러운 주문들로부터 아무것도 더 이상 찾아낼 수가 없다. 갓난아이가 어머니 젖가슴에 안겨서 몸을 웅크리고 있을 때의 외마디 소리도 찾아볼 수 없다. 나는 형제들과 짧은 거리에 떨어져 살고 있는 것이 아니라, 모든 것으로부터 아주 멀리 떨어져 있는 듯하다. 나는 단식 때문에 죽을 것 같지는 않고, 오히려 버림받아서 죽을지 모른다는 생각이 든다. 내게 관심을 갖는 것은 하나도 없었다. 땅 밑에 있는 것이나 땅 위에 있는 것이나 높은 곳에 있는 것이나 할 것 없이 그 어느 하나도 내게 관심을 갖지 않는다. 이것은 분명한 사실이다. 나는 그들의 무관심 때문에 몰락해가는 것이다. 그들의 무관심은 이렇게 말하고 있다. "저놈은 죽는다"고. 아마도 그렇게 될지도 모른다. 그리고 내가 여기에 동의하지 않았던가? 나도 똑같은 말을 하지 않았던가? 내가 이렇게 버림받기를 원하지 않았던가? 그대 개들이여, 이것은 틀림없는 사실이다. 그러나 여기에서 그렇게 끝내기 위해서가 아니다. 이 허위로운 세계로부터 벗어나 진리에로 건너가기 위해서이다. 이 세계에는 허위의 주민인 나를 포함해서 그로부터 진실을 배울 수 있는 개는 하나도 없다. 아마도 진리는 그렇게 멀리 떨어져 있지는 않을 것이다. 나도 또한 스스로 생각하고 있었던 것처럼 버림받지는 않았다. 그렇다. 분명히 남에게 버림을 받지는 않았다. 다만 내가 거부한 나 자신으로부터 버림받았을 뿐이고 그리고 그 때문에 죽는 것이다. 그러나 신경질적인 개가 생각하는 것처럼 그렇게 간단히 죽는 것은 아니다. 나는 단지 기절했을 뿐이다. 깨어나 얼굴을 들어보니, 거기 낯선 개가 한 마리 서 있었다. 나는 이미 시장기를 느끼지 않았으며 힘이 충만해 있었다. 일어나서 시험해보려고 하지는 않지만 사지에는 분명히 탄력이 넘쳐흐르고 있었다. 여느 때와 특별히 변한 것은 없었다. 아름다운 편이기는 하지만 그렇다고 특별나게 아름다운 것도 아닌 개가 눈앞에 서 있었을 뿐 다른 이상은 없었다. 그러나 나는 그 개에게 심상치 않은 그 무엇이 있다고 생각하였다. 내 아래에는 피가 있었다. 처음 이 피를 보았을 때는 그것이 음식이려니 하고 생각했다. 그러나 그것이 내가 토해낸 피임을 곧 알게 되었다. 나는 몸을 약간 뒤로 젖히고 그 낯선 개 쪽으로 갔다. 여위고 날씬한 다리, 흰 반점이 있었다. 아름답고 날카로우며 탐구적인 눈동자를 갖고 있었다.

"무얼 하고 있지?" 하고 말을 이었다.

"저리 비켜주어야겠어."

"지금은 비킬 수가 없는데." 나는 해명 없이 그렇게 말했다. 그에게 모든 것을 다 설명할 의무는 없는 것이니까. 게다가 그 역시 급한 모양이었다.

"제발 비켜주게." 상대방은 마음이 가라앉지 않는 모양으로, 다리를 차례로 들어 올렸다.

"그냥 내버려 두게나." 하고 나는 말했다. "저쪽으로 가주게, 신경 쓰지 말고. 다른 개들도 나에게 신경 쓰지 않잖아."

"다 너를 위해서 그러는 거야." 하고 그가 말했다.

"좋을 대로 이유를 붙이게나." 하고 나는 말했다. "난 가고 싶어도 걸을 힘이 없어."

"염려할 것 없네." 그는 미소를 지으며 말했다. "걸을 수 있어. 몸이 쇠약한 것 같으니까, 지금 천천히 물러나달라는 거야. 우물쭈물하면 나중엔 뛰어가야 돼."

"그런 걱정일랑은 말게."

"네 걱정거리는 곧 내 걱정거리이기도 하지."

내가 너무 완강하게 버티니까 마음이 상한 모양이었다. 그는 우선 나를 그대로 놓아두고, 나중에 기회를 보아 친절을 베풀면서 옆으로 다가올 모양이었다. 여느 때 같으면 상대가 아름다운 개이므로 나도 어지간히 참았을 터이지만, 그때는 웬일인지 상대방에 대하여 털끝까지도 곤두서는 것을 느꼈다.

"저리 가!" 나는 달리 방어할 수 없어서 더욱더 크게 소리쳤다.

"마음대로 하게." 그는 천천히 뒤로 물러나면서 이렇게 뇌까렸다.

"이상한 자 다 보겠군. 내 말이 그렇게도 거슬리나?"

"네가 물러가는 게 좋아. 좀 내버려 둬." 나는 이렇게 말했지만, 상대방에게 내 말을 믿게 할 만큼 이미 나 스스로 자신을 가질 수 없게 되었다. 단식 때문에 날카로워진 내 오관이 그에게서 무엇인가 보고 또 들었던 어떤 것, 처음엔 초기 상태에 있던 것이, 그것이 차차 커진다. 옆으로 다가온다. 나는 이미 알고 있었다. 비록 지금은 상상할 수 없지만 이 개는 분명히 날 쫓아낼 힘을 가지고 있을 것이다. 그것은 마치 일찍이 나 스스로가 일어서서 걸을 수 있게 되는 것을 나 자신 지금 모르고 있는 것과 같다. 나의 난폭한 대답에 부드럽게 머리를 흔들기만 하던 이 상대방을 나는 호기심에 가득 찬 눈초리로 쳐다보았다.

"넌 누구니?" 내가 물었다.

"난 사냥꾼이지." 그가 말했다.

"넌 왜 날 이대로 내버려 두지 않니?" 내가 물었다.

"네가 내게 방해가 되기 때문이야. 네가 여기 있으면 사냥이 안 돼."

"사냥을 해봐. 사냥할 수 있을 거야." 내가 말했다.

"안 돼. 미안하지만, 좀 물러나주게." 그가 말했다.

"오늘은 사냥을 그만두지 않겠나?" 하고 나는 부탁하였다.

"안 돼. 난 사냥을 해야만 해." 그가 말했다.

"내가 물러나야 하겠군. 네가 사냥을 해야 할 테니까. 꼭 해야만 한다니. 넌 왜 꼭 해야 하는지 그 이유를 알고 있니?" 내가 말했다.

"그런 건 나도 몰라. 굳이 알 것도 없지. 그거야 자명하고도 당연한 일이지." 그가 말했다.

"그렇지 않아. 네가 나를 몰아내는 것을 미안한 일이라고 말하면서도 넌 그런 짓을 하고 있잖아."라고 내가 말했다.

"그건 그래." 그가 말했다.

"그건 그렇다고." 나는 화가 나서 상대방의 말을 되뇌었다. "그래서는 대답이 되지 않아. 사냥을 포기하는 것과 나를 쫓아내는 것을 포기하는 것 중에서 어느 것이 너에겐 쉬운 일이지?"

"사냥을 포기하는 일이지." 그는 주저하지 않고 말하였다.

"그럼 이야기가 모순되지 않니?" 내가 말했다.

"무엇이 모순이야? 예쁘장하고 몸집이 작은 네가 나한테 어떤 일을 하지 않으면 안 된다는 게 무얼 의미하는지 정말 모르고 있다는 거니? 뻔한 일을 모르고 있다는 거야?" 그가 말했다.

나는 이제 입을 다물어버렸다. 알 만큼 알아차렸기 때문이었다. 새 생명이, 몸서리쳐지는 생명이 내 온몸을 스쳐 지나간다. 나 말고는 아무도 알아차리지 못하리라 생각되는 일일이 설명할 수 없는 징후들에게서 이 개가 가슴속 깊은 곳으로부터 하나의 노래를 부르고 있다는 것을 알아차렸다.

"네가 노래를 부르는구나." 내가 말했다.

"그래." 그는 진지한 태도로 말을 이었다.

"이제 곧 부르려고 하지만 아직 부르고 있는 것은 아니야."

"넌 벌써 시작하고 있잖아." 내가 말했다.

"아니야. 아직은 아니야. 제발 내 노래를 들을 준비나 해." 그가 말했다.

"너는 부인하지만 나한텐 벌써 노랫소리가 들려." 나는 떨면서 이렇게 말했다. 그는 잠자코 있었다. 나는 그때 지금까지 어떤 개도 경험하지 못한 것을 분명히 알게 되었다. 적어도 전해오는 이야기 속에서는 그와 같은 것을 조금이라도 암시할 수 있는 그 어떤 흔적도 찾아볼 수 없다. 나는 한없는 불안과 수치심에 사로잡혀 눈앞의 피바다 속에 얼른 엎드렸다. 이 개는 자기는 전혀 알지 못하면서 노래를 부르고 있을 뿐만 아니라, 노래의 멜로디가 이 개에게서 떠나 독자적인 법칙을 쫓아 공중으로 흘러가고, 마치 그와는 관계가 없는 것처럼 그를 떠나서 한결같이 나에게 들려오는 것이었다. 지금은 물론 나도 이것을 부인하고 그 무렵에 내 신경이 몹시 과민한 탓으로 돌리고 있다. 그러나 설사 그것이 착각이라고 하더라도, 그 착각은 일종의 위대성을 갖는다. 그것은 내가 저 단식 시대로부터 구출해서 이 세계에 가지고 온 것이라 하더라도 아무튼 유일한 실재이다. 그리고 이 실재는 적어도 완전히 자기를 잃어버린 상태에 있었다. 보통 때라면 나는 중태에 빠져 몸도 제대로 움직일 수 없었을 테지만 그 멜로디—그 개가 이미 자기 것으로 손에 넣었다고 생각되는 그 멜로디에는 도저히 거역할 수가 없었던 것이다. 멜로디는 점차 강해졌다. 그것은 한없이 강해져서, 이제는 내 귀가 멍들 지경이었다. 그런데 제일 언짢은 것은 그 소리가 오직 나만을 위해 있는 듯이 생각되는 점이었다. 그 목소리의 숭고함 앞에서는 수풀 전체가 침묵에 몸을 내맡기는 듯싶었다. 이 '나'는 여전히 여기서 버티고 서 있다. 자신의 오물과 피에 젖어 소리를 향해 어깨를 으쓱거리는 이 '나'

는 도대체 무엇인가? 나는 비틀거리면서 일어섰다. 내 몸을 응시한다. 내가 이러한 몸일 수는 없겠지. 이런 생각을 하고 있는 동안에 멜로디에 쫓긴 나는 어느새 놀랄 만큼 굉장한 도약을 하면서 날아가듯이 뛰고 있었다. 친구들에게는 아무 이야기도 하지 않았다. 내가 돌아온 직후였다면 이것저것 다 이야기했을 것이다. 그러나 그때는 피곤하여, 나는 이야기할 단서조차 잡을 수 없을 것 같았다. 그런가 하면 어쩐지 이야기의 실마리를 잡을 것 같기도 해서 이를 억제할 수도 없었다. 그런데 막상 친구와 이야기해보면 단서 같은 것은 흔적도 없이 사라져버리는 것이었다. 어쨌든 육체적으로는 두세 시간 만에 회복되었지만, 정신적으로는 아직까지도 그 영향이 남아 있다.

그러나 나는 나의 연구를 개의 음악에까지 넓혀갔다. 학문은 이 방면에서도 역시 상당한 업적을 남기고 있다. 음악에 관한 학문은 만약 내 지식이 확실한 것이라면, 영양에 관한 학문보다 더욱 광범위한 것으로 보였다. 그리고 기초가 훨씬 튼튼하게 보였다. 그것은 음악의 영역이 영양의 영역보다 객관적인 태도를 가지고 탐구될 수 있다는 사실과, 전자는 단지 관찰과 체계화가 보다 큰 목적인데, 그에 반하여 후자는 실제로 유용한 결론이 목적인 데서 설명될 수 있다. 음악 이론에 대한 경외심은 영양학에 대한 경우보다 훨씬 크지만, 전자가 후자만큼 민중 속에 침투할 수 없는 것도 이와 관련이 있다. 나도 숲속에서 그 멜로디를 들을 때까지는 음악 이론이 다른 어떤 학문보다도 가까이하기가 어려웠다. 음악을 하는 개에 대한 체험이 이 학문을 나에게 암시해주기는 했지만, 그 무렵 나는 아직 젊었었다. 게다가 이 학문은 그 근처에 가는 것만 해도 어려운 일이라고 일반에게 생각되었으며,

또 실제로 초연해서 민중과 접촉을 피하고 있었다. 물론 그 개들의 음악은 우리들의 주의를 끌기는 했지만, 침묵에 싸인 개로서의 본질이 나에게는 음악보다도 더 중요한 의미가 있는 것처럼 생각되었다. 그들의 이상한 음악에 대해서 나는 그 유사성을 어디에서도 찾아볼 수가 없을 것이다. 나도 이것은 문제 삼지 않아도 무방했지만, 그때 이후부터는 그들의 본질을 도처에 있는 모든 개들 속에서 찾아볼 수 있었다. 그런데 개의 본질을 추구하기 위해서는 영양분의 연구가 가장 중요한 것이라고 생각하였는데, 그것은 잘못된 견해였던가 보다. 그 무렵만 하더라도 벌써 이 두 가지 학문의 한 부분이 나에게 의혹을 품게 하였다. 그것은 영양분을 불러 내리는 노래에 관한 학설이다. 그런데 이 경우에도 내게 적지 않은 장애가 되는 것은 내가 지금까지 음악학에 결코 진지하게 빠져본 적이 없었다는 점이다. 이런 점에서 학문에 의해서 언제나 특별하게 멸시받았던 엉터리 학자들 측에도 결코 낄 수가 없었다. 이것은 항상 나의 마음속에 자리하게 될 것이다. 만일 내가 학자들 앞에 나서게 된다면, 아무리 쉬운 학문상의 시험이라 할지라도 낙방할 것이다. 유감스럽지만 그것에 대한 증거는 얼마든지 있다. 이미 언급했었던 생활환경은 덮어두더라도, 물론 이것은 우선 나의 학문적인 무능력 때문인 것이다. 부족한 사고력과 빈약한 기억력, 그리고 무엇보다도 학문적인 목적을 늘 저버리는 데 그 원인이 있는 것이다. 나는 이 모든 것을 기꺼이 고백하고자 한다. 왜냐하면 내 학문적인 무능력의 보다 깊은 원인은 하나의 본능, 즉 결코 보잘것없는 것이라고는 할 수 없는 그 본능에 있는 것 같기 때문이다. 그리고 내가 호언할 수 있는 마음만 있었다면 또 이렇게도 말할 수 있을 것이다. 가장 단순하다고 할 수 있는 일상적인 생활환경 속에서는 어느 정도 명석함을 보였으며, 그리고 특히 학문은 아니더라도 학자들을 매우 잘 이해하고 있었다는 것이 후에 있었던 결과들에게서도 입증될 수 있는 일이지만, 그런 내가 타고나면서부터 학문의 첫 단계에 불과한 앞다리를 쳐드는 일도 하지 못했다는 것은 적어도 매우 기이한 현상일 터이므로, 이러한 본능이 바로 나의 학문적인 능력을 파괴한 장본인이라고 말이다. 그 본능은 오늘날의 학문과는 달리 습득되어지는 바로 그 학문을 얻기 위해서, 즉 모든 학문 중의 궁극적인 학문을 얻기 위해서, 자유를 다른 그 어떤 것보다도 높이 평가하는 것을 나에게 가르쳐준 것이다. 자유! 물론 오늘날 허용되어 있는 자유란 빈약하기 이를 데 없는 작물에 불과하다. 그렇지만 그게 어떤 자유이든 간에 일종의 소유물이라는 사실은 항상 존재할 것이다.

부부

Das Ehepaar

    일반적으로 사업 상태가 매우 나빠서, 나는 가끔 사무실에서 시간이 남으면 직접 견본 가방을 들고 개인적으로 고객을 방문하고 있다. 그중에서도 나는 한번 K에게 가보려는 생각을 벌써 오래전부터 하고 있었다. 예전에는 그 사람과 지속적으로 사업 관계를 가졌는데, 그러나 무슨 이유인지는 모르겠으나 지난해에는 거의 끊어졌다. 그러한 중단에는 무슨 근본적인 이유가 있는 것은 전혀 아닐 것이다. 오늘날의 불안정한 관계에서는 종종 아무것도 아닌 일이, 어떤 분위가 결정을 내릴 때가 있다. 그러다가 또다시 아무것도 아닌 일이, 한마디 말이 전체를 해결해준다. 그러나 K에게 달려가는 것은 번거롭다. 그는 노인인데다가 근래에는 건강이 매우 좋지 않았다. 게다가 만약 그가 거래상의 일들을 자신의 손 안에 모아두고 있다면 그는 절대로 직접 영업소로 나오지는 않을 것이다. 그와 이야기하고 싶다면 그의 집으로 가야 한다. 그러나 그런 식의 영업상의 외출은 자꾸 미루고 싶어진다.

    그러나 어제 저녁 여섯 시 이후에 나는 길을 떠났다. 물론 이미 적당한 방문 시간은 지난 시각이었다. 그러나 이 일은 당연히 사교적인 일로서가 아니라 영업적인 일로서 판단되어야 한다. 나는 재수가 좋았다. K는 집에 있었다. 대기실에서 들은 바대로 그는 아내와 산책에서 돌아와 있었고, 지금은 몸이 좋지 않아 침대에 누워 있는 그의 아들 방에 있었다. 내가 그리로 함께 갔으면 했다.

처음에는 망설였지만, 그 후 이 부담스러운 방문을 가능한 한 빨리 끝내고 싶다는 마음이 더 컸다. 그래서 나는 견본 가방을 손에 든 채 코트와 모자 차림 그대로 어떤 어두운 방을 지나서 흐리게 불을 밝히고 있는 어떤 방으로 따라 들어갔다. 그곳에는 몇몇 사람들이 모여 있었다. 아마 본능적으로 나의 시선은 내가 너무도 잘 알고 있는 상점 대리업자에게 제일 먼저 멈추어졌다. 그는 어떤 면에서는 나의 경쟁자이기도 했다. 그래서 그는 여전히 내 앞으로 살금살금 앞질러 갔다. 그는 마치 의사라도 되는 듯이, 환자의 침대 바로 옆에서 편안히 있었다. 그는 부풀린 듯한 멋진 코트를 입고 앞을 열어놓은 채 당당하게 앉아 있었다. 그의 건방진 태도란 비할 데가 없었다. 환자 역시 그와 비슷한 생각을 했던 모양이다. 그는 약간 열이 있어 붉어진 뺨을 한 채 누워서 그를 바라보고 있었다. 그런데 그 아들은 어린 나이가 아니었다. 그는 내 나이 또래의 남자였으며, 병으로 온 턱과 뺨에 수염이 마구 자라고 있었다. 늙은 K는 어깨가 벌어진 큰 사람이었는데, 놀랍게도 만성적인 고통 때문에 완전히 말라 있었고, 등은 굽었으며, 위태로워 보였다. 그는 아직도 지금 막 돌아온 모습 그대로, 모피 옷을 입은 채 서서 아들을 향해 무어라고 중얼거렸다. 그의 부인은 자그마하고 약해 보였지만, 매우 활기가 넘쳤다. 그녀는 그에 관한 일이라고는 하지만 ─ 다른 사람들은 쳐다보지도 않고 ─ 그에게서 모피 옷을 벗기는 일에만 열중해 있었다. 그 일은 두 사람의 크기의 차이 때문에 약간 어려움이 있었지만, 그래도 마침내 그녀는 그일을 해냈다. 그런데 근본적인 어려움은 아마 K가 매우 참을성이 없었고, 계속 손을 짚고 안절부절못하면서 안락의자를 찾는 데 있었을 것이다. 모피 옷을 벗기자, 그의 부인은 의자를 재빨리 그에게 밀어주었다. 그녀 자신은 모피 옷을 들고서 ─ 모피 옷 때문에 거의 보이지 않는 채로 그것을 들고 나가버렸다.

　이제 마침내 나에게 시간이 온 듯싶었다. 혹은 아니면 나의 시간은 오지도 않았고, 아마 여기서는 결코 오지 않을지도 모른다. 내가 무엇인가를 하려 했다면, 그 일은 곧바로 일어났을 것이다. 왜냐하면 나의 느낌으로는 사업상의 말을 꺼내기에는 이곳의 상황이 점점 나빠지기만 했기 때문이었다. 그러나 그 대리업자가 의도하는 바대로, 이곳에 한없이 눌러앉아 있는 것은 나의 방식이 아니었다. 게다가 나는 그에 대해서는 조금도 신경을 쓰고 싶지 않았다. 그래서 나는 재빨리 나의 일을 이야기하기 시작했다. K가 지금 막 자신의 아들과 좀 이야기하고 싶은 마음이 있다는 것을 알아챘음에도 말이다. 불행하게도 나는 조금만 흥분 상태에서 이야기하면 일어서는 버릇이 있었고, 이야기를 하는 동안에도 왔다 갔다 하는 버릇이 있었다 ─ 이런 버릇은 이야기를 시작하면 곧장 나타나는데, 이 병실에서는 평소 때보다 더욱 빨리 나타났다. 이것은 자기 자신의 사무실에서는 아주 훌륭한 장식용이 되겠지만, 타인의 집에서는 물론 약간 부담스러운 것이었다. 그러나 나는 자제할 수 없었다. 특히 습관이 되어 있는 담배가 없었기 때문이었다. 여하튼 누구든지 자신의 나쁜 습관을 가지고 있는 법이다. 나는 대리업자의 나쁜 습관과 비교해보면 그래도 나의 습관이 낫다고 생각한다. 그는 무릎에 올려두고 있는 자신의 모자를 무릎 위에서 천천히 밀었다 당겼다 하다가, 가끔은 갑작스럽게 의외로 모자를 쓰곤 한다. 그는 마치 실수를 했다는 듯이 그것을 곧 또다시 벗기는 하지만, 잠시 그것을 머리 위에 쓰고 있다. 그리고 그는 때때로 그짓을 계속해서 반복한다. 예를 들어, 이런 경우에 사람들은 무어라고 말하겠는가. 이러한 행동에 대해 솔직히 말한다는 것은 허락되지 않는다. 그것은 나를 방해하지는 않는다. 나는 왔다 갔다 하며 나의 일에 완전히 바빠서 그를 무시한다. 그렇지만 이 모자를 가지고 하는 요술이 완전히 정신을 빠지게 할 수 있는 사람이 있을지도 모른다. 그러므로 나는 열심히 그러한 방해뿐만 아니라 사람까지도 전혀 눈여겨보지 않으려고 애쓴다. 나는 벌어지고 있는 일을 보기는 하지만, 내가 준비가 끝나지 않았거나 또는 내가 지금 막 반대 의견을 듣지 않는 한은 그것을 거의 알아보지 않는다. 예를 들어, 나는 K가 이해력이 매우 떨어진다는 것을 알아챘다. 두 손을 팔걸이에 대고서, 그는 불쾌한 낯으로 이쪽저쪽 몸을 돌렸고, 나를 쳐다보는 것이 아니라 무의미하게 허공을 바라보면서 무엇인가를 찾고 있었다. 그리고 그의 얼굴은 마치 나의 말소리, 거기 있는 나의 느낌조차 전혀 받아들이지 않는 것처럼, 그렇게 무관심하게 보였다. 나는 이 모든 것을, 나에게 거의 희망을 주지 않는 병적인 태도를 보고 있었지만, 그럼에도 계속해서 말을 했다. 마치 내가 아직도 나의 말, 나의 유리한 제공을 통해서 — 나는 아무도 원하지 않는 할인을 해주면서 스스로 깜짝 놀랐다 — 결국 모두에게 안정을 찾아줄 수 있는 희망을 가지고 있기라도 하듯. 내가 슬쩍 보니 대리업자는 드디어 자신의 모자를 가만히 내버려 두고 팔짱을 끼고 있었다. 그것은 나에게는 하나의 분명한 보상이었다. 나의 상세한 이야기가 물론 부분적으로는 그를 염두에 두고 계산된 것이지만, 그의 계획에 예민한 일침을 주었던 것 같다. 그리고 나는 그로 인해서 생긴 쾌감 속에서 아마 더 오랫동안 계속 떠들어댔을지도 모른다. 만약 내가 여태까지 대수롭지 않은 인물로 여겼던 그 아들이 갑자기 침대에서 몸을 반쯤 일으키고 주먹으로 위협하면서 나를 침묵하도록 만들지 않았다면 말이다. 그는 분명히 무엇인가를 더 말하고 무엇인가를 보여주고 싶어 했지만 그럴 만한 힘도 없었다. 나는 처음에는 그 모든 것을 단지 고열로 인한 환각 상태 때문일 거라고 생각했다. 그러나 곧이어 무심코 늙은 K를 바라보고는 그것을 더 잘 이해할 수 있었다.

K는 단지 그 순간을 위해 쓸모가 있는, 무표정하게 부풀어 오른 눈을 뜨고서 거기 앉아 있었다. 마치 누군가가 그의 목덜미를 쥐고 있거나 때리고 있는 것처럼 부들부들 떨면서 앞으로 몸을 기울인 채였고, 아랫입술과 잇몸이 다 드러난 아래턱까지도 주체할 수 없을 정도로 처져 있었다. 그의 얼굴은 완전히 관절이 풀려 있었다. 힘들기는 해도 아직은 숨을 쉬고 있는 모양이었다. 그러고 나서 그는 마치 몸이 풀린 듯이 몸을 뒤로 젖히며 안락의자로 떨어졌고, 눈을 감았다. 아주 힘든 표정이 그의 얼굴을 스치고 지나갔고, 그러고 나서는 끝이었다. 나는 재빨리 그에게로 달려가서 핏기 없이 매달려 있는 차가운 손을 잡았다. 그것은 나를 섬뜩하게 했다. 맥박은 뛰지 않았다. 이제 끝난 것이다. 물론 늙은이였으니까. 그 죽음이 우리에게 더 큰 부담이 되지 않기를 바랄 뿐이다. 이제 할 일이 많겠지! 무엇이 가장 급한 일일까? 나는 도울 수 있는 일을 찾았다. 그러나 아들은 이불을 머리 위로 끌어당겼다. 우리는 그의 끊임없이 흐느끼는 소리를 들었다. 대리업자는 개구리처럼 차갑게 자신의 안락의자에 찰싹 붙어 앉아 있었는데, K와 두 걸음 정도 떨어져 마주 보고 있었다. 그리고 시간이 가기만을 기다리는 것 이외에는 아무것도 하지 않을 결심인 것이 눈에 보였다. 그러므로 무엇인가를 해야 하는 사람은 나 이외에는 없었

다. 지금 당장 가장 어려운 일은 부인에게 어떻게 해서든지 이 정황을 극복할 수 있는 방법, 그러니까 있을 수 없는 그 어떤 방법으로든 그 소식을 전해야 하는 일이었다. 그때 벌써 나는 옆방으로부터 황급한, 질질 끄는 발걸음 소리를 들었다.

그녀는 난로 위에 걸어놔서 따뜻해진 잠옷을 가져왔다. 그녀는 이제 그것을 남편에게 입힐 참이었다. 옷 갈아입을 시간이 없었으므로 그녀는 여전히 외출복 차림이었다. 그녀는 우리가 너무 조용하다고 생각하자, "그이가 잠이 들었군요." 하며 미소를 짓고는 고개를 흔들었다. 그러고는 순진한 자가 갖고 있는 그런 신뢰감을 가지고 내가 방금 불쾌감과 혐오감을 가지고 잡고 있던 바로 그 손을 잡고, 마치 부부간의 귀여운 놀이인 것처럼 그 손에 입을 맞추었다. 그러자 ─ 그것을 지켜보고 있던 우리 세 사람의 심정은 어떠했겠는가? ─ K는 몸을 움직였다. 큰 소리로 하품을 하고, 잠옷을 입고, 화가 난 빈정대는 얼굴로 너무 긴 산책 때문이라고 비난하는 부인의 말을 참고 있었다. 그리고 그와는 반대로 이상하게도 약간 지루했기 때문이라며 자신이 잠들었던 일을 달리 해명했다. 그러더니 그는 다른 방으로 가느라 몸을 차게 하지 않게 하기 위해서 임시로 아들 침대에 누웠다. 부인은 서둘러 가져온 방석 중 두 개로 아들의 발 옆자리에 눕힌 그의 머리를 받쳐주었다. 나는 앞서 일어났던 일 이후에 뭐 별로 특별한 일을 더 이상 발견하지 못했다. 이제 그는 저녁 신문을 요구했고, 손님들에 대한 배려도 없이 그것으로 얼굴을 가렸다. 그러나 읽지는 않았고, 단지 신문을 이리저리 들여다볼 뿐이었다. 그러면서 그는 놀라울 정도로 날카로운 사업적인 안목으로 우리들이 제안한 물품들에 대해서 몇 가지 불쾌한 이야기를 했다. 그러는 동안에도 그는 계속해서 빈손으로 계속 던지는 동작을 하면서 입을 쩝쩝거림으로써 우리의 영업 태도가 그의 입맛에 맞지 않는다는 것을 암시했다. 대리업자는 자제할 수 없었던지 몇 가지 적절하지 못한 의견을 말했다. 그는 앞서 일어난 일에 대해 어떻든 보상이 이루어져야 한다는 무례한 생각을 하고 있었던 모양이었다. 그러나 물론 그런 그의 방식으로는 가장 좋지 않은 결과만이 나올 뿐이었다. 그래서 나는 이제 재빨리 작별을 고했다. 나는 대리업자에게 거의 감사해야 할 정도였다. 그가 없었더라면, 나는 그렇게 빨리 떠나야겠다는 결단력을 보일 수는 없었을 것이다.

대기실에서 나는 K의 부인을 만났다. 그녀의 불쌍한 모습을 보자, 나는 그녀가 나의 어머니를 어느 정도 연상시킨다고 말했다. 그러고도 그녀가 아무 말이 없었기 때문에 나는 덧붙여 이렇게 말했다.

"덧붙여 말하고 싶은 것은 바로 그녀가 기적을 행할 수 있었다는 거지요. 우리가 이미 부수어버린 것을 그녀가 다시 좋게 만들었어요. 나는 어머니를 어린 시절에 잃어버렸답니다." 나는 의도적으로 과장해서 천천히 그리고 분명하게 말했다. 왜냐하면 늙은 부인이 잘 듣지 못하리라고 추측하고 있었기 때문이었다. 그러나 그녀는 귀가 완전히 먹은 것 같았다. 왜냐하면 그녀는 말을 받지도 않고 물어왔기 때문이었다.

"제 남편은 어때 보이던가요?"

그런데 몇 마디 작별 인사에서 나는 그녀가 대리업자와 나를 혼동하고 있다는 것을 알아차렸다. 그렇지 않았던들 그녀가 더 친밀감을 보였으리라고 나는 믿고 싶었다.

그러고서 나는 계단을 내려갔다. 내려가는 것은 앞서 올라갔던 것보다 더 힘이 들었다. 그러나 올라가는 것도 결코 쉬운 적이 없었는데. 아아, 어찌 이런 성과 없는 사업이 있담. 앞으로 계속 부담이 되겠지.

포기하라!

Gibs auf!

매우 이른 아침이었다. 거리는 깨끗하고 텅 비어 있었다. 나는 기차역으로 갔다. 탑시계와 내 시계를 비교해보았을 때, 나는 생각했던 것보다 이미 꽤 늦었다는 것을 알았다. 나는 몹시 서둘러야만 했다. 이 사실에 놀란 나머지 나는 길을 확실히 알 수가 없었다. 나는 이 도시를 아직 그리 잘 알고 있지 못했다. 다행히도 근처에 보안경찰이 있었다. 나는 그에게 달려가 숨 가쁘게 길을 물었다. 그는 미소를 지으며 말했다.

"당신은 나에게서 길을 알려고 하는가요?"

"네."라고 나는 말했다. "나 스스로는 길을 찾을 수가 없으니까요."

"포기하라, 포기해!"라고 말하면서 그는 거만하게 몸을 돌렸다. 마치 혼자 웃고 싶어 하는 사람처럼.

비유에 대하여

Von den Gleichnissen

　많은 사람들은 현자의 말들이 언제나 일상생활에서는 적용될
수 없는 비유일 뿐이라고 하소연한다. 그런데 우리는 단지 일상
생활만을 가지고 있을 뿐이다. 만약 현자가 '저쪽으로 가라.'라고
말한다면, 그는 우리가 저편 다른 쪽으로 건너가야 한다는 것을
뜻하는 것이 아니라―그 길의 결과가 가치 있는 것이라면 사람
들은 어떻게 해서든지 그것을 실행할 수 있을 것이다―그 어떤
전설적인 저편을 뜻하고 있는 것이다. 그것은 우리가 알지 못하
는 그 무엇이고, 그것조차도 더 이상 자세하게 표현할 수 없는, 그
래서 우리에게 전혀 도움을 줄 수 없는 그 어떤 것이다. 이러한 모
든 비유들은 원래 파악할 수 없는 것은 파악할 수 없다는 것을 말
할 뿐이다. 그리고 우리는 그 사실을 알고 있다. 그러나 우리가 매
일 죽도록 노력해야 하는 일은 다른 것들이다.

　그러자 어떤 한 사람이 말했다.

　"너희들은 왜 거부하는가? 만약 너희들이 비유를 따른다면 너
희들 자신이 비유가 될 것이고, 그렇게 되면 너희들은 일상의 노
고에서 벗어나게 될 것이다."

　또 다른 한 사람이 말했다.

　"그 말 역시 비유라는 것을 내기해도 좋소."

　첫 번째 사람이 말했다.

　"당신이 이겼소."

두 번째 사람이 말했다.

"하지만 유감스럽게도 비유 속에서뿐이오."

첫 번째 사람이 말했다.

"아니오, 현실 속에선 그렇소만 비유 속에서는 진 것이오."

굴

Der Bau

굴을 팠는데 잘된 것 같다. 밖에서 보면 단지 커다란 구멍 하나만 보일 뿐이다. 그러나 이 구멍은 사실 그 어디로도 통해 있지 않아 몇 걸음만 가면 단단한 자연석과 만나게 된다. 고의적으로 이런 속임수를 부려보았다고 자랑해 보이려는 것은 아니다. 그것은 오히려 허사로 돌아간 수많은 시도들 중의 한 잔재인데, 결국에 가서는 이런 구멍 하나를 무너트리지 않은 것이 나에게는 잘된 듯싶다. 물론 속임수라는 것은 매우 교묘해서 허다하게 스스로 자멸하여왔다는 것을 나는 어느 누구보다도 잘 알고 있는 터라 이런 구멍을 통해서 여기 무엇인가 탐구할 만한 것이 존재할 가능성이 있다는 데 주의를 기울이게 한다는 것도 역시 분명 대담한 것이다. 하지만 내가 겁쟁이니까 단지 어쩌면 겁이 나서 굴을 구상하였다고 믿는 사람이 있다면, 그것은 나를 잘못 알고 있는 것이다. 이 구멍으로부터 천 걸음쯤 떨어진 곳에 걷어낼 수 있는 이끼층으로 가려진, 굴로 통하는 진짜 통로가 있는데 그것은 세상에 있을 수 있는 안전한 모든 것만큼이나 그렇게 안전하다. 분명 누군가가 이끼를 밟거나 밀어붙인다면 내 굴이 드러날 것이고, 내킨다면—물론 그러기 위해서는 아주 흔치 않은 어떤 능력이 필요하다는 것을 잘 알아야 하지만—밀고 들어올 수도 있고 모든 것을 영영 짓부수어놓을 수도 있다.

그 점을 나는 잘 알고 있으며, 나의 인생은 그 절정기에 있는 지금에 와서도 완전히 평온한 시간을 거의 갖고 있지 못하며, 나는 언젠가 저기 저 어두운 이끼 낀 자리에서 죽어가야 할 것이며, 꿈에 잠겨 탐욕에 찬 코를 킁킁거리면서 끊임없이 돌아다니고 있는 것이다. 또한 언제든 큰 힘을 들이지 않고 새로운 출구를 만들기 위해서, 위쪽은 단단한 흙이 얇은 층을 이루고 밑은 푸석한 흙으로 된 이 출입구 구멍을 내가 스스로 무너뜨려 막아버렸을 것이라고 생각할 것이다. 그렇지만 그것은 불가능한 일이고 바로 그 신중함이 요하는 것은 내가 당장이라도 밖으로 뛰쳐나갈 수 있는 가능성을 갖는다는 것이고, 바로 그 신중함이 유감스럽지만 자주 생명을 건 모험을 요구한다는 것이다. 그 모든 것이 정말이지 힘겨운 계산을 필요로 하는 것이어서, 때로는 명석한 두뇌가 스스로에게 갖는 기쁨 자체라는 게 계속해서 계산해나가는 유일한 원인이 되기도 한다. 나는 즉시 도망칠 수 있는 가능성을 가져야만 한다. 내가 아무리 정신을 바짝 차리고 있다 하더라도 전혀 예기치 못한 쪽에서 공격받을 수도 있을 것이 아닌가? 내가 나의 처소 깊은 곳에서 평화롭게 살고 있는 사이에 천천히 그리고 소리도 없이 적이 그 어디에선가 나를 향하여 뚫고 들어오고 있는 것이다. 나는 그자가 나보다 예민한 감각을 지니고 있다고는 말하지 않겠다. 어쩌면 그 역시 내가 그를 모르듯이 나를 모르고 있을 것이다. 그렇지만 마구잡이식으로 흙을 파 뒤집는 격렬한 도둑들이 있는 법이다. 나의 굴은 엄청나게 길어서 그들도 어디선가는 나의 여러 길 중 그 어떤 하나와 맞닥뜨리게 되리라는 희망을 가지고 있다. 물론 나는 내 집 안에 머물러 있으며 모든 길과 방향을 샅샅이 알고 있다는 이점이 있다. 그 도둑놈은 나한테 사로잡힐 공산이 크다. 달콤하고 맛있는 먹이로 말이다. 그렇지만 나는 늙어가고 있으니 나보다 원기 왕성한 자들은 많고 적들도 무수히 많으니 내가 어떤 적 앞에서 도망치다가 다른 적의 올가미로 달려들어 가는 일도 생길 수 있을 것이다. 아, 무슨 일인들 안 생기겠는가! 어쨌거나 나는 밖으로 나가기 위하여 더 이상 작업하지 않아도 되는, 쉽게 도달할 수 있는, 완전히 열려 있는 출구가 그 어디인가에 있다는 확신이 꼭 있어야겠다. 가령 아무리 가볍게 쌓아놓은 것이라 하더라도 내가 그곳을 절망적으로 파고 있는 동안 갑자기 —제발 부디 그런 일은 없기를 바라지만— 추적자의 이빨을 나의 허벅지에서 느끼게 되지 않도록, 그리고 또한 나를 향하여 파 들어오는 것은 외부의 적들뿐만이 아니라는 것이다. 땅속에도 적들이 있다. 아직 그들을 직접 본 적은 없으나 그들에 관한 전설이 있는데, 나는 그것을 굳게 믿고 있다. 그들은 땅속의 존재들로 전설에도 그 모습은 전해지지 않는다. 그들의 희생물이 된 자 역시 그들의 모습을 거의 본 적이 없다. 그들의 원소인 흙 속에서 그들이 발톱을 긁는 소리가 들리면 그들이 오고 있는 것이고, 그 찰나에 이미 듣던 자는 없어져버린다. 그러니 자기 집에 있다기보다는 오히려 그들의 집에 있는 셈이다. 그들로부터는 저 출구도 나를 구할 수 없고, 아니 실은 그것은 그 어느 누구로부터도 전혀 나를 구하지 못할 것이고, 나를 파멸시킬 것이다. 그래도 그 출구는 하나의 희망이며 그것 없이는 살 수가 없다. 이 큰길 이외에도 바깥 세상과 나를 긴밀하게 연결해주는 협소하지만 꽤나 안전한 길들이 있는데, 그 길들은 숨쉬기 좋은 공기를 마련해준다. 그것들은 들쥐들이 놓은 길들이다. 그 길들을 나는 적절하게 내 굴에다 포함시킬 수 있었다. 그 길들은 또한 나에게 멀리까지 후각이 미칠 수 있게 해주었고, 그렇게 나를 지켜주었다. 또한 그 길들을 통해 내가 잡아먹는 온갖 작은 족속들이 옴으로써 나는 굴을 떠나지 않고서도 어느 정도, 그러나 보잘것 없는 생활을 이어가기에는 충분한 작은 짐승 사냥을 할 수 있으니 그것은 정말 매우 가치가 있었다.

그러나 내 굴의 가장 멋진 점은 뭐니 뭐니 해도 그 정적이다. 물론 그 정적은 믿을 수 없다. 갑자기 한번에 깨어져버릴 수 있고 그렇게 되면 모든 것이 끝장인 것이다. 그러나 잠정적이긴 하지만 아직은 정적이 있고 고요하다. 몇 시간이고 나의 통로들을 살금살금 다녀도 내가 즉시 이빨들 사이에 넣어 조용하게 만드는 그 어떤 조그마한 동물들의 서걱거리는 소리와 어딘가 수리를 해야 됨을 나타내는 흙이 새는 소리 외에는 다른 아무 소리도 들리지 않는다. 그 외에는 조용하다. 숲의 공기가 들어오는데, 그것은 따스하면서도 서늘하다. 이따금씩 몸을 쭉 펴고 기분이 좋아져 통로 안에서 몸을 이리저리 굴리기도 한다. 다가오는 노후를 앞두고 이런 굴을 갖고 있다는 것, 가을이 시작될 때에 지붕 밑에 있다는 것은 근사한 일이다. 백 미터마다 나는 통로를 넓혀 조그마한 둥근 광장을 만들어놓았으니 거기서 편안하게 몸을 오그려 체온으로 몸을 녹이며 쉴 수 있는 것이다. 거기서 나는 평화스러운 단잠을, 채워진 욕망의, 그리고 자기 소유의 집이라는 달성된 목표의 단잠을 잔다. 나의 잠을 깨우는 것이 옛 시절의 습관인지 아니면 이 집 역시 지니고 있는 위험들이 상당히 크기 때문인지는 모르겠지만 나는 규칙적으로 문득문득 깊은 잠에서 깨어나 밤이나 낮이나 변함없이 이곳에 가득 깔린 정적을 엿듣고 또 엿듣다가는 안심하여 웃고 그러고 나면 전신에 맥이 풀려 더욱 깊은 잠에 빠진다. 기껏해야 낙엽 더미 속이나 혹은 동료들의 무리 속으로 기어들어 가거나, 세상 온갖 타락에 내던져진 채로 들길이나 숲속을 방황하는 저 가엾은 집 없는 떠돌이들! 나는 여기 사방이 안전한 광장에 누워 있고—내 굴에는 이런 곳이 오십 군데나 넘게 있다—꾸벅꾸벅 졸거나 정신없이 자는 사이에 시간이 가고, 그 시간마저도 마음 내키는 대로 택할 수 있다.

극도로 위험한 경우, 추적은 아니더라도 포위당할 경우를 깊이 고려하여 굴의 한가운데를 조금 비켜서 중앙 광장이 있다. 다른 모든 것이 신체 노동이라기보다는 오히려 긴장된 정신노동이었음에 비해 이 성곽의 광장은 내 몸을 있는 대로 다 써서 이룬 더할 나위 없이 힘든 노동의 결과였다. 몇 번인가 나는 몸이 너무도 지쳐 절망한 나머지 모든 것을 내동댕이치고 벌렁 드러누워 뒹굴면서 굴을 저주하고는 굴을 열린 채로 내버려 둔 채, 몸을 질질 끌고 밖으로 나가버렸다. 그럴 수 있었던 건 다시는 거기로 되돌아오지 않으려 했기 때문이었는데, 그러다가 몇 시간 혹은 며칠이 지나면 후회가 되어 되돌아왔고 그러면 굴이 성한 것이 기뻐 콧노래가 나올 지경이었고 정말 즐거워하며 새롭게 일을 시작했다. 계획대로 되어야 할 부분에 가서 하필 지반이 약하고 모래뿐이어서 천장이 멋지게 반원형을 이뤄 마무리 지은 커다란 광장을 만들자면 바로 그 부분 땅을 단단하게 다져야 했으므로, 성곽 광장의 작업은 불필요하게도(불요하다는 것은 헛된 작업에서 건축이 진정한 이득을 얻지 못했음을 말하려는 것이다) 가중되었다. 그런데 그런 작업을 위하여 내가 가진 것이라고는 이마뿐이었다. 그러므로 나는 수천수만 번을 몇 날이고 몇 밤이고 돌진하여 이마를 땅에다 짓찧었다. 이마가 깨져 피가 흐르면 행복했다. 그건 벽이 단단해지기 시작한다는 증거였던 것이다. 그럴 만도

할 것이라고 인정하듯이, 그렇게 나는 성곽 광장을 얻을 만도 했던 것이다.

이 성곽 광장에 나는 저장품을 모아둔다. 당장 시급하게 필요한 것 외에도 굴 안에서 포획한 모든 것, 그리고 옥외에서 사냥해 온 모든 것을 나는 여기에 쌓아둔다. 광장은 반년 치 저장물로도 다 못 채울 만큼 크다. 그래서 나는 그것들을 죽 늘어놓고 그 사이를 왔다 갔다 하면서 그것들을 가지고 놀기도 하고, 그 수많은 양과 갖가지 냄새를 즐기며 언제나 무엇이 얼마만큼 어떻게 있는가를 자세히 파악할 수 있다. 그러니까 또한 언제든지 계절에 맞추어 배치를 새로이 해볼 수도 있고, 필요한 예산도, 사냥 계획도 짜볼 수 있다. 이렇듯 생계 걱정이 없다 보니 먹는 데 도무지 무심해져서 여기서 스쳐 돌아다니는 조그마한 것들을 건드리지 않을 때가 있는데, 그것은 아무튼 다른 이유에서 신중하지 못한 일일지도 모른다. 방어 준비에 자주 신경을 쓰다 보니 자연히 그러한 목적에 굴을 빈틈없이 이용할 것을 염두에 둔 나의 견해들은 변화 발전했다. 아무려나 작은 테두리 안에서, 그러다 보니 방어의 기초를 성곽 광장에다만 둔다는 것이 나에게는 더러 위험해 보인다. 굴이 다양한 만큼 나에게 주어진 가능성도 다양하지 않은가. 저장물들을 조금씩 나누어 조그만 광장 몇 군데에 비치해두는 것이 보다 신중한 일인 것같이 보인다. 그리하여 나는 대충 세 번째 광장을 예비 저장소로, 혹은 네 번째 광장을 주된 장소로 그리고 두 번째 광장을 부속 저장소 혹은 그와 비슷한 장소로 하기로 각각 정했다. 아니면 눈을 속일 목적으로 저장물을 쌓아서 길 몇 개를 아예 차단하든가, 아주 비약을 하여 각기 중앙 출구에서의 위치에 따라 극소수의 광장만을 택한다. 어쨌거나 그런 새로운 계획은 번번이 힘든 짐 운반 작업을 요하고, 새로운 계산을 해봐야 하고 그러고는 짐들을 이리저리로 옮기게 만든다. 물론 나는 그 일을 지나치게 서두르지 않고 조용히 할 수 있으며 입에 좋은 것들을 물고 나르다가 실컷 냄새를 맡으며 원하는 곳에서 그때그때 맛있는 것을 야금야금 먹는 것 또한 그다지 나쁠 리 없다. 더 나쁜 것은 더러 잠에서 화들짝 놀라 깰 때 지금의 배분이 대단히 잘못된 것으로 커다란 위험을 초래할 것 같아, 졸리고 피곤한 것 따위는 아랑곳하지 않고 즉시 서둘러 바로잡아야 한다는 생각이 드는 것이다. 그러면 나는 서두르고, 그러면 나는 날아다닌다. 그러면 헤아려볼 시간도 없다. 막 아주 치밀한 새로운 계획을 실행하고자 하는 나는 내 입에 와 닿는 것을 닥치는 대로 물어서 끌고, 나르고, 한숨을 쉬고, 신음을 하고, 비틀거리기도 한다. 오직 나에게 너무나도 위험스러워 보이는 현재의 상태를 변경할 수 있는 것이라면 아무래도 좋을 것이다. 그러다가 마침내 서서히 제정신이 들고 그러면 내가 무엇 때문에 그다지도 서둘렀나 싶고, 내 스스로 교란시켰던 내 집의 평화로운 공기를 들이마시고, 잠자리로 돌아가 금방 잠이 들고 나중에 깨보면 벌써 꿈속의 일같이 여겨지는 야간작업의 부정할 수 없는 증거로 이빨에 쥐 따위가 한 마리씩 매달려 있곤 한다. 그러다가는 다시 양식을 모두 한자리에 모아놓는 것이 최상책으로 보이는 때들이 있다. 작은 광장에 모아둔 양식이 내게 무슨 도움이 되겠는가. 거기에 도대체 얼마만큼이나 보관하겠으며 또한 무얼 갖다 놓더라도 그것은 길을 막을 것이니 언젠가는 방어 시에 달려갈 때 오히려 장애가 될지도 모른다. 그 밖에도 어리석기는 하지만, 실은 모두 한데 모아놓은 양식을 바라보고 그럼으로써 자신이 소유한 바를 한눈에 알 수 있지 못하면 그 점 때문에 자부심이 괴로움을 겪는 것이다. 이렇게 많이 나누어 배치하다 보면 잃어버리는 것도 많지 않겠는가? 모든 것이 제대로 있는지 보려고 얽히고설킨 통로들을 줄곧 뛰어다닐 수는 없는 것이다. 양식을 나누어놓는다는 기본 생각은 옳은 것이다. 그러나 성곽 광장 같은 유의 광장이 여러 개 있어야 비로소 진정 그럴 수 있지 않겠는가! 물론이다. 그렇지만 누가 그걸 만들어내겠는가? 또한 내 굴의 전체 설계도에 그런 광장 몇 개를 이제 와서 추가시킬 수는 없다. 무엇이든 그 무엇인가를 다만 하나 소지하고 있을 때 늘 결함이 있게 마련이듯 그 점이 내 굴의 결함임은 시인한다. 그리고 또한 고백하건대 굴을 파는 동안 줄곧 어렴풋하게 그러나 만일 내가 제대로 보고자 하는 뜻만 있었더라면 충분히 선명하게 나의 의식 속에는 여러 개의 성곽 광장에의 요구가 생생하게 있었으나 나는 거기에 따르지 않았다. 그 엄청난 작업을 해내기에는 나 자신이 너무나 약하다고 느꼈던 것이다. 그렇다. 작업의 필연성을 떠올려보기에는 너무나도 약하다고 느꼈던 것이다. 어떻게 해서든 못지않게 어슴푸레한 느낌으로 자위를 삼았는데, 여느 경우라면 충분하지 못하리라는 어렴풋한 느낌이 가시지를 않았다. 어찌 되었든 간에 나는 성곽 광장 하나로 만족해야 하고, 작은 광장들로는 그것을 대치할 수 없으니 이러한 생각이 내 마음속에서 무르익으면 다시 모든 것을 작은 광장들에서 내다가 성곽 광장으로 다시 끌어다 놓는 것이다. 그래 놓고 나면 한동안은 모든 광장들과 통로들이 트여 있다는 것, 성곽 광장에 고기 더미가 쌓여 하나하나가 그 나름으로 나를 매혹하여 멀리 내가 정확하게 구분할 수 있는, 많은 것이 한데 섞인 냄새를 제일 바깥 통로들까지도 내보내는 것을 보는 것이 확실히 어느 정도는 위로가 된다. 그러면 나는 잠자리를 천천히 바깥 테두리에서 안쪽으로 옮겨가고 점점 깊이 냄새 속에 잠기다가 마침내는 참을 수 없게 되어 어느 날 밤 성곽 광장으로 뛰어들어 양식을 마구 헤집으며 아주 무감각해질 때까지 내가 좋아하는 최상의 것으로 배를 채우는 덧없이 평화로운 시기가 오곤 한다. 행복한 그러나 위험한 시간이다. 그것을 남김없이 이용할 줄 아는 자라면 스스로 위태롭게 하지 않고도 나를 쉽사리 없애버릴 수도 있으리라. 이 점에서도 제이의 혹은 제삼의 광장이 없다는 것이 손해이니, 나 자신을 유혹한 것도 이 한꺼번에 쌓아둔 커다란 더미인 것이다. 거기에 대하여 다양하게 방어할 방도를 찾는다. 작은 광장들에 나누어놓은 것도 그런 유의 대책의 하나이긴 하나 유감스럽게도 다른 비슷한 대책들처럼 약점으로 인하여 더욱더 갈망에 이른다. 그다음 한꺼번에 자각이 밀어닥치면 그 목적에 맞추어 방비 계획들을 마구 바꾸어버리는 갈망 말이다.

그런 시기가 지나고 나면 나는, 마음을 가다듬기 위하여 굴을 수리하는 데 필요한 개수 작업에 착수하고 난 다음, 이따금씩, 비록 점차 그 시간이 짧아지기는 했지만, 굴을 떠나곤 한다. 오래 굴을 떠나 있으면 그 벌이 내 스스로에게 너무 가혹하게 보이나, 이따금씩 바람을 쏘일 필요성을 나는 통찰하고 있다. 출구에 가까이 가면 늘 어느 정도는 엄숙해진다. 집 안에서 지내는 시기에는 나는 출구를 멀리하고, 심지어는 출구로 이어지는 통로 그 끝부분에 가서는 발 딛기를 기피한다. 그쯤에서는 돌아다니는 것이 전혀 쉽지 않기도 하다. 거기에다 자그마하고 온전한 지그재그식 통로를 설치해놓았기 때문이다. 거기서 나의 공사가 시작되었다. 그때만 해도 나는 계획대로 공사를 끝마칠 수 있으리라는 희망을 가질 수가 없어 반쯤 장난삼아 이 작은 모퉁이를 시작해봤는데, 거기서 정신없이 사로잡혔던 첫 일의 기쁨이 미로 구조를 이루어냈고 그것이 당시에는 모든 건축들의 극치로 비쳤으나 오늘날에 와서 나는 전체 구조에 제대로 어울리지 못하는 너무 작은 집 짓기 놀이 정도로 판단하고 있고 그 편이 다분히 더 맞는 말일 것 같다. 이론적으로는 어쩌면 귀한 것이겠으나—여기에 내 집 출입구가 있노라고 나는 당시에 보이지 않는 적에게 비꼬아 말하면서 그들이 출입구의 미로에서 모조리 질식하는 모습을 보았다—실제로는 벽이 얇아도 너무 얇은 손장난에 불과하여 진지한 공격이나 목숨을 걸고 절망적으로 덤비는 적에게는 거의 버텨낼 수 없을 집 짓기 놀이에 불과한 것이다. 그러니 이 부분을 개축할 것인가? 결단을 내내 미루고만 있으니 아마 지금도 그대로 있을 것이다. 그러자면 들여야 될 많은 작업을 도외시하더라도 그것은 생각할 수 있는 가장 위험한 작업이리라. 건축을 시작하는 당시만 해도 나는 거기서 비교적 안정되게 작업을 할 수 있었고 다른 여느 곳에 비해 위험부담 역시 별로 더 크지 않았으나 이제 공사를 벌인다면 굴 전체에 세상의 이목을 집중시키는 것이나 다름없으니, 이제는 불가능하다. 한편으로는 이 초심작에 대하여 확실히 예리한 비판 감각이 생겼다는 것이 기쁘기까지도 하다. 하기야 대공격이라도 가해진다면 그 어느 입구 설계도가 나를 구할 수 있겠는가. 출입구가 공격자를 속이고 그의 관심을 돌리고 또한 그를 괴롭힐 수는 있겠으나, 그것은 공격자 역시도 급하면 다 하는 것이다. 그리고 정말 큰 공격이라면 나는 즉시 굴 전체의 모든 수단과 심신의 모든 힘을 기울여 맞설 방도를 찾아야 한다. 그것은 실로 자명하다. 그러니 이 입구 역시 그대로 두어도 괜찮을 것이다. 굴은 어차피 자연이 가해놓은 약점을 숱하게 지니고 있으니 내 손이 만들어놓은, 뒤늦게 비로소 그러나 정확하게 인지된 이 결함이 이따금씩 혹은 어쩌면 항상 나를 불안하게 만들지는 않았다는 말이 아니다. 늘 산책할 때 내가 굴의 이부분을 멀리하는 이유가 있다면, 그것은 주로 그것을 보는 것이 나에게 유쾌하지 못하기 때문이고, 굴의 결함을―이 결함이 이미 나의 의식 속에서 너무도 심하게 소란을 부리는 바에야―늘 눈으로 보기까지 하고 싶지는 않기 때문이다. 저기 저 위 입구에 제거할 수 없는 실책이 도사리고 있다 하여도 피할 수 있는 한 나는 그것을 보지 않아도 좋을 것이다. 출구 방향으로 가기만 하면, 아직 통로와 광장들로 출입구와 떨어져 있는데도 나는 이미 커다란 위험의 분위기에 빠져버려 더러는 나의 가죽이 얇아져 곧 가죽도 없이 벌거벗은 맨살로 거기 서 있게 되는데 그 순간 나의 적의 반기는 듯한 포효를 맞닥뜨릴 것만 같다. 확실히 그러한 느낌은 출구, 즉 집의 보호의 그침, 그 자체가 이미 야기하는 것이지만, 그래도 나를 특별히 괴롭히는 것은 역시 이 굴 입구이다. 더러 나는 생각을 바꾸어 굴 입구를 재빨리 어마어마한 힘으로 하룻밤 사이에 아무도 모르게 고쳐 지어놓고는 이제는 침해당하지 않으리라는 꿈을 꾼다. 그런 꿈을 꾸게 되는 잠이 나에겐 가장 단잠이어서 깨어보면 기쁨과 구제의 눈물이 그때까지도 나의 수염에서 반짝이고 있다.

외출을 하면 이 미로의 고통을 그러니까 육체적으로도 극복하는 셈인데, 더러 내 자신이 만들어낸 구조물 가운데서 내 스스로가 잠깐씩 길을 잃게 될 때면, 다시 말해 이 작품이 이미 오래전부터 판단을 굳히고 있는 나에게 아직도 그 존재의 정당성을 증

명하려 애쓰고 있는 듯이 보일 때면, 그것이 내게는 노여우면서
도 감동적이기까지 하다. 그러나 그러고 나서는 자주 내처 그대
로 두는 이끼 덮개 아래에서 — 그렇게 오래 나는 집 안에 틀어박
혀 꼼짝을 않는다 — 나는 나머지 숲 지면과 한 몸이 되어 이제는
몸을 한 번만 꿈틀하면 단번에 다른 곳에 가 있다. 이 작은 움직임
조차도 나는 오래 엄두를 내지 못한다. 오늘 내가 그걸 버려두고
떠나도 분명 다시 돌아오게 될 터인데 그러면 다시는 입구의 미
로를 극복해내지 못할 것이기 때문이다. 다시는 입구의 미로를
극복하지 못하지나 않을까. 오늘 거길 떠났다가 꼭 다시 되돌아
오겠는가. 어떻게? 너의 집은 보호되어 있고 그 자체가 차단되어
있다. 너는 평화롭게, 따스하게, 잘 먹으며 살고 있다. 주인으로,
많은 통로와 광장의 둘도 없는 주인으로, 그러니 아마도 이 모든
것을 다 희생하고 싶지야 않겠지만 어느 정도는 내주려는가? 다
시 딴다는 보장이야 있다지만 많은 돈을 건, 너무나 많은 돈을 건
도박을 시작하려는가? 그럴 만한 합당한 근거라도 있는가? 아
니다. 그런 유의 일에는 합당한 근거란 있을 수 없다. 그러나 그런
다음에도 나는 조심스럽게 벼락닫이 문을 올려 열고 밖으로 나
와서 그 문을 조심스럽게 내려 닫고는 내달린다. 한껏 빨리 그 음
험한 장소를 떠난다.

그러나 내가 진정으로 아주 밖에 나와 있는 건 아니다. 비록 통
로에 대한 생각으로 더 이상 마음이 짓눌리지 않고 탁 트인 숲에
서 사냥하며 굴에서는, 성곽 광장에서조차도(그것이 비록 열 배
나 더 컸지만) 거의 들어설 자리가 없었던 새로운 힘을 몸 안에
느끼고 있다 하더라도 말이다. 또한 밖에서는 먹는 게 한결 나았
다. 사냥이 비록 어렵고 성과는 더 드물었지만 결과는 어느 점으

로 보나 더 높게 평가될 수 있으니, 그 모든 것을 나는 부인하지 않으며 그것을 지각하고 향유할 줄도 안다. 적어도 다른 것들만큼은, 아니 훨씬 더 잘. 그럴 것 없이 나는 떠돌이들처럼 경박스럽거나 절망해서가 아니라 지극히 조직적으로 평온하게 사냥을 한다. 또한 나는 매인 데 없는 삶을 누리도록 결정되어 거기에 내맡겨진 존재가 아니라 나의 시간이 재어져 있으며, 끝없이 사냥해야 하는 것이 아니라, 이를테면 내가 원하거나 이곳의 삶에 지쳤을 때 누군가 나를 부를 것이고, 그의 초대를 내가 거역할 수 없으리라는 점을 알고 있다. 그러니 나는 이곳에서의 이 시간을 남김없이 다 맛보고 근심 없이 보낼 수 있다. 아니 보다 정확히 말하자면, 그럴 수도 있는데 나는 그럴 수가 없다. 굴이 나를 너무나 바쁘게 한다. 재빨리 입구를 떠나지만 곧 나는 되돌아온다. 좋은 매복처를 찾아 집의 입구를 엿본다―이번에는 밖에서―몇 날이고 몇 밤이고. 어리석다 해도 좋다. 그것은 나에게 이루 말할 수 없는 기쁨을 주고 나를 안심시키는 것이다. 그럴 때면 나는 나의 집 앞에 서 있는 것이 아니라 내 자신 앞에 서 있는 것만 같다. 잠을 자는 동안에도 깊이 잠자면서 동시에 내 자신을 날카롭게 지켜볼 수 있는 행운을 가져봤으면 싶다. 나는 어느 정도는 뛰어난 점이 있는데, 잠의 무력함과 믿기 좋아하는 속성에 사로잡혀서만이 아니라 동시에 정말로 말짱한 정신에 평정된 판단력으로도 밤 귀신들을 만날 수 있다는 것이다. 그리고 이상하게도 내가 자주 믿었던 것처럼, 또 나의 집으로 내려가면 필경 다시 믿게 될 것처럼, 나의 상태가 나쁘지는 않다고 여기게 된다. 이 점에서, 아마 다른 점에서도 그렇겠으나 특히 이 점에서 이렇듯 바람 쐬는 일은 불가결하다. 확실히, 그렇게도 조심스럽게 외진 곳에 입구를 택했는데도—거기서 이루어지는 왕래는, 한 주일의 관찰을 요약해보건대 아주 잦았다. 허나 어쩌면 살 수 있는 곳이라면 어디나 그만큼은 왕래가 있을 것이고 심지어 왕래가 좀 잦은 곳에 노출되는 편이, 왕래가 잦다 보면 그냥 내처 지나다니게 되니, 아주 한적하게 천천히 수색하는 최상의 첫 침입자에게 내맡겨지는 것보다는 아마 한결 나을 것이다. 이곳에는 적들이 많고 적의 조력자들은 더욱 많으나 그들은 서로 싸우기도 하고 그러한 데에 정신이 팔려 굴 앞을 지나쳐 달려가 버린다. 내가 굴 입구를 엿보던 시간 내내 그 누구도 바로 굴을 찾는 이는 보이지 않는 것으로 보아, 그건 그에게도 나에게도 다행스러운 일이다. 굴에 대한 격정으로 아무런 생각도 없이 그의 목 줄기를 노리고 몸을 던졌을지 모르기 때문이다. 물론 내가 그 근처에도 감히 머물러 있지 못하여 멀리 있는 그들의 낌새만 알아차려도 도망쳐야 하는 족속도 온다. 그들의 굴에 대한 태도에 대하여 사실 내가 확실하게 발언할 처지가 못 되나 곧 되돌아와서 보면 그들 중 그 누구도 보이지 않으며 입구를 손상시키지 않은 것으로 보아 안심하기에 족한 것 같다. 세상의 나에 대한 적의가 어쩌면 그쳤거나 진정되었다고, 혹은 굴의 위력이 지금까지의 말살의 투쟁으로부터 나를 건져 올려주었다고 내가 내 스스로에게 거의 말할 뻔했던 행복한 시기들이 있었다. 굴은 어쩌면 내가 일찍이 생각했던 것, 혹은 굴 내부에서 감히 생각하던 것 이상으로 나를 지켜주고 있는 것 같다. 때로는 다시 굴로 돌아가지 않고 여기 입구 근처에 살림을 차려 입구를 관찰하면서 내 일생을 보내며, 굴이 내가 그 안에 있다면 얼마나 나를 확고하게 지켜줄 수 있을 것인가를 줄곧 눈앞에 보고, 그 가운데서 나의 행복을 찾으려는 유치한 생각에 사로

잡히는 지경에까지 이르렀다. 그런데 유치한 꿈에서 얼른 놀라 깨어나게 하는 것이 있다. 내가 여기서 관찰하고 있는 안전이라는 것이 도대체 무슨 안전인가? 굴속에서 처해 있는 위험을 내가 여기 바깥에서 하고 있는 체험에 따라 판단해도 되는 건가? 내가 굴 안에 있지 않으면 나의 적들이 냄새를 제대로 맡을 것 아닌가? 굴 안에 있어도 나의 냄새가 확실히 약간은 나겠지만 그들이 완전히 맡지는 못할 것이다. 그런데 냄새부터 남김없이 다 맡을 수 있어야 그게 통상적인 위험의 전제가 되는 법 아닌가? 그러니 나를 안심시키고, 나아가 그릇된 안심을 통해서 나를 극도의 위험에 빠트리게 하는 데는 내가 여기 밖에서 하는 시도의 절반이나 십분의 일이면 족하다. 그렇지 않다. 내가 믿었듯이 내가 나의 잠을 관찰하고 있다기보다는 오히려 파괴자가 지키는 동안 잠을 자고 있는 것이 나인 것이다. 어쩌면 파괴자는, 무심히 입구에서 어슬렁거리며 다만 나와 다름없이 문이 아직 성하다는 것을 늘 확인할 뿐 공격을 기다리고 있는 집주인이 안에 있지 않다는 것을 알기에 혹은 어쩌면 심지어 집주인이 곁의 덤불 속에 순진하게 매복하고 있다는 것까지 알고 있기에 지나쳐갈 뿐인 자들 가운데 있을 것이다. 그래서 나는 나의 관찰 장소를 떠나니 바깥 생활이 지겨워졌고 여기서는 더 배울 것이 없는 것 같다. 지금도 앞으로도 말이다. 여기 있는 것과 작별하고 굴 안으로 다시 내려가 다시는 돌아오지 말고 세상만사 되어가는 대로 두며 쓸데없는 관찰로 잡아두고 싶지 않다. 그런데 입구 너머에서 일어나는 모든 것을 그렇게 오래 바라보고 있다 보니 그만 버릇이 없어져, 그 자체가 바로 이목을 끌, 내려가는 절차를 집행하면서, 내 등 뒤, 그 다음에는 다시 닫힌 벼락닫이 문 뒤 온 사방에서 무슨 일이 일어날지를 모른다는 것이 내게는 고통스럽다. 우선 폭풍이 부는 밤이면 노획품들을 잽싸게 집어 던져 넣어본다. 성공한 것 같지만 정말 성공했는지는 직접 내려가 본 다음에야 나타날 것이다. 나타나도 더 이상 나에게 나타나지 않을 것이며, 나에게까지 나타난다 해도 너무 늦게일 것이다. 고로 나는 그걸 그만두고 내려가지 않는다. 나는 땅을 판다. 물론 진짜 입구로부터는 충분히 떨어져 시험 굴을 하나 파본다. 내 몸길이보다 길지 않고 그 역시 이끼로 덮여 있다. 나는 구덩이에 기어들어 가 등 뒤로 그것을 덮고 조심스럽게 기다리며 길고 짧은 시간들을 여러 가지 하루 동안의 시간으로 나누어 헤아린다. 그러고 나서는 이끼를 털어버리고 나와 나의 관찰을 기록한다. 나는 좋고 나쁜 온갖 체험을 하지만 내려가는 것의 보편적인 법칙이나 틀림없는 방법을 찾지 못한다. 그럼으로써 나는 아직 진짜 입구로 내려가지 못한 채 곧 그렇게 해야 한다는 절망감에 사로잡힌다. 자칫하면 아주 먼 곳으로 가 옛날의 암담한 생활을 다시 하리라는 결심을 할 것 같다. 안전이라고는 없고 오로지 어딜 가나 차이 없이 위험으로 가득 찬 생활, 그러나 단 하나의 위험을, 나의 안전한 굴과 여타의 생활의 비교가 끊임없이 가르치듯이, 그렇게 정확하게 보면서 두려워하지 않아도 되는 생활을, 분명 그러한 결심은 무의미한 자유 속에서 너무 오래 살다 보니 생기게 된 어처구니없는 바보짓이리라. 아직 굴은 나의 것이고 한 걸음만 떼면 나는 안전한 것을, 그러면 나는 온갖 의심을 떨치고 백주에 곧장 문을 향하여 내달린다. 이번에야말로 틀림없이 들어 올리기 위하여, 그러나 나는 그러지 못하고 그걸 지나쳐 달려서는 일부러 가시덤불에 처박힌다. 나를 벌하기 위하여, 내가 모르는 죄과에 대하여 벌하기 위하여. 그러고 나면 아무튼 나는 최종적으로 말하지 않을 수 없다. 그래도 내가 옳다고, 내가 가진 가장 값진 것을 온 사방, 땅바닥, 나무 위, 공중의 모든 자들에게 적어도 잠시라도 활짝 송두리째 내맡기지 않고는 내려가는 것이 정말이지 불가능하다고, 그리고 위험은 상상한 것이 아니라 매우 현실적인 것이다. 나를 따라오도록 내가 부추긴 적들이란 결코 진정한 의미의 적은 아닐 것이다. 다분히 그 어떤 그 누구여도 좋을, 세상 물정 모르는 조그마한 자, 호기심에서 나를 따라오다가 저도 모르게 나와 적대하는 세상의 안내자가 되고 마는 그 어떤 밉살스러운 조그만 생물일 수 있을 것이다. 역시 그럴 리야 없을 것이다. 아마 존재한다면 그것 역시 다른 것 못지않게 고약할 것이다. 여러 가지 점에서 그것은 가장 고약한 것일 텐데 —어쩌면 그것은 나와 같은 유의 그 어떤 동물로서 건축물에 대해 일가견과 평가 능력이 있는 자로, 숲의 은둔자이자 평화 애호가일 것이다. 그러나 집을 짓지는 않고 집에서 살고자 하는 난폭한 건달일 것이다. 만약 그런 자가 지금 나타나기라도 한다면, 그자가 그의 더러운 욕망으로 입구를 발견하기라도 한다면, 이끼를 들어 올리는 작업을 시작하기라도 한다면, 그자가 그것을 이루기라도 한다면, 나 대신 밀고 들어가기라도 한다면, 벌써 나한테 그의 엉덩짝이 잠시 보이고 말만큼 썩 들어가 있기라도 한다면, 이 모든 일이 벌어져버려 드디어 내가 그자의 뒤를 온갖 주저를 떨치고 미친 듯이 쫓아가, 그자에게 덤벼들어 물어뜯고 짓찧어 갈기갈기 뜯어 발겨 남김없이 빨아 마시고 찌꺼기는 사냥물에다 냅다 처박아버릴 사태가 벌어지기라도 한다면, 그러나 무엇보다도, 이것이 주요 문제일 텐데, 드디어 내가 다시 나의 굴속에 들어가 이번에는 나아가 기꺼이 미로에 찬탄을 보내려 하기라도 한다면, 우선은 머리 위로 이끼를 끌어당겨 쉬려고 하기라도 한다면, 생각건대 나의 남아 있는 삶 모두를 그렇게 쉬고 싶은 것이다. 그러나 아무도 오지 않으면 내가 믿는 것이라곤 나뿐이다. 언제나 일의 어려움에만 몰두하다 보니 나는 두려움이 많아져 외면적으로도 입구를 기피하지 않게 되어 그 주위를 빙둘러 돌아다니는 것이 가장 즐기는 취미가 되어 어느덧 내가 적이라도 되어 성공적으로 침입할 적절한 기회를 엿보기라도 하는 듯한 형국이다. 만약 내가 믿을 수 있어 관찰 임무를 맡길 수 있는 그 누군가가 있다면 나는 안심하고 내려갈 수 있을 것이다. 내가 내려갈 때, 상황을 오랫동안 주위에서 자세히 지켜보고, 위험한 조짐이 보일 때는 이끼 덮개를 두드리라고, 그러나 그 밖에는 아무것도 하지 말아달라고 내가 믿는 그와 합의할 텐데. 그럼으로써 내 머리 위에서 모든 문제가 깨끗이 처리되리라. 아무것도 남아 있는 것이 없게, 기껏해야 오직 나의 신임자만이 남게 될 것이다 ─ 그런데 그가 어떤 반대 급부를 요구하지 않더라도 최소한 굴을 구경하고자 하지 않겠는가? 이것이, 누군가를 멋대로 내 굴에 들여놓는다는 이것이 이미 나에게는 더없이 거북하리라. 내가 굴을 자신을 위하여 팠지 방문자를 위하여 판 것이 아니기에, 아마 그를 들어오지 못하게 할 것이다. 그가 나에게 굴로 들어가는 것을 가능케 해주는 대가로도 나는 그를 들여보낼 수 없을 것이다. 왜냐하면 그러자면 내가 그를 혼자 들여보내든가 우리가 같이 내려가야 하는데, 그를 혼자 들여보낸다는 것은 상상조차 할 수 없는 일이고, 같이 내려간다면 그가 나에게 가져다주어야 할 바로 그 이점, 내 뒤에서 망을 봐준다는 이점은 사라지고 말 것이다. 그리고 신뢰는 어떤가? 마주 보고 있어야 믿을 수 있는 사람을 보지 않고도, 이끼 덮개가 우리를 갈라놓는데도 믿을 수 있을까? 어떤 사람과 같이 있으면서 동시에 감시하거나 적어도 감시할 수 있을 때 누구를 신뢰하기란 그런대로 제법 쉬우며, 어쩌면 누군가를 멀리서 신뢰하는 것까지도 가능할 것이나, 굴 안에서 그러니까 하나의 다른 세상으로부터 바깥에 있는 그 누군가를 완전히 신뢰한다는 것, 그것은 내 생각으로는 불가능하다. 그러나 그런 의심까지도 도대체 필요하지도 않다. 내가 내려가는 도중에나 내려간 후에 인생의 무수한 우연들이 내가 신뢰한 그 사람의 의무의 이행을 가로막을 수 있다는 사실과 그가 눈곱만큼이라도 제지를 받는 날에는 그것이 나에게 그 얼마나 예상할 수 없는 결과를 가져올 것인가를 생각해보는 것만으로도 족하다. 모든 것을 종합해보면 나는 혼자이며 믿을 수 있는 것이 아무것도 없다고 해서 전혀 한탄할 일이 아니다. 그런 이가 없다고 분명이점을 잃는 것이 아니라 다분히 손실을 면하고 있는 것이다. 믿을 수 있는 것이라곤 나와 굴뿐이다. 그 점을 내가 일찍이 생각하여 지금 나를 이토록 골치 아프게 하는 경우를 대비한 조처를 취해두었어야 했을 것을, 굴을 파기 시작했을 때만 해도 적어도 부분적으로는 가능했을 텐데, 첫 번째 통로는 적절한 간격을 두어 입구가 두 개가 되도록 했어야 하는데, 그리하여 내가 온갖 불가피한 번잡을 마다하고 한 입구를 지나 내려가서는 재빨리 두 번째 입구까지 첫 통로를 달려, 목적에 맞게 설비되어 있어야 할 그곳의 이끼 덮개를 약간 쳐들고 거기서부터 며칠간 상황을 살펴볼 수 있게끔. 그렇게 혼자 있으면 만사가 잘될지 모른다. 입구가 둘이라 위험이 배가되는 것도 사실이긴 하겠으나 그런 의심은 여기서는 접어두어야 하겠다. 정찰 장소로 난 입구는 아주 좁아도 될 것이니. 그럼으로써 나는 기술적인 고려에 몰두하여 또다시 하나의 완벽한 건축을 꿈꾸기 시작하고 그것이 나를 다소 안심시키니, 두 눈을 감고 무아경에 빠져 있노라면 남의 눈에 띄지 않게 살짝 드나들 수 있는 건축의 가능성이 분명히 보이기도 하고 덜 분명하게 보이기도 한다.

여기에 이렇게 누워 그런 생각을 하고 있노라면 나는 이 가능성을 매우 높게 평가하게 된다. 그렇지만 다만 기술적인 성과로서이지 현실적인 장점으로서가 아니다. 그럴 것이 이 방해받지 않는 살짝 드나듦, 이게 도대체 뭐란 말인가? 그것은 불안한 의식, 불확실한 자기 평가, 깨끗지 못한 욕망, 즉 그럼에도 엄연히 여기 있어 마음을 열기만 한다면 평화를 불어넣어 줄 수 있는 굴을 대면하여 더욱더 나빠지는 나쁜 품성의 표시이다. 그러자면 필요한 기술적 설비가 몹시 요망되는 터이다. 그러나 어쩌면 그렇게까지 심하지는 않을지도 모른다. 굴을 될 수 있는 대로 안전하게 기어들어 가고자 하는 구덩이로 본다면, 그건 순간의 신경과민한 불안에 사로잡혀 굴을 심하게 과소평가하는 것이 아닌가? 분명히 굴은 이런 안전한 구덩이기도 하고 아니라면 마땅히 그래야 할 것인데, 내가 바로 위험에 빠져 있다고 상상을 하게 되면 나는 이를 꽉 깨물고 있는 결의를 다 짜내어 굴이 다름 아니라 바로 나의 생명을 구하도록 결정되어 있는 구멍이며, 이 명백하게 주어진 소임을 최대로 완전하게 다해주기를 바라며 다른 소임은 뭐든지 면제해줄 용의가 있다. 그런데 굴이 실제로는—어려움이 크다 보면 현실에는 눈길이 가지 않게 마련이나 위협을 받는 시간에는 오히려 이런 현실을 보는 시선을 가져야 한다—안전을 제공하기는 하나 철두철미, 충분하게는 아닌 것이 정황인

데 그 속에 있다고 근심이 일찍이 다 털어지기야 하겠는가? 그것
은 또 다른, 보다 자부심에 차고 보다 내용이 풍부한, 자주 내면으
로 한껏 도사려진 근심이지만 그 근심을 소모시키는 효과는 아
마도 바깥 생활에서 생기는 근심들의 효과와 같을 것이다. 만일
내가 오로지 생명의 안전을 위하여 건축을 행했더라면, 내가 기
만당한 것은 아닐 테지만 엄청난 작업과 실제의 안전 사이의 비
례는, 적어도 내가 느낄 수 있고 거기서 이득을 볼 수 있는 한에서
는, 나에게 유리한 것이 아니다. 그 점을 시인하기란 몹시 고통스
러우나 그렇게 해야만 한다. 바로 저기 저 입구, 건축자이자 주인
인 나와 맞서 스스로를 폐쇄하며 그야말로 경련을 일으키고 있
는 저 입구와 직면하여. 그리고 굴은 구멍의 구멍만은 아니다. 높
이 쌓인 저장 고기에 둘러싸여, 여기서부터 시작되는 각기 전체
장소에 특별히 꺼졌거나 솟은, 뻗어 있거나 굽은, 넓어지거나 좁
아지며 모두 한결같이 고요하고 텅 비어, 각기 그 나름대로 나를
많은 광장들로, 그 역시도 고요하고 텅 빈 광장들로 인도하는 열
개의 통로를 향해 얼굴을 돌린 채 성곽 광장에 서 있노라면—안
전에 대한 생각은 까마득해지고, 그럴 때 내가 정확하게 알고 있
는 사실은 여기가 긁히고 깨물리면서, 다지고 부딪쳐 완강한 바
닥으로부터 얻어낸 나의 성곽, 그 어떤 방식으로도 다른 그 누구
의 것일 수 없고, 여기서 내가 결국에는 나의 적으로부터의 치명
적인 상해마저도 침착하게 받아들일 수 있을 정도로 나의 것인
나의 성곽이라는 점이다. 왜냐하면 나의 피가 여기 이 바닥에 새
어 들어가 사라지지 않을 것이기 때문이다. 그리고 이 통로들, 나
를 위하여 아주 정확하게 계산되어진, 몸을 편안하게 쭉 뻗기에,
어린애처럼 뒹구는 것에, 꿈에 잠겨 누워 있기에 알맞은, 축복받

은 영면을 위해 있는 이 통로에서 반은 평화롭게 잠자며, 반은 즐거운 마음으로 잠을 깨며 보내곤 하는 이것 말고 아름다운 시간들의 의미가 또 달리 무엇이 있겠는가? 그리고 작은 광장들, 그 하나하나를 내가 훤히 알고 있고 모두가 아주 똑같은데도 두 눈을 감고도 벽의 융기만으로 똑똑하게 구분할 수 있는 곳들, 그것들이 평화롭고 따뜻하게 나를 감싸고 있다. 그 어느 둥지가 새를 감싸는 것보다도 더.

그리고 사방이, 온 사방이 고요하고 텅 비어 있다.

그러나 사정이 그러하다면 왜 나는 망설이고 있는 것일까? 왜 다시는 나의 굴을 못 보게 될 가능성 이상으로 침입자를 두려워하는 걸까? 그런데 아마도 나의 굴을 못 본다는 것은 천만다행으로 있을 수 없는 일이니, 깊은 생각을 통하여 비로소 굴이 나에게 어떤 의미를 지니는가를 분명히 할 필요도 전혀 없으리라. 나와 굴은, 아무리 불안하더라도 고요하게 고요하게 나는 여기에 정주할 수 있고, 극기를 하여 온갖 의혹을 무릅쓰고 입구를 열려고 해볼 필요가 없을 정도로 나와 굴은 하나가 되어 있으니, 가만히 기다리고 있는 것으로 족하리라. 아무것도 우리를 영원히 갈라놓지는 못할 테고 어떻게든 나는 기필코 내려가고 말 테니까. 물론 그렇지만, 그때까지 얼마만 한 시간이 흐를 것이며, 그동안에 얼마만큼 많은 일이 일어날 것인가? 여기 위에서나 저기 아래에서. 그러니까 이 시간의 크기를 줄여 필요한 일을 즉시 하느냐 마느냐는 오로지 내 자신에게 달려 있는 것이다.

그리하여 이제, 피로해 어느덧 생각 따위는 할 수 없게 되어, 고개를 떨군 채 불안한 두 다리를, 절반쯤 잠자며, 걷는다기보다는 더듬으면서 입구로 다가가 천천히 이끼를 들어 올린다. 천천히 내려간다. 방심해서 입구를 필요 이상으로 오래 덮지 않은 채 둔다. 그리고 나서 빠뜨린 것이 생각이 나서 그것을 챙기러 다시 올라간다. 그러나 무엇 하러 올라가겠는가? 이끼 덮개만 덮으면 되는 것을. 좋다, 그래서 나는 다시 내려가 이제 드디어 이끼 덮개를 덮는다. 다만 이러한 상태로, 오로지 이러한 상태로만 나는 이일을 해낼 수 있는 것이다. 그렇게 하고 나서는 이끼 아래 들여다 놓은 포획물 더미 위에 피와 육즙으로 흥건히 젖어 누워 있는다. 열망하던 잠을 자기 시작할 수도 있을 것이다. 아무도 나를 방해하지 않고, 아무도 나를 쫓아오지 않는다. 이끼 위는, 적어도 지금까지는 조용해 보인다. 그리고 비록 조용하지 않을지라도, 이제는 더 이상 내가 관찰을 감당해낼 수 없으리라고 생각한다. 나는 장소를 바꾼 것이다. 위의 세계를 떠나 나는 나의 굴 안으로 왔으며, 굴의 영향력을 금방 느낀다. 이곳은 새로운 힘을 주는 새로운 세계이니, 위에서의 피로감이 여기서는 그렇게 여겨지지 않는다. 나는 여행에서 돌아온 것이다. 힘이 들어 까무러칠 듯 피곤하지만 옛집을 다시 본다는 것, 나를 기다리고 있는 정돈 작업, 얼른 모든 방들을 겉핥기로라도 살펴볼 필요성, 그러나 무엇보다도 한껏 서둘러 성곽 광장으로 달려갈 필요성, 그 모든 것이 나의 피로를 소란과 열성으로 변화시키니, 내가 발을 굴에 들여놓는 순간 깊고 긴 잠이라도 자고 난 것 같다. 첫 작업은 몹시 힘이 들어 있는 힘을 다해야 했다. 포획물들을 비좁고 벽이 얇은 미로의 통로들을 통해 가져와야 했던 것이다. 사력을 다하여 앞으로 밀어붙이면 되기는 한다. 그러나 아주 천천히, 그리하여 그것을 촉진시키기 위해 나는 고깃덩어리 일부를 찢어 남겨둔 채, 그것을 타 넘고 헤쳐가며 밀고 나간다. 이제 내 앞에는 한 토막만 있고 그것을 앞으로 가져가기는 한결 쉽다. 그러나 그런 식으로, 나는 나 혼자 지나다니기도 늘 쉽지 않은 여기 비좁은 통로들 안에 가득 들어찬 고기 한가운데 있게 되어 양식 속에서 질식해 죽기 십상일 지경까지 되고, 이따금씩 어느덧 다만 먹고 마심으로써 양식의 쇄도로부터 나를 지킬 수 있다. 그러나 운반하는 일이 순조롭게 이루어져서, 그렇게 길지 않은 시간 내에 나는 그 일을 끝낸다. 미로는 극복되었고, 나는 한숨을 내쉬며 제대로 된 통로에 서서, 포획물들을 연결 통로를 통해서 그런 경우를 대비해 특별히 마련한 중앙 통로로 몰아간다. 그 중앙 통로는 심한 경사로를 거쳐 성곽 광장으로 이어진다. 이제 그것은 일도 아니다. 이제는 모조리 거의 저절로 굴러 흘러 내려가는 것이다. 드디어 나의 성곽 광장이다! 드디어 나는 쉬어도 좋을 것이다. 모든 것이 변함없다. 큰 사고가 일어난 것 같지는 않다. 첫눈에 알아볼 수 있는 작은 피해들이야 곧 복구될 것이다. 먼저 나는 통로들을 오랫동안 거닐어본다. 그런데 그것은 힘든 일이 아니라 친구들과의 환담과 같은 것이다. 내가 옛날에 했었던 것처럼, 아니면—나는 아직 그렇게까지 늙지는 않았으나 많은 것에 대한 기억이 흐려진다—내가 그랬던 것처럼, 혹은 그러곤 한다고 들은 것처럼. 두 번째 통로부터는 일부러 천천히 간다. 성곽 광장을 보고 난 다음에는 나는 무한정 시간이 있다—굴 안에서는 늘 끝없이 시간이 있다—내가 거기서 행하는 모든 것이 훌륭하고 중요하며 나를 어느 정도 만족시키기 때문이다. 두 번째 통로에서 시작하여 한중간에서 검열을 중단하고는 세 번째 통로로 넘어가는데 거기서부터는 발길 닿는 대로 성곽 광장으로 돌아와 버린다. 아무튼 이제 두 번째 통로를 새로이 시작해야 하고 이런 식으로 작업을 가지고 유희를 벌

임으로써 작업량을 늘리고 혼자서 웃고 기뻐하고 많은 작업으로
뒤죽박죽이 되지만 일을 그만두지는 않는다. 너희 통로며 광장
들이여, 그리고 무엇보다 성곽 광장, 너의 문제들이여, 너희들 때
문에 바로 나는 이 세상에 태어난 것이며, 너희를 위해서는 목숨
조차 대수로이 여겼다. 내 오랫동안 그 때문에 떨며 너희들에게
돌아가는 것을 망설이는 어리석은 짓을 한 이후로는, 내가 너희
곁에 있는 지금 위험이란 게 뭐 대수이겠는가. 너희들이 내 것이
고, 내가 너희들의 것으로 우리가 결합되어 있는데 우리에게 무
슨 일이 일어나겠는가. 위에 있는 족속들이 몰려와 이끼를 뚫고
들어올 채비를 하고 있을지도 모르지만 말이다. 침묵과 적막으로
굴 역시 나를 환영해주고 내가 하는 말을 뒷받침해주고 있다. 그
런데도 이제 점차 태만함이 엄습해와 나는 내가 좋아하는 장소
인 어떤 한 광장에서 약간 몸을 오그린다. 다 돌아보자면 아직 멀
었고 앞으로도 계속 끝까지 살펴볼 예정이다. 나는 여기에서 잠
자려는 것이 아니고, 마치 잠이라도 자려는 듯하게 꾸며놓으려는
유혹에 따른 것뿐이다. 여기서 아직도 예전처럼 자는 것이 잘될
것인지 어떤지 확인해보려는 것이다. 그건 된다. 그러나 그 순간
에서 빠져나올 수가 없다. 나는 여기에서 깊은 잠 속에 빠져든다.

　나는 퍽 오래 잤나 보다. 저절로 풀려나는 잠에서 비로소 나는
깨어났는데, 잠이 이미 몹시 얕은 상태에 있었나 보다. 그 자체로
서는 거의 들리지 않을 사각사각하는 소리가 나를 깨웠으니 말
이다. 나는 즉시 알아차렸다. 내가 너무 감시를 소홀히 하고 너무
나 그대로 방치해둔 작은 동물이 내가 없는 사이에 어딘가에 새
길을 뚫어, 그 길이 이제 오래된 길 하나와 만나 막혔던 공기가 통
함으로써 생기는 소리였다. 무슨 놈의 족속이 쉬지도 않고 일을

396

한담. 그 족속의 부지런함이란 얼마나 성가신가! 통로의 벽들에다 정확하게 귀를 기울여보고 시험 삼아 파보아 이 방해가 어디서 이루어지고 있는가부터 확인해야 할 것이고 그런 다음에야 소음을 제거할 수 있을 것이다. 그건 그렇고 이 새로운 구덩이는 그것이 어떻게든 굴의 상태에 맞기만 한다면 새로운 통로로서 나도 역시 환영할 것이다. 그러나 작은 것들에 대해서 이제부터는 지금까지보다 더 세심한 주의를 해야 하겠다. 그 어느 것도 그냥 내버려 두어서는 안 되겠다.

그런 수색은 많이 해보았으므로 오래 걸리지는 않을 것이니, 곧 그것부터 시작할 수 있다. 다른 일들이 놓여 있기는 하지만 이일이 가장 시급한 것이다. 통로들은 고요해야만 한다. 이 소리는 상당히 무례한 것이니, 내가 왔을 때 그 소리가 이미 났을 텐데도 그것을 전혀 듣지 못했던 것이다. 나는 다시 완전히 집에 자리를 잡고서야 그것을 듣게 되었음이 틀림없나 보다. 그런 건 어느 정도 집주인의 귀에만 들릴 터이니까. 그리고 그것은 그런 소리가 여느 때 그렇듯이 죽 이어지지 않는다. 오랫동안 그치는데, 그것은 분명 기류가 막혀 모인 데서 비롯된 것이다. 수색을 시작하나, 파보아야 할 곳을 찾는 일이 안 된다. 몇몇 군데 구덩이를 파보기는 하나 그냥 되는 대로이다. 물론 그렇게는 아무런 성과가 없으며 구덩이를 파는 큰 작업과 다시 덮어 고르게 하는 한결 더 큰 작업은 아무런 성과가 없다. 나는 소리 나는 장소에 가까이조차 가지 못하는데, 희미한 소리는 변함없이 규칙적인 간격을 두고 계속 울린다. 어떤 때는 사각사각하는 소리 같기도 하고 어떤 때는 휘파람 소리 같기도 하다. 그런데 나는 그것을 잠정적으로 그냥 내버려 둘 수도 있으리라. 몹시 방해가 되기는 하지만 내가 인정한 잡음의 출처에 거의 있을 수 없는 바에야 그것이 더 커질 리 만무하고 반대로—지금껏 내가 그렇게 오래 기다려본 적은 없지만—그런 소음들은 시간이 흐름에 따라 그 작은 굴착자가 일을 계속해나감으로써 저절로 사라지는 일이 일어날 수도 있는 것이고, 또한 그런 점을 도외시하더라도 자주 체계적인 수색이 오래전에 무력해졌는데도 우연으로 쉽사리 방해의 단서가 잡히기도 하는 것이다. 그렇게 자위를 해가며 차라리 계속 통로들을 배회하며 내가 아직 다시 보지 못한 많은 광장을 찾아보며 간간이 조금씩 성곽 광장을 빙 돌아보는 게 나으리라. 그러나 그렇게 되질 않는다. 나는 계속 찾아야 한다. 보다 유익하게 사용될 수 있을 많은 시간, 많은 시간이 작은 족속 때문에 소요된다. 그런 기회들에 있어서 통상 나를 이끄는 것은 기술적인 문제로, 예컨대 나의 귀는 매우 섬세해서 소리를 아주 정확하게 그릴 수 있을 정도로 구분해내는 재주가 있는데, 그 소리에 따라 나는 어떤 계기를 상정하고 그러면 실제가 거기에 상응하는가를 검사해보고 싶어 조바심이 난다. 설사 벽에서 떨어진 모래알이 어디로 굴러갈 것인가를 아는 것만이 문제된다 하더라도 그것조차도 나는 확실하게 느낄 수가 없는데, 여기에는 확인이 따를 수 없는 만큼 충분한 근거도 있는 셈이다. 그러니 그런 소리 하나라도 이러한 관점에서 전혀 중요치 않은 사건은 아니다. 그러나 중요하든 중요치 않든 아무리 찾아보아도 아무것도 찾아내지 못하고 있다. 하필 내가 좋아하는 광장에서 이런 일이 꼭 일어나야 한다니, 그곳을 떠나 제법 멀리 가며 다음 광장에 이르는 길 거의 한중간에서 나는 생각한다. 이 모든 게 실은 농담일 뿐이라고, 마치 이를테면 바로 내가 가장 좋아하는 광장 하나만 나에게 이러한 방해를 마련한 것이 아니라 방해는 다른 쪽에도 있다고 증명이라도 하려는 듯이, 그러고는 웃으며 귀를 기울이기 시작하나 곧 웃기를 그친다. 똑같은 사각사각 소리가 여기에서도 정말 들리기 때문이다. 저것은 아무것도 아니다라고 나는 종종 생각한다. 나 말고는 아무도 듣지 않을 것이다. 물론 나는 소리를 연습으로 날카로워진 귀로 점점 더 똑똑하게 듣는다. 내가 비교를 통하여 확신할 수 있는 대로 그것은 사실 어디서나 똑같이 바로 같은 그 소리인데도 말이다. 벽에 귀를 바짝 대지 않고 그냥 통로 가운데서 엿들어보면, 내가 알아차린 바로는 더 커지지도 않는다. 그 소리를 듣자면 도무지 바짝 긴장을 해야만, 실로 여기저기에서 엎드려 몰두하여야 어떤 소리 하나의 숨결을 그나마 듣는다기보다는 짐작으로 알아차릴 수 있다. 그러나 이 모든 장소에서 소리가 꼭 같다는 점이 가장 나의 신경에 거슬린다. 그것은 나의 애초의 가정과 일치하지 않기 때문이다. 내가 이 소리의 근원을 제대로 알아맞혔더라면, 그것은 바로 발견되어졌어야 할 어느 특정 장소에서 가장 크게 울려 나오고 그다음에는 점점 작아져야 할 텐데. 그러나 나의 설명이 적중하지 않았다면, 그럼 그것은 무엇이었을까? 소리 중심이 둘이 있어 내가 지금까지 다만 그 중심들에서 멀리 떨어져 귀를 기울였고 그리하여 내가 하나의 중심에 다가가면 그것의 소리를 듣기는 하나 또 다른 중심의 소리가 줄어듦으로써 전체 결과는 듣기에 늘 대체로 같게 마련이었을 가능성도 있기는 했다. 어느덧 나는 자세히 귀를 기울여보면, 비록 아주 희미하게나마 이 새로운 가정에 부합하는 음의 차이를 알아듣는다고 거의 믿었다. 아무튼 나는 탐색 지역을 지금껏 해온 것보다 훨씬 넓혀야 할 것 같다. 그래서 나는 통로를 아래쪽으로, 성곽 광장까지 내려가 거

기서 귀를 기울이기 시작한다—기이하게도 여기서도 같은 소리
이다. 그렇다면 파렴치하게도 내가 여기에 없는 시간을 남김없
이 이용한 어떤 하잘것없는 짐승들의 굴 파기로 인하여 나는 소
리이다. 아무튼 그들이 일부러 내 쪽으로 올 리는 없고, 다만 자기
자신들의 작업에 골몰해 있을 터이니 그들의 길에 장애물이 나
타나지 않는 한은 한번 취한 방향을 고수할 것이다. 그 모든 것을
나는 알고 있다. 그럼에도 불구하고 그들이 감히 성곽 광장에 접
근한다는 것이 내게는 불가해하고 나를 흥분시키며 작업에 필수
적인 이성을 혼란시킨다. 그런 점에서 나는 구분하지 않겠다. 성
곽 광장이 위치한 곳이 아무려나 현저히 깊은 곳이었는지 아닌
지, 파고 있는 자들에게 겁을 주어 움츠러들게 하는 것이 성곽 광
장의 커다란 면적과 그에 상응하는 센 공기 유동이었는지, 아니
면 그것이 성곽 광장이라는 그 사실 자체가 그 어떤 소식통에 의
해 그들의 둔한 감각에까지 침투해갔었는지를. 아무튼 파 들어간
흔적은 지금껏 성곽 광장 벽에서는 보지를 못했다. 동물들이 강
렬하게 발산되는 냄새에 이끌려 무리 지어 오기는 했지만 그들
은 저 위 어디엔가에서 통로를 안으로 파 들어왔고, 그런 다음 마
음을 졸이기는 했어도 강하게 이끌려 통로들을 따라 달려 내려
왔다. 그러니 이제 그들 또한 통로들 안에서 뚫고 있으리라 생각
된다. 최소한 내가 청년기, 그리고 이른 장년기의 가장 중요한 계
획들이라도 실행했더라면, 아니 그보다는 그것들을 실행할 힘이
있었더라면 얼마나 좋았을 것인가. 뜻이야 없지 않았으니까. 내
가 좋아했던 이들 계획 중의 하나는 성곽 광장을 그것을 둘러싸
고 있는 지면과 분리시키는 것이었다. 즉, 그 벽들을 대략 내 키
에 상당하는 두께로만 남겨두고 그 너머에는 성곽 광장을 빙 둘

러 유감스럽게도 지면에서 떼어낼 수 없는 작은 기초만 남겨두고 벽 넓이 정도로 빈 공간을 마련하겠다는 것이었다. 이 빈 공간을 나는 언제나, 나에게 주어질 수 있는 가장 멋진 체류지로 그려보곤 했는데 그건 아마 그다지 부당한 일은 아니었을 것이다. 이 빈 공간의 흰 벽에 둥그렇게 매달려 있기, 위로 올라가기, 미끄러져 내려오기, 공중제비하여 다시 발로 바닥을 딛고 서기, 이 모든 유희는 말할 나위 없이 성곽 광장의 몸체 안에서 행해지는 것이지만 엄밀하게 바로 그 진짜 공간 안에서는 아니다. 성곽 광장을 피할 수 있다는 것, 그것으로부터 눈을 떼어 쉴 수 있다는 것, 그것을 보는 기쁨을 나중 시간으로 미룰 수 있다는 것, 그러면서도 그것을 아주 떠나 지내지 않아도 되고 그야말로 그것을 발톱 사이에 단단히 움켜쥐고 있는 것 따위는 그것에 접근하는 보통의 개방된 출입구만 있다면 불가능한 그 무엇이다. 그리고 그 무엇보다도 그것을 감시할 수 있다는 것, 굴을 보지 못하는 대신 성곽 광장에 있을 것인가 빈 공간에 머무를 것인가를 택하지 않을 수 없다면, 늘 그곳을 오락가락하며 성곽 광장을 지키기 위하여 평생 언제라도 분명 그 빈 공간을 택하리라는 식으로 상쇄되리라는 것이다. 그러면 벽에서 들리는 소리도 없을 것이다. 광장에 이르기까지 무례하게 파고 들어오는 경우도 없으리라. 그러면 그곳에 평화가 보장될 것이고 그리고 나는 평화의 파수꾼이 될 것이다. 조그마한 족속의 굴 파기 따위를 꺼림칙하게 귀 기울이는 것이 아니라 황홀하게 지금은 내가 아주 잃어버린 그 무엇, 성곽 광장에 서려 있는 적막한 소리를 들으리라.

그러나 이런 모든 아름다운 것은 지금은 존립하지 않으며 나는 내 일을 해야 한다. 일이 이제는 성곽 광장과 직접 연관되어 있다는 사실에 나는 기뻐하지 않을 수 없다. 그 이유는 그것이 나에게 날개를 달아준 듯했으니까 말이다. 나는 물론 점점 더 드러나는 대로, 처음에는 대수로워 보이지 않았던 이 일에 모든 힘을 쏟고 있다. 나는 지금 성곽 광장의 벽들을 엿듣고 있는데, 내가 귀기울이는 곳은, 높은 곳 혹은 깊은 곳, 벽 혹은 바닥, 입구 혹은 내부, 사방이, 온 사방이 같은 소리이다. 끊어졌다가 이어지곤 하는 소리를 이렇게 오래 귀 기울이고 있는 데는 얼마나 많은 시간이, 얼마나 큰 긴장이 필요한지. 자기기만을 위하여 굳이 조그만 위로를 찾자면, 여기 성곽 광장에서는 귀를 땅바닥에서 떼면 통로들에서와는 달리 광장의 크기 때문에 전혀 아무 소리도 들리지 않는 점을 찾아볼 수 있다. 그러나 그건 그렇다 치고, 도대체 무슨 일이 일어난 것일까? 이런 현상 앞에서는 나의 첫 번째 해석이 전혀 통하지 않는다. 그렇지만 나에게 제시되는 다른 해석들 역시 나는 거부해야 한다. 내가 듣고 있는 것이 바로 작업을 하고 있는 작은 미물 자체라고 생각해볼 수도 있을 것이다. 그것은 그러나 모든 경험에 위배되니, 늘 존재했는데도 내가 한 번도 들어본 적이 없는 것을 갑자기 듣기 시작할 리는 없잖은가. 굴속에서 여러 해가 지나면서 방해에 대하여 더욱 예민해졌을지도 모르겠으나 청각은 결코 더 예민해지지 않았다. 들리지 않는다는 것은 바로 작은 동물의 본질이다. 전에는 언제 내가 그런 것을 참기라도 했었단 말인가? 굶어 죽을 위험을 무릅쓰고 그런 것을 모조리 없애버렸더라면 좋았을 것을. 그러나 어쩌면 여기에서 문제가 되는 것은 아직 내가 모르는 어떤 동물일 것이다. 이런 생각도 슬슬 들기 시작한다. 그럴 수도 있을 것이다. 내가 이미 오래 충분히 조심스럽게 여기 아래쪽에서의 삶을 관찰하고 있긴 하나, 세상이란

다채롭고 고약한 놀람들이 결코 없지 않은 법이다. 그러나 그건 한 마리가 아닐 수도 있으리라. 갑자기 나의 지역 속으로 추락할지도 모를 큰 무리임에 틀림없을 것이다. 소리가 들리는 것으로 보아 조그마한 것들보다는 위에 있는 것 같으나 그들의 작업하는 소리 그 자체가 도무지 보잘것없으니 그저 조금 나은 데 불과한 작은 동물들의 큰 무리일 것이다. 그러므로 그것은 모르는 동물들, 나를 방해하기는 하지만 그 행렬이 머잖아 끝날 그냥 지나쳐갈 뿐인 뜨내기 무리일 수도 있으리라. 그렇다면 사실 나는 기다려도 될 터이니 결국 불필요한 작업은 하지 않아도 될 것이다. 그런데 그게 낯선 동물이라면 왜 나는 그들을 여태까지 볼 수 없었을까? 그런데 그들의 하나를 포착하려고 이미 많은 굴 파기를 했으나 하나도 찾지 못했다. 그것은 어쩌면 아주 형편없이 작은 동물로 내가 알고 있는 것들보다 훨씬 더 작은데, 다만 그들이 내는 소리가 더 큰 것이리라는 생각도 든다. 그래서 나는 파헤쳐놓은 흙을 조사한다. 흙덩이가 자디잘게 부서지도록 높이 던져 올린다. 그러나 소리를 내는 자들은 그 아래 없다. 서서히 나는 통찰하게 된다. 그렇게 아무 데나 파서는 아무것도 이룰 수 없음으로, 나는 이 굴의 벽들을 마구 파 헤집어놓을 뿐이다. 여기저기를 황급히 긁어 흐트러뜨린다. 구멍을 메울 시간이 없다. 많은 곳에 벌써 길과 시야를 가로막는 흙무더기들이 쌓여 있다. 물론 그 모든 것은 다만 나의 신경에 거슬리는 부수적인 것에 불과하다. 지금 나는 거닐 수도 둘러볼 수도 쉴 수도 없으니 말이다. 이따금 나는 작업을 하다가 어느새 어떤 구멍에서 잠깐 동안 잠이 들기도 하는데, 앞발 하나는 위쪽 흙 속에 발톱을 세운 채로 두고 있다. 절반쯤 잠이 깨었을 때 흙 한 덩이를 긁어내리고자 해서다. 이제 나는 방식을 바꾸려 한다. 소리 나는 방향으로 정식의 구덩이를 만드 일에, 모든 이론을 떠나, 소리의 진짜 원인을 찾기 전에는 파기를 그치지 않을 것이다. 그다음에는 구덩이들을 힘이 닿는 대로 없앨 것이고, 그렇지 못하더라도 적어도 확신은 가지게 될 것이다. 그 확신은 나에게 안심 아니면 절망을 가져올 것이다. 어떻게 되든지 이것 아니면 저것일 테니 의심할 여지가 없고 정당할 것이다. 이 결심이 나는 유쾌했다. 내가 지금까지 행했던 모든 것에 지나치게 서두른 감이 있다는 생각이 들었다. 귀환의 흥분에 싸여, 아직 윗세계의 근심들을 벗어나지 못하고 굴의 평화에도 완전히 수용되지 못하여, 내가 그렇게 오래 굴 없이 지내야 했다는 사실에 의하여 지나치게 민감해져서 시인할 만한 것이기는 하나 이상한 현상 하나를 보고는 분별을 죄다 잃어버렸던 것이다. 그럼 무엇이란 말인가? 긴 사이를 두고서야 들리는 가벼운 사각사각 소리. 아무것도 아니다. 그렇게 말하고 싶지는 않지만 익숙해질 수도 있는, 아니 익숙해질 수야 없겠지만 잠정적으로 곧장 무언가 대책을 벌이지 않은 채 한동안 관찰해볼 수 있는 것, 즉 몇 시간씩 이따금 귀를 기울이고 결과를 참을성 있게 기록해둘 수도 있는 것이지. 나처럼 귀를 벽에서 떼지 않고 벽을 따라가며 그 소리가 들리게 될 때면, 거의 매번 진짜 무얼 찾기 위해서라기보다 내면의 불안에 상응하는 그 무엇인가를 행하기 위하여 땅을 파헤치지는 않을 수도 있는 것이다. 그게 이제는 달라지리라. 나는 희망한다. 그리고 또다시 희망하지 않으니 —내 자신에 대하여 분노하며, 두 눈을 감고 시인하는데 —불안이 나의 내부에서 아직도 몇 시간 전부터 똑같이 떨고 있다. 이성이 제지하지 않는다면 나는 필경 그냥 아무 데서나 거기서 무슨 소리가 들리는지 아닌지 상관 않고, 둔감하게, 반항적으로, 오로지 파기 위해서 되는 대로 파기 시작하였을 것이기 때문이다. 어느새 맹목적으로 파거나, 아니면 다만 흙을 먹기 때문에 파고 있는 저 작은 동물과 별로 다르지 않게. 이 새로운 계획은 내 마음을 끌기도 하고 끌지 않기도 한다. 그것에 이의를 제기할 것은 없다. 적어도 나는 이의가 없다. 그 계획은 내가 알기로는 틀림없이 목표에 이를 것이다. 그럼에도 불구하고 근본에서는 그러리라고 믿지 않는다. 그 결과의 있음직한 충격도 결코 두려워하지 않을 만큼 별만 믿지 않는다. 결코 충격적인 결과를 생각하지 않는다. 그렇다. 나는 소리가 처음 등장했을 때부터 그러한 수미일관된 굴 파기를 생각했는데, 다만 확신이 서지 않아서 지금껏 그걸 시작하지 않았던 것처럼 보인다. 그럼에도 불구하고 물론 나는, 다른 수가 없으니까, 굴 파기를 시작할 것이다. 그러나 즉시 시작하지는 않을 것이다. 작업을 약간 미룰 예정이다. 의당 분별력이 다시 온전하게 돌아오면 할 테니까, 이 일에 처박히지는 않을 것이다. 어쨌든 먼저 내가 파헤치는 작업으로 굴에다 끼쳐놓은 피해부터 손보아야겠다. 그것은 많은 시간이 들지는 않지만 꼭 필요한 것이다. 새로 파는 굴이 정말 틀림없이 목표에 도달한다면 그것은 필경 길어질 것이고, 아무런 목표에도 도달하지 못한다면 그것은 끝이 없을 것이니 아무튼 이 작업은 굴로부터 꽤 오래 떨어져 있어야 함을 뜻하되, 저 윗세계에 있으면서 굴을 떠나 있는 것만큼 나쁘지는 않을 것이다. 나는 원하면 일을 중단하고 집에 다니러 올 수도 있고, 그렇지 않더라도 성곽 광장의 공기가 나에게로 불어와 작업 중에 나를 감싸줄 것이다. 그러면서도 그것은 굴로부터 멀어짐과 불확실한 운명에 몸을 내맡기는 것을 뜻하는 것이니, 나는 내 뒤에 잘 정돈된 굴을 남겨둘 생각이다. 굴의 평화를 쟁취하기 위하여 싸웠던 내가 스스로 그 평화를 교란해놓고 즉시 회복시키지 못했다는 소리가 되어서는 안 된다. 그래서 나는 흙을 구멍들 속으로 다시 흐트려 넣기 시작하는데, 그것은 내가 정확하게 알고 있는 작업, 내가 헤아릴 수도 없이 여러 번 거의 일한다는 의식도 없이 행한 작업이다. 특히 마지막 압착과 고르기라면—이것은 분명히 그저 내 자랑이 아니라 그대로 진실이다—타의 추종을 불허하게 해낼 수 있는 작업이다. 이번에는 그렇지만 그게 어려워진다. 나는 너무도 산만하고, 한창 작업을 하다 말고 자꾸만 귀를 갖다 대고 귀 기울이며 내 발아래서 채 퍼 올려지지도 않은 흙이 다시 통로로 흘러내려도 무심히 내버려 둔다. 한결 강력한 집중을 요하는 마지막 미화 작업은 거의 해내지 못한다. 보기 흉하게 불거져 나온 곳, 장애가 되는 틈바구니가 그대로 있다. 또한 전체로 보아 그렇게 누더기처럼 꿰맨 벽에서는 옛날의 둥근 곡선이 자태를 나타낼 리 없음은 말할 필요도 없고, 나는 이것이 다만 잠정적인 작업이라는 것으로 애써 자위를 한다. 내가 돌아오고 평화가 다시 마련되면 모든 것을 최종적으로 개수할 것이다. 그때면 모든 것이 눈 깜짝할 사이에 이루어질 것이다. 그렇다. 모든 것이 눈 깜짝할 사이에 이루어지는 건 동화 속에서이고 이러한 위로 또한 동화에 속한다. 더 낫기는 지금 즉시 완벽한 작업을 하는 것일 테다. 작업을 자꾸만 중단하고 통로를 느긋하게 돌아다니며 새로 소리 나는 곳을 확정하는 것보다는 훨씬 유리할 것이다. 그렇게 돌아다니는 일이야 정말이지 식은 죽 먹기다. 아무 데나 멈추어 서서 귀를 기울이는 것밖에는 달리 할 일이라곤 없으니까 말이다. 그리고 그 밖에도 쓸모없는 발견들을 한다. 더러는 그 소리가 그친 듯이 보이는데, 그것이 실은 길게 멈춘 상태에 있는 것이고, 더러는 그런 사각사각 소리를 넘겨듣기도 하는데, 귓속에서 자신의 피가 지나치게 박동할 때면 그 두 가지 멈춤이 하나로 합쳐져 잠깐 동안 그 사각사각 소리가 영원히 끝났다고 생각된다. 그럴 때면 더 이상 귀 기울이지 않는다. 펄쩍 뛰어오른다. 인생이 송두리째 변화된다. 굴의 정적이 흘러나오는 근원이 열리기라도 하는 것 같다. 발견을 즉시 검증하기를 삼가고 의심을 품기에 앞서 그걸 믿고 털어놓을 수 있는 그 누군가를 찾아 성곽 광장까지 내달린다. 자신의 존재의 모든 것과 더불어 새로운 인생에 눈을 떴으므로, 벌써 오랫동안 아무것도 먹지 않았음을 기억하고, 흙속에 절반은 파묻힌 양식에서 아무거나 좀 끌어내어, 믿을 수 없는 발견이 이루어졌던 장소로 되돌아오는 동안에도 꿀떡꿀떡 삼키고 있다. 처음에는 먹는 동안에 그저 곁들이로 언뜻 사방을 다시 한 번 확인하려고 귀를 기울인다. 그런데 언뜻 귀 기울이는 일이라는 게 창피하게도 실수했음을 가리키는 것이 되고 만다. 확고부동하게도 저기 먼 곳에서 사각사각 소리가 나고 있는 것이다. 그래서 먹던 음식을 뱉어버린다. 그걸 땅바닥에 꽉꽉 밟아 넣고만 싶다. 작업으로 되돌아가나 어느 작업으로 돌아갈지도 전혀 모른 채이다. 필요해 보이는 곳, 어디나 그리고 그런 곳이라면 충분히 있으니, 기계적으로 무엇인가를 하기 시작한다. 마치 감독관이 오기라도 한 듯이 그리고 그에게 희극을 보여주어야 한다는 듯이, 그런데 잠시 그런 식으로 작업을 했는데 곧바로 새로운 발견을 하게 되는 일도 있나 보다. 소리가 더 커진 것 같다. 물론 훨씬 강렬하게 된 것은 아니지만, 여기에서는 언제나 섬세한 차이만이 문제가 되는데, 분명 약간 더 커졌음이 귀에 뚜렷하게 인식되어진다. 그리고 이 소리가 더 커진다는 것은 가까이 오고 있음을 내비치는 것이며, 커짐을 듣는 것보다 훨씬 분명하게 그야말로 그것이 다가오는 발걸음이 보이는 것이다. 벽으로부터 펄쩍 뛰어 물러나, 이 발견의 결과로 벌어질 수 있는 모든 일을 조망해 보려고 애쓴다. 굴을 본래 공격에 대한 방어용으로 설비한 적이 없는 듯한 느낌을 갖는다. 그러한 의도야 있었지만 공격의 위험이란 온갖 인생 경험에 위배돼 보였고 그래서 방어 시설들은 자신과는 거리가 먼 것으로 보였던 것이다—아니면 전혀 무관하지는 않더라도(어찌 그럴 수가 있으랴!), 서열에서 평화로운 삶을 위한 설비들보다는 까마득하게 하위에 있었던 것이다. 그래서 굴 안에서는 평화로운 삶을 위한 시설들에 우선을 두었던 것이다. 많은 것이 기본 계획을 저해하지 않으면서도 그 방향에서 설비될 수 있었을 터인데, 그것은 납득이 되지 않을 정도로 소홀히 된 것이다. 이 몇 해 동안 나는 많은 행운을 누렸고 행운은 나의 버릇을 나쁘게 만들었으며 불안하기는 했으나 행운 속의 불안은 아무것에도 이르지 못하는 법이다.

지금 우선할 수 있는 일이란 아마 방어를 목표로 그리고 방어에서 상상할 수 있는 온갖 가능성에 비추어 굴을 살펴보고, 방어 계획 및 거기에 속하는 건축 도면을 만들어내어 즉시 젊은이처럼 원기 왕성하게 작업을 시작하는 것이다. 그것은 필요 불가결한 작업일 것이며, 지나치는 김에 말하자면 물론 너무도 때늦은 감은 있으나 필요 불가결한 작업일 것이다. 곧바로는 아니지만 충분히 위험이 닥칠 수 있다는 당연한 두려움 속에서 무방비 상태로 온 힘을 다하여 그 위험의 진원지를 찾아내는 데 몰두하는 목적밖에는 없는 그 어떤 거창한 탐사 굴착의 굴 파기는 결코 아

408

닐 것이다. 나는 갑자기 나의 이전의 계획을 도무지 이해할 수가 없다. 전에는 사려 깊었던 계획에서 눈곱만큼도 사려라고는 찾아볼 수가 없어, 다시 작업을 내버려 두고 귀 기울여 듣는 것도 그만둔다. 지금은 소리가 더 커지는 것을 발견하고 싶지 않다. 발견이라면 충분히 했잖은가. 모든 것을 방치한다. 나의 내면의 저항을 진정시키기만 하면 만족할 수 있을 텐데. 다시 발길이 닿는 대로 통로를 지난다. 점점 더 먼 통로들 안으로 들어간다. 돌아온 후 아직 보지 못한, 나의 파헤치는 발길이 아직 전혀 닿지 않은 통로들로, 내가 가면 그 정적이 깨어나 나의 위로 내려앉는다. 나는 굽히지 않는다. 내내 서두른다. 내가 무엇을 찾고 있는지도 전혀 모른다. 다분히 다만 시간을 미루는 것이리라. 나는 길을 훨씬 벗어나 미로까지 오고 만다. 이끼 덮개에 귀를 대고 귀 기울이는 것이 나의 마음을 끈다. 그토록 멀리 있는 사물들이, 이 순간으로서는 그토록 멀리 있는 사물들이 나의 관심을 사고 있는 것이다. 위까지 밀고 나가서 귀를 기울인다. 깊은 정적, 여기는 얼마나 좋은가. 저 밖에서는 아무도 나의 굴은 안중에 없고, 각기 나와는 아무 상관 없는 그 자신의 일들이 있다. 내가 그것에 도달하기 위하여 무슨 일을 해보든 간에. 여기 이 이끼 덮개가 있는 곳은 이제는 아마도 몇 시간씩 귀를 기울여봐야 아무 소리도 들을 수 없는 굴의 유일한 장소일 것이다—그것은 이 굴속의 관계들을 완전히 뒤바꿔놓은 것으로, 지금까지 위험스러웠던 장소가 평화의 장소가 되고, 성곽 광장은 반면 세상 소음과 그것이 지닌 여러 가지 위험물의 소음에 휘말려버린 것이다. 더욱 나쁜 것은, 여기서도 사실은 평화가 없다는 것이다. 여기서는 아무것도 달라진 것이 없으나, 조용하든 시끄럽든 상관없이 이끼 위로는 전과 마찬가지로 위험이 도사리고 있으며 내가 그것에 대해 둔감해졌을 뿐이다. 벽에서 나는 사각사각 소리에 내가 너무도 시달리고 있는 것이다. 내가 그것에 시달리고 있다고? 소리는 커지고 가까워져 오는데, 나는 미로를 살금살금 돌아다니며 여기 높은 곳, 이끼 아래 태평하게 진을 치고 있다. 내가 여기 위쪽에서만 약간의 평화를 찾는다는 건, 벌써 사각사각 소리를 내는 자에게 집을 온통 내맡겨버리는 거나 다름없는 꼴이잖은가. 사각사각 소리를 내는 자에게라고? 그 소리의 원인에 대하여 내가 새로운 확정된 견해라도 가지고 있단 말인가? 그 소리는 작은 것이 파는 가는 홈들에서 나는 소리일 텐데도? 그것이 나의 확정된 견해가 아닌가? 아직은 내가 거기에서 벗어나지 못한 것 같다. 그리고 그것이 직접 홈에서 나는 소리가 아니더라도 어떻게든 간접적으로 거기서 나는 소리일 것이다. 그리고 만일 그것이 그 홈들과 무관하다면 전혀 아무것도 미리부터 가정할 수가 없는 것이니 아마 원인을 발견하거나 그 자체가 드러날 때까지 기다려야 할 것이다. 가정들을 가지고 유희를 하는 것은 물론 지금도 할 수 있다. 예를 들면, 이런 말도 할 수 있을 것이다. 어딘가 먼 곳에서 느닷없이 물이 새어들어 왔고 나에게 휘파람 소리나 사각사각 소리로 들리는 것이 실은 졸졸 물 흐르는 소리일지도 모른다고 말이다. 그러나 내가 이러한 점에서는 전혀 경험이 없다는 사실을 제쳐놓더라도—내가 처음 발견한 지하수는 즉시 물길을 돌렸으니 이 모래 바닥에는 다시 흘러오지 않는 상태이다—그 점을 제쳐놓고라도 그것은 사각사각 소리이지 졸졸 흐르는 소리로 바꾸어 해석할 수 없는 것이다. 그러나 그만두라는 온갖 경고가 무슨 소용이 있겠는가? 상상력은 멈추지 않고 나는 정말로 이렇게 곧이곧대로 믿는 데 집착하고 있으니—그것 자체를 부인하는 것은 실없는 일이다—그 사각사각 소리는 한 마리의 동물, 즉 많은 작은 동물들이 아니라 단 한 마리의 큰 동물에서 난다는 것이다. 그 생각에 맞서는 조짐은 많이 있다. 무엇보다도 그 소리가 사방 어디서나 들리며 언제나 같은 크기일 뿐만 아니라 그 밖에도 밤낮으로 들린다는 것, 확실히 처음에는 어느 편이냐 하면 작은 동물들로 가정하는 쪽으로 마음이 기울 수밖에 없었으나, 이리저리 파보는 동안 그것들을 찾았어야 할 텐데 아무것도 찾지 못했으니 이제는 큰 동물이 존재한다는 가정만이 남아 있는 셈이다. 특히 작은 동물이 있으리라는 가정에 모순되는 사실은 큰 동물의 존재를 가정하게 하는 데 불과하고, 아주 불가능하지는 않은 그 큰 동물을 온갖 상상을 넘어서는 위험한 것으로 만들 뿐이다. 이 때문에 나는 그 가정에 저항했었다. 나는 이 자기기만을 그만둔다. 이미 오랫동안 나는 한 가지 생각을 가지고 유희를 하고 있으니, 즉 그 동물이 맹렬하게 작업을 하는데 산보하는 사람이 노천 통로를 지나가듯 빠르게 땅을 파서 그가 팔 때면 땅이 진동하고 그가 지나간 한참 후에도 여전하여 이 후속 진동과 작업의 소리 자체가 먼 거리를 두고 한데 섞여 영향을 미치니, 그 때문에 그 소리가 변함없는 것이고, 오히려 내가 그 뜻을 꿰뚫어 볼 수 없는 어떤 계획이 이미 제시되어 있다는 것이다. 나는 다만 나에 관하여 알고 있다고는 전혀 주장하고 싶지 않은 그 동물이 나를 포위하고, 내가 그것을 관찰하고 있는 이래로, 몇 개의 포위 원을 나의 굴 주변에 그어놓았을 것이라고 가정할 뿐이다—그 소리의 종류, 사각사각 소리냐 휘파람 소리냐는 나에게 생각할 거리를 많이 준다. 내가 내 방식대로 땅을 긁거나 파헤쳐보면 전혀 다른 소리로 들린다.

이 사각사각하는 소리로 보아, 그 동물의 주된 연장이 발톱은 아니고, 혹 발톱으로 보조는 하겠으나, 아무튼 그 엄청난 힘은 고사하고라도 그 어떤 날카로움마저 지녔을 주둥이거나 커다란 코일 것이라고밖에 설명할 수 없다. 필경 그것은 강한 일격으로 커다란 코를 땅속으로 박아 커다란 덩어리를 떼어내는데, 이 시간 동안에는 내가 아무 소리도 듣지 못한다. 그것이 바로 중단된 시간이다. 그러고 나서는 다시 새로운 일격을 가하기 위하여 공기를 들이마신다. 그 동물의 힘 때문만이 아니라 또한 그의 서두름, 그의 작업의 열성 때문이기도 한, 땅을 뒤흔드는 소음임에 틀림없는 이 공기의 들이마심과 이 소음이 내게는 낮은 사각사각 소리로 들리는 것이다. 아무려나 도무지 모르겠는 것은 그의 그침 없이 일을 할 수 있는 능력이다. 어쩌면 짧은 휴지도 아주 잠깐 동안의 숨 돌릴 기회를 포함하겠으나 휴식다운 긴 휴식은 내가 보기에는 아직 없었던 것 같고, 밤낮으로 파고 있는 것이다. 늘 같은 힘과 같은 원기로, 서둘러 시행해야 하는 그의 계획, 실현할 모든 능력을 지니고 있는 계획을 늘 염두에 둔 채. 그런 적수를 나는 전혀 예기치 못했었다. 그러나 그의 색다른 점들은 제쳐놓고라도 지금 내가 실로 항상 두려워했어야 했을 그 무엇, 거기에 맞서 늘 대비를 했어야 마땅했을 그 무엇인가가 일어나고 있는 것이 사실이다. 누군가가 다가오고 있는 것이다! 어찌하여 그토록 오랜 시간 모든 일이 고요하고 행복하게 진행될 수 있었던가? 누군가가 적들의 길을 인도하여 나의 소유지 둘레를 크게 에워싸게 했는가? 지금 와서 이렇게 놀라게 될 바에는 나는 왜 그토록 오래 보호받았더란 말이냐? 그것들을 생각하고 또 생각하면서 세월을 보내고 결국 이 하나의 위험을 대면하게 된 온갖 작은 위험들은 무엇이었는가? 내가 이 굴의 소유주이니 올지 모를 모든 자들보다 우세하기를 바랐던가? 바로 이 크고 민감한 작품의 소유주이기에 비교적 진지한 모든 공격에 대하여 무방비하다 함이 오히려 납득이 잘 간다. 굴을 소유하고 있다는 행복감이 나를 버릇나쁘게 만들었고, 굴의 민감함이 나를 민감하게 만들었으며, 굴의 상처가 나 자신의 상처인 것처럼 나는 아프다. 바로 이 점을 나는 예상했어야 했다. 내 자신의 방어만이 아니라—그런데 그것조차도 나는 얼마나 가볍게 성과 없이 행하였던가—굴의 방어도 생각했어야 했다. 무엇보다도 굴의 하나하나의 부분들이, 그리고 될 수 있는 대로 많은 하나하나의 부분들이 누군가의 공격을 받으면, 그것이 가장 짧은 시간 내에 이루어져야 하는데, 흙이 무너져 내림으로써 덜 위협을 받을 부분들과 분리되게끔, 그것도 그러한 흙덩어리로 공격자가 그 뒤에 진짜 굴이 있다고는 전혀 눈치채지 못할 정도로 효과 있게 분리되게끔 배려를 했어야 할 것을. 더 나아가 이 흙이 무너져 내림으로써 굴을 감추는 것뿐만 아니라 공격자를 파묻는 데도 적합해야 할 것이다. 그런 유의 작업에 대해 그 어떤 작은 일도 착수한 적이 없다. 아무것도, 전혀 아무것도 이 방향에서는 이루어지지 않았으니, 나는 어린아이처럼 경박하였던 것이다. 나는 성년기를 어린아이 같은 유희로 보냈고, 현실적인 위험들을 현실적으로 생각하기를 소홀히 했던 것이다. 그리고 여러 가지 경고 역시 있지 않았던가.

아무려나 지금의 상태에 이르게 된 그 무엇은 아니었더라도 건축 시작 무렵에는 비슷한 일이 일어났었으니 말이다. 그 주요 차이점은 바로 그때는 건축을 시작한 때였다는 것이다. 그 당시 나는 그야말로 보잘것없는 견습공으로 첫 번째 통로 작업을 하고 있었는데, 미로는 겨우 큰 윤곽만 잡혀 있었고, 조그마한 광장 하나를 벌써 파놓기는 했으나 그것은 크기에서나 벽 다루기에서나 아주 실패작이었으니, 간단히 말해서 통틀어 그저 실험으로, 언젠가 참을성이 다하면 별 미련 없이 문득 손을 놓아버릴 수도 있는 것으로 간주될 수 있었던 만큼 모든 것이 시작 단계였다. 그 무렵이었다. 한번은 작업 중간 휴식 중에—나는 나의 인생에서 늘 작업 중간에 너무 많이 쉬었다—파낸 흙더미들 사이에 누워 있다가 문득 멀리서 어떤 소리를 들은 일이 있었다. 나는 젊었기 때문에 그 일로 인하여 겁이 났다기보다는 호기심이 일었다. 작업을 내버려 두고 귀를 기울여 듣기에 전심했는데, 그래도 그때만 해도 그냥 귀를 기울여 듣기만 했지, 사지를 뻗고 누워 귀 기울이지 않아도 되었으면 하고 저 위 이끼 아래로 달려가지는 않았다. 최소한 나는 귀는 기울였다. 나의 것과 비슷한 어떤 굴이 문제라는 것을 나는 썩 잘 판별할 수 있었는데, 약간 더 약하게 울리는 것 같기는 한데, 그중 얼마만큼 떨어진 거리 탓으로 돌려야 할지는 알 수가 없었다. 나는 바짝 긴장해 있었으나 그 밖에는 냉정하고 침착했다. 어쩌면 내가 어떤 낯선 굴에 들어와 있다고 그렇게 생각했다. 그 주인이 지금 내 가까이 파고 들어오고 있다고 말이다. 이러한 가정이 옳았다는 것이 드러났더라면, 나는 결코 정복욕에 차 있거나 호전적이지 않았으니까 내가 떠났을 것이다. 어디 다른 곳에 건축을 하려고, 어디 다른 곳에 집을 지으려고, 그러나 물론 그때만 해도 나는 젊었었고 아직 굴도 없었던 터라, 나는 그때만 해도 냉정하고 침착할 수가 있었다. 이어지는 사건의 진행 또한 나에게 본질적인 흥분을 가져오지는 않았고, 다만 풀이하기가 쉽지 않았었다. 그곳에서 팠던 자가 그 역시 내가 파는 소리를 들었기에 정말로 내 쪽으로 오려고 애쓰고 있었다면, 그때 실제로 그런 일이 일어났듯이, 그가 방향을 바꾸었을 때, 그가 그렇게 했던 이유가 내가 작업 도중에 쉼으로써 그의 방향의 근거를 없애버렸기 때문인지 아니면 그보다는 그 자신이 의도를 변경했음인지 단언할 수가 없었다. 그러나 어쩌면 내가 도무지 자신을 기만했던 것이며 그가 똑바로 나를 향한 적은 한 번도 없었다. 아무튼 그 소리는 또 한동안, 마치 그가 다가오기라도 하는 듯이 강해졌는데, 젊은이였던 나는 그 당시 아마도 그 굴착자가 느닷없이 땅에서 솟아 나오는 것을 본다 해도 불만스러운 게 없었을 것 같다. 그러나 그런 비슷한 일은 일어나지 않았고 어느 특정한 점에서부터는 굴 파기가 약해져, 마치 그 굴착자가 점차 자기가 처음 취했던 방향을 바꾸기라도 하는 듯이 점점 더 약해지다가 갑자기 뚝 그쳐버렸다. 마치 그가 이제 정반대 방향으로 가기로 결심이라도 하여 나를 떠나 곧장 먼 곳으로 가기라도 한 듯이 말이다. 오래 그의 자취를 찾아 정적 속에 귀를 기울이고 있다가 나는 다시 일을 시작했었다. 그런데 이 경고는 충분히 명확했었는데도 곧 나는 그것을 잊어버렸고 그것은 나의 건축 설계도에 거의 영향을 미치지 못했다.

그 당시와 오늘 사이에는 나의 청장년기가 가로놓여 있다. 그런데 그 사이에 전혀 아무것도 가로놓이지 않기라도 한 것 같지 않은가? 아직도 여전히 작업 중간중간에 오래 쉬고 벽에다 귀를 기울이며, 굴착자는 새로 뜻을 바꾸어 선회하여 그의 여행에서 돌아오고 있다. 그는 그 사이에 그를 영접하기 위한 준비를 할 충분한 시간을 나에게 주었다고 생각하는 것이다. 그러나 내 쪽에서는 모든 것이 그 당시보다 덜 준비가 되어 있어서, 이 커다란 굴은 무방비 상태로 덩그렇게 서 있으며 나는 이제는 꼬마 견습공이 아니라 노장의 건축사이며, 아직 남아 있는 힘도 결단의 시기가 오면 쓰지 못하게 될 것이다. 그러나 내가 비록 늙었다 할지라도 지금보다 한결 더 늙었으면 좋겠다는 생각이 든다. 이끼 아래에 있는 내 휴식처에서 더 이상 일어날 수 없을 정도로 그렇게 늙었으면 하고 말이다. 그 이유는 사실 나는 이곳 상태를 견딜 수 없어 몸을 일으켜, 마치 내가 평온 대신에 새로운 근심으로 가득 차 있다는 듯이, 다시 저 아래 집안으로 질주해가기 때문이다. 앞서 물건들은 어떤 상태였었던가? 사각사각 소리는 약해졌을까? 아니, 그것은 더 강해졌다. 나는 아무 데나 열 군데에서 귀를 기울이는데 착각을 똑똑히 알아차린다. 그 사각사각 소리는 똑같고, 아무것도 달라진 것이라곤 없다. 저 너머에는 아무런 변화가 일어나지 않고, 거기 사는 이들은 조용히 시간을 초월해 있는데, 이곳에서 귀 기울이는 자에게는 순간순간이 요란하게 진동하고 있다. 나는 다시 성곽 광장으로 가는 긴 길을 되돌아간다. 사방의 모든 것이 나에게는 격앙되어 있는 듯이 보이고, 나를 보고 있는 듯이 보이고, 그러다가는 또 금방 나를 방해하지 않기 위하여 얼른 눈을 돌리는 것 같고, 그렇지만 나의 안색에서 자신들을 구제하려는 결심을 읽어내려고 다시금 바짝 긴장하는 것 같다. 나는 고개를 가로젓는다. 아직 그런 결심을 하지 못했노라고 말이다. 또한 거기서 그 어떤 계획을 실행하기 위해서 성곽 광장으로 가지도 않는다. 내가 탐사 굴을 파려고 했던 자리를 지나간다. 다시 한 번 그곳을 살펴본다. 그건 좋은 자리였던 것 같다. 그 굴은 대부분의 작은 공기 통로들이 있는 방향으로 이어질 수도 있었으며, 그것들이 나의 작업을 훨씬 쉽게 해줄 수도 있었을 것이니, 어쩌면 아주 멀리 파지 않아도 되었을 텐데, 소리의 전원으로 파 들어가지 않았어도 되었을 텐데. 그러나 그 어떤 숙고도 나를 고무하여 이 파기 작업을 하도록 할 만큼 강하지는 않았다. 이 굴이 나에게 확신을 가져다줄 것인가? 나는 확신을 원하지 않을 만큼 되어버렸다. 성곽 광장에서 나는 가죽을 벗긴 빨간 근사한 살코기 한 점을 골라내어 그걸 가지고 흙무더기 속으로 기어들어 간다. 여기에 아직 진정한 정적이란 게 있다면, 그 속에 어쨌거나 정적이 있을 테니까 말이다. 나는 고기를 핥으며, 야금야금 먹으면서 번갈아 한 번은 멀리서 그의 길을 가고 있는 낯선 동물을 생각하고, 그 다음에는 다시 내가 아직 그럴 수 있을 동안 나의 양식을 한껏 즐겨야 한다는 생각을 한다. 후자는 아마 내가 가지고 있는, 유일하게 실행할 수 있는 계획인 것 같다. 그건 그렇고 나는 그 동물의 계획을 알아맞혀 보려고 애쓰고 있다. 그것은 떠도는 중인가, 아니면 그 자신의 굴을 만들고 있는 걸까? 그가 떠도는 중이라고 한다면 혹시 그와의 의사소통이 가능할지도 모른다. 그가 정말 나한테까지 뚫고 들어오면, 나는 그에게 양식을 조금 나눠주고 그러면 그는 계속 갈 것이다. 나의 흙더미 속에서 나는 물론 모든 것을 꿈꿀 수 있고 의사소통 또한 꿈꿀 수 있다. 내가 뻔히 알고 있으면서도 그렇다. 그런 무엇은 존재할 수 없으며 만일 우리가 서로를 보게 되면, 아니 가까이서 서로의 기미를 느끼기만 해도 그 순간에 금방 까무러치듯 정신을 잃고 누가 먼저고 누가 나중이랄 것 없이 아무리 이미 배가 잔뜩 불러 있더라도 새로운 종류의 허기에 사로잡혀 상대를 향하여 발톱과 이빨을 열 것이다. 그리고 늘 그렇듯이 여기서도 그건 아주 정당한 것이다. 그도 그럴 것이 아무리 떠도는 중이라 할지라도 누군가 굴을 보면 자신의 여행 및 미래의 계획을 어찌 바꾸려 하지 않겠는가? 그리고 혹시 그 동물이 그 자신의 굴을 파고 있다면 의사소통이란 도무지 꿈꿀 수도 없을 것이다. 그게 설령 아주 이상스러운 동물이어서 그의 굴이 이웃을 용납한다 하더라도, 나의 굴이 그러지를 못한다. 적어도 소리가 들리는 이웃은 견딜 수가 없다. 지금은 그 동물이 물론 아주 멀리 떨어져 있는 듯이 보이고, 만약 그것이 조금만 더 물러서 있어주기라도 한다면 저 소리도 사라질 것이고, 그러고 나면 어쩌면 모든 것이 옛 시절처럼 좋아질 수도 있을 것이다. 그러면 그것은 고약했지만 유익한 경험일 것이고, 나에게 이것저것을 개수할 자극을 주었을 것이다. 내가 안정을 되찾고 위험이 곧바로 닥쳐오지 않는다면 나는 위신이 설 온갖 작업을 할 능력을 아직은 꽤 갖추고 있다. 혹 그 동물이 그 작업 능력으로 보아 있음직한 엄청난 가능성들을 보고 나의 굴과 마주치는 방향으로 그의 굴을 확장하는 것을 포기하고 그 대신 다른 방면에서 상쇄를 찾아준다면, 그 또한 물론 협상을 통하여 이루어질 수는 없고 다만 그 동물 자신의 분별에 의하여 아니면 내 쪽에서 행사하는 어떤 강제에 의하여 이루어질 수 있다. 그 두 가지 점에서 그 동물이 나에 관하여 알고 있느냐 그리고 무엇을 알고 있느냐 하는 것이 결정적인 게 될 것이다. 그 점에 대하여 곰곰이 생각하면 할수록, 내게는 그 동물이 도무지 내 소리를 들었다는 것이 점점 더 있음직하지 않게 보인다. 상상이 가지는 않지만 그것이 달리 나에 대하여 그 어떤 소식을 들었다는 것도 가능하다. 그러나 아마도 나의 소리를 직접 듣지는 않았을 것이다. 내가 그에 관하여 아무것도 몰랐던 한, 그 역시 나의 소리를 전혀 들었을 리 없다. 그럴 것이 나는 조용히 행동했기 때문이다. 굴과의 만남 이상으로 고요한 것은 다시없을 것이다. 내가 시험 굴착을 했을 때, 그가 혹시나 내 소리를 들을 수 있었을지도 모른다. 비록 내가 파는 방식이 극히 작은 소음을 낸다 하더라도 말이다. 그러나 그가 내 소리를 들었더라면 나 역시도 그에 대해 무엇인가를 알아차릴 수 있었을 것이다. 그도 최소한 이따금씩은 작업을 중지하고 귀를 기울여야 했을 것이다—그러나 모든 것은 언제까지나 변화되지 않은 채였다.

수록 작품 색인(가나다순)

카프카 클래식 2

어느 개의 연구

1판 1쇄 인쇄	2020년 7월 20일
1판 2쇄 발행	2024년 10월 4일

지은이	프란츠 카프카
옮긴이	이주동
펴낸이	임양묵
펴낸곳	솔출판사

편집	윤정빈 임윤영
경영관리	박현주

주소	서울시 마포구 와우산로29가길 80(서교동)
전화	02-332-1526
팩스	02-332-1529
블로그	blog.naver.com/sol_book
이메일	solbook@solbook.co.kr
출판등록	1990년 9월 15일 제10-420호

ⓒ 이주동, 2020

ISBN	979-11-6020-144-4	(04850)
	979-11-6020-142-0	(세트)